Une mort parfaite

W0291172

Hélène Amalric présente

Publié pour la première fois en Grande-Bretagne sous le titre *Perfect Death*, par Avon, un département de HarperCollins.
© Helen Fields 2018.
© Hachette Livre (Marabout) 2021 pour la traduction et l'édition française.

Helen Fields

Une mort parfaite

Traduit de l'anglais par Luce Michel

BLACK LAB

Pour Sollie

Changer le monde un super grand sourire à la fois.
Souviens-toi de ça, mon garçon chéri – il n'y a pas
de limites à ce que tu peux réaliser. Aucune.
Tu m'épates.

Chapitre un

La vie de Lily touchait pratiquement à son terme, sauf qu'elle ne le savait pas encore. Il caressa la photo d'elle qu'il avait gardée près de son lit ces derniers mois : penchée par-dessus la margelle d'une mare, elle lançait du pain à des canards, riant, totalement inconsciente du fait que son avenir s'était brusquement rabougri.

Il restait beaucoup à accomplir avant le soir, mais il pouvait s'autoriser un peu de temps avec sa boîte à trésors. Il ouvrit le tiroir inférieur de sa table de chevet, plongeant les mains dans le trou noir qui se trouvait dessous pour se saisir du coffret. Il l'avait fabriqué à l'atelier menuiserie de l'école – l'un de ses rares triomphes durant une période de sa vie en grande partie gâchée, mais bon, il avait beaucoup déménagé, et les études n'avaient jamais été son fort.

Il fit glisser le couvercle et retint son souffle en observant les bribes de vie qui se trouvaient là. Une broche en forme de brin de bruyère, incrustée de pierres semi-précieuses. Pour celle-là, il avait eu à jardiner pendant des heures et des heures, à s'en briser le dos, ne s'autorisant même pas une pause pour s'abriter de la pluie. Au bout du compte, ça en avait valu la peine. Puis il y avait le petit coupe-papier en argent, si souvent utilisé et si aimé que les circonvolutions du dessin sur son manche en avaient été en partie effacées. Une pièce porte-bonheur, ou en tout cas c'était ce que son propriétaire avait prétendu, toujours conservée dans une poche ou un portefeuille. Ce qui prouvait seulement que la chance n'existait pas. Enfin, une dent. Plus spécifiquement une couronne, délogée durant le tourment et le drame de ces derniers instants où rien ne s'était déroulé comme prévu. Il en aimait la surface lisse et le fait qu'elle avait été partie intégrante dans la vie à laquelle il avait mis un point final. Où s'en allait l'énergie d'un corps une fois que la mort avait achevé sa tâche ? Il repensa une fois encore à ses années d'études. Il y avait été question d'énergie changeant de forme mais ne cessant jamais d'exister. Ses connaissances sur le sujet étaient trop parcellaires pour lui permettre de réussir un contrôle de sciences, mais il était heureux de cette petite perle de sagesse. Il se demandait s'il était possible d'inspirer l'âme d'un agonisant.

Il prépara une petite place au centre des objets présents dans sa boîte, et imagina qu'une nouvelle récompense s'y trouvait. Sa propriétaire lui avait demandé plus de travail que les autres. Lily était secrète, appréciait la vie de famille et travaillait dur. Bientôt, il disposerait de la relique de la jeune fille, offerte à ses regards, à sa place parmi celles qui avaient exigé de lui un tel investissement.

Il vérifia la mince fiole d'huile de cannabis qu'il avait mis des semaines à constituer. Il en avait acheté de petites doses ici et là, plutôt que de courir le risque d'être repéré en payant pour une grosse quantité d'un coup. Cela avait été chronophage, mais utile. Après ça, la plus grande partie du processus avait été facile. Il n'avait rencontré qu'un seul pépin : quand il avait testé le résultat sur lui-même, il s'était retrouvé plongé dans un sommeil si profond qu'il en avait raté un jour de boulot le lendemain. Pas bon. Il avait des frais. Une vocation aussi complexe requérait un financement minutieux, et les emplois au noir payés en liquide ne couraient pas les rues.

Il remit la boîte dans l'espace sous le tiroir et, encore une fois, passa mentalement en revue les détails. Sa voiture était prête. Ses phares fonctionnaient – il ne tenait pas à attirer l'attention de la police pour quelque chose d'aussi ridicule qu'une ampoule grillée. Il avait manipulé chaque objet avec des gants. Tout son matériel. Il n'y avait rien qu'il eût touché autrement. Il avait regardé suffisamment d'émissions télé consacrées à des faits divers pour savoir que, de nos jours, les empreintes digitales ne sont pas la question. Des cellules de son épiderme risquaient de laisser suffisamment d'ADN pour qu'on monte un dossier à charge contre lui. Il ne voulait pas être pris. Il avait tant à faire ! Tant de gens encore dont il était nécessaire qu'il s'occupe.

Tout était prêt. Il pouvait même s'offrir une sieste. Mieux valait ne pas être fatigué, compte tenu de ce qu'il avait à accomplir. Il ne s'agissait pas seulement des efforts physiques. Tuer n'est pas un boulot facile. Ceux qui s'imaginent qu'un être vivant périt en quelques secondes, comme dans les séries policières, sont des idiots. La mort, plus souvent qu'à son tour, est un lent spectacle de strip-tease. Il existe des moyens pour que cela soit rapide – coups de feu, explosion, traumatisme crânien massif –, mais si on décide de ne pas y recourir, ça prend inévitablement plus longtemps. L'étouffement et la noyade sont des méthodes difficiles à mettre en œuvre en conditions réelles, et présentent le risque de se blesser. Égratignures, coups de pied à l'aine, os brisés. Il en avait assez souffert.

Il se rallongea sur son lit et ferma les yeux. L'anticipation était cruciale. Se précipiter jusqu'à la ligne d'arrivée revenait à commencer la lecture d'un livre par son dernier chapitre. La montée en puissance, l'investissement dans les personnages étaient ce qui rendait à ses yeux la récompense si excitante. Dans le passé, il avait dû batailler pour identifier des victimes idéales, et voilà que trois candidats s'étaient présentés simultanément. Il rit. Et son rire avait le son d'un starter explosant dans l'air comme un pétard. Un bruit cruel, mais il n'était pas un homme cruel. Pas quand ça ne s'imposait pas. Seulement quand c'était absolument nécessaire.

Chapitre deux

— Hé, ma belle, laisse-moi t'offrir un autre verre.

Joe sourit à Lily qui revenait des toilettes. La jeune femme se faufila entre deux clients qui cherchaient à tout oublier un vendredi soir, sans remarquer celui qui fixait son dos quand elle se mit de profil pour passer entre eux. C'était de bonne guerre, se dit Joe. Elle avait un corps qui méritait qu'on s'y arrête et il n'allait pas se lancer dans une altercation pour quelque chose d'aussi insignifiant.

— Joe, c'est mon tour. Tu n'as pas à toujours payer, dit-elle en se laissant tomber sur le siège à côté de lui.

Ils se blottirent dans l'espace limité, élevant la voix pour se faire entendre par-dessus le vacarme croissant des buveurs, de la musique et du bruit des pieds traînant sur le plancher.

— Tu économises pour la fac ? demanda-t-il en rassemblant leurs verres vides.

— Tu sais bien que oui, mais ça ne veut pas dire que…

— Et tu vas te botter le cul pour devenir la meilleure médecin au monde ?

Il se pencha pour l'embrasser. Les filles qui partageaient leur table en y formant comme une grappe levèrent les yeux au ciel, émettant des « tut-tut », jalouses derrière leur dégoût affiché.

— Tu es fou, répondit Lily en lui rendant son baiser.

— Donc, je rends service au monde entier en aidant mademoiselle Lily Eustis à sauver de futures vies sans commencer ses études avec une dette supplémentaire de – il calcula, yeux levés au plafond – huit livres quarante-six ?

Lily rit, l'embrassa de nouveau avant de cacher son visage rougissant dans le cou de Joe.

— J'abandonne.

— Allez, j'avoue. J'ai un truc pour les femmes en blouse blanche munies d'un stéthoscope. C'est ma manière de financer secrètement mon propre fétichisme bizarre, répondit-il.

Lily lui asséna un coup joueur sur le bras quand il s'éloigna. Il n'entendit pas siffler entre ses dents la femme qui le dévisageait. Il ne remarqua pas que la fille assise à côté d'eux décocha à Lily un regard meurtrier. Elle et lui formaient un couple pour qui le reste de l'univers n'existait pas.

Atteindre le bar était comme escalader une montagne. Des boissons coulaient dans le dos des gens quand d'autres s'en éloignaient, les mains trop pleines. Des places étaient revendiquées et des voix s'élevaient quand un client était par erreur servi avant un autre. Des requêtes pour qu'on change de musique étaient lancées dans un cri, et on se plaignait que quelqu'un soit coincé dans une cabine des toilettes pour femmes. L'une des tireuses à bière se retrouva vide. Joe patientait, le sourire facile, pardonnant à ceux qui lui marchaient sur les pieds ou lui donnaient des coups de coude. Il avait Lily, et elle était tout ce dont il avait rêvé.

Dans sa voiture se trouvait le nécessaire pour une parfaite soirée romantique. Du bois, des allume-feux, des allumettes, une flasque d'alcool pour les réchauffer elle et lui, un sac de couchage. Même le temps se montrait clément. Il ferait froid, mais la pluie resterait à distance. Il avait poussé la minutie jusqu'à vérifier leur destination quelques jours plus tôt. Édimbourg se déploierait dans toute sa magie en contrebas, on verrait ses lumières, reflet des étoiles, sous les nuages complaisants. Enfin, il aurait

Lily rien que pour lui, et le temps de lui montrer ce qu'elle représentait vraiment à ses yeux.

La température était trop basse pour que quiconque soit dehors, nu. Ce fut la première pensée – et des plus incongrues – de Mark McVeigh. La scène que la caméra de son drone relayait sur son moniteur ne ressemblait en rien à ce qu'il s'était imaginé capturer. Les rocs dépouillés et le givre hivernal, oui. Un ciel vide, dur, avec l'horizon voilé par des couches de brouillard, oui. Une femme étendue, un genou replié, une jambe étirée, un bras derrière la tête, l'autre en travers du sol, non. Ses longs cheveux roux étaient balayés par le vent, voile palpitant sur ses yeux. À ses pieds se trouvaient les restes d'un feu. Abandonnée à côté d'elle, une boîte d'allumettes. Il rapprocha le drone, essayant de se convaincre qu'il verrait peut-être la cage thoracique de la femme s'élever et s'abaisser. Sans succès. Mark dirigea l'appareil vers le visage de l'inconnue, espérant qu'il ne serait pas accusé d'un genre de perversion quelconque, et formant le vœu auprès de nombreuses divinités que son instinct viscéral se trompât. Ce qui serait, à la minute présente, une bonne chose. Son drone était hors de son champ de vision, de l'autre côté d'une crête. Il contrôla sa descente, prenant soin de ne pas l'abaisser directement au-dessus de la femme, au cas où elle se réveillerait, se redresserait et taperait dedans. Une inspection plus rapprochée ne lui apporta aucun soulagement. Le drone était équipé d'une lentille correcte, et l'écran de Mark s'emplit de tons bleus qui n'avaient rien à voir avec le givre ni la bruyère en repos hivernal. C'étaient ceux des lèvres de la femme, de ses yeux ouverts, de ses veines et de sa peau privée d'oxygène.

Mark courut ; il savait d'ores et déjà que c'était inutile, mais l'idée de simplement marcher vers ce corps inerte lui aurait paru irrespectueuse. Il gravit la crête à quatre pattes. Il n'était pas question d'emprunter le chemin plus facile d'accès, plus long, qui contournait le bord de la colline. Il saignait quand il parvint à avoir une vue directe sur elle : elle composait un tableau dessiné au sol, alors que les bonnes gens d'Édimbourg se réveillaient au loin, ignorantes, Arthur's Seat les surplombant. Sans se soucier de ses genoux écorchés ni des coupures à ses mains, Mark se précipita le long de l'éboulis en pente, tout en criant.

À quelques mètres de là, par terre, il aperçut son drone, mélange ronronnant de plastique et de métal. Il ne s'était même pas rendu compte qu'il en avait jeté la télécommande. Dans sa poche, son téléphone portable jouait au chat et à la souris avec ses doigts. Puis il fut au côté de la femme, s'agenouilla sur le sol gelé, appuyant ses doigts contre son cou, conscient qu'il était impossible à un corps de cette teinte d'avoir un pouls. Afin de couvrir la nudité de la femme, il se débarrassa vivement de son manteau fourré, même s'il était sûr que la vie avait déserté cette chair. Après cela, il appela la police, donnant la meilleure description possible de leur localisation au milieu de ce paysage montagneux qui surplombait, royal, la capitale écossaise.

De plus près, Mark constatait que l'inconnue était plus jeune qu'il ne l'avait pensé, la nuit glaciale lui ayant dérobé le fard de la jeunesse. Comme lui-même, pensa-t-il, elle se tenait au bord de cet abysse mouvant entre l'adolescence et l'âge adulte. Un petit diamant dans sa narine étincelait sous les premiers rayons du soleil hivernal, contrebalançant les mèches blondes artistiquement ajoutées à sa chevelure cuivre. Il faillit repousser les cheveux du visage de la jeune femme, mais il aurait alors distingué ses yeux plus clairement, et il ne le souhaitait pas. Il se releva, jeta un coup d'œil par-dessus l'escarpement de la montagne pour vérifier si des véhicules approchaient, mais aucune route n'était clairement visible. Durant l'été, et sans cadavre, le lieu aurait été idyllique, intime et abrité. Une tache rouge qui s'agitait dans l'herbe broussailleuse à une vingtaine de mètres de là attira son regard.

— Je reviens dans une minute, dit-il.

Il lui aurait semblé grossier de ne rien dire, même à un cadavre.

Sans son manteau, le froid le saisissait déjà. Il s'obligea à marcher vite pour conserver sa chaleur, se demandant combien de temps la police mettrait à arriver, compte tenu de la difficulté d'accès. Sa propre voiture se trouvait à plus d'un kilomètre au pied des collines où il l'avait laissée, les pentes étant trop escarpées et les chemins rocailleux trop inhospitaliers pour quoi que ce soit d'autre que des 4×4.

L'objet rouge était en fait une chemise, chaude, en lourd coton, parfaite pour des nuits auprès d'un feu et pour une soirée au pub. Il l'attrapa, lorgna la fille, estima la taille de la chemise et arriva à la conclusion qu'elle lui appartenait. En poursuivant pendant quelques minutes sa descente, il découvrit un soutien-gorge qui pendait à un rocher ; il était d'un blanc saisissant, et son fermoir métallique était glacé sous ses doigts.

Mark entendit avant de le voir l'hélicoptère, dont le « flap-flap » des rotors effrayait les animaux sauvages et se répercutait sur les rochers. L'appareil vola en cercles, localisant le corps et communiquant l'information aux unités dont les lumières bleues se devinaient pour la première fois en contrebas. Mark remonta la côte raide vers la fille, emportant avec lui les vêtements qu'il avait trouvés.

Un visage apparut par-dessus la crête, suivi de deux autres. Celui qui menait le groupe se dirigea directement vers Mark, la main tendue.

— Bonjour, dit-il avec un accent français qu'il s'efforçait manifestement de maîtriser, mais encore perceptible. Je suis le commandant Luc Callanach. J'imagine que c'est vous qui avez donné l'alerte, n'est-ce pas ?

Mark confirma d'un hochement de tête.

— Écartons-nous un peu. Comment vous sentez-vous ?

— Difficile à dire, avoua Mark. Mieux que la fille, j'imagine.

Mieux que la fille, en vérité, pensa Callanach, qui espérait que la mort avait trouvé cette dernière par accident. Combien de temps passerait-il à étudier son visage sur les photos du tableau de la salle des opérations ? Il n'en avait aucune idée. Et puis, se demandait-il, pressent-on quoi que ce soit en s'éveillant le matin du jour où l'on est destiné à mourir ? Se jette-t-on alors un regard supplémentaire dans le miroir avant de se précipiter hors de chez soi pour aller travailler ou étudier, avec le sentiment que quelque chose dans l'univers a basculé ? Soudain, dans un brusque élan de colère, il détesta l'air froid de l'Écosse, son humidité et sa grisaille. La fille avait péri dans ces températures glaciales, son dernier souffle formant une fine volute dans l'air. Ce n'était pas une manière de partir. Une fin amère, désolée et solitaire. Il ne lui restait qu'à espérer qu'elle n'avait pas eu conscience de ce qui s'annonçait.

Chapitre trois

Cinq mois s'étaient écoulés depuis sa promotion, et la commissaire divisionnaire Ava Turner souffrait encore du syndrome chronique de l'imposteur. Ce n'était pas tant le nombre de personnes sous ses ordres, les réunions auxquelles elle était supposée assister, ni le nouveau bureau. Mais simplement qu'elle ne se sentait dorénavant plus autorisée à traîner dans la salle des opérations, à boire un café en disséquant les événements du jour, à rire un peu quand les circonstances s'y prêtaient. Elle aimait encore moins la pression qu'exigeait de mettre en balance le bien-être de la population et les budgets de la police écossaise qui fondaient comme neige au soleil. Ces temps-ci, elle avait l'impression que « non » était devenu sa réponse par défaut. Pouvaient-ils se permettre de consulter un autre expert sur une certaine affaire ? Non. Est-ce que la brigade criminelle disposerait de quelques hommes supplémentaires pour donner un coup de main sur une enquête ? Non. Serait-il possible de tester un nouveau logiciel permettant de filtrer les images des caméras de surveillance ? À votre avis, bon sang ? Elle ne regrettait pas d'avoir accepté la promotion. Mais chaque échelon gravi transformait ses rêves de faire le bien et de résoudre des enquêtes criminelles en quelque chose qui ressemblait plus à un flux ininterrompu de déceptions.

Alors que sa vie professionnelle relevait de plus en plus de la sphère publique, sa vie privée se réduisait comme peau de chagrin. Les femmes et les hommes de la brigade criminelle avaient le sentiment que la distance qui les séparait de leur commissaire divisionnaire était trop importante pour l'inviter lors de leurs passages occasionnels au pub, et Ava se serait sentie obligée d'inventer une excuse même si une telle proposition lui avait été faite. Ses pairs étaient trop occupés avec leurs enfants ou leur conjoint pour souhaiter entretenir des rapports sociaux après le travail. Ava ne disposait pas de telles distractions. Elle était la plus jeune à occuper ce poste, au milieu de la trentaine et, les choses étant ce qu'elles étaient, toujours célibataire. Les affres d'une nouvelle relation amoureuse plus chaude qu'un piment Carolina Reaper accaparaient sa meilleure amie qui ne serait pas disponible à moins que sa dernière amante en date ou elle-même ne se rappelle que le monde continuait à tourner au-delà de la porte de leur chambre. Apparemment, le prix du succès était des soirées solitaires sans fin. Ava fixa son téléphone de bureau, sachant qu'il valait mieux qu'il ne sonne pas, comprenant que son désir d'être occupée ne serait comblé que si quelqu'un d'autre était contrarié dans ses propres projets.

Le lieutenant Lively, proche de la soixantaine et à qui le concept de correction était totalement étranger, entra sans frapper. Ava envisagea de lui rappeler qu'annoncer son intention d'entrer était communément considéré comme faisant partie des bonnes manières, avant de renoncer. Elle était trop contente d'avoir de la compagnie pour émettre une quelconque remontrance.

— Avez-vous mis la main sur le commandant Callanach ? demanda-t-elle.

— Oui. On a d'abord vérifié les toilettes pour hommes. Généralement, on le découvre non loin d'un miroir. Aussi surprenant que ce soit, cette fois-ci, il est dehors en train de se livrer à un vrai travail d'enquête, madame.

— Merci pour ces informations, lieutenant. Si vous en avez terminé avec vos sarcasmes, vous songerez peut-être à m'informer du dossier qui requiert l'intervention de votre officier supérieur.

Lively sourit de toutes ses dents. Callanach et lui n'avaient pas eu, pour commencer, la meilleure des relations. Plus récemment, ils avaient choisi de s'éviter avec désinvolture et, à l'occasion, de se lancer quelques insultes.

— On a découvert un corps sur les collines, à Arthur's Seat. Il y aura une enquête, mais les rapports initiaux écartent la piste criminelle. La médecin légiste s'est rendue sur place. Pas de blessures évidentes ni de traces de violence. On a emporté le corps pour une autopsie. La question en suspens est celle de l'identification. Une fois le nom de la victime établi, et la famille informée, tout laisse penser que l'affaire sera bouclée. Rien dont il faille vous inquiéter, j'en suis sûr.

— Voudriez-vous néanmoins demander au commandant Callanach de me briefer une fois qu'il sera de retour ? Je souhaiterais être tenue au courant, répondit Ava.

Elle jeta un regard au mug que tenait Lively.

— J'imagine qu'il n'y a pas la moindre chance pour que cela me soit destiné ? demanda-t-elle avec un sourire.

Lively avala une longue gorgée de son breuvage.

— Désolé, madame, je vous en aurais préparé un, sauf que je sais que c'est mal vu de nos jours. On penserait que vous vous attendiez à ce que la piétaille s'occupe de votre café, ce qui serait une claque assénée au visage du maintien de l'ordre moderne.

Il partit.

Ava se laissa aller contre le dossier de son fauteuil, maudissant l'adrénaline que son corps avait générée à la mention d'une nouvelle enquête. Cela en disait long sur la police, d'une manière malsaine et triste, s'ils s'ennuyaient plutôt que d'être ravis quand ils n'avaient rien à faire. Mais voilà, on en était là. Qu'une âme ait péri à

Arthur's Seat était tragique, et Ava était soulagée que rien ne suggérât un acte criminel, mais elle avait besoin de se concentrer sur autre chose que l'approbation du dîner annuel de la brigade criminelle.

Quelqu'un pourvu du sens de l'humour s'était arrangé pour que ce dernier se tînt dans un restaurant français cette année – un hommage sarcastique au commandant Callanach, imaginait-elle, son héritage mi-français, mi-écossais étant encore la cible d'autant de plaisanteries que lorsqu'il avait rejoint la police écossaise un an plus tôt depuis Interpol. Même son accent était devenu une question insignifiante au regard des vannes qu'il avait eu à endurer quand sa brigade avait découvert son passé de mannequin. Callanach était doté du genre de visage qui captivait l'attention, et les femmes succombaient régulièrement à cette tendance. Ses yeux sombres, ses longs cils, sa mâchoire forte et sa peau hâlée étaient à jamais destinés à ne pas se fondre dans la masse, un fait dont Ava s'amusait constamment lorsqu'ils étaient de sortie ensemble. Ou plutôt, au temps désormais révolu où ils en avaient l'habitude, se corrigea-t-elle. Depuis sa promotion, en effet, ils s'étaient livrés à un jeu gauche, déclarant qu'ils devraient vraiment faire un truc bientôt, sans jamais définir ni quoi ni quand.

Elle avait la main sur le téléphone, se préparant à l'appeler pour s'enquérir des dernières nouvelles, lorsque l'appareil sonna. Elle le colla brusquement à son oreille.

— Turner, aboya-t-elle.

— Sainte Marie mère de Dieu, ça vous ennuierait de répondre au téléphone sur un autre ton ? J'aimerais autant que les gens qui contactent la brigade criminelle n'aient pas le sentiment de tomber au beau milieu d'une crise avant même qu'ils se soient présentés. Nous ne sommes pas en pleine crise, n'est-ce pas ? demanda la commissaire générale Overbeck, suspicieuse.

— Non madame. Désolée, j'étais sur le point de…

— Bon, bon. J'ai la liste des candidats sélectionnés pour le poste vacant de commandant. J'ai pensé qu'il serait bon que vous les étudiiez avant leur entretien, donc je vous l'enverrai par mail cet après-midi. Vous me donnez votre sentiment demain ? Ça serait bienvenu. Vous étiez invitée à un pot par les membres de la Royal Society ce soir, mais je me suis laissé dire que vous seriez absente. Pourquoi donc ?

— Oh, c'est ce soir ? J'ai rendez-vous chez mon kinésithérapeute. Je ne voulais pas m'y rendre pendant mes horaires de travail, donc je me suis organisée pour ce soir. Si j'annule, il me faudra attendre encore un mois.

Ava était soulagée d'être passée à la moulinette par Overbeck au téléphone plutôt qu'en personne. Malgré des années à regarder les autres mentir de manière convaincante durant leurs interrogatoires, elle n'excellait pas encore dans ce domaine.

— Foutrement évident que vous ne devriez pas prendre sur votre temps de travail pour un petit massage rapide. Trop tard pour changer ça maintenant, j'imagine, mais à l'avenir, souvenez-vous que c'est ainsi qu'on joue le jeu. Ne ratez pas la prochaine invitation. Et maintenez les heures supplémentaires à un niveau bas le mois prochain encore. Pour une fois, on respecte le budget, ce qui signifie que le conseil d'administration ne me tombe pas dessus à bras raccourcis. J'aimerais que ça continue ainsi, trancha Overbeck.

— Oui, madame, répondit Ava dans le vide.

Sa supérieure avait déjà raccroché.

Ava envoya un mail à Ailsa Lambert, la médecin légiste en chef de la ville, lui demandant les dernières conclusions sur le corps d'Arthur's Seat, puis s'autorisa le plaisir coupable de vérifier quels films étaient à l'écran au cinéma. Elle avait une préférence pour les rediffusions de vieux classiques qui, à l'occasion, étaient projetés lors des dernières séances. Mais dans le cas présent, elle se contenterait de n'importe quoi d'abrutissant, avec un grand sachet de pop-corns. La chance était avec elle. On proposait une séance à 23 heures de *Il était une fois dans l'Ouest*, de Sergio Leone. Ava avait rendez-vous avec Charles Bronson, nette amélioration par rapport à une nouvelle soirée en solitaire chez elle, et proche d'un ticket gagnant à la loterie, comparé au cocktail de la Royal Society, événement pénible s'il en était. À cet ennui s'ajoutait encore le fait d'être appelée « ma chérie » par des hommes de quatre-vingts ans qui se sentent le droit de vous demander d'aller leur chercher un autre verre simplement parce que vous êtes d'un sexe différent du leur, et qui tiennent à discuter de handicaps de golf pendant que vous restez debout plantée à côté d'eux, affichant un air impressionné. La commissaire générale Overbeck pouvait bien être devenue une adepte de ces jeux favorables à une promotion, Ava quant à elle était à la fois moins tolérante et moins ambitieuse.

Sa porte s'ouvrit de nouveau et Lively réapparut.

— Fichez-moi la paix, voulez-vous ? soupira Ava. Si vous êtes venu me narguer au sujet d'un café, puis-je recommander…

Elle saisit l'expression de son visage. Sa grimace généralement amère, reflet d'un perpétuel sentiment d'être injustement traité, s'était relâchée. Son cou en revanche était tendu, sa gorge travaillant dur sans pour autant émettre le moindre son. Le lieutenant, se rendit-elle compte, prenait sur lui pour ne pas pleurer.

— Que se passe-t-il ? demanda-t-elle.

— C'est le commissaire divisionnaire Begbie, répondit Lively. Je suis désolé.

Ava se leva, sachant ce que signifiait l'air affiché par son lieutenant, mais ayant besoin malgré tout de l'entendre prononcer les mots.

— Cessez de vous excuser, Lively, et parlez clairement.

— Madame, je ne suis pas sûr de ce qui s'est passé. On a trouvé sa voiture. Trop tard pour entreprendre quoi que ce soit. Le chef est mort.

La douleur lui poignarda la poitrine. Le souffle coupé, elle sentit ses jambes se dérober sous le choc de cette nouvelle. Son ancien supérieur et ami de longue date n'était plus.

Chapitre quatre

Au parc Gipsy Brae, au nord de la ville, le vent soufflait à l'oblique. Il emportait les voix et les calepins, fouettant les cheveux et laissant le paysage nu. La route avait été bouclée avant l'entrée du site. Ava était assise dans sa voiture à l'arrêt, retardant le moment d'avancer jusqu'au véhicule de Begbie, illuminé plus loin. Le commissaire divisionnaire George Begbie, retraité depuis peu, avait été un policier dans l'âme. Grincheux parfois, éprouvé, allant droit au but et défenseur des victimes. Durant toutes les années où Ava avait travaillé avec lui, elle avait constaté que jamais il ne perdait de vue ce qui comptait. Quelque part au cœur de chaque affaire, quelqu'un avait souffert ou perdu quelque chose. Le chef s'était battu pour ces gens de toute sa considérable force, ignorant les gradés qui accentuaient la pression depuis leur position, ne prêtant aucune attention à la presse ni aux politiciens. Il était malin comme un singe et n'attendait pas de ses officiers qu'ils travaillent plus d'heures que lui-même n'en consacrait à l'ouvrage.

Begbie était celui qui avait sauvé Ava de la misogynie qui aurait pu lui coûter sa carrière d'inspecteur. Il lui avait offert un poste à la brigade criminelle, l'avait promue face à des candidats plus évidents, et même suspendue peu de temps auparavant jusqu'à ce que sa réputation soit lavée sur une question d'infraction au protocole. Elle savait que cela avait été douloureux pour lui. Ils étaient passés d'une relation de collègues à une amitié solide durant des soirées tardives sur des scènes de crime et des petits matins où les hommes venaient à manquer. Même quand elle était jeune officier, Begbie ne l'avait jamais exclue des réunions, remarquant son potentiel. Si le reste de la brigade l'appréciait et l'admirait, Ava l'avait aimé comme on aime son oncle préféré. Un oncle qui à l'occasion lui avait crié dessus et l'avait poussée à travailler trois jours d'affilée sans dormir mais qui, quoi qu'il en fût, était en grande partie la raison pour laquelle elle n'avait pas renoncé à une carrière au sein des forces de l'ordre. Elle ne parvenait pas à croire qu'il n'était plus de ce monde.

Ava verrouilla sa voiture et se mit en marche, se demandant pourquoi George Begbie, qui préférait les pubs douillets et les fauteuils confortables, avait choisi ce lieu aride pour son adieu au monde. À regarder la mer du Nord, avec Cramond Island sur sa gauche et Granton Harbour sur la droite, et rien d'autre que de vastes cieux gris se réfléchissant sur l'eau glacée. C'était une fin horriblement lugubre pour cette personnalité hors du commun.

Ava resta en retrait en haut de la petite route qui descendait jusqu'à la mer, permettant l'accès aux caravanes et aux véhicules d'entretien, et aussi aujourd'hui à la vieille Land Rover de Begbie. Il l'avait garée loin des sentiers, face aux vagues. Personne ne se serait volontairement approché d'un homme assis seul dans sa voiture, en particulier lorsqu'il était doté d'une silhouette aussi imposante et intimidante. Ava enfila une combinaison blanche, des surchaussures et des gants, sans conviction. On avait déjà tranché en faveur d'un suicide, mais une autopsie aurait lieu malgré tout. Un tuyau flexible avait été disjoint de la vitre du véhicule et gisait, immobile, sur l'herbe, presque malveillant. On avait érigé une tente pour protéger la scène des regards et préserver les éléments matériels ; les silhouettes affairées des membres de la scientifique grouillaient.

En descendant la douce pente herbeuse, les mains dans les poches, Ava avait conscience que la lumière du jour avait disparu, et que bientôt une installation lumineuse complète serait requise pour analyser la scène. Un jeune sergent, dans un uniforme immaculé, s'avança vers elle avec une expression inquiète.

— Avez-vous vos papiers sur vous, je vous prie ? s'enquit-il.

Ava les lui tendit, trop lasse pour expliquer qui elle était.

— La brigade criminelle ? commenta-t-il. Je n'aurais pas vraiment pensé que c'était votre territoire.

— Sergent, si vous en avez fini d'expliquer à une commissaire divisionnaire où elle devrait être et ce qu'elle devrait faire, peut-être pourriez-vous éloigner ce promeneur de chien, là-bas. Et vous adresser à moi en m'appelant madame ou madame la commissaire divisionnaire. Maintenant, filez.

Il releva le col de son manteau sur son cou.

— Oui, madame, répondit-il avant de repartir dans le vent.

Ava prit une profonde inspiration. Elle détestait la rudesse, en particulier celle qui trouve ses racines dans la supériorité hiérarchique. Si Begbie lui avait appris quelque chose durant toutes ces années où il avait été son chef, c'était qu'on se doit de se montrer aimable et d'écouter les autres, et cela d'autant plus qu'on prend des galons. Elle contint ses émotions.

— Où est le docteur Lambert ? demanda-t-elle à une policière de la scientifique.

— Occupée ailleurs, répondit cette dernière.

Elle contourna Ava pour prendre une nouvelle paire de gants en latex dans une boîte. Ava lui attrapa le bras.

— Elle est *occupée* ? La personne décédée est un ancien commissaire divisionnaire. Il a passé vingt ans à se rendre sur des scènes de crime comme celle-ci, et maintenant il n'est pas une priorité ? Je veux savoir ce qui s'est passé ici. Il est impossible que George Begbie se soit suicidé.

La policière serra les dents, retira son bras de la poigne d'Ava et recula d'un pas.

— Un minibus a dérapé sur une plaque de glace et a effectué une sortie de route il y a une demi-heure. Il transportait huit enfants. Deux sont décédés. Le docteur Lambert s'est rendue sur place immédiatement. Si vous voulez bien m'excuser.

— Je ne savais pas, lança Ava dans le dos de l'officier de la scientifique. Je suis désolée.

Une voix l'interpella.

— Commissaire divisionnaire Turner ?

Un homme s'avança, main tendue, tandis que la femme de la scientifique s'éloignait.

— Je suis le commissaire Dimitri, se présenta-t-il. Je n'ai jamais eu le plaisir de travailler avec George Begbie, mais j'ai cru comprendre qu'il était très respecté de ses hommes. Pourquoi ne laissons-nous pas la scientifique faire son boulot ? J'ai toujours l'impression d'être une pièce rapportée pendant qu'ils procèdent à leurs investigations. Attendons dans ma voiture, si vous préférez.

— Ça ne sera pas nécessaire, mais merci pour la proposition, répondit Ava. J'aimerais voir le corps *in situ*, en fait. Je devine qu'on est sur votre secteur.

— On m'a confié l'affaire, bien qu'il semble peu probable qu'il y ait matière à ouvrir une enquête.

Il marqua une pause et son regard se dirigea vers le 4×4 de Begbie.

— J'ai perdu d'anciens collègues, reprit-il, et c'est dur. Le truc est de ne pas transformer ça en une croisade. Dès que vous commencez à trop y réfléchir, vous vous engagez seul dans tout un tas de mauvaises directions. Je n'essaie pas de vous décourager, mais la meilleure chose à faire, vraiment, serait de nous laisser gérer ça. Comptez sur moi pour prendre soin de lui. Et si vous souhaitez qu'on vous transmette une information, n'importe laquelle, vous n'avez qu'à demander.

Ava jeta un coup d'œil au commissaire, dont elle avait entendu parler mais qu'elle n'avait jamais rencontré auparavant. Il s'exprimait d'une voix si douce qu'elle s'était surprise à tendre le cou dans sa direction pour l'entendre. De près, elle se rendit compte que ses yeux étaient d'un bleu si pâle qu'il était difficile de s'en détacher. Il avait les cheveux blancs, mais son âge n'y était pour rien. Elle supposait qu'il devait avoir autour de cinquante-cinq ans, même si son visage semblait sculpté dans une matière naturelle insensible au passage du temps. Avant qu'elle puisse répondre à sa suggestion, un brancard sur lequel se trouvait une housse mortuaire apparut non loin de la Land Rover. On l'emmena jusqu'à une camionnette qui attendait pour le transporter à la morgue de la ville. En dépit des suppositions avancées sur les lieux, il y aurait quand même une autopsie.

— Laissez-moi vous raccompagner à votre voiture, proposa Dimitri.

Ava secoua la tête.

— Ça ne sera pas nécessaire. J'aimerais informer l'épouse de Begbie moi-même, si ça ne vous ennuie pas. Si vos hommes se chargeaient du suivi et de prendre sa déposition, je vous en serais reconnaissante. Mais ce soir… je la connais. Il aurait préféré qu'une amie le lui annonce.

— Je comprends. Les faits, ceux dont nous disposons, sont les suivants : un couple qui marchait sur le chemin côtier a pris conscience qu'un moteur tournait. Ils ont dépassé le véhicule pour couper jusqu'à la route et ont remarqué le tuyau qui sortait du pot d'échappement. Ils ont rapidement ouvert une portière – apparemment, celle à l'arrière, côté passager, n'était pas verrouillée –, mais il était trop tard. Ils ont appelé une ambulance et la police. Les premiers intervenants ont demandé une vérification de plaque d'immatriculation et c'est ainsi que nous l'avons identifié. J'ai bien peur que tout cela ne soit que tragiquement banal, si on prend les choses sous cet angle-là. Une bouteille de whisky, vide, traînait sur le siège passager avant. La radio était allumée. Pas de signe de lutte, de vitres ni de portières brisées.

— Merci, marmonna Ava. J'apprécie votre gentillesse. Ma brigade sera dévastée. Vous me tiendrez au courant de vos conclusions ?

— Bien sûr. Il est entre de bonnes mains, je vous le promets.

Ava opina de la tête, enfouit profondément ses mains dans ses poches et s'éloigna. Elle s'arrêta avant d'ouvrir la portière de sa voiture pour se retourner vers la mer qui s'écrasait plus bas, une force aussi destructrice et brutale que la nouvelle qu'elle s'apprêtait à annoncer à la femme de George Begbie.

La maison de Begbie se trouvait à l'est de la ville, à Portobello, à l'intersection de St Mark's Place et Argyle Crescent. De facture traditionnelle, avec ses pierres noircies par le temps et les précipitations, elle se démarquait de ses voisines par sa petite tourelle qui s'élevait sur l'un de ses côtés. Ava se souvenait du chef plaisantant sur son « château », dont la bâtisse semblait une réplique en miniature. Sa femme et lui avaient adoré cet endroit. Ils y avaient emménagé dix ans plus tôt, et pour ce qu'Ava en savait, ils avaient prévu d'y rester dans un avenir proche, avenir qui avait été stoppé net dans sa progression. Chaque fois qu'Ava s'était rendue chez eux, les lieux étaient chaleureux, emplis de rires. Cette visite marquerait la fin de tout ça. Les choses ne seraient plus jamais les mêmes pour elle, et plus encore pour Glynis Begbie, une fois qu'Ava lui aurait annoncé l'épouvantable nouvelle. Elle attendit un moment dans la voiture, tandis que Mark Knopfler chantait à propos de chacals et de corbeaux. Elle s'attendait presque à ce que la femme-et-veuve de Begbie franchisse le seuil, guidée par un sixième sens jusqu'à elle. Glynis n'apparut pas. Ava éteignit la radio, s'assura que sa tenue était ajustée, et franchit les quelques pas qui séparaient l'allée de l'entrée principale.

— Ava ! Quel plaisir de te voir, ma chérie. George ne m'a pas prévenue, autrement j'aurais cuisiné quelque chose. Sincèrement, cet homme ! Si distrait tout le temps…

— Glynis, la coupa Ava.

Il y eut une seconde où elle ne dit rien, ce moment de télé, comme Ava l'avait toujours défini, où, d'une manière ou d'une autre, la simple présence physique d'un officier de police surgissant de manière inattendue à votre porte suffit à provoquer une prise de conscience et du chagrin. Mais cela ne se produisit pas.

— Rentre vite. Tu vas geler, là dehors. Ça doit être l'âge, mais je sens le froid tout le temps, ces temps-ci. Donne-moi ton manteau. Je vais appeler George sur son portable. Il s'en voudra s'il te rate.

— Glynis, répéta Ava. Asseyons-nous.

On y était. Ce léger vacillement de son sourire. Ce double battement de cils avant qu'elle ne réponde.

— Bien sûr, viens dans le salon. Pardon pour le bazar, j'écrivais quelques cartes. Tu es sûre de ne pas avoir envie d'une tasse de quelque chose ?

Ava s'installa sur le canapé et attendit que Glynis se soit perchée sur le bras d'un fauteuil.

— Je suis désolée d'avoir à t'apporter cette nouvelle, mais on a trouvé George mort dans sa voiture. D'après les premières constatations, il s'agit d'un suicide.

La bouche de Glynis se relâcha, son front se plissa. Elle secoua légèrement la tête. Ava avait été témoin à de bien trop nombreuses reprises de ce moment de défiance, du refus d'accepter l'annonce du décès. Elle attendit que Glynis prenne la parole. C'était toujours une question en premier : Où ? Quand ? Comment ? Et le plus souvent lors d'un suicide : Pourquoi ?

— Quelque chose n'allait pas, dit Glynis, d'un filet de voix tremblant.

Ava la dévisagea.

— Son cœur de nouveau ? Il avait vu son médecin récemment ?

Glynis secoua la tête.

— George ne m'a rien dit à ce sujet. Pour ce que j'en savais, il se rétablissait bien. Mais ces dernières semaines, il s'est montré, je ne sais pas, renfrogné. Ça ne lui ressemblait pas du tout.

— Je suis désolée de te demander ça, mais pensait-il représenter un danger pour lui-même ? Il en avait discuté ?

— Non, non, je l'aurais confié à quelqu'un pour qu'il se fasse aider. Où est-il maintenant ?

— En route pour la… pour le bureau d'Ailsa Lambert. Elle prendra bien soin de lui.

— Il est trop tard pour ça, n'est-ce pas ? Son dîner est au four. Plein de légumes verts. Rien avec une haute teneur en graisses ou en sucre. Il détestait ça, ce régime, depuis son attaque. Malgré tout, il vidait toujours son assiette sans se plaindre. Avant, on dégustait un gâteau à la crème chaque vendredi, comme une récompense, tu vois. Il n'en a pas mangé un seul en six mois. Je crois que c'était ce qui lui manquait le plus.

— Glynis, laisse-moi passer quelques coups de fil pour toi. Ta famille devrait être ici.

— J'aimerais voir George d'abord, si cela ne t'ennuie pas. Je suppose qu'il y aura une autopsie ?

— Oui, murmura Ava.

— Comment est-il passé à l'acte ? demanda Glynis.

Ses lèvres ne dessinaient plus qu'une ligne mince, pincée et tremblante, qui coupait son visage.

— Gaz de pot d'échappement, dit Ava.

Glynis tenta de se lever, vacilla et se rassit.

— Je vais te chercher un verre d'eau, proposa Ava. N'essaie pas de bouger.

Elle se rendit à la cuisine et commençait à ouvrir les placards à la recherche d'un verre quand des pas traînants se firent entendre derrière elle.

— A-t-il souffert ? Ava, je veux la vérité. J'ai été mariée trente-cinq ans à un policier. Pas la peine de me mentir.

Ava laissa couler l'eau du robinet pour s'assurer que cette dernière était assez fraîche tout en réfléchissant à la manière de répondre à la question. La femme de George Begbie n'était pas une idiote, et les détails des affaires traitées par la criminelle ne lui auraient pas échappé. Tel était le bagage dont s'accompagnait la vie d'épouse d'un policier.

— Maux de tête, nausées. Il a dû se sentir étourdi. Il a probablement éprouvé un sentiment de panique s'il était encore conscient quand son corps a commencé à être privé d'oxygène. Il a peut-être ressenti des douleurs à la poitrine, en particulier compte tenu de son passé médical. Une sorte d'attaque à la fin n'est pas à exclure. Je suis désolée, conclut Ava, j'aimerais…

— Je t'en prie, non, la coupa Glynis. Je veux bien un peu d'eau à présent.

Ava lui tendit le verre et s'appuya contre les placards, se frottant les tempes.

— Tu as dit que quelque chose n'allait pas. Peux-tu être plus précise ?

— Il a reçu quelques coups de téléphone tard le soir. Deux ou trois sur son portable, au moins un sur la ligne fixe. Il ne m'a pas dit de qui ils venaient. Il a lancé une plaisanterie à ce sujet pour détourner mon attention. Puis quelqu'un a laissé un paquet à notre porte une fois, alors qu'on était sortis faire des courses. Pas d'étiquette. Je lui ai conseillé de prévenir la police. Il avait bien conscience d'être encore une cible, vu le nombre de gens qu'il avait mis sous les verrous. Il a emporté le paquet dans l'abri de jardin, m'a affirmé que c'était des échantillons gratuits de pacotille. J'ai toujours su quand il mentait.

— Et tu penses que ces appels et ce paquet auraient pu constituer une raison suffisante pour qu'il…

Ava ne termina pas sa phrase.

— George détestait les suicides. Pour lui, c'était la chose la plus cruelle à imposer à un autre être humain. Si c'est bien ce qu'il a fait, alors je n'ai aucune idée de l'homme qu'était mon mari, avec lequel j'ai passé plus de la moitié de ma vie. J'aimerais aller le voir maintenant, s'il te plaît.

Elles arrivèrent à la morgue d'Édimbourg une demi-heure plus tard. Ailsa Lambert les accueillit à la porte, et étreignit Glynis. La médecin retenait ses propres larmes quand elle les fit entrer dans la salle d'autopsie. Sur une table en acier, un corps reposait sous un drap.

— Je suis désolée de ne pouvoir vous proposer rien de plus approprié que cette pièce. Toutes les autres sont occupées. Glynis, tu es sûre d'être prête pour ça ? Je peux l'identifier formellement. Tu n'as pas besoin de garder cette image de George comme dernier souvenir de lui, dit Ailsa.

— Si, répondit Glynis.

Le regard fixé sur la forme recouverte qui était l'homme qu'elle avait aimé pendant des décennies, elle écrasait un mouchoir dans sa main.

Ailsa retira le drap pour révéler une tête nue et des épaules. Glynis retint sa respiration. Ava lui pressa l'épaule, tentée de se détourner, mais il n'y avait pas de place pour la lâcheté quand Glynis avait à se montrer si courageuse.

Ça n'en restait pas moins une vision atroce. La mort n'est jamais aussi définitive que lorsqu'on a à la regarder dans les yeux. Ava détestait la mollesse de la mâchoire du chef et la manière dont la chair de ses joues s'était affaissée vers ses oreilles, comme si son corps se fichait de prétendre être encore humain. La vie l'avait littéralement déserté.

— Pourquoi est-il si rouge ? demanda Glynis.

— L'empoisonnement au monoxyde de carbone provoque parfois cette réaction après le décès, expliqua Ailsa. Tu confirmes qu'il s'agit bien de George ?

— C'est lui, répondit Glynis. Oh mon Dieu, c'est vraiment lui.

Elle se détourna et sortit dans le couloir. Ava la laissa partir.

— As-tu pu l'examiner, Ailsa ? Tu as des informations à me fournir ? demanda-t-elle à la légiste.

Cette dernière recouvrit de nouveau le visage de Begbie.

— Je n'ai disposé que de quelques minutes, c'est tout. La journée a été chargée.

— J'en ai entendu parler. Je suis désolée. De nombreuses familles te sollicitent sûrement en ce moment.

— Oui, mais George était mon ami. Je travaillais déjà avec lui quand tu étais encore à l'école. Je n'aurais jamais pensé qu'on me demanderait de pratiquer son autopsie. Mais les symptômes sont ceux, classiques, d'un suicide par inhalation de monoxyde de carbone. Cette couleur cerise de la peau ? Elle montre qu'il a inspiré le gaz. Si tu attends de moi que je te dise que quelqu'un l'a tué et l'a déposé là, alors ça m'est impossible. Il ne présente aucune blessure. Il n'était pas attaché dans la voiture. Il ne s'est pas défendu.

— Rien ? insista Ava. Vraiment, Ailsa ? Tu le connaissais mieux que moi, et je sais que le chef n'aurait pas attenté à ses jours.

— Tu n'en sais absolument rien. Les gens se brisent parfois, Ava. Ils apprennent une mauvaise nouvelle, ils subissent une perte, ils arrêtent de travailler et trouvent leur vie soudain vide. Ils se regardent un jour dans le miroir et découvrent qu'ils sont devenus vieux. Ce qui les terrifie.

— C'est lâche. Indigne de lui.

— Le suicide est l'acte le plus humain et le plus solitaire qui soit. Il ne te revient pas de le juger, contra la médecin.

Ava tendit la main vers l'homme imposant sous le drap, la retira et se tourna vers le mur.

— Je sais. Pardon. Je ne voulais pas dire ça. J'ai juste le sentiment de lui avoir fait défaut d'une manière ou d'une autre. J'aurais dû lui rendre visite plus souvent après sa crise cardiaque. M'assurer qu'il tenait le coup. J'ai seulement poursuivi mon petit bout de chemin, toujours trop occupée.

— Quand il y a suicide, les gens ont tendance à ramener ça à eux – ce qu'ils n'ont pas fait, ou dit, ou ne se sont pas rappelé. Il ne s'agit pas de toi, Ava. Il ne s'agit pas de Glynis, de leurs enfants, ni de quiconque. Mais du point où en était George. Pour être honnête, je ne m'attends pas à tomber sur quoi que ce soit à l'autopsie, mais je me mettrai en rapport avec son médecin pour vérifier tout diagnostic récent. Son corps ne présentait pas de marques, mis à part ceci.

Ailsa se déplaça de manière à soulever le drap sur le côté gauche du corps de Begbie.

— Là, sur l'intérieur du poignet. On le remarque à peine maintenant, à cause de la rougeur, mais on dirait des lettres bien que formées de manière maladroite. Un N majuscule à côté d'un c minuscule. Mon hypothèse est qu'on les a inscrits sur son bras avec l'ongle.

— Ça ne m'évoque rien. N c. Je vérifierai. Je ferais mieux de ramener Glynis chez elle, maintenant. Elle s'est montrée plus stoïque que je ne m'y attendais, même si, à l'évidence, elle est sous le choc. Ce qui s'ajoute au fait d'être l'épouse d'un officier de police à la longue carrière. Elle a probablement passé des années à redouter cette annonce. Ça prendra un moment avant qu'elle réalise. Il lui faudra aussi prendre contact avec le reste de la famille. Préviens-moi, veux-tu, quand tu auras le résultat complet de l'autopsie.

— Évidemment. Rentre chez toi te reposer, toi aussi. Si des journées comme celles-ci nous apprennent quelque chose, c'est qu'on ne sait jamais ce qui nous attend. Chaque minute compte.

Chapitre cinq

— Je v-veux être bénév-vole, dit l'homme.

Sa pomme d'Adam fonctionnait de manière presque complètement indépendante du reste de son corps.

— Vous savez que vous ne serez pas payé, n'est-ce pas ? Il n'y a pas d'emploi en tant que tel à pourvoir en ce moment, répondit une femme.

Elle portait des vêtements qu'on rencontrait plus généralement sur un podium lors de la Fashion Week à Londres, du genre à agresser l'œil.

— Je le s-sais. Je ne s-suis pas ic-ci pour l'argent. Je v-veux s-seulement v-vraiment rendre s-servic-ce. C'est bien ce que v-vous faites ic-ci.

— Vous disposez d'autres moyens financiers qui vous permettent de ne pas être rémunéré ?

Elle l'étudia, incrédule, depuis sa coupe de cheveux jusqu'à ses chaussures.

— Je trav-vaille ailleurs aus-ssi, marmonna-t-il. J'ai pens-sé que ma contribution s-serait de quelques heures par s-semaine. Même s-si je prépare s-seulement le café ou m'occupe de tâches adminis-strativ-ves.

Elle soupira, sortit un papier d'un tiroir et appuya sur l'extrémité d'un stylo en attendant qu'il ait terminé sa phrase.

— Je prends votre nom, mais je ne vous garantis rien.

Une autre femme intervint. Elle posa avec douceur la main sur l'épaule du désastre de la mode et sourit gentiment.

— Merci, Sian, je m'en charge. Pourquoi ne pas venir dans mon bureau ? proposa-t-elle à l'homme. Je suis Cordelia Muir. Et vous êtes ?

Il lui emboîta le pas, avec l'impression qu'on lui retirait un poids des épaules.

— Jeremy, répondit-il.

Elle avait entre quarante et cinquante ans. La remarquable structure osseuse de son visage, le soin qu'elle prenait d'elle-même et sa silhouette svelte empêchaient de lui donner un âge avec précision. Les médias en avaient proposé plusieurs, à prendre avec circonspection. En revanche, tous s'accordaient à reconnaître l'action bénéfique de son association caritative dans les pays africains. Crystal se penchait sur les questions d'équipements sanitaires et misait sur l'éducation des populations pour leur apprendre comment construire un puits, et leur fournissait des fonds pour transmettre leurs techniques au village voisin. Ainsi, une alimentation sûre et durable en eau potable se déployait en réseau comme une toile d'araignée fertile, changeant les vies et apportant de l'espoir pour l'avenir.

— Donc, Jeremy. Je dois dire qu'il est très généreux de votre part de vous proposer comme bénévole. Sian s'occupe de la gestion quotidienne. Sa vision du monde est plutôt rigide, mais elle ne cherchait pas à vous blesser. J'espère qu'elle ne vous a pas rebuté. Quoi qu'il en soit, elle avait raison de souligner que vous ne serez pas rémunéré. Nos ressources sont limitées et je m'assure qu'un pourcentage aussi élevé que possible de nos dons parvienne sur le terrain. Les locaux chers ou le personnel pléthorique sont incompatibles avec nos missions.

— C-c'est pour c-cela que je s-suis ic-ci, affirma Jeremy, la tête penchée vers ses genoux. J'ai lu ç-ça à votre s-sujet. C'est la raison pour laquelle j'aimerais aider. Vous s-semblez...

Il cilla plusieurs fois, mordillant sa lèvre inférieure.

— Vous s-semblez être quelqu'un de bon.

— C'est très gentil à vous. Et si votre proposition est sérieuse, je serai ravie de vous compter parmi nous. Dites-m'en un peu plus à votre sujet.

Jeremy rougit, prit une profonde inspiration et se raidit pour s'exprimer tout en maintenant un contact visuel avec son interlocutrice.

— V-vingt-c-cinq ans, dit-il. J'aime aider les gens.

Il s'exprimait avec lenteur, en soupesant chaque mot.

— J'ai grandi dans une famille d'accueil. Des gens gentils. J'aimerais rendre c-ce que j'ai reç-çu. Autrement, je trav-vaille comme jardinier. Pas beaucoup de demandes en hiv-ver.

— J'imagine que non, répondit Cordelia avec douceur. Je comprends ce que vous voulez dire. J'ai eu de la chance. Mes parents étaient tous deux kenyans, mais issus de familles aisées. Ils m'ont amenée ici quand j'avais à peine quatre ans. Mon père travaillait dans la finance. On m'a envoyée dans une école correcte, j'ai passé mes vacances à l'étranger, ai poursuivi mes études universitaires sans m'endetter. Une fois diplômée, j'ai navigué dans le monde de l'entreprise, permettant à des gens qui en avaient déjà suffisamment de gagner un tas d'argent supplémentaire. Je suppose que j'en ai eu assez et ai souhaité trouver quelque chose qui ait plus de sens, et me voilà. Agir pour améliorer les vies des gens vivant en Afrique m'a donné l'impression de résoudre la quadrature du cercle. Vous savez, je pense que vous allez être un véritable atout ici. Ce qui compte le plus pour moi est de travailler avec des gens qui ont une attitude positive et le désir de faire le bien. Pourquoi ne viendriez-vous pas la semaine prochaine, passer quelques heures pour mieux comprendre nos actions et où vous auriez votre place ? Et si nous sommes satisfaits de part et d'autre, on rendra les choses plus régulières ? En attendant, remplissez un formulaire avec quelques informations sur vous et le nom d'un référent, si vous en avez un.

— J'en ai un, répondit Jeremy en s'autorisant un petit sourire et un hochement de tête.

— Et si je vous préparais un café avant que vous y alliez, afin que vous expérimentiez à quel point je le rate ? Tout le monde ici sera ravi que quelqu'un d'autre que moi se charge de la bouilloire.

Elle tendit à Jeremy un formulaire où inscrire des informations basiques – adresse, numéro de Sécurité sociale, de téléphone, personne à contacter en cas d'urgence – et un stylo, puis elle sortit. Des bruits de tasses et de cuillers s'entrechoquant dans un évier se firent entendre. Jeremy remplit rapidement le document puis étudia le bureau de Cordelia Muir. Une photo de famille occupait la place d'honneur sur sa table de travail. Elle y posait avec ses enfants. Une fille et un garçon plus jeune, prise depuis quelque temps, à en juger par les changements survenus chez Cordelia. Les recherches menées par Jeremy lui avaient appris que la fille de cette dernière étudiait à l'université, tandis que son fils était au lycée à Édimbourg. Tout en la regardant, à travers la paroi de verre qui les séparait, ouvrir la porte du réfrigérateur pour y ranger une brique de lait, il se demanda si elle serait contrariée de le voir manipuler le cadre.

— Vous av-vez de beaux enfants, dit-il quand elle revint, chargée de deux mugs.

— Merci, répondit-elle.

Elle posa la tasse fumante devant lui, n'affichant pas le moindre signe de réprobation à ce qu'il tienne la précieuse image entre ses mains.

— Mon mari est décédé il y a quelques années. Il était en phase terminale quand nous avons pris cette photo.

Ma fille a mieux réagi que mon fils. Randall n'a que dix-sept ans. Je crois qu'il est important que les garçons comptent un homme dans leur entourage pour les aider à traverser ces années de transition.

Elle sourit.

— Mon père est mort quand j'av-vais deux ans, dévoila Jeremy en reposant le cadre sur le bureau. Lui et ma mère ont été v-victimes d'un accident de car. Ma famille d'accueil a fait de s-son mieux, mais les années d'adoles-c-cenc-ce s-sont diffic-ciles. Je n'étais pas très indulgent.

— Je suis sûre que vous n'étiez pas pire que n'importe quel autre adolescent, et cela a dû être plus dur pour vous que pour la plupart. Vos parents seraient fiers de vous maintenant. (Elle sourit de nouveau.) Vous avez déjà rempli le questionnaire ? Merveilleux. Que diriez-vous de venir lundi matin ? Je commence un nouveau projet et votre aide nous serait utile. Rien de très glamour, j'en ai peur, mais j'aimerais que vous soyez présent.

Jeremy s'illumina. Il prit une gorgée de café, les mains tremblantes.

— Ça s-serait fantas-stique, dit-il. Merc-ci, madame Muir.

— Cordelia. On n'utilise que les prénoms ici. Pour moi, c'est comme si le destin vous avait mené à nous, Jeremy. Je crois beaucoup au destin. Bienvenue dans l'équipe.

Au poste de police, le commandant Callanach attendait Ava Turner dans son bureau. Il se leva quand elle entra.

— Luc, quelles nouvelles concernant le cadavre d'Arthur's Seat ?

— Pas encore grand-chose de plus, madame, répondit-il.

Sur un geste d'Ava, il se rassit.

— Ça ne te dérangerait pas, s'il te plaît, de ne pas m'appeler « madame » ? Enfin, oui, devant les autres, mais pas quand nous sommes juste tous les deux. Tu sais que ça me met mal à l'aise.

— Et moi je le suis quand je ne le fais pas, répliqua-t-il. J'ai appris, pour le chef. Je voulais voir comment tu allais et si je pouvais t'être utile à quelque chose.

— Tu as envie de te bourrer la gueule avec moi plus tard, de t'assurer que je rentre chez moi sans encombre, de me tenir les cheveux pendant que je vomis, puis de rester assis à côté de moi toute la nuit pour vérifier que je ne m'étouffe pas ?

Ava posa le front sur son bureau.

— Seigneur, désolée. Je ne sais pas ce qui m'a pris. Est-ce que tout le monde est au courant ?

— Lively l'est, donc ça aurait aussi bien pu être diffusé sur les ondes. Et oui, si c'est ce que tu attends de moi.

Ava eut l'air perdue.

— Tenir tes cheveux et vérifier que tu ne t'étouffes pas, précisa-t-il.

— Je suis certaine que tu as mieux à faire de ta soirée, répondit-elle, en devinant que ce n'était probablement pas le cas.

Callanach ne manquait certes pas de faire tourner les têtes en public, mais une fausse accusation de viol portée par une collègue durant son affectation à Interpol l'avait conduit à vivre comme un reclus.

— J'ai du travail, de toute manière, reprit-elle. Parle-moi de la fille à Arthur's Seat.

— Il s'agit de Lily Eustis, dix-neuf ans. En année sabbatique avant d'intégrer l'université, principalement parce qu'elle travaillait pour épargner afin de payer ses frais d'inscription. Elle devait commencer ses études de médecine à St Andrews en septembre. Sa famille a été prévenue. Une mère, un père, une sœur. J'ai répondu à l'appel, mais ça ne semble pas être une affaire pour la brigade criminelle. Selon les conclusions préliminaires, l'hypothermie est la cause de la mort.

— Comment est-elle arrivée là-haut ?

— Nous n'en avons pas la moindre idée pour le moment. Elle ne possède pas de voiture, vit avec ses parents. Apparemment, elle est sortie hier soir avec une connaissance dans un pub, et n'est pas rentrée à la maison. Ce n'est pas dans ses habitudes, mais c'est déjà arrivé, même si ses parents précisent que, normalement, elle aurait téléphoné pour leur dire où elle passait la nuit.

— Tu as parlé à celui ou celle qu'elle devait retrouver ? demanda Ava tout en prenant des notes.

— Personne ne sait de qui il s'agit. Les parents pensent qu'elle avait rendez-vous avec un garçon, mais n'en sont pas certains. Sa sœur a contacté les copains de Lily, mais aucun d'eux n'a pu lui en dire plus.

— Gardons ça pour la brigade criminelle pour le moment. Ailsa devrait traiter l'autopsie de Lily comme une priorité. Tiens-moi informée.

Callanach se leva.

— Pourquoi ne me laisserais-tu pas te raccompagner chez toi tout à l'heure ? Laisse ta voiture ici. Je viendrai aussi te chercher demain matin.

— Tu penses que je suis incapable de conduire maintenant ? Je suis triste, Luc, pas ivre.

Elle soupira.

— Seigneur, je suis désolée. Je ne gère pas très bien tout ça. C'est gentil à toi, mais ça va aller, vraiment. Je dois informer la brigade de la mort du chef. Ils voudront connaître les renseignements dont je dispose. Peux-tu te charger de convoquer tout le monde dans une heure en salle de briefing ?

— Compte sur moi. Le film pris par le drone sur la mort de Lily Eustis sera alors disponible. Je demanderai une copie pour que tu le visionnes après la réunion.

— Bien. Puis on rendra visite à Ailsa à la morgue ensemble.

Le téléphone d'Ava sonna. Callanach se dirigea vers la porte.

— Luc, attends, le rappela Ava. Vous êtes sûr ? demanda-t-elle à son interlocuteur. Vous avez vérifié ses papiers ? Non, retenez-la encore un moment en bas. Je dois d'abord en parler au commandant. Il est dans mon bureau. Donnez-moi cinq minutes. Je vous rappelle.

Luc se tenait le dos collé contre la porte du bureau, les mains dans les poches, la tête inclinée sur le côté.

— C'est Astrid ? demanda-t-il. Je pensais bien qu'elle ne me laisserait pas tranquille pour toujours, mais se présenter ici, après ce qu'elle a fait…

— Non, ce n'est pas elle, le coupa Ava.

Il aurait été extrêmement pénible pour Luc de se retrouver en face de cette femme qui l'avait piégé avec une plainte pour viol mensongère, songeait la commissaire. Mais, de bien des manières, rencontrer celle qui l'attendait à l'accueil serait encore pire.

— Luc, je ne sais pas ce qui s'est passé. Ta mère n'a donné aucune explication à sa présence ici, mais elle est en bas.

Il se passa la main dans les cheveux, cherchant ses mots.

— Je ne veux pas la voir, finit-il par dire, tandis qu'Ava contournait son bureau pour se rapprocher de lui.

— C'est ton droit le plus strict. Elle t'a abandonné quand tu avais besoin d'elle…

— Ce n'était pas seulement un abandon. Tu ne peux pas comprendre. J'ai été accusé d'un viol que je n'ai pas commis. J'étais dévasté. Je n'étais même pas sûr d'avoir la force d'affronter le procès. Ma mère était la seule personne qui aurait dû savoir, sans la moindre équivoque, que je n'avais pas agi ainsi, que rien en moi n'était si monstrueux. Quand elle est partie alors que j'étais accaparé par la préparation du procès, j'en suis arrivé à douter de moi-même. Parfois, je pensais que peut-être j'avais violé Astrid et juste inventé une autre réalité dans mon esprit. Comment aurais-je pu être innocent quand ma propre mère ne supportait pas de rester avec moi et de me soutenir ?

— Luc, je suis désolée que ce soit un tel choc. Mais elle est ici. En bas, maintenant. Il y a sûrement une bonne raison à sa présence. Tu ne souhaites pas la connaître ?

— Pas particulièrement, rétorqua-t-il.

— Tu préfères que je descende lui parler en premier ? proposa Ava.

— Elle a changé de numéro de portable. Je lui ai téléphoné, lui ai laissé des messages, envoyé des SMS. Je lui ai écrit des mails. Des lettres. Chaque silence que j'ai obtenu en retour était un clou dans le cercueil de notre relation. Il s'est passé des mois, Ava. Des mois entre le moment où elle est partie et celui où le dossier de l'accusation s'est effondré et où on m'a annoncé que j'étais libre. Même si je parvenais à comprendre pourquoi elle n'a pas été capable de me soutenir avant le procès, elle a eu plus d'un an pour me contacter depuis que c'est fini. Il n'y a pas d'excuse, pas d'explication possible pour traiter son enfant unique ainsi.

— Luc, je t'en prie. J'ai perdu ma mère. Quand j'ai appris qu'elle était mourante, il était trop tard pour rattraper les années où j'avais été trop occupée, trop centrée sur moi-même pour passer du temps avec elle. Je n'ai jamais eu l'opportunité de lui faire part de tous ces petits ressentis dont s'accompagne le fait de grandir. Je ne tiens pas à ce que tu commettes la même erreur, conclut-elle.

— Ava, il s'agit de ma vie, pas de la tienne. Et ce ne sont pas de petits ressentis. C'était des coups au corps. Je n'ai commis aucune erreur.

— Je comprends. Vraiment. Mais descends et affronte-la. Au moins, dis-lui ce que tu éprouves. Mets fin à tout ça. Un jour viendra où tu en auras besoin.

Luc se tourna vers la porte.

— Donc, tu vas lui parler ? insista Ava.

— Je la traiterai exactement comme elle m'a traité. Je la laisserai vider son sac. Elle pourra me supplier de lui pardonner, me dire que je lui manque ou ce qu'elle voudra d'autre. Puis je la rayerai de ma vie pour de bon.

Chapitre six

— Christian, je suis incapable de rester enfermée plus longtemps, murmura Mina, la sœur de Lily, au téléphone. Je vais sortir une fois que mes parents seront endormis. Tu me rejoins ?

— Mina, tes parents doivent pouvoir compter sur toi. S'ils se réveillent et découvrent que tu as disparu, ils seront terrifiés, répondit Christian. Je viendrai si ça te fait du bien, mais je ne suis pas sûr que te retrouver dehors au milieu de la nuit soit la bonne chose pour toi.

— Ça m'étouffe. La chambre de Lily est juste à côté de la mienne. Maman insiste pour qu'on en garde la porte grande ouverte, comme si la fermer repoussait Lily encore plus loin. Mais je passe devant et vois quelque chose qui appartient à ma sœur – une écharpe, un stylo, un chouchou pour les cheveux – et ça recommence. Parfois, j'ai l'impression que je n'arrêterai plus jamais de pleurer.

— OK, j'arrive. Attends-moi à l'arrêt de bus en haut de la rue. Mais s'il te plaît, laisse un mot à tes parents pour leur expliquer que tu avais besoin de prendre l'air. Ils sont assez éprouvés comme ça.

— Tu as raison. Je le ferai. Mais viens, je t'en prie.

Elle raccrocha.

Christian prit une douche et se changea. Il sortait d'un tripot qui organisait des soirées scène ouverte, avec une salle fumeurs couverte à l'arrière du bar, et maintenant ses vêtements empestaient la cigarette. Mina détesterait ça, et il tenait à la réconforter comme elle le méritait. Il enfila une chemise et un jean noir, enroula une écharpe autour de son cou et attrapa un épais duffle-coat. En sortant, il prit un livre qu'il jeta négligemment sur la banquette arrière de sa voiture. *La Légende du cavalier sans tête* était l'un des textes qui figuraient au programme du master de littérature américaine de l'université d'Édimbourg. Mina était toujours fascinée par ses lectures.

Sa vieille voiture était le véhicule typique des étudiants. Elle avait passé de justesse son dernier contrôle technique, disposait de l'assurance la moins chère possible, et à l'intérieur on voyait presque les ressorts sortir des sièges. Mais elle était fonctionnelle et tombait rarement en panne. Avant de quitter son appartement, il avait préparé deux chocolats chauds qu'il avait versés dans des mugs en polystyrène réutilisables (la conscience écologique de Mina lui importait), et pris un sac de marshmallows qu'il avait gardé de côté. Il ne pouvait pas faire grand-chose pour rendre son sourire à Mina en ce moment, mais ça, c'était dans ses cordes.

Seule sa tête dépassait de l'Abribus où elle l'attendait, cherchant sa voiture des yeux. Christian se gara et lança un appel de phares, essuyant la condensation sur la vitre passager pour qu'elle voie qu'il s'agissait bien de lui.

— Salut, toi, dit-il quand elle se jeta sur le siège à côté de lui. De quoi as-tu envie ?

— Si on se contentait de rouler un moment ? J'ai besoin de me sentir en mouvement. Tout le reste s'est figé.

— Bien sûr. On n'a pas à parler. Où va-t-on ?

— Emmène-moi aussi près que possible d'Arthur's Seat. Je dois voir. Je veux comprendre pourquoi Lily a fait ce qu'elle a fait.

Avant de démarrer, Christian mit entre les mains de Mina un gobelet de chocolat chaud.

— Tu es sûre, pour Arthur's Seat ? À mon avis, Lily aurait détesté l'idée que tu te tortures comme ça.

— Ouais, ben tu ne l'as jamais rencontrée, alors ne me dis pas ce qu'elle aurait aimé ou pas. Oh Seigneur, Christian, je suis désolée. Je ne sais pas ce qui me prend de te dire ça.

Le regard de Mina se perdit de l'autre côté de sa vitre.

— Je ne me reconnais plus moi-même, reprit-elle. Merde, écoute, dépose-moi là si ça t'arrange. Je comprendrai que tu préfères rentrer chez toi. Et merci pour le chocolat chaud. Je ne le mérite pas. Et je ne te mérite pas non plus.

Elle s'essuya brutalement les yeux d'une manche déjà détrempée par la pluie.

Christian observa ses épaules courbées, ses cheveux qui n'avaient pas vu une douche ni une brosse en deux jours et demi, depuis que le corps de sa sœur avait été découvert, et ses pieds pointant l'un vers l'autre, comme si son corps essayait littéralement de disparaître. Il sortit les marshmallows du compartiment de sa portière.

— Je ne vais nulle part, affirma-t-il. Mais j'insiste pour que tu manges au moins une douzaine de ça. Du sucre et un ami, voilà ce qu'il te faut. M'aboyer dessus ne suffira pas pour que je t'abandonne.

Mina reporta son attention sur lui et se força à sourire.

— Si grimper Arthur's Seat est ce que tu désires, alors nous irons. Quand on perd quelqu'un qu'on aime, les choses ne sont pas noires ou blanches. La seule solution est de traverser une journée après l'autre. Peut-être ressentiras-tu quelque chose. À nous de le découvrir.

Ils roulèrent un quart d'heure. La circulation était moins un problème que la pluie battante. Christian finit par se garer sur Queen's Drive, aussi près que possible de la zone d'Arthur's Seat où Mina avait souhaité se rendre. L'obscurité était totale, même la pollution lumineuse de la ville n'osait pas grimper le long de la colline. Il coupa le contact et attendit en silence que Mina prenne la parole.

— Qu'est-ce que Lily fabriquait ici ? murmura-t-elle. Elle n'avait jamais parlé de s'y rendre. On l'a escaladé quand on était enfants, et je crois qu'elle y est venue une fois lors d'une sortie scolaire. Mais de nuit, en décembre ?

— La police vous a fourni de nouvelles informations ?

— Ils nous ont dit que les conclusions préliminaires de l'autopsie seraient rendues demain. Pas d'autres progrès. Ancun homme ne s'est présenté pour dire qu'il était avec elle. Personne, parmi les amis de Lily, n'a la moindre idée de l'identité de celui qui l'accompagnait ce soir-là.

Elle trempa un marshmallow dans le chocolat chaud, attendit qu'il soit à moitié fondu, puis le mit dans sa bouche.

— C'est bon, commenta-t-elle. Merci d'être venu me chercher.

— Pas de souci. Je tenais à te rendre service. Simplement, je ne savais pas si tu avais besoin d'air ou d'être seule avec ta famille.

— J'ai besoin de comprendre comment elle a pu me quitter ! explosa Mina, des morceaux de marshmallows s'échappant de ses lèvres.

Elle s'étouffa, se pencha, crachant du chocolat chaud sur son jean, puis renonça à se maîtriser et laissa tomber le gobelet sur le tapis de sol.

— Mina, lui dit Christian avec douceur.

— Pardon, je nettoierai.

Elle sanglotait, se serrant le ventre, ses cheveux cachant son visage.

— Ne t'excuse pas. Viens là.

Il glissa son bras gauche sur les épaules de la jeune fille, et du droit l'attira vers lui. Il l'enlaça, lui caressant la tête.

— C'est normal de pleurer, chuchota-t-il. Je suis là.

Mina se laissa réconforter, s'appuyant contre la poitrine de Christian, s'autorisant à s'effondrer. Il la berçait avec douceur tandis qu'elle pleurait, la maintenant en sécurité, le visage appuyé sur le haut du crâne de la jeune fille, luttant contre ses propres émotions. Mina était si fragile ! Et elle tentait d'encaisser un coup insupportable. Les minutes passèrent. Les sanglots de Mina se calmèrent, remplacés par des spasmes. Plus elle essayait de les contenir, plus son corps tremblait.

— Je n'y arriverai pas, murmura-t-elle, son propre souffle lui brûlant la gorge. Je ne serai jamais capable de la laisser partir. Et on dirait que maman est morte, elle aussi. Elle a littéralement vieilli sous mon nez. Comme si la pesanteur avait transformé son visage en une sorte de masque gris. Je n'arrive même pas à le décrire.

Christian la laissait parler. Il avait assez de jugeote pour ne pas lui affirmer que ça irait mieux. Il avait lui-même perdu quelqu'un qu'il aimait et il savait que rien ne vous réconforte quand la disparition est si récente. Mina changea de position de manière à le regarder droit dans les yeux. Elle ramena ses genoux contre sa poitrine.

— Je n'arrête pas de me demander si ça aurait été mieux ou pire qu'elle soit malade. J'aurais pu lui dire au revoir, tenir sa main. Mais je ne sais même pas si… elle a eu peur. Je veux dire, mon Dieu, et si elle avait voulu mourir ici ? Tu crois que c'est une éventualité ? Que ça explique pourquoi elle a grimpé là ? Comment peut-on affronter ça ? C'est comme si on était soudain devenu un personnage de roman.

Elle sanglota de nouveau, et son visage torturé n'avait plus rien de la fille insouciante que Christian rencontrait généralement.

— Ils vont l'ouvrir en deux, putain. C'est là qu'elle est, maintenant. Lily est allongée sur un lit métallique quelque part, en kit. Je ne peux pas l'aider, lui dire que je l'aime. Je suis juste bête et égoïste. Je la déteste de m'avoir laissée. Comment puis-je la haïr alors qu'elle est morte ? C'est comme si tout en moi pourrissait.

Mina ouvrit brusquement la portière et se précipita dehors. Elle atteignit un fossé où elle s'arrêta pour vomir. Christian s'élança derrière elle, la rattrapa à temps, l'empêchant de tomber la tête la première. Elle eut encore deux haut-le-cœur avant que son corps ne se détende, lui permettant de se redresser.

— Je ferais mieux de te raccompagner chez toi. Ça n'aide pas. Prends les choses un jour – une heure – après l'autre. Ça sera différent quand la police aura quelques réponses. Viens.

Il posa une main sur son épaule et la guida vers la voiture.

— Je serai là, jour et nuit, chaque fois que tu auras envie de parler, lui assura-t-il.

— Merci, dit-elle d'une voix rauque. J'ai tellement de chance de t'avoir ! Promets-moi que tu ne me quitteras pas. Je n'y arriverais pas sans toi.

Chapitre sept

Callanach se débarrassa de ses clés et se rendit dans la cuisine. Instinctivement, il tendit la main vers sa cafetière, refoulant son désir d'ouvrir la bouteille de single malt rangée dans le placard depuis des mois. Il n'était généralement pas amateur d'alcool fort, mais s'il y avait un jour une raison pour que cela change, ce jour-là était arrivé.

Véronique, sa mère, était assise sur le canapé, manteau boutonné jusqu'au cou, sac sur les genoux, agrippant la lanière de ce dernier des deux mains comme s'il risquait de s'envoler. Callanach fixait sa silhouette qui se reflétait dans la baie vitrée de son appartement d'Albany Street, à quelques minutes à pied seulement des restaurants et bars animés de York Place. Non pas qu'il sortît souvent. Il avait passé quinze mois à s'approprier les lieux depuis qu'il avait commencé à travailler au sein de la police écossaise. En tout, deux ans s'étaient écoulés depuis sa suspension d'Interpol, quand une collègue avait lancé l'accusation de viol qui avait stoppé net sa carrière. Quelques amis lui étaient restés fidèles, des collègues encore moins nombreux, mais le plus douloureux avait été d'être abandonné par sa mère. Pourtant, il l'aimait encore. C'est la raison pour laquelle il était hors de question qu'il la laisse revenir dans sa vie. Surmonter la peine qu'elle lui avait causée était suffisamment dur. Il ne voulait pas prendre le risque d'avoir à traverser cette épreuve de nouveau.

Il touilla le café, se demandant si sa mère mettait encore du lait dans le sien. Elle était beaucoup trop mince, voilà la première chose qu'il avait remarquée. C'était à Lyon qu'il l'avait vue pour la dernière fois. Il était libéré sous caution, avec de sévères restrictions quant à ses déplacements et aux personnes qu'il était autorisé à voir. Elle était apparue sur son seuil, munie d'un petit sac de voyage et d'un discours assurant que tout irait bien, que ces allégations partiraient en fumée. Sa prédiction s'était révélée fausse. Même maintenant, son monde n'était pas assuré sur ses bases. Sa mère avait séjourné chez lui durant deux semaines, chaque journée plus tendue que la précédente, tandis qu'ils attendaient que le procureur se ressaisisse, qu'il se rende compte qu'il ne s'agissait que d'un mensonge malveillant, né de l'obsession qu'une femme nourrissait à l'égard de Luc.

Face à lui, sa mère s'était désengagée physiquement pour commencer, plus silencieuse de jour en jour, l'espoir la quittant presque de manière visible, puis elle était partie et il n'avait eu aucune nouvelle d'elle. Même quand Astrid Borde avait décidé de ne pas venir témoigner à la barre, et qu'un verdict de non-culpabilité avait été rendu, sa mère ne l'avait pas contacté. Comme s'il était mort pour elle. Callanach avait pleuré de la perdre. Et maintenant, elle était là, une version diminuée, fantomatique de la femme qu'il avait connue, à peine capable de soutenir son regard. Même sa voix n'était que le faible écho de la personne confiante en elle, rieuse, dont il gardait le souvenir.

— Lait ? Sucre ? lui demanda-t-il en français, traduisant les questions en anglais dans sa tête comme s'il n'avait jamais vécu en France.

— Ni l'un ni l'autre, merci, répondit poliment Véronique.

Il porta les deux mugs dans le salon et les posa sur la table basse, choisissant le fauteuil en face d'elle, pour maintenir une distance entre eux. Il sortit son téléphone de sa poche et le posa sur son accoudoir. Il avait laissé Ava briefer l'équipe mais avait accepté de la rejoindre à la morgue à 22 heures. Ce qui lui donnait juste une heure. Non pas que cela l'inquiétât : qu'importait ce que sa mère avait à lui dire après tout ce temps ? Soixante minutes suffiraient à l'énoncer. Ce n'était pas comme si quelque chose pouvait changer maintenant.

— J'aime bien ton appartement, remarqua-t-elle en sirotant son café, tenant la tasse comme si c'était une ancre.

Callanach ne répondit pas. Au poste de police, il avait descendu les escaliers depuis son bureau jusqu'à l'accueil dans un brouillard, convaincu qu'il s'agissait d'un cas d'usurpation d'identité ou d'une blague stupide de son équipe qui n'avait aucune idée du champ de mines sur lequel elle posait les pieds. Mais non, c'était bien elle. Vêtue de noir, ses cheveux encore foncés mais striés de mèches grises. Elle avait été une beauté dans sa jeunesse, mais maintenant des ombres dansaient sous ses yeux, et les commissures de sa bouche tombaient, comme chevillées à son menton. Elle l'avait salué, les yeux fixés sur ses propres chaussures.

« Luc, on peut parler ? avait-elle demandé.

— Très bien, Véronique », avait-il répondu.

Il lui avait tenu la porte menant à la rue, sachant qu'il devait la mener hors du poste. Elle n'avait pas sa place dans sa nouvelle vie. Il ne voulait pas de son souvenir dans son bureau, et ne parvenait pas à l'appeler maman. Elle ne l'était plus, elle le lui avait fait clairement comprendre en l'abandonnant. Il l'avait dirigée jusqu'à sa voiture et ils avaient roulé, l'heure de pointe touchant à sa fin, sans prononcer un mot. Maintenant, elle était là et il n'avait aucune idée de ce qu'il pouvait lui dire, pas plus de ce qu'elle attendait de lui.

— Tu séjournes à Édimbourg ? lui demanda-t-il en jetant un coup d'œil par la fenêtre.

— Oui, au Radisson. J'ai réservé pour une semaine.

— Tu es en Écosse en vacances alors.

Elle finit par poser son sac par terre.

— Non. Je ne suis là que pour te voir, Luc. Je suis heureuse que ça se soit arrangé pour toi. Tu aimes ce pays ?

— La France me manque, répondit-il. Mais je me suis habitué à l'Écosse maintenant. Il pleut beaucoup, et il m'a fallu un an pour m'adapter à l'accent.

Véronique s'autorisa un demi-sourire à cette déclaration. Elle posa sa main droite sur la gauche pour se saisir de son alliance. Elle la portait encore, malgré les décennies écoulées depuis le décès du père de Luc. Callanach n'avait que quatre ans à cette époque, et pas d'autre souvenir, assez flou, que celui d'un homme imposant, à la voix douce, toujours chaleureux, constamment en train de rire.

— Quand ton père parlait trop vite, j'étais incapable de comprendre son accent écossais, même après des années passées ensemble. C'est encore difficile pour moi de revenir ici, dit-elle.

— Pourquoi l'as-tu fait, dans ce cas ?

Elle se passa une main sur les yeux. Il patienta. Il attendait depuis si longtemps déjà que quelques minutes de plus ne pesaient pas lourd.

— Je n'ai jamais souhaité que cela arrive, dit-elle. Si j'avais le pouvoir de tout changer, je n'hésiterais pas.

— Ah bon ? demanda froidement Callanach d'une voix basse. Tu es venue ici pour me déclarer que tu aurais aimé que les choses tournent autrement ?

— C'était compliqué, se défendit sa mère en grattant l'ourlet de sa jupe. Tu étais si renfermé, tu ne voulais pas me parler de ce qui se passait. Puis les éléments médicaux à charge ont été divulgués. Et tu n'as pas protesté la première fois qu'ils t'ont interrogé…

— Ça ne signifiait pas que j'étais coupable, coupa-t-il.

— Il ne s'agissait pas seulement de toi.

Les larmes lui montaient aux yeux. De ses doigts tremblants, elle chercha un mouchoir dans son sac.

— De qui d'autre alors ? De toi ? Tu avais honte de moi ? Quand, exactement, m'as-tu jugé coupable ? Avant même de venir à Lyon ? Ou as-tu attendu d'entendre ma version des événements pour me considérer comme un bon à rien ?

Il élevait la voix, gardait un débit lent pour s'assurer que l'impact de ses paroles serait aussi violent que possible. Il avait enduré deux longues années avant d'avoir voix au chapitre et il n'allait pas se précipiter maintenant.

— Astrid est venue me voir. Je n'ai jamais réussi à te le dire, lui avoua sa mère. À l'époque, tu semblais ne pas me parler, de toute manière, et je ne trouvais pas les mots justes. Donc je suis partie. Puis il y a eu ces photos de ses blessures. Quelqu'un me les a postées.

— Tu as parlé avec Astrid et tu as gardé ça pour toi ? Tu as arrangé ça avec elle ?

— Non, non, Luc, je n'aurais jamais entrepris une chose pareille ! Elle m'a sûrement suivie depuis ton appartement un jour. J'étais en chemin pour faire des courses et cette femme m'a arrêtée dans la rue. Elle voulait s'entretenir avec moi au sujet de l'affaire. Au début, j'ai cru qu'elle était journaliste, ou peut-être même qu'elle faisait partie du bureau du procureur. J'ai pensé que je pourrais prendre ta défense, les amener à changer d'avis, et nous sommes donc allées boire un café. Nous étions déjà attablées quand elle s'est présentée : je me suis levée pour m'en aller, mais elle m'a lancé que si j'agissais ainsi, elle s'arrangerait pour rendre les choses encore plus difficiles pour toi. J'étais si inquiète que je me suis rassise et l'ai écoutée.

— Je ne crois pas avoir envie d'entendre ça, dit Callanach. Comment as-tu pu être aussi stupide ?

— Elle paraissait si calme que je ne parvenais pas à concilier la femme que tu avais décrite avec celle qui me parlait.

Elle était maîtresse d'elle-même, dans sa tenue classique, les cheveux attachés en arrière, sans maquillage. Je me souviens d'avoir pensé qu'il était impossible qu'elle mente. Elle m'a dit que tout ce qu'elle souhaitait, c'était expliquer de son point de vue ce qui s'était passé, pour se le sortir du crâne. Je me répétais que si je la laissais faire, elle renoncerait peut-être à sa plainte. Ça semblait valoir dix minutes de mon temps.

— Après tout ce que je t'avais raconté sur ses manœuvres pour manipuler tout le monde ? Et sur son obsession à mon sujet ? demanda Callanach.

Il alla à la fenêtre, le regard perdu dans le vide, essayant de ne pas observer sa mère dans le reflet.

— Toutes les preuves t'accablaient. Tu avais raconté à ton meilleur ami que tu t'étais égratigné au cou à la salle de sport. Tu n'avais soufflé mot à personne du fait qu'Astrid s'en était physiquement prise à toi. Le voisin t'avait entendu l'insulter avant que tu quittes son appartement. Petit à petit, un dossier à charge se montait contre toi, et rien de ce que tu déclarais n'améliorait la situation. Je désirais uniquement t'aider.

Véronique serra ses bras autour d'elle et se mit à se balancer doucement d'avant en arrière.

— Et que s'est-il passé ? s'enquit Callanach. Parce que, quelle qu'ait été ton intention, ça ne s'est sûrement pas amélioré pour moi. Astrid est allée jusqu'au procès, et même là, elle n'a pas avoué la vérité ni admis avoir tout inventé. J'ai dû supporter pendant quatre mois encore d'être regardé comme un prédateur sexuel.

— Je sais, bredouilla Véronique. Je sais. Et je suis tellement désolée. Si je pouvais revenir en arrière…

— Bon, ça suffit. Je n'y arrive pas, la coupa Luc. Je croyais que je le pourrais, mais c'est trop dur. Je ne sais pas ce que tu espérais en me racontant ça, mais ça ne m'aide pas, aucun doute là-dessus. Si tu as parcouru tout ce chemin pour soulager ta conscience, tu t'es méprise.

Véronique jeta son sac sur le canapé et se leva.

— Ce n'est pas ça. Soulager ma conscience, oui. Tu n'as aucune raison de me pardonner, je le reconnais. Je pense ne jamais pouvoir attendre ça de toi. Mais lorsque j'ai discuté avec elle, ça… ça m'a blessée, Luc. Elle était si crédible ! Elle était comme un animal renversé par une voiture, replié sur lui-même, brisé. Je ne supportais pas d'être au milieu de tout ça. Toi, tu étais si distant et en colère !

— Bon sang, tu t'attendrais à quoi de quelqu'un contre qui on a porté de fausses accusations ?

— Luc, j'essaie de t'expliquer que je ne suis pas la meilleure des juges en ces circonstances. T'avouer que je l'avais rencontrée m'était impossible. Puis le rapport médical a été rendu, tous les détails sur ses blessures internes, les bleus sur son corps. Ta peau sous ses ongles. J'étais perdue. Et j'ai fui. J'avais conscience que je n'étais pas celle sur laquelle tu pouvais te reposer ; je suis partie. Il n'y a pas de raison suffisamment bonne à ça. Rien que je puisse dire pour améliorer les choses. Mais je suis désolée.

— Tu es désolée ? Supposons que j'accepte ça. Que je reconnaisse à quel point Astrid est une bonne actrice, dangereuse. Mais après, quand j'ai eu à affronter la perspective de passer des années en prison, seul, tu as cessé de m'envoyer des mails. Tu n'as pas téléphoné. Quand on m'a enfin déclaré libre, je t'ai écrit. Même mes lettres m'étaient retournées, non décachetées. Une demi-heure passée à écouter Astrid, et cela t'a suffi pour abandonner ton fils ?

— À l'époque, j'étais perdue. Je t'en prie, crois-moi, je voulais te parler. Revenir en courant, te prendre dans mes bras et être la mère que tu aurais toujours dû avoir, mais j'avais honte. Je n'ai pas été assez forte. J'ai laissé mes propres sentiments me submerger. Je me suis fait passer en premier, avant toi et… comment se retrouver face à son enfant une fois qu'on s'est comporté ainsi ? J'en étais incapable. Je ne te méritais plus.

— Tu as raison, répondit Luc. C'est bien le cas. Je ne me laisserai pas entraîner dans ce trou noir une fois encore.

J'ai fermé cette porte. À Astrid, au cauchemar de l'arrestation, au manque de loyauté de mes amis. À toi. Je ne revivrai pas ça uniquement pour que tu te libères de ton sentiment de culpabilité. Je me suis relevé, même si c'était la dernière chose dont j'avais envie. J'ai déménagé dans un autre pays, je me suis formé de nouveau, je me suis obligé à me regarder dans le miroir, et je commence à peine une nouvelle vie. Quoi que tu me penses capable de t'offrir, ça m'est impossible. On ferait mieux d'y aller. Je te déposerai à ton hôtel. J'ai une réunion ce soir au sujet d'une autopsie.

— Luc, accorde-moi seulement un peu plus de temps, insista sa mère. Ce n'est pas facile.

Elle avait ramassé son sac mais restait rivée entre la table basse et le canapé.

— Je suis désolé, mais tu as eu tout le temps du monde, répondit-il. Il faut vraiment que j'y aille.

Il se dirigea vers la porte pour la raccompagner, vérifiant ses messages sur son portable.

Véronique étudia la pièce autour d'elle.

— Il n'y a pas de photos ici, constata-t-elle.

— J'ai dû reconstruire ma vie sans souvenirs. Quel intérêt aurais-je à regarder des images de mensonges ? répondit-il en passant dans le couloir de l'immeuble, retenant la porte de son bras tendu.

— Pas même de ton père ? demanda Véronique. Il aurait détesté ça.

— Tu veux dire qu'il t'aurait détestée, toi ? rétorqua Luc.

Véronique se détourna, enfouit ses poings serrés dans ses poches et se voûta. Elle dépassa Callanach et prit l'escalier. Il la rattrapa sur le trottoir et lui ouvrit la portière de sa voiture.

— Ne t'embête pas, dit-elle. Je marcherai. Ça nous facilitera les choses.

— Oui, répliqua-t-il. Sans aucun doute.

Il s'arma de courage et quitta sa mère pour la dernière fois.

Chapitre huit

Ava retrouva Callanach sur le parking de la morgue. Elle l'attendait, appuyée contre sa voiture, pendant qu'il se garait.

— Tu souhaite en parler ? lui demanda-t-elle quand il s'approcha d'elle.

— Non. Comment s'est passée la réunion ?

— Tout le monde est encore sous le choc. La plupart des membres de la brigade ont travaillé en lien direct avec le chef à un moment ou à un autre. L'opinion générale est que prendre sa retraite après son attaque est ce qui l'a tué. Toutes ces années au cœur de l'action, pour finir avec une carte de membre du club de golf et un régime qu'il détestait ! Pas vraiment de quoi remplacer l'adrénaline et le single malt auxquels il était habitué. Entrons. Ailsa est restée tard pour nous.

Ils pénétrèrent dans la morgue, dont l'odeur clinique, chimique s'étendait au-delà des portes en verre, comme si elle émettait une mise en garde olfactive : ici, abandonnez tout espoir. Le docteur Ailsa Lambert était dans son bureau. Son assistant avait l'air fatigué quand il enfila son manteau et leur souhaita bonne nuit. Ava frappa.

— Ailsa, tu es disponible pour nous ?

— Entrez, répondit la médecin. Je vous offrirais bien un verre, sauf que je ne permets pas que de l'alcool entre ici. S'il y a bien un jour où j'en aurais eu besoin, pourtant…

Elle s'interrompit, saisit un dossier au nom du commissaire divisionnaire Begbie.

— Commençons par ça, reprit-elle. Je suis totalement convaincue que la cause de la mort de George est un empoisonnement au monoxyde de carbone. Pas de blessures ni de découvertes infirmant la chose, internes ou externes. On viendra chercher demain les échantillons toxicologiques pour analyse, mais j'ai procédé à un test sanguin d'alcoolémie. George était sobre. Et pas seulement sous la limite autorisée au volant. Je veux dire qu'il n'y avait pas la moindre trace d'alcool dans son sang. Quand il a pris la décision de mettre un terme à son existence, il avait tous ses esprits.

— Quelque chose a sûrement déclenché son passage à l'acte, suggéra Ava. Tu n'as pas trouvé d'autres signes de maladie ? Rien qui lui aurait fait perdre espoir au point de penser que le suicide était la seule option pour se sortir de là ?

— Pas de tumeurs ; ses organes – même compte tenu de sa pathologie cardiaque – sont tous dans un état correct. J'ai téléphoné à son médecin traitant. George a effectué un check-up complet récemment, tests sanguins et la totale. Résultats parfaits. Son dossier indique que son état d'esprit était bon, tout comme son humeur. Pas de problèmes de sommeil ni d'alimentation. Même son taux de cholestérol baissait. Apparemment, il organisait des vacances surprises à sa femme pour leur anniversaire de mariage. La médecin les suit tous deux depuis des années. Elle était autant sous le choc que nous, conclut Ailsa.

— Donc, il a conduit jusqu'à la côte, a planté un tuyau à l'arrière de sa voiture et est resté là à attendre la mort, sachant que Glynis était en train de préparer leur dîner. Il était sobre comme un chameau, malgré la bouteille de whisky vide dans sa voiture, et sans problèmes connus. Bon sang, Ailsa, ça n'a aucune logique.

— J'en ai conscience. Il reste la question des marques à l'intérieur de son poignet gauche.

Elle alluma son écran, qui afficha un agrandissement de la zone.

— C'est plus visible sur cette photo qu'à l'œil nu, car on a réussi à filtrer un peu la couleur. Vous remarquerez qu'ici le N capital est formé d'égratignures, dessinant trois lignes séparées. Les lésions de l'épiderme sont assez profondes, consistant en de multiples griffures le long de chaque ligne. Le c minuscule, lui, est formé d'une simple courbe, répétée plusieurs fois au même emplacement.

Elle cliqua de nouveau et le c apparut, agrandi.

— Vous noterez que là, sur la partie supérieure de la courbe, l'éraflure était si profonde qu'elle s'est mise à saigner. Sans un objet quelconque, réaliser ça aura requis un effort.

— Sans un objet ? intervint Callanach. Vous voulez dire que…

— Il a utilisé son index droit. Des particules de peau ont été trouvées sous son ongle, suffisantes pour être discernables sans microscope. Évidemment, nous les avons envoyées pour un test ADN, mais il n'y a vraiment aucun doute : il s'est infligé ça tout seul.

— Je n'ai aucune idée de ce que ces lettres signifient, dit Ava. J'ai déjà vu des victimes d'empoisonnement au monoxyde de carbone, mais je ne connais pas grand-chose au processus qui précède la mort. Quel pouvait être son état de conscience une fois que l'habitacle a commencé à se remplir de fumée ?

— Il a dû se sentir de plus en plus groggy, désorienté. Se concentrer a sans doute été difficile, et il devait être extrêmement nauséeux, répondit Ailsa.

— Donc, la taille du c n'est peut-être qu'un symptôme de sa confusion, avança Ava. Peut-être les deux lettres étaient-elles supposées être des capitales.

— Tu crois qu'il s'agit d'initiales ? demanda Callanach à sa supérieure.

Elle opina.

— Tu penses à quelqu'un en particulier ?

— Là, tout de suite, non, lui répondit-elle. Je mettrai Tripp là-dessus demain matin.

— Ava, contra calmement Ailsa, il n'y a pas ici la moindre preuve d'un acte criminel. Ce que nous avons, c'est une tragédie. Un acte désespéré dont sa famille doit supporter le poids, mais mon rapport n'indiquera aucune circonstance suspecte.

— C'est ridicule, s'emporta Ava. Ça ne lui ressemble pas du tout, et ce truc sur son bras…

– … aurait pu être inscrit à n'importe quel moment dans les quelques heures qui ont précédé sa mort, et n'a peut-être aucun rapport avec cette dernière. Ou indique qu'il n'avait pas tous ses esprits à ce moment-là. Ça ne prouve en rien l'homicide.

— Cela justifie sûrement une investigation, insista la commissaire divisionnaire. Je ne peux pas admettre qu'il s'agisse d'une mort non suspecte.

— On m'a demandé d'envoyer une copie de mon rapport à la commissaire générale Overbeck, les informa Ailsa. Je n'ai pas le choix. Sous réserve des résultats toxicologiques, mes recherches préliminaires indiquent que ce corps devrait être rendu pour enterrement ou crémation. La famille de George est déjà suffisamment éprouvée, il n'y a aucune raison de l'obliger à attendre.

— Ailsa, tu disposes de la latitude nécessaire pour laisser le dossier ouvert un moment, je le sais. Je suis commissaire divisionnaire. S'il ne m'est même plus possible de décider sur quoi enquêter, alors…

— Ava, l'interrompit Callanach, tu ne peux pas demander au docteur Lambert d'écrire quoi que ce soit d'autre que son honnête opinion. Elle a raison au sujet de la femme du chef. On doit permettre à Glynis de faire son deuil. Transformer cet événement en quelque chose qu'il n'est pas ne rendra les choses que plus dures pour elle.

— Tu as raison, convint Ava.

Elle inspira profondément et expira lentement.

— Ailsa, pardon. Je ne suis pas venue ici dans l'intention de te mettre la pression. J'ai seulement besoin que ça soit clair dans ma tête. Luc, tu avais des questions ? ajouta-t-elle en détournant le regard.

— Lily Eustis. La jeune femme retrouvée morte près d'Arthur's Seat. Vous avez du nouveau ? s'enquit Callanach, dissimulant l'inquiétude qu'il éprouvait pour Ava.

Ailsa Lambert, quant à elle, se souciait moins de la manière dont son comportement était perçu, comme toujours, et dévisageait ouvertement Ava tout en écoutant Callanach.

— Ah oui, Lily, pauvre petite. Je me suis entretenue avec ses parents dans la soirée. Il leur faudra plus de réponses qu'il ne m'appartient de leur en fournir, mais dans l'absolu, la mort a été causée par une défaillance massive de ses organes, conséquence d'une hypothermie. Pas vraiment une surprise. Dehors, par une nuit de décembre, sur une colline, par ces températures, l'issue était presque inévitable. Je me suis rendue sur les lieux, quoi qu'il en soit. Quelqu'un avait lancé un petit feu. Ce qui l'a probablement protégée du froid un moment.

— On l'a découverte nue, objecta Callanach. Il aurait fallu un sacré feu pour qu'elle ait chaud dans ces conditions.

— La nudité est peut-être la conséquence de l'hypothermie, précisa la médecin. On appelle ça le déshabillage paradoxal. Une personne est désorientée à cause du froid croissant, et commence à se débarrasser de ses vêtements, augmentant par là la perte de chaleur.

— Donc on ne l'a pas entraînée là contre sa volonté ? demanda Callanach.

— Je peux affirmer qu'elle n'a pas été agressée, sexuellement ni physiquement. Pas de blessures défensives, ni autres. En fait, c'était une jeune femme en bonne santé, avec un bon tonus musculaire, virtuellement aucune graisse…

Ailsa s'interrompit.

— Vous semblez hésiter, nota Callanach. Qu'y a-t-il ?

— Probablement rien, répondit la médecin, tout en tapant sur son clavier. Mais, histoire d'alimenter la discussion, disons que je souffre d'une hypothermie moyenne à sévère, suffisante pour que je retire mes vêtements et les balance en bas de la colline. Dans quelle sorte d'état suis-je ?

— Agitée, probablement en plein désarroi, supposa Callanach.

— Exactement, répondit la médecin en indiquant du doigt une autre photo à l'écran.

Lily Eustis reposait au sol comme Callanach l'avait découverte pour la première fois, sur le dos, totalement nue, des nuances de bleu fonçant déjà jusqu'à noircir, les bras le long du corps, comme si elle venait juste de s'endormir.

— Où veux-tu en venir Ailsa ? demanda Ava.

— Elle n'a pas l'air ébranlée ni hors d'elle, n'est-ce pas ? fit remarquer la légiste. Elle donne l'impression d'avoir décidé qu'elle était un chouïa fatiguée et désirait faire une sieste. Son corps n'est pas replié sur lui-même, tordu, montrant des signes de panique. Il n'y a certainement rien ici qui relève du syndrome d'enfouissement terminal qui se produit parfois quand la mort est proche. Dans ce cas, elle se serait roulée en boule, aurait cherché un abri, essayant de se faire aussi petite que possible. Rien d'inattendu sous ses ongles. Ni poussière, ni peau. Son épiderme ne présente qu'une seule marque, d'à peu près deux centimètres de long, sur son abdomen : l'empreinte d'une fermeture Éclair.

Callanach consulta ses propres notes.

— Le registre montre qu'elle portait un jean à fermeture Éclair. Il est dans la chambre forte réservée aux indices matériels.

— Exactement. C'est comme si elle s'était débattue avec durant un long moment, devenant peut-être maladroite dans sa confusion, et appuyant le métal contre sa peau quand elle essayait de retirer son pantalon. Ça mis à part, elle est incroyablement blanche comme neige, comme si elle n'avait ressenti aucun traumatisme durant tout le processus consistant à perdre sa chaleur jusqu'à en mourir.

— Tu le dis comme si c'était une mauvaise chose, lança brutalement Ava. Sommes-nous supposés le souhaiter ?

— Évidemment que oui, répondit la légiste tout en ignorant le ton irrité d'Ava. L'instinct humain est de lutter contre la mort, de fuir le danger. Le syndrome d'enfouissement terminal est aussi appelé « se cacher ou mourir ». La position de son corps, son état général même n'ont pour moi aucune logique.

Ava poussa un lourd soupir.

— Les échantillons toxicologiques de Lily seront emportés demain en même temps que ceux de George, reprit la médecin. Avant cela, je préférerais ne pas spéculer.

— Si vous êtes convaincue que Lily est morte d'hypothermie, pourquoi ces tests ? s'enquit Callanach.

— Le contenu de son estomac dégageait une légère odeur. Rien dont je puisse être sûre, et c'est difficile à dire compte tenu de la variété de nourriture et de boissons disponibles, mais il m'a aussi semblé sentir quelque chose de bizarre sur sa peau. Une sensation fugace qui a disparu dès qu'on l'a sortie de la housse mortuaire. Comme je l'ai dit, je n'avancerai aucune hypothèse pour le moment.

— Bien. Les examens toxicologiques recouvrent quoi ?

— Cheveux, foie, bile, corps vitré et contenu gastrique, d'abord. Puis sang et urine comme base. Quelques échantillons osseux pour faire bonne mesure, répondit Ailsa. Voilà tout ce qu'on peut dire pour l'instant sur ce dossier. Des questions ?

Ava et Luc secouèrent la tête. La commissaire divisionnaire avait enfilé son manteau avant même que la légiste ait éteint son écran. Callanach salua Ailsa tandis que sa collègue passait dans le couloir.

— Ava ! l'appela-t-il.

Il la rattrapa alors qu'elle se pressait de sortir sur le parking.

— Tu as été un peu dure avec Ailsa, lui fit-il remarquer.

— Je prenais la mesure des affaires, répondit-elle.

— J'ai bien compris, mais Ailsa a travaillé avec le chef plus longtemps que n'importe qui d'autre à la criminelle. Si elle pensait qu'il y avait une raison de se montrer suspicieux, elle aurait donné suite.

— Tu as terminé ?

Callanach ne prit pas la peine de répondre.

— Bien, maintenant j'ai du boulot et tu as eu une journée difficile, reprit Ava. Je te suggère de rentrer chez toi. Enchaîne avec les parents de Lily Eustis demain matin. Et laisse ce que tu auras glané sur mon bureau.

— Oui, madame, répliqua Callanach.

Cette fois, Ava ne se soucia pas de le corriger. Elle s'installa dans sa voiture et s'éloigna rapidement.

Chapitre neuf

En coulisses, appuyé contre une pile d'accessoires, il étudiait le groupe d'aspirants acteurs qui se pomponnaient, fléchissaient le cou et se chauffaient la voix. Pitoyable, vraiment. Tant de jeunes femmes et de jeunes hommes se réjouissaient de construire une carrière de faux-semblants. Le métier d'acteur consiste simplement à mentir de manière experte. Il s'autorisa un sourire puis vérifia un SMS inexistant sur son téléphone pour éviter toute conversation. À la vérité, il aurait probablement été le meilleur pour occuper cet emploi. Jouer un rôle était, après tout, une compétence qu'il avait affûtée à la perfection. Il jeta un coup d'œil à Sean O'Cahill – juvénile, débordant d'enthousiasme et de nervosité –, le prochain dans la file. Il s'obligea à se concentrer sur ce pour quoi il était là. Il estima la taille de Sean à un mètre soixante-quinze. L'acteur en devenir était mince, ne pesant vraisemblablement pas plus de soixante kilos. Ces mensurations étaient tout à fait dans ses cordes.

Mettre un terme à une existence était plus compliqué qu'on ne l'imaginait. Il n'y avait pas de place pour l'improvisation. Il lui fallait savoir s'il était capable de porter Sean. Soulever quotidiennement des haltères le lui garantissait, et l'exercice physique lui permettait par ailleurs de conserver un corps musclé et désirable. Il n'était pas vaniteux, mais la fausse modestie ne présentait aucun intérêt. Une belle allure et des muscles fermes rendaient la vie plus facile. Puis il y avait la question de la réaction instinctive qui consistait à fuir ou à lutter. La vie était imprévisible. Il valait mieux envisager les conflits potentiels et s'y préparer. Il aimait bien se battre, quoi qu'il en soit. La domination. L'effort physique. Mais il savait fuir quand il le fallait. Premières leçons de son enfance – apprendre à partir en courant, ou au contraire à se cacher et à rester silencieux quand les circonstances l'exigeaient. Se maintenir en bonne forme physique réduisait le risque d'être rattrapé.

Sean était apparemment un homme qui tirait fierté de sa jovialité. Il adressait à chacun de ceux qui l'entouraient des sourires chaleureux qui n'avaient rien de faux. Sean appréciait les autres et désirait en être apprécié. Ce qui rendrait son approche plus aisée. Le manipuler ne représenterait aucun défi particulier. Une honte, vraiment, cette facilité. La taille et le poids de Sean étaient les éléments clés pour prévoir la dose de sédatif qui l'immobiliserait. Il ne souhaitait pas le tuer trop rapidement. Ça ne serait en rien satisfaisant. La douleur était meilleure quand on en profitait lentement, un goutte à goutte d'émotions, et il voulait être là pour lécher chaque larme sur le visage du bien-aimé de Sean. Il avait encore d'autres choses à accomplir. Établir la confiance. Allumer un feu. Ce qui le fit penser à Lily. Il ferma les yeux, s'obligeant à ne pas se laisser distraire par ce souvenir. Puis il se remit à étudier Sean. Le jeune homme dégageait quelque chose de vital, de profondément grisant. Le tenir dans ses mains le démangeait.

— Sean O'Cahill ? lança un jeune homme d'une voix forte.

Sean abandonna le miroir et agita la main en l'air.

— C'est à vous. Vous êtes prêt ?

— Comme jamais, fanfaronna Sean, qui essayait de savourer le moment présent.

« Aucune audition n'est inutile. » C'était le mantra de son agent. Tout cela n'était qu'une seule longue courbe d'apprentissage. « Parfois, vous rencontrerez des échecs, moins souvent des succès, mais chaque fois vous atteindrez un stade qui vous rapprochera de votre but. » Sean n'était pas convaincu que cela fût vrai. Il avait vécu trop de journées où mettre un pied sur scène n'était que le chemin le plus direct pour être rejeté. Être acteur était difficile. Moins que d'être chirurgien ou soldat, il en avait conscience, mais les déceptions permanentes étaient un onguent sous lequel la peau s'effritait, et la sienne commençait à souffrir.

Installée quelques rangs plus loin dans le petit théâtre, une femme l'interpella.

— Sean, c'est ça ? Parlez-nous un peu de vous.

— Bien sûr. Eh bien, je suis irlandais du Nord. J'ai déménagé de Belfast à Édimbourg il y a peu.

Il se souvint de sourire.

— Pourquoi Édimbourg ? l'interrompit la femme.

Il partait du principe qu'il s'agissait de la metteuse en scène de la compagnie théâtrale.

— Sans doute parce que je n'avais pas les moyens de me payer un billet pour Los Angeles, répondit-il.

Le groupe de preneurs de notes qui entourait la femme aux commandes réagit immédiatement en riant, et leur rire trouva un écho dans les ailes où s'alignaient d'autres optimistes attendant leur tour.

— Et parce que j'étais au Fringe l'année dernière. J'ai vu la pièce produite par votre compagnie et j'ai décidé que c'était là que je voulais être. Le tartan me va aussi très bien, et en Écosse, je peux porter en toute impunité ce qui ressemble à une jupe quand je fais mes courses.

Un autre rire, plus fort cette fois-ci, plus prêt à nouer le dialogue avec son genre d'humour. Il commença à se détendre.

— Quel âge avez-vous, Sean ?

— Vous voulez connaître celui qui figure sur mon passeport ou celui que mon agent me conseille de donner ?

Il se fendit d'un large sourire.

— Le plus proche de la vérité, répondit la metteuse en scène, qui riait toujours.

— Trente-cinq quand j'ai bu du whisky Flaming Pig, vingt-huit quand je me réveille sans gueule de bois, et plus près de vingt-six quand je suis maquillé.

— OK. Nous avons ici la chanson que vous avez choisie et un monologue. Si vous pouviez commencer par la musique puis enchaîner directement avec le jeu, ce serait parfait.

Le pianiste se mit à jouer.

— C'était vraiment bien, Sean. Où avez-vous été formé ? s'enquit la metteuse en scène.

— À l'université d'Ulster, répondit-il.

— Eh bien, c'était génial. Ce sont des auditions ouvertes, donc nous voyons beaucoup de gens. Nous ne disposerons pas avant vendredi de la liste des candidats retenus, mais on enverra un mail à ceux qui auront réussi afin de les revoir la semaine prochaine. Merci de nous avoir accordé de votre temps aujourd'hui, conclut-elle.

Il n'avait pas été interrompu. Il ne parvenait pas à penser à autre chose en quittant la scène. Il avait terminé sa chanson, hochements de tête tout du long. Étonnamment, il avait apprécié de jouer le monologue, ce qui offrait un changement agréable par rapport au fait d'être dévoré de nervosité. Il prit son portable, commença à rédiger un SMS à l'intention de Bradley avant de récupérer son manteau. Il en avait déjà écrit la moitié quand il effaça le brouillon. Ça lui porterait la poisse, il en était sûr. À cette étape, l'autosatisfaction n'était pas de mise. Il lui fallait garder profil bas. Depuis qu'ils avaient emménagé ensemble, il avait perdu le compte du nombre d'auditions auxquelles il s'était rendu et qui avaient été une perte de temps. Mais celle-là, il la sentait bien. Si on le rappelait, il en parlerait à Bradley. Une fois arrivé là, il n'y aurait qu'une poignée de personnes en lice pour le rôle, dont lui. Ça ne paierait pas beaucoup, mais faire partie d'une troupe, travailler à un spectacle marquerait le commencement de quelque chose de réel.

Il sourit à l'homme sur le seuil, qui attendait probablement son tour pour être auditionné.

— Bon boulot, lui dit ce dernier.

Le sourire de Sean s'agrandit. Il enveloppa du regard les cheveux châtain clair et le visage amical de son interlocuteur.

— Merci. Je m'appelle Sean, se présenta-t-il, main tendue.

— Jackson, répondit l'homme en la lui serrant.

— Super nom, il me plaît. Vous attendez de passer ?

Il posa la question tout en boutonnant son manteau pour affronter les températures négatives qui l'attendaient dehors.

— Pas sûr que ça soit vraiment utile, répondit l'homme avec bonhomie. On dirait bien que vous avez tapé dans le mille.

— J'en doute beaucoup, répondit Sean, espérant ardemment que l'inconnu ait raison. Bref, merde !

Il le dépassa, affairé. L'homme sourit une fois encore quand Sean partit : il avait les yeux rivés sur son dos. Un type sympa, pensa ce dernier.

L'envie de téléphoner à son petit ami démangeait Bradley. Tous deux étaient en train d'abandonner tout espoir que Sean dégote un rôle, bien qu'aucun d'eux ne souhaitât être le premier à énoncer à voix haute une opinion si négative. Cette audition mettrait en valeur les atouts de Sean. La troupe théâtrale recherchait un acteur capable à la fois de danser et de chanter, de « produire un travail comique », comme ils l'avaient formulé dans leur offre d'emploi, et il ne faisait aucun doute que Sean y parviendrait. Il n'avait pas l'allure d'un acteur de cinéma et ne serait jamais retenu pour le rôle du héros, du dur à cuire, ou du méchant au regard de glace. En revanche, il était bon en improvisation. Il avait le don de balancer une chute géniale. Et il était d'agréable compagnie. S'il parvenait à mettre ça en avant, alors il obtiendrait enfin qu'on le rappelle.

Bradley composa le numéro de Sean mais raccrocha avant que la connexion soit établie. Il ne tenait pas à lui mettre trop la pression. Il devait faire en sorte que Sean ait confiance en lui, le persuader que si ce n'était pas cette fois-ci, alors ça serait une autre. Il comptait acheter une bonne bouteille de vin – dans la limite de leur budget limité – en rentrant chez eux. Ils parleraient de l'audition au dîner, amèneraient le sujet de manière détendue. Ça serait mieux.

Brad éteignit son ordinateur, rangea ses notes et enfila son manteau. La vie d'actuaire junior était dépourvue de la tension dramatique de la scène, mais elle lui convenait parfaitement. Au moins, elle apportait un salaire régulier, ce qui n'était pas négligeable. Sean était le genre de compagnon capable de rester assis à écouter Brad raconter sa journée comme si c'était la chose la plus importante au monde, et la plupart du temps il parvenait même à afficher un air intéressé convaincant. Le revers de la médaille d'avoir des carrières si différentes était que l'univers de Sean était beaucoup plus excitant et que, occasionnellement, Brad avait l'impression d'être un personnage ennuyeux. Tous les cours de danse et les cessions d'entraînement physique auxquels participait Sean étaient remplis d'hommes musclés superbes, qui réservaient régulièrement des passages sous les lampes à UV. Sean ne faisait rien qui pût amener Brad à se sentir insignifiant, mais en tant que comédien, il attirait naturellement les gens à lui. Tous ceux qu'ils rencontraient se souvenaient instantanément de son nom, les invitations sur les réseaux sociaux affluaient. De temps à autre, Brad se disait qu'il serait sympa d'être le centre de l'attention pour changer. Sur le chemin de la sortie, il lava son mug à l'évier de la cuisine d'entreprise, se morigénant pour son ingratitude. La vie avec Sean était merveilleuse. Et si lui-même se sentait parfois aveuglé par la lumière que dégageait la personnalité de son amant, c'était un juste retour pour les moments d'intimité et de douceur. Il ne changerait pas ce qu'ils avaient – pas grand-chose, en tout cas –, même s'il le pouvait, conclut-il en enroulant son écharpe autour de son cou avant de sortir dans l'air glacé.

Chapitre dix

Une semaine s'était écoulée depuis la mort de Lily Eustis, et Callanach n'était pas plus avancé quant à savoir avec qui elle avait passé la soirée avant sa funeste excursion à Arthur's Seat. Elle n'avait été vue dans aucun de ses lieux de prédilection. On avait contacté ses amis, vérifié les images des caméras de vidéosurveillance. L'activité de son téléphone portable et des réseaux sociaux n'avait rien donné. Quelques-uns des numéros enregistrés dans ses contacts ne menaient nulle part, ce qui n'avait rien d'anormal.

Ailsa s'était de nouveau entretenue avec les parents de Lily pour leur expliquer la nécessité qu'il y avait de garder le corps jusqu'aux résultats des examens toxicologiques, au cas où il faudrait en entreprendre de nouveaux. Callanach, lui aussi, leur avait rendu visite, s'infiltrant dans leur peine avec plus d'interrogations que de réponses, voyant comme eux tous le fantôme encore présent dans leur maison. Le fauteuil sur lequel Lily avait l'habitude de s'installer pour lire, sa manière de toujours grimper l'escalier en avalant les marches deux à deux, ou de chanter des paroles incompréhensibles tout en se brossant les dents. C'était de petites choses que lui avait racontées la mère de Lily. Il avait bu du thé, opiné, laissé les mots venir. Peut-être n'aideraient-ils pas à résoudre les questions posées par la mort de Lily, mais si, en revanche, cela soulageait la mère de la jeune fille de les prononcer… alors il écouterait.

Mina, la sœur de Lily, était restée assise sur le canapé, apathique, se mordant les ongles et tirant sur les quelques mèches de ses cheveux qui avaient échappé à sa queue de cheval.

« Elle n'aurait jamais pensé d'elle-même à se rendre là-bas, avait-elle affirmé. Il y avait quelqu'un avec elle.

— Nous travaillons à partir de cette hypothèse, lui avait confirmé Callanach. Mais personne ne s'est présenté pour nous éclairer. Comme la médecin légiste en chef vous l'a expliqué, il n'y a ni blessure, ni indice qu'un crime ait été commis.

— Donc, c'est tout ? » avait aboyé le père de Lily depuis son fauteuil placé dans un coin.

Les rideaux étaient tirés et Callanach le discernait à peine dans la pénombre.

« Jusqu'à ce qu'il y ait des preuves scientifiques supplémentaires, ou un témoignage, oui. Il est possible que le procureur demande un certificat de mort subite, mais la criminelle n'interviendra pas davantage. Un officier de liaison vous contactera aujourd'hui afin que vous sachiez à qui vous adresser si vous aviez la moindre question. »

Après ça, personne n'avait rien ajouté. Callanach s'était attendu à de l'indignation, ou à une manifestation de frustration, mais la famille était paralysée par son deuil. Il s'était levé en silence, les avait salués et était parti. Seule Mina l'avait suivi dans le couloir où il remettait ses chaussures.

« Quand est-ce qu'on récupérera ses affaires ? avait-elle demandé.

— Je prendrai contact avec la morgue pour leur poser la question, avait-il répondu. Tout ce qui se trouvait sur son corps ou dans ses poches sera conservé comme élément matériel, mais si c'est sans importance, cela vous sera rendu.

— Merci », avait-elle murmuré.

Elle lui avait ouvert la porte et l'avait refermée avant qu'il ait pu se retourner et lui dire au revoir.

Toute la journée, Luc avait tenté de trouver cinq minutes avec Ava. Il était difficile de s'habituer à la voir si insaisissable. L'époque où il passait à son bureau sans s'annoncer et s'attendait à ce qu'elle soit disponible pour élaborer des théories ou parler des choix politiques de la police écossaise était révolue. Il lui avait laissé deux messages sur sa boîte vocale puis en avait été réduit à lui envoyer un mail.

Finalement, en fin d'après-midi ce vendredi, elle se matérialisa à la porte de son bureau.

— Occupé ? demanda-t-elle.

— Quelle est la bonne réponse ? répliqua-t-il en refermant son ordinateur.

— Dim sum, répondit-elle. J'en ai rêvé la plus grande partie de la journée. Ces petits plats chinois sont probablement la seule chose qui rendra cette semaine pourrie légèrement moins atroce.

— Prends ton manteau, répondit Callanach.

— Je ne suis pas sûre que ce soit la manière dont tu es supposé t'adresser à un officier supérieur, commenta Ava par-dessus son épaule en s'éloignant.

Dix minutes plus tard, ils se retrouvaient dans la rue, chacun d'eux ayant choisi d'abandonner sa voiture pour la soirée, en faveur de l'alcool.

— J'ai réservé un taxi et une table à ce restaurant cantonais d'Abercromby Place, l'informa Ava.

— Tu as accompli tout ça pendant que j'enfilais mon manteau ?

Le taxi s'arrêta tandis qu'ils bavardaient.

— Il se peut que j'aie réservé la table avant de venir te trouver, avoua Ava.

— Ça n'est pas comme si tu savais que je n'avais rien de prévu un vendredi soir, marmonna Callanach pendant qu'Ava donnait l'adresse du restaurant au chauffeur.

— Ne te montre pas susceptible, dit-elle en se retournant vers son collègue. Je dispose d'une liste de candidats à une invitation potentielle à dîner : elle donne cinq noms. Je me suis dit qu'au moins un serait libre.

— Maintenant, je regrette de ne pas l'avoir joué plus difficile à convaincre, s'amusa Callanach.

— Une sortie en amoureux ? intervint leur chauffeur. Ma bourgeoise et moi, on s'offrait ça tous les vendredis soir, jusqu'à ce que j'aie ce boulot. C'est pas la même chose d'essayer d'être romantique un mardi soir. Vous êtes mariés ?

Ava lorgna Callanach, ouvrit la bouche pour répondre mais se retrouva prise d'un fou rire incontrôlable.

— En fait, cette dame est ma boss, expliqua Luc.

— Plus ou moins la même chose qu'être mariés, commenta l'homme avec un clin d'œil.

Cinq minutes plus tard, il arrêtait le taxi. Luc et Ava en descendirent.

— Vous formeriez un joli couple, quoi qu'il en soit, peut-être devriez-vous y penser. Passez une bonne soirée, lança le chauffeur avant de démarrer.

Mains sur les hanches, Ava suivit le véhicule des yeux.

— T'arrive-t-il d'aller quelque part sans que les gens te disent à quel point tu es beau ? soupira-t-elle.

— Ça t'était aussi adressé, fit-il remarquer. Peut-on aller manger maintenant, je te prie ?

— Je regrette de lui avoir donné un pourboire.

— Ne t'est-il pas possible de le prendre tout simplement comme un compliment ? s'enquit Callanach, un large sourire aux lèvres.

— Quoi ? Quelqu'un qui pense qu'on est mariés ? Si je n'avais pas besoin d'un verre avant, c'est certainement le cas maintenant. Au fait, c'est toi qui invites, parce que les prochaines heures vont être ô combien douloureuses avec toutes ces serveuses qui flirteront avec toi.

— J'ai ma manière à moi de gérer ça. Viens. Voyons si on parvient à améliorer ton humeur avec des graisses saturées.

— J'ai attendu toute ma vie qu'un homme me déclare une telle chose, commenta Ava en le dépassant pour entrer dans le restaurant.

Elle accrocha son manteau à une patère sans attendre qu'on le lui propose et prit la meilleure table en devanture.

— Pardon madame, mais cette table est réservée pour quatre. Cela vous ennuierait-il de vous installer à l'arrière ?

Callanach vit le visage d'Ava changer d'expression en découvrant le fond du restaurant. Elle évalua du regard la plus petite table coincée entre la porte de la cuisine et le couloir menant aux toilettes. Alors que généralement elle était la femme la moins prétentieuse qui soit, ce soir-là n'était vraisemblablement pas le bon pour lui chercher des noises. Le policier intervint.

— Vous permettez ? demanda-t-il à la serveuse avec un sourire.

La serveuse s'illumina à sa vue et poussa un petit gloussement que rien ne justifiait.

— Oui, monsieur, en quoi puis-je vous aider ?

— C'est notre anniversaire de mariage, à ma femme et moi, dit-il en indiquant Ava. Nous avions vraiment envie de cette table. Pensez-vous que cela soit possible ?

— Je n'avais pas compris que vous étiez ensemble, dit la serveuse en se déplaçant pour lui tirer une chaise. Et oui, bien sûr, s'il s'agit d'une occasion spéciale ! Champagne, alors ?

— Naturellement, répondit-il.

Il essayait d'ignorer Ava, qui cachait son visage entre ses mains. La serveuse s'éloigna pour aller chercher une bouteille et des flûtes.

— Tu vois ? Maintenant, personne ne va flirter avec moi alors que je suis accompagné de mon épouse, pour fêter – combien d'années, déjà ?

— Si cela ne devait pas faire les gros titres demain, je crois que j'aurais préféré que tu dises que je t'avais embauché comme escorte, rétorqua Ava tout en lisant le menu d'un regard noir. Je me fiche un peu de ce que je vais manger. Tout a l'air bon.

La serveuse posa les flûtes sur la table et servit le champagne.

— Mon mari choisira pour moi, minauda Ava. Il y excelle !

— Nous prendrons une sélection de dim sum, proposa Callanach, ce que le chef recommande.

Quand la serveuse disparut, il leva son verre.

— Aux amis perdus, dit-il avec douceur. Comment vas-tu ? Il était difficile de te mettre la main dessus cette semaine. Je m'inquiétais pour toi.

Ava tenta d'afficher un sourire, mais perdit la bataille en cours de route et baissa les yeux sur ses genoux.

— Pas terrible. La disparition de ma mère l'été dernier a été difficile. Maintenant, le chef n'est plus là lui non plus, et j'ai le sentiment d'être un imposteur à son bureau. J'entends sa voix me dire de me secouer et d'avancer. J'ai passé tellement de temps avec lui au fil des ans ! J'imagine que tout le monde ne l'appréciait pas, mais la police est comme une famille. On n'y aime pas tout le monde, on ne choisirait pas la moitié de ses collègues, mais ils sont toujours là, bons ou mauvais. Begbie était l'un des bons.

Elle but d'un trait son verre de champagne que Callanach remplit.

— Comment s'en sort sa femme ? Je sais que tu étais proche d'elle aussi. La voir endeuillée doit être dur.

— Glynis est unique en son genre. Mariée aux forces de police tout autant qu'à un seul de leurs membres. Pour le moment, son stoïcisme est remarquable, mais je m'inquiète. Comment se débrouillera-t-elle sur le long terme ? Ils se complétaient l'un l'autre, sans vouloir faire trop cliché. Le chef était son monde.

— Ils ont eu de la chance de se rencontrer. Beaucoup de gens au poste s'enquièrent de l'enterrement. Qu'est-ce qui est prévu ?

— Cérémonie en uniforme avec les honneurs, mais seulement en présence des collègues proches et amis, l'informa Ava. Glynis a reçu un nouveau coup aujourd'hui. Elle a appris que leur assurance décès ne versera pas de capital car il s'agit d'un suicide et que rien ne suggère une maladie mentale, pas même une dépression ou un problème psychologique ponctuel. Elle va devoir emménager chez sa fille, le crédit immobilier est trop élevé pour elle. Je n'ose pas imaginer ce qu'elle traverse.

— Je n'avais même pas pensé aux questions financières, avoua Luc. Avoir à s'occuper de ça en plus du décès de son mari… Comment lui donner un coup de main ?

— À moins de trouver une source de revenus décente pour elle et durant les deux prochaines décennies, aucune idée, répondit Ava. Il y a sa part de la retraite du chef, mais c'est insuffisant pour rembourser les mensualités de la maison et lui permettre de vivre confortablement sur le long terme. Elle a toujours été une épouse et une mère, n'a jamais poursuivi sa propre carrière, et donc ne bénéficie pas de revenus propres. Ah, les plats ! Je meurs de faim !

Une pile de paniers de dim sum fut placée au centre de leur table.

— Je ne sais pas si je suis la seule, mais le chagrin m'affame ! J'ai consommé plus de calories durant la dernière… oh, Luc, pardon. Je ne t'ai même pas posé la question. Que s'est-il passé avec ta mère ? Je dois vraiment perdre la tête, s'excusa Ava.

— Ouais. Jusque-là, tu fais une épouse plutôt inattentive, répondit-il en versant une généreuse rasade de sauce soja dans son assiette, mais ce n'est pas la peine de t'excuser. Il n'y a pas grand-chose à dire. Elle regrette de ne pas m'avoir soutenu. Apparemment, Astrid a essayé de la manipuler elle aussi, jouant le rôle de la victime de manière très convaincante. Ma mère ne parvenait pas à voir au-delà du faux témoignage, et donc elle a pris la fuite. C'est tout. Ces trucs aux crevettes sont bons. Tu comptes boire seule toute cette bouteille de champagne ?

— Ne fais pas ça, le prévint Ava.

— Quoi donc ? Tu m'as proposé un dîner, alors je mange.

— Changer de sujet. Je sais combien cela a dû être difficile pour toi. Elle ne s'est pas expliquée plus que ça ? Pourquoi ne t'a-t-elle pas répondu depuis ton acquittement ? Et toutes ces fois où tu as essayé de prendre contact avec elle ? Elle a bien dû te donner une sorte de justification.

— Pas vraiment. Elle n'arrêtait pas de répéter que c'était dur pour elle, qu'elle avait besoin de plus de temps, ce qui est bizarre, compte tenu des circonstances.

Callanach remplit sa propre flûte avant d'indiquer à la serveuse d'apporter une nouvelle bouteille.

— C'est tout ? demanda Ava. Après tout ce temps, pourquoi réapparaître maintenant ?

Elle prit le champagne des mains de la jeune femme et remplit leurs deux verres pour boire le sien immédiatement.

— Elle m'a dit qu'elle voulait s'expliquer, puis s'est arrêtée là. Sans la moindre logique. On passe à autre chose maintenant, tu veux bien ? J'aimais mieux quand je te titillais.

— Non, pas question. Il faut que tu lui parles à nouveau. Allez au fond des choses. Autrement, ça te hantera.

— Y a-t-il quoi que ce soit de plus à ajouter ? objecta-t-il. Elle est au Radisson jusqu'à demain, puis j'imagine qu'elle rentrera à Monaco. M'habituer à l'idée qu'elle m'ait laissé tomber ne s'est pas fait en un jour. Je ne suis pas sûr d'être en mesure de remonter le temps.

— Pas sûr de pouvoir ou de vouloir ? demanda Ava tout en empilant de petits morceaux de crevettes épicées dans son assiette. Crois-en mon expérience, tenter de réparer des années de malentendus quand tu es sur le point de perdre quelqu'un que tu aimes conduit immanquablement à un désastre. Je n'aurais pas pu prendre de plus mauvaises décisions que lorsque ma mère était mourante. J'aimerais t'empêcher de commettre les mêmes erreurs.

— Et moi j'aimerais croire que je suis capable de rester rationnel, même quand des émotions entrent en jeu, rétorqua Callanach. Mais je suis d'accord : tu as effectivement commis des erreurs de jugement dans le passé.

— Fous-moi la paix. Je cherchais à te donner un coup de main. Si tu tiens à te montrer désagréable, je mangerai en silence. Le champagne est bon, commenta-t-elle en remplissant de nouveau sa flûte.

— Tu as remarqué que tu as descendu une bouteille entière en moins d'une heure ?

— Garde tes compétences d'enquêteur pour résoudre des affaires. Bien, les plats sont vides et la quantité d'alcool disponible diminue. Je passe aux toilettes pendant que tu règles l'addition, puis on ira ailleurs.

Ava se leva, jeta sa serviette dans son assiette et partit en direction des toilettes en agrippant son téléphone portable.

Dix minutes plus tard, un taxi s'arrêtait devant le restaurant. La jeune femme soupira.

— Encore vous ? demanda-t-elle en regardant par la vitre conducteur.

— Votre repas était agréable ? Il n'a pas duré longtemps, répondit le chauffeur.

Ava l'ignora.

— J'imagine que la centrale de réservation vous a donné notre destination ?

— Ouais, toutes les coordonnées. J'étais surpris de vous revoir tous deux si vite. Je pensais que vous prendriez votre temps avec le repas et tout ça. C'est sympa cet endroit, non ? Vous avez réfléchi à ce que je vous ai dit ? ajouta-t-il en souriant de toutes ses dents à Callanach.

— Vous aurez un pourboire, intervint Ava, mais seulement si vous acceptez de rester silencieux durant le reste du trajet.

— C'est de bonne guerre, reconnut l'homme. Ça ne prendra que cinq minutes, la circulation est fluide, ce soir.

Le taxi s'arrêta à l'embranchement entre High Street et South Bridge pendant qu'Ava et Callanach discutaient du financement de la police.

— Je n'habite pas là, remarqua Luc.

— J'en ai bien conscience, répondit Ava. Mais ta mère, si.

— Pas question.

Callanach s'exprimait calmement, mais fermement. Il ajouta :

— Mais je peux rentrer à pied d'ici, pas de problème.

Il descendit du taxi, tenant la portière ouverte pour Ava.

— Écoute, j'apprécie tes efforts, mais il n'existe pas de solution miracle. Si le problème entre ma mère et moi devait se résoudre un jour, cela exigerait plus qu'une brève conversation. Tu ne peux pas tout réparer.

— J'ai besoin d'essayer, répondit-elle. Le chef n'est pas venu me voir et discuter de ce qui lui arrivait. Ma propre mère s'est gardée de me faire part de ses symptômes pendant des mois, même quand sa maladie a atteint un stade terminal. Je ne cesse de me répéter que si nous avions été plus proches, si j'avais été une meilleure fille, peut-être se serait-elle confiée à moi. Peut-être auraient-ils traité le cancer avant qu'il soit trop tard.

— Tu n'étais pas en faute, et ce n'est pas la même chose. Laisse-moi t'appeler un autre taxi. Tu habites trop loin d'ici pour rentrer à pied.

— J'ai froid. Et envie d'un verre. Au moins, permets-moi de t'offrir un single malt. Le bar de l'hôtel est douillet et confortable. Ça ne te tuera pas d'en franchir la porte. Je n'ai pas envie de rentrer chez moi déjà.

Callanach se demanda si elle avait projeté tout cela depuis le début, avant même qu'elle franchisse le seuil de son bureau et l'invite à dîner. Ava était rarement prise au dépourvu, son cerveau ayant généralement dix coups d'avance sur celui de n'importe qui d'autre. Ce qui expliquait qu'elle soit un officier de police si efficace. Mais là, elle s'immisçait dans une situation très personnelle. Malgré tout, lui non plus ne se sentait pas prêt à affronter le vide de son appartement. Sa mère n'avait jamais été le genre à fréquenter les bars. Elle buvait rarement, à moins de dîner avec des amis. Il n'était même pas sûr qu'elle soit encore à l'hôtel. Il y avait des chances pour qu'elle ait quitté la ville plus tôt que prévu.

— Un verre, puis je te raccompagne, concéda-t-il.

— Marché conclu.

Elle le devança dans le hall de l'hôtel et prit à droite pour se rendre au bar.

Ils s'installèrent sur des tabourets. Il y avait du monde dans la salle de restaurant, mais l'essentiel des dîneurs finissaient leur dessert ou buvaient leur café, leur conversation formant un bourdonnement sympathique en arrière-plan.

— Deux Laphroaig, s'il vous plaît, demanda Ava au barman. Ne le gâchez pas avec de l'eau ou de la glace.

— Tu es sûre de ne pas le préférer directement à la bouteille ? la taquina Callanach.

— Tu me donneras un cours sur le vin français quand nous serons en France. Mais ne t'avise pas de te lancer là-dedans avec un Écossais au sujet du whisky. Ça risque de se terminer aux urgences pour se faire poser des agrafes.

— Luc ? demanda une voix douce dans leur dos.

Callanach dévisagea Ava.

— Inutile de me fusiller du regard, dit-elle. Ce n'est pas comme si tu n'étais pas au courant que je ne prends jamais « non » pour une réponse.

— Tu n'avais aucun droit de faire ça, lui murmura-t-il à l'oreille en se penchant vers elle.

— Effectivement. Je sais aussi que si tu avais souhaité ne courir aucun risque de voir ta mère, tu ne serais pas entré dans cet hôtel avec moi. Donc dis-lui au revoir ou écoute-la, selon ce qui te convient le mieux. Mais prends une décision.

Elle se tourna vers Véronique, main tendue.

— Madame Callanach, je suis Ava Turner, nous nous sommes parlé cet après-midi au téléphone. Je vous laisse. J'ai bien peur d'avoir déjà dépassé les limites.

— Sans aucun doute, commenta Luc.

Ava sourit, souleva son verre qu'elle vida d'un trait.

— Détends-toi, conseilla-t-elle à Luc. Ravie de vous avoir rencontrée, dit-elle à Véronique, en la saluant avant de renfiler son manteau et de partir.

— Je vois. Ta collègue ne t'a pas informé qu'elle m'avait téléphoné, avança Véronique. Je suis désolée. Je n'avais aucune intention de te piéger.

— Eh bien, maintenant je suis là. Donc, si tu souhaitais ajouter quelque chose, ce serait le moment.

— Si nous montions dans ma chambre ? C'est plus calme. Je ne suis pas vraiment sûre que cet endroit…

— Je m'en vais dans quelques minutes. Tu n'as peut-être pas envie de perdre ton temps à voyager entre les étages. Ici, c'est très bien. Il y a une table près de la baie vitrée.

Il attrapa son verre et s'éloigna du bar, maudissant silencieusement l'incapacité d'Ava à limiter son ingérence dans sa vie. Ils s'assirent.

— Que voulais-tu me raconter ?

Le regard de sa mère s'égara par-delà la vitre.

— Par où commencer ? Je désire vraiment réparer les dégâts que j'ai causés. Et renouer avec mon fils.

— Souhaites-tu ajouter quelque chose que je n'aie pas déjà entendu ? demanda Callanach. Parce que je ne suis pas ici pour répéter la conversation que nous avons eue chez moi. Tu m'as demandé de t'accorder plus de temps, et j'ai bien peur qu'il ne soit écoulé.

Il poussa son verre sur la table.

— Luc, je t'en prie, dit Véronique en tendant la main vers lui. Je ne supporte pas l'idée de te perdre pour toujours. Je n'aurais plus aucune raison de vivre.

— J'ai éprouvé la même chose, quand tu es partie. Au moins, nous avons ça en commun. Bien, nous avons fait le tour, je crois. (Il se leva.) Au revoir, Véronique. Bon retour en France.

— Luc, non. Il n'y a aucun moyen de t'expliquer cela facilement. C'était il y a longtemps, et je n'en ai jamais soufflé mot. Lorsque Astrid t'a accusé, son histoire a tout fait remonter à la surface et je n'ai pas réussi à tenir le coup.

Elle marqua une pause, passa une main tremblante sur ses lèvres et baissa la voix.

— J'ai été violée. Il y a longtemps, mais c'est une chose qui ne s'efface jamais. Je n'aurais jamais pensé que ce qu'Astrid me racontait m'affecterait autant. Je suis désolée de ne pas avoir été là quand tu avais besoin de moi, mais c'était trop. J'ai conscience de t'avoir déçu. Quoi que j'aie à faire pour que tu me pardonnes, je le ferai.

Chapitre onze

— Turner, lança Ava en décrochant son portable.

— Lieutenant Lively, madame. Nous avons été appelés sur un accident de la route. Comme votre voiture est au poste, je suis parti du principe que vous étiez encore dans le coin.

— Je suis en ville à la recherche d'un taxi. En quoi un accident a-t-il un lien quelconque avec la criminelle, lieutenant ?

— C'est grave, traces de sang dans et hors de la voiture, sur l'A702, là où la route traverse la lisière du parc régional de Pentland Hills. Je suis en chemin en ce moment même. Il ne reste qu'un véhicule sur place, mais les traces de pneus indiquent qu'un deuxième était impliqué.

— Et ?

— Il n'y a pas de corps, madame. Personne sur place, précisa Lively.

— Donc le conducteur était seulement blessé, et le second véhicule a choisi de l'emmener à l'hôpital. Qui est l'officier de garde ? Ma présence n'est pas nécessaire. Je suis sortie ce soir, et en aucun cas en état de conduire.

— L'intervention d'un commissaire divisionnaire est requise. La voiture impliquée dans l'accident est enregistrée au nom d'un certain Louis Jones. Il est connu des forces de l'ordre, mais son dossier comporte une mention particulière : seul un commissaire divisionnaire ou un officier d'un grade supérieur est habilité à l'ouvrir, selon les ordres du chef Begbie, expliqua Lively. Ça peut probablement attendre jusqu'à demain, mais j'ai pensé que ça relevait de votre compétence.

— J'attendrai au croisement de The Mile et New Street. Demandez qu'on vienne m'y chercher, et débrouillez-vous pour que ça soit rapide, on se gèle grave ici.

Vingt minutes plus tard, un café à la main, Ava était installée à son bureau, le regard fixé sur une enveloppe dont le contenu n'avait pas encore été relégué dans les profondeurs numériques du Cloud. La commissaire divisionnaire essayait de remettre ses idées en place. Son dîner lui avait permis d'assimiler une partie de l'alcool qu'elle avait ingurgité. Pour autant, si elle ne restait pas concentrée sur un seul point, la pièce lui paraissait tanguer autour d'elle. L'enveloppe scellée portait l'ordre de confidentialité de Begbie et la liste des noms et signatures des personnes qui avaient eu accès au dossier au cours des dernières années. Begbie lui-même l'avait consulté, quelques mois plus tôt, avant de le sceller. Ava fit courir ses doigts sur le cachet de cire, imaginant le chef exactement là où elle-même se trouvait maintenant, se préparant à lire les mêmes feuilles, tapotant son stylo sur le bureau, comme toujours quand l'impatience le gagnait.

À l'intérieur se trouvait un dossier en carton marron sur la couverture duquel étaient inscrits des renseignements concernant Louis Jones – nom, date de naissance, adresses connues de résidence et de travail –, dossier remarquablement mince. En l'ouvrant, Ava découvrit ce à quoi elle s'attendait : une feuille de papier avec l'en-tête « Informateur de la police, enregistré en novembre 1997. Contact : George Begbie. » C'était là la seule raison expliquant à ses yeux que ces documents soient confidentiels. Ce à quoi, en revanche, elle n'était pas préparée, fut de tomber sur son propre nom. Elle parcourut d'abord le feuillet rapidement.

« Louis Jones – propriétaire d'une casse opérant en sous-main des locations de véhicules sans existence officielle. Utilise des voitures considérées comme bonnes pour la casse, permet ou est à l'origine de fausses immatriculations posées sur des véhicules à louer. Reconnaît en avoir loué un à Reginald King, nie avoir eu connaissance des intentions de ce dernier. Ce véhicule loué par Louis Jones a été utilisé dans l'enlèvement du commandant Ava Turner. Jones a aidé à fournir des informations sur l'entrepôt de King à Causewayside. Interrogé par le commandant Callanach sous la supervision du commissaire divisionnaire Begbie. Pas de poursuites engagées. »

Ava ferma les yeux. Reginald King, un dangereux psychopathe, l'avait sortie de sa voiture une nuit, emmenée chez lui dans une pièce noire et avait tué une adolescente sous ses yeux. La jeune fille était l'une des trois femmes à avoir trouvé la mort des mains de cet homme. Au procès, sa défense s'était appuyée sur l'aspect psychiatrique de sa personnalité, et il avait été placé en obligation de soins *sine die*. Les heures qu'Ava avait passées en captivité avaient été les pires de son existence, et Louis Jones avait tiré profit de sa location d'un véhicule à King. Pour autant, ni Callanach ni Begbie n'avaient mentionné ce nom devant elle. Elle tourna la page, s'obligeant à continuer de travailler. Elle ne tenait pas à être aspirée dans le bourbier menaçant de ses souvenirs. Quelles que fussent les informations que Jones avait fournies à la police durant la période remontant à plusieurs décennies où il avait été informateur de Begbie, leur valeur devait être de premier ordre.

L'encre pâlissait sur les pages restantes. Ava alluma sa lampe de bureau et s'installa confortablement. Le sommaire d'une affaire dont les poursuites remontaient à 1999 s'étalait sur la première page. Le dossier d'accusation statuait que les suspects Dylan McGill et Ramon Trescoe, tous deux à la tête d'une association criminelle basée à Glasgow, avaient commis une liste impressionnante de délits, allant du vol et du complot à la fraude, au chantage et à l'agression caractérisée. Les banques avaient été leur cible favorite. Ils faisaient pression sur les employés afin que ces derniers leur fournissent des informations confidentielles sur les systèmes de sécurité et, sous la menace, les obligeaient à mettre en place des transferts d'argent illégaux. Dans les rares occasions où les employés s'étaient montrés suffisamment courageux pour refuser d'obtempérer, il en avait résulté des agressions à l'aide d'instruments dont il était fait meilleur usage dans l'agriculture. L'affaire judiciaire avait été largement relayée par la presse. Ava s'en souvenait, bien qu'elle n'eût que seize ans à l'époque. Un gros gang d'Édimbourg avait été mis hors d'état de nuire. Durant les trois mois qu'il avait duré, le procès avait été un spectacle national.

Le dossier contenait des déclarations de témoins, des documents bancaires et les condamnations précédentes habituelles, suivis par une petite sélection de photos des accusés et de leurs victimes. Dylan McGill était le plus grand de la bande, avec une moustache qui n'aurait pas dépareillé le visage d'un méchant de l'ère victorienne. Sur chaque photo, il tenait une cigarette à la main. Ramon Trescoe avait la peau basanée, des traits moyen-orientaux et des yeux verts étonnants. Ce n'était pas quelqu'un qu'on pouvait confondre avec un autre une fois qu'on connaissait son identité, se dit Ava. Il avait été photographié en compagnie de plusieurs femmes extrêmement attirantes, presque comme s'il avait toujours conscience qu'un photographe rôdait non loin. Le dossier mentionnait des décès – membres de gangs rivaux, hommes de main ayant fait défection, et au moins un policier – dont le nombre dépassait largement celui des morts par causes naturelles. Aucune trace directe ne permettait cependant de remonter jusqu'à McGill ou Trescoe, aussi le procureur avait-il décidé de placer la paire en détention pour des crimes moins sérieux. Mais le résultat était presque aussi beau : les condamnations avaient été lourdes.

Un document signé par le procureur et Louis Jones complétait le dossier. Jones, y lut Ava, connu de ses associés sous le nom de Louis la Clé à Molette, avait fourni les véhicules et autres outils nécessaires. Begbie, alors à peine lieutenant, avait recueilli suffisamment d'informations sur les activités de Jones pour le mettre à l'ombre durant une bonne décennie. Au lieu de quoi Begbie avait rencontré Jones, lui proposant de fournir des informations sur les activités de Ramon Trescoe, sur ses déplacements et sur ses victimes. Durant deux ans, Begbie avait travaillé avec Louis la Clé à Molette, à rassembler des renseignements. Ça devait avoir été une époque tendue, pensa Ava, pour Begbie comme pour Jones. Trescoe et McGill n'étaient pas du genre à plaisanter, et personne ne semblait avoir été hors de leur portée. La relation entre Jones et Begbie s'était achevée avec un accord de garder le premier éloigné de toutes poursuites, et avait permis à Begbie d'être promu commissaire immédiatement après que la cour avait débouté les prévenus de leurs derniers appels.

Aujourd'hui, quelqu'un conduisant la voiture de Jones avait disparu, bien qu'il restât à savoir s'il s'agissait de Louis en personne ou d'un client quelconque. Ava nota la dernière adresse connue de l'informateur, referma le dossier et le remit dans son enveloppe, qu'elle scella et signa, prête à être retournée aux archives des documents confidentiels. Elle attrapa son téléphone pour appeler Callanach, mais le reposa. Avec un peu de chance, il était encore en compagnie de sa mère. Les interrompre maintenant risquait de compromettre toute chance de progrès. De plus, elle n'était pas sûre qu'il lui répondrait. Elle avait conscience d'avoir un peu dépassé les bornes en le piégeant.

Elle rappela Lively, et ordonna qu'un chien policier soit envoyé sur les lieux de l'accident au cas où le conducteur se serait éloigné, étourdi, de son véhicule. Il errait peut-être encore à travers le parc et s'il était grièvement blessé, la météo de décembre allait signer son trépas. Non pas qu'Ava s'en souciât, si le conducteur en question était bien Louis la Clé à Molette. Elle trouvait plutôt satisfaisant l'idée qu'il rende son dernier souffle, recroquevillé sur lui-même et seul dans le froid glacial. Begbie avait laissé Jones partir après une brève conversation et l'adresse de l'entrepôt de Reginald King, sachant qu'Ava risquait de perdre la vie, conscient que d'autres femmes avaient déjà connu ce sort. Difficile d'y voir un retour d'ascenseur. Quoi que Jones ait fait pour aider la police près de vingt ans plus tôt, Ava était certaine que le procureur aurait pu argumenter que ça ne lui laissait en rien les coudées franches pour porter assistance à un tueur en série tant d'années plus tard. Begbie devait avoir ses raisons. Le chef lui avait prouvé sa loyauté à plus d'occasions qu'elle ne pouvait en dresser la liste, mais la pilule n'en était pas moins amère à avaler pour autant. Ça semblait sordide, un marché passé derrière une porte close, avec rien de plus qu'un hochement de tête et une poignée de main pour le sceller. Elle refoula les sentiments d'indignation et de colère croissantes qu'elle éprouvait, se rappela à elle-même combien le chef lui avait tenu à cœur, et que la réciproque était vraie. Impossible qu'il l'ait trahie.

Elle contacta le brigadier Tripp, qu'elle avait vu traîner dans la salle des opérations.

— Tripp, j'ai besoin que vous me conduisiez à une adresse. Dans une voiture banalisée, impérativement.

— Oui, madame, répondit-il. Je vous attendrai en bas. Si vous me fournissez l'adresse, je laisserai une note sur notre destination.

— Pas cette fois. Je ne suis pas encore sûre qu'il y ait un rapport avec une enquête, et l'adresse est une information confidentielle.

— Dans ce cas… Je vous prends un café à emporter ?

— Non. En fait, oui. Et je vous demanderai de vous montrer un peu moins enthousiaste, brigadier. Une gueule de bois champagne-whisky s'annonce, et le premier qui sourit se retrouvera dans ma ligne de mire.

— Dans ce cas, je dévaliserai aussi la boîte à gâteaux, madame. Rien de mieux que quelques biscuits au blé complet pour soigner l'ivresse.

— Et adoptons aussi la règle du silence total en voiture, répondit Ava.

Chapitre douze

Randall Muir, le fils de Cordelia, posa sa guitare – sa fierté et sa joie – avant de soulever la pinte de cidre qu'il avait bercée durant l'heure écoulée. Il devait y aller mollo avec l'alcool s'il souhaitait sérieusement participer au bœuf avec les autres musiciens du bar. Ce soir-là, pour la première fois, il sentait qu'il aurait confiance en lui pour passer à l'acte. La précédente, il n'avait pas réussi à jouer, ses nerfs lui jouant des tours. Il avait bu plus qu'il n'en avait eu l'intention, ce qui lui avait valu un sprint en mode Jeux olympiques jusqu'aux toilettes pour hommes afin de vider son estomac. Il était rentré chez lui sur des jambes flageolantes et avec un goût de pommes pourries dans la bouche. Sa mère avait feint de ne rien remarquer, lui offrant un regard compatissant et une conversation anodine.

La grande Cordelia Muir ne portait pas de jugement sur son fils et ne le réprimandait pas. Elle avait même renoncé à lui demander où il allait le soir afin d'éviter de violentes disputes. Depuis la mort de son père, elle tentait maladroitement de s'infiltrer dans la brèche, pleine de bonnes intentions, mais embarrassant Randall au-delà de ce que, pensait-il, un adolescent pouvait endurer. Elle assistait aux matchs de foot quand toutes les autres mères savaient qu'il valait mieux en rester éloignées, criant et applaudissant, l'encourageant avec conviction. Elle téléphonait aux filles de l'école qu'il avouait bien aimer et invitait leur famille au déjeuner du dimanche. Cordelia avait même essayé d'aborder le porno, pour finir par le sermonner sur le respect dû aux femmes. Elle avait insisté pour lui fournir des boîtes de préservatifs quand il était parti en week-end avec ses copains de classe et, les ayant oubliées, les lui avait jetées par la vitre ouverte de la voiture. Il avait cru mourir de honte. Cordelia était tout pour tout le monde. Randall aurait juste aimé qu'elle comprenne – dans son cerveau intellectuellement doué – qu'elle ne serait jamais son père.

Sa sœur aînée avait consciencieusement pleuré durant l'enterrement de leur père, remerciant Dieu, pensait Randall, que leur précieuse mère n'ait pas été celle qu'il avait rappelée à lui. Pour Randall, en revanche, la vie ne serait jamais aussi belle que lorsque son père était encore de ce monde. Il y avait eu des séjours en camping entre hommes, de longues soirées à regarder des films que sa mère n'aurait jamais approuvés, avec quelques bières fauchées pour faire bonne mesure, même si Randall était loin de l'âge légal pour consommer de l'alcool. Il y avait eu des blagues sur le sexe au lieu de discussion sur l'honneur et la compatibilité des partenaires. Il y avait eu des blagues, point barre. Son père comprenait que lorsque Randall était contrarié, il ne désirait rien d'autre qu'une tape sur le bras et qu'on le fasse rire – et surtout pas qu'on exprime entre quatre yeux ses sentiments. Pour son père, il passait en premier, avant tous ces enfants en Afrique dont sa mère se préoccupait tant. Crystal, l'organisation caritative à la tête de laquelle sa mère officiait, et qui avait pour mission de mettre en place des réseaux d'eau potable, était son bébé plus que lui ne le serait jamais.

Depuis la disparition de son père, la guitare de Randall était devenue sa vie. Son père lui en avait appris les accords basiques alors qu'il n'avait que huit ans. Randall installé sur ses genoux, il avait recouvert avec les siens les doigts de son fils. Un an plus tard, il lui avait offert son propre instrument pour son anniversaire. À compter de cet instant, cela avait été sa possession la plus précieuse. Maintenant, Randall rêvait de rejoindre un groupe, de partir en tournée, d'entendre son premier disque à la radio. Mais les groupes de son école écrivaient des musiques tristes et nombrilistes sur l'amour et le désir. Ils chantaient d'un ton éploré, avec des accords arrangés – pas le genre de musique qui pouvait inciter Randall à sortir de son lit le matin pour répéter jusqu'à en avoir les doigts en sang. Lui, son seul désir était d'exploser avec le son, que ce dernier tambourine à travers lui comme une bête enragée. Le Fret était le premier lieu qu'il ait déniché où il pouvait se lever, brancher son amplificateur et se lancer dans une jam-session avec n'importe qui présent sur place.

Le bar était d'un genre que les filles de son établissement scolaire auraient détesté. Le nombre de tatouages exposés aurait justifié de qualifier le lieu de camp de base pour gangs de motards. Randall l'adorait. Lui-même n'était pas tatoué, et ne le serait pas tant que sa mère aurait son mot à dire, mais son nouvel ami au Fret lui avait suggéré de s'en faire dessiner un au henné dans un endroit stratégique où sa mère ne le verrait pas. Ce soir-là, il était prêt à l'exposer. Il avait quitté la maison, étouffant dans une parka sans charme, un pull col en V et une chemise Oxford. Arrivé au coin de la rue du club, il s'était changé, enfilant une veste en jean sur un tee-shirt noir, avant d'enfouir ses vêtements dans son sac à dos. Guitare à l'épaule, il était entré au Fret en roulant des mécaniques, et avait été récompensé pour la première fois par un bref hochement de tête de reconnaissance du videur. Randall avait le sentiment d'avoir pris dix centimètres rien qu'en franchissant la porte.

Il repéra une table vide dans le fond, la plus éloignée de la scène, y posa son sac et sa guitare, et se dirigea vers le bar. La serveuse ne semblait pas se souvenir de lui, mais bon, Randall ne l'avait jamais vue sourire à qui que ce fût. Ses pupilles fortement contractées racontaient une histoire d'opiacés sur laquelle Randall mourait d'envie de la questionner. Il était curieux de savoir à quoi ça ressemblait. Pas grâce à la lecture d'un dépliant éducatif ni au baratin d'un enseignant, mais venant de quelqu'un qui consommait effectivement. Pourquoi recevoir une leçon sur les dangers de la drogue d'une personne qui n'y avait jamais goûté ? La fille du bar avait, courant de son épaule à son coude et dessinant une ligne à l'arrière de son bras, une cicatrice qui gardait Randall éveillé la nuit et nourrissait ses fantasmes.

— Qu'est-ce que tu prends ? lui demanda la serveuse.

— Heu, pardon, quoi ?

Randall se sentit rougir et remercia intérieurement le manque de lumière naturelle du rade.

— Je t'ai demandé ce que tu prenais. Biff, baisse le son de ce putain d'ampli, mes foutus tympans saignent déjà ! hurla-t-elle.

— Vodka. Double. Pure.

On ne lui avait jamais demandé ses papiers au Fret. Tant que vous aviez de quoi payer, on considérait que vous aviez l'âge légal pour boire. La fille posa sans douceur devant lui un verre plein, maculé de nombreuses traces de doigts. Randall glissa son argent sur le comptoir et essaya de sourire, mais elle s'était déjà détournée. Ça devait être dur pour elle, se dit-il, d'occuper un emploi si exigeant physiquement. Le Fret ne fermait pas avant 3 heures du matin, et elle était debout tout le temps. Un jour, décida-t-il, il resterait jusqu'à la fermeture et lui proposerait de la raccompagner chez elle. Il fallait que quelqu'un prît soin d'elle.

Il emporta son verre à sa table et vérifia que personne ne le regardait quand il sortit un Coca de son sac à dos pour l'ajouter à sa boisson. La vodka lui donnait des haut-le-cœur s'il la buvait pure, mais ainsi, il la tolérait. Pas question pour autant qu'il commande quelque chose d'aussi pathétique qu'une vodka Coca au bar. Ce n'était pas ce que les vrais hommes buvaient. Son père prenait un porto après le dîner, un single malt en regardant la télévision, et un cidre lors d'après-midi ensoleillés quand ils s'arrêtaient à un café durant une randonnée. Sa famille avait beaucoup pratiqué cette activité, et bien que Randall se fût volontiers passé des leçons sans fin de sa mère sur les oiseaux ou les formations géographiques, son père les avait rendues amusantes avec des récits sur ses exploits de jeunesse. Randall se souvenait de leur dernière marche comme si c'était hier. S'ils n'avaient été autorisés à manger qu'un seul dessert durant le reste de leur vie, lequel auraient-ils choisi, leur avait-il demandé. Ils en avaient discuté pendant une heure, peut-être plus. Son père avait opté pour une tarte au citron meringuée, trois gâteaux en un, avait-il affirmé. Une pâte légère croustillante, une chaude crème au citron, et une meringue fondante en bouche. Randall avait défendu le crumble à la prune, et son père était tombé d'accord pour en faire un deuxième choix. Une semaine plus tard, on lui diagnostiquait un lymphome non hodgkinien. Deux années après, ils organisaient des funérailles qui allaient marquer le début de la fin de la vie de Randall. Depuis, il était incapable de déguster une tarte au citron meringuée.

Il repéra Christian – celui qui avait suggéré le tatouage au henné – à quelques tables de là, en pleine conversation. Randall descendit une grande goulée de vodka Coca, espérant que Christian le remarquerait sans qu'il ait à se couvrir de ridicule en agitant la main. Il passa le temps en accordant sa guitare et en s'efforçant de son mieux de ne pas vérifier si Christian était encore là. Sa patience fut récompensée quelques minutes plus tard.

— Hé, mec, t'es revenu. Content de te voir, le salua Christian, offrant son poing en signe de bienvenue. Et tu t'es tatoué au henné. C'est pas mal, Rand.

Randall sourit d'une oreille à l'autre et se retint de tirer sur son tee-shirt pour dévoiler plus largement le nœud celtique sur son épaule.

— Voilà la bonne manière de procéder. Je parie qu'un tas de gars ici auraient aimé que le henné soit dispo quand ils ont utilisé l'encre. Certains des dessins qu'ils ont sur la peau datent de l'âge de pierre.

Randall rit.

— Ouais. Et comment s'est passée ta semaine ? demanda-t-il. Je veux dire, tu as fait des trucs cool ?

Il se donnait l'impression d'être top fan et ça craignait d'avoir à ramer si dur pour s'intégrer, mais Christian posa amicalement son bras sur son épaule et se laissa glisser sur la banquette collante en similicuir.

— Ç'a été plutôt dur, en fait. Une fille que je connais a perdu sa sœur, d'hypothermie. C'est horrible de voir quelqu'un souffrir comme ça. Du coup, je savoure la chance que j'ai de me lever chaque matin et de faire ce que j'aime, tu vois ?

— Carrément, répondit Randall.

Il se fustigea intérieurement de ne pas être capable de réagir avec quelque chose de plus profond. Le gars le plus cool qu'il ait jamais rencontré venait juste de partager ça avec lui, et qu'est-ce qu'il sortait ? Une réplique digne d'une parodie de film pour ados. Il était vraiment un crétin fini, exactement comme le disaient les autres types au lycée.

— J'ai perdu mon père, bredouilla-t-il. Il y a quelques années. Au début, je ne savais pas comment affronter ça, mais maintenant, j'ai envie de m'exprimer. De ne plus cacher ce que j'éprouve.

— Hé, c'est hard. J'étais pas au courant. C'est bien que tu poursuives ton rêve, hein ? Tu comptes jouer ce soir ?

— S'il y a des chansons que je maîtrise suffisamment bien, répondit Randall. À quoi vas-tu t'occuper pendant les vacances universitaires ?

— À rattraper mon retard de lectures. Y'a tant de livres, et j'ai jamais assez de temps. J'ai un petit boulot occasionnel aussi, pour payer le loyer en hiver. T'as de la chance – je viens juste de toucher ma paye. Tu bois quelque chose ?

— Hé, non, laisse-moi faire. J'ai plein de…

— Pas question, c'est mon tour de t'offrir un verre, le coupa Christian. Vodka, c'est ça ? À moins que tu ne cherches une excuse pour parler à Nikki ?

Randall regarda la fille qui remplissait les verres, et décida qu'il était plus facile de rêver de loin. Elle était tellement hors de portée que c'en était douloureux.

— Non, c'est bon. Une vodka ne serait pas de refus. Merci, mec.

Christian se dirigea nonchalamment vers le bar ; il avait une démarche que Randall avait cherché à copier, sans y parvenir. Il ne s'agissait peut-être que de mettre un pied devant l'autre, mais certains hommes donnaient l'impression que le monde n'était là que pour leur offrir une toile de fond. Randall attrapa sa guitare et gratta quelques notes. Le premier groupe de la soirée se chauffait seulement, le bon moment était donc venu pour s'assurer que son instrument était accordé. Christian était celui qui, le premier, l'avait persuadé de participer à un bœuf. Randall était installé à sa table habituelle dans le fond, et Christian s'était avancé et lui avait demandé s'il pouvait s'asseoir. Ils avaient commencé à discuter, et Randall avait découvert qu'il réussissait à papoter avec Christian sans avoir le sentiment d'être un imposteur. C'était deux mois plus tôt. Depuis, Christian était au

Fret tous les jeudis soir et vendredis soir, et la fierté de Randall ne l'empêchait pas d'admettre qu'il attendait avec impatience ces précieuses minutes de bavardage avant que la musique ne soit trop forte. Christian avait une manière de présenter les choses qui les rendait logiques – était-il plus gênant d'être assis là avec une guitare que de simplement se lever et se lancer ? Avoir envie d'un tatouage était normal, mais mieux valait commencer avec le henné, au cas où l'on souhaiterait changer de dessin ; garder pour soi les détails de sa vie privée et ne pas les partager avec sa famille n'était pas se montrer déloyal si ça impliquait de ne pas perdre de vue qui on était – et Randall expérimentait enfin cet événement précieux : sa première amitié d'adulte. Christian, se dit-il, était exactement le genre de personne qu'il souhaitait devenir.

Chapitre treize

Callanach et sa mère quittèrent le bar de l'hôtel dans un silence mutuel. Ils avaient besoin d'un endroit calme, à supposer que Luc parvienne à retrouver sa voix et à parler. Sa mère avait été violée. Il était sûr que c'était ce qu'elle lui avait déclaré, pourtant il lui avait fallu plusieurs minutes pour analyser ces quelques mots. Son regard avait parcouru le bar. L'homme non loin de lui riait trop fort, la bouche largement ouverte. Une femme qui s'imaginait être au-dessus des règles vapotait dans un coin. Un autre homme faufilait sa main pour toucher les fesses d'une serveuse. Puis il avait vu la première larme couler des yeux de sa mère, et son monde avait de nouveau repris sa course rapide. Il lui avait pris le bras, et l'avait menée avec douceur vers les ascenseurs, jusqu'à sa chambre, où il pourrait poser toutes les questions qu'il ne voulait pas poser, et écouter des réponses dont il avait déjà conscience qu'il ne souhaitait pas les entendre.

Dans sa chambre, Véronique se dirigea vers la fenêtre. Des rires montaient depuis le Royal Mile, et les éclairages de Noël clignotaient faiblement dans l'obscurité, colorant le visage de sa mère dont le regard restait fixé sur l'extérieur. Callanach s'assit sur une chaise dans un coin et attendit. Il s'était trouvé dans cette position des centaines de fois, à patienter pendant qu'une victime cherchait les mots justes pour commencer à raconter son histoire. Les presser était contre-productif. Sa mère se comportait comme chaque victime de viol avant de prendre la parole. Elle était en train de briser le mur de briques qu'elle avait construit à l'intérieur d'elle-même.

— Que désires-tu savoir exactement ? murmura-t-elle.

— Tout. Autant que tu supportes de me raconter.

Véronique hocha la tête et serra ses bras autour de son torse. Ses jointures avaient pâli. Elle lui tourna le dos de manière que son visage soit complètement dissimulé, et commença à parler.

— J'avais vingt-deux ans. J'étais naïve, j'imagine. Ton père et moi étions mariés depuis un an. Il s'était toujours montré si attentionné, un tel gentleman, qu'il ne m'était jamais venu à l'esprit que je puisse être en danger où que je me rende avec lui. Les temps étaient durs, trouver du travail en Écosse était compliqué. On avait du mal à payer notre loyer. Personne ne semblait désirer embaucher une jeune Française, du coup, il devait subvenir seul à nos besoins. De quoi te souviens-tu le concernant, Luc ?

Callanach prit un moment pour rassembler ses pensées. Ses souvenirs de l'époque où il avait quatre ans, juste avant le décès de son père, étaient flous, sauf l'image qu'il avait des mains de son père, toujours tendues vers lui pour le soulever ou l'enlacer. Des mains fortes et chaudes.

— La chaleur, dit-il. Son visage s'estompe au fil des ans, mais je n'ai pas oublié sa voix. Et son rire. Je pense que dans tous les souvenirs que j'ai de lui, il rit.

— Oui, confirma Véronique. Il était comme ça. Même quand c'était difficile pour nous, il est toujours resté joyeux. C'était un homme bon qui ne voulait voir que le bon chez les autres. J'étais vierge à mon mariage. Comme beaucoup de femmes en ce temps-là. Ton père est le seul homme que…

Elle s'interrompit, appuya son front contre la vitre. Ses larmes se mêlèrent à une goutte de condensation quand son souffle s'imprima sur le verre.

— Tu n'as pas à t'imposer ça, lui dit Callanach.

— Si, répondit-elle. Tu as le droit de savoir.

Elle se laissa tomber assise sur le rebord de la fenêtre.

— Ton père a fini par décrocher un boulot chez Edinburgh Bespoke, une usine de fabrication de meubles. Grâce à son expérience et à sa manière de se comporter avec les autres employés, il a rapidement été promu contremaître. Nous avons pu quitter notre location pour acheter un appartement. C'était juste financièrement, mais ça allait. Nous étions jeunes et amoureux, on tenait le coup. Ton père était fier de lui. Il avait vingt-cinq ans, un bon travail, et nous avions commencé à parler de fonder une famille. Cet emploi était tout pour lui. Ton père égayait chaque journée, tu sais ? Il rentrait à la maison avec des histoires sur ses collègues, leur famille, les petites choses qui n'avaient pas marché. Il avait cette photo de moi, prise durant notre première danse à notre mariage, qu'il gardait sur son bureau à l'usine. Il me racontait que les autres hommes disaient que j'étais belle, qu'il avait de la chance. C'était idiot, vaniteux, mais je pensais que c'était inoffensif.

Un sanglot l'interrompit. Elle porta la main à sa gorge. Callanach avait envie de la prendre dans ses bras, mais il savait que lorsqu'elles revivent leur expérience, les victimes d'agression ont besoin d'espace, pas de contact humain. Il connaissait cette configuration, avait été formé sur les protocoles et procédures. Malgré tout, rien de tout cela ne l'avait préparé à cet instant.

— C'était la fête de Noël de l'entreprise, reprit Véronique en affermissant sa voix après avoir avalé une bouffée d'air. Je portais une robe verte. Ton père me l'avait offerte pour l'occasion. Il voulait que je sois mise en valeur. La robe avait une jupe rockabilly, juste au-dessus du genou. Je lui avais dit qu'elle était trop chère, mais il avait insisté. La soirée se tenait à l'entrepôt qu'on avait décoré. Il y avait un sapin, on avait mis de la musique, préparé du punch. J'étais contente de rencontrer les gens dont j'avais tant entendu parler, j'avais l'impression de les connaître déjà. Je dansais avec ton père. Comme il conduisait, il n'avait pas bu de punch, mais moi oui. Seulement quelques verres, qui avaient suffi malgré tout à ce que la tête me tourne un peu. Je n'avais pas l'habitude de l'alcool, et je n'ai aucune idée de ce qu'ils avaient mis dedans, mais c'était très fort.

Comme si elle était encore là-bas, Véronique s'empara d'un verre posé sur le dessus d'un meuble bas, ouvrit le minibar de l'hôtel et se servit une eau gazeuse. Elle but longuement puis se rassit sur l'appui de la fenêtre, les jambes ramenées à la poitrine.

— Un appel est arrivé. L'un des camions de l'entreprise était tombé en panne et devait être remorqué jusqu'à un garage. Mais il transportait des meubles à livrer le lendemain. Il fallait que quelqu'un prenne un autre camion pour rapporter les marchandises à l'entrepôt. Ton père était l'un des rares encore sobres, en état de conduire. Je n'avais pas envie qu'il y aille, mais aucune autre option n'était vraiment envisageable. Je me souviens d'avoir émis le souhait de rentrer à la maison, mais on m'a persuadée de rester. M. Jenson, l'un des associés, a dit qu'il s'occuperait de moi. Je n'ai pas voulu passer pour asociale.

« Ton père à peine parti, M. Jenson m'a proposé une visite de l'entrepôt. Il m'a donné l'impression que j'étais quelqu'un d'important, m'a dit combien il appréciait mon mari, m'a demandé si je voulais voir son bureau, et j'ai accepté. Je n'ai pas pensé un seul instant… La musique était forte alors, très forte. Les gens chantaient, dansaient, l'alcool coulait à flots. Nous sommes montés au dernier étage, désert. Je me rappelle m'être demandé pourquoi il me montrait ça, alors qu'il n'y avait rien à voir. Les couloirs étaient sombres, et de lourdes portes coupe-feu isolaient les différentes sections du bâtiment. Nous avons emprunté le couloir ; nous étions aussi loin que possible de la fête, et M. Jenson m'a dit que c'était là que se trouvait son bureau. Il a ouvert la porte. Un homme se tenait dans la pièce, à qui je n'avais pas parlé, mais je savais qu'il s'agissait de l'autre associé dans l'entreprise, M. Western. Il s'est levé de derrière le bureau, est venu me serrer la main, m'a complimentée sur ma robe. Bien qu'il n'ait pas eu un mot déplacé, j'ai eu le sentiment que je n'aurais pas dû être là. C'était étrange, deux hommes dans une si petite pièce, avec moi.

Callanach parvenait à se représenter les choses plus clairement qu'il ne l'aurait souhaité. Sa mère – jeune, incroyablement belle, craignant de commettre un impair, trop effrayée pour oser demander qu'ils rejoignent la fête. Les patrons de son père – étant dans leur droit, rendus plus courageux par l'alcool et conscients que personne n'entendrait ce qu'ils étaient sur le point d'entreprendre. C'était une scène qui s'était rejouée indéfiniment dans l'histoire, traversant les décennies, les classes sociales et les sexes. Les puissants contre les faibles. Cela arrivait, simplement parce que c'était possible.

— Je leur ai dit que je devais aller aux toilettes, et retourner en bas. Ils ont ri un peu au sujet de quelque chose, je ne me souviens pas de quoi, puis j'ai vu Western hocher la tête en direction de Jenson. Quand j'ai perçu ce léger mouvement, j'ai compris à quel point ma situation était délicate. Il n'en a pas fallu plus : ils avaient communiqué en m'excluant. Ils ont mis un…

Elle s'interrompit, haletante, les épaules affaissées, tête baissée.

— Maman, ne…

— Il le faut, répondit-elle. Ils m'ont mis un sac sur la tête, quelque chose de rugueux, puis l'un des deux m'a maintenue pendant que l'autre... ça a été rapide. Je remercie Dieu pour ça. Et seulement l'un d'eux. Puis le téléphone a sonné, et ça a été comme si, je ne sais pas, ils se réveillaient. Comme s'ils avaient oublié où ils se trouvaient, ou qui ils étaient. On m'a poussée au sol, et Western a retiré le sac autour de ma tête. Il me l'a jeté en me disant de me nettoyer. J'avais des bleus sur les bras – je m'étais débattue, et ils avaient fait usage de la force pour me contraindre. J'étais toute décoiffée à cause du sac, mon maquillage coulait. Je tremblais, j'étais gauche. L'un d'eux, Jenson je crois, s'est montré irrité, m'ordonnant de ne pas traîner.

Véronique s'arrêta, étudiant le verre vide qu'elle agrippait toujours. Elle obligea ses doigts à se détendre pour le poser.

— Comment papa a-t-il réagi ? demanda Callanach.

Il souhaitait que l'histoire avance. C'était égoïste, il s'en rendait compte. Sa mère avait eu le courage de revivre le pire moment de son existence, et tout ce qu'il désirait, c'était effacer cette image de son esprit. Remonter le temps et ne l'avoir jamais écoutée.

— Je ne lui ai rien raconté, répondit Véronique. J'ai retrouvé mes chaussures. Elles avaient atterri à l'autre bout de la pièce quand je m'étais débattue... j'ai essuyé mes larmes et tenté de partir. Western m'a saisie par le bras au moment où j'ai ouvert la porte du bureau. « Tu le racontes à qui que ce soit, m'a-t-il prévenue, et ton mari perd son boulot. On lui dira que c'est toi qui nous as allumés. Et on racontera partout en ville qu'il nous a volés. Il ne trouvera plus jamais de travail. On se donne moins des grands airs, maintenant, hein, joli petit cul français ? » Ces mots ont résonné dans ma tête pendant des années. Sa voix. La haine qu'elle contenait. Je ne sais pas si c'est la photo sur le bureau de ton père qui a déclenché ça chez eux, ou ma manière de m'exprimer et le fait que j'étais française. Mais ils m'ont choisie, moi. Ils avaient calculé leur coup.

Ils ont parié sur le fait que je ne serais jamais capable de le rapporter à ton père, et ils avaient raison. Donc je suis allée aux toilettes pour femmes afin de me débarbouiller. J'ai attendu ton père dehors pendant une heure, dans un froid glacial. Je lui ai expliqué que je ne me sentais pas bien, et lui ai demandé de me ramener à la maison. J'ai vomi dès notre arrivée, et il a sûrement pensé que c'était à cause de l'alcool. Je n'ai pas cherché à le détromper.

— Tu ne pouvais pas lui dire ?

— Luc, être renvoyé aurait été le scénario le plus positif. Ton père m'adorait. Il les aurait tués, tous les deux, pour s'être attaqués à moi de cette manière. L'idée de perdre notre maison n'entrait pas en ligne de compte, on aurait pu vivre dans la rue et être heureux, déménager en France pour y chercher du travail, s'installer chez mes parents. Mais crois-tu que ton père aurait renoncé ? Jamais. Il aurait fini en prison et tout cela parce que j'aurais éprouvé le besoin de partager ma douleur. Je l'aimais trop pour lui raconter ça. Des choses pires arrivent aux femmes, Luc. C'est ce dont je me suis persuadée. Garder le silence était plus facile. Tout comme de supporter ma honte, seule. C'était mieux que de tout risquer.

— Donc personne ne l'a jamais su ? demanda Callanach. Tu as porté cela seule tout ce temps ?

— Je l'ai confié à ma mère après le décès de ton père, quand nous sommes retournés en France. Sa disparition m'a dévastée, mais elle m'a affranchie de l'obligation de rester dans ce pays, auprès de ces bêtes. J'étais libre de t'emmener et de tout recommencer, et je n'avais plus à mentir à l'homme que j'aimais. Je suis désolée que tu aies à entendre tout ça.

— Maman, il existe des thérapeutes. Même maintenant, ça te ferait du bien de recevoir de l'aide, dit Callanach.

— Je ne veux pas revenir là-dessus, répondit-elle, en lui souriant avec douceur. Je refuse que cela fasse partie de mon présent. C'est le passé. Je suis désolée de ne pas avoir eu la force de t'en parler plus tôt. Au lieu de ça, j'ai fui. Pas toi, mais mes souvenirs.

— Je comprends ton traumatisme. Mais tu me connais : je ne serais jamais capable de causer le mal que ces hommes t'ont infligé.

— J'en ai bien conscience. Sincèrement. Mais il y a autre chose. Si je ne te l'avoue pas maintenant, je ne le ferai jamais. Huit semaines après cette fête de Noël, j'ai découvert que j'étais enceinte. Ton père et moi avions continué à entretenir une relation normale. Si j'avais cessé, il aurait immédiatement compris que quelque chose clochait.

— Arrête, l'interrompit Callanach. Je t'en prie, arrête. Es-tu en train de me dire que…

Véronique s'avança, s'agenouilla devant lui et lui prit les mains.

— Luc, rien n'a changé. Tu étais la seule chose qui comptait. L'homme dont tu as toujours pensé qu'il était ton père a été le seul à avoir quelque influence que ce soit dans ta vie. Il t'aimait tant ! Quand tu es né, ça a été comme si j'avais perdu la moitié de son cœur en ta faveur, ce qui ne m'a jamais posé de problème, pas une seule seconde. Son sourire était plus lumineux quand il te regardait. Il consacrait des heures à seulement te porter, à te regarder dormir.

Callanach se leva.

— Tu aurais dû lui raconter.

— Dans quel but ? demanda sa mère. S'il avait connu la vérité, ma souffrance l'aurait aveuglé. Mais je suis convaincue qu'il ne t'en aurait pas moins aimé, pas différemment, et j'ai toujours pensé que tu étais son fils.

— Non. Pas quand Astrid est venue te voir avec ses mensonges. Pendant un instant, tu as cru autre chose. Es-tu venue te décharger du fardeau de la culpabilité ? Pendant un moment, aussi furtif fût-il, tu as pensé : « tel père, tel fils ». Tu as alors imaginé que mon père biologique était l'homme qui t'avait violée, et que j'étais devenu comme lui. C'est pour cela que tu es partie.

Callanach acheva sa phrase en s'emparant de son manteau qu'il enfila d'un mouvement d'épaules.

— Luc, les choses n'étaient pas noires ou blanches. J'étais de nouveau complètement dévastée par le passé. Rien n'avait de sens à mes yeux. Je me suis enfuie parce que je ne parvenais pas à refouler la douleur que j'éprouvais, et que tu avais toi-même assez de choses sur les bras. La conversation que nous avons maintenant, que j'ai toujours su que nous aurions à mener un jour, aurait été de trop pour toi à l'époque.

— C'est de trop pour moi aujourd'hui ! cria Callanach en se dirigeant vers la porte.

Véronique se jeta sur son passage.

— Je t'en prie, je t'en supplie, ne pars pas. Je comprends ce que tu éprouves, je veux t'aider.

— Je viens juste d'apprendre que je suis peut-être le fruit d'un viol, et qu'il est possible que l'homme que j'ai pris toute ma vie pour mon père ne le soit pas. Tu n'as aucune idée de ce que je ressens !

— Je regrette de t'en avoir parlé, sanglota Véronique en s'écroulant sur une chaise, la tête sur les genoux. J'ai pensé que c'était la bonne chose à faire. Que cela contribuerait à ce que tu me pardonnes.

Callanach referma doucement la porte et vint s'asseoir sur le lit en face de sa mère.

— Il n'y a rien à pardonner, dit-il. Rentre en France. Maintenant, il faut que tu me donnes du temps.

Il se leva, partit sans un bruit et retrouva la rue. Elle était la même que lorsqu'il l'avait quittée, et pourtant, il avait le sentiment qu'elle aurait dû être différente, qu'elle aurait dû changer avec lui. Tout ce qu'il pensait savoir sur lui-même était peut-être un mensonge. Le sol, solide sous ses pieds, avait disparu. Sa mère était une victime, plus que lui encore, et pourtant il n'avait pas eu la force d'être l'homme qui l'aurait soutenue, réconfortée et rassurée. Callanach releva son col pour affronter la marche glaciale jusque chez lui, se persuadant que les larmes qui sillonnaient son visage étaient dues au vent qui lui fouettait les yeux.

Chapitre quatorze

Le portail principal ouvrant sur la casse de Louis Jones était fermé et verrouillé. Ava abandonna Tripp dans la voiture et parcourut les environs à la recherche d'un point d'entrée. En fait, ça ne lui demanda pas beaucoup d'efforts : un portillon à l'arrière, qui menait à une courte allée, avait été la cible d'un coupe-boulon utilisé à bon escient ; son cadenas gisait par terre, en deux morceaux. Ava ouvrit entièrement le battant en le repoussant du coude, enfila des gants tout en pénétrant dans les lieux, et alluma une lampe torche. Le terrain regorgeait de véhicules. Tous avaient connu des jours meilleurs, et la plupart portaient des bosselures qu'aucun carrossier ne pourrait réparer. Le périmètre était ceint par une clôture métallique haute de deux mètres quatre-vingts. Des planches de bois y avaient été apposées à l'intérieur, pour s'assurer une discrétion totale. Bien sûr, Jones n'aurait pas souhaité que quiconque note les numéros de plaque d'immatriculation de ses véhicules. Ava se demanda si certains avaient été conduits par l'homme qui l'avait enlevée. Elle repoussa cette idée. La raison de sa présence sur place était autre, et s'attarder là-dessus était le moyen le plus efficace pour souffrir. Dans l'immédiat, il lui fallait comprendre qui était l'individu qui s'était trouvé au volant de la voiture accidentée.

Un bâtiment en briques bordait la parcelle. Une seule porte robuste, probablement renforcée, était visible.

Quant aux fenêtres, c'était une autre histoire. Il n'y en avait que deux, réduites en miettes. Leurs éclats de verre disloqués reflétaient par intermittence la lumière de sa torche. *A priori*, Louis Jones passait vraiment une mauvaise journée. Ava tendit la tête à travers la première, balaya les lieux de sa lampe, annonça la présence de la police même si l'endroit paraissait désert, et sauta à l'intérieur. La personne qui l'avait précédée avait été assez aimable pour balayer les bouts de verre restants sur l'appui inférieur. À gauche sur le côté de la pièce se trouvait un bureau, dont tous les tiroirs avaient été arrachés ; leur contenu était éparpillé au sol. Un téléphone filaire gisait par terre à côté d'une chaise retournée, et les posters de voitures qui avaient autrefois orné les murs pendaient en lambeaux.

La pièce avait été saccagée. La question était de savoir si les intrus avaient causé un tel carnage pour envoyer un message, ou s'ils étaient à la recherche de quelque chose en particulier. Un présentoir à clés sur le mur à droite était intact. Ils n'en avaient donc pas après un véhicule. Ava regarda autour d'elle à la recherche d'un ordinateur, mais les hors-la-loi comme Jones gardaient rarement leurs documents dans des dossiers numériques. Une porte intérieure était entrebâillée, ne donnant sur rien d'autre que l'obscurité. Ava avança lentement dans cette direction, ouvrit le battant d'un coup de pied et sortit de la poche de sa veste une bombe de spray antiagression. Un cri strident lui parvint du fond de la zone, et elle se baissa, envoyant un jet de gaz, balafrant la pièce de la lumière de sa torche, de gauche à droite.

— Police ! Ne bougez plus ! cria-t-elle.

Pas de réponse.

— Un autre officier est devant la porte d'entrée, mentit-elle. Si vous tentez de quitter les lieux, vous serez arrêté de force.

Elle se releva, stabilisa le faisceau de sa lampe et concentra son attention sur l'arrière de la chambre. Un battement d'ailes effrayé et un cri perçant emplirent l'air.

Ava avança, consciente que le sol sous ses pieds était plus moelleux. En inclinant sa torche vers le bas, elle vit que du linge de lit était éparpillé par terre. Un matelas était retourné dans un coin, et des vêtements qui, un jour, avaient séjourné dans une commode maintenant renversée jonchaient les lieux. Ava se redressa et remarqua une grande cage dans un coin, habitée par deux perroquets. Ils la fixaient et, sous leur regard, elle se sentit étrangement mal à l'aise.

— Quel genre de personne garde des oiseaux en cage de nos jours ? marmonna-t-elle.

De nouveaux cris retentirent quand elle approcha des volatiles. Dans le fond de la cage on pouvait voir un énorme tas de graines, et un paquet vide gisait non loin.

— Quelqu'un savait qu'il ne reviendrait pas de sitôt, n'est-ce pas ? demanda-t-elle aux oiseaux.

À l'évidence, Jones avait vécu dans les pièces arrière. Des toilettes et une douche étaient installées dans une alcôve, séparée de la chambre par un rideau en plastique. Dans un angle, un micro-ondes, un grille-pain et une bouilloire faisaient office d'équipements de cuisine. Ava jura à voix basse quand elle comprit qu'elle allait devoir s'organiser pour que la SPA vienne chercher les oiseaux. Elle retourna dans le bureau à l'avant du bâtiment, et lut les notes griffonnées à la main qui couvraient le sol. Pas étonnant que Jones en soit réduit à vivre sur un matelas sans sommier, si c'était comme cela qu'il s'occupait de son commerce. Elle souleva le téléphone, le rebrancha et appuya sur la touche « Rappel » pour découvrir le numéro de la dernière personne à avoir contacté le loueur. Elle le nota avant de partir. Il allait falloir sécuriser la scène, et quand cela serait fait, le conducteur du véhicule accidenté serait peut-être localisé, indemne. À moins qu'il ne se soit vraiment agi de Louis Jones, pensa Ava, auquel cas un membre brisé ou deux ne seraient pas vraiment une tragédie.

Elle retourna à la voiture et monta à côté de Tripp.

— Deux perroquets ont besoin qu'on se charge d'eux, lui apprit-elle. Demandez à la SPA de passer dans la matinée. Ils disposent d'assez de nourriture pour tenir jusque-là. Que des agents viennent sécuriser les lieux jusqu'à ce que nous ayons retrouvé le propriétaire.

— C'est une scène de crime, madame ? s'enquit Tripp.

— Il semble bien, à moins que l'habitant des lieux ait décidé de les redécorer de manière plutôt non conventionnelle. Quoi qu'il en soit, nous n'avons pas enregistré de plainte pour cambriolage, et il n'y a aucune raison de nous impliquer plus que ça. Je n'ai pour le moment pas la moindre idée de ce qui se passe, et sans éléments supplémentaires je ne donnerai pas le feu vert pour une enquête.

Elle composa le numéro de Lively.

— On n'a pas encore retrouvé le chauffeur, lui apprit-il. Le dossier de Jones a-t-il fourni quelques indications ?

— Rien que je puisse partager, répondit Ava. Qui est le responsable sur place ?

— Le commissaire Dimitri. Là, il remballe tout, la voiture a été emmenée. On a rappelé les chiens.

Ava réfléchit au nom que Lively venait de lui fournir.

— Je l'ai rencontré. Il était l'officier en charge du suicide de Begbie. Il paraissait très aimable. Begbie l'aurait apprécié, commenta-t-elle. Notez ce numéro de téléphone, vous voulez bien ?

Elle dicta les coordonnées du dernier correspondant de Jones.

— Effectuez les vérifications pour moi. À ce stade, ça ne regarde personne d'autre que moi. Le dossier de Jones est encore confidentiel. Quoi qu'il lui soit arrivé, compte tenu de son mode de vie, je doute fort qu'il y ait une explication innocente à tout ça.

Chapitre quinze

Cordelia Muir se sentait patraque, ce qui tombait mal compte tenu de la réunion qui l'attendait ce matin-là. Une grande entreprise recherchait une œuvre caritative à sponsoriser, et Crystal avait été retenue sur la liste des récipiendaires potentiels. Ce genre de donations n'a pas de prix. Les collectes de fonds à plus petite échelle sont une manière merveilleuse pour les gens de changer le monde en s'impliquant personnellement, mais sur le terrain, les grosses sommes font une différence substantielle. Depuis quelques jours maintenant Cordelia dormait mal, se réveillait en nage et nauséeuse, sans pour autant être vraiment malade. Les choses s'étaient légèrement améliorées durant le week-end. Or il ne lui restait qu'une heure avant sa réunion prévue pour 15 heures, et sa migraine résistait aux antidouleurs.

Le nouveau bénévole, Jeremy, frappa à sa porte et s'y encadra.

— Je pars bientôt, dit-il. Y a-t-il quoi que ce s-soit que je puis-sse faire pour v-vous avant de partir ?

— Oui, préparer la salle de conférences pour la réunion, s'il vous plaît, lui demanda-t-elle faiblement.

— Bien s-sûr. V-vous allez bien ?

Cordelia était connue au bureau pour ne jamais demander à quelqu'un d'autre d'accomplir les tâches dont elle avait le temps de s'occuper elle-même, aussi modestes fussent-elles.

— Migraine lancinante, expliqua-t-elle. Je m'en chargerais bien moi-même, sauf que…

— Pas de s-souc-cis, la coupa Jeremy. Content d'aider.

— Merci. J'imagine que ce serait abuser que de vous demander de me préparer aussi une tasse de thé ? J'ai tellement soif.

Cordelia prit un mouchoir dans son sac et s'en tapota le visage.

— Bien s-sûr. Liam ne ferait-il pas mieux d'annuler la réunion ? Je lui pose la ques-stion ?

— Non ! Seigneur, elle est trop importante. Je me sentirai mieux dans une heure.

Elle repoussa ses cheveux de son front humide de sueur.

— Je devrais peut-être essayer de manger, ajouta-t-elle.

Jeremy disparut pour se charger de la bouilloire, observant Liam Hood qui se levait pour aller discuter avec Cordelia. Jeremy avait décidé qu'il n'aimait pas beaucoup Liam. C'était le genre à écouter vos conversations tout en faisant semblant d'être occupé, à lire vos mails pardessus votre épaule. Jeremy n'était bénévole que depuis une semaine, mais il mesurait combien les actions de Crystal étaient bénéfiques. Depuis que l'association avait ouvert ses portes huit ans plus tôt, elle avait fourni de l'eau potable à de vastes zones en Afrique, village après village. Cordelia Muir était une femme dotée à la fois de vision et de détermination. Jeremy l'admirait.

— Si vous le souhaitez, Cordelia, je me charge de la réunion à votre place, proposait Liam quand Jeremy réapparut avec le thé. Je suis issu du monde de l'entreprise, je connais la manière de penser de ces gens et je sais ce qu'ils veulent entendre. Pourquoi ne rentrez-vous pas chez vous ? À l'évidence, vous n'êtes pas bien.

— La s-salle de conférenc-ces est prête, intervint Jeremy en posant la tasse sur le bureau de Cordelia.

— Merci, répondit brutalement Liam.

Jeremy le fusilla du regard.

— S-souhaitez-v-vous un bis-scuit ? demanda Jeremy. Peut-être un peu de s-sucre v-vous aiderait-il à v-vous s-sentir mieux ?

— Jeremy, nous sommes occupés, si cela ne vous ennuie pas, souligna Liam.

— Non, tout va bien, intervint Cordelia. Jeremy essaie seulement de se rendre utile. Un biscuit serait peut-être une bonne idée. Merci.

Il repartit dans le couloir sans se presser, tandis que Liam redoublait d'efforts pour exclure Cordelia de la réunion de l'après-midi. En prenant soin de disposer une sélection de gâteaux secs sur une assiette en porcelaine de Chine, Jeremy prit mentalement note de rester éloigné de Liam Hood. Certaines personnes ne vous donnent que du fil à retordre.

Lundi matin. Ava était au téléphone avec la médecin légiste Ailsa Lambert avant même d'être assise à son bureau. Ça n'avait pas été le meilleur week-end de sa vie. Callanach n'avait pas répondu à ses appels, sauf par un court SMS, montrant qu'à l'évidence il ne souhaitait pas être contacté. Les gueules de bois qu'il avait été si facile de faire passer avec du sucre et des graisses saturées quand elle avait vingt ans étaient un ennemi bien plus impressionnant une décennie plus tard. Résultat, elle s'était sentie complètement à plat jusqu'au dimanche matin. Ce n'est que le lundi, à 6 heures, qu'elle avait vu qu'elle avait raté un message de la morgue sur sa boîte vocale, datant du vendredi après-midi.

— Ailsa, lança-t-elle à son interlocutrice. Quelqu'un de chez toi a cherché à me joindre vendredi. Je n'ai pas bien compris le nom. Tu es au courant ?

— J'ai demandé à Sally de t'appeler pour te transmettre les résultats toxicologiques des analyses concernant George

Begbie. Ils sont revenus rapidement parce qu'il n'y a rien à t'annoncer. Comme je le supposais, pas de traces de drogues ni d'alcool dans son organisme. Chacun des résultats est cohérent avec le diagnostic d'intoxication au monoxyde de carbone. Dans ces circonstances, je me suis entretenue avec le procureur. Il n'y a aucune raison d'ouvrir une enquête. Je suis passée voir Glynis vendredi soir. Nous avons rendu le corps à la famille pour les funérailles. George a déjà été transféré aux pompes funèbres.

Ava resta silencieuse. Elle ne s'attendait pas à autre chose, mais, se rendit-elle compte, elle avait espéré plus. Les résultats étaient là, et complets. L'homme qu'elle avait admiré toute sa carrière, aussi bien sur le plan personnel que sur le plan professionnel, avait simplement décidé de jeter l'éponge. Sa vie, sans son travail, avait-elle été si vide ? se demanda-t-elle. Était-ce ce qui arrivait aux officiers de police quand l'excitation de la chasse disparaissait du jour au lendemain ? L'homme qu'elle avait placé sur un piédestal n'était plus, soudain, qu'un égoïste fini qui ne voyait pas combien il était chanceux d'avoir une famille dévouée et d'être aimé.

— Merci de m'en avoir informée. Sais-tu à quelle date est fixé l'enterrement ? demanda-t-elle à la médecin.

— Glynis souhaite qu'il ait lieu le plus tôt possible. C'est compréhensible, vu les circonstances. On a mentionné vendredi, mais confirme auprès d'elle.

— Je le ferai, dit Ava avant de raccrocher.

Elle erra jusqu'à la salle des opérations, interrompant Lively au milieu d'une séance de blagues paillardes.

— Le numéro que je vous ai donné, lui dit-elle, vous avez quelque chose à son sujet ?

— Ouais. Je suis passé pour un vrai Charlot, madame. J'ai appelé depuis le lieu de l'accident, et c'est le poste de police de St Leonard qui a répondu. J'ai questionné le commissaire Dimitri à ce sujet quand nous étions encore sur place. Il m'a expliqué qu'un membre de son équipe a vérifié la plaque d'immatriculation auprès du service des cartes grises et des permis de conduire qui lui avait fourni les coordonnées de Jones. Ils essayaient d'établir si le véhicule avait été volé. J'ai eu l'impression d'être un sacré crétin à ne pas reconnaître le numéro de téléphone de l'un de nos commissariats. Le commissaire Dimitri s'est bien foutu de ma gueule, commenta Lively.

Des rires gras s'élevèrent parmi sa bande de collègues.

— Je suis sûre que vous étiez plus qu'au niveau pour le commissaire, lieutenant. Êtes-vous parvenu à rester poli avec un officier supérieur ou dois-je m'attendre à recevoir une plainte officielle aujourd'hui ? s'enquit Ava.

— Je lui ai simplement dit que vous m'aviez passé le numéro, madame, et demandé de le composer, répliqua Lively.

Ava soupira intérieurement devant le sourire qu'affichait Lively.

— Rien d'autre ?

— Il n'est pas tout à fait impossible, ou pas, qu'il m'ait entendu le traiter de con quand il s'éloignait, madame.

— Fichtrement intelligent ! Une plainte, donc. Bien, je vais chez Mme Begbie. Transférez toutes les requêtes au commandant Callanach en mon absence. Quelqu'un l'a vu aujourd'hui ?

— Il est dans son bureau. Il est arrivé tôt. Je ne l'ai pas revu depuis, l'informa Tripp.

— Ouais, il avait l'air sombre et semblait broyer du noir quand il est apparu pour prendre son café. Exactement comme les filles le préfèrent, non ? lança Lively, ce qui déclencha une nouvelle salve de rires.

— Il manque du monde à la circulation aujourd'hui, prévint Ava. Si personne n'est occupé, je peux ordonner un transfert temporaire depuis la criminelle.

Soudain, chacun se précipita vers son poste de travail, abandonnant le spectacle digne d'une chaîne dédiée à la comédie.

Glynis Begbie prit son temps pour ouvrir la porte. Ava afficha un sourire d'excuses.

— Glynis, bonjour. Je me demandais si je pouvais te parler un instant.

Elle étudia le visage strié de larmes de la veuve. Le moment n'était pas bien choisi, mais aucun autre ne serait plus approprié dans un futur proche.

Glynis jeta un coup d'œil dans le couloir derrière elle, puis reporta son attention sur Ava.

— Maintenant ?

— Tout va bien ? s'enquit Ava. Pardon, c'était malvenu. Évidemment que tu ne vas pas bien, mais s'est-il passé quelque chose ? Tu ne sembles pas…

Glynis se mit à mordiller un de ses ongles pendant qu'Ava bredouillait, incapable de s'exprimer clairement. Glynis Begbie avait l'air négligée, nerveuse, et Ava crut apercevoir des toiles d'araignée dans ses cheveux.

— Je dormais, répondit-elle en lissant d'une main ses vêtements froissés.

— Je n'en ai que pour une minute, insista Ava.

Glynis recula. Ava pénétra dans le hall et referma la porte derrière elle. Elle sentit alors un courant d'air. Une odeur de renfermé lui chatouilla les narines, et la poussière qui mouchetait les vêtements de Glynis avait laissé une trace gris-blanc le long de la moquette de l'escalier.

— J'ai cru comprendre que tu avais parlé à Ailsa vendredi, dit Ava avec compassion.

— Oui. Et la directrice des pompes funèbres a été très gentille. Elle est passée samedi. La plupart des arrangements seront finalisés aujourd'hui. Une tranche horaire est disponible au crématorium vendredi. Tu viendras ?

— Évidemment. Ainsi que quelques membres de la brigade, ceux qui ont connu George le plus longtemps. Il fait froid ici. Tu as un problème de chauffage ?

— Je surveille mes dépenses, souffla Glynis. Seulement alors je…

Elle se mit à pleurer. Ava se rapprocha doucement d'elle et la prit par les épaules.

— Pourquoi n'irions-nous pas nous asseoir ? Tu es couverte de poussière. À quoi étais-tu occupée quand je suis arrivée ?

Certainement pas à un somme, se dit Ava, ça, au moins, c'était évident. Elle s'interrogeait sur ce mensonge tout en conduisant Glynis à travers le salon pour l'installer sur le canapé.

— Après m'être réveillée, je me suis rendue dans les combles. La directrice des pompes funèbres m'a suggéré de disposer quelques photos de George prises au fil des décennies. Que les gens se souviennent de lui ainsi. Mes vieux albums sont encore dans des cartons, depuis notre emménagement. Je n'y étais jamais montée auparavant. C'était George qui s'occupait de ce genre de choses.

Elle sortit un mouchoir de sa manche, essuyant les larmes et les traces sombres sur ses joues.

— Maintenant que j'y pense, il se chargeait de presque tout. Tout ce qui concernait la banque. Il gérait notre argent. À l'occasion, je signais au bas d'un papier pour un crédit ou un compte épargne. Je ne me suis même jamais demandé d'où tout cela venait…

— Ça doit être dur de commencer à t'occuper seule de toi du jour au lendemain. Et si tu demandais à l'un des enfants de…

— Non ! l'interrompit Glynis. Pas question de les solliciter.

Elle tremblait, son visage était encore plus pâle que lorsque Ava avait sonné à la porte. Son regard dérivait vers le couloir, comme si elle s'attendait à y voir apparaître un fantôme.

— Je peux peut-être t'aider, proposa Ava. Y a-t-il une chose en particulier qui te tracasse ?

Glynis serra les genoux, se concentrant maintenant sur la moquette.

— Pourquoi n'irais-je pas allumer la bouilloire ? suggéra Ava. Je ne suis pas pressée. Ne bouge pas.

Elle entra dans la cuisine, refermant la porte du salon derrière elle, manipulant bruyamment la bouilloire et les mugs avant de revenir silencieusement dans le couloir et de grimper l'escalier. Quelque chose avait bouleversé Glynis, sauf que le terme semblait impropre à décrire exactement son état. Ava avait le sentiment que cela ressemblait plus à de la peur. La trappe menant aux combles était ouverte, une échelle en descendait, et une lumière pâle s'infiltrait dans l'ouverture. Ava jeta un coup d'œil en bas des marches en direction de la porte du salon. Elle était toujours fermée et les sanglots de Glynis lui parvenaient étouffés. Elle attaqua les échelons.

Le grenier était, comme Glynis l'avait décrit, plein de cartons de déménagement, dont certains encore fermés et étiquetés. Quelques-uns étaient ouverts et des objets en dépassaient. Un chemin était clairement dessiné depuis le centre de la pièce jusqu'à son extrémité. Ava abandonna ses chaussures près de la trappe pour faire le moins de bruit possible en avançant dans la semi-obscurité.

C'était bien rangé pour des combles. Si des toiles d'araignée étaient localisées sur les côtés, en revanche, le plancher au centre de la pièce était dépourvu de poussière. Tout au fond, les piles de cartons s'élevaient plus haut. Ava dut les contourner pour ramasser une lampe torche. En se redressant, elle heurta de la tête un panneau de bois mal fixé qui pendait depuis le plafond mansardé. Elle orienta l'éclat de la lampe dans cette direction et son regard fut attiré par un espace derrière la planche incriminée. Elle grimpa sur un carton pour disposer d'une meilleure vue. Au cœur de l'isolant, elle découvrit ce qui semblait être des paquets de papiers. Elle en sortit un, recula pour s'asseoir sur un autre carton tout en examinant sa prise. Le paquet, de la taille d'une main, était enveloppé d'un papier marron. Elle en déchira la couche supérieure. Elle avait conscience qu'elle n'en était plus à franchir une limite dans son amitié avec Glynis, mais bien à violer complètement son intimité. Mais quelque chose ne tournait pas rond et il ne servait à rien de prétendre le contraire.

Le papier enveloppait une grosse liasse de billets de cinquante livres, légèrement froissés, sans aucun doute déjà utilisés. Elle les passa rapidement en revue, remarquant les numéros de série qui ne se suivaient pas, les comptant dans son esprit en même temps. Il y en avait au moins cent. Elle les enfouit dans sa poche et se leva de nouveau, se tordant le cou pour regarder plus loin au fond de la cavité. En déplaçant la lampe torche, elle découvrit l'étendue de ce qui était caché là. Le long de l'avant-toit, les paquets s'alignaient en grand nombre. Elle recula, se livrant à un rapide calcul. Si chaque emballage contenait cinq mille livres, alors on avait rangé là un quart de million de livres, au bas mot.

Ava remit la planche en place, puis empila des cartons devant la zone qu'elle avait dérangée pour redonner aux lieux leur apparence antérieure avant de retourner à l'échelle. Le visage de Glynis s'encadra près de la trappe.

— Tu les as trouvés ? demanda cette dernière sans préambule.

— Oui, répondit Ava.

Glynis hocha la tête.

— Je vais nous préparer ce thé, non ? lança-t-elle en redescendant de l'échelle.

Elles s'installèrent dans la cuisine, le tas de billets de banque posé sur la table entre elles.

— Tu n'as aucune idée de leur provenance ? demanda Ava.

— Aucune, confirma la veuve de George. La planche pendait du toit quand je suis montée pour chercher les albums photo. J'essayais de la remettre en place quand un paquet est tombé. Le fait est que tout s'explique, et que maintenant j'ai l'impression d'être une parfaite idiote. Du genre dont on se dit qu'il lui était peut-être plus facile de ne pas poser les bonnes questions. George payait tout en liquide. On vivait bien. Je veux dire, son salaire n'était pas négligeable quand il est passé commandant, puis il est devenu extrêmement confortable quand George a été promu commissaire divisionnaire. Mais même ainsi, je me suis inquiétée quand on a déménagé dans cette grande maison. J'ignore comment nous nous sommes débrouillés pour rembourser autant sur l'ancien crédit immobilier. George m'a juste expliqué qu'il était doué pour faire des économies, et qu'il avait placé beaucoup de liquidités supplémentaires dans le prêt au fil des ans.

— Il n'a jamais donné la moindre indication sur l'origine des sommes qu'il utilisait ? Le jeu semble la source la plus évidente, commenta Ava en repoussant les billets de l'ongle.

— Quoi qu'il en soit, il avait une raison de me le cacher. Enfin, si c'était de moi qu'il s'inquiétait. Comment a-t-il pu garder un tel secret pour lui ?

Glynis ne pleurait plus. Un certain calme s'était emparé d'elle, et elle fixait les billets avec un mépris non dissimulé.

— Ava, en aucune manière cette histoire ne finira bien. J'en ai l'intime conviction. Autant que tu appelles la brigade et ouvres une enquête.

— Nous n'avons pas pour le moment la moindre idée de ce dont il s'agit, tempéra Ava tout en espérant que son visage ne dévoilait pas le désespoir qu'elle éprouvait intérieurement.

Au fond d'elle-même, elle savait que Glynis avait raison. Il était impossible que du liquide dissimulé derrière des planches dans un grenier provienne d'une source légale.

— Peut-être a-t-il seulement perdu confiance dans les banques et décidé de garder du cash à la maison.

Peut-être avait-il l'habitude de parier et ne voulait-il pas t'en parler ; du coup, il a caché ses gains. Il existe de nombreuses possibilités.

Glynis se leva pour vider le reste de son thé dans l'évier.

— Tu n'y crois pas plus que moi. Des coups de fil tard le soir, George disparaissant dans la chambre d'amis et refermant la porte derrière lui pour que je ne puisse rien entendre, au prétexte qu'il ne voulait pas me déranger. Il ne m'a jamais fourni une réponse claire sur ceux qui l'appelaient, et la vérité est, Ava, que je ne l'ai pas poussé à m'en donner une. Un vieil ami de la police avec un problème de dépendance à l'alcool en quête d'une oreille compatissante, m'a-t-il dit une fois. Une autre, c'était quelqu'un à la recherche de renseignements sur une ancienne affaire. Rien de tout cela ne me paraissait sonner vraiment juste, mais il était plus simple de ne pas insister. Et maintenant me voilà, coincée avec je ne sais quelle somme en liquide sous mon toit, et à me demander comment je vais rembourser la prochaine échéance de mon crédit immobilier. J'avais besoin de l'assurance décès pour le prêt de la maison. La retraite de George ne couvrira pas toutes les factures, et une fois que cette histoire sortira, qui sait si je continuerai même à la percevoir ? Peut-être que je le mérite pour l'avoir laissé s'en sortir en me mentant ?

— Glynis, rien de cela n'est ta faute. Et tu mets la charrue avant les bœufs. La retraite de la police ne serait suspendue que si George était soupçonné d'avoir été impliqué dans une activité criminelle.

Il y eut une longue pause où aucune ne regarda l'autre dans les yeux. Ni Glynis ni Ava ne souhaitait tenir cette conversation.

— Laisse-moi m'en charger et pas un mot à qui que ce soit, pas même à ta famille. Si les questions financières t'inquiètent en ce moment, il n'y a aucune raison pour que tu n'utilises pas cet argent. Pour autant que nous le sachions toi et moi, ça t'appartient de plein droit. Seulement, agis avec prudence. Change peut-être une partie des billets en des coupures plus petites. Si cela ne t'ennuie pas, je vais en garder un pour tenter de remonter jusqu'à son origine. Il faut que j'y aille.

Glynis n'ajouta rien et suivit Ava jusqu'à la porte. Elle la serra fort contre elle avant de la laisser partir. Ava s'assit dans sa voiture et fixa du regard le billet de cinquante livres qu'elle tenait à la main. Des connexions essayaient de s'établir dans sa tête, mais sans y parvenir complètement. Peut-être ne le souhaitait-elle pas vraiment, en conclut-elle. George Begbie n'était pas le genre d'homme à se méfier des banques, ni à cacher son pécule sous son matelas. Il s'était donné du mal pour le mettre en sécurité de manière que ni des cambrioleurs ni Glynis ne tombent dessus par hasard. C'était l'incapacité qu'avait eue le chef d'en discuter avec sa femme qui lui faisait dresser les cheveux sur la tête. Il avait été suffisamment perturbé pour mettre un terme à sa vie, après une série d'appels nocturnes et un paquet suspect déposé à sa porte. Maintenant, Louis Jones avait lui aussi disparu. Ava ne croyait pas aux coïncidences, pas à cette échelle. Le monde criminel tourne autour d'une seule chose : du trafic de drogue à celui d'êtres humains, des vendeurs d'armes aux receleurs, au cœur de tout cela se trouve toujours l'argent. La provenance des billets cachés dans le grenier était illégale. L'instinct d'Ava était aussi tangible que les cinquante livres qu'elle tenait dans sa main. Et si l'éventualité que le chef ait été un parieur honteux lui paraissait hautement désirable, elle n'y croyait pas une seconde. Si ça avait été le cas, il n'aurait pas eu à dissimuler l'argent aussi longtemps. Il aurait pu le déposer petit à petit sur son compte en banque, et Glynis n'en aurait rien su. Ava essuya une larme solitaire sur sa joue. Il était vain d'échafauder des hypothèses sur ce que le chef avait fait. Du travail l'attendait. Mettre la main sur

Louis Jones et lui poser quelques questions serait un début. Découvrir d'où provenaient ces billets pointait rapidement en deuxième position. Plus important, si George Begbie était mort à cause de ce magot dissimulé dans son grenier, il ne pouvait s'agir de simples pots-de-vin accumulés au fil des ans. Des dessous-de-table pour détourner le regard pendant qu'un suspect s'évade par une porte de service ou pour ignorer des indices durant une fouille sont un comportement peu recommandable mais pas exceptionnel dans la police. Pour autant, personne ne vient ensuite réclamer son argent. Une telle somme indiquait un complot à une plus grande échelle, et celui qui avait traqué le chef n'était pas de bonne humeur. La conclusion logique, la seule en fait à laquelle Ava arrivait, était que quelqu'un tenait à récupérer sa mise et ne renoncerait pas avant d'y être parvenu.

Ava se débrouilla pour rejoindre son bureau sans être arrêtée en chemin. Elle entra ses identifiants dans le système informatique de la police nationale et accéda à la base de données.

Elle apprit ainsi que Ramon Trescoe, l'homme à la tête d'un gang du crime organisé qui s'était retrouvé à l'ombre à cause de Begbie et Jones, avait été libéré de la prison de Glenochil cinq mois plus tôt. L'adresse inscrite pour lui était Le Mazophilia, à Glasgow. Dylan McGill était encore en sécurité derrière les barreaux. Son implication dans l'agression à l'arme blanche d'un codétenu avait eu pour conséquence de lui faire perdre toute possibilité d'obtenir une libération anticipée. McGill n'était pas attendu dehors avant huit mois. Ava se déconnecta du système, plia le papier sur lequel elle avait griffonné quelques notes et l'enfouit dans sa poche.

Callanach entra dans son bureau alors qu'elle recherchait le numéro du commissaire Dimitri.

— Madame, je pars pour la morgue. Le docteur Lambert m'a demandé de réexaminer avec elle le dossier Lily Eustis, l'informa-t-il.

— Luc, en ce qui concerne vendredi soir, j'ai agi dans ton dos, et j'en suis désolée.

— Je taperai mon rapport à mon retour. J'imagine que les résultats des analyses toxicologiques sont arrivés, et que l'affaire sera rayée de nos listes. Une fois cette question réglée, j'ai l'intention de prendre quelques jours de congé. Cela posera-t-il un problème ?

— Non, bien sûr que non. Tu me préviens au dernier moment, mais tant que nous ne sommes pas engagés dans quoi que ce soit d'urgent, ça ira. Puis-je te demander à quoi tu vas t'occuper ?

Il ignora la question.

— Je ne serai pas joignable pendant mes congés, donc assure-toi qu'il y ait un autre commandant pour me remplacer, répondit-il en pivotant sur ses talons.

— Je vois. Fais-moi parvenir ta demande dès que possible donc.

Callanach acquiesça et ouvrit la porte.

— Luc, attends, l'arrêta Ava. Je n'avais pas l'intention d'aggraver le problème. Je suis là si tu as besoin de moi.

— Ça ne sera pas nécessaire, madame.

— Dans ce cas, j'ai une petite question pour toi. Tu as rencontré un homme dénommé Louis Jones pendant que tu enquêtais sur mon enlèvement. Quelle impression as-tu retirée de cet entretien ?

Callanach marqua une pause.

— De quel point de vue ?

Ava inspira et essaya de ne pas réagir de façon excessive à l'atmosphère hostile qui régnait dans la pièce.

— Celui de la relation qu'il entretenait avec le chef. N'y a-t-il que moi pour remarquer que personne n'a jugé approprié de porter plainte contre Jones, malgré les preuves accablantes contre lui ?

— Cette décision dépendait de quelqu'un dont le grade était supérieur au mien, je n'avais donc pas voix au chapitre. À l'évidence, l'accord entre Jones et le chef remontait à loin.

— J'en ai conscience. Je suppose que ce que je voulais en fait te demander était l'impression que Jones et le chef donnaient quand ils étaient ensemble.

Callanach réfléchit quelque temps avant de répondre.

— Manifestement, ils se connaissaient bien, dit-il, comme quand tu retrouves quelqu'un que tu n'as pas vu pendant plusieurs années et que tu retombes directement dans tes vieux schémas de communication. Y a-t-il quoi que ce soit d'autre ?

— Non, merci, tu devrais y aller. Ailsa n'aime pas que l'on soit en retard.

Il referma la porte derrière lui et Ava glissa la main dans sa poche pour toucher le billet de cinquante livres. Louis Jones avait été cambriolé et avait disparu, peut-être blessé dans un accident de voiture. Le chef était mort, et une énorme quantité d'argent liquide était planquée dans le grenier de sa maison. L'un des hommes qu'ils avaient fait arrêter était de retour dans les rues. Ça sentait mauvais, mais en même temps rien de tangible ne reliait ces événements entre eux. Lancer une enquête officielle risquait de traîner dans la boue le nom de Begbie, ce qui pouvait entraîner pour sa veuve la perte de ses droits à sa pension. Ava décrocha son téléphone pour joindre le poste de Lively.

— Que savez-vous sur une boîte à Glasgow appelée Le Mazophilia ? demanda-t-elle.

Lively éclata de rire.

— Vous m'affranchissez, lieutenant ?

— Pardon, madame, le terme ne vous est peut-être pas familier, mais c'est le nom donné au fétichisme des seins. C'est probablement tout ce que vous avez besoin de savoir sur ce club. Personnellement, je n'en ai pas beaucoup entendu parler, mais je peux tâter le terrain si vous le souhaitez.

— Merci. Mais faites-le discrètement, cela ne regarde pas la brigade.

— Compris, répondit Lively. Je jouerai cette carte serrée contre mon cœur, façon de parler.

— Oh, bon sang ! marmonna Ava en raccrochant.

Chapitre seize

Callanach était incapable de réfléchir à ce qui était arrivé à sa mère. La seule chose en son pouvoir, pour le moment, était de traverser sa journée de travail, puis de rentrer chez lui et de préparer ses bagages. Il avait besoin de s'échapper. De l'Écosse, et de son désir de mettre la main sur les hommes qui s'en étaient pris à Véronique pour les tuer. Il n'avait jamais été violent. Irresponsable dans sa jeunesse, sans aucun doute vaniteux, et impertinent de surcroît, mais il ne s'était pas laissé entraîner dans des bagarres de sortie de bars le week-end ni à utiliser ses poings sans raison. Pourtant, il parvenait sans mal à imaginer le craquement d'os se fracturant, l'odeur du sang, à sentir la chaleur de leur haleine quand ces types chercheraient en haletant à reprendre leur souffle.

Le docteur Ailsa Lambert était en train d'enfiler ses gants quand Callanach entra. Elle lui tendit une combinaison et l'invita à la suivre là où le corps de Lily Eustis les attendait, allongé sur une table d'autopsie. Avec le drap remonté jusqu'à son cou, si l'on parvenait à ignorer le gris-vert de sa peau, elle donnait l'impression de dormir. Avec sa mort, le monde avait été privé de beaucoup de promesses. Ailsa lui tendit une feuille de papier sur laquelle divers termes scientifiques étaient inscrits, accompagnés de chiffres. Une ligne était surlignée.

— Tétrahydrocannabinol, lut Callanach. Du cannabis, c'est ça ? Pas imprévisible, dans ces circonstances. Vous pensez que Lily s'est rendue dans les collines pour faire la fête et que ça a mal tourné ?

— Il était présent dans son sang, mais la concentration la plus élevée se trouvait dans son estomac. Elle ne l'a pas fumé. Il a été ingéré sous forme d'huile. Un produit médical, commandant. Nous en avons trouvé très peu de traces dans son estomac, mais il était extrêmement pur et puissant.

— Ce n'est sûrement pas facile de s'en procurer, commenta Callanach.

— Si l'on possède un autocuiseur, si l'on est capable de suivre une recette et que l'on dispose d'un accès à des bourgeons de cannabis de bonne qualité, alors il est possible d'en fabriquer chez soi. On met la plante à sécher au four, on la recouvre d'un solvant pour extraire l'essence de cannabis et la filtrer. L'autocuiseur la réduit, puis évapore le liquide en trop. Ça laisse une huile incroyablement forte. En termes médicaux, une portion de la taille d'un grain de riz soulage les douleurs et aide à dormir pendant plusieurs heures. Une production à grande échelle est quelque chose de plus sophistiqué, à cause de l'inflammabilité du produit.

— Donc nous savons pourquoi elle est tombée dans un sommeil si profond. Mystère résolu. Vous en avez informé la famille ?

— Oui, mais en n'y mettant pas assez les formes, j'en ai peur. Les parents de Lily étaient horrifiés. Ce n'est pas la réaction à laquelle je m'étais préparée. Lily, m'ont-ils dit, ne s'est jamais droguée de sa vie. Elle était le genre de fille qui préférait faire un jogging que d'avaler un cachet de paracétamol. Apparemment, cette jeune femme était farouchement antidrogue, et ça incluait la marijuana.

— Ils ne seraient pas les premiers à être bernés par les déclarations de leur enfant, en contradiction totale avec ses actes. Ce n'est pas comme si manger un *space cake* était une grosse affaire.

— Je suis d'accord, mais leur réponse était étonnante, donc j'ai attendu des résultats plus complets. Ils exigent un peu plus de temps que les recherches basiques, en particulier en ce qui concerne les analyses de cheveux et de squelette.

Ailsa tendit à Callanach une autre feuille de papier où rien n'était surligné, cette fois.

— Que suis-je censé regarder ?

— Rien. C'est bien le problème. Les parents de Lily avaient raison. J'ai prélevé un échantillon capillaire, racine incluse, et j'ai fourni au centre d'analyses des échantillons osseux. L'un ou les deux auraient montré des traces de consommation de drogue datant de plusieurs mois, et sur un cheveu de la longueur de ceux de Lily, on peut remonter à un ou deux ans. C'est revenu vierge, pour tout. J'ai fait procéder aux tests pour tous les types de drogues. Ses parents ne se trompaient pas. C'est comme si elle n'avait pas même pris un antidouleur acheté sous le comptoir.

Callanach caressa la chevelure de Lily.

— Pauvre gosse. Son premier essai, et voilà ce qui arrive. Ses parents doivent être dévastés.

— Ses parents pensent qu'elle n'aurait pas accepté de prendre quoi que ce fût, et je suis encline à partager leur opinion. Lily était sur le point d'entamer sa formation médicale. Elle travaillait dur, vivait sainement ; c'était une fille intelligente. Il est possible qu'elle n'ait eu aucune idée qu'elle ingérait de l'huile de cannabis. Il y avait aussi de l'alcool dans son corps – rien d'excessif, mais cela aurait pu masquer le goût de l'huile. On a aussi trouvé de la nourriture, consommée approximativement une heure avant sa mort. Un hot-dog et quelque chose à base de pomme de terre, compléta Ailsa.

— Si l'huile avait été étalée sur le hot-dog et recouverte de sauce tomate ou de moutarde, vous pensez qu'elle ne l'aurait pas remarquée ?

— Ma théorie est qu'elle n'avait aucunement conscience de ce qu'elle avait dans le corps avant qu'il ne soit trop tard, répondit Ailsa.

Elle prit un sac sur un chariot et nota sur son étiquette qu'elle l'ouvrait pour inspection. Elle en sortit le jean de Lily qu'elle étendit devant Callanach.

— Regardez ça. Concentrez-vous sur la fermeture Éclair. Vous vous souvenez de la marque que nous avons découverte sur le ventre de Lily, à l'emplacement probable de la braguette ?

Ailsa baissa le drap qui recouvrait le corps de la jeune fille et fit courir son doigt ganté le long d'une ligne de légers bleus à quelques centimètres au-dessous du nombril de Lily.

— Nous l'avons photographiée et agrandie. Nous sommes partis du principe que son jean en avait été la cause parce qu'elle ne présentait pas d'autres lésions susceptibles de nous mener sur une autre piste. Laissez-moi vous montrer.

Elle fit signe à Callanach de la suivre jusqu'à un ordinateur où deux grandes photos étaient affichées côte à côte ; une grille était apposée dessus.

— Quand on compare le détail des contusions laissées par la braguette sur son corps avec l'empreinte prise sur son jean, on constate que les dents de la fermeture du pantalon sont très petites. Les marques cutanées étudiées sous microscope montrent en revanche un style de dents de fermeture Éclair dont les extrémités sont plus grandes que celles du jean.

— Mais il n'y a pas d'autres blessures, objecta Callanach en revenant au corps de Lily et en étudiant les traces sur son ventre. Si elle avait été épinglée au sol, n'y aurait-il pas d'autres bleus ou des blessures défensives ? Quel est le mobile pour maintenir une jeune femme nue par terre quand aucune autre agression n'est commise ?

— Je ne peux vous parler que de ce que les éléments matériels m'indiquent. Ce dont je suis le plus sûre, c'est que Lily s'est vu administrer un lourd sédatif. La meurtrissure de la braguette, sans autres plaies, serait survenue lors d'un acte consensuel par exemple, bien que l'absence d'ADN provenant de la salive, du sperme ou de la peau d'une autre personne soit étrange.

Ailsa remit le jean dans le sac réservé aux preuves et le referma.

— Ailsa, êtes-vous en train de dire qu'elle a été assassinée ? demanda Callanach. Il me faut une réponse claire.

— C'est bien le problème, mon cher garçon. Il n'y en a pas. Je soupçonne qu'elle a été droguée, mais elle n'a été ni physiquement ni sexuellement agressée, ce qui rend difficile l'établissement d'un mobile.

— Mort accidentelle, peut-être ? Des jeunes font les idiots avec des drogues et jouent un tour à Lily en lui faisant prendre du cannabis. Ça tourne mal, ils s'enfuient.

— Peut-être. Ça n'explique pas les marques de la fermeture Éclair qui se sont sûrement produites quand Lily était déjà nue, car autrement leur impression sur sa peau n'aurait pas été si vive. L'huile de cannabis seule ne suffisait pas à la tuer. Le froid y est parvenu. S'il s'agit d'un meurtre, il est sans bavure. Si c'est une mort accidentelle, une plaisanterie, comme vous le suggérez, alors on avait amplement le temps d'appeler une ambulance ou de l'emmener à l'hôpital. Quelqu'un d'autre se trouvait là, et a choisi de l'abandonner. À tout le moins, à mes yeux, cela ressemble à un homicide volontaire.

— Qu'est-ce que je dis aux parents ?

— Que vous enquêtez sur ce décès comme étant peut-être imputable à une faute, répondit Ailsa. Je verrai si l'on parvient à faire concorder les traces de la braguette sur sa peau avec n'importe quel vêtement connu ou marque spécifique. Je ne suis pas sûre de savoir jusqu'où ça vous mènera, mais je n'ai pas d'autre idée.

Callanach téléphona à Ava depuis sa voiture. La ligne de son portable était occupée, il laissa donc un message et songea à son congé qu'il ne prendrait plus. On devait à Lily Eustis d'enquêter. Sa famille avait besoin de certitudes. Il manquait un commandant à la criminelle depuis la promotion d'Ava, puisque cette dernière n'avait pas encore été remplacée. De plus, elle n'acceptait pas la mort de Begbie, et si lui prenait des vacances, ça ne ferait qu'ajouter à la pression qu'elle subissait déjà. Partir maintenant était au mieux inconscient, au pire égoïste. Il s'était remarquablement maîtrisé durant tout le week-end, passant des heures à la salle de sport afin de rester occupé et de ne pas laisser son esprit divaguer. Si rendre justice au nom de sa mère, à courte échéance au moins, était impossible, il s'assurerait que la famille endeuillée de Lily Eustis mette la jeune fille en terre en ayant une réponse à ses questions.

Chapitre dix-sept

Sans surprise, la maison de Cordelia Muir était charmante. À l'intérieur, les ampoules diffusaient une lueur orange qui rappelait des images de Noël et d'occasions familiales, où des festins s'étalaient sur de longues tables et au cours desquels des photos de groupe étaient prises, prêtes à rejoindre des albums pour la postérité. Il regarda de l'autre côté de la rue, en faisant attention de maintenir son visage dans l'ombre ; il se disait qu'il était là pour planifier et observer, conscient que sa visite comportait une part de jubilation malveillante. La porte principale était peinte de frais, sans une égratignure. Pas d'affichette destinée à dissuader les démarcheurs sur la fenêtre proche. Grands dieux non ! Cordelia Muir ne manquerait jamais de prendre en pitié les modestes et les désespérés ! Elle inviterait chez elle ceux qui essaient de gagner leur vie en vendant des articles de toilette ou des produits d'entretien de piètre qualité, leur offrant thé et biscuits. Pour elle, acheter une sélection de leur marchandise de pacotille serait un événement joyeux, une question de fierté. Jetterait-elle immédiatement ses emplettes à la poubelle ? se demanda-t-il. Non, idiot, bien sûr que non ! De nombreuses boutiques caritatives seraient heureuses de les recevoir, ou peut-être des foyers pour SDF. Il avait lui-même séjourné dans quelques-uns d'entre eux au fil des ans. Un bref répit face aux conditions météorologiques cruelles et aux gens qui l'étaient plus encore. Quelques bols de soupe chaude avec du pain invendu par les supermarchés en fin de journée.

Il grimaça. À cette époque, le but de son existence ne lui était pas encore apparu. Il ne désirait en fait que s'intégrer aux gens reconnus, visibles. Un travail temporaire, des billets de banque enfouis dans ses chaussures pour les garder en sécurité quand il dormait. Une chambre meublée envahie de puces, la moquette tachée, une odeur qui empirait les jours de chaleur. Mais il avait pu se doucher. Ce qui signifiait un accès plus facile à des emplois mieux rémunérés. Et ainsi de suite. Maintenant, il passait sans difficulté pour un homme ordinaire dans une rue ordinaire d'Édimbourg. Il avait fait son trou. Il avait un ordinateur portable, accès à Internet, une connaissance de la vie des gens qui auraient été horrifiés s'ils avaient pris le temps de s'y attarder. Des réseaux sociaux non protégés. Des adresses. Il recula un peu plus quand la maîtresse de maison passa devant une fenêtre de l'étage.

Sa voiture à lui était juste au coin de la rue. Il était important de faire la route entre le domicile et l'hôpital à l'avance, de s'assurer qu'il était au bon endroit, au bon moment. Si Cordelia était en ambulance, elle bénéficierait de la vitesse qu'offraient les gyrophares et les sirènes. Si la fille de Cordelia ou un taxi l'emmenait, alors le trajet prendrait dix minutes de plus. La précision du dosage importait moins que la durée durant laquelle Cordelia ingurgiterait les drogues. Ce qui requérait quelques manipulations. Il connaissait le jour exact où il administrerait la mesure finale, massive, après avoir introduit lentement le poison dans son organisme, réduisant à néant la capacité de son corps à lutter contre sa toxicité. Elle serait suffisante pour que, à la fin de la journée, une intervention médicale soit inévitable. Il avait tout planifié avec une précision militaire. Cordelia devait avaler la drogue entre 15 et 16 heures. Le temps moyen pour que l'overdose frappe massivement son organisme était de sept à huit heures. Suffisamment précis pour qu'il puisse s'organiser. La quantité idoine, administrée écrasée et indétectable dans une boisson, était de trois grammes et demi. En dessous de deux grammes et demi, Cordelia risquait de ne pas réagir de manière assez virulente. Plus de quatre grammes et demi, et la mort lui rendrait peut-être visite trop rapidement. Il savait exactement où il se trouverait le soir en question : installé à la meilleure place possible pour le spectacle.

L'une des fenêtres de la maison de ville aux briques marron s'ouvrit, et les accords de l'eau chutant dans un bain qui coulait dégringolèrent dans la rue. À cette heure-ci, elle savait qu'elle était malade, évidemment. Cordelia devait attribuer ses symptômes à un virus, peut-être au stress, ou à quelque chose nécessitant un traitement, mais qui ne la mettait pas en danger de mort. Un ulcère, ou une infection bactérienne. Le doute planerait dans son esprit, mais Cordelia s'admonesterait : pas question d'en faire tout un plat. C'était ce stoïcisme qui lui avait donné, à lui, le temps dont il avait besoin pour instiller son poison dans le corps de Cordelia. Au bout du compte, la pensée positive la tuerait.

Il étudia la densité de la circulation à cette heure tardive de la soirée, vérifia les files de voitures aux intersections, repéra Arthur's Seat dans le lointain, une silhouette noire qui se découpait sur le vif bleu foncé du ciel nocturne dépourvu de nuages. Les étoiles étaient sorties pour regarder Lily mourir. Ça avait été presque sublime, se dit-il. Il aurait aimé qu'elle ne le supplie pas d'avoir la vie sauve. Pendant un moment, il avait pensé qu'elle allait tout gâcher, mais ça n'avait pas duré longtemps.

Le début de soirée avait été sans intérêt. Ils s'étaient rendus dans un bar, avaient bu un verre ou deux. Il l'avait persuadée de manger, plaidant qu'il devait remplir son estomac vide. Elle était trop polie pour le laisser dîner seul, même si son choix de menu était bien éloigné du régime habituellement sain de Lily. Une autre fille aurait peut-être accepté de prendre la drogue de son propre chef, recherchant l'inconscience librement offerte. Pas Lily. Cela même faisait partie de son pouvoir d'attraction. Elle n'avait aucun désir de déroger à ses règles de vie, et donc il avait dissimulé le goût de l'huile de cannabis derrière l'oignon et les condiments.

L'alcool en avait masqué l'effet quand ils s'étaient rendus à Arthur's Seat et avaient grimpé la colline. Il portait tout l'équipement nécessaire sur son dos, et elle, petit soldat, avait gardé le sourire, malgré la marche et le froid. Lorsqu'il avait disposé le bois pour le feu et le double sac de couchage pour s'y blottir ensemble, la fin était déjà en vue. La fatigue avait gagné Lily quand ils avaient approché du sommet, et elle lui avait tendu la main pour qu'il la tire. Il portait ses épais gants de laine. Comme c'était sensé, avait-elle remarqué, souhaitant à voix haute s'être elle aussi vêtue de manière plus appropriée pour la saison.

« Je te réchaufferai, lui avait-il dit. Je te garderai bien au chaud toute la nuit. »

Le souvenir s'effaça quand une voiture passa et se gara en marche arrière devant la maison de Cordelia. Il releva sa capuche, s'assurant qu'elle dissimulait bien ses yeux, et se tourna de profil pour éviter de donner l'impression qu'il fixait la propriété. Il alluma la cigarette qu'il avait sortie de sa poche, tira longuement dessus, un œil sur la femme qui sortait du véhicule. Elle devait sa peau sombre et son extraordinaire structure osseuse à l'héritage génétique de Cordelia. C'était donc la fille. Du même âge que Lily, et tout aussi pleine de promesses. Il aimait les femmes intelligentes : elles étaient tristes de mourir, sachant tout ce qui les attendait dans l'avenir. Quand les enjeux étaient plus élevés, les récompenses étaient tellement plus gratifiantes ! La fille de Cordelia grimpa pratiquement d'un bond les marches menant à la maison, utilisant sa propre clé pour entrer, appelant sa mère en passant la porte. Il leva les yeux sur Arthur's Seat et se détendit, nullement pressé de quitter la maison des Muir. Il parvenait presque à sentir s'infiltrer en lui le bonheur familial qui en suintait.

Le sommet de cette colline, pensa-t-il, était l'endroit où il avait été le plus proche de l'extase. Il avait lancé un petit feu pendant que Lily s'enroulait dans le sac de couchage, buvant à petites gorgées à la flasque emplie de porto et brandy pour se prémunir du froid. Mélangé à l'huile de cannabis, l'alcool donne une sensation de chaleur à la peau, même quand l'air est glacé, et donne l'impression que le monde est un manège sans fin.

« Je me sens drôle, avait dit Lily, son menton tombant vers sa poitrine. Un câlin ?

— Encore une minute », avait-il répondu.

Il avait craqué une allumette et l'avait laissée tomber dans les brindilles. Il n'aurait eu aucun intérêt à disposer autre chose que du petit bois. Entretenir le feu longtemps n'entrait pas dans ses plans.

« Ne t'endors pas, avait-il murmuré. J'ai envie de te serrer contre moi. »

Pas comme elle l'imaginait, évidemment, mais il trouvait que le langage était un outil imprécis et ce, de manière opportune.

« Déshabille-toi, avait-il ajouté, souriant quand elle avait rougi à ces mots. J'espère que tu réchauffes ce sac de couchage pour moi. »

Avec le feu entre eux, il s'était amusé à arranger un cercle de pierres autour des flammes, observant Lily qui s'exécutait. Ses doigts étaient devenus gourds, se souvenait-il, ses gestes ralentissant à chaque minute qui passait, mais elle s'était montrée admirablement courageuse. Lily était devenue une femme à ce moment. Cette maturation aurait été exquise si elle n'avait faibli à la fin. Elle portait encore sa lingerie – blanche, décorée de bleuets qui s'y éparpillaient.

« Ça aussi, avait-il précisé.

— Je pensais que tu t'en chargerais. »

Un frisson l'avait prise tandis qu'elle parlait. Il avait contourné le feu, mettant un genou à terre devant elle avant de tirer sur la culotte de Lily, ses mains toujours gantées – il était hors de question de transférer de l'ADN traître sur la peau de la jeune fille.

« Tu n'enlèveras pas tes gants ? » s'était-elle enquise.

Il se souvenait de ce moment comme du premier où il avait senti monter la frustration. Il n'en était pas fier, mais il s'était imaginé que la scène se déroulerait d'une certaine manière, l'atmosphère uniquement emplie de la survenue funèbre du deuil. C'était supposé être beau.

Il lui avait ordonné, avec une fermeté qui indiquait clairement que le temps du flirt futile était terminé, de retirer ses dessous et de rester où elle se trouvait.

« Je ne voyais pas les choses comme ça, avait-elle dit. Je me sens bizarre. Quelque chose ne tourne pas rond. J'ai besoin d'aller… j'ai la tête qui tourne, pas bon. »

À sa grande surprise, Lily s'était levée. Il aurait pensé qu'elle avait dépassé, et de loin, le seuil où elle en serait capable sans aide, mais c'était bien là la Lily qu'il en était venu à respecter au fil des mois. Elle avait vacillé à gauche d'abord, puis à droite, les mains tendues comme celles d'un enfant aux yeux bandés jouant à colin-maillard, cherchant un objet à agripper pour conserver son équilibre. Il l'avait guidée pour la ramener vers le sac de couchage malgré ses protestations de plus en plus bruyantes et irritantes, et il lui avait retiré d'un geste brusque son soutien-gorge avant de l'allonger au sol. Les mains de Lily s'étaient agitées inutilement, le frappant mollement tandis qu'il la maintenait ainsi. Le froid s'était déjà infiltré en elle, mais malgré tout, il avait dû la maîtriser jusqu'à ce qu'elle ne soit plus capable de résister à cette somnolence irrépressible. Il avait enroulé le sac de couchage autour du corps de la jeune femme, bras inclus, et l'avait immobilisée sous son poids, tandis qu'elle cherchait – sans y parvenir – à s'échapper. Ça avait été comme un corps à corps avec une plume. Quand enfin l'huile de cannabis avait rempli son office, Lily avait gémi un peu en s'endormant, les larmes roulant sur ses joues en reflétant l'or du feu. Il ne les avait pas touchées. Elles étaient trop belles pour être détruites.

Il jeta un œil à sa montre et se rendit compte qu'il avait abusé de l'hospitalité offerte par le porche situé en face de la maison de Cordelia. S'abriter sur un perron pour une petite cigarette est compréhensible, mais y rester quarante-cinq minutes ? Des voisins circonspects partiraient du principe qu'il s'agissait d'un cambrioleur ou d'un pervers. Rien à voir avec le temps illimité dont il avait disposé avec Lily. Il avait passé deux heures assis en haut de la colline, à regarder se réduire les nuages de vapeur formés par sa respiration dans l'air glacial, à laisser le feu faiblir et mourir, à permettre à Lily de faiblir et de mourir elle aussi. Son râle d'agonie était le sifflement de l'eau glacée sur une plaque chauffante. Elle avait battu des paupières, et pendant un doux moment, il s'était imaginé embrassant ces cils couverts de mascara : l'adieu approprié d'un amant. Quoi qu'il en soit, la salive, même la goutte la plus infime, l'aurait conduit à sa perte. Les enquêteurs seraient peut-être dupés et croiraient qu'il s'agissait d'une mort accidentelle, mais il ne comptait pas leur fournir ce qui, pour la police scientifique, est l'équivalent d'un numéro de portable. Il s'était contenté de prendre la main de Lily et de retirer avec douceur la bague à son doigt, pour laquelle il avait préparé une place dans sa boîte.

Personne ne pouvait comprendre. On aurait pu penser qu'il tuait par plaisir, répondant à une pulsion sexuelle quelconque. À la vérité, Lily elle-même était accessoire, un moyen pour atteindre une fin. Tout comme Cordelia.

S'il avait eu à l'expliquer à ce chouette petit acteur irlandais, Sean O'Cahill, il lui aurait dit qu'ils étaient tous des accessoires. Leurs corps étaient une petite part d'un travail plus important, dont la douleur était l'attrait principal.

Il regarda de nouveau sa montre. Le travail l'appelait. Quel était déjà ce dicton sur l'oisiveté et les vices ? Il sourit, eut un dernier regard pour la maison de Cordelia, digne de figurer en couverture d'un magazine de décoration, et mit la touche finale à ses plans afin d'en retirer à tout jamais la propriétaire.

Chapitre dix-huit

— Je vais vomir.

Sean, quintessence de l'acteur mélodramatique, releva le menton pour que Bradley, son petit ami, ajuste son col, l'aplatisse, puis le relève de nouveau.

— Je ne sais pas trop ce qui a meilleure allure. Abaissé, je crois. Un col relevé donne une image de branleur si on n'y prend pas garde. Et non, tu ne vas pas être malade. Rien ne réduit plus à néant toute chance de réussir qu'une odeur de vomi dans l'haleine d'un homme.

— Merci, répondit Sean. Je suis désolé, tu devrais repartir au boulot. J'étais si nerveux que j'avais besoin de toi.

— Écoute, on t'a rappelé. Tu as assuré à la première audition. Visiblement, ils t'adorent. Il n'y a aucune raison de croire que celle-ci ne se passera pas aussi bien.

Bradley s'avança d'un pas et serra fort les mains de Sean tout en l'embrassant.

— C'est ton jour. Je le sens. Si je me trompe, tu seras autorisé à te défouler sur moi plus tard, dit-il avec un clin d'œil.

Sean rit.

— Comment te débrouilles-tu pour tout rapporter au sexe ? Bon, j'y vais. Ne me souhaite pas bonne chance.

Bradley le regarda passer à toute allure les portes du théâtre où il disparut. Il vérifia l'heure à sa montre. Heureusement, il avait commencé plus tôt et pouvait encore se permettre de grignoter quelque chose. L'entreprise pour laquelle il travaillait se moquait du temps consacré à la pause déjeuner tant que les résultats étaient là, et c'était le cas de Bradley. Ses couvertures de risque étaient de toute beauté, même si personne ne comprenait exactement ce qu'il faisait.

Dix minutes plus tard, il passait la porte du café Nom de Plume, sur Broughton Street. C'était un de ses préférés, et un havre pour la communauté LGBT d'Édimbourg, avec sa façade stylée et accueillante. Le personnel était marrant, et la carte fabuleuse. Et, plus important encore : c'était là qu'il avait rencontré Sean pour la première fois. Bradley était attablé avec des collègues, après un long après-midi de rendez-vous. Sean, lui, était accompagné d'une bande d'acteurs qui venaient juste de recevoir une sale critique pour une pièce expérimentale qu'ils avaient jouée la veille au soir. Il n'avait pas fallu longtemps pour que les deux groupes n'en forment plus qu'un, et Bradley s'était retrouvé le regard plongé dans celui de Sean par-dessus une table couverte de tasses et de miettes. Sean fréquentait régulièrement le lieu à l'époque, mais ne s'y montrait plus que rarement maintenant, préférant la salle de sport en journée et les bars à vin le soir, alternant les repas à faible teneur en calories et l'alcool. Bradley était tombé sous le charme des adorables tables et de l'atmosphère traditionnelle. Il venait souvent seul, heureux de l'être et du silence, méditant sur la vie.

Il commanda un expresso et s'installa à la table en devanture, remarquant qu'il était arrivé plus tard que d'habitude et se demandant s'il avait raté son nouvel ami. Christian – ils n'en étaient pas encore à échanger leurs noms de famille – avait récemment emménagé à Édimbourg et découvert le café grâce à un *chat* sur Internet. Bradley affirmait en lui-même qu'il ne cherchait pas à rencontrer quelqu'un, mais il avait conscience de son petit faible pour un joli visage et une histoire triste.

Christian lui avait offert les deux, et au fil des dernières semaines, ils s'étaient mis à partager un café à l'heure du déjeuner avant de disparaître de nouveau dans leurs vies respectives.

Une tape sur l'épaule le sortit de ses pensées.

— Brad, comment vas-tu ? demanda Christian. Désolé, je suis en retard. J'essaie encore de finir ma thèse. Apparemment, c'est un jour sans. Ce sont les joies d'être étudiant sur le tard. Tu as commandé ?

— Mon café arrive, répondit Bradley. Ne t'inquiète pas, je n'étais pas non plus à l'heure.

— Vraiment ? Tout va bien ? s'enquit Christian en se servant à la théière qu'il avait apportée à la table.

— Rien d'excitant.

Bradley se sentit rapetisser en prononçant ce petit mensonge, qui tenait plus de l'omission, en fait. Il n'avait pas beaucoup évoqué Sean. Le jour où ils avaient fait connaissance, Christian avait l'air si abandonné à sa table que Bradley s'était senti obligé de lui demander s'il allait bien. Deux heures plus tard, ils s'étaient livrés plus qu'aucun d'eux ne l'avait anticipé. L'histoire d'amour de Christian touchait à son terme, sa fiancée refusant d'accepter son envie à lui de découvrir à quoi ressemblerait une relation avec un homme. Prendre conscience d'un tel désir, puis agir en conséquence, est parfois traumatisant – Bradley le savait bien –, surtout quand on est encore dans une relation hétérosexuelle qui ne semble plus convenir. Beaucoup de ses amis avaient traversé le même processus douloureux. Depuis, il avait passé de nombreuses heures à conseiller Christian à ce sujet. La seule requête de ce dernier était un anonymat total, ce qui allait de soi, étant donné qu'il vivait encore avec sa fiancée. Bradley avait mentionné Sean en passant, lorsque lui et Christian en étaient venus à mieux se connaître, mais ces jours-ci, il se sentait de moins en moins enclin à discuter de son compagnon. La culpabilité qu'il avait éprouvée en réfléchissant aux raisons de ce peu d'enthousiasme était aisément supplantée par le plaisir croissant qu'il prenait à partager son heure de déjeuner avec Christian, et donc, ils avaient pris leurs habitudes. Ils parlaient du boulot, de politique, de musique, de leur sexualité, mais pas de leurs partenaires.

— Donc, je me suis imposé une date, annonça Christian. Il faut que je la quitte avant la fin du mois de décembre. Si je ne commence pas la nouvelle année en étant honnête avec moi-même, ça me rendra triste les trois cent soixante-cinq jours suivants.

— Tu es sûr d'être prêt ? demanda Bradley dont l'expresso arrivait.

— Je suis sûr d'être prêt à ne plus vivre qu'à moitié et c'est ce qui compte. Si elle avait été capable de m'accepter bisexuel, alors ça aurait peut-être marché, mais elle n'en démord pas. Elle dit qu'il s'agit d'une phase – j'ai vingt-cinq ans, bon sang : qui démarre une phase à cet âge ? J'ai bien compris qu'elle ne fera jamais de compromis. C'est la seule chose juste à entreprendre, pour notre bien à tous les deux.

— Donc, tu n'as pas encore… demanda Bradley dans un murmure.

— Non. Je voulais sortir samedi soir et essayer une boîte, mais ça aurait impliqué d'agir dans le dos de ma fiancée, et j'en suis incapable. Je dois passer par une période de célibat. Tu penses que ça sera bizarre ? Depuis l'adolescence, je n'ai touché que des femmes. Je n'arrive pas à imaginer à quoi cela ressemblera de caresser des muscles identiques aux miens. Hé, pardon, je ferais mieux d'arrêter là – c'était plus que ce à quoi tu t'attendais en partageant rapidement un café, non ?

Bradley referma son clapet, soudain conscient qu'il était resté bouche ouverte, se représentant la scène.

— Les premiers gestes sont les plus difficiles, mais aussi les plus excitants. Écoute, je sais que nous étions tombés d'accord pour que ça ne sorte pas d'ici, mais prends mon numéro de portable.

Il se saisit de la main de Christian, la tourna paume vers le haut, notant combien elle était grande, forte mais douce, essayant de ne pas se demander quelles sensations elle lui procurerait si elle s'égarait sur son corps. Il y inscrivit ses coordonnées téléphoniques.

— Téléphone-moi à n'importe quel moment si tu as envie de parler. Qu'importe ta question, même si elle te paraît stupide. J'aurais aimé avoir un ami vers lequel me tourner quand j'ai fait mon *coming out*. Ça aurait rendu les choses tellement plus faciles ! Laisse-moi t'aider, dans la mesure de mes moyens.

— Tu as bien conscience qu'il m'est impossible de te demander ça. Ça ne serait pas honnête envers Sean que tu reçoives un coup de fil de quelqu'un qu'il ne connaît pas. Ça a déjà tellement d'importance pour moi, je ne tiens pas à tout compromettre.

— Envoie-moi un SMS avant de m'appeler. Si je peux, je te rappelle. Tu ne dois pas traverser ça seul.

Il tint brièvement la main de Christian, la serra avant de se lever.

— Maintenant, il faut vraiment que j'y aille. Des chiffres attendent d'être passés à la moulinette.

Il grinça des dents en s'entendant énoncer ce cliché sans intérêt.

— Je vais finir mon thé, dit Christian. Merci, Brad. Je me demande ce que je ferais sans toi.

Il se leva et prit Bradley par les épaules pour le serrer fort contre lui.

Bradley s'en alla, trop conscient de la tension croissante dans son esprit et de celle qui lui répondait à son entrejambe. Le corps de Christian était ferme et nerveux. Le jeune homme était plus grand que Bradley, et cette sensation était agréable. Bradley essaya de réprimer sa pensée avant qu'elle se soit totalement formée. Trop tard. C'était chouette d'être enlacé par quelqu'un de plus grand que soi, de plus fort que soi. Sean semblait toujours si fragile et si vulnérable ! Christian tenait plus du mâle alpha, avait le corps d'un prédateur plus que d'une proie. Non pas qu'il les comparât. Il était heureux avec Sean, se rappela-t-il à lui-même. Plus qu'heureux. Ils allaient bien ensemble. Ça roulait entre eux.

Son portable sonna.

— Mets au frigo quelque chose avec des bulles, lança Sean. J'ai réussi ! Je suis maintenant membre à temps plein d'une troupe de théâtre professionnelle. J'ai le premier script dans ma poche. Je vais recevoir un salaire, et arrêter de passer tous les deux jours des auditions minables et pas payées ! Oui, je sais, tu me l'avais dit.

— Je n'en ai jamais douté, répondit Bradley en souriant. Petit malin !

— Bon, bisous, on se voit ce soir. Je dois raccrocher et envoyer un SMS à tous ceux que j'ai croisés un jour dans mon existence. Ça va être l'année la plus excitante de ma vie. De nos vies. Je le sens !

Chapitre dix-neuf

Ce ne fut pas avant le mardi matin qu'Ava reçut enfin un appel du commissaire Dimitri. Elle attendit qu'on lui signifie la plainte contre Lively. Elle était prête à le défendre jusqu'à un certain point, mais seulement par loyauté envers la brigade. En réalité, le lieutenant Lively s'était vu octroyer suffisamment de chances de refréner son insubordination. Tôt ou tard, il lui faudrait affronter les conséquences de ses actes.

— Commissaire divisionnaire Turner, désolé de vous déranger. Je sais que vous êtes très occupée, mais j'ai cru comprendre que vous étiez chez Louis Jones la nuit de l'accident de voiture.

— Effectivement, répondit-elle.

— Ce qui n'est absolument pas un problème. Seulement, je dirige l'enquête sur cet accident, et je me demandais s'il y avait quelque chose dont je devrais être informé. Si nous mettions nos ressources en commun ?

— Je n'ai rien trouvé d'utile, j'en ai peur. Pardon si j'ai marché sur vos plates-bandes.

— Ne vous inquiétez pas de ça. C'est seulement que j'ai reçu un rapport d'un agent de la SPA appelé pour porter secours à des oiseaux en cage. J'avais déjà les coordonnées de Jones grâce au service des cartes grises, et j'ai envoyé quelques hommes vérifier l'adresse.

— Ça n'a atterri sur mon bureau qu'à cause d'une directive administrative, expliqua Ava. À compter de maintenant, on vous laissera vous charger du dossier. Des nouvelles du conducteur ?

— Non, et sincèrement, je n'en attends pas. Si Jones était au volant, il semble être le genre d'arnaqueur à avoir fui les lieux. La voiture n'avait pas de vignette et n'était pas assurée. Ma théorie est que les autres traces de pneus appartiennent à un de ses amis venu le chercher.

— Oui, mais l'état de son domicile, la manière dont il a laissé les perroquets, vous ne trouvez pas ça étrange ? réfléchit Ava à voix haute.

— Certes, et nous gardons à l'esprit cet indice, bien que les gens comme Louis Jones semblent attirer les problèmes. Donc, je ne pense pas que nous aurons de sitôt une liste de suspects pour le cambriolage, conclut Dimitri en riant.

— J'entends bien. Jones est tout à vous à compter de maintenant, commissaire. Pardon si mon équipe a empiété sur vos prérogatives.

Ava raccrocha. Elle sortit d'un tiroir le billet de cinquante livres qu'elle y avait caché pour la nuit, puis s'identifia sur la base de données de la police et y entra le numéro de série. Au bout de quelques minutes, le résultat revint vierge. L'argent, ou ce billet-là en tout cas, n'apparaissait pas dans des dossiers d'enquête criminelle. Ce qui ne la surprit pas. Les liasses avaient eu l'air bien tenues. S'il s'agissait d'argent sale, il avait été blanchi. Impossible qu'il en soit autrement, sinon le chef n'aurait pas été à l'aise à l'idée de le dépenser.

Elle vérifia l'heure à sa montre et alluma le téléviseur. Callanach devait donner une conférence de presse sur l'affaire Lily Eustis, et lancer un appel à témoins afin de tenter d'identifier la ou les personnes avec qui elle avait passé sa dernière soirée. La police écossaise taisait pour l'instant son inquiétude croissante quant à la nature suspecte du décès, mais l'aide de la population était requise pour que l'enquête progresse un jour. Il y eut une pause quand la famille Eustis s'installa à la table, puis Callanach prit la parole.

— Nous demandons la collaboration du public au sujet de la mort de Lily…

Callanach récapitula les faits et Ava cessa d'écouter. Le père et la mère de Lily étaient si pâles qu'ils auraient aussi bien pu être des hologrammes. Sa sœur se trouvait presque hors champ, le regard perdu dans le lointain, se balançant légèrement. Ava espérait que quelqu'un gardait l'œil sur elle. La pauvre petite n'avait pas l'air en forme. Callanach avait fini de parler et tendait au père de Lily une déclaration rédigée à l'avance afin qu'il la lise. Ava avait déjà pris connaissance du brouillon du texte, et elle reporta son attention sur Luc. Elle s'était attendue à sa colère après avoir l'avoir piégé pour qu'il rencontre sa mère, mais rien ne l'avait préparée à sa froideur. Être la cheffe n'était qu'en partie un avantage. Quelques mois auparavant, s'il s'était comporté ainsi, elle s'en serait expliquée avec lui sur-le-champ. Maintenant, il lui fallait se contenir. Il affichait un air dur, se dit-elle, comme s'il s'apprêtait à se lancer dans une bataille. Il avait les lèvres pincées, ses pommettes se détachaient, contrastant avec ses cheveux sombres. Ses yeux étaient d'un marron si foncé qu'ils en devenaient presque noirs. À l'écran, ils étaient absolument saisissants. Elle aurait voulu lui parler du chef, de l'argent qu'elle avait trouvé dans le grenier de Glynis Begbie, mais partager ce problème-là n'était pas correct. Tôt ou tard, il faudrait décider de signaler l'argent, ou pas. Or la réputation du chef, tout comme la stabilité financière de sa veuve, était en jeu. Puis se posait la question de la disparition de Louis Jones. Si elle mettait la main sur Jones, peut-être obtiendrait-elle quelques réponses, mais ce ne seraient sans doute pas celles qu'elle souhaitait vraiment. Elle appela Tripp.

— Il me faut les relevés téléphoniques de la ligne fixe de Louis Jones à l'adresse où nous nous sommes rendus ce week-end, lui dit-elle. Utilisez une référence différente de celle de l'accident de voiture, voulez-vous ? J'ai promis au commissaire Dimitri qu'on ne s'en mêlerait plus.

— Vous cherchez quelque chose en particulier, madame ? demanda Tripp.

— Pas sûre. Montez un dossier sur le cambriolage de ses locaux pour justifier cette enquête. J'y pense, avons-nous des contacts auprès de gens qui œuvreraient dans le même domaine que Jones ? J'aimerais savoir où il traînait quand il ne travaillait pas, qui étaient ses amis proches. La routine.

— Le lieutenant Lively est l'homme qu'il vous faut. Je lui poserai la question. Pour le moment, tout le monde attend de voir quel retour nous aurons de la conférence de presse au sujet de Lily Eustis. Qu'en pensez-vous : meurtre ou soirée qui a mal tourné ?

— Je n'ai pas plus la réponse que vous, répondit Ava. Dans un cas comme dans l'autre, une vie a été perdue, qui n'aurait pas dû l'être. J'espère seulement que Lily n'est pas morte terrorisée. Ce n'est pas une manière de passer ses derniers instants. Personnellement, je choisirais la douleur plutôt que la peur, et sans hésiter.

Chapitre vingt

Mina, la sœur de Lily, avait demandé à ses parents de la déposer à la bibliothèque universitaire après la conférence de presse. Ils n'avaient pas discuté. Mina avait un bloc-notes et un stylo avec elle, simulacre le plus élaboré auquel elle soit parvenue pour montrer qu'elle s'y rendait pour étudier. Leur maison était devenue une prison de douleur. Sa mère ne s'exprimait qu'en rafales de deux ou trois mots, et son père avait développé une toux qui semblait ne jamais lâcher prise. Elle envoya un SMS à Christian depuis l'entrée de la bibliothèque et il arriva une minute plus tard, livres sous le bras, l'air inquiet.

— J'ai suivi l'intervention à la télévision, dit-il en l'étreignant. Tu tiens le coup ?

— Je deviens folle, répondit-elle. On bouge ? Si j'entends un autre tic-tac d'horloge ou une personne murmurer, je crois que je me mettrai à hurler.

Christian lui enroula son écharpe autour du cou. Il la prit par l'épaule et lui fit passer les portes.

— Viens boire un verre. Francis Scott Fitzgerald attendra. Je garde l'appartement d'un ami ces jours-ci. On y va.

L'appartement se trouvait sur Annandale, dans un pâté de maisons flambant neuf, aux briques marron et aux vitres en verre fumé, de l'autre côté du parking et de la station de bus.

— C'est cher, si près du centre-ville, fit remarquer Mina. Qui est cet ami ?

— Quelqu'un pour qui je travaillais à l'occasion, répondit Christian. Il voyage beaucoup pour ses affaires, et préfère que les lieux soient occupés. Je lui ai proposé de venir y loger en son absence. Il y a deux chambres, et il est relativement facile de rallier la fac à pied. En plus, il laisse toujours son bar bien garni. Qu'est-ce que je t'offre ?

— Vodka ? demanda Mina.

Elle se tenait devant la fenêtre et contemplait la rue en contrebas.

— Orange, Coca, ou pure ?

— Pure. Tu as des glaçons ?

— Connaissant Mikey, il y en aura assez pour couler un navire. Donne-moi une seconde, dit-il en se dirigeant vers la cuisine. Tu ne devrais pas au moins envoyer un SMS à tes parents pour leur dire à quelle heure tu vas rentrer ?

— Ils ont coupé leur portable. La police a donné son accord pour que tous les appels arrivent sur la ligne fixe. Trop de coups de fil d'amis inquiets, trop de demandes de la presse pour des histoires. Maman a jeté le sien dans une poubelle dans la rue, puis s'est rendu compte qu'elle avait encore des photos de Lily dedans, et s'est précipitée pour le récupérer. Elle a dû vider la poubelle. Quand elle a enfin mis la main sur l'appareil, des gens s'étaient rassemblés autour d'elle et l'observaient.

— Tu m'as dit au téléphone que la police avait trouvé quelque chose, dit-il. Tu souhaites en parler ? Tu n'y es pas obligée. On peut regarder un film, ou tu peux dormir sur le canapé, comme tu préfères.

— J'aimerais bien juste m'allonger un moment, c'est possible ? À la maison, je n'arrive pas à dormir. Lily est présente où que je pose les yeux. J'entends sa musique, je sens son parfum. Puis il y a les cauchemars.

— Viens avec moi.

Il la prit par la main et la mena dans un petit couloir.

— Voici ma chambre pour le moment. Prends mon lit.

Il ouvrit la porte et fit entrer Mina, immobile sur le seuil tandis qu'elle retirait ses chaussures d'un mouvement du pied.

— Tu restes avec moi ?

Il secoua légèrement la tête, passa la main dans ses cheveux et ferma les yeux.

— S'il te plaît ? insista-t-elle en s'allongeant. Je ne supporte plus d'être seule.

— Seulement jusqu'à ce que tu t'endormes, alors, concéda-t-il. Mais Mina, il n'est pas envisageable qu'il se passe quoi que ce soit entre nous. Quand tu repenseras à cette période, je ne veux pas que tu aies l'impression que j'ai profité de la situation. Je tiens bien trop à toi pour ça, et en plus, ma vie est plutôt du genre compliqué en ce moment.

Il s'étendit près d'elle, glissant un bras sous la tête de Mina afin qu'elle se rapproche de lui, son visage appuyé contre son épaule, ne le quittant pas du regard.

— Pourquoi ont-ils soudain organisé la conférence de presse aujourd'hui ? demanda-t-il en repoussant d'une caresse les cheveux de la jeune fille qui lui étaient tombés devant les yeux.

— Les résultats du labo sont revenus. Le niveau de cannabis dans son corps était super élevé. Ils pensent que c'est ça qui explique qu'elle se soit endormie là-haut.

— Du cannabis ? répéta Christian. Tu disais qu'elle ne fumait pas. Je n'ai jamais entendu parler de quelqu'un qui soit défoncé à l'herbe au point de ne pas avoir qu'il est en hypothermie.

— C'est ce qui intéresse la police. Apparemment, elle a mangé quelque chose avec de l'huile de cannabis dedans, une forme vraiment très forte. C'est pas juste.

Mina posa sa main sur ses yeux.

— Elle détestait les drogues. Lily était en forme et en bonne santé. Elle ne mettait même pas de sucre dans son thé. Quand elle s'est rendu compte qu'elle avait été droguée, elle a dû avoir si peur ! Oh, mon Dieu, pardon, j'ai promis de ne pas craquer de nouveau. C'est juste que… je ne sais pas comment vivre sans elle. C'est comme être déchirée de l'intérieur. La douleur est monstrueuse. Je me réveille la nuit, incapable de respirer. Elle me manque tant ! Tu vois ce que je veux dire ? Parce que j'ai besoin que quelqu'un m'affirme que ça ira mieux. Si c'est à ça que la vie doit ressembler à partir de maintenant, alors je ne crois pas avoir envie de me réveiller.

— Où est son corps à présent ? demanda Christian. Ils te laisseront la voir ?

— Encore à la morgue. Maman et papa y sont allés, mais affronter ça m'est impossible. Je ne veux pas me souvenir d'elle comme ça. Ce n'est plus Lily.

Mina tremblait ; elle ne contrôlait plus son corps et sa tête s'enfonçait dans la poitrine de Christian.

— Peut-être le devrais-tu. Ça t'aiderait à accepter ce qui s'est passé. Prendre conscience qu'elle est partie te permettrait d'arrêter de l'entendre chez toi. Ça sera dur, j'en ai bien conscience… J'ai perdu quelqu'un autrefois : j'ai commencé par être dans le déni, mais au bout du compte, affronter la situation, l'accepter a été le seul moyen de ne pas sombrer dans la folie. Dire au revoir n'est pas une mauvaise chose.

— Je manque de courage pour ça, je le crains. Comment regarder le visage de ma sœur, sachant que c'est la dernière fois que je le verrai jamais ?

Mina roula sur elle-même afin d'être face au mur. Ave douceur, Christian la reprit dans ses bras et leva son visage vers lui.

— Je m'occuperai de toi. Pas la peine d'en informer tes parents. Tu es majeure et un membre de la famille. Tu as le droit de voir Lily et tu es plus courageuse que tu ne le penses. À vrai dire, ça me semble difficile que tu te sentes plus mal qu'en ce moment. Imaginer les choses est sans doute pire que la réalité. Elle est en paix maintenant. Quoi qu'il lui soit arrivé, c'est fini. Si tu la vois de tes yeux, peut-être cesseras-tu de construire des scénarios horribles dans ton esprit et parviendras-tu à affronter la réalité. Je serai là pour te soutenir. Tu le sais, n'est-ce pas ?

— Ne me quitte pas, d'accord ? Reste avec moi, et il y a une chance pour que je parvienne à traverser ça, marmonna Mina en fermant les yeux. S'il t'arrivait aussi quelque chose, ça serait la fin. Je n'ai pas oublié que tu m'as dès le début prévenue qu'il y avait quelqu'un d'autre dans ta vie. Je saisis bien que rien de plus n'est possible entre nous, mais j'apprécie vraiment ta présence. Tu es quelqu'un de bon. En fait, tu me rappelles un peu ma sœur sur ce plan-là.

Mina s'autorisa à se détendre, sa respiration se fit plus lente jusqu'à ce qu'enfin son corps perde sa tension dans le sommeil. Christian la tint durant les deux heures où elle dormit, regardant chaque émotion rêvée traverser son visage, la protégeant du spectre d'un réveil solitaire et empli de tristesse. Il ne comprenait que trop bien à quel point c'était douloureux.

Chapitre vingt et un

Callanach commença le briefing.

— Bonjour à tous. Les circonstances générales de la mort de Lily Eustis vous sont familières. En revanche, nous n'avions pas connaissance du fait que Lily avait ingéré une quantité conséquente d'une huile de cannabis extrêmement puissante. Son état ne lui aurait pas permis de redescendre de la colline sans encombre. La conférence de presse d'aujourd'hui était un appel à des témoins en ville qui auraient croisé Lily cette nuit-là. Nous savons qu'elle n'était pas seule. Mettre la main sur la ou les personnes qui étaient avec elle est l'unique manière d'établir si Lily est morte à la suite d'une sortie qui aurait mal tourné, ou s'il existerait un mobile indiquant une volonté de tuer.

Il fit monter une carte à l'écran.

— Le corps a été localisé ici, reprit-il. Un petit feu s'était éteint plusieurs heures avant qu'il soit découvert.

— Avons-nous des informations sur ce qui a été utilisé pour l'allumer ? demanda un agent.

— L'accélérant n'a rien de particulier. Disponible à l'achat dans toutes les stations-service ou presque, aussi bien que n'importe où ailleurs, répondit Callanach.

— Il n'y avait pas beaucoup de cendres, coupa Lively. Ce qui signifie que celui qui a allumé le feu n'avait pas l'intention de le laisser brûler longtemps.

— Ou que Lily a perdu connaissance très tôt dans la soirée, qu'on n'a pas réussi à la ranimer et qu'on a fui. Le feu n'a peut-être jamais pris comme le souhaitaient ceux qui l'ont allumé.

— Dans ce cas, commandant, ils n'ont jamais été scouts, souligna Lively. J'aurais allumé une bûche avec le petit bois dessous dès le début, pour que la face cachée de la bûche sèche correctement, autrement, les brindilles se seraient consumées trop vite. Pour moi, celui qui était avec elle a paradé en allumant le feu, mais n'a jamais vraiment eu l'intention de l'entretenir, termina Lively.

Des murmures d'assentiment parcoururent la salle. Callanach envisagea la scène sous un autre angle. Il était possible qu'un adolescent ait lancé le feu sans rien y connaître. Pour autant, il s'est donné la peine de construire un cercle de pierres pour contenir les flammes. Il est probable qu'il ait eu quelques expériences en ce domaine.

— Bien, reprit-il. Voici l'enregistrement du drone qui a permis de découvrir le corps de Lily.

Il appuya sur la touche « Lecture », et l'écran prit vie.

— Quand il dépasse la crête, on discerne le cadavre dans le lointain, et le drone arrive directement au-dessus de lui en quelques secondes. Les vêtements de Lily sont éparpillés à droite et à gauche le long de la colline. Est-ce de son fait ? Quelqu'un d'autre s'en est-il chargé ? Ou encore le vent les a-t-il déplacés durant la nuit ? Impossible de trancher. Et leur disposition ne semble pas répondre à un dessein particulier.

À l'écran, l'image se figea sur un gros plan du corps. Depuis le milieu de la salle, quelqu'un marmonna :

— Oh, merde, ça m'est complètement sorti de la tête !

Callanach dirigea son attention sur l'agent Biddlecombe. Cramoisie, elle mâchouillait ses jointures.

— Quoi donc ? s'enquit Ava depuis le fond de la salle.

Biddlecombe rentra la tête dans les épaules.

— J'ai oublié de transmettre un message d'hier, dit-elle. De la sœur de Lily Eustis. Elle n'a pas réussi à joindre la criminelle et l'appel a atterri sur mon poste. Désolé, monsieur, s'excusa-t-elle en osant lever les yeux une demi-seconde pour rencontrer le regard de Callanach.

— Agent Biddlecombe, il serait probablement plus utile que vous nous communiquiez la teneur de ce message.

— Oh, bien sûr. Elle demandait quand elle pourrait récupérer la bague de sa sœur. Elles avaient les mêmes, offertes par leurs parents à Noël, l'année dernière. Apparemment, ni l'une ni l'autre ne s'en est séparée depuis. Je lui ai dit que soit nous la garderions comme pièce à conviction, soit elle se trouverait à la morgue avec le corps.

— Elle ne figure pas parmi les pièces à conviction et nous avons ajouté à notre liste d'objets saisis sur les lieux tous ceux qui ont été recueillis sur le corps et les vêtements à la morgue, signala Tripp.

Ava feuilleta son dossier jusqu'à une photo du cadavre de Lily. Elle étudia les mains de la jeune femme.

— Envoyez une équipe chez les Eustis. Qu'on vérifie que la bague en question n'est pas quelque part chez eux. Demandez aux parents quand pour la dernière fois ils ont vu leur fille la porter. Si nous ne parvenons pas à mettre la main dessus…

Elle ne termina pas sa phrase.

— Alors il est possible que quelqu'un la lui ait retirée avant notre arrivée, conclut Callanach. Lieutenant Lively, vous dirigez l'équipe, j'attends votre rapport avant la fin de la journée. Tripp, téléphonez à la morgue et vérifiez une nouvelle fois que rien ne manquait sur leur liste. Demandez-leur aussi d'examiner les doigts de Lily à la recherche de marques. Si on la lui a enlevée peu de temps avant ou après sa mort, il restera peut-être encore un signe visible montrant qu'elle l'avait régulièrement au doigt.

— L'enterrement de George Begbie aura lieu vendredi, dit Ava. Tu viendras ?

Callanach était à son bureau, en train de griffonner des notes sur les coups de fil auxquels il avait répondu durant les deux heures qui s'étaient écoulées depuis la fin du briefing.

— Si je peux. Les parents de Lily Eustis ont confirmé les déclarations de Mina quant à la bague. Aucune des deux filles ne l'enlevait jamais. Celle de Lily est introuvable, que ce soit dans sa chambre ou ailleurs dans la maison.

— Qu'est-ce que le bureau de la légiste a à dire à ce sujet ?

— Ils confirment la présence d'une dentelure sur l'annulaire de la main droite de Lily, le doigt auquel les parents nous ont déclaré indépendamment l'un de l'autre qu'elle la portait.

Il posa son stylo et regarda Ava.

— L'association de la drogue, de la trace de fermeture Éclair et de la bague manquante place cette affaire dans une autre catégorie. Souhaites-tu que je prévienne Overbeck que nous traitons maintenant ce décès comme résultant d'un possible assassinat ? demanda Ava.

— Oui. Lively l'a notifié à la famille quand il était sur place. Je ne divulgue pas à la presse les détails concernant la bague ni la marque sur le ventre, et j'ai demandé à la famille de n'en parler à personne. Trouver ce bijou risque d'être la seule manière pour nous de placer un suspect auprès de Lily la nuit en question.

Il observa Ava qui étudiait ses pieds.

— Il y a autre chose ? s'enquit-il.

— Pas vraiment. En fait, oui. Tu vas bien ?

— J'ai une fille morte, pas de mobile, et aucun prélèvement de la scientifique sur un tueur qui s'en est presque sorti en donnant à une scène de crime l'allure d'une soirée qui aurait mal tourné. Donc, non, ça ne va pas.

— Je ne parlais pas de cette enquête, je voulais dire…

— Je sais ce que tu voulais dire, et moi je te dis que j'ai besoin d'avancer sur la résolution de ce meurtre. Je ferai de mon mieux pour être présent aux funérailles vendredi. Tu as enregistré des progrès en ce qui concerne Louis Jones ?

— Ce n'est plus entre mes mains. Le commissaire Dimitri suit la disparition de Jones à la suite de l'accident de la route. Rien dont la criminelle ait à se soucier.

— Bien. Tu m'as demandé l'autre jour comment Jones se comportait avec le chef. Je me souviens de m'être senti mal à l'aise, du coup je n'ai pris aucune notes et je n'ai pas enregistré la conversation. Jones était un hors-la-loi, et le chef détournait le regard. Quel que soit l'arrangement conclu entre eux des années auparavant, le temps n'en avait pas réduit la portée. Ni pour l'un, ni pour l'autre.

Ava opina, ne se faisant pas confiance pour parler.

— Tiens-moi au courant, dit-elle enfin en se glissant hors de la pièce.

Elle referma la porte derrière elle, espérant que Callanach n'ait pas remarqué à quel point ses mains tremblaient.

Chapitre vingt-deux

Le mercredi matin, Mina franchit seule la porte de la morgue. Christian était resté dans sa voiture garée sur Cowgate, promettant de l'attendre. Elle avait voulu qu'il l'accompagnât, mais seuls les membres de la famille étaient autorisés à entrer. Elle avait demandé la veille à voir le corps de Lily. On lui avait répondu que la police devait donner son accord, puis peu de temps après on lui avait notifié un horaire. Cela lui semblait choquant que la permission de la police soit requise pour voir sa propre sœur, mais Christian avait affirmé que c'était logique. Sa sœur était morte. Le corps était un élément matériel. Il avait échangé avec elle par SMS toute la nuit, alors qu'elle se demandait avec angoisse si elle prenait la bonne décision. Au bout du compte, elle s'était endormie, convaincue qu'elle devait voir le visage de Lily une dernière fois pour espérer la laisser reposer en paix un jour.

Un assistant se présenta, l'invita à s'asseoir et lui expliqua la procédure, la prévenant sur ce qui l'attendait. Rien qu'elle n'ait anticipé. Que le visage de Lily aurait jauni. Qu'elle risquait d'être l'ombre à peine reconnaissable de la sœur que Mina aimait.

— Allons à la chambre mortuaire, déclara l'assistant. Vous êtes prête ?

— Oui, répondit Mina.

Elle savait qu'elle ne le serait jamais, mais se leva néanmoins et emboîta le pas à l'homme.

— Comme l'affaire n'est pas classée, il vous faudra rester de l'autre côté de la vitre, précisa-t-il. Lily est déjà là. Donnez-moi juste un instant.

Il enfila un tablier et des gants.

Mina effleura la bague à sa main droite. L'anneau fin, en or, était formé d'un nœud sur le dessus. Leurs parents leur avaient offert ces bijoux, à Lily et elle, le matin de Noël l'année précédente. Quand elles étaient enfants, Lily copiait ce que sa sœur faisait ou sa façon de s'habiller, ce qui avait rendu Mina folle pendant des années. Puis, jeune adolescente, l'aînée avait éprouvé un sentiment de fierté croissant à ce que sa cadette prenne autant modèle sur elle, attendant patiemment chaque vieux vêtement qu'elle avait porté, se montrant toujours reconnaissante. Quand Mina était devenue majeure, Lily avait la même taille qu'elle, et elles plaisantaient sur le fait d'être vêtues à l'identique. Elles savouraient leur lien, choisissant souvent les mêmes couleurs et styles. Les bagues étaient un rappel constant de l'amour qu'elles se portaient mutuellement.

Mina leva la tête. Lily n'avait pas autant changé qu'elle l'avait craint. Sa peau, dépourvue de l'éclat que lui donnait la circulation sanguine, était presque translucide, et Mina ne parvenait pas à détourner son regard des cils de sa sœur. Ils reposaient avec une telle délicatesse sur sa joue, si familiers, longs et noirs ! Mina avait été la première personne à mettre du mascara sur ces cils, transformant sa petite sœur en une poupée, riant quand elle appliquait le rouge à lèvres, qui atterrissait plus souvent sur le menton que sur la bouche. Mina avait très envie de les toucher, de sentir leur douceur. Les yeux qu'ils dissimulaient ne s'ouvriraient jamais plus.

Elle vérifia qu'il n'y avait personne, sortit son téléphone de sa poche et activa une application de vidéoconférence, appelant Christian qui se tenait de l'autre côté de la rue. Il avait suggéré cette application la veille, quand ils avaient compris qu'il ne serait pas autorisé à l'accompagner à l'intérieur. Mina leva la caméra à hauteur de son visage, et laissa ses larmes couler quand Christian répondit.

— Je suis là, murmura-t-elle.

— Tout se passera bien, la rassura Christian. Tu es pâle. Tu veux t'asseoir ?

— Non. C'est bizarre, je ne sais pas à quoi je m'attendais, mais elle est encore elle-même. Lily est toujours belle. C'est presque plus dur d'être si proche et de ne pas avoir la permission de la toucher.

— Je comprends, compatit-il. Lily sera toujours ta sœur. Personne ne t'enlèvera ça. Comment t'apporter mon soutien ? Désires-tu que je la voie, ou ça serait trop dur pour toi ? Tu choisis.

— Je crois… Je crois que ça me plairait, en fait. J'aurais aimé que tu puisses la rencontrer quand elle était en vie. Elle t'aurait vraiment plu. Ça ne t'ennuie pas que je te la montre ?

Christian marqua une pause.

— J'en serai honoré. J'ai l'impression de la connaître si bien avec tout ce que tu m'as raconté ! Vas-y. Quand tu seras prête.

Quelques secondes s'écoulèrent durant lesquelles la caméra du téléphone resta pointée vers le sol, puis elle se redressa, et le visage de Lily apparut, son corps recouvert d'un drap, tandis qu'elle reposait, sereine, dans la salle mortuaire. Après un moment, l'angle de vue changea de nouveau, et Mina emplit une nouvelle fois l'écran.

Christian sourit.

— Elle te ressemble tellement ! J'en regrette presque de ne pas avoir eu un frère ou une sœur.

— J'aimerais avoir la faculté de la faire revenir à moi, murmura Mina. Je donnerais presque tout pour un jour de plus avec elle.

— Je sais, dit Christian. Prends ton temps. Je ne bouge pas, pas de pression.

— Je sors. Je ne peux plus la regarder. Une partie de moi s'attend à ce qu'elle se réveille pour que je la ramène à la maison. Accorde-moi cinq minutes.

Elle éteignit son téléphone, posa une main sur la vitre et embrassa le point où elle pouvait voir les lèvres de sa sœur.

L'assistant l'attendait pour lui indiquer le chemin de la sortie. Mina s'en alla, retournant à la voiture de Christian. Il en était sorti et lui ouvrit la portière avant qu'elle arrive à sa hauteur.

Il la serra fort contre lui.

— Hé, toi. Dis-moi comment tu te sens.

— Je n'aurais pas dû y aller, chuchota Mina. Je pense… je pense que mon cœur s'est brisé. Ça peut paraître idiot, mais c'est comme si je l'avais senti. Je ne sais plus pourquoi je suis en vie.

Christian l'étreignit.

— Monsieur, on a peut-être quelqu'un qui a aperçu Lily dans un bar à Dalkeith, dit Tripp en passant la tête par l'entrebâillement de la porte de Callanach.

— Comment est-ce possible ? s'enquit ce dernier.

— La fille semblait assez sûre d'elle au téléphone. On l'a convoquée pour prendre sa déposition et travailler avec un dessinateur. Elle sera là dans quelques minutes.

Amelia Lock avait seize ans. Sa mère l'avait accompagnée au poste, et Callanach nota la tension entre elles, tandis que Tripp apportait du thé et des biscuits.

— J'étais sortie avec des amis, commença la jeune fille. Le pub était le seul endroit chaud où aller. On avait prévu de squatter chez mon pote, sauf que son père était en pleine beuverie et on ne tenait pas à le gonfler.

— Aviez-vous beaucoup bu ? demanda Callanach.

Amelia jeta un regard en coin à sa mère avant de répondre.

— Un peu, admit-elle.

— Plus qu'un peu, je parierais, intervint sa mère. C'était cette Louise qui achetait les boissons ? Sur son trente et un, maquillée comme un camion volé ? Je t'ai dit que je ne voulais plus que tu traînes avec elle.

— Amelia, il est important que nous puissions estimer la fiabilité de votre mémoire. Vous n'encourez pas de problèmes avec la police, mais je dois établir l'état dans lequel vous vous trouviez, précisa Callanach.

— Deux pintes de cidre. (Une pause.) Et quelques shots de vodka. Pardon, maman, je ne recommencerai pas.

Sa mère émit un « tstt-tstt », et Callanach poursuivit avant qu'elle ne se lance dans un nouveau sermon.

— De quoi vous souvenez-vous ?

— Ça m'est seulement revenu quand je vous ai vu à ce truc de police à la télé, avec les parents de la fille. Je l'ai reconnue sur la photo. On était assises ensemble à une table du pub qu'on partageait. C'était vraiment bondé. Il y avait quelques groupes de collègues sortis pour boire des cocktails de Noël, la musique était bruyante, vous voyez ? Bref, j'étais installée près de cette fille à la table, et je me souviens m'être fait la réflexion qu'elle était vraiment jolie, et que je ne l'avais jamais remarquée dans le coin auparavant. On tombe toujours sur les mêmes têtes à Dalkeith. Elle avait l'air d'être si heureuse ! Ça paraît idiot, mais on ne voit pas ça très souvent. Je suppose que, simplement, elle se démarquait.

— Comment était-elle habillée ?

— En haut, une chemise rouge en coton, bien coupée. C'était super mignon. Probablement un jean, aussi, mais j'en suis pas sûre.

— Était-elle accompagnée, selon vous ?

— Oui, d'un homme. Ils n'étaient que tous les deux, pour ce que j'en sais. Il était assez grand, pas immense, mais pas petit non plus, et pas gros. Il portait une casquette de baseball, je ne suis pas sûre de la couleur de ses yeux. Il y avait plein de lampions de Noël allumés dans le pub, mais l'éclairage principal était tamisé. L'homme était de type européen, probablement entre vingt et trente ans. Désolée, je n'ai pas vraiment prêté attention à lui.

— Combien de temps êtes-vous restée attablée près d'eux ?

— Pas longtemps. Ils sont partis après un verre et on s'est poussés pour prendre leurs sièges. Comment est-elle morte ? ajouta Amelia.

— Je ne peux pas en parler pour le moment, répondit Callanach. Mais vous avez été d'une grande aide. Nous allons vous demander de travailler avec un dessinateur et de faire de votre mieux pour vous souvenir de son compagnon. D'accord ?

Amelia acquiesça.

— Une dernière chose. Les gens avec vous ? Est-ce que l'un d'eux se souvient de Lily ou de l'homme qui était avec elle ?

— Non, répondit la jeune fille. J'ai posé la question, mais ils étaient tous légèrement plus ivres que moi. Comme j'étais assise juste à côté d'elle, j'y ai été plus attentive. J'ai déjà donné le nom de mes amis à la policière, si vous en avez besoin.

— Amelia, merci. Vous avez très bien agi.

— Est-ce que ce truc de dessinateur prendra longtemps ? s'enquit la mère.

— Une jeune femme a trouvé la mort, répondit Callanach calmement. Nous vous sommes très reconnaissants pour votre patience.

Il quitta la pièce, se rendit à pas lents jusqu'à la petite cuisine, amoncela plusieurs cuillerées de café soluble dans un mug et y versa de l'eau bouillante.

— Lively ! lança-t-il pour interpeller ce dernier qui passait. Tous ceux qui étaient présents dans ce pub avec

Amelia doivent faire une déposition. Des images de vidéosurveillance ?

— Pas dans le pub même. On vérifie les routes du coin pour voir ce qu'on peut obtenir. Elle a été utile ?

— Elle se rappelle parfaitement le haut que Lily portait, donc on a une identification positive. Sa description de l'homme n'est pas nette, mais permet d'établir une chronologie, et Dalkeith est à une distance raisonnable d'Arthur's Seat. Je vais faire un compte rendu à la commissaire divisionnaire.

— J'irai à Dalkeith interroger les employés du pub sur place. Ça vous ennuie de donner ça à la cheffe, puisqu'elle est là où vous allez ? Juste quelques infos locales qu'elle m'a demandé de lui dégoter.

Lively tendit une feuille de papier froissée à Callanach et s'éloigna.

Tout en buvant son café, Callanach s'appuya contre les placards, jouant du cou et des épaules. Il n'avait pas dormi depuis ce qui lui semblait être un siècle. Il lissa les plis du papier et jeta un œil sur les gribouillages de Lively, notant la vitesse à laquelle le tout semblait avoir été assemblé. Ce n'était pas, et de loin, le genre de rapport qu'il s'était attendu à voir fournir à une commissaire divisionnaire par qui que ce fût.

Le Mazophilia – Maz – bar pour célibataires / bar fetish, Cathcart Road, Glasgow. Dans le passé, descentes pour stupéfiants, suspicion de prostitution. Propriétaire : Joe Trescoe. Frère : Ramon. Condamné pour crime organisé & liens avec des gangs. Condamnations pour fraude / agressions, pas récentes. La compagne a porté plainte pour violences conjugales. Plainte retirée.

L'information était visiblement en lien avec une enquête, mais aucune dont Callanach eût connaissance et où la criminelle serait engagée pour le moment. Il replia de nouveau le papier, lava son mug et se mit en quête d'Ava.

— Monsieur, il y a un appel pour vous, lança un brigadier quand Callanach passa devant la salle des opérations. La personne n'a pas souhaité décliner son identité.

— Une idée de ce dont il s'agit ? s'enquit Callanach.

— J'imagine que c'est à la suite de la conférence de presse au sujet de Lily. Il vous a demandé personnellement.

— Bien, passez-le-moi sur mon poste.

Il dévia de trajectoire pour aller s'asseoir à son bureau où il attendit de voir clignoter le bouton rouge de son téléphone.

— Commandant Callanach, se présenta-t-il en décrochant. Qui est à l'appareil ?

— J'ai besoin d'aide, mec, répondit une voix éraillée.

— Quel est votre nom ? insista Callanach. Vous avez des informations au sujet du meurtrier de Lily Eustis ?

— Quoi ? Non. Vous devez me sortir de là. Je n'ai jamais parlé qu'à Begbie, et maintenant il est mort. Ils me cherchent.

— Où que vous soyez, si vous êtes en danger, j'enverrai une patrouille à votre rencontre. Donnez-moi votre nom et votre localisation.

— Pas question, vous, point barre. Vous êtes le seul autre flic que j'aie rencontré en chair et en os. George a dit que vous étiez digne de confiance. Pas d'autre gus. Vous ne mesurez pas tout ce que je sais.

— Écoutez, je n'ai aucune idée de qui vous êtes. Donc, si vous souhaitez que je vous aide, il va falloir m'en raconter un peu plus.

— Louis Jones, OK ? Vous dites à personne que vous m'avez parlé. J'étais l'informateur de Begbie. J'ai encore un dossier. Je suis à Milton Bridge. Il y a des cabanes abandonnées sur le côté ouest du parcours de golf.

Magnez-vous et apportez à boire et à manger. Je me cache depuis des jours, et je suis blessé.

— Monsieur Jones, *a priori*, il vaudrait mieux que je vous appelle une ambulance. Je peux demander à des officiers d'accompagner les secours à l'hôpital afin de vous protéger, insista Callanach.

— Si c'est comme ça, je disparais de nouveau. C'est pas prudent. Contentez-vous de vous grouiller.

La conversation s'interrompit. Callanach composa le numéro de poste d'Ava, sans obtenir de réponse. Il appela un brigadier, lui tendit le papier que Lively souhaitait voir remis à Ava, et expliqua qu'il sortait. Jones était en partie responsable de l'enlèvement d'Ava, ce qui signifiait qu'il ne fallait pas qu'elle l'approche. Mais, en dépit du peu de compassion qu'il éprouvait pour l'ancien informateur de Begbie, Callanach avait encore le devoir de l'aider. Il attrapa les clés de sa voiture et s'élança.

Chapitre vingt-trois

Callanach se gara sur le bord de la route et utilisa le GPS de son téléphone pour se diriger vers l'ouest du parcours de golf. Le périmètre était bordé d'arbres touffus, et il avança avec précaution sur des feuilles et des brindilles prises dans le verglas. Abrité par la dernière ligne de frondaison, il étudia les dépendances avant de traverser la petite étendue d'herbe. Un chemin avait déjà été dessiné à travers champ : il le voyait aux tiges écrasées par des bottes. Jones avait dû le précéder.

Il progressa en silence, courbé plus par instinct que par nécessité, se déplaçant pour contourner le bâtiment jusqu'à une vieille porte entrebâillée.

— Jones ? cria-t-il.

Il sortit une lampe torche de la poche de son manteau et éclaira l'abri de jardin plongé dans l'obscurité. Les fenêtres en avaient été depuis longtemps obscurcies par la saleté et les toiles d'araignée, et de vieux meubles entassés en équilibre précaire dans chaque espace disponible empêchaient toute lumière de pénétrer.

— C'est le commandant Callanach. Louis Jones, vous m'entendez ?

Il se faufila sans bruit, levant la main pour se couvrir la bouche. L'annexe sentait le moisi et le renfermé, mais pire encore était l'odeur de décomposition. Quelque chose était mort là-dedans, qu'on avait abandonné et qui pourrissait depuis un moment. Le vent se leva, un pan de la bicoque émit un bruit de ferraille et la porte valdingua vers l'intérieur. Callanach trébucha sur une pile de chaises qui s'écroula au sol en un tas de bois fendu.

— Louis, sortez les mains en l'air.

Luc se releva, chassant les toiles d'araignées de ses cheveux, pointant le faisceau de la torche vers l'arrière de la pièce. Se faufilant entre quelques barils de bière, il essaya de ne pas respirer à pleins poumons, regrettant de ne pas avoir ignoré la requête de Jones et de n'avoir pas fait appel à des renforts. Il évita un vieux piège à blaireaux, et son pied atterrit sur quelque chose qui était parvenu à être à la fois mou et craquant. Il abaissa sa lampe tout en reculant. Les doigts sur lesquels il avait marché étaient recroquevillés. Callanach s'agenouilla, éclairant le torse de l'individu de haut en bas, sachant qu'il était trop tard. Les êtres vivants ne dégagent généralement pas cette odeur. Jones avait perdu le contrôle de ses intestins et de sa vessie, comme en témoignait l'état du sol. Luc posa sa lampe et prit un couteau dans sa poche. Il trancha le ruban adhésif enroulé autour de la nuque du macchabée et retira le sac qui lui couvrait la tête.

— Louis ? demanda-t-il en tapotant légèrement la joue de ce dernier.

Quelque chose ne collait pas. Le visage de Jones, quoique chaud, ne réagissait pas comme Callanach s'y serait attendu. La partie inférieure en était raide et figée. Il prit la torche dans sa bouche pour mieux l'étudier. Quand il glissa une main sous le crâne de Jones, ses doigts plongèrent dans un fouillis chaud et humide, filandreux au toucher, parsemé d'échardes osseuses.

— Merde !

Il retira sa main, observant la mixture d'un rouge-gris qui lui glissait le long des doigts. Louis Jones était mort, et rien ne pourrait le ranimer. Son cerveau décorait actuellement une large partie du sol, la blessure d'entrée formant un net trou noir sur son front. Abaissant légèrement le faisceau lumineux, Callanach étudia de plus près la bouche de Jones. Sa lèvre inférieure avait été ramenée sur la supérieure, et un pistolet à clous avait été utilisé pour lui planter un clou industriel dans le palais.

Callanach reposa avec douceur la tête par terre. Celui ou celle qui avait tué Jones avait disparu. Il n'y avait tout simplement pas assez de place dans l'abri pour s'y cacher. Il appela les renforts et une équipe de la scientifique, puis retraça son chemin vers la sortie en déplaçant le moins de choses possible. Il attendit à la porte l'arrivée de l'unité spécialisée dans l'étude des scènes de crime. Ils placèrent un cordon sanitaire à plusieurs mètres autour de l'abri et installèrent Callanach sur un plastique pour recueillir les indices qu'il avait pu déplacer sous ses chaussures. Ailsa Lambert débarqua peu de temps après, enfila une combinaison et entra avec un photographe. Elle ressortit rapidement, l'air nauséeuse.

— Vous en pensez quoi ? demanda Callanach à qui l'on tendait une combinaison de scène de crime destinée à remplacer les vêtements qu'il allait laisser afin qu'ils soient analysés.

— Je peux vous dire que ce clou a été placé à travers sa bouche avant qu'on le tue d'une balle. Compte tenu du nombre de nerfs dans la zone entre les lèvres et le nez et des racines des dents supérieures, l'opération aura été plus que douloureuse. C'est une forme de torture que je ne parviens même pas à envisager. Seul point positif : il se sera évanoui si rapidement que je suppose qu'il était inconscient quand on l'a abattu, le soulageant de sa terreur à la toute fin. Bizarre, malgré tout, je n'ai rien vu de tel depuis…

Ailsa s'interrompit sans achever sa phrase, perdue dans ses souvenirs.

Ava s'approcha à pas lents derrière eux.

— Depuis quand, Ailsa ? demanda-t-elle. L'utilisation d'un pistolet à clous, c'est du nouveau pour moi, donc ça doit remonter loin.

Ailsa se débarrassa de ses gants et les déposa directement dans une poubelle pour déchets médicaux.

— Il y a eu quelques cas, je dirais, il y a vingt ans de ça. Clouer le bec. Pas parce que la victime était sur le point d'être abattue. Pour cela, le tueur avait seulement besoin d'un tissu à lui fourrer dans la bouche et de chatterton.

— Donc ça serait symbolique, hasarda Ava.

— Une mise en garde à l'intention d'autres personnes, à mon avis. Quelques assassinats au sein du crime organisé présentant des blessures similaires ont été commis dans les années 1980 et 1990, répondit Ailsa. Votre M. Jones n'est pas mort depuis très longtemps. Je pense que si vous étiez arrivé dix minutes plus tôt, Luc, vous risquiez de tomber sur son meurtrier sortant de l'abri. Je pratiquerai l'autopsie ce soir et vous enverrai un rapport préliminaire demain, mais la cause de la mort est l'arrêt des fonctions cérébrales par tir de balle. Il présente aussi de graves contusions sur la poitrine, mais c'est plus ancien, et une blessure à la jambe qui a sûrement beaucoup saigné quand elle s'est produite. Il s'est plutôt bien débrouillé pour la bander lui-même.

— Ces blessures seraient-elles cohérentes avec un accident de voiture, en particulier s'il était au volant ? s'enquit Ava.

— Sans étudier les dégâts sur le véhicule, il m'est difficile de vous donner une réponse précise, mais dans l'absolu, oui. Il faut que j'y retourne avec le photographe, maintenant. On se parle demain, conclut-elle avant de les quitter.

Callanach accepta un manteau qu'un agent lui tendit en passant. Dans la mince combinaison et sans sa propre veste, il avait froid.

— Tu veux bien m'expliquer ce que tu fabriques ici ? lui demanda Ava quand ils furent seuls.

— Tu veux bien me dire pourquoi tu t'enquérais de Louis Jones il y a quelques jours, alors que le voici, plus mort que vif ? Que se passe-t-il ? contra Callanach.

Elle se rapprocha de lui.

— Il va falloir que tu me pardonnes d'en appeler à nos grades respectifs, mais je ne suis pas là pour répondre à des questions, dit-elle à voix basse. Tu te trouvais ici sans renforts et pas sous mon autorité. Personne n'avait la moindre idée de l'endroit où tu étais. C'est un miracle que tu ne sois pas allongé sur ce plancher à côté de Jones à la minute présente. Rentre chez toi enfiler des vêtements propres puis reviens au poste. Il faut qu'on parle. Et entre-temps, pas un mot à qui que ce soit.

Une heure plus tard, Luc entrait dans le bureau d'Ava, deux tasses de café à la main.

— Offre de paix, dit-il en posant un mug sur la table de travail de cette dernière.

— Insuffisant, et ça arrive trop tard, répondit-elle. Tu aurais pu être tué. Explique-moi très simplement comment tu as réussi à te retrouver dans un cabanon sur un parcours de golf avec une personne portée disparue décédée et qui était un ancien informateur de la police.

— Jones m'a téléphoné. J'ai accepté de le rencontrer. Il avait l'air effrayé, paniqué, et m'a appris qu'il était blessé. Il m'a demandé de n'en parler à personne…

— Tu te rends compte que la procédure prime sur les requêtes émises par des personnes ayant tenu un rôle important dans mon enlèvement passé ?

— C'est exactement pour cela que je ne t'en ai pas informée, rétorqua Callanach. Et, en plus, tu n'étais pas dans le coin. Il me fallait agir rapidement. Je lui ai proposé une ambulance ou des agents. Il a refusé les deux.

— Et ça n'a pas déclenché un signal d'alarme à tes oreilles ? Tu ne t'es pas dit qu'il se passait quelque chose dont tu aurais dû me parler ? Seigneur, Luc, tu n'es pas un foutu cow-boy ! La voie hiérarchique, ça t'évoque quelque chose ? Et puis, épargne-moi ces conneries paternalistes, comme quoi tu me gardais hors jeu pour mon propre bien.

Callanach s'appuya sur son dossier et sirota son café.

— Je veux un rapport sur mon bureau dans une heure, précisant chacun des mots que Jones a prononcés, aussi proche que possible de la citation exacte.

Le téléphone d'Ava sonna. Elle décocha un regard noir à l'appareil avant de soulever le combiné.

— Oui, commissaire Dimitri, lança-t-elle.

Callanach se leva pour partir. Elle lui fit signe de se rasseoir.

— Tout à fait, la mort de Jones est officielle. Hum, hum. Le docteur Lambert a confirmé que certaines de ses blessures pourraient correspondre à un accident de la route. Non, ce n'était pas la cause du décès, et la criminelle se charge de l'affaire à compter de maintenant. (Une pause.) Bien sûr, je suis d'accord avec vous : vous auriez dû être prévenu lorsque nous l'avons localisé, dit-elle, sourcils levés en direction de Callanach. Pas du tout. J'étais informée que mon commandant était en route pour le rencontrer. J'ai pris la décision d'envoyer dans un premier temps un enquêteur pour ramener Jones. Le plan était que vous l'interrogiez plus tard.

Elle avala une gorgée de café pendant que Dimitri lui répondait.

— Évidemment. Je m'assurerai que vous ayez accès au rapport de mon commandant dès qu'il sera disponible, probablement dans quelques jours, compte tenu du fait que nous sommes très occupés avec le meurtre de Lily Eustis.

D'autres paroles étouffées s'échappèrent de l'appareil.

— J'apprécie sincèrement votre offre d'assistance. Au revoir, commissaire.

Elle raccrocha.

— Ce n'était pas utile, commenta Callanach. Et c'est toi qui parles de paternalisme ? Pas la peine que tu mentes pour couvrir mes arrières. Je n'ai pas suivi la procédure, j'avais une bonne raison pour prendre cette décision, et je suis prêt à me défendre moi-même.

— Je ne te défendais pas. Je défendais… oublie ça. C'est fait. Dans ton rapport, mets en évidence que je t'ai autorisé à rejoindre Louis Jones. J'en rédigerai un disant que j'ai soupesé les risques et que nous n'avions aucun moyen d'imaginer qu'il courait peut-être un danger. Rassemble quelques agents pour t'assurer des investigations habituelles dans la zone du parcours de golf. Et demande à d'autres de se mettre en rapport avec l'équipe de Dimitri pour accéder à la voiture que Jones conduisait la nuit de l'accident. Ailsa aura besoin que son équipe l'examine maintenant qu'elle a peut-être un lien avec une enquête pour meurtre.

— Tu me confies ce dossier ?

— Bien sûr que oui. C'est vers toi que Jones s'est tourné. Tu as découvert son corps. Ça n'aurait aucun sens d'en charger quelqu'un d'autre.

— Dans ce cas, que me caches-tu ?

Ava lui jeta un coup d'œil, puis tapa sur quelques touches de son clavier, son attention rivée sur l'écran de son ordinateur.

— Rien. C'était un informateur, ne l'oublie pas, ce qui implique que l'enquête sur son décès soit menée discrètement jusqu'à ce que nous déterminions ce qu'il convient de dévoiler. Concrètement, tu n'en réfères qu'à moi. Aucun rapport ne sort de la criminelle.

— Il n'informait plus depuis très longtemps. Rien de ce que nous découvrirons maintenant ne compromettra une affaire en cours. Ava, tu m'avais questionné avant au sujet de Jones. Tu pressentais qu'il allait se passer quelque chose ?

— Non, répondit-elle, toujours concentrée sur son écran. Rends-moi ton rapport dès que possible. Je te conseille de mettre Lively sur l'enquête concernant Jones. Il dispose du genre de contacts idoines.

Ava attendit que Callanach soit parti, puis chercha le numéro de Glynis Begbie. Elle avait essayé de se persuader que son instinct la trompait, ou qu'elle dramatisait, mais chaque fois, les faits se résumaient à ça : George Begbie – le candidat au suicide le moins plausible qui soit – avait mis fin à ses jours sans laisser de mot d'adieu, et sans raison apparente. Louis Jones avait fui sa voiture, blessé, après que ses locaux avaient été fouillés. Lui aussi avait fini mort. Tous deux avaient travaillé ensemble sur l'une des affaires les plus importantes concernant le crime organisé écossais. L'un des hommes qu'ils avaient aidé à mettre derrière les barreaux était maintenant sorti de prison, et le grenier de George Begbie était bourré de billets de banque dont la provenance était inexpliquée.

Non, pensa-t-elle, le danger n'était pas imaginaire. Si les tueurs de Louis Jones en avaient après l'argent, la maison de George Begbie était le dernier endroit qu'il leur restait à fouiller. Elle téléphona à Glynis, lui disant de préparer un sac de voyage et de demander à sa fille de venir la chercher. Ensuite, elle surveilla l'heure jusqu'à ce que la plus grosse partie de sa brigade ait quitté le bureau, puis rentra chez elle s'occuper de son propre sac. Une demi-heure plus tard, elle était chez le chef, agitant la main en direction de Glynis pour lui dire au revoir.

Elle déroula son sac de couchage dans la chambre d'amis, bien que dormir ne semblât pas une conclusion vraisemblable à la soirée. Ça bouillonnait sous son crâne, et une bataille, si ce n'est une guerre, faisait rage dans sa conscience. Peut-être, si elle avait évoqué avec Dimitri ses inquiétudes au sujet de Jones, ce dernier ne reposerait-il pas à cette heure sur une des tables d'Ailsa, attendant d'être ouvert en deux ? Si seulement elle avait partagé ses soupçons plutôt que d'essayer de protéger la mémoire du chef, et pourquoi ? Mais elle connaissait la réponse à cette question. Le chef se retournerait dans sa tombe s'il savait que sa femme était dans l'incapacité de payer ses factures. Quant à l'argent tenu au secret sous le toit, ça demandait d'en apprendre davantage. Il semblait probable que Begbie se soit tué plutôt que d'assumer ses actes. La pensée qu'elle couvrait ce qui présentait toutes les apparences d'une activité criminelle lui pesait lourdement, mais en quoi ouvrir une enquête officielle aurait le moindre effet positif ? Glynis Begbie se retrouverait les mains vides. Le nom de George Begbie perdrait tout son prestige. Peut-être le méritait-il, mais Ava ne supportait pas l'idée de le condamner alors qu'il n'était plus là pour s'expliquer.

Le clou qui avait scellé les lèvres de Jones avait été le dernier indice du deuil qu'Ava devait faire de sa croyance en une possible explication innocente à la présence des billets dans le grenier. Les représentants de la pègre, Trescoe et McGill, étaient sans aucun doute impliqués, ce qui signifiait qu'ils pensaient que quelque chose qui leur appartenait avait été volé. Comment George Begbie était-il tombé dessus ? Il y avait là matière à spéculer, se dit Ava, sans aucune chance d'y voir clair. Soit le chef et Louis Jones s'étaient associés pour mettre la main sur le pactole, soit, quand Trescoe et McGill étaient tombés, Jones et Begbie avaient trouvé le moyen de tirer profit des rackets mis en place par le crime organisé. Dans un cas comme dans l'autre, ils avaient signé leur condamnation à mort. Blanchir complètement de l'argent sale est impossible, quel que soit le temps qu'on y passe. Le problème était que, si Jones était passé à table avant de mourir, son assassin marquerait inévitablement son arrêt suivant au domicile de Glynis. Il était hors de question qu'Ava risque que la veuve de George soit présente lorsque ça se produirait. Elle comprenait comment ces hommes opéraient, et c'était brutal. À l'évidence, ils avaient eu pour instruction de dénicher Jones et de le faire parler. Qu'il ait craqué ou pas, il était dès lors en sursis. Les autres ne s'arrêteraient pas avant d'avoir mis la main sur ce qu'ils recherchaient, et qui était actuellement en train d'offrir une isolation supplémentaire à la toiture au-dessus de sa tête. Les assassins de Louis Jones n'avaient certainement aucune envie de retourner auprès de leur boss les mains vides. Ils passeraient à l'acte dès que possible, c'est-à-dire le soir même. Ava réchauffa le curry qu'elle avait commandé au restaurant de vente à emporter, s'obligeant à manger malgré son peu d'appétit afin de ne pas manquer d'énergie. Puis elle vérifia que toutes les portes étaient verrouillées et s'assura que son taser était chargé.

Chapitre vingt-quatre

— Ça n'est qu'un virus. Probablement un norovirus, d'ailleurs, dit Cordelia Muir à Jeremy qui en faisait tout un foin. Sincèrement, ne vous inquiétez pas pour moi. Prenez seulement garde de ne pas trop vous approcher. Je n'aimerais pas que vous attrapiez quelque chose !

Jeremy lui tendit une boîte de Kleenex et jeta, à travers la verrière, un regard noir à cette fouine de Liam Hood, lequel farfouillait dans le frigo. Après avoir tapoté une dernière fois l'épaule de Cordelia de manière rassurante, il partit l'affronter.

— Que faites-v-vous ? lui demanda-t-il.

— C'est pas vos oignons. Vous ne devriez pas être en train de vous occuper de la vaisselle ou un truc de ce genre ? lui répondit Liam.

— Je ne s-suis pas ic-ci pour ç-ça. J'aide Cordelia maintenant, répliqua Jeremy.

Il vérifia d'un coup d'œil à travers la vitre l'état de sa patronne. Elle se tenait le ventre, la tête baissée au point d'en toucher presque son bureau.

— Elle était comme ç-ça hier ?

— Ça vous intéresse beaucoup, on dirait. Vous vous inquiétez que ce soit contagieux, c'est ça ?

— Non, j'étais…

— Ouais, bref, je blaguais. Il y a du classement en retard dont vous pourriez vous charger. Concentrez-vous donc davantage sur le bénévolat et moins sur la vie privée de tout le monde.

Sur ces mots, Liam claqua la porte du frigo et retourna à son bureau. Jeremy alluma la bouilloire et attendit que l'eau chauffe. Il n'aimait pas Liam. Liam parlait des uns et des autres dans leur dos, et se montrait irrévérencieux envers Cordelia. Il était méchant.

Jeremy apporta une tasse de thé vert à sa patronne et ouvrit une fenêtre pour aérer. Il traînait dans la pièce un effluve sous-jacent de sueur et de vomi que Cordelia détesterait si elle en avait conscience.

— V-vous feriez mieux de cons-sulter un médec-cin, lui conseilla Jeremy. Liam dit que v-vous av-vez été malade toute la s-semaine.

— Je sais. À la vérité, je suis trop occupée. Mon agenda est bien rempli, je ne vous l'apprends pas. De toute manière, ils sont impuissants à soigner les gastros. Je finirais par contaminer les autres patients dont le système immunitaire est déjà affaibli. Je jure que les cabinets médicaux sont les lieux les plus malsains du monde moderne.

— Et s-si je téléphonais pour v-vous ? Pour prendre un rendez-v-vous ? Pardon s-si ma remarque v-vous paraît déplac-cée, mais v-vous n'av-vez v-vraiment pas l'air en forme.

— Vous avez peut-être raison, reconnut-elle. Le numéro est dans mon téléphone. Vous vous en chargeriez pour moi ?

Elle attrapa une poignée de Kleenex et se précipita de nouveau aux toilettes. Jeremy prit le portable de Cordelia, écrivit sur un papier les coordonnées téléphoniques du généraliste et retourna à sa table de travail, sous le regard toujours aussi peu amène de Liam.

— Je vous ai demandé de poursuivre l'archivage, dit ce dernier.

— J'appelle le médec-cin pour Cordelia, répliqua Jeremy.

— Peut-être devriez-vous me laisser m'en occuper.

Liam se pencha pour arracher le papier des mains de Jeremy. Ce dernier plongea, pivota sur sa chaise et s'éloigna.

— Je dois m'as-ssurer qu'elle obtient un rendez-v-vous, dit-il. Je téléphonerai de s-son bureau.

Il referma la porte de séparation pour garder Liam éloigné et contacta le cabinet médical. Quand Cordelia revint, le teint grisâtre et frissonnante bien qu'elle transpirât, il notait une heure et un jour.

— Ils n'av-vaient rien av-vant lundi, l'informa-t-il, dans c-cinq jours. Mais il y a un v-virus qui traîne dans le coin, et la réc-ceptionnis-ste a dit qu'ils étaient s-submergés. Je v-vous ai pris rendez-v-vous avec le docteur Marylew-ws-ski et l'ai marqué dans v-votre agenda. N'oubliez s-surtout pas d'y aller.

— Probablement le même que celui que j'ai attrapé, ce qui est plutôt rassurant s'il se répand. Je n'oublierai pas, et lundi est parfait. Je me porterai comme un charme d'ici là. Merci, ajouta-t-elle en se glissant sur sa chaise. Ça va ? Vous avez l'air tracassé ?

— C-ce n'est pas important. C-c'est s-seulement que Liam… marmonna Jeremy.

— Liam quoi ? N'ayez pas peur de m'en parler, Jeremy. Ne soyez pas nerveux.

Elle avala avec précaution une gorgée de thé vert avant de reposer précipitamment sa tasse.

— Je ne crois pas qu'il ait env-vie de me v-voir ic-ci, dit Jeremy. J'ai dû mal faire quelque chose.

— Absolument pas, je vous l'assure. Parfois, les gens s'habituent à un environnement de travail et l'arrivée d'un nouveau visage les déstabilise. Donnez-lui du temps. Liam s'habituera.

Callanach finit par arriver chez lui à 23 h 30. Le portrait-robot de l'homme qui accompagnait Lily Eustis au pub était inutile. Non seulement personne n'y reconnaîtrait jamais un suspect, mais Amelia avait en plus déclaré qu'il ne ressemblait aucunement à l'homme qu'elle avait vu, sauf qu'elle était incapable de dire en quoi. Cerise sur le gâteau : la voiture que Louis Jones conduisait avait déjà été broyée. Elle n'était pas assurée, n'avait pas de vignette, et l'équipe de Dimitri n'avait eu alors aucun moyen de deviner qu'un meurtre était sur le point d'être commis. Résultat, le véhicule avait été expédié à la casse, et transformé la veille en un cube de métal. Ailsa ne pourrait donc pas comparer les blessures de Jones avec les dégâts occasionnés sur la voiture. Il décida d'attendre le lendemain matin pour en informer Ava.

Après une longue douche, il se coucha avec son ordinateur portable, essayant de se débarrasser des images du jour. Il avait encore la sensation du cerveau de Louis Jones sur le bout de ses doigts, moyen on ne peut plus efficace à ses yeux pour repousser le sommeil. Il prit son téléphone, se demandant si Ava était encore éveillée, trop conscient de la tension entre eux pour se permettre de composer son numéro. Il opta à la place pour un de ses contacts qu'il avait eu l'intention de joindre depuis des semaines, le travail et le temps ne le lui en laissant pas le loisir, et il appela le seul journaliste en qui il avait jamais eu totalement confiance.

— Lance, dit-il quand on décrocha. C'est Callanach.

— Je saute la partie où je te fais remarquer qu'il est minuit et que je n'ai eu aucune nouvelle de toi depuis trois mois. Au lieu de cela, je vais t'expliquer pour, je ne sais pas, peut-être la dixième fois, que, bien que tu sois officier de police, tu as un prénom. Traditionnellement, quand les gens deviennent amis, ils s'adressent l'un à l'autre en l'utilisant. Tu m'appelles pour m'avouer à quel point je t'ai manqué, ou pour me donner le scoop de l'année ? De préférence les deux.

Callanach sourit.

— Tu souhaites que je recommence depuis le début et me présente convenablement ?

— Non, l'accent était un indice suffisamment flagrant. Comment vas-tu ?

Lance n'attendit pas de réponse pour poursuivre.

— Et merci de m'avoir posé la question. J'ai totalement récupéré des violences policières dont j'ai été victime la dernière fois où tu m'as entraîné dans l'une de tes enquêtes.

Six mois plus tôt, Lance avait apporté son aide à la criminelle, de manière officieuse, en donnant la chasse à deux tueurs psychopathes. Par une malheureuse coïncidence, une autre enquête avait chevauché la première, laissant Callanach et Lance Proudfoot opérer à l'extrême limite de la légalité. Le journaliste s'était retrouvé pris dans les tirs croisés.

— Je n'arrive pas à croire que tu te plaignes encore à ce sujet. Un officier supérieur de Scotland Yard t'a déboîté la cheville ? La belle affaire ! Tu es journaliste. Supposé être prêt à courir des risques pour obtenir une bonne histoire. J'aurais cru que, la morale étant de ton côté, c'était là une récompense suffisante en soi. Tu voulais que je t'envoie des fleurs ?

— Une bouteille de single malt aurait été sympa. Même les journalistes ont des sentiments, tu sais. J'ai été dans l'incapacité d'utiliser ma moto pendant des semaines. Peut-être aurais-je dû porter plainte ? C'est pour cela que tu me téléphones ? On m'offre une compensation quelconque ? demanda Lance en riant.

— En fait, un coup de main ne serait pas de refus.

— Du genre qui mènerait à quelque chose de publiable ou…

— Plutôt du genre qui nous vaudrait d'être tous les deux arrêtés, ou bien méchamment passés à tabac, voire peut-être pire si tu écris un seul mot. Je préfère que tu saches où tu mets les pieds dès le début.

Lance s'esclaffa de nouveau.

— Ta mère ne t'a jamais appris à parler gentiment à une fille avant de lui demander si ça lui plairait de boire un dernier verre ?

Le silence du côté de la ligne de Callanach suffit à stopper net sa jovialité.

— OK, crache le morceau. De quoi s'agit-il cette fois ?

— D'infos locales. Le genre qui ne parvient pas souvent aux oreilles de la police quand les gens sont trop effrayés pour parler. Un homme appelé Louis Jones est décédé. Il s'occupait d'une affaire de location de voitures pour des clients qui pourraient bien ne pas souhaiter laisser de traces écrites, quelle qu'en soit la raison. Tu as entendu quoi que ce soit sur lui ?

— Rien du tout. Je me renseignerai dans le coin, histoire de voir ce que je dégote.

— Non, écoute, surtout pas. Si le journaliste le mieux informé d'Édimbourg n'a pas une info sur ce sujet, il y a une bonne raison à ça. Oublie que je te l'ai demandé, Lance. Ce truc est trop chaud pour le moment.

— Si tu le dis. Ce n'est pas comme si les gens frappaient à ma porte pour me filer des exclusivités. Et ce dîner qu'on n'a jamais organisé ? Ça serait sympa de se rattraper à la place.

— Tout à fait, reconnut Callanach. Je te rappelle à un autre moment pour fixer une date ? Les choses au boulot sont… enfin, tu imagines, quoi.

— Je vois le tableau, oui. N'en profite pas pour disparaître dans la nature, OK ? Je me plains peut-être au sujet de ma cheville, mais la vérité est que je ne m'étais pas autant amusé depuis… eh bien, impossible de me rappeler depuis quand.

Callanach raccrocha. Il ne comptait pas beaucoup d'amis à Édimbourg, et Lance – journaliste ou pas – était l'une des personnes les plus gentilles et les plus sincères qu'il eût rencontrées depuis son arrivée. C'était exactement pour ça qu'il avait changé d'avis au beau milieu de leur conversation téléphonique. Il ignorait dans quoi avait trempé Louis Jones, mais c'était à coup sûr trop risqué pour quelqu'un qui lui tenait à cœur. Ce qui valait aussi pour Ava ; seulement, elle, il avait le sentiment qu'elle lui cachait un bon paquet de choses.

Chapitre vingt-cinq

Il était 3 h 30 quand Ava perçut un son en provenance de la cuisine. Le bruit sourd et le crissement métallique qui lui parvenaient étaient caractéristiques d'une serrure sur laquelle on s'acharnait. Elle y avait délibérément laissé la clé afin de leur compliquer la tâche. Briser le panneau à double vitrage au-dessus de la poignée sans alerter tout le voisinage n'était pas envisageable, donc il leur fallait trouver quelque chose de plus efficace. Ce fut la première chose qui lui indiquait qu'elle avait affaire à des professionnels. Elle se leva, contente d'être restée habillée, et enfila rapidement ses baskets. Elle se glissa derrière les rideaux qu'elle avait gardés à moitié tirés.

Il y eut des chuchotements, suffisamment bas pour qu'elle n'eût pas été tirée d'un sommeil profond, mais qui confirmaient que les hommes étaient au moins deux. Le moment d'appeler des renforts était arrivé, mais les mêmes arguments qui l'en avaient dissuadée lorsqu'il s'était agi de signaler les liasses de billets la stoppèrent de nouveau. Ils ne s'attendaient pas à sa présence, ce qui jouait en sa faveur. Plus problématique était le fait que, s'il s'agissait des hommes qui avaient abattu Louis Jones, alors ils étaient probablement armés. Elle resta à sa place, le dos pressé contre la fenêtre, le souffle égal et silencieux.

Ils fouillaient sans pour autant tout mettre sens dessus dessous. Louis Jones leur avait peut-être avoué que Begbie avait l'argent, mais à l'évidence ils n'avaient aucune idée de sa cachette, si, bien sûr, c'était cela qui les intéressait. Plusieurs minutes s'écoulèrent avant que les hommes ne soient prêts à essayer l'étage, mais elle finit par entendre leurs pas étouffés sur la moquette.

La porte grinça légèrement en s'ouvrant. Ava retint son souffle. Elle était plus habituée à entrer au domicile des autres de nuit qu'à pratiquer l'évitement. Elle avait le sentiment que tout contrôle lui échappait et sous la poussée d'adrénaline, elle avait du mal à rester immobile.

Quelqu'un passa les tiroirs en revue, le placard, tira sur le lit pour le décoller du mur et glissa ses mains sous le matelas avant de s'intéresser à la chambre suivante. Ava ne souhaitait qu'une seule chose : jeter un coup d'œil à leur visage, de préférence sans être repérée. Elle se faufila vers la porte, gardant profil bas.

Le battant s'ouvrit à la volée et vint lui frapper le visage. Le choc, sans être violent, lui fit pousser un cri. Elle recula en vacillant et remarqua la lampe torche oubliée par l'un des hommes sur le plancher. Elle eut le temps, alors qu'on la taclait, de penser qu'elle avait commis une erreur de débutante. Son agresseur avait sûrement été aussi secoué qu'elle, ne s'attendant pas à tomber sur une femme qui avançait sournoisement vers lui.

Elle réagit instinctivement en un quart de seconde. Elle roula sur la gauche, levant son coude droit pour l'écraser sur le visage de son assaillant, tout en ramenant son genou droit vers sa poitrine avant d'envoyer un violent coup de pied vers le bas. Sa basket entra en contact avec la cuisse de l'homme. Les mains gantées de ce dernier agrippèrent sa gorge quand elle essaya de s'asseoir. Ava ne résista pas, cherchant derrière elle à l'aveuglette une arme tout en appuyant les doigts de sa main libre dans la partie molle à la base du cou de l'homme. Il eut un mouvement de recul, relâchant la pression sur son larynx. Ava agrippa le seul vague objet sous le lit, et balança violemment une chaussure vers les yeux de l'inconnu.

Une botte écrasa lourdement son bras, l'épinglant au sol. Elle eut l'impression que les os de son avant-bras frottaient les uns contre les autres tandis que le deuxième homme lui envoyait un coup de pied dans la tête comme dans un ballon de foot. Son crâne rebondit sur le plancher sans qu'elle pût rien y faire. L'homme se tenait maintenant au-dessus d'elle, un pied toujours sur son avant-bras, l'autre appuyant sur son épaule.

— Et alors, qu'est-ce que c'est que ça ? Ce n'est pas vraiment digne d'une dame de se battre de cette manière-là.

— Je vous en prie, ne me faites pas de mal, murmura Ava.

Elle s'obligea à détendre le haut de son corps, jouant la carte de l'enfant sage.

— Ah, tu vois, ça ne marchera pas. Ça aurait pu, si tu avais porté un pyjama ou une petite chemise de nuit, mais tu es habillée. Et c'est un sac de couchage, là. Qui, exactement, attendais-tu ?

Ava le dévisagea. Il mesurait près d'un mètre quatre-vingt-quinze, de forte stature, avec des épaules qui auraient pu passer pour le rembourrage de la tenue d'un joueur de football américain.

— Je garde la maison d'une amie, dit-elle. Elle est à l'hôpital pour une opération et y reste cette nuit. Je n'ai pas voulu l'embêter avec la lessive des draps, du coup j'ai apporté mon sac de couchage. Je me suis endormie alors que je lisais. Prenez tout ce que vous voulez. Je ne veux pas de problème.

— Pourtant, tu t'es battue comme si les problèmes, ça te connaissait.

Son énorme main agrippa les joues d'Ava, les ramenant l'une vers l'autre. Ses dents se firent douloureuses.

— Tu vas répondre à quelques questions. Avant que je les pose, je préfère te prévenir : mon ami, là, a un couteau. Tu es plutôt mignonne pour le moment. Ça te plaît, d'être mignonne ?

Ava hocha la tête, n'ayant pas besoin de jouer la comédie pour que les larmes lui montent aux yeux tandis qu'elle luttait contre la pression grandissante sous son crâne.

— C'est bien. Nous avons des raisons de penser qu'il y a du pognon dans cette maison. Et y'a pas à tergiverser. Faut le rendre. Je crois que tu peux me filer un coup de main et me montrer où il est planqué. N'essaie pas de parler. Hoche ou secoue la tête.

Ava choisit la deuxième option et la main qui agrippait ses joues commença à resserrer encore plus sa prise.

— Je laisse passer celle-là. On fera semblant de croire que tu ne m'as pas compris. Dernière chance. Vas-tu m'indiquer où est ce foutu fric ?

Ava commença à frapper le sol des pieds, luttant pour parler mais n'émettant que des gargouillis. Le mastodonte se pencha pour rapprocher son visage du sien.

— Bien, je suis déçu. Mais mon ami est probablement assez excité à la minute présente. Il est connu pour être une sorte d'artiste dans les cercles de sculpture sur visage. Tu en penses quoi, Knuckles, ça te tente de transformer ce minois en un cauchemar éveillé afin que sa propriétaire ne nous oublie jamais ?

Sur ces mots, il se releva, relâchant Ava. Il encadrait le corps de la jeune femme, maintenant toujours au sol son bras gauche. Il se tourna vers son comparse qui reprenait encore son souffle sur le seuil.

— On a combien de temps ? demanda ce dernier en riant.

— Oh, je dirais qu'on dispose d'une heure ou…

De la main droite, Ava sortit son taser de la poche de son sweat. Elle cessa de tambouriner des pieds, manœuvre qu'elle avait utilisée pour dissimuler le bruit de la mise en route de son arme. Visant du mieux possible, elle tira sur les jambes de l'homme, en direction de ses testicules. Il eut le temps d'afficher un air horrifié avant de voler en arrière pour s'écraser contre un mur. Ava n'avait jamais entendu un homme pousser un cri aussi aigu, ou aussi tonitruant, et pourtant, elle en avait vu se prendre des balles. Mais bon, envoyer un coup de taser dans les parties d'un homme à cinquante centimètres de distance n'est pas une procédure policière approuvée. Le mastodonte était à terre, toujours hurlant, mais Knuckles, lui, avançait pesamment. Ava laissa tomber le taser et se releva d'un bond. L'histoire du couteau n'était pas un mensonge. Knuckles l'abaissa en direction du visage d'Ava avec force, mais maladresse. Elle plaça ses avant-bras en croix à une dizaine de centimètres de sa poitrine, coinçant à leur jonction le bras prêt à la frapper. De la main droite, elle saisit le poignet de son agresseur et le tordit brutalement, l'obligeant à se baisser jusqu'à ce qu'il soit à la bonne hauteur pour qu'elle lui écrase son genou dans le nez. Le son qui s'ensuivit confirma ses attentes. Elle le lui avait brisé.

Ava arracha alors le couteau à Knuckles. Elle menaça les deux hommes au sol de cette arme ainsi que du taser.

— L'argent s'est volatilisé, annonça-t-elle. Il s'est transformé en une généreuse donation à une association locale, anonyme, ça va de soi. Vous arrivez trop tard. Je m'en vais. Et je vous donne deux minutes pour faire de même une fois que je serai partie. Après ça, la police vous attendra dehors pour vous escorter. Revenez encore une fois, et cette maison sera le lieu de votre dernier repos.

Elle dévala les escaliers, ne souhaitant pas tester sa théorie sur la lenteur à laquelle les deux hommes se déplaceraient maintenant. Elle attrapa son manteau dans la cuisine, disparut par la porte arrière et se cacha dans les buissons du jardin opposé. Là, elle attendit de les voir apparaître. Il leur fallut plus de temps qu'elle ne l'avait espéré, mais c'était probablement parce qu'ils avaient farfouillé dans le congélateur de Glynis à la recherche de petits pois surgelés, que le plus grand des deux tenait serrés contre son entrejambe pendant qu'il s'éloignait en clopinant. Le visage de Knuckles et sa chemise étaient couverts de sang, et son équilibre était tout aussi précaire. Ava les regarda monter en voiture, mais la plaque d'immatriculation du véhicule était couverte de boue, à un point tel qu'elle ne parvint pas à la déchiffrer. Elle leur accorda cinq minutes de plus avant d'abandonner le jardin. Elle retourna à la maison seulement pour en verrouiller la porte avant de rejoindre son propre véhicule.

Sa main droite était chaude et collante. La douleur commençait juste à se manifester. Une entaille significative courait le long de sa paume, fendant la peau de son pouce à son index. La plaie était profonde, pulsait, et, bien qu'Ava s'efforçât de ne nourrir que des pensées positives, rien ne la persuaderait qu'éviter une aide médicale était de l'ordre du possible. Elle vérifia l'heure. Il était presque 4 heures du matin. Les urgences, voilà ce qu'il lui fallait. Sauf que quelqu'un la reconnaîtrait, et comme il sautait aux yeux qu'il s'agissait d'une blessure à l'arme blanche, on lui poserait des questions. Elle enroula autour de l'incision la serviette qu'elle gardait dans son sac de gym sur son siège arrière, et démarra.

Le docteur Ailsa Lambert vivait à Belford Park, non loin du musée d'Art moderne écossais, une institution dont elle était un membre éminent. Ava le savait, car sa propre mère avait œuvré au côté d'Ailsa à son comité : c'était là, entre autres, que s'était croisé le chemin des deux femmes avant la mort de Mme Turner durant l'été. Bien avant que la jeune femme rejoigne les forces de l'ordre, la médecin légiste existait déjà dans la vie d'Ava. Ailsa ne donnait jamais dans la théâtralité, ne préjugeait jamais d'une situation, et pourtant elle était toujours la première à énoncer des vérités douloureuses. Elle maîtrisait aussi l'art de la discrétion. Ava espérait qu'il s'agissait d'une caractéristique sur laquelle elle pourrait compter dans les circonstances actuelles. Elle sonna à la porte.

Les chiens aboyèrent en premier. Ailsa était la maîtresse de trois king charles. Ils lui tenaient compagnie, supposait Ava. Le mari de la médecin l'avait quittée après cinq années de mariage, et elle ne s'était jamais souciée de se mettre en quête d'un autre compagnon, se consacrant à son travail avec tout son dévouement maternel qui trouvait ainsi à s'exprimer. Après quelques secondes une lampe s'alluma à l'étage, puis celle du hall suivit et enfin, la porte au centre de la façade de l'imposante vieille maison s'ouvrit.

— Ava Turner, il vaudrait mieux que cette serviette soit propre, lança Ailsa en guise de bonjour. Entre immédiatement et laisse-moi voir ce que tu as trafiqué.

Ava se rendit directement à la cuisine où elle avait mangé plus que sa part de gâteaux et bu du chocolat chaud quand elle venait en visite avec sa mère.

— Ce n'est pas aussi grave que ça en a l'air, affirma-t-elle. Ça demande seulement à être nettoyé.

— Je ne suis pas du genre à utiliser un langage grossier, jeune dame, mais si c'était le cas, je jurerais comme un charretier. Que peux-tu me raconter sur ce qui s'est passé ?

— Pas grand-chose, répondit Ava. Tu me donnerais un verre d'eau, s'il te plaît ?

Elle se laissa tomber sur une chaise et ferma les yeux. Ailsa ôta la serviette ensanglantée au-dessus d'une cuvette pendant que la bouilloire chauffait.

— Il va pourtant falloir que tu me fournisses une explication. J'ai besoin de savoir de quoi il retourne. Retire ton manteau, on est là pour un moment.

Elle leva la main d'Ava vers la lumière, nettoyant le sang à l'aide de lingettes désinfectantes.

— Tu as de la chance que le coup n'ait touché aucun tendon. L'entaille est profonde. Tu as perdu une bonne quantité de sang, et la cicatrice restera visible à vie.

— J'imagine que mes options de carrière comme mannequin de main sont désormais limitées ?

— Plaisante avec moi après 6 heures du matin, quand je serai peut-être plus disposée à t'écouter. À l'évidence, tu es ici parce qu'une visite à l'hôpital est exclue, donc dispensons-nous d'une dérobade inutile. Comment c'est arrivé et il y a combien de temps ? Plus important encore, est-ce que ton vaccin contre le tétanos est à jour ?

— J'ai pris un coup de couteau de la part d'un homme en colère alors que je le désarmais, il y a environ vingt minutes, et oui, il l'est. On a tout couvert ? répliqua Ava tandis qu'Ailsa lui tendait d'abord un verre d'eau fraîche, puis versait de l'eau chaude dans une cuvette et sortait un paquet de compresses d'un placard.

— À peine. Je suppose que tu n'as pas encore remarqué les blessures à ton bras gauche.

Ava leva la tête pour suivre la direction du regard d'Ailsa. Son avant-bras avait déjà noirci, et le contour d'une botte était imprimé en relief sur sa peau.

— Ferme le poing, lui ordonna la médecin légiste.

Ava essaya, ses doigts obéissant jusqu'à mi-chemin, puis renonça.

— Il faudrait que tu passes une radio, annonça la médecin. Et j'imagine que ça n'arrivera pas.

— Bonne réponse une fois encore. Merci Ailsa. Je ne savais pas où aller.

Ailsa s'assit pour farfouiller dans sa trousse de médecin.

— Je garde encore tout ce qui est indispensable pour les vivants, mais je te rappelle que je n'ai recousu que des cadavres durant les trente dernières années. Juste au cas où le boulot ne serait pas soigné et que tu envisages de me traîner en justice.

Elle sourit en sortant du sac une aiguille et un fil chirurgical.

— La blessure est nette. Je peux t'administrer un anesthésiant local, mais ce dont tu aurais vraiment besoin, c'est d'une injection pour endormir ta main avant que je m'y mette. Malheureusement, je n'en dispose pas ici.

— Un verre de brandy, alors ? plaisanta Ava.

— Bonne idée.

Ailsa se rendit dans le salon, entrechoqua des bouteilles.

— Tu as donné mon adresse à Luc ? Ça ne me gêne pas qu'il vienne ici. De toute manière ma nuit est finie maintenant.

— Je ne l'ai pas appelé et ne le ferai pas. C'est mon problème. Personne d'autre ne doit être au courant.

Ailsa posa un grand verre de brandy sur la table devant Ava, puis s'en versa une plus petite dose.

— Ton problème, dis-tu ? Si la blessure s'était trouvée sur l'intérieur de ta cuisse ou à ton cou, tu serais morte à l'heure qu'il est. Me permets-tu de te demander à quelle adresse j'aurais été appelée afin d'examiner ton cadavre ?

— Je ne te le permets pas. En fait, ne me pose pas la moindre question, Ailsa. Les hommes qui m'ont infligé ça, et ceux pour qui ils travaillent, sont dangereux. Pour le moment, ils ne connaissent pas mon identité, et je tiens à ce que les choses restent ainsi.

Ailsa prit l'aiguille et Ava se prépara, détournant le regard. Elle ne craignait pas particulièrement les aiguilles, mais il semblait avisé de ne pas regarder celle-là en particulier pénétrer sa peau.

— Donc, tu ne leur as pas dit que tu appartenais aux forces de l'ordre. Qui que tu protèges, tu es sûre que cette personne le mérite ? Je suis désolée, pas moyen de tourner autour du pot, ça va être très douloureux.

Elle commença à coudre.

— Ça en valait vraiment la peine, je ne cours aucun danger immédiat, et Seigneur, Ailsa, ça fait mal !

— Tu n'invoqueras pas le nom du Seigneur en vain dans ma maison, je me moque de ton grade du moment. Termine ton brandy. Quoi qu'il en soit, il te sera impossible de prendre le volant pendant quelques heures.

Ava posa sa main valide sur le bras de la médecin.

— Merci. Dormir me ferait du bien, je pense.

— C'est la première fois depuis que je te connais que tu acceptes un conseil sans discuter. On ne m'effraie pas facilement, Ava, mais là, tu y es parvenue. Oublie ce que je viens de te dire, comme c'est généralement le cas. Mais tu devrais parler à Luc de tout cela. Il est ton ami. J'ai confiance en lui, et toi aussi.

— Il est bien mon ami. Raison pour laquelle je le garde à distance. Si je dois me suicider professionnellement, alors je n'entraînerai personne d'autre avec moi.

Ailsa nettoya la plaie avant d'y poser une gaze.

— Puis-je t'être utile en quoi que ce soit ? Je suis peut-être vieille et décrépite, mais mon cerveau fonctionne encore correctement.

Ava réfléchit à la proposition. Il y avait beaucoup de choses dont elle n'était pas sûre, comme l'identité des hommes venus chez Glynis, ou ce que le chef avait entrepris et qui l'avait amené à mettre fin à ses jours. Pour autant, un tableau d'ensemble commençait à prendre forme dans son esprit. Le chef et Jones avaient profité dans les grandes largeurs de l'emprisonnement de Trescoe et McGill. Qu'ils aient appartenu à l'équipe qui avait mené les deux chefs de gang en prison avait exacerbé la situation. Il était difficile de quantifier le niveau de haine que cela avait sûrement engendré, suppurant entre les murs d'une cellule, et ce, durant une période courant sur plusieurs années. Ava ignorait le mécanisme exact grâce auquel Begbie et Jones s'étaient retrouvés en possession des gains du crime organisé, mais leur décision avait incontestablement raccourci leur espérance de vie. La commissaire en avait un goût amer dans la bouche.

Pour autant, ce qui l'inquiétait aujourd'hui, c'était Glynis Begbie. La peine qu'Ava éprouvait en pensant au décès du chef se transformait en un cocktail empoisonné mêlant colère, déception et peur. Celui qui avait enfoncé la voiture de Jones puis lui avait cloué le bec à l'aide d'un outil de bricolage, moins de quinze jours après le suicide du chef qui laissait sa famille dévastée, avait à répondre à certaines questions.

— Tu es équipée d'une alarme et d'un système de vidéosurveillance, n'est-ce pas ? demanda-t-elle à Ailsa.

— Oui, de la meilleure qualité qui soit. Au fil des ans, mes témoignages ont envoyé beaucoup de gens en prison. Pas la peine de courir des risques, répondit Ailsa tout en débarrassant ce qui restait du champ opératoire.

— Tu inviterais Glynis à séjourner chez toi ? Il vaudrait mieux qu'elle ne vive pas chez elle, en tout cas durant quelque temps. Il est important qu'elle ait de la compagnie.

— Je vois, répondit Ailsa. Est-ce que Glynis comprend qu'il serait mieux qu'elle ne rentre pas chez elle ?

— Oui. Je suis sûre que ta proposition lui ferait plaisir. Tu garderas malgré tout ton alarme branchée, n'est-ce pas ?

— Bien sûr. Maintenant, va te coucher. Il faut que tu cicatrises.

— L'alarme, Ailsa, insista Ava. Tu n'oublieras pas ? Promets-le-moi.

— D'accord, c'est promis. Mais ça ne me rassure en rien sur le fait que tu contrôles la situation.

— C'est le cas. Ça le sera, répondit Ava, qui se détourna d'Ailsa tout en parlant, dissimulant ainsi son mensonge.

Quelqu'un avait tué Louis Jones de sang-froid. S'il était capable de ça, il était capable de tout.

Chapitre vingt-six

L'envie de quitter la maison pour aller au Fret démangeait Randall. Il avait passé la semaine à s'entraîner à jouer *Stairway to Heaven* et avait envisagé de monter sur scène pour un solo. Un mois plus tôt, il n'aurait jamais projeté une telle prouesse, mais dernièrement, le monde paraissait être un lieu plus agréable. Sa mère, Cordelia, s'était montrée de plus en plus distraite. Heureuse conséquence de cet état d'esprit, elle en oubliait de vérifier ses devoirs et de passer en revue les menus détails de sa journée au lycée. Cela lui laissait plus de temps pour sa guitare, le shopping, et aussi pour élargir la gamme de ses tatouages au henné. Il n'avait pas encore eu l'audace de s'en faire un vrai, car cette opération exigeait une fausse pièce d'identité, et il n'avait aucune idée de la façon de l'obtenir. Il était pratiquement sûr que Christian connaîtrait la réponse à cette question, mais son ami se montrerait peut-être circonspect à ce sujet. Christian était génial, mais par moments il dispensait un peu trop librement ses sages réflexions.

Ce soir-là, la mère de Randall ne lui avait même pas demandé où il allait quand il s'était dirigé vers la porte. Elle partait sûrement du principe qu'il se rendait à la bibliothèque, excuse sur laquelle il se rabattait. Mais ne pas avoir à mentir lui retirait un poids des épaules. Depuis son retour du bureau, elle était restée allongée, mettant ça sur le compte du surmenage et d'une mauvaise nuit de sommeil. Randall savait qu'elle n'avait pas été bien ces derniers jours. Il l'avait entendue vomir à quelques reprises durant la semaine écoulée. S'étaient ensuivis des nettoyages rageurs de la salle de bains attenante à sa chambre. La question de la transmission des germes la rendait paranoïaque. Cordelia était sa pire ennemie, ne se détendant qu'en de rares occasions, ne s'amusant jamais. Pas étonnant qu'elle soit malade.

Il entra d'un pas nonchalant au Fret, lançant un « s'lut » renfrogné au videur qui avait l'air aussi mort d'ennui qu'à l'habitude, mais qui se débrouilla pour lui décocher un regard, sourcil dressé. Pour la première fois, Christian l'avait précédé, ce qui lui fit plaisir. Son ami était au bar, en train de bavarder avec quelques habitués, envoyant des SMS tout en parlant, ne mesurant pas à quel point habiter le monde était facile pour lui. Si Randall avait essayé d'adopter le même comportement, il aurait fini par faire tomber son portable, perdre le fil de la conversation, ou rire au mauvais moment. Il s'installa à la dernière table libre et rangea sa guitare dessous. Il sortit une poignée de pièces pour s'offrir un verre. Il regrettait d'avoir oublié d'échanger auprès de sa mère la monnaie contre un billet. Ça avait l'air si bébé d'aller au bar et de compter ses sous. Mais bon, il lui fallait un verre sur la table, et l'alcool était requis s'il comptait risquer un solo.

Christian le remarqua enfin, leva une main dans sa direction et poursuivit sa discussion. Randall lui renvoya un large sourire et attendit qu'il vienne le rejoindre tout en accordant sa guitare. Ce qui n'était pas vraiment nécessaire. Il avait passé une demi-heure sous un Abribus à la trafiquer tout en attendant que la soirée soit suffisamment avancée pour ne pas arriver dans une salle presque vide. Il observait Christian du coin de l'œil tout en grattant ses cordes, se rendant compte que s'il n'allait pas chercher une chaise supplémentaire, Christian n'aurait nulle part où s'asseoir et risquait bien ne pas s'approcher du tout.

Non pas qu'une compagnie lui soit indispensable : être seul ne le dérangeait pas, mais c'était mieux de donner l'impression qu'il avait un ami. Le problème maintenant était que Christian le verrait attraper la chaise et que ce n'était définitivement pas cool. Il aurait dû venir plus tôt.

Son téléphone sonna. C'était sa sœur, qui voulait probablement discuter de ce qu'ils offriraient à leur mère pour Noël, ou pire, prête à s'en prendre à lui parce qu'il ne jouait pas au fils dévoué en informant leur mère de l'endroit où il allait. C'était une telle fayote ! Il ne parvenait pas à se rappeler qu'elle soit sortie une seule fois quand elle vivait avec eux avant d'intégrer la fac. Avec elle, seul étudier comptait. La maison avait été constamment plongée dans le silence pour ne pas troubler sa concentration. Eh bien, il ne répondrait pas. Il appuya sur la touche « Raccrocher » sans prendre l'appel, cala sa guitare contre sa chaise et se dirigea vers le bar. Son téléphone sonna de nouveau alors qu'il attendait d'être servi. Il soupira, interrompit l'appel, et agita une poignée de pièces qui s'entrechoquaient en direction du barman. Aucun signe de sa serveuse préférée ce soir-là. Typique : juste quand il s'apprêtait à jouer en solo ! Il avait imaginé comment elle le regarderait et s'était demandé si cette soirée-là serait le bon moment pour rester tard et offrir de la raccompagner chez elle. Il avait même un parapluie pliable enfoui dans son sac à dos. Il ne l'aurait pas sorti avant qu'ils soient seuls, mais elle aurait apprécié. Ils en auraient peut-être même tenu la poignée ensemble.

Quand son téléphone sonna pour la troisième fois, il mit un point d'honneur à jurer à voix haute, sachant qu'il pouvait ignorer deux appels, mais probablement pas trois sans que ça éveille les soupçons quant à sa localisation et qu'une battue soit organisée. C'était encore sa sœur. Il se rendit d'un pas décontracté dans un coin calme, abandonnant sa place dans la queue au bar, et essayant d'afficher un air nonchalant.

— Ouais ? dit-il, main en cornet autour du microphone afin de tenter d'atténuer le bruit environnant.

À n'en pas douter, sa sœur raconterait tout à sa mère.

— Où es-tu ? demanda cette dernière dans un cri strident.

— Je suis sorti. Je n'ai pas de compte à te rendre. Dis à maman que je serai de retour dans une heure ou deux. Salut.

— Non, il faut que tu prennes un taxi pour la Royal Infirmary. Maman a eu un malaise. Elle est partie en ambulance.

— C'est ridicule, j'ai quitté la maison il n'y a pas si longtemps. Elle ne peut pas être malade à ce point-là. Je suis en plein milieu d'un truc, là.

— Randall, quoi que tu sois en train de faire, tu arrêtes immédiatement. Je sais que tu n'es pas à la bibliothèque, parce que ce n'est pas le genre de bruit qu'on y entend. Maman est peut-être disposée à supporter tes conneries, mais pas moi. Obéis-moi, c'est tout.

Il entendit à travers l'appareil le crissement des freins. Lorsque sa sœur reprit la parole, elle s'exprima d'une voix plus douce.

— Randy, maman n'est vraiment pas bien. Il faut que tu viennes. Les urgentistes sont inquiets. Ses… ses constantes ne sont pas bonnes. Je ne suis pas sûre que…

Elle s'interrompit.

— Tu n'es pas sûre que quoi ?

Il sentait la nausée lui monter à la gorge.

— Contente-toi juste de te dépêcher, OK ? On sera aux urgences. Envoie-moi un SMS quand tu arrives, et je viendrai te chercher.

Elle raccrocha. Randall resta le regard rivé sur son portable, se demandant s'il avait imaginé l'urgence dans la voix de sa sœur, essayant de ne pas remplir les blancs à la fin de sa phrase. Une brusque poussée de culpabilité lui fit perdre l'équilibre. Quand il avait quitté la maison, il avait bien remarqué que sa mère était malade. Il ne s'était même pas soucié de vérifier comment elle allait. Sortir sans qu'elle se lance dans son interrogatoire habituel avait été un tel soulagement qu'il n'avait pensé qu'à la soirée qui l'attendait. Peut-être, s'il lui avait demandé comment elle se sentait, aurait-il compris qu'elle avait besoin d'un médecin. Il chancela, s'accrochant au mur pour se soutenir, puis Christian se matérialisa à ses côtés, lui tenant fermement le bras.

— Hé mec, tu es pâle. Tu veux prendre l'air ? Le stress gagne ?

— Je... je dois aller à l'hôpital, répondit Randall.

— Tu te sens mal à ce point-là ? J'appelle une ambulance ?

— Non, pas moi. C'est ma mère. Elle est malade. Il faut que je me dépêche, mais je n'ai pas assez d'argent pour un taxi. Ça t'ennuierait de...

— Hé, pas de souci. Je t'emmène.

— C'est vraiment gênant, je suis désolé, bredouilla Randall.

— Il s'agit de ta mère. Tu es supposé t'y précipiter. Ne permets pas à toutes les conneries qui se passent ici de t'atteindre. Chaque personne présente dans cette pièce est terrifiée à l'idée de se ridiculiser. Ne te laisse pas happer par le truc. Apprécie ce que tu as, et protège-le. Je t'ai parlé de mon amie qui a perdu sa sœur récemment, hein ? Qu'est-ce qu'elle ne donnerait pas pour remonter le temps ! On y va !

Prenant Randall par l'épaule en douceur, Christian le poussa en direction de la porte.

Les infirmières qui guidèrent Randall jusqu'au box où une équipe médicale s'agitait autour de sa mère étaient gentilles. Un ventilateur était dirigé sur son visage. Sa sœur se tenait dans un coin, en pleine discussion avec une infirmière. Randall resta en dehors du cercle, se demandant pourquoi il avait le sentiment de ne pas exister. Christian l'avait serré dans ses bras en le déposant. Une vraie étreinte, dure, brève, mais qui avait signifié tant de choses. Dans tous les autres domaines de sa vie, il était un enfant difficile. Certains jours, c'était comme s'il ne serait jamais rien d'autre.

— Désolé, vous devez quitter les lieux, dit un médecin.

— Que se passe-t-il ? demanda la sœur de Randall.

— Nous préparons votre mère pour une ponction lombaire afin d'avoir une meilleure idée de ce qui attaque son organisme. Pour le moment, nous ne savons pas s'il s'agit d'une infection bactérienne, d'un virus ou d'autre chose. Nous ne serons pas en mesure de la traiter efficacement avant d'avoir réduit le champ des possibilités.

Il se détourna, tendant plusieurs tubes de sang à une infirmière qui patientait.

— Descendez ça au labo pour une analyse immédiate. On a procédé à un prélèvement d'urine ? demanda-t-il à une autre qui confirma d'un hochement de tête.

— Bien. En priorité, arrangez-vous pour que la fièvre de Mme Muir baisse, et travaillez à établir un diagnostic. Maintenez la réhydratation. Antibiotiques par intraveineuse.

— Randall, intervint la sœur de ce dernier en remarquant enfin sa présence, tu ne devrais pas être là.

— Tu m'as demandé de venir, répondit-il.

Il observait la solution saline qui gouttait dans le bras de sa mère, se demandant en quoi cela aidait.

— Je t'ai dit de me téléphoner quand tu arrivais à l'hôpital. Viens.

Elle glissa son bras autour de ses épaules et ils quittèrent le box ensemble.

— Ça va, Rand ?

Il tenta de répondre, croassa, puis renonça à parler et enfouit son visage contre l'épaule de sa sœur. Ils se tinrent ainsi, s'étreignant mutuellement, jusqu'à ce qu'une infirmière leur propose de les conduire dans une zone où ils auraient plus d'intimité.

— Pourquoi est-elle inconsciente ? demanda Randall. Elle n'était pas malade à ce point-là quand je suis sorti.

Il n'avait pas eu l'intention de rendre sa culpabilité si évidente, mais elle était là, le marquant au fer rouge.

— Elle est fortement déshydratée. Le médecin dit que son corps essaie de faire face à ce qui l'attaque, donc il arrête les organes qui lui sont inutiles pour le moment. Ils font tout leur possible, expliqua-t-elle en lui serrant la main.

Un brancardier fit sortir sa mère du box, tandis qu'un homme apparaissait, des papiers et un stylo tendus en direction de la sœur de Randall. L'adolescent laissa la salle d'attente et les documents de consentement pour suivre sa mère le long du couloir. Il se demandait comment sa superbe peau noire s'était soudain flétrie au point de n'être qu'une coquille sans vie, terne, comme si chacune de ses cellules était découragée. Il se dit qu'elle avait l'air d'avoir déjà abandonné la partie. La chemise d'hôpital était presque complètement plate sur son torse. Comment n'avait-il pas remarqué tout le poids qu'elle avait brusquement perdu ? Même ses cheveux, peut-être la seule source de vanité dans la vie de sa mère, semblaient plus fins et secs. Et il y avait eu cette odeur étrange quand il avait mis le pied dans le box. De sueur, mais pas comme dans un vestiaire, où elle témoignait d'un effort physique et de vitalité. Là, c'était quelque chose d'acide et de chimique.

Une porte se referma devant lui, lui interdisant l'accès à ce qui se trouvait derrière. Il en toucha le verre, jetant un coup d'œil à travers pour voir sa mère conduite dans une autre pièce, et il aperçut brièvement des silhouettes en blouses et gants. Sa mère était coriace, se dit-il. Il ne l'avait jamais vue renoncer à quoi que ce fût. Il n'y avait aucune raison de croire qu'elle commencerait maintenant. Elle survivrait. Elle le devait.

Chapitre vingt-sept

L'uniforme n'était pas un aspect du job qu'Ava appréciait, mais certaines occasions formelles imposaient de le porter. L'enterrement du chef en faisait partie, et bien que la cérémonie fût intime, les traditions se devaient d'être respectées. La commissaire générale Overbeck serait présente, tout comme le gratin et quelques officiers de police à la retraite. Le tout serait simple et rapide. Personne ne souhaite s'attarder à côté d'un trou creusé en terre.

Ava s'était suffisamment rétablie la veille pour arriver au commissariat en milieu de matinée. Glynis Begbie avait accepté l'invitation d'Ailsa à rester chez elle, après le bref résumé qu'Ava lui avait fourni sur les invités indésirables qui s'étaient présentés la veille chez elle. Restait la frustration d'apprendre que la voiture de Louis Jones avait été détruite avant de pouvoir être examinée. Ava relisait le rapport de Callanach sur la mort de Jones tout en boutonnant sa tunique d'une main et en tenant sa tasse de café de l'autre.

« Ayant obtenu de la commissaire divisionnaire Turner la permission de rencontrer M. Jones, j'ai utilisé mon propre véhicule pour approcher les lieux. Je me suis garé sur le bord de la route à une courte distance à pied de la partie ouest du parcours de golf. Je me suis avancé avec précaution. Je n'avais personne dans mon champ de vision. Aucun bruit n'était audible quand je suis arrivé près du cabanon. No... »

Le portable d'Ava sonna. Elle sursauta, renversant du café sur le document.

— Il ne manquait plus que ça, marmonna-t-elle.

Elle se saisit d'une poignée de Kleenex et essuya sa manche. Saluer la mémoire de Begbie en ayant l'air d'avoir fait la vaisselle dans son uniforme n'était pas ce qu'elle avait prévu, et elle devait fournir une copie du rapport de Callanach à Dimitri avant de se mettre en route. Elle vaporisa un peu de Chanel N° 5 sur le tissu pour chasser l'odeur de café et reprit sa lecture.

« Aucun bruit n'était audible quand je suis arrivé près du cabanon... »

Le mot suivant était éclaboussé. Tout ce qu'elle parvenait à discerner de ce dont elle se souvenait comme d'un « Non », était le N et la moitié du o, le reste était illisible.

— N, c, dit-elle.

Elle jeta un coup d'œil à sa montre.

— Merde, merde, merde !

Elle attrapa son portable et composa le numéro de la ligne d'urgence de la médecin légiste, sachant qu'Ailsa ne répondrait pas sur son portable personnel ce matin-là, avec Glynis Begbie chez elle.

— Réponds. Bon sang, Ailsa, réponds... Oh, Dieu merci, écoute-moi, viens me rejoindre à la maison funéraire où se trouve le corps du chef.

— Ava, murmura Ailsa alors qu'un bruit de pas se répercutait le long d'un couloir et qu'une porte se refermait en claquant. J'étais avec Glynis. Que peut-on bien faire là-bas maintenant ?

— Pas le temps. Prends un... je ne sais pas... un verre grossissant ou ce que tu utilises habituellement pour repérer des anomalies minuscules sur la peau. Tout de suite, Ailsa. On se retrouve là-bas, et quoi qu'il arrive, ne laisse personne déplacer son corps.

Quinze minutes plus tard, la médecin légiste était en plein milieu d'une discussion avec le responsable des pompes funèbres quand Ava arriva. L'homme fusilla du regard cette dernière tout en descellant le couvercle du cercueil, avant de les laisser seules. Il referma la porte en grinçant des dents, lançant des ordres à son équipe au sujet du retard.

— Si mon service reçoit une plainte, je rejetterai le blâme sur la police. On n'est pas loin de sortir des clous, en termes de procédure. Le corps a été rendu pour l'enterrement. Techniquement parlant, une décision de justice est nécessaire si l'on ne dispose pas du consentement écrit de la famille pour rouvrir un cercueil. Sur quoi est-il bien possible d'enquêter à ce stade ?

— Les lettres N et c écrites avec les ongles, répondit Ava. Je ne crois pas que ce soit un acronyme. Je pense que c'est un message qui nous est destiné, sauf que le chef ne l'a pas achevé. Si tu regardes de plus près son poignet gauche, je t'expliquerai.

Ailsa sortit une boîte de colorant jaune fluorescent de son sac et en tamponna la peau de Begbie. Elle en nettoya avec douceur les résidus et sécha la zone. Elle dirigea ensuite une lumière vive sur le bras et positionna au-dessus une lentille de grande précision. Ava baissa la tête et traça l'arc d'une courbe, l'image en miroir du c qui aurait complété le cercle.

— On le discerne à peine, mais le colorant a touché une autre égratignure. Il essayait de tracer la lettre o, Ailsa. Simplement, il n'a pas eu le temps de la finir.

Elle se recula pour permettre à la médecin de mieux voir.

Il ne fallut que trente secondes pour que cette dernière s'empare d'un appareil photo et commence à l'utiliser.

— C'est difficile à deviner, mais je t'accorde que tu as peut-être raison.

— Il lui aurait été impossible d'écrire le o sur son poignet d'un seul mouvement. L'ongle qu'il utilisait aurait tourné dans la mauvaise direction. C'était la dernière forme qu'il lui restait à inscrire, et j'imagine qu'il a perdu conscience ou qu'il s'est rendu compte qu'il était surveillé et devait arrêter.

— Si quelqu'un était là en train de l'observer, comment se fait-il qu'il n'ait pas réussi à l'empêcher de se suicider ? demanda Ailsa. Ce que tu suggères n'a aucune logique.

— Parce qu'il ne s'agissait pas vraiment d'un suicide. C'était : reste assis et respire du monoxyde de carbone, ou prends une balle dans le crâne, ou peut-être quelque chose de plus méchant et de plus long. J'imagine qu'il voulait épargner ça à Glynis. Si on lui avait donné le choix, Jones aurait peut-être aussi opté pour cette porte de sortie, commenta Ava en se penchant une nouvelle fois pour une dernière inspection. Le chef souhaitait qu'on trouve cette marque. Je crois qu'il lui était insupportable de penser que tout le monde conclurait qu'il s'était suicidé.

Elle releva la tête. Ailsa la dévisageait, les bras croisés, une expression de fureur sur le visage. Ava retint son souffle. Depuis le temps qu'elle connaissait la médecin, elle ne l'avait jamais vue si en colère.

— Louis Jones ? L'homme qui a été exécuté avec un pistolet à clous, peu de temps avant que tu arrives chez moi blessée ? Ava Turner, je m'inquiète suffisamment de toi pour en référer directement à tes supérieurs. Tu m'as déjà prouvé que tu étais en danger. Tu m'as demandé de garder le silence et j'ai accepté, mais s'il y a un lien quelconque entre la mort de George Begbie, la mutilation faciale de Jones et ta blessure à la main, les jeux sont faits. Tu m'entends ?

— Préviens la hiérarchie et tu détruiras la réputation du chef, sans parler d'anéantir Glynis financièrement. Ailsa, reste en dehors de tout ça. Pour ton bien comme pour le mien.

— Il me semble que je suis déjà impliquée. Tu as fait passer ce décès du statut de suicide à celui de meurtre, alors que le corps devrait être en route pour le cimetière. Comment allons-nous expliquer ça à la famille qui attend ? Sans parler des échelons supérieurs de la police écossaise qui sont probablement en train de nous réserver des sièges à la minute présente, se demandant où nous avons disparu.

— On n'arrête pas la cérémonie. Cette mort reste officiellement un suicide tragique. Le chef est enterré avec aussi peu de controverse que possible. N'importe quelle autre ligne de conduite reviendrait à agiter un énorme chiffon rouge devant un taureau. De toute manière, si nous sommes ici maintenant, c'est simplement parce que j'ai renversé une tasse de café. Ça ne change pas vraiment grand-chose.

Ava se dirigea vers la porte interne et l'ouvrit, puis avertit le responsable des pompes funèbres qu'il pouvait refermer le cercueil et le remercia.

Ailsa rangea son kit et enfila son manteau.

Ensemble, elles se dirigèrent vers leurs voitures.

— Donc, ça s'arrête là ? demanda la médecin. Maintenant que tu es assurée que George ne s'est pas suicidé, tu trouveras la paix ?

Ava s'appuya contre son véhicule et ferma les yeux sous le pâle soleil de décembre.

— Tu le saurais si je te mentais, non ?

— Oui.

Ava serra avec tendresse le bras de son amie, évitant son regard. Puis elle monta en voiture et démarra.

En prenant place au deuxième rang près de la tombe, Ava avait conscience de la présence d'Ailsa plusieurs chaises plus loin, fulminant toujours. Le pasteur récitait des mots familiers. Glynis Begbie se montrait digne et calme. Callanach se tenait dans le groupe des proches du défunt au-delà du cadre de la famille et des amis les plus intimes, au côté de Lively. C'était peut-être la seule fois où Ava pouvait voir les deux hommes l'un près de l'autre sans que fusent les injures. Il y avait quelques visages qu'elle ne connaissait pas, mais ils étaient peu nombreux. La police avait été la vie de Begbie. Difficile, dans ce cas, d'imaginer qu'il se soit tant égaré, mais de grosses sommes d'argent peuvent tenter n'importe qui, particulièrement en début de carrière, quand le salaire est bas et qu'il s'accompagne de longues heures de travail et d'une famille à nourrir. Peut-être avait-il paru révoltant à Begbie de regarder les méchants se gaver quand tous les autres raclaient les fonds de tiroir. Quelle que fût la raison, Ava avait sa réponse. Le chef, ses forces déclinant, avait cherché à leur dire que la mise en scène de son suicide cachait une autre histoire. Qu'allait-elle bien pouvoir entreprendre maintenant ? Tout le monde se leva quand une prière fut lue, tandis que le cercueil était descendu dans la tombe. Tous pleuraient la perte de leur ami, la fin d'une ère, mais Ava prenait sur elle pour contenir sa colère. Espérant sans doute que son sacrifice assurerait la sécurité de sa femme, le chef avait été non seulement privé de sa vie, mais aussi trompé : Knuckles et son comparse étaient malgré tout venus à la recherche de l'argent. Quelle était la probabilité qu'ils aient avalé la fable qu'elle leur avait servie sur un don à une œuvre caritative ? Plutôt faible, se dit Ava. Ces gens-là ont la suspicion chevillée au corps.

Elle fut distraite par un mouvement dans la foule. Tripp s'était avancé, secouant Callanach par le bras et lui intimant de le suivre. En quelques secondes, le commandant avait disparu. Ava resta à sa place tandis que la cérémonie touchait à sa fin. Glynis finit par craquer, sanglotant sur l'épaule de sa fille. Ses jambes ne la soutenaient plus quand elle essaya de rejoindre sa voiture, laissant un époux bien-aimé en terre. À cette seconde, Ava comprit ce dont Ailsa avait déjà conscience. Elle ne laisserait pas tomber. Impensable. Qu'importaient les délits commis par le chef, il avait mérité mieux que de terminer sa vie dans une voiture remplie d'un gaz mortel. Elle n'avait qu'une seule réserve : s'assurer que Glynis Begbie ne représentait plus une cible pour les malfrats à la recherche de l'argent du chef. Pour ça, il lui fallait inventer une explication plausible quant à la disparition des billets.

— Ailsa, dit-elle en rattrapant la médecin. Je crois que j'ai trouvé le moyen de laisser Glynis rentrer chez elle sans qu'elle risque rien. Tu es encore membre du comité de cette association qui offre un soutien psychologique en cas de deuil ?

— Oui.

— Pourrais-tu faire une annonce, aujourd'hui si possible, comme quoi l'association a reçu une donation conséquente, anonyme et en liquide ? Exprimer ta gratitude, dire que tu comprends pourquoi le donateur préfère ne pas être nommé, mais que le deuil nous touche tous à un moment ou à un autre. Quelque chose du genre. Je me débrouillerai pour que l'histoire sorte dans la presse.

Au moins, comme ça, se dit Ava, les voyous qui s'étaient introduits dans la maison de Glynis croiraient peut-être à moitié à ce qu'elle leur avait raconté. Quant à la couverture médiatique, Callanach avait un contact susceptible de lui donner un coup de main.

— C'est dans mes cordes, répondit Ailsa.

— Merci. Je sais que je n'ai pas le droit de t'en demander tant.

— Ce n'est pas gratuit. Tu me donnes des nouvelles, deux fois par jour. Le matin et le soir, à 8 heures. Je tiens à être certaine que tu es en sécurité. Je dois au moins ça à ta mère.

— Affaire conclue. Bien que ma mère ait toujours parfaitement su qu'il était impossible de m'arrêter une fois que j'avais décidé quelque chose.

— Huit heures, lui rappela Ailsa. Et à compter de ce soir.

Chapitre vingt-huit

Callanach entra à la Royal Infirmary et demanda à la réceptionniste de contacter la médecin dont Tripp lui avait fourni le nom. Ce dernier avait disparu pour interroger les membres de la famille, et Lively se rendait au domicile de la morte, où l'on avait autorisé la femme de ménage à le laisser entrer. La médecin fit son apparition alors que Callanach regardait l'heure à sa montre pour la neuvième fois.

— Puis-je voir votre carte de police ? lui demanda-t-elle.

Il la lui tendit.

— Merci. Mon intention n'était pas de me montrer grossière, mais vous seriez étonné du nombre de déséquilibrés attirés par les hôpitaux.

— Aucun problème. Qu'avez-vous à m'apprendre ?

— Venez avec moi. Je vous montrerai le corps. Je crois que la famille a fini sa visite d'adieux maintenant. Je suis Selina Vega. J'étais la cheffe de clinique aux urgences qui s'est chargée de Mme Muir à son arrivée.

— Quand était-ce ?

— La nuit dernière. Sa fille a appelé une ambulance quand elle a trouvé sa mère à peine consciente sur le sol de la salle de bains. Température extrêmement élevée, crampes d'estomac, sévère déshydratation après une période prolongée de nausées. C'étaient là les informations fournies par l'équipe médicale de secours. À son arrivée ici, elle avait perdu conscience. Elle n'a pas repris connaissance avant son décès, à 11 h 09 ce matin.

— Bien, dit Callanach tout en prenant rapidement des notes. Donc, pourquoi suis-je ici ?

— Nous avons procédé à des tests pour déterminer l'origine de la maladie. Nous avons trouvé dans le sang de Mme Muir un taux très élevé d'un produit chimique connu sous le nom de DNP. Le dinitrophénol. Il est communément utilisé dans des pilules amincissantes non homologuées vendues sans ordonnance. Il est facile de les acheter sur Internet, mais une dose trop importante peut se révéler mortelle. Elle est ici, conclut la médecin en ouvrant une porte.

Callanach vérifia l'étiquette au poignet du cadavre. Cordelia Muir. Ses yeux étaient enfoncés dans leurs orbites, et ses pommettes, qui avaient dû attirer les regards, saillaient de chaque côté de son visage. Sa peau était froide mais ses muscles encore souples. Elle n'avait pas un poil de graisse sur le corps.

— Donc, vous voulez signaler un délit à cause du médicament non autorisé ? demanda Callanach à la médecin. Je suis sensible à la démarche, mais il n'existe aucun moyen d'établir la provenance de ce dernier.

— En fait, il ne s'agit pas de cela, expliqua le docteur Vega. Mais de la réaction de sa fille quand nous lui avons fait part de nos découvertes. Apparemment, Mme Muir était l'incarnation même de la bonne santé et d'une alimentation responsable. Thé et café décaféinés, obsédée par l'idée de manger assez de légumes, protéines végétales et bio uniquement. Le mot « sucre » était une grossièreté. Elle se rendait régulièrement en salle de sport, et je peux confirmer que son tonus musculaire général, bien qu'entamé par sa maladie, est impressionnant.

— Donc, les pilules amincissantes ?

— Ne collent pas, répondit le docteur Vega. Absolument pas. Sa fille dit que Mme Muir ne se sentait pas bien, mais que cela ne remonte pas à plus de quinze jours. Elle n'avait aucune raison de perdre du poids. S'il s'agissait de quelque chose de plus psychologique, comme de la boulimie ou de l'anorexie, alors elle n'en montrait aucun autre signe. Ses dents étaient saines, donc les vomissements n'avaient pas commencé à éroder leur émail, confirmant que nous ne sommes pas face à une situation qui durait sur le long terme.

— Pas d'autre cause possible pour la soudaine perte de poids ?

— Non, pas d'indication de cancer dans les analyses de sang, bien que cela ait été la première chose qui m'ait traversé l'esprit. Mais la température élevée m'a mise sur la bonne piste. J'ai travaillé dans des centres prophylactiques et thérapeutiques pour femmes, et les médicaments de régime illégaux sont connus pour ça. Quand Mme Muir est arrivée, nous avions un ventilateur dirigé sur elle, car elle brûlait littéralement. Si elle prenait volontairement ces cachets, alors elle en ingurgitait beaucoup plus que la dose recommandée, et son profil ne correspond pas à celui des utilisatrices habituelles. Son âge, son poids ne cadrent pas. Et je parierais qu'elle n'a pas de passé de dépression ni d'automutilation.

— Le corps devra être transféré à la morgue de la ville, dit Callanach. Je m'assurerai que la médecin légiste soit informée des circonstances. Dans le même temps, j'aurai besoin de votre déposition. Comment semblait la famille ?

— Bouleversée, à l'évidence. Oh, je vois ce que vous voulez dire. Ils m'ont paru choqués. Je pense qu'ils s'attendaient à ce que Mme Muir s'en sorte, et quant à la révélation du DNP en grande quantité dans son sang, toutes leurs réactions paraissaient sincères. C'était l'objet de votre question ?

Callanach haussa les sourcils. Il ne s'était pas rendu compte qu'il était si transparent ! Il est vrai que la famille est toujours la première suspectée dans les affaires de meurtre.

— Pardon, je n'essayais pas de vous piéger. C'est seulement que les premières impressions comptent pour beaucoup, avant que les gens parviennent à se composer un visage.

— Pas de problème. Je comprends à quel point votre boulot est compliqué : il vous faut trouver le juste équilibre entre la compassion et la nécessité d'obtenir une réponse à vos questions. Il en va souvent de même pour moi. Vous êtes français, n'est-ce pas ? Est-ce que parfois il vous est difficile de deviner les émotions que des gens expriment dans une autre langue ? Lorsque je suis arrivée d'Espagne, j'ai bataillé avec ça. Pas avec les mots ou leur définition, mais avec ce que mes patients et leur famille ne me disaient pas.

— Vous êtes ici depuis combien de temps ? demanda Callanach.

— Dix ans. Je ne parviens toujours pas à m'habituer au froid. C'est une chose quand vous allez au ski. Mais pas exactement la même quand vous essayez seulement de faire vos courses.

Callanach sourit.

— Je compatis. Il vaudrait mieux que j'aille m'entretenir avec la famille, maintenant. Ça vous ennuierait de m'indiquer le chemin ? À moins que vous ne deviez filer.

— J'ai fini mon service. J'attendais seulement de m'entretenir avec vous avant de rentrer chez moi. Venez, je vous emmène. De toute façon je dois leur dire au revoir.

Les mains déployées sur la porte de la morgue de l'hôpital, il prit lentement une profonde inspiration.

— Je suis ici, Cordelia. Merci.

Il imaginait son corps recouvert d'un drap, et se demandait pourquoi on se soucie de cacher les cadavres. Les vivants craignent-ils de regarder la mort dans les yeux, ou les morts craignent-ils d'être dérangés par les cœurs encore battants de ceux qui se consacrent à leurs petites affaires autour d'eux ? Plus probablement, se dit-il, il est bien plus facile d'imaginer les morts comme monstrueux. Il connaissait les monstres. Il les comprenait. Tous ceux qu'il avait rencontrés étaient parfaitement en vie. Ils lui avaient promis la sécurité dans leur foyer d'accueil. Ils avaient souri et menti, parlé de lui par-dessus sa tête en langage juridique, s'étaient comportés comme s'ils s'inquiétaient de lui. Les morts eux, sont suffisamment inoffensifs.

Une infirmière déboula à l'angle du couloir, tête baissée, étudiant un épais dossier marron rempli de notes sur un patient. Il recula pour la laisser passer. Cordelia n'était plus. Il regrettait de ne pas avoir été à portée de vue à la fin, mais tout ne pouvait pas se dérouler comme il le souhaitait. Imaginer sa mort, connaître les symptômes dont elle avait souffert suffisait et il espérait que sa fin n'avait pas été trop douloureuse. Il était capable d'empathie, en dépit de ce que les experts affirmaient sur les « psychopathes ». Sa priorité maintenant était de profiter de la mort de Cordelia. D'en extraire la moindre petite émotion. Mourir pour rien serait l'insulte suprême, après tout. Il glissa sa main droite dans la poche de son pantalon et fit courir son doigt le long d'un superbe stylo-plume qu'il allait ajouter à sa boîte à trésors.

Puis il y avait la star grimpante du West End, Sean, à qui il devait penser. La vie était compliquée en ce moment. Tant de gens à qui devoir faire plaisir ! Tant de difficultés pour lui ! Tout le temps, il devait se souvenir de qui il était, couvrir ses traces, éviter, planifier, préparer. Par instants, il le reconnaissait, il doutait que tout ça vaille la peine. Puis venait le deuil. Le torrent de larmes. C'était sa récompense. L'amour qu'il donnait et recevait. Il remit sa capuche, ouvrit la galerie photo de Sean sur son téléphone portable, et envoya un dernier baiser dans les airs à Cordelia en direction de la porte. Chaque mort lui donnait très envie que la suivante survienne au plus vite.

Chapitre vingt-neuf

Le chaos régnait dans la salle des opérations.

— Nous avons saisi le sac à main de Mme Muir et tout son contenu, monsieur, déclara un agent en tendant à Callanach une liste d'éléments matériels mise à jour. On a trouvé les médicaments dans une poche zippée à l'intérieur du sac, dans la doublure interne, avec d'autres produits d'hygiène.

— Où sont les médicaments maintenant ? s'enquit le commandant.

— Envoyés au labo, mais on en a identifié des similaires en ligne. Je suis prêt à parier que c'était ce qu'elle prenait, répondit l'homme.

— Nous désignons des victimes par leur nom, pas par des pronoms, répondit sèchement Luc. Quand, au plus tôt, aurons-nous les résultats du labo ?

— Demain, intervint Lively. Un seul des cachets y est parti pour analyse chimique. Le reste est soumis à un test général à la scientifique. On dirait qu'ils proviennent d'un flacon que Mme Muir gardait à son bureau. Il était enfoui tout au fond du tiroir du bas.

— Des indications inscrites sur les cachets mêmes ?

— Aucune. Pas inhabituel pour des achats en ligne de médicaments non homologués. Ça empêche de remonter à un fournisseur en particulier en cas d'incident comme celui-ci.

— Donc, la fille se trompait peut-être sur le fait que sa mère n'avait pas avalé sciemment des produits amaigrissants, conclut Callanach. Vérifiez l'historique de navigation sur Internet de Mme Muir, et les mails ayant comme objet des suppléments de régime et la perte de poids. Voyez si l'on réussit à découvrir où elle les a achetés.

Une sonnerie dans sa poche indiqua un message de Lance Proudfoot qui proposait un lieu de rendez-vous.

— Informez-moi dès que tombe le rapport préliminaire de la médecin légiste. J'aurai besoin de le passer en revue avec la commissaire divisionnaire Turner.

Lance et Callanach se retrouvèrent dans un café à l'écart de Middle Meadow Walk, généralement pris d'assaut par les étudiants à cause de sa proximité avec l'université, mais les vacances de Noël avaient dispersé sa clientèle habituelle.

— Mon Dieu, moi qui étais impatient de te revoir, et te voilà avec un visage qui ressemble à la farce d'un haggis. Impossible que ça aille mal à ce point-là, vieux ! beugla Lance.

Il se leva, enlaça Callanach dans une rapide étreinte, lui assénant une grande claque dans le dos. Le commandant n'eut pas d'autre choix que de lui rendre son sourire. Il lui était impossible de s'apitoyer sur son propre sort en compagnie de Lance.

— Je t'ai commandé un expresso : rien à voir avec ce ridicule latte que vous, philistins, aimez tant, répondit Callanach. Je suis content de te voir, Lance. Désolé d'avoir laissé passer tant de temps.

— Ah, ne t'inquiète pas pour ça. Mon fils a eu son diplôme en septembre et a décidé sur-le-champ de revenir vivre chez moi, à ma grande horreur. J'ai l'impression de passer tout mon temps à faire les courses, la cuisine ou le ménage. J'avais oublié ce que c'était que partager la maison avec quelqu'un. J'ai essayé de le persuader de retourner chez sa mère, mais apparemment ou mon ex-femme a récemment rencontré Dieu. Plutôt contraignant pour un gars de son âge, semble-t-il, commenta Lance en avalant une gorgée d'expresso.

Il grimaça.

— Comment peux-tu boire ce truc sans une goutte de single malt dedans ?

— Lance, pardon, mais je ne vais pas pouvoir rester longtemps. Merci d'avoir accepté de m'aider. Un de mes collègues aimerait qu'une histoire sorte. Tu nous donnerais un coup de main ? demanda Callanach.

Il ne mentionna pas le nom d'Ava. Ses instructions avaient été de ne pas souffler mot des liens entre la police et l'histoire.

— Quelles informations as-tu à me fournir ?

— Voilà, répondit Callanach en glissant une feuille de papier sur la table. C'est carré. Un important don anonyme a été versé à une œuvre caritative, en liquide. Tous les détails sont là, accompagnés d'une déclaration de la médecin légiste en chef d'Édimbourg. Tu publierais ça sur ton blog d'actualité ?

— La vraie question est : pourquoi ? rétorqua Lance.

— C'est urgent. D'autres médias ne seront peut-être pas intéressés. Il faut que ça soit bien visible.

— Je demanderais bien ce qui se cache derrière cette histoire, mais à ton expression, je vois que ça serait comme interroger la reine sur les performances sexuelles du prince Philip. Tu as le temps de déjeuner ? Je meurs de faim.

— Désolé, mais non. Je t'offre un sandwich pour me faire pardonner ?

— Laisse tomber, je suis supposé surveiller cette silhouette d'Apollon. C'est une affaire de détournement de fonds caritatifs ? Oublie ça, j'arrête de poser la question.

Callanach secoua la tête. Ce n'était même pas qu'il ne voulait pas apporter de réponse à Lance. La vérité était qu'il n'en avait aucune à lui fournir. Ava lui avait donné ces informations et lui avait demandé de se charger de ça. Fin de l'histoire.

— Mais tu ne peux pas reprocher à un journaliste d'essayer. Tu viens dîner à la maison un de ces jours, quand tu n'auras pas à partir en courant ? Je m'assurerai que mon fils est chez sa mère pour le week-end, afin qu'on puisse discuter sans entendre sa musique à travers le mur.

— Avec plaisir. Merci, Lance. À bientôt.

Christian attendait Randall Muir sur le parking. Le jeune homme l'avait appelé une heure plus tôt, lui demandant de venir le chercher à l'hôpital pour le ramener chez lui. Quand il avança entre les voitures, l'adolescent se tenait tête baissée, cherchant Christian à travers la bruine. Ce dernier lui adressa un appel de phares et agita la main par la fenêtre conducteur.

— Hé, Rand, qu'est-ce qui se passe ? Tu n'es pas rentré chez toi depuis la nuit dernière ?

— Non, répondit Randall. Je… elle… on ne pouvait pas partir.

Il se frotta les yeux, résolu à ne pas s'effondrer devant Christian. Il s'était tellement persuadé qu'il parviendrait jusque chez lui sans pleurer comme une madeleine, et voilà qu'ils n'avaient pas encore quitté le parking.

— Randall, que s'est-il passé ? demanda Christian avec douceur.

— Maman est morte. D'un genre de pilules, *a priori*. Je ne comprenais pas la moitié des choses qu'ils disaient. Ma sœur est encore sur place, elle se charge de la police.

— Oh non, je suis tellement désolé ! Pourquoi ne m'as-tu pas téléphoné ? Je serais venu pour, je ne sais pas, simplement être à tes côtés.

— Ça va.

— Non, ça ne va pas. Pas du tout.

Christian le serra fermement contre lui pendant quelques secondes.

— Je regrette de t'avoir encouragé à passer du temps au Fret. Tu aurais dû être chez toi avec ta mère, pas en train d'écouter frimer une bande de losers.

Randall se libéra de son étreinte.

— Non. J'en avais envie. Besoin. Tu n'imagines pas à quel point ça compte pour moi.

Il rougit et se tourna vers la vitre avant que Christian ne remarque son embarras.

— En quoi puis-je t'être utile ? Je te ramène chez toi ?

— Oui, s'il te plaît. Ma sœur va passer chez elle chercher quelques affaires, puis elle me rejoindra. Ça te dirait de la rencontrer ? On commanderait une pizza ou autre chose. Maman se chargeait entièrement de la cuisine.

— Je ne pense pas qu'elle souhaiterait la présence de quiconque maintenant, mais merci. D'ailleurs j'ai rendez-vous avec une autre amie ce soir. Dieu seul sait comment cela a pu arriver à deux d'entre vous. C'est comme si je portais la poisse.

Il démarra la voiture.

— Tu as dit que la police était là, reprit-il, rompant le silence. Pourquoi donc ?

— Selon la médecin, ma mère avait pris des médicaments sans prescription, le genre que tu te procures sur Internet pour perdre du poids. Je ne crois pas que ce soit légal ici, donc la police a été appelée.

— C'est horrible. Il faudrait fusiller les gens qui fabriquent ces merdes. Tu étais au courant ?

— Non. Elle n'avait pas besoin de maigrir. J'imagine qu'ils se sont trompés. J'avais bien vu qu'elle n'était pas en forme, mais je n'aurais jamais deviné. Tu sais quoi ? Quand je suis sorti hier soir, je ne lui ai même pas dit au revoir. Je m'inquiétais tellement de quitter la maison, et… (il balaya les larmes de ses yeux) et j'étais content qu'elle soit malade, comme ça, elle ne me prenait pas la tête. Ça me donne l'impression que tout est ma faute.

— C'est faux. Ta mère savait combien tu l'aimais. Ce n'est pas ta faute, Randall, insista-t-il. Ça va être dur, je suis passé par là. J'ai perdu ma mère, moi aussi. T'adresser des reproches ne la fera pas revenir et ne servira à rien. Si tu avais mesuré ce qu'elle traversait, tu serais resté, n'est-ce pas ?

— Ouais, évidemment, répondit Randall en reniflant.

— Voilà. Accroche-toi à ça. Même si tu avais été présent, il est probable qu'il était trop tard pour que tu puisses changer quoi que ce soit à la situation. C'est quelle maison ?

— Celle-là.

Randall indiqua celle de l'autre côté de la rue. Christian se gara.

— Merci. Je suis désolé de t'avoir dérangé, s'excusa Rand.

— J'en suis content au contraire, répondit Christian. Assure-toi de manger et de dormir. Personne ne tient à ce que tu tombes malade à ton tour. Appelle-moi si je peux t'être utile en quoi que ce soit. Ça ne pose pas de problème.

Randall sortit de la voiture, salua rapidement son ami de la main et se précipita dans la maison. Voir Randall rappelait Mina à Christian. Il n'avait pas répondu au message qu'elle lui avait laissé plus tôt. Il prit son téléphone et l'appela.

— Hé, répondit-elle à voix basse. Je suis à la bibliothèque. Il fallait que je sorte de la maison. Tu es dans le coin ?

— Non, je viens juste de déposer un ami, et je pense qu'il aura peut-être besoin de moi plus tard, donc je préfère ne rien prévoir, si ça ne t'ennuie pas.

— Ouais, OK. Je comprends. Et si on se voyait demain à la place ?

— J'ai du boulot. Des trucs de vacances, mais j'ai pas le choix, j'ai accepté. Les frais de scolarité du prochain semestre ne se paieront pas tout seuls. Dès que j'ai un jour libre, je t'appelle. Ça va aller ?

— Ça semble plus dur maintenant que Noël approche. Je n'arrête pas de me demander quoi offrir à Lily, puis la mémoire me revient. Il est hélas inutile que je m'en soucie cette année. La police n'a aucune piste. Mes parents ne sortent plus du tout.

— Ce n'est que le début. Attends jusqu'au Nouvel An, il sera plus facile d'aller de l'avant. Faut que je raccroche, je dois laisser la ligne libre.

— Oui, pardon. Ton ami, ça va ? Tu as l'air inquiet.

— Un peu. Sa mère… Mais non, tu as assez de choses à gérer comme ça.

— Ça me fait du bien de penser aux autres. Que s'est-il passé ?

— Sa mère est décédée. Ils pensent qu'elle est morte après avoir avalé des pilules pour maigrir non homologuées. C'est tellement triste ! Il avait déjà perdu son père. Maintenant, il ne reste que lui et sa sœur.

— C'est si injuste ! Le pauvre. Y a-t-il quelque chose que je puisse faire ?

— Non, il est à vif. Il lui faudra du temps, avec sa famille, pour accepter cette disparition. C'est bizarre quand même. D'abord, tu perds Lily, puis ça arrive à quelqu'un d'autre que je connais. J'ai l'impression de propager le malheur autour de moi. C'est idiot, évidemment, ça n'a rien à voir avec moi, mais ça me met mal à l'aise. Comme si chaque fois que j'entrais dans la vie de quelqu'un, je gâchais tout pour lui.

— Ne dis pas ça, répondit Mina. Si tu n'avais pas été là, je ne sais pas si j'aurais réussi à surmonter ça. Tu as été tellement fort pour moi ! Je suis certaine que tu agiras de même pour ton ami.

— Écoute-moi ça, grâce à toi, je me sens mieux. Faut que j'y aille, mais je me rattraperai. On s'organisera un truc dans quelques jours, OK ?

— Avec plaisir. Christian, merci pour tout.

— Je suis heureux d'avoir été là quand tu avais besoin de moi, répondit-il. C'était un privilège.

Chapitre trente

Ava n'avait pas fermé l'œil la nuit qui avait précédé l'enterrement. L'idée que Glynis Begbie se soit fait prendre son mari par des hommes qui ne doutaient pas d'agir en toute impunité occupait ses pensées. Puis il y avait Louis Jones. Pour cette mort-là, entreprendre quelque chose était dans ses cordes. Le problème était : par où commencer ?

Ava saisit l'historique des appels de Jones et le passa en revue. Le dernier reçu provenait d'un poste du commissariat de St Leonard. C'était donc les précédents qui l'intéressaient. Ava entra trois des numéros dans son ordinateur. L'un était indien. Le moteur de recherche le listait comme un numéro de réclamations prisé, qui avait tout du scam informatique de base. Le suivant provenait de Glasgow. Ava configura son téléphone de manière que son propre numéro ne soit pas identifiable, et le composa.

Une femme décrocha, criant pour couvrir la musique et le bruit.

— Le Maz. Geordie, la ferme, je capte que dalle. C'est qui ? demanda-t-elle à pleins poumons.

Ava raccrocha. C'était logique, tout comme le fait que Knuckles et le mastodonte aient l'accent de Glasgow. Le Maz était l'adresse que Ramon Trescoe avait fournie lors de sa sortie de prison. Le coup de fil était aussi le premier lien entre Trescoe et Louis Jones. Elle étudia les derniers appels sur le registre avant que Louis Jones ne disparaisse dans la nuit pour se précipiter tête la première dans un sale accident de voiture. Jones avait contacté quelqu'un juste après avoir pris le coup de fil venant du Mazophilia. Cherchait-il de l'aide ? Elle composa le numéro en question. Un message préenregistré lui fournit des informations sur une compagnie de ferry opérant à Cairnryan Port, en charge de la liaison avec Belfast. Ce qui expliquait la direction prise par Jones pour sortir d'Édimbourg, et la rapidité avec laquelle il avait quitté ses locaux. Plus important encore : ça donnait une indication quant à la nature de sa conversation avec Glasgow.

Ava aurait aimé remonter le temps et jeter un œil à l'intérieur de la voiture de Jones. Qu'est-ce qu'un homme en fuite emportait avec lui ? S'était-il chargé de liasses de billets usagés, similaires à celles que Begbie avait planquées dans sa maison, ou avait-il décidé que sa vie était tout ce qui importait ? Elle passa un coup de fil supplémentaire, le téléphone coincé entre l'oreille et l'épaule pour ouvrir un bloc-notes.

— Commissaire Dimitri ? Commissaire divisionnaire Turner. Ça vous ennuierait de m'envoyer par mail la liste des éléments matériels récoltés dans la voiture de Jones ? Je n'arrive pas à mettre la main dessus dans nos dossiers d'enquête.

— Oui, bien sûr, mais à ma connaissance le véhicule était vide. Quelques emballages de nourriture. Pas d'arme, pas de drogue, rien de notable, répondit Dimitri. Que recherchez-vous ?

— N'importe quoi qui donnerait une indication sur la destination ou la raison pour laquelle Jones quittait la ville.

— Je demanderai à quelqu'un de vous transmettre les documents. Pas d'autres pistes alors ?

— On en est au début. Dites-moi, l'autre véhicule impliqué dans l'accident, je présume que vous en avez des traces de pneus ou des particules de peinture.

— Un homme de la brigade scientifique spécialisée dans les accidents de la route était présent sur place. Je n'ai pas lu son rapport, qui n'a été disponible qu'après la mort de Jones. À ce moment-là, l'affaire était passée entre vos mains. Quoi qu'il en soit, je ferai tout mon possible pour vous faciliter les choses.

— Ce ne sera pas nécessaire, répondit Ava. Je vais me mettre moi-même en quête de ce rapport. Ça aurait été plus facile si nous avions été informés dès le départ des noms des officiers présents sur les lieux.

Elle prenait sur elle pour ne pas se montrer cinglante. Jouer à se renvoyer la balle des reproches d'un service à l'autre n'était pas professionnel. Et Dimitri n'avait été que courtois et serviable.

— Désolé, j'avais demandé à l'une des membres de mon équipe de vous transmettre l'information, mais elle est enceinte, et sincèrement, j'ai l'impression que mes ordres entrent par une oreille et sortent par l'autre. Ces derniers temps, elle est à peu près aussi efficace qu'un chaton dans un combat de chiens.

— Quel est son nom ?

— Je vous demande pardon ?

— Comment s'appelle-t-elle ? Votre agent enceinte.

— Janet Monroe. Je m'assurerai de la relancer au sujet de ce rapport.

Il raccrocha. Ava desserra les mâchoires et se dirigea d'un bon pas vers la salle des opérations. Dans sa frustration, elle avait juste aggravé la situation pour une pauvre policière qui avait déjà, sans aucun doute, le sentiment que sa grossesse revenait à descendre d'un échelon dans sa carrière. Et ce n'était pas du tout son intention.

— Tripp, lança-t-elle à ce dernier, mettez la main sur l'officier de la brigade des accidents qui s'est rendu sur celui de Louis Jones. Puis dénichez-moi les coordonnées de l'agent Janet Monroe, de la brigade de Dimitri. Est-ce que le rapport préliminaire de la légiste concernant Cordelia Muir est arrivé ?

— Seulement pour confirmer que la cause de la mort est le niveau élevé de DNP dans le sang. Pas de blessures, défensives ou non, pas d'automutilation, pas de maladie apparente, mais ils attendent le retour du bilan toxicologique complet, répondit Tripp. Madame la commissaire générale Overbeck vous cherche. Elle a téléphoné tout à l'heure, mais son appel a été transféré, comme votre ligne était occupée.

— Crotte, marmonna Ava.

Calmer Overbeck était la dernière chose qu'elle souhaitait faire, mais il valait mieux s'en occuper rapidement, comme quand on doit percer un furoncle. De retour à son bureau, elle contacta le secrétariat d'Overbeck, espérant à moitié que la commissaire générale serait maintenant absorbée par une tâche quelconque. Elle n'eut pas cette chance.

— Votre rapport sur vos progrès, Turner, exigea sa supérieure.

Ava s'affaissa : quand Overbeck était dans ce genre d'humeur, rien ne la calmait.

— Cordelia Muir est décédée empoisonnée par une forte dose de DNP. On poursuit la piste du médicament. Il y avait des cachets dans son sac et dans son bureau, donc nous cherchons à identifier le vendeur. Pas de grand changement en ce qui concerne l'enquête sur la mort de Lily Eustis. Nous savons où elle a bu un verre avant de se rendre à Arthur's Seat, mais l'homme qui l'accompagnait ne s'est pas présenté ni n'a été identifié. En ce qui concerne Louis Jones, on en est au début. La blessure par balle dans le crâne est la cause du décès.

— Vous avez trouvé ça toute seule, ou a-t-il fallu que la médecin légiste vous le confirme ? demanda Overbeck.

Ava ne prit pas la peine de répondre. Il valait mieux laisser à Overbeck son moment de sarcasme, puis passer à autre chose. Engager le combat était destructeur.

— Les ennemis connus de Jones ? Du mouvement de ce côté-là ?

— Jones évolue à la périphérie de l'activité criminelle de la zone, avec son affaire de location de voitures. Lively s'en charge, madame.

— Donc, pour résumer, vous avez trois cadavres, et personne sous les verrous pour répondre de ses actes dans l'un ou l'autre de ces dossiers. Une explication à me fournir ? Enfin, une que je puisse présenter au comité directeur. Pas le blabla habituel sur les éléments matériels et la criminalistique.

— Dans l'affaire Muir, il est possible que le produit provienne de l'étranger, et je doute qu'on parvienne à remonter à sa source. En ce qui concerne Lily Eustis, on a considéré avec retard avoir affaire à un meurtre, et il y a peu de choses auxquelles se raccrocher en s'appuyant sur des données probantes. Pour Louis Jones, j'attends les rapports de la scientifique.

— Vous êtes encore en train de parler, et pourtant, je n'entends rien ayant de la substance. Retournez quelques pierres, Ava, voilà mon conseil. Si vous vous demandez lesquelles, balancez des coups de pied dans le tas jusqu'à ce que quelque chose de moche rampe de là-dessous, puis coincez-le en l'enfermant sous un foutu verre, et mettez-moi ça en cellule. Vous avez conscience que ma patience a ses limites ? Tenez-moi au courant d'ici quarante-huit heures.

Ava devait en convenir, en dépit de ses sermons inopportuns, cette fois-ci Overbeck avait tapé dans le mille. Rester assise à attendre que des informations utiles sur le meurtrier de Jones se matérialisent n'était en rien une stratégie. Ava avait l'adresse du Maz et deux suspects sur lesquels enquêter. Perdre plus de temps ne présentait pas vraiment d'intérêt.

À cause des travaux de voirie, Ava mit une heure et quarante-cinq minutes pour faire le trajet entre le centre-ville d'Édimbourg et Glasgow ; à son arrivée, le soleil baissait. Le Mazophilia Club, résidence de la famille Trescoe, se situait sur Cathcart Road, dans le quartier de Govanhill, au sud du centre de Glasgow. Elle en éprouva un léger soulagement car ainsi elle contournerait les pires embouteillages de la ville. Revers de la médaille, ce n'était pas le genre de coin où elle souhaitait se balader à la nuit tombée.

Elle finit par dégoter le club, dont l'entrée principale se trouvait dans une ruelle sur le flanc du bâtiment. La façade en était noire, avec un lettrage or effrité et la silhouette gris fumée d'une femme ayant le genre de courbes qu'on rencontre rarement dans la vraie vie. Ava réduisit au silence la féministe qui hurlait en elle, acheta à un tabac proche un paquet de cigarettes et un briquet, remonta son col et enfila son bonnet en laine et les gants qu'elle gardait dans sa voiture pour des inspections hivernales de scènes de crime. Elle effectua lentement le tour du pâté de maisons afin de se rapprocher de l'entrée du club, alluma une cigarette, fumant sans inhaler. Lorsque la loi avait été modifiée pour interdire les cigarettes dans les pubs et les boîtes de nuit, cela avait offert incidemment une excuse parfaitement plausible pour traîner dehors au beau milieu de l'hiver. Le problème principal était d'essayer de ne pas tousser.

Le club présentait une façade borgne. Deux autres portes offraient des issues de secours. Une troisième, à l'arrière, était pourvue d'un numéro, et il y avait des fenêtres aux premier et deuxième étages. Des rideaux pendaient aux plus élevées. Cet ensemble était donc séparé du club, il s'agissait probablement d'appartements. Une voie piétonne menait à un parking.

Une porte claqua dans la ruelle principale. Ava, s'appuyant contre un mur, alluma une nouvelle cigarette.

— Je te l'ai dit, je ne travaillerai pas ici si tu les laisses me tripoter. Le deal était qu'ils étaient autorisés à regarder, point barre. Je n'ai pas envie qu'on m'empoigne les nichons, bordel ! Si c'est ce qu'ils veulent, il va falloir qu'ils crachent au bassinet bien plus que ce qu'ils paient pour passer la porte.

L'accent était sans aucun doute local, mais le visage, constata Ava en se penchant pour jeter un coup d'œil, plutôt indo-pakistanais. La fille était jolie. Trop pour avoir besoin de travailler dans un tel bouge, pensa Ava, mais les gens se retrouvent parfois piégés dans leur propre vie. L'homme qui l'accompagnait posa la main sur son épaule.

— Y'a pas de quoi fouetter un chat, non ? Tu es ici pour offrir un divertissement. Si quelqu'un dépasse vraiment les limites, l'un de nous le mettra à la porte. Zéro risque. Prends ça comme un compliment et souris.

— Et si je t'agrippais les bourses, à quel point ça serait un compliment ? répliqua la fille.

— Je pense que je serais plutôt assez content de moi, commenta l'homme.

— Ouais et si ça venait de l'un de ces porcs suants ? Sincèrement, la plupart du temps, je les sens avant de les voir. On devrait les obliger à prendre une putain de douche à l'entrée.

— Tu parles des clients de M. Trescoe, là. T'as certainement pas envie que le boss t'entende dire des choses pareilles ? Je demanderai aux videurs d'être plus vigilants ce soir, OK ? Si quelqu'un est trop entreprenant, on le dégagera, mais plus question de la ramener. Te mater est un plaisir pour les yeux. Ça ne sera plus autant le cas si ton visage donne l'impression qu'on vient de lui pisser dessus.

— Ouais, ben si ça se reproduit, je me plaindrai moi-même à Joe Trescoe, rétorqua la fille.

— Si tu t'adresses à lui comme tu viens de le faire avec moi, Knuckles se chargera de te ramener chez toi. Ça te branche ?

Il y eut un silence.

— C'est bien ce que je me disais, reprit l'homme. Maintenant, viens boire un verre pour te détendre avant que ça se remplisse. Fini les jérémiades, OK ?

La fille, l'air encore en colère, jeta sa cigarette par terre et entra dans la boîte, l'homme la tenant par l'épaule. Ava sortit de l'ombre. Joe Trescoe, le patron des lieux, était le frère de Ramon Trescoe. À l'évidence, maintenant qu'il était sorti de prison, Ramon ne perdait pas de temps à se réinsérer dans les combines juteuses et tout sauf honnêtes de Glasgow. Mais à moins de traîner dans le coin durant les prochaines vingt-quatre heures, les probabilités de voir Ramon en personne étaient faibles. Ce qui était positif, c'était d'avoir entendu mentionner le nom de Knuckles. Restait à assembler les pièces du puzzle. Ava tapa du pied. Il était temps de rentrer chez elle. Elle ne tenait pas à être remarquée, surtout quand l'un des hommes à l'intérieur du club arborait encore des marques de brûlure aux testicules à cause de son taser. À sa prochaine visite, elle serait mieux préparée. Oui, la prochaine fois, elle serait habillée pour tout déchirer, et absolument ravie de se livrer à un carnage.

Chapitre trente et un

Callanach était installé avec le rapport de la scientifique sous les yeux. Les résultats du labo concernant les cachets dans le sac de Cordelia Muir confirmaient la présence de la molécule permettant soi-disant de perdre du poids, le dinitrophénol. Luc avait déjà contacté l'Agence des normes alimentaires. La réponse qu'il en avait reçue, accompagnée d'un sentiment d'épuisement, soulignait qu'arrêter le flot d'entrées dans le pays de tels médicaments était à peu près aussi probable que de persuader un adolescent de ne pas utiliser les réseaux sociaux. Le rapport indiquait que l'ADN de Cordelia Muir se trouvait bien sur les pilules dans son sac. Quant à celles de son bureau, leur composition chimique était la même que celle de la drogue présente dans son organisme. Le rapport concluait en rangeant le décès de Cordelia dans la catégorie des homicides, mais sans mail ni SMS précisant où elle avait acheté le médicament, la Crim était impuissante à donner suite à la moindre enquête. Il ne restait plus à Callanach qu'à préparer un dossier pour le procureur. Après quoi il lui faudrait informer la famille de Mme Muir.

Un agent entra dans son bureau, déposa une note et ressortit. Callanach s'arrêta pour la lire.

« Appel du Dr Selina Vega au sujet de Cordelia Muir. »

Un numéro de téléphone suivait.

Quand la médecin décrocha, il se présenta.

— Commandant Callanach.

— Vous n'avez pas perdu de temps. Je me demandais où en était l'enquête sur la mort de Mme Muir. Vous avez déjà reçu le rapport d'autopsie ? s'enquit la chef de clinique.

— Oui, répondit Luc. Dans l'ensemble, le rapport ne…

— On en parle devant un café, si vous avez le temps ? Comme ça, je l'étudierai de manière appropriée. Je ne travaille pas aujourd'hui. Vous êtes libre pour qu'on se rencontre ?

— Aucun souci. Vous voulez venir au poste ?

— Je préférerais un endroit avec des fauteuils et des pains aux raisins, répondit la médecin en riant. Il y a un petit bar espagnol sur Niddry, mais promettez-moi de ne jamais y emmener quelqu'un d'autre. Je ne tiens pas à ce que ça devienne trop couru, c'est mon repaire de prédilection.

— Je pense pouvoir vous le promettre. Dans une heure ?

De l'extérieur, Esancia semblait tout petit, mais le café s'étendait sur toute la profondeur du bâtiment de Niddry Street, ses vieux murs assombris par le passage des siècles. Quand il avait ouvert la porte, les arômes mêlés de café, de vin chaud et de viandes fumées avaient submergé Callanach. Pendant une seconde, il se retrouva loin, sous le soleil, savourant l'air frais. Au Portugal, en Grèce ou en Espagne. Il s'accrocha à cette sensation aussi longtemps que possible avant de reprendre pied avec la réalité et de chercher des yeux le docteur Selina Vega.

Il la découvrit dans un coin, un livre sur les genoux, ses longs cheveux ramenés en une torsade sur sa tête. Elle portait une chemise en jean pâle et un pantalon en daim marron. Elle sourit en le voyant approcher.

— Vous m'avez trouvée, dit-elle. Je nous ai commandé du café, des calamars frits et des patatas bravas. Ça vous va ?

— Je ne m'attendais pas à ça de votre part, docteur Vega. J'espère que vous me laisserez me charger de l'addition.

— C'est la moindre des choses. Je me sens un peu coupable de vous obliger à sortir de votre bureau. Mais il est si agréable de rencontrer un autre expatrié ! Et je vous en prie, appelez-moi Selina, répondit-elle.

Callanach suspendit son manteau sur le dossier de sa chaise et se mit à l'aise. Selina Vega était belle. Grande, mince, des yeux marron foncé et un large sourire. Il ne lui était pas venu à l'esprit qu'elle aurait pu être intéressée par quoi que ce fût d'autre que leur contexte professionnel, mais il avait soudain l'impression qu'il s'agissait d'un rendez-vous d'un autre genre. Il sortit une copie papier du rapport d'autopsie et la posa sur la table sans l'ouvrir.

— Mon prénom est Luc, dit-il. Si l'Espagne vous manque tant, pourquoi ne pas y retourner, sans vouloir me montrer indiscret ?

— J'avais un petit ami ici, on a vécu ensemble pendant quelques années, puis ça n'a plus collé. Aujourd'hui, ma carrière évolue et l'hôpital est excellent. Je retourne régulièrement au pays pour me gorger de soleil et de balades à la plage. L'Écosse ne dispose pas du climat idéal pour le surf. Et vous ?

— Mon père était écossais.

Ce point-là au moins était sûrement vrai, quoi qu'il découvre sur ses origines biologiques. C'était aussi la manière la plus facile de répondre à la question sans mentir.

— Je n'ai pas surfé depuis longtemps, ajouta-t-il. Des années, en fait. J'avais l'habitude de fréquenter régulièrement Les Cavaliers quand j'avais vingt ans. C'est drôle comme le travail nous distrait des choses qu'on aime.

— Ne m'en parlez pas ! Mon rêve était d'arpenter le monde en faisant de la plongée sous-marine. Quand j'étais ado, je trimbalais une liste d'épaves et de récifs que je voulais voir. J'ai réussi pour quelques-uns, puis il n'a plus été question que de révisions et de recherches. On sacrifie toujours quelque chose, mais ça en vaut la peine. Quand j'ai très envie de voir l'océan, je me rappelle à moi-même le bien que j'accomplis.

— À ce sujet, voici le rapport préliminaire, dit Callanach, saisissant l'opportunité d'ouvrir le rapport et de le tendre à Selina. Nous attendons les résultats toxicologiques complets, mais en gros, ça confirme votre diagnostic initial.

Le café et les plats arrivèrent. Callanach les servit tandis que la jeune femme se plongeait dans sa lecture.

— C'est un taux élevé de DNP, plus que le dosage recommandé, même dans le cas de pilules illégales. J'ai lu des articles sur elle. C'était une femme intelligente. Elle aurait su qu'elle en prenait trop, commenta la médecin.

— Nous ne comprenons pas encore quelle était sa motivation. Ses enfants sont terriblement choqués, à peu près comme quand vous les avez rencontrés à l'hôpital. Mais nous avons trouvé des comprimés sur son lieu de travail, ainsi que dans son sac à main.

— Je vois ça. Ils servent le meilleur calamar frit qui soit, non ? commenta-t-elle, la bouche pleine. Quelle était la source d'ADN sur les médicaments trouvés dans son sac ?

Callanach lui reprit le rapport, tourna une page et lut le paragraphe idoine.

— Cellules de l'épiderme, fibres de cheveux. On dirait bien que l'ADN était très présent sur les cachets sans emballage. La même chose vaut pour le flacon qui se trouvait dans le tiroir inférieur de son bureau.

— On s'y serait attendu. C'est son sac. Elle aurait rangé là du maquillage, des Kleenex, des stylos, une brosse à cheveux – toutes les sources de contamination croisée auxquelles on peut penser. Son bureau contenait sûrement plein d'autres éléments qu'elle touchait régulièrement. Pour autant, les traces d'ADN sur les cachets ne viennent pas d'empreintes, à ce que je vois.

— En effet, mais on n'en trouve pas sur tout. Les objets sont essuyés, ou humides, expliqua Callanach.

— Je manipule régulièrement des comprimés. Leur surface est lisse, sèche. Mes doigts ou mes paumes finiraient inévitablement par y laisser une sorte d'empreinte, tout particulièrement si je les fais tomber d'un flacon dans ma main, puis les place dans une section fermée de mon sac à main. C'est pour cela qu'à l'hôpital on utilise des gants ou des petits récipients pour administrer les médicaments. Si ces pilules ont été manipulées par Mme Muir, il m'est impossible de croire à l'absence d'empreintes partielles.

Elle prit sa tasse de café.

— Oh mince, maintenant, à votre expression, je devine que l'envie de vous en aller vous démange. J'aurais mieux fait de me taire.

— Vous avez toujours l'esprit aussi affûté ? demanda Callanach.

— Pas quand je suis près de la mer. Là, je n'entends rien d'autre que les vagues et ne vois que les reflets du soleil jouant sur l'eau. J'aimerais me dédoubler. Une Selina qui travaille, et l'autre qui passe son temps à préparer des feux de camp sur les plages et à observer les étoiles. Finirez-vous au moins votre café ?

— Oui. D'autres idées ?

— Seulement celle-ci : je ne me suis jamais entretenue avec Mme Muir, mais j'ai rencontré sa fille, et c'est généralement un bon indicateur de la personnalité maternelle. Elle était habillée à la perfection, guindée, même. Précise dans ses questions, irréprochable, ongles courts – je suis assez forte quand il s'agit de remarquer ces choses-là. Je suppose que sa mère était pareille. J'ai du mal à l'imaginer jetant des comprimés en vrac dans son sac. Si elle voulait en prélever quelques-uns de son flacon, il semble plus probable qu'elle les ait déposés dans un autre récipient ou au moins un sachet en plastique. Les femmes savent que leur sac à main abrite plein de poussière et de peluches. Personne ne voudrait avaler quoi que ce soit qui se serait trimbalé là-dedans, même dans une poche à part.

Callanach termina son café et avala une dernière bouchée de patatas bravas.

— La nourriture ici est excellente. Merci d'avoir suggéré cet endroit. Je suis désolé de devoir partir si brusquement.

— La prochaine fois, je refuserai de parler boutique avec vous si c'est là le résultat, répondit la jeune femme.

Callanach se leva et enfila son manteau. Elle repoussa sa chaise elle aussi, glissa une main tendre sur son épaule et l'embrassa sur la joue. Elle sent la vanille et la cannelle, se dit Callanach.

— Si vous décidez de garder mon numéro et de m'inviter à boire un verre la semaine prochaine, ça vous facilitera peut-être la tâche de savoir que j'accepterai, dit-elle.

Quand il arriva au commissariat, Callanach ne parvenait pas à se rappeler comment il avait réagi à la dernière déclaration de Selina Vega. La jeune femme n'était ni arrogante ni présomptueuse, juste emplie d'une confiance en elle naturelle et d'une humeur agréable. Compte tenu de son intellect, de sa personnalité et de son allure, Callanach pouvait difficilement imaginer qu'un homme l'ait déjà repoussée. Le problème était qu'il n'était pas en état d'inviter une femme à sortir avec lui : elle en conclurait peut-être que leur relation pouvait avoir un avenir et il était incapable de satisfaire cette attente. Il valait mieux ne pas du tout ouvrir la porte, plutôt que de s'efforcer d'inventer des excuses pour la refermer plus tard. Il était impuissant. Inutile dans une histoire à deux. L'ironie d'être peut-être le fruit d'un viol et d'être devenu impuissant à la suite d'une accusation similaire était presque intolérable. Selina Vega n'en avait pas conscience, mais elle se porterait mieux s'il ne lui téléphonait pas. Ne s'ensuivrait que de la déception.

Il prit la direction des bureaux de Crystal. Tripp était supposé le retrouver sur place avec un employé qui leur permettrait d'entrer. Une équipe de la scientifique avait rapidement visité les locaux auparavant, mais ce n'était pas alors une scène de crime et ils n'avaient pas été placés sous scellés.

— Vous êtes de la police, non ? demanda une femme devant la porte de l'association. Vous ne ressemblez pas à ce à quoi je m'attendais. Je suis Sian.

— Commandant Callanach, répondit-il. Y a-t-il une alarme ?

— Pour quoi faire ? Y'a pas de liquide ici, rien de valeur. J'imagine que vous seriez peut-être tenté de cambrioler les lieux si vous aviez une passion pour les blocs de Post-it multicolores. Il y a du nouveau ? Vous savez ce qui est arrivé à Cordelia ?

— C'est encore confidentiel, j'en ai peur. Merci de nous laisser entrer, répondit-il, cherchant Tripp du regard. J'y vais, mais mon collègue ne tardera pas. Désolé de vous demander ça : ça ne vous embêterait pas d'attendre ici ? Nous devons prendre soin de ne pas déranger les choses.

Elle ne se fatigua pas à lui répondre, poursuivant la conversation là où elle l'avait laissée.

— Aucun d'entre nous n'a la moindre idée de ce qui s'annonce pour son emploi. Je déteste l'idée de donner l'impression d'être vénale, mais Cordelia était une perle qui dirigeait seule. Si on gérait le quotidien, elle, en revanche, jouait un rôle moteur dans les opérations de collecte de fonds de grande envergure et dans les relations internationales. Elle se chargeait également de tous les aspects légaux. On ne nous a rien dit. Je ne sais même pas qui va s'occuper de nos salaires ce mois-ci. Je travaille peut-être pour une œuvre caritative, mais je ne vis pas de l'air du temps.

— Je serai aussi rapide que possible, répliqua brièvement Callanach.

Il entra dans les locaux.

Il était évident que personne n'y avait mis les pieds depuis l'annonce du décès de Cordelia. Toutes les lumières étaient éteintes, et il y faisait plus froid que si des gens y avaient travaillé. L'espace était des plus ordinaires. Une rangée de tables de travail dans la zone d'accueil ; un bureau plus grand, séparé des autres par une paroi vitrée, au fond de la pièce. D'un côté se trouvaient les toilettes et une petite cuisine, dotée d'un évier, d'un placard pour la vaisselle, les couverts et les produits ménagers de base, et d'un réfrigérateur. À l'opposé, une salle de réunion.

Callanach enfila une paire de gants et sortit son téléphone pour photographier chaque section des lieux, prenant soin de ne rien déplacer. Il se rendit dans l'espace personnel de Cordelia, repoussant du pied le fauteuil de cette dernière qui se trouvait sur son chemin. Il ouvrit les tiroirs du bureau. Leur contenu était soigneusement rangé. Pas de manière obsessionnelle, mais la boîte de son stylo à encre était positionnée près d'un pot d'encre et posée sur un papier buvard. Mme Muir aimait que les choses soient à leur place. Il n'y avait pas de désordre autour, papiers froissés ni tickets de caisse en vrac. Un autre tiroir contenait un dossier intitulé « Recherches de mécénat », le suivant des fournitures, et celui du bas des lettres et des listes de choses à faire. C'était là que le flacon de cachets avait été découvert, tout au fond, coincé derrière les papiers.

Sur le bureau, des photos de famille étaient soigneusement encadrées et disposées. Du bric-à-brac dans un range-papiers. Selina avait raison. Ce n'était pas une femme susceptible d'avoir laissé des comprimés traîner librement dans son sac. Sa vie était ordonnée et nette. Pas un gramme de poussière en vue. Callanach avait le sentiment désagréable qu'il passait encore à côté de quelque chose. La fille de Cordelia n'imaginait pas que sa mère ait pu prendre des pilules amaigrissantes. Les investigations de la criminelle n'avaient révélé rien d'autre que l'admiration qu'on portait à la disparue. Elle était régulièrement invitée à s'exprimer lors d'événements caritatifs, et appréciée de tous. Cordelia n'avait pas d'ennemis connus, bien qu'il sût par expérience que tout le monde était susceptible d'attirer une attention malveillante. Le problème, si elle avait été victime d'un crime, était de comprendre comment on s'y était pris.

Il ouvrit le réfrigérateur, en photographia le contenu, puis inspecta tout ce qui s'y trouvait, une chose après l'autre. Dans la porte, des briques de lait dont une seule était ouverte. Sur les clayettes, des barquettes en plastique plus ou moins remplies. Deux étaient vides, et sur les six restantes deux portaient le nom de Cordelia. Callanach les sortit, tira de ses poches des sacs pour preuves, y inscrivit l'heure, le jour et le lieu pour leur enregistrement, avant d'y sceller les barquettes. Puis il sortit toutes celles qui restaient et plaça chacune d'elles dans son sachet individuel.

— Monsieur ? dit une voix dans son dos. Souhaitez-vous que je m'en charge ?

— Enfilez des gants, Tripp, répondit Luc. Je suis à la recherche d'une source de contamination au DNP. Que toute la nourriture et les boissons soient saisies. Vérification de tous les tiroirs et placards pour s'assurer qu'il n'y a pas d'autres comprimés. Nous renverrons les objets réglo à leurs propriétaires. Le personnel commence déjà à se plaindre du manque de communication. La dernière chose dont nous ayons besoin est qu'un employé contacte la presse parce qu'on ne lui a pas restitué le mug qu'une petite amie lui a offert.

— Comment identifierons-nous les gens dont les affaires ont été emportées ?

— Les dossiers du personnel se trouvent dans le bureau de Mme Muir. Passez-les en revue, obtenez le nom de chaque salarié. Demandez à la dame qui est dehors les coordonnées de ceux qui s'occupent du ménage, s'il y en a. Si une personne a dissimulé ces comprimés dans le tiroir pour incriminer la victime, il fallait qu'elle ait accès au meuble.

— Le mobile m'échappe, monsieur.

— Un salarié mécontent ? Un acte raciste ? Ou un individu envoyé par un gouvernement étranger qui n'appréciait pas le travail caritatif de Mme Muir dans son pays. Il n'y a pas d'empreintes sur le flacon de comprimés. Si on réfléchit au nombre de gens qui ont dû le toucher, Mme Muir incluse, c'est plutôt improbable, non ?

— Presque impossible, convint Tripp.

— Quelqu'un a pris soin de l'essuyer. Ce qui signifie qu'il avait un mobile pour agir ainsi. Je ne vois pas la moindre raison pour laquelle Cordelia Muir se serait infligé une telle chose.

Chapitre trente-deux

Bradley patientait au Café Nom de Plume. Il avait convenu d'y retrouver Christian, avançant sur une corde raide entre candeur et perfidie, et y marchant pesamment. Sean croulait sous les scripts, les répétitions, l'afflux de nouvelles personnes merveilleuses dans sa vie, et des opportunités excitantes si éblouissantes qu'il avait à peine remarqué la distraction de Bradley qui, lui, avait du mal à simuler. La nuit, il fermait les yeux et voyait le visage de Christian. Le matin, il passait devant le Nom de Plume en chemin pour le travail, et imaginait son nouvel ami installé sur sa chaise en devanture, à ce qui était devenu « leur table ». Dernièrement, il en était venu à se demander ce qu'il éprouverait en recevant le premier baiser de Christian ; donc que ce dernier soit en retard, très en retard, lui était cuisant. Bradley terminait son café et se préparait à retourner au bureau quand la porte s'ouvrit enfin.

Christian lui parut changé. Ses cheveux lui tombaient sur le nez, sa peau avait perdu son lustre habituel, son lent sourire était absent. Il s'affala sur la chaise à côté de Bradley et secoua la tête.

— Désolé. Je déteste te faire attendre, dit-il d'une voix si basse que Bradley dut se pencher pour l'entendre.

— Que s'est-il passé ?

— Ma fiancée est partie. Les dernières semaines ont été rudes. Deux personnes que je connais ont perdu un proche. J'ai demandé à ma compagne de se montrer patiente, de me partager, de me permettre d'être là où je suis le plus nécessaire. Mais elle en a été incapable. Puis je lui ai parlé de toi.

Bradley rapprocha sa chaise de celle de Christian.

— Elle est partie pour de bon ? lui demanda-t-il.

Christian acquiesça avant de prendre sa tête entre les mains, les coudes sur la table. Bradley glissa son bras sur les épaules de son ami, le geste hésitant. Il sentit ses muscles tendus, essaya de se concentrer sur ce qu'il pouvait lui apporter.

— Tu vas être en retard au boulot à cause de moi ? lui demanda ce dernier. Ma fiancée était si bouleversée, et j'essayais de faire en sorte qu'on se sépare en bons termes. C'est mieux pour elle comme pour moi qu'elle soit partie, mais je ne souhaitais pas que ça finisse comme ça. Tu crois au mauvais sort, Brad ? Tu penses que le passé nous poursuit ?

Bradley remit une main sur son mug, espérant que Sean ne téléphonerait pas, comme souvent à cette heure-là. De l'autre, il coupa le son de son téléphone dans sa poche. Christian avait besoin de lui à la minute présente.

— Je pense qu'on est plus conscient d'événements qui nous rappellent notre passé, répondit-il. S'il s'agit de quelque chose de grave que nous n'avons pas accepté, alors peut-être nous attendons-nous à ce que l'histoire se répète.

Les doigts de Christian rampèrent lentement sur la table, avant d'enfermer ceux de Bradley sous une paume tremblante.

— Je bousille tout dans ma vie, mais je suis assez doué comme ami, je crois. Je vois les gens qui souffrent, et la plupart du temps je parviens à leur apporter un véritable soutien. C'est comme si, en agissant ainsi, je trouvais un moyen d'accepter mes propres problèmes. Tu comprends ?

— Oui, tout à fait.

Bradley le souhaitait en tout cas et hésitait à interrompre Christian alors que ce dernier s'ouvrait à lui.

— Quand je lui ai parlé de toi, elle m'a demandé si j'avais pensé à toi comme à plus qu'un simple ami. Je tenais à la rassurer. Je crois en la fidélité, émotionnelle et physique, mais je ne pouvais plus lui mentir.

Bradley rougit.

— Que lui as-tu répondu ?

— Je lui ai dit que j'avais envie de te connaître mieux. Ajouter quoi que ce fût n'était pas nécessaire. Elle a deviné tout ce que cela supposait, répondit Christian. J'espère que tu ne m'en veux pas. On a passé tellement de temps ensemble, toi et moi. Ces quelques minutes à l'heure du déjeuner ont été mes seuls moments de paix. Je réconfortais Mina et Randall, puis je rentrais à la maison pour… c'était épuisant. Cela semble si présomptueux maintenant ! Me pardonneras-tu ?

— Comme s'il y avait quoi que ce soit à pardonner, le rassura Bradley. Et puis, moi aussi j'ai pensé à toi. Quoi qu'il en soit, je ne tiens pas à ce qu'il y ait la moindre pression entre nous. J'aime passer du temps avec toi : à seulement parler, j'ai eu le sentiment, je ne sais pas, qu'on m'écoutait pour la première fois depuis longtemps.

— Je pourrais peut-être passer chez toi un soir de cette semaine ? proposa Christian. Ne serait-il pas temps d'aller plus loin, de partager plus qu'un café et des histoires sur nos boulots respectifs ?

Il sourit, et Bradley éprouva une poussée d'adrénaline, de celles qu'il associait habituellement aux premiers baisers ou à la confrontation avec des petites brutes menaçantes.

— Peut-être pas chez moi, répondit-il. Les choses sont compliquées. Et si je venais chez toi ?

— C'est trop tôt. Il y a encore de nombreuses affaires à elle, et pendant encore quelques mois, je verrai son visage partout où je poserai les yeux.

— Bien sûr, quel manque de sensibilité de ma part !

— Trouvons un bar tranquille où boire un verre. Territoire neutre. Je t'enverrai un SMS pour te confirmer quand et où. On dit vendredi prochain ?

— Bonne idée, répondit Bradley en souriant.

— Tu ferais mieux d'y aller. Je me suis fait porter pâle aujourd'hui, mais ton boss s'attend à te voir revenir.

Il étreignit Bradley, le serrant fort. Ce dernier avait conscience de la chaleur du corps de Christian et de son ventre plat. Il s'obligea à se rappeler le sourire de Sean, son humour et sa gentillesse. La tentative de diversion ne dura pas longtemps.

Une fois Bradley parti, Christian sortit son téléphone pour appeler Randall. La famille Muir avait été occupée par l'organisation des funérailles de Cordelia, mais il s'était attendu à ce que Randall le contacte. Il s'inquiétait que son ami intériorise son chagrin. Ce qui serait un désastre.

— Chris, ne quitte pas, je monte à l'étage, lui répondit ce denier quand il décrocha.

Christian l'entendit se dépêcher, puis lui parvint le bruit de sa respiration hachée avant qu'il reprenne la parole.

— Merci de me passer un coup de fil. J'y pensais, mais j'avais peur de t'embêter. Je ne tiens pas à ce que tu me voies comme un boulet.

— C'est la dernière chose qui me viendrait à l'esprit, répondit Christian. Je ne te demanderai pas comment tu vas. Je connais déjà la réponse. Je te téléphonais juste pour voir si je pouvais t'être utile en quoi que ce soit.

— Je ne crois pas. Ma sœur ne me laissera pas échapper à sa surveillance. La police enquête toujours. C'est comme s'ils souhaitaient trouver quelque chose.

— Ils ne font que leur boulot. Ça se calmera. Quand j'ai perdu ma mère, je me suis entouré d'elle. J'ai sorti toutes les photos possibles, ses objets personnels, ses vêtements, tout. Je me suis fabriqué une sorte de nid. Ça a aidé. Parfois, on doit s'abandonner à la douleur, l'accepter.

Mon amie s'est rendue à la morgue pour voir le corps de sa sœur. C'est douloureux, mais je crois que ça lui permet d'avancer.

— Quand on me laissera sortir de la maison, ça serait sympa d'aller quelque part, écouter de la musique, ou un truc comme ça, suggéra Randall.

— Ouais, bien sûr. Garde juste le contact, OK ? Personne ne traverse ce genre d'épreuves seul. Je file, j'ai plein de trucs à faire à la maison, mais mon téléphone reste allumé.

— Chris, merci. C'est bon de t'avoir, conclut Randall avant de raccrocher.

Depuis la mort de Cordelia, l'atmosphère dans la maison de la famille Muir ressemblait à celle d'une bibliothèque imposante, à l'air feutré et lourd. Randall déambula dans les pièces qui avaient été celles de sa mère. Elle disposait de la plus grande chambre, avec un dressing, une salle de bains et un bureau. Il n'y était plus entré depuis son décès. Ça lui donnait l'impression qu'elle le regardait. Il tenta de s'asseoir sur le lit, mais l'oreiller était incurvé là où la tête de sa mère reposait d'habitude. Il opta donc pour la coiffeuse, ouvrit le tiroir supérieur et y introduisit lentement la main. Les bijoux de Cordelia se trouvaient là, chacun dans sa boîte d'origine, tous à leur place. Au fond, pourtant, quelque chose cliqueta brutalement. Il tira le tiroir aussi loin qu'il voulait bien aller, et se pencha pour regarder à l'intérieur. Il en sortit avec précaution l'objet qui y avait été enfoncé. C'était des pâtes, vieilles et qui commençaient à s'effriter, mais encore alignées sur un fil, exactement comme quand il lui avait offert le collier avec tant de fierté, quoi, douze ans auparavant ? Il se souvenait de l'avoir fabriqué en maternelle. Chaque pâte avait été décorée au crayon de couleur, mais les teintes étaient maintenant trop passées pour qu'on les devine. En revanche, la laine rouge qu'il avait utilisée comme fil ne s'était pas déchirée avec le passage des ans. Il était extraordinaire que sa mère ait conservé ce collier si longtemps. Il l'empocha, referma le tiroir, le rouvrit pour prendre la paire de boucles d'oreilles préférées de Cordelia, et le referma de nouveau.

La garde-robe abritait des aspects d'elle qu'il aimait moins. Les tailleurs, les stricts chemisiers impeccables, le sur-mesure qui la lui avait ravie en faveur d'un bureau et d'un monde contre lequel il avait été incapable de la disputer. Ces longues journées où il aurait souhaité qu'elle construise des puzzles avec lui, ou cuisine des gâteaux, alors qu'elle s'occupait de piles de papiers interminables, témoignant son amour à tant d'autres qui n'étaient pas lui. Il n'avait pas compris alors. Cela semblait plus facile maintenant qu'elle n'était plus là. La fierté avait pris le pas sur la colère. Il aurait voulu ravaler les mots durs qu'il avait prononcés, faire revenir les déclarations d'amour auxquelles il n'avait pas répondu. Non pas que son manque de réaction ait en rien entamé la constance de Cordelia à lui exprimer son affection. Chaque matin quand il partait pour l'école, comme un mantra, elle lui répétait qu'elle l'aimait au moment où il quittait la maison. Et chaque matin, tout ce qu'il avait répondu était une variation sur le thème du « à plus tard ».

Il s'empara de la seule chose dont il avait toujours aimé la voir vêtue, même s'il ne le lui aurait jamais avoué. La robe de chambre de sa mère était en tissu-éponge, d'une teinte rose thé et douce après d'innombrables lavages. Il y enfouit le visage, respirant l'odeur du savon, du parfum de Cordelia et – il savait qu'il s'imaginait cela – l'odeur des livres. Voilà à côté de quoi il était passé. Ses livres préférés. Dans son bureau, il préleva *Orgueil et préjugés*, *Ne tirez pas sur l'oiseau moqueur* et *La Lettre écarlate*. Ça ne suffisait pas, ne résumait pas de manière adéquate la profondeur de sa personnalité. Il ajouta *La Couleur des sentiments* et *Gatsby le magnifique*, les enveloppant dans le peignoir pour les rapporter dans sa propre chambre.

Un nid, c'était ce que Christian lui avait suggéré de construire. Il fallait d'autres choses. Beaucoup d'autres. Il retourna chez sa mère, tira la couette de son lit puis attrapa les oreillers. Un nouveau voyage. Dans le placard de sa salle de bains, il se saisit du parfum préféré de Cordelia, du rouge à lèvres qu'elle portait quotidiennement, et de sa crème pour les mains. De retour dans son bureau, il s'empara du coussin de son fauteuil de lecture. Il passa en revue les tiroirs de sa table de travail, raflant photos, lettres, agenda. Dans sa chambre à lui, il arrangea le tout, utilisant la couette comme base, éparpillant les oreillers et les coussins autour de lui, étalant ses trésors, vaporisant du parfum dans l'air, frottant la crème de soin sur ses propres paumes tout en arrangeant les photos comme des talismans pour éloigner l'obscurité laissée par la perte de sa mère. Il tira sur lui la robe de chambre de Cordelia, prit son agenda et commença à le lire. Christian avait eu raison. Jamais Randall ne s'était senti aussi proche de sa mère, du plus loin que remontaient ses souvenirs. C'était comme l'absorber. S'il fermait les yeux et la porte au monde, peut-être parviendrait-il à croire qu'elle était juste là, avec lui. Peut-être alors sa douleur disparaîtrait-elle.

Chapitre trente-trois

Ava tendit son téléphone portable et ses clés au bureau de la prison Glenochil, s'inscrivit et attendit pendant qu'on vérifiait son badge. Dylan McGill – l'ancien complice de Ramon Trescoe – avait accepté de la rencontrer. McGill n'avait aucune idée de la raison pour laquelle Ava souhaitait discuter avec lui, évidemment, mais voilà ce que c'était de purger une lourde peine : n'importe quelle rupture dans le rythme était aussi agréable que des vacances. Quand on a habituellement des journées qui consistent à passer vingt-deux heures enfermé, le moindre pas hors de sa cellule ressemble à une croisière d'un mois. L'approche s'était faite par les canaux officiels. Ava pouvait bien enquêter sur la mort de Begbie de manière informelle, elle était en revanche payée pour mener des investigations sur celle de Louis Jones. Elle avait même obtenu les coordonnées des anciens avocats de McGill au greffe du tribunal et leur avait notifié qu'elle avait l'intention de rendre visite à leur client. McGill avait cependant décliné la proposition d'être assisté par un avocat. Il pensait probablement que la rencontre serait plus distrayante sans conseils légaux. Ce qui convenait à Ava. Qu'aucun tiers n'ait trace de leur conversation lui offrait plus de flexibilité.

Elle fut soumise à une fouille au corps avant d'être conduite à un parloir, où elle songea au bien- (ou au mal) fondé de ce qu'elle était en train de faire, pendant qu'on amenait McGill depuis sa cellule. Un garde se tiendrait de l'autre côté de la porte, en cas de besoin – ce qui ne changerait pas grand-chose si McGill avait dissimulé un surin dans sa manche. Mais dans la mesure où son partenaire commercial était dehors dans le vrai monde, disposant d'un accès aux femmes, à l'alcool et aux plats frits, McGill espérait sans doute le rejoindre dès que possible. Décider de poignarder un officier de police ne semblait pas vraiment futé pour un homme qui souhaitait si désespérément changer d'adresse. L'intention d'Ava n'était pas pour autant de permettre à la relation entre McGill et Trescoe de rester aussi confiante qu'elle l'avait été durant les quelques décennies précédentes. Il est incroyable de constater comment la plus légère allusion au fait qu'un complice a parlé à la police peut réduire à néant l'amitié d'une vie, et ce type d'information se propage dans les prisons comme l'argent file entre les mains d'un parieur. Il n'en faudrait pas beaucoup pour que Ramon se méprenne totalement sur la petite conversation qu'elle s'apprêtait à mener avec McGill, et elle avait quelques cartes à jouer pour que Ramon en vienne à suspecter son meilleur ami de l'avoir balancé. Bien sûr, si Trescoe n'avait rien à cacher, il n'aurait aucune raison de s'inquiéter de la visite d'Ava à son associé.

Dylan McGill était plus petit que ce à quoi elle s'était attendue d'après la description qu'elle avait lue de lui dans son dossier ; il n'était plus que l'ombre de l'homme qu'elle avait vu sur diverses photographies. L'incarcération l'avait rabougri physiquement, ce qui ne suscita pas en elle la moindre once de compassion. McGill et Trescoe étaient des voyous prompts à la violence à l'époque de leur procès, et ils restaient les mêmes aujourd'hui. Il étudia Ava de la tête aux pieds quand le gardien l'installa sur une chaise avant d'indiquer à Ava où lui-même se trouverait en cas de problème.

— Une commissaire divisionnaire qui vient me rendre visite ! Vous ressemblez à ma première femme. Elle s'est révélée être une sacrée salope, la salua McGill. Vous avez des clopes ?

— Non, et vous savez que je ne suis pas autorisée à vous donner quoi que ce soit, donc laissons tomber les préliminaires. Louis Jones, ça vous dit quelque chose ? demanda-t-elle.

Il renifla.

— Le truc, c'est que j'ai rencontré beaucoup de gens ici au fil des ans. Peux pas me rappeler de tous leurs noms. Suis plutôt physionomiste.

— Très bien, dit Ava en sortant une photo de Jones. Voilà. Le nom de Louis la Clé à Molette vous parlera peut-être plus.

McGill souleva la photo et l'étudia pendant un long moment.

— Nan, toujours rien. Pourquoi cette question ?

— Il a été impliqué dans un accident de voiture, et est maintenant porté disparu. J'essaie de le localiser. Dans votre dossier, il est indiqué qu'il s'agit de l'un de vos anciens associés. Vous êtes resté en contact avec lui une fois condamné ?

— Un associé ? C'est ce que dit mon dossier ? Louis la Clé à Mollette n'était pas l'un de mes amis. J'imagine que l'information en question précise aussi que quand Ramon et moi on a été envoyés dans diverses putains de colonies de vacances de l'État, Jones a miraculeusement échappé à l'attention du procureur.

— Je m'interrogeais à ce sujet, lança Ava. Comment une telle chose a-t-elle été possible ?

McGill se pencha et baissa la voix.

— Vous portez un micro, commissaire Turner ?

— Non, répondit-elle en ouvrant sa veste. Je ne vois pas en quoi ça me serait utile, comme vous en avez sûrement conscience. Vous n'avez pas été informé de vos droits. Je ne prends pas de notes, vous n'avez pas d'avocat, et il n'y a pas d'enregistrement, ni vidéo ni audio.

— Alors, c'est quoi ce petit pas de deux ? Si j'en crois le téléphone arabe de la prison, Louis Jones garde une table d'autopsie au chaud, et ne parlera plus. J'imagine que vous êtes déjà au courant, ma grande. Caskill, t'as du feu ? lança-t-il au gardien.

Ce dernier entra, alluma la roulée que McGill avait sortie de sa poche, et ressortit.

— Et pourquoi cette nouvelle, au sujet d'un homme que vous avez déclaré ne pas connaître, a-t-elle atteint vos oreilles, monsieur McGill ? Est-ce vous qui avez lancé ce contrat ?

— Je suis sous les verrous. En quartier de haute sécurité, qui plus est. Je n'ai ni les contacts ni le cash pour organiser ça, quand bien même il s'agirait d'un contrat. Je préfère le concept suivant : submergé par les remords à l'idée d'être un putain de sale rat, Jones a fermé sa propre gueule avec un pistolet à clous, puis s'est tiré une balle dans le cerveau. Pourquoi vous n'essayez pas de travailler à partir de ce scénario, ma belle ?

— Votre meilleur ami, Ramon Trescoe, bénéficie de ces contacts, lui. Aucun doute que quelques personnes disposent des liquidités nécessaires et vous doivent une ou deux faveurs. Vous les gars, vous n'avez entraîné personne d'autre dans votre chute lors du procès, code de l'honneur et tout le tralala. Je suis sûre que vos anciens associés sont encore là pour faire de votre retour à la maison un événement plutôt agréable.

— Pourquoi êtes-vous venue ici ?

— Pour mettre la main sur celui qui a tué Louis Jones.

— Mes couilles. Si c'était officiel, vous seriez accompagnée d'un autre officier, j'aurais été prévenu, mon avocat serait présent et me conseillerait de vous répondre « Pas de commentaire ». Mais puisque nous ne sommes pas enregistrés, et parce que je suis de meilleure humeur que d'habitude, je vais vous filer un coup de main. Arrêtez de fourrer votre nez, tant qu'il est encore en un seul morceau, dans mes affaires. Et ça vaut pour celles de Trescoe aussi. Il a purgé sa peine, et pour ce que j'en sais, il n'a qu'une envie : regarder les chaînes satellite et bouffer des plats à emporter. Si Jones est mort, il l'a cherché. Vous ne tenez pas à vous retrouver mêlée à des histoires de grands garçons ?

— Je me doutais bien que vous me répondriez ça, rétorqua Ava. Je suis déçue, évidemment, mais ce n'est pas une surprise.

— Alors pourquoi vous déplacer ?

— Oh, comme ça. J'ai lu votre dossier, j'ai pensé que vous aviez l'air d'être un gars intéressant, et j'ai décidé que passer à côté de cette entrevue serait dommage. Désolée de vous avoir dérangé. À ma prochaine visite, je m'assurerai d'apporter des cigarettes.

Elle appela le gardien.

— Monsieur McGill et moi-même avons eu une discussion très utile. Il fait partie des gentils. J'aimerais bien qu'ils soient tous comme lui.

Caskill eut l'air surpris, et remit McGill debout.

— Bordel, vous voulez bien me dire à quoi vous jouez, ma grande ? demanda McGill.

— Monsieur McGill, vous connaissez la musique. Vous me grattez le dos, maintenant je gratterai le vôtre. Je soufflerai un mot au directeur, et je verrai si je peux vous obtenir quelques privilèges supplémentaires, pour vous remercier.

— Elle est complètement timbrée, putain ! dit McGill au gardien. Faites-moi sortir d'ici. Je rate le déjeuner, là.

Ava retourna au bureau de la prison pour récupérer ses affaires. Le contenu de sa conversation avec McGill n'avait présenté aucun intérêt, même si ça ne nuirait en rien qu'il répète le nom de Louis Jones à quelques codétenus. Que McGill se soit assis dans une pièce avec elle – seul, par-dessus le marché – suffirait à rendre nerveux Ramon

Trescoe, en particulier si McGill recevait soudainement un traitement de faveur inexpliqué.

Le directeur l'attendait.

— Commissaire divisionnaire Turner, la salua-t-il, nous ne nous sommes jamais rencontrés, mais j'ai beaucoup entendu parler de vous. Avez-vous obtenu ce que vous recherchiez aujourd'hui ?

— Oui, répondit Ava, mais il y a deux ou trois choses dont je souhaiterais vous entretenir.

— Bien sûr. Je ferai tout ce qui est en mon pouvoir pour vous apporter mon aide.

Une heure et demie plus tard, Ava était chez elle. Elle retira son tailleur et passa son placard en revue à la recherche de quelque chose qui lui permettrait de se fondre dans la masse durant la soirée. Elle eut la main très lourde sur le maquillage ; elle ne se souvenait pas d'y être jamais parvenue aussi bien, la seule exception possible étant un raid sur la trousse à maquillage maternelle à l'âge de huit ans. Quand son regard fut bien charbonneux, et le trait d'eye-liner bien spectaculaire, elle appliqua un fond de teint foncé, ajouta du blush et termina par un rouge à lèvres rouge cerise. Puis elle ouvrit le paquet d'extensions capillaires qu'elle avait acheté le jour même, étira chaque boucle de ses cheveux et épingla quelques fausses mèches sur le haut de son crâne. Le but était qu'il soit quasiment impossible de la reconnaître.

Quand on sonna, elle était encore en train de s'observer dans le miroir, essayant de se convaincre de ne pas se lancer dans ce qu'elle s'apprêtait à entreprendre. Elle colla l'œil au judas.

— Tu m'ouvres ? demanda Callanach. Ça gèle dehors.

Ava entrebâilla légèrement la porte.

— Je suis sur le point de sortir.

Callanach ne répondit pas. Son attitude, bouche bée, en disait assez.

— Je peux faire quelque chose pour toi ? insista Ava, les yeux au ciel.

Elle referma la porte pour en retirer la chaîne de sécurité, puis drapa une veste sur sa main blessée afin de couvrir son bandage. Alors seulement elle ouvrit à Callanach.

— Un truc sympa de prévu ? demanda ce dernier.

— Un enterrement de vie de jeune fille. À thème. Tu vois le genre. De quoi voulais-tu me parler qui requière un mode de communication autre que mon portable ?

— Cordelia Muir. Je pense qu'elle a été empoisonnée.

— Nous l'avons déjà établi. Tous les morts par DNP entrent dans la catégorie empoisonnement. Il n'existe pas de médicaments légaux sous forme de comprimés contenant du dinitrophénol.

— Non, je veux dire qu'il semble de plus en plus probable qu'elle ignorait qu'elle en avalait. Je suis retourné à ses bureaux et j'ai prélevé plusieurs choses pour analyse, précisa Callanach tandis qu'Ava disparaissait dans sa chambre.

Il s'adressa donc à elle depuis le salon.

— Tu vas où exactement ?

La jeune femme revint couverte d'un long imperméable et de bottes à talons, une main dans une poche, lançant et rattrapant ses clés de l'autre.

— Une boîte, en ville. Tu suggères qu'il s'agit d'un meurtre ? Avec préméditation ?

— Je dis seulement que j'enquête en gardant présente à l'esprit cette possibilité. Une fouille de la maison s'impose, après celle des locaux de Crystal. Les enfants ne sont pas des suspects flagrants, mais il ne faut pas éliminer la possibilité que l'empoisonnement se soit déroulé sous son toit. Je pense que la fille me laissera accéder chez eux de son plein gré, mais je tenais à ce que tu sois au courant de mes projets.

— Très bien. Si tu as matière, alors avance dans cette direction. Mais si c'est un des enfants, il aurait eu amplement le temps de se débarrasser des preuves à l'heure qu'il est. Écoute, il faut que j'y aille. On en parlera demain. Briefing dans la matinée, OK ?

— OK. C'est l'enterrement de jeune fille de qui ? demanda-t-il en lui passant devant alors qu'elle lui tenait la porte d'entrée ouverte.

Ava batailla avec ses clés pour verrouiller derrière elle.

— Une copine de mon ancien club d'équitation. Je n'y vais que par politesse. Je feindrai probablement une migraine et m'échapperai au bout d'une heure.

Elle monta en voiture, jetant son sac sur le siège passager. Callanach ouvrit la portière et pencha la tête à l'intérieur du véhicule.

— Essaie de ne pas te faire arrêter, suggéra-t-il.

En claquant la portière, il remarqua le spray anti-agression dans le sac de sa collègue.

— C'est bien le cadet de mes soucis, marmonna cette dernière, ses pneus mordant l'asphalte mouillé.

Callanach la suivit du regard, ne croyant pas un mot de ce qu'elle avait dit. Son explication n'était pas la seule chose à avoir éveillé ses doutes. Ava avait eu l'air effrayée. Pas seulement nerveuse, mais profondément perturbée. Pourquoi ?

Chapitre trente-quatre

De retour au commissariat, Callanach maudit la pluie qui s'était transformée en grésil, et la circulation plus dense à cause des personnes qui faisaient leurs courses en toute fin de journée. Il lui avait fallu une demi-heure pour traverser la ville, à laquelle s'ajoutaient trente minutes supplémentaires pour informer son équipe des derniers développements et s'assurer que la fille de Cordelia Muir ne refuserait pas une nouvelle fouille. Même Overbeck était passée, en chemin pour une soirée, ce qui avait remis à l'esprit de Callanach la sortie d'Ava, sortie qui n'était pas dans sa nature. Si Ava était attendue quelque part, ce n'était certainement pas à un dîner super classe avec le gratin de la police écossaise.

— Vous vous rendez chez Cordelia Muir ce soir ? lui demanda Overbeck.

— Oui, madame, répondit-il. La commissaire divisionnaire Turner a donné son feu vert. Je la mettrai au courant demain matin.

— Si elle ne se fait pas encore porter pâle. J'avais prévu de l'asseoir à côté de la mère de Lord Lieutenant. D'un ennui mortel. Ne parle que de ses enfants. Pas étonnant que Turner ait décidé d'avoir une migraine foutrement bienvenue. Maintenant c'est moi-même qui vais finir à côté de cet éteignoir. Pendant que je vous tiens, commandant, ça ne devient une enquête pour meurtre que si vous êtes sacrément sûr qu'il s'agit bien de ça. Ça m'irait très bien de ne pas me retrouver avec une nouvelle statistique prouvant à quel point on échoue lamentablement, merci.

Overbeck s'éloigna, accompagnée du claquement meurtrier de ses talons aiguilles, vérifiant au passage son rouge à lèvres dans le reflet de la vitre. Callanach la suivit du regard, plutôt enclin à croire qu'Ava ait pu mentir pour échapper à un dîner guindé avec ses supérieurs, mais moins convaincu qu'elle n'ait pas été tout aussi ravie de répéter le même mensonge pour éviter un enterrement de vie de jeune fille déguisé.

Quand il arriva au domicile de Cordelia Muir, une foule de policiers empaquetait et étiquetait divers objets, plaçant la plupart dans des glacières afin de les transférer au labo. Lively les enregistrait au fur et à mesure, tandis que la fille de Cordelia était assise sur le canapé, tenant un livre ouvert, mais le regard fixé sur le mur. Callanach avait donné comme seule explication à leur présence le fait de déterminer l'origine de n'importe quel cachet qui aurait été oublié dans la maison. Pendant qu'il assurait à la jeune femme que la police consacrait toutes ses ressources à l'enquête, un bruit de pas se répercuta à l'étage, suivi par un claquement de porte, et le raclement de meubles lourds qu'on déplaçait.

— Monsieur, l'appela Tripp du haut de l'escalier. On a un, hum, truc, là. Ça vous ennuie de…

Callanach s'excusa et monta à l'étage. Trois agents se tenaient entre la porte d'une pièce, ouverte, et une autre, close.

— Je crains que la chambre de Mme Muir n'ait été dérangée, murmura Tripp.

Callanach jeta un œil depuis le seuil. Les draps du lit pendaient, tous les tiroirs et les portes de placard bâillaient, leur contenu éparpillé. Une traînée d'objets serpentait sur la moquette vers la salle de bains, avant de repartir en direction du couloir.

— Que se passe-t-il ici ? demanda Luc en indiquant d'un geste la chambre fermée.

— C'est la chambre du fils, Randall. Il s'est enfermé. Pas de réaction verbalisée. On entend ce qui ressemble à des sanglots, et il a condamné l'entrée avec quelque chose de lourd, répondit Lively.

— Randall, je suis Luc Callanach. On s'est brièvement vus à l'hôpital. J'aimerais m'entretenir avec vous, m'assurer que vous allez bien. C'est difficile, j'en ai bien conscience, et la dernière chose que je souhaite est d'envahir votre espace. Ça vous ennuierait d'entrebâiller la porte de quelques centimètres, que je vous voie et vous parle ? Je demanderai alors à mon équipe de nous accorder un peu d'intimité.

— Foutez-moi la paix, lança Randall d'une voix hachée.

— Je comprends. Et c'est ce que nous souhaitons. Mais il m'est impossible de laisser ainsi quelqu'un qui risquerait de présenter un danger pour lui-même. Je me dois d'établir un contact direct. Vous préféreriez parler à votre sœur ?

— Non ! cria Randall. Bon, j'ouvrirai. Mais je veux qu'ensuite on me laisse, OK ?

— OK, répondit Callanach.

D'un geste de la main, il indiqua aux agents présents de s'éloigner. Un halètement, une respiration bruyante, puis la porte s'entrouvrit légèrement.

— Bonjour Randall. Merci.

— Vous m'avez vu, alors maintenant, tirez-vous ! répondit le jeune homme en commençant à repousser le battant.

Callanach introduisit son pied dans l'ouverture pour contrer sa manœuvre.

— Absolument, dans un petit moment. Le truc, c'est que nous sommes ici sous votre propre toit et donc je dois vous expliquer pourquoi. Je suis obligé de passer en revue ce qui appartenait à votre mère ; je suis à la recherche d'autres cachets ou médicaments, ce qui nous permettra de confirmer ce qu'elle prenait. Vous comprenez ?

— Ouais.

— Super, c'est bien. D'après ce que nous avons constaté, quelques objets ont été récemment déplacés depuis sa chambre, et il est important que nous vérifiions toutes ses affaires. Certaines sont avec vous ?

Randall jeta un coup d'œil par-dessus son épaule, laissant la porte s'ouvrir de cinq centimètres supplémentaires. Une bouffée d'air parfumé chatouilla les narines de Callanach. L'obscurité régnait, les rideaux étant fermés. Le commandant saisit l'opportunité de se rapprocher encore.

— Oui, mais des trucs personnels. Il n'y avait pas de comprimés. Je n'ai rien fait de mal.

— Bien sûr que non. Vous n'aviez aucune idée que nous allions venir, ni de ce que nous recherchons. Mais si des choses lui appartenant se trouvent dans votre chambre, nous y jetterons un rapide coup d'œil, rigueur professionnelle oblige. C'est d'accord ?

Lively appelait des hommes supplémentaires à l'étage.

— Non, ce n'est pas d'accord. Vous ne touchez pas aux affaires de ma mère. C'est à moi maintenant. Vous gâcherez tout. Vous y mettrez le bazar ! hurla Randall.

— Nous prendrons grand soin de ne pas déplacer quoi que ce soit, sauf nécessité. Restez ici, vous nous verrez procéder, et vous nous indiquerez la provenance de chaque objet.

Callanach poussa la porte avec douceur, permettant à la lumière du palier de pénétrer à l'intérieur. Une masse de vêtements, parures de lit et effets couvrait le sol.

— Non ! brailla Randall. Je ne veux pas de vous ici. Vous n'entrez pas. Personne n'entre.

— Randy ? Que se passe-t-il ? Pourquoi ne les laisses-tu pas entrer ? demanda sa sœur en apparaissant en haut des marches.

— Tu n'as jamais voulu que je sois proche d'elle, hurla Randall. Maintenant tu les envoies pour me prendre tout ce qui est à maman. Eh bien, impossible ! Tu ne peux pas l'éloigner une fois encore. Je ne te le permettrai pas.

Callanach regarda la sœur de Randall et indiqua la porte du doigt en lui faisant comprendre qu'il allait ouvrir. La jeune femme acquiesça et recula, tête basse. Il cala son pied plus fermement dans l'entrebâillement alors que Randall tentait de le repousser. Utilisant son épaule, il s'appuya de tout son poids sur le battant qui s'ouvrit à la volée, et Randall plongea en arrière. Tripp alluma la lumière et l'équipe se prépara à affronter ce qui se passait à l'intérieur.

Randall était en boule au milieu d'un tas désordonné de vêtements, draps, bijoux, livres et papiers. Il se balançait sur lui-même, sanglotant silencieusement, tendant la main pour caresser chaque objet l'un après l'autre, ramenant sur sa tête une vieille robe de chambre en bafouillant.

— J'appelle un médecin, déclara sa sœur calmement.

Callanach supervisa les premières étapes de la récupération des divers éléments de ce que Randall appelait son nid, puis laissa le docteur de la famille Muir essayer d'administrer un calmant à l'adolescent. Son téléphone portable sonna à 22 heures, alors qu'il se préparait à quitter les lieux.

— Luc, ici Ailsa Lambert. Vous avez un moment ?

— Oui, dit-il en entrant dans la cuisine déserte. Il s'agit de l'autopsie de Louis Jones ?

— Non, elle est terminée. En fait, je me demandais si Ava était avec vous.

— Elle est sortie ce soir. C'est urgent ?

Le silence se prolongea du côté d'Ailsa, jusqu'à ce qu'il l'entende émettre des « tss-tss ».

— Ailsa, qu'est-ce qui cloche ?

— Elle était supposée me téléphoner ce soir, mais je suis restée sans nouvelles. J'étais inquiète, dit-elle d'une voix vague et peu assurée, qui ne ressemblait en rien à la docteur Lambert dont il avait l'habitude. Je le suis toujours.

— Je l'ai vue plus tôt dans la soirée, donc je ne me ferais pas trop de souci à votre place. Elle était en tenue de soirée.

— Elle a indiqué où elle se rendait ?

— Oui, à un enterrement de vie de jeune fille, répondit Callanach. Une connaissance datant de son ancien club d'équitation est parvenue à ce qu'Ava s'habille comme une courtisane française, et c'est présenter les choses poliment.

— Un enterrement de vie de jeune fille ? Nous parlons de la même Ava Turner ? L'avez-vous jamais vue fréquenter des bandes de filles, en particulier celles qui ont une tendance à l'abêtissement de groupe et aiment se déguiser ?

— Pourquoi devait-elle vous appeler, Ailsa ? Et pourquoi l'aurait-elle accepté si elle avait prévu de sortir ? Je ne comprends pas.

Un long soupir se fit entendre.

— Je m'inquiétais pour elle, répondit la médecin. Ava a été victime d'une agression, et est grièvement blessée à la main. Elle a consenti à maintenir un contact régulier avec moi pour que je cesse de dramatiser. Notre marché spécifiait qu'elle me téléphone à intervalles réguliers, sauf que maintenant, elle ne répond pas à son portable.

— Avez-vous une idée de l'endroit où elle pourrait être ?

— J'ai bien peur que non, mais s'il s'agit d'un enterrement de vie de jeune fille, je lui prendrai rendez-vous pour une évaluation psychiatrique. Luc, trouvez-la pour moi. Je n'aurais jamais dû accepter de garder le silence, et je ne me le pardonnerai pas s'il lui arrive quoi que ce soit.

Chapitre trente-cinq

Ava tendit un billet de vingt livres, mais le vit repoussé d'un geste de la main à l'accueil du Maz. Apparemment, seuls les clients de sexe masculin avaient à troquer leur droit de passage contre du liquide. Elle déposa son imperméable au vestiaire, mais garda son sac. Son corset en dentelle la mit mal à l'aise jusqu'à ce qu'elle se rende compte que sa poitrine était bien plus couverte que celle de la plupart des filles présentes dans la boîte. Son premier arrêt fut pour les toilettes, afin d'ajouter de l'eye-liner et du rouge à lèvres. Le trajet jusqu'à Glasgow avait été pimenté par la crainte de ce qui arriverait si Knuckles ou le mastodonte la reconnaissait, mais maintenant qu'elle était à l'intérieur, c'était la dernière chose qui lui traversait l'esprit. Elle avait presque failli ne pas y parvenir elle-même quand elle était apparue dans le miroir. Il y avait peu de risques que quiconque devinât sa véritable identité.

Elle se dirigea vers le bar, ignorant les regards que lui lançaient les hommes comme les femmes, se félicitant que l'éclairage tamisé et son épais maquillage dissimulent son embarras. Elle ne s'était rendue dans des clubs similaires qu'à l'occasion de descentes de police lors d'opérations antidrogue, ou de lutte contre le trafic humain. C'était moins drôle. Un gin tonic en main, elle déambula lentement, cherchant le meilleur emplacement où s'asseoir et observer les allées et venues.

— T'as envie de quelque chose dans ce verre ? lui demanda un homme.

Il s'était avancé de manière à lui bloquer le passage. Il était imposant, mais le devait plus à un excès de poids que de muscles. Quoi qu'il en soit, il était impensable qu'elle se laisse entraîner dans une confrontation.

— Non, merci, ça va, répondit-elle en laissant tomber son accent d'école privée anglaise pour adopter celui de Glasgow.

Elle fit un pas sur le côté, attendant qu'il la laisse passer. Il ignora le message ou ne le comprit pas.

— T'es seule ce soir ?

Ava soupira.

— J'ai rendez-vous avec quelqu'un. Vous me laissez passer, s'il vous plaît ?

— J'ai de bonnes pilules, insista le type. De quoi te détendre, tu vois ? T'es susceptible.

À vue de nez, il mesurait un mètre quatre-vingt-quinze et frôlait les cent kilos, estima Ava. Pas quelqu'un avec qui elle souhaitait se brouiller dès maintenant ; une fois la soirée plus avancée, pensa-t-elle, il n'était pas impossible qu'elle change d'avis. Pour le moment, il fallait qu'elle s'excuse sans se quereller.

— Je viens juste de choper autre chose, dit-elle. Je te rejoins plus tard, OK ? Pour un remontant.

— Pour toi, c'est gratuit. C'est la première fois que je te vois ici. Ton petit nom ?

— Pixie, répondit-elle en se demandant bien d'où c'était sorti. J'emménage tout juste dans cette partie de la ville. Me suis dit que j'allais explorer le coin.

— Passe le mot au barman que Domo a dit que ce soir, c'était boissons offertes. Je me charge de tout ce dont tu as besoin.

— Merci, Domo, dit-elle en le dépassant tant qu'il se montrait gentil. Je me le rappellerai.

Elle repéra un box où elle s'installa, regrettant de ne pas avoir commandé deux verres pour indiquer que quelqu'un d'autre arrivait. À l'évidence, Domo était employé ici, fournissant de la drogue et Dieu seul savait quoi d'autre. La musique grimpa d'un cran, et le balcon supérieur s'alluma pour révéler des filles qui entraient dans des cages où danser. La lumière changea de couleur, baignant les lieux de teintes rouges et or tourbillonnantes. Ava vérifia l'heure à sa montre. Il était presque 23 heures. Un autre homme avança nonchalamment dans sa direction, et elle secoua immédiatement la tête, soulagée de voir que celui-ci était plus facile à dissuader. Deux femmes passèrent devant son box, l'une soutenant l'autre qui vacillait et perdait le contrôle sur ses talons aiguilles. Quel que fût le truc que Domo les persuadait de mettre dans leur verre, Ava n'en voulait pas dans le sien. Elle fit semblant de boire une gorgée, sortit son portable et s'assura qu'on la voie envoyer un SMS. Les lieux devenaient plus animés maintenant, avec la fermeture des pubs. Il y avait peut-être cent cinquante personnes dispersées sur les deux niveaux ; mais elle n'avait pas l'intention de s'offrir le tour complet de la boîte ce soir-là.

Une demi-heure de plus s'écoula avant qu'Ava aperçoive le propriétaire des lieux, Joe Trescoe. Il entra en roulant des mécaniques, dans une chemise qui n'aurait jamais dû quitter les années 1960, et un Levis qui aurait mieux convenu à un homme dont le ventre de buveur de bière aurait été moins imposant. Ses cheveux se clairsemaient. Lissés vers l'arrière, ils dévoilaient son âge, mais son regard était aussi alerte que celui d'un jeune serpent. Ava l'observa qui étudiait ses employés – vérifiant qui souriait, qui travaillait vite, qui draguait – et sut que rien ne lui échappait. Les filles qui le dépassaient, seins nus, ne l'intéressaient pas. Le regard de Joe Trescoe ne déviait pas une seule seconde de ses intérêts commerciaux. Il salua quelques personnes sur son passage, et à son côté, un demi-pas derrière lui comme l'épouse d'un monarque, se trouvait l'homme qu'Ava avait vu à l'extérieur de la boîte, s'efforçant de persuader la fille de ne pas en faire toute une histoire si on la tripotait. Ils se dirigèrent tranquillement vers la zone VIP, un videur déplaçant les cordes rouges qui fermaient l'endroit tout en évitant de se trouver sur le chemin du boss.

Le rideau derrière les cordes fut repoussé afin de faciliter l'entrée de Joe Trescoe, et Ava aperçut Knuckles pour la première fois depuis leur désaccord chez Glynis Begbie. Un coup-de-poing américain à quatre bagues qu'il tenait dans sa main droite brilla en réfléchissant la lumière : une mise en garde à l'intention de quiconque se serait avisé d'approcher sans permission. Elle remarqua avec un certain plaisir le bleu qui marbrait son visage, probable souvenir de leur rencontre, mais compte tenu de la nature de son boulot, elle se doutait qu'il y avait un certain nombre de gens susceptibles de lui balancer leur poing dans la figure au cours d'une semaine normale.

Domo se matérialisa dans son box.

— Ton ami n'arrive pas ? s'enquit-il.

Ava détacha son regard de Knuckles, souriant poliment.

— Il est seulement en retard. Il faut un ticket pour entrer dans la zone VIP ? Ça a l'air cool.

— Sur invitation seulement, et on doit être membre du club. Quoi qu'il en soit, t'es mignonne. Un chouette corps. Peut-être que tu obtiendras facilement ta carte.

— C'est… sympa. Mais je n'en ai pas besoin. Généralement, je travaille tard, donc il me sera impossible de venir souvent.

— Maria, cria Domo, apporte du prosecco à la dame.

Ava envisagea de refuser le verre gratuit, puis se ravisa. Chercher des excuses était une chose, mais elle devait rester dans son rôle. Elle accepta donc avec grâce le verre que la fille lui servit et fit semblant d'y boire.

— Merci, dit-elle à Domo, attendant de voir s'il comptait la laisser tranquille.

Apparemment, non.

— Tu travailles ici depuis longtemps ? lui demanda-t-elle, découragée quand il s'assit à côté d'elle.

— Un an et demi, répondit-il. Hé, Perry, fais monter quelques filles. Y'a beaucoup de mecs qui n'ont rien à mater.

Ava se tourna vers l'homme que Domo interpellait, et se tendit quand le mastodonte dont elle avait frit les testicules se dirigea vers eux d'un pas nonchalant. Elle prit son verre pour le porter à ses lèvres, dissimulant au moins en partie son visage, et se donnant ainsi quelque chose sur quoi se concentrer.

— Je viens juste d'envoyer deux filles. C'est assez ? demanda Perry.

— Une de plus, suggéra Domo.

— Tu veux q'j'la fasse monter ? s'enquit Perry en indiquant Ava d'un geste de la main.

— Idiot. C'est une cliente. Pardon.

Du dos de la main, il signifia son congé à son collègue. Perry pivota, jeta un coup d'œil derrière son épaule et hésita. Ava détourna la tête, retint son souffle en se demandant à quel point exactement Perry avait été proche de la reconnaître. Quand elle osa regarder de nouveau, il grimpait les escaliers avec une femme qui avançait péniblement à sa suite, épaules rentrées.

— J'ai entendu dire que Joe Trescoe était le propriétaire du club. C'est vrai ? demanda-t-elle à Domo entre deux gorgées de vin.

Ce dernier se raidit, l'étudiant plus attentivement tout en lançant des regards rapides en direction du carré VIP.

— Pourquoi tu poses des questions sur M. Trescoe ?

Sa voix était restée douce, sans qu'il soit possible pour autant de ne pas remarquer qu'elle s'était refroidie. Le frère de Ramon Trescoe tenait visiblement à son intimité.

— Mon père me parlait de lui, à l'époque. Il disait qu'ils faisaient la fête ensemble, quand ils avaient vingt ans. J'imagine que Glasgow était un peu différent en ce temps-là. Rien qui ressemble à ce club, pour commencer.

En réponse, Domo sortit son téléphone et la photographia avant qu'elle ait le temps de s'y opposer.

— M. Trescoe aime savoir qui est dans sa boîte. Tu m'as dit que tu t'appelais comment ?

À l'évidence, Joe Trescoe était plus parano qu'Ava ne l'avait anticipé. Elle sourit obligeamment.

— Pixie MacDonald. Mon nom ne lui dira rien. Mon père a quitté Glasgow et a passé les dernières années de sa vie derrière les barreaux, merci à ces putains de flics. C'est juste chouette de savoir que ses amis sont toujours dans le coin. Ça l'aurait rendu heureux, que ses potes s'en soient sortis.

— Ton vieux est mort ?

— Y'a quelques années, confirma Ava en se demandant jusqu'où exactement elle devrait filer le mensonge. Crise cardiaque. Il a peut-être mangé un jour quelque chose qui n'était pas frit, mais j'en ai pas été témoin.

Knuckles apparut derrière le rideau des VIP et agita la main en direction de Domo.

— J'dois bosser, dit ce dernier. On se voit plus tard.

Ava sourit, dissimulant son soulagement. Les compétences linguistiques de Domo étaient peut-être limitées, mais il n'était pas stupide. Pas de doute, c'était pour cela qu'on l'avait choisi pour contrôler l'étage. Une bande bruyante entra, et Ava put se détendre quand les nouveaux arrivants emplirent l'espace encore libre. Affrontant le bar, elle paya un deuxième verre et le rapporta à son box, intact. Une fille passa devant, puis revint sur ses pas pour lui parler.

— T'es seule, ma belle ?

— J'attends quelqu'un, répondit Ava en essayant de trouver où poser son regard.

La jeune femme était seins nus, et portait une jupe qui pouvait difficilement prétendre être plus qu'un mouchoir de poche. Quant à ses talons, il n'était pas inenvisageable qu'ils servent d'arme offensive. Ava estima qu'elle avait entre vingt et trente ans ; avec les couches de maquillage, il était malaisé d'être plus précis.

— OK. J'adore ton corset. C'est une superbe nuance de rouge. Tu passes une audition aujourd'hui, c'est ça ? Moi, c'est Sugar, dit-elle en s'installant dans le box.

Elle se glissa près d'Ava.

— Une audition ?

— Entretien professionnel. Je t'ai vue avec Domo. On demande à toutes les filles d'être présentes durant une soirée pour voir comment elles s'en sortent avec les clients avant d'être retenues. T'es un peu plus âgée que celles que Joe apprécie d'habitude, mais t'as des jolis nichons, donc ça compensera.

Ava ouvrit la bouche pour commenter, et décida qu'elle s'en sortirait mieux en se contentant de sourire. Elle la referma donc.

— Tu devrais te lever et bouger un peu, lui conseilla Sugar. On est supposées se montrer sociables, plutôt que de juste rester assises là, à attendre que les hommes viennent à nous. Fais-les danser, si tu vois ce que je veux dire, suggéra-t-elle sur un clin d'œil.

— Merci, dit Ava. Donc, ça te plaît de travailler ici ?

— Ça paie les factures. Certains des gars sont flippants, mais c'est la vie, non ? Il fait bon. Les verres sont gratuits, même si notre consommation est limitée. Ils veulent qu'on soit amicales, pas bourrées. Dis donc, sont pas mal tes muscles. Tu vas en salle ? Ça te sera utile quand ils se montreront un peu joueurs.

— À l'occasion, avoua Ava en regardant ceux de Sugar.

Ils étaient pâles et ridés, sa peau témoignant des périls dont s'accompagne un mode de vie malsain.

— C'est celui qui fait tourner la boîte, ce Joe ? demanda-t-elle.

— Joe et son frère Ramon, confirma Sugar qui se pencha et baissa la voix pour ajouter : il n'est sorti de taule qu'il y a peu, et Joe est d'une humeur de dogue depuis le retour de Ramon. Au temps pour l'amour fraternel ! C'est quoi déjà ton nom ?

— Pixie, dit Ava en grinçant des dents à cette nouvelle mention.

— Pixie, ça me plaît. Ça te va bien. Tu peux traîner avec moi si tu veux. Les habitués aiment bien les nouveaux visages. Je parie qu'à nous deux, on empocherait quelques bons pourboires. Ça serait peut-être pas mal si tu déboutonnais un peu plus ton corset. Plus ces gars sont durs dans le pantalon, plus leur portefeuille s'ouvre.

— Peut-être dans un moment. Je suis encore un peu nerveuse, déclara Ava. Donc, le frère de Joe. Il ressemble à quoi ?

— Carrément canon. Il ne parle pas beaucoup. Il a des yeux charbonneux et des doigts super longs. Pour un type de son âge, il est assez sexy. Il observe tout, tout le temps. Se mêle pas à ces conneries. Certaines filles pensent qu'il fout les jetons, mais j'imagine qu'il s'est juste habitué à sa propre compagnie quand il était bouclé.

Un homme apparut à leur table, un sourire idiot aux lèvres et un billet de dix livres à la main.

— Sugar, tu danses avec moi ? bredouilla-t-il.

— Avec plaisir.

Elle lui sourit gentiment, se leva et, gardant le dos tourné face à l'homme ivre, elle articula silencieusement à la seule intention d'Ava : « débile ».

— À plus tard, ma belle, lui dit-elle à voix haute.

Ava se leva quand Sugar fut calée sur la piste de danse entre les bras de l'ivrogne. Elle s'installa à une table offrant une meilleure vue à travers les rideaux qui protégeaient la zone VIP. Quelques personnes y pénétraient maintenant, accueillies personnellement par Knuckles, Domo traînant non loin pour s'assurer que les boissons circulaient.

La musique se fit plus bruyante et plus lente, l'éclairage plus intime et de nouvelles filles apparurent. Puis Ava le vit. Ramon Trescoe descendait les marches comme s'il était sur un plateau de tournage et non dans un lieu qui était simplement une nouvelle version d'un club de strip-tease. Sa main gauche ne faisait qu'effleurer la balustrade, et il se déplaçait avec une aisance extraordinaire. Son héritage moyen-oriental était plus perceptible que chez son frère. Il tenait une cigarette à la main droite en dépit de l'interdiction de fumer, et portait une chemise blanche impeccablement lavée et repassée, et seules quelques touches de gris se remarquaient dans ses cheveux noirs.

Ramon s'arrêta pour surveiller les lieux avant de franchir les dernières marches. Ava resta immobile, souhaitant qu'il la remarque sans pour autant attirer l'attention sur elle. Ce qui arriva. Le regard de Ramon cessa de balayer la pièce pour se poser sur son visage, même s'il ne l'étudia pas des pieds à la tête, comme elle s'y était attendue. Elle brisa le contact visuel en premier, reportant ses yeux sur son verre. Ramon poursuivit sa progression le long de l'escalier et pénétra dans la zone VIP, Ava restant de profil. Éveiller l'attention de l'homme était une chose. En faire trop en était une autre. Elle osa jeter un coup d'œil vers le coin VIP. Ramon l'observait. Il sourit, et Ava éprouva une poussée d'adrénaline écœurante. Elle se tortilla sur son siège, mal à l'aise, tergiversant entre deux options : s'en tenir à son plan d'établir un contact direct avec lui, ou s'en aller tant qu'il en était encore temps. Se rapprocher de Ramon était la méthode la plus rapide pour confirmer sa théorie sur la mort de Begbie, mais elle prenait là un risque impossible à mesurer, et elle en avait conscience. Ce n'était pas comme si elle n'avait jamais travaillé sous couverture auparavant. La procédure lui était familière : elle n'avait ni papiers d'identité ni cartes de crédit dans son sac à main, elle avait révisé dans sa tête son histoire et avait même retiré de sa voiture tout document administratif au cas où quelqu'un irait jusque-là. Même son téléphone portable était verrouillé par un système d'identification de ses empreintes doublé d'un code de sécurité.

Elle fit mine de remarquer l'intérêt que lui portait Ramon, soulevant son verre dans sa direction avec désinvolture. En réponse, il inclina la tête sur le côté et écrasa sa cigarette avant de serrer le bras de Knuckles et de lui parler à l'oreille, sans la quitter des yeux. Elle enfouit plus profondément son spray antiagression dans son sac, s'assurant qu'il soit totalement recouvert par tout un déballage de maquillage, son porte-monnaie et son téléphone. Quand elle releva la tête, Knuckles se frayait un chemin à travers la foule qui occupait la piste de danse, se dirigeant vers elle. On y était. Ramon Trescoe l'invitait dans son antre. Elle ravala sa nervosité, pensa à George Begbie mort dans sa voiture, à Glynis qui vieillirait seule, et se prépara à venger le meurtre du chef.

Une voix interrompit brutalement ses pensées.

— *Qu'est-ce que tu fais ?* À quoi tu joues ?

Callanach avançait à grands pas dans sa direction. Elle leva la main pour l'arrêter avant qu'il soit trop proche. Knuckles avait traversé la moitié de la piste. Si Callanach prononçait son vrai nom à voix haute, ils auraient de sérieux problèmes, et toutes ses chances d'approcher Ramon Trescoe seraient compromises.

Les têtes se tournaient sur le passage de Callanach. « Totalement foutrement typique », fut tout ce qu'Ava eut le temps de se dire. Son commandant avait un visage qu'il était difficile d'oublier, et il avait participé à de nombreuses conférences de presse au nom de la police écossaise. Elle s'approcha de lui, s'éloignant de Knuckles.

— Ne prononce pas un mot de plus, lui ordonna-t-elle. Pas un seul.

— Hé, toi, s'écria Knuckles. M. Trescoe t'a invitée dans la zone VIP. Tu le fais attendre.

— Elle est occupée maintenant, s'interposa Callanach.

Ava se faufila devant lui, se tenant entre les deux hommes.

— Remerciez M. Trescoe. Mon ami s'en allait. Je le reconduis dehors et j'arrive.

— Je m'en charge pour toi, proposa Knuckles.

Ava n'avait pas à s'inquiéter qu'il reconnaisse son visage. L'homme était incapable de lever les yeux à plus de cinq centimètres au-dessus de son décolleté.

— Vas-y directement, insista-t-il. M. Trescoe ne m'en voudra pas de te donner un coup de main.

— Ça ne me prendra qu'une minute. Vous voulez bien être un amour et lui dire que Pixie le remercie. Je n'en ai pas pour longtemps.

— Bon, mais le compte à rebours est lancé. Cette invitation ne restera pas valable toute la nuit. Vaut mieux que tu sois rapide, répondit Knuckles.

Ava poussa Callanach vers l'accueil.

— Il faut que tu t'en ailles, lui dit-elle. Tu es sur le point de tout gâcher.

— Ah, mais ça me va très bien. Je m'en vais, et tu m'accompagnes, répondit-il. Je n'ai fichtrement aucune idée de ce qui tu essaies d'obtenir, mais tu as inquiété Ailsa, et c'est quelque chose dont je n'imaginais pas être témoin un jour.

Ava attira Callanach à elle, le prit par la nuque. Sa bouche effleura celle du commandant, quelques millimètres seulement les séparant. Les doigts toujours dans ses cheveux, elle s'appuya contre lui, et les entraîna à l'ombre d'un mur.

— Ava, demanda Callanach à voix basse, que se passe-t-il ?

— Tais-toi et continue de faire en sorte que ton visage protège le mien. Cet endroit est vraiment un aimant à ordures, plus encore que je n'en avais conscience. Sortons d'ici tout de suite. Quelques membres de la bande de dealers la moins séduisante d'Édimbourg viennent juste d'arriver : ils ne me reconnaîtront pas comme ça, mais il ne fait aucun doute que toi, ils t'identifieront. Garde la tête baissée, et allons-nous-en.

Ils sortirent, marchant d'abord lentement puis se dépêchant d'atteindre le coin de la rue et de s'éloigner du Maz.

Ava indiqua sa voiture du doigt.

— Monte, lui ordonna-t-elle en ouvrant sa propre portière, qu'elle claqua violemment une fois installée. Tu peux m'expliquer ce que tu fabriquais là, bordel ? As-tu la moindre idée du danger que tu nous as fait courir là-dedans ? Ce n'est pas le genre de gens avec lesquels jouer au con. Au moins deux des videurs portaient des armes. Es-tu vraiment stupide au point de ne pas comprendre que si j'ai mis tant de soin à ne pas être reconnue, tu es la dernière personne avec qui je souhaite être vue ?

— Tu as fini ?

Ava leva la tête au plafond, compta mentalement jusqu'à cinq, puis se pencha pour poser le front sur son volant.

— Je suis ton officier supérieur. Si j'avais voulu des renforts, je me serais arrangée pour ça. Si j'avais voulu que tu saches où j'allais, je te l'aurais dit. Tu n'avais pas le droit.

— Tu es incroyable, commenta Callanach en sortant un paquet de Gauloises de sa poche et en s'en collant une dans la bouche : son désir de l'allumer était plus fort que jamais durant l'année écoulée. Je suis ici parce que tu avais un accord avec Ailsa. Tu te rappelles lui avoir promis que tu lui téléphonerais toutes les douze heures ? L'échéance était à 20 heures.

— Merde, dit Ava calmement. J'ai oublié.

— Ouais, tu as oublié. Je ne t'ai pas suivie ici. J'étais de retour à Édimbourg et je faisais mon boulot. Je savais que tu m'avais menti au sujet de l'enterrement de vie de jeune fille, et j'ai laissé filer, mais Ailsa m'a contacté. Tu avais demandé des informations à Lively au sujet de cette boîte. Compte tenu de ta tenue vestimentaire quand je suis passé chez toi ce soir, il n'a pas été difficile de te mettre la main dessus.

— Que sais-tu exactement ?

— Je sais que si cela concernait Louis Jones, tu aurais utilisé les voies officielles et travaillé avec des renforts. Je sais aussi que tu es la personne la moins crédible pour porter un nom comme celui de Pixie, donc peut-être une préparation plus réaliste n'aurait-elle pas été de trop. Tu es peut-être mon officier supérieur, mais ça n'empêche pas que tu aurais dû me parler.

— Je ne le pouvais pas. Et ne le peux toujours pas.

— Je croyais que tu avais confiance en moi, fit remarquer Luc.

— Te faire confiance et me sentir autorisée à t'entraîner dans un potentiel complot criminel sont deux choses bien différentes. Je te conduis à ta voiture et tu rentres chez toi. Fin de la discussion. Promets-moi de laisser tomber.

— Bien. Ma voiture est dans Hollybrook Street.

— C'est tout ? demanda Ava.

— Je pense que nous devrions rentrer à Édimbourg, non ?

— Et moi, que nous devons préciser les limites que tu me dois par franchir, rétorqua Ava en démarrant.

— Convaincs-moi que tu ne cours aucun danger, que mon interprétation de cette affaire est erronée, et je serai heureux d'endosser le rôle de l'humble idiot. Mais dans la mesure où tu trembles encore, je suppose que je ne suis pas près de m'excuser.

Chapitre trente-six

— Ma sœur a appelé un médecin, bredouilla Randall au téléphone. Il m'a proposé un somnifère, et j'ai refusé. Mais ma sœur m'a dit que c'était ça ou qu'ils m'enverraient quelque part où je n'aurais pas le choix et serais obligé de prendre des médicaments.

— Elle s'occupe simplement de toi, répondit Christian. Le somnifère t'aidera à te reposer. Où es-tu, là ?

— Dans la chambre d'amis. Ils ne me laisseront pas retourner dans la mienne avant d'avoir fait toute la lumière sur l'affaire. Ils ont dit que j'avais mis le bazar, mais c'était seulement mon nid, Chris, comme tu l'as suggéré. Ça m'aidait à me souvenir d'elle.

— Merde, commenta Christian, je n'imaginais pas que cela causerait des problèmes. Ça a été dur ?

— La police était là. Ils ont plus ou moins lancé un raid sur ma chambre. Ma sœur dit que je dois voir un psy. C'est comme s'ils voulaient que quelqu'un confirme officiellement que je ne suis qu'une merde. Tu es le seul à m'écouter plutôt que de me faire la morale. Je veux dire, c'est pas que je n'aie pas d'autres amis, tu vois, mais ils sont plus jeunes que toi. Non pas que tu sois vieux. Putain, je suis un vrai connard. Rien de ce que je dis ne sonne juste.

— Hé, Rand, t'inquiète. J'ai compris. Et si tu dormais un peu ? Je prendrai de tes nouvelles demain.

Christian raccrocha. Randall regarda fixement le téléphone, se demandant si c'était une bonne idée de le rappeler pour qu'ils continuent de discuter. Bien sûr que non. Sa sœur lui faisait couler un bain, qui serait prêt dans quelques instants. Il avait dû accepter de garder la porte de la salle de bains ouverte, malgré tout. Elle ne voulait pas prendre le risque qu'il s'endorme dans l'eau avec une telle dose de somnifères dans le sang. Elle avait insisté pour le bain, avant qu'on lui permette de se mettre au lit, quand elle s'était rendu compte qu'il avait perdu le contrôle de sa vessie lorsque la police l'avait tiré hors de son nid. Il ne s'en était même pas aperçu. L'expression sur le visage de son aînée exprimait clairement que, pour elle, il s'agissait seulement d'une manœuvre puérile afin qu'on s'intéresse à lui.

Il enfila lentement sa robe de chambre, dos à la porte par laquelle sa sœur venait vérifier son état à intervalles réguliers. Comme s'il avait besoin de se pisser dessus pour attirer l'attention ! Désespéré au point où il l'était, il était capable d'entreprendre une centaine de choses plus impressionnantes les unes que les autres. Sortir de la maison, par exemple. Disparaître durant quarante-huit heures serait peut-être une bonne idée. Quand elle le regardait, la seule chose que sa sœur voyait était un problème qu'il fallait résoudre. Peut-être devrait-il lui épargner cet effort et s'occuper de lui-même. Il erra jusqu'à la salle de bains, attendit que sa sœur ait enfin quitté la pièce avant de se déshabiller. Elle serait de retour dans quelques minutes.

Il ouvrit un tiroir et le fouilla. Rien d'intéressant dans le bazar habituel – pince à épiler, cotons-tiges, pansements. En dessous se trouvaient quelques articles de maquillage en vrac, de la pommade pour les lèvres, du fil dentaire. Tout en bas, tout ce qui coupait. Ciseaux à ongles, une aiguille pour retirer les échardes, un paquet de lames de rasoir. Elles appartenaient à sa mère, qui s'était toujours rasé les jambes. On aurait dit qu'elles étaient son dernier cadeau. Tout le reste avait été emporté ou souillé par la police et sa sœur, mais les lames lui appartenaient.

Il en sortit une du paquet, attrapa un savon et un gant de toilette et entra rêveusement dans la baignoire. Il s'y plongea, frotta l'intérieur de son bras gauche avec le savon, ramollissant la peau. Le bruit des pas de sa mère sur les marches lui parvenait. Non, idiot, pas de sa mère ! Il s'agissait de sa sœur, qui revenait pour voir comment il allait. Il glissa la lame dans le gant, le plia et le jeta plus loin dans l'eau. La tête de sa sœur s'encadra sur le seuil.

— Oh, tu es dans ton bain, c'est bien. Dix minutes, OK ? Le docteur a dit que le somnifère ferait vite effet. Je reviendrai pour t'aider à sortir de la baignoire. Tu as besoin de dormir. Nous tous aussi, d'ailleurs. Je te prépare un lait chaud, comme maman en avait l'habitude. Accroche-toi, Randall.

Il se demanda comment réagir, quelle était la réponse appropriée quand on lui demandait de s'accrocher. Dans quel but était-il supposé le faire ? Sa mère ne réapparaîtrait pas. Elle était partie rejoindre son père dans un quelconque lieu lointain auquel il ne croyait même pas. Il n'avait aucune envie d'assister à son enterrement, où seraient présents de nombreux membres de la petite noblesse, bien attentionnés, bien habillés. S'accrocher, pour qu'on lui explique que dorénavant il vivrait avec sa sœur, qui observerait chacun de ses mouvements et limiterait son argent de poche ?

Il sortit la lame de rasoir du gant, la fit courir en douceur sur la peau de son bras, retraçant le chemin de la veine du poignet jusqu'au coude. Il savait comment opérer. Pas en travers du poignet. C'était pour les idiots qui lançaient des appels à l'aide pathétiques et pouvaient être interrompus dans leur geste. Il fallait ouvrir la veine dans le sens de la longueur, sur plusieurs dizaines de centimètres, afin de s'assurer que le sang s'écoule suffisamment vite pour qu'il soit impossible de lui venir en aide. Le métal, entre ses doigts, était glissant. Il perdit deux fois la lame dans l'eau avant de comprendre que l'agripper à travers le gant serait plus facile.

Voilà ce à quoi il était destiné. C'était évident maintenant. Tout le monde au lycée serait horrifié. Ils se demanderaient s'ils auraient pu s'efforcer de se montrer un peu plus amicaux avec lui. Ils parleraient de lui en chuchotant. Les enseignants s'assureraient que d'autres élèves ne présentaient pas de symptômes similaires et ne risquaient pas de suivre son exemple. Ces événements font tache d'huile. Il l'avait lu sur Internet. Peut-être mettrait-on sa photo sur le mur au Fret. Et la barmaid – Nikki – penserait peut-être à lui en déplorant de ne pas l'avoir connu. C'était pour sa part son seul regret : n'avoir jamais osé lui offrir de la raccompagner chez elle. Ça, et le sentiment qu'il laissait tomber Christian. Mais Christian le comprenait. Il serait peut-être la seule personne à pleurer la perte du potentiel que représentait Randall.

Tenant fermement la lame à travers le gant dans sa main droite, Randall leva son bras gauche, ferma les yeux, et se prépara à trancher.

Il était au lit, lisant la multitude de notices nécrologiques sur Cordelia Muir, et vérifiant sur Internet la moindre mise à jour de la police concernant la mort de Lily Eustis. À la vérité, la capacité de concentration des médias était faible. À la seconde où sortait une histoire nouvelle, plus juteuse, la personne récemment décédée devenait rien de plus que de la nourriture pour les vers. Sauf pour lui. À ses yeux, leur trépas était un cadeau. La première fois qu'il avait vu Lily, elle était au restaurant avec sa famille. Assise entre sa mère et sa sœur, elle gloussait à une blague que racontait son père. Lui travaillait au bar, un boulot occasionnel au salaire minimum. Ce dont il se souvenait très bien, c'était des mains des filles. Elles auraient pu avoir cinq et trois ans, à se tenir ainsi, leurs doigts enlacés, Mina jouant avec les perles du bracelet de Lily. À un moment, Lily avait appuyé la tête sur l'épaule de sa sœur, levant vers elle des yeux emplis d'adoration. Toutes deux étaient si belles ! Leur amour était pur. Il n'y avait que la famille pour vous procurer ça. Petits ou petites ami(e)s, maris et femmes même, allaient et venaient. Lily et sa sœur étaient comblées, et merveilleusement inconscientes des vicissitudes de l'existence. Il avait ressenti un coup de foudre pour les deux. En s'attardant derrière elles, en servant les boissons, en écoutant leur conversation, il lui avait été facile d'entendre leurs prénoms, et de comprendre que Mina étudiait l'ingénierie à l'université d'Édimbourg. De là, trouver Lily avait été un jeu d'enfant, et la tuer avait été sublime. Pendant un bref instant paradisiaque, il s'était senti vraiment vivant. Malgré tout, cela ne suffisait pas. Il se félicitait que le suivant soit planifié, et il l'attendait avec impatience. Cette fois, il serait encore plus proche. Il pourrait regarder la chose se produire, être au cœur de l'action, et non observer depuis la ligne de touche, simple témoin des dégâts collatéraux. Ce qui exigerait un degré de préparation plus élevé, sans parler d'une prestation plus maîtrisée, mais le piège était déjà posé.

Il déballa le paquet qu'il venait juste d'aller chercher. L'héroïne contenue dans des sachets en plastique transparent paraissait assez inoffensive. Pour un œil non aguerri, ça pouvait ressembler à du sucre glace d'un marron clair. Pour les utilisateurs novices, c'était l'extase ; et pour un accro, la seule option entre rester vivant et cahoter en direction d'une tombe précoce. Il calcula la quantité nécessaire. Une vraie science. Il atteignait un stade où il aurait été capable d'écrire un livre sur le sujet : comment maîtriser quelqu'un jusqu'à ce que vous soyez prêt à le tuer. Le lectorat serait certes limité, mais pour ceux, peu nombreux, qui recherchaient ce type d'informations, sa valeur serait inestimable. Cette fois, il était nécessaire que sa proie restât sur ses pieds. Elle était trop lourde pour être portée loin et, si elle était inconsciente, quelqu'un appellerait une ambulance. Impensable. Son moment – son salaire – en serait gâché.

Il ouvrit une fine boîte en plastique, en retira une seringue. Il fit courir le bout de son doigt le long de l'aiguille en prenant soin de ne pas s'y piquer. Non pas qu'il y eût le moindre danger d'infection. Cette beauté n'avait jamais été utilisée, et attendait de découvrir sa raison d'être.

Il la remit dans son emballage, serra les paupières. Une autre aiguille avait été au commencement de tout cela. Sa mère, maigrissant à vue d'œil dans un fauteuil qui absorbait les fluides qu'elle perdait alors qu'elle se vautrait dans sa propre agonie. Elle lui avait fait signe, ou peut-être avait-ce été le mouvement convulsif de la mort, un dernier tour de piste de muscles qu'elle ne contrôlait plus. L'idée de la toucher était intolérable. Elle avait commencé à pourrir bien avant le moment qui avait scellé son destin. Le prochain événement serait son hommage à ce jour-là. L'attente ne durerait plus longtemps.

Chapitre trente-sept

Ava gara sa voiture, regrettant d'avoir passé les quelques heures précédentes avec des talons aiguilles aux pieds. En se rapprochant de sa maison, elle discerna la silhouette d'un homme qui se découpait dans l'ombre du porche. Elle plongea la main dans son sac pour en sortir le spray antiagression, se préparant à l'attaque.

— *Vraiment ?* lança Callanach. Sérieux ?

— Tu m'as fait complètement flipper, crétin !

Elle avança à grands pas jusqu'à sa porte, qu'elle déverrouilla.

— Tu en es sûre ? Compte tenu de la longueur de cette jupe, je me demandais si tu t'étais ennuyée à en enfiler une ce soir.

— Très drôle. En ce qui me concerne, nous avions clos cette discussion à Glasgow. Il s'est passé quelque chose durant le trajet ?

Callanach la contourna et pénétra dans le couloir.

— Tu croyais qu'on en avait fini ? Je ne sais pas si plus tu grimpes les échelons, plus ton intelligence suit la courbe inverse, ou si tout le maquillage que tu portes t'a endurci l'épiderme, mais tu te trompes. Simplement, il n'était pas prudent de la poursuivre à deux rues du club que tu surveillais, sans renforts ni mandat. Je vais brancher la bouilloire, d'accord ?

Il se rendit dans la cuisine pendant qu'Ava disparaissait dans sa chambre, pour en ressortir deux minutes plus tard, vêtue d'un sweat-shirt et d'un jean.

— Dis ce que tu as à dire et finissons-en avec ça, que j'aille me coucher.

— On n'est plus en service, donc cesse de me donner des ordres, rétorqua Luc. Comme rien de ce que tu as entrepris ce soir ne relevait de l'autorité policière, autant te mettre aussi en garde contre le fait de me rappeler ton grade.

— À la vérité, c'est que tu sois sous mon toit qui me donne le droit de mener la danse, mais continue à polir ton aigreur, si tu penses qu'elle a meilleure allure quand elle brille.

Ava s'assit et attrapa la tasse de café que Callanach lui avait préparée.

— On peut reprendre depuis le début ? proposa ce dernier en s'installant à côté d'elle. Je m'inquiétais pour toi, voilà pourquoi je me suis pointé à la boîte. Comment va ta main ?

Il s'en empara pour la retourner et inspecter les soins prodigués par Ailsa sur la paume d'Ava.

— Douloureuse. Mais ça m'a donné une raison de taser un homme dans les parties.

— Quelqu'un que je connais ?

— Probablement celui qui a tué Louis Jones. Ça aide ?

Callanach s'adossa à son siège et réfléchit un moment.

— Tu as identifié un suspect dans une affaire de meurtre dont j'ai la charge, et tu ne m'as rien dit ? Un homme qui est aussi coupable de t'avoir agressée. Un homme dont Ailsa pense qu'il appartient au crime organisé, compte tenu du style d'exécution dont Jones a été victime, et tu t'es lancée à ses trousses seule. Tu me demandes si ça aide ? Je prends vraiment sur moi pour ne pas me mettre en colère ! Ava, tu ne me facilites pas la tâche ce soir.

— Voilà la porte, répondit-elle en la lui indiquant du doigt.

— Très bien. Reprenons en termes de maintien de l'ordre. Si j'avais un nom pour l'un des tueurs de Louis Jones, je pourrais travailler sur l'affaire à rebours, puis présenter les preuves au procureur dans le bon ordre. Personne n'en serait jamais informé. En même temps, ça résoudrait peut-être ton problème, quel qu'il soit. Nous aurions tous les deux notre homme.

— Ce n'est pas après lui que j'en ai, répondit Ava. Tu as raison : Jones a bien été exécuté. Je veux ceux qui en ont donné l'ordre, plutôt que celui qui a appuyé sur la gâchette.

— Il n'y aura ni conversation enregistrée, ni le moindre témoin. La seule manière de prouver une telle chose, c'est de parvenir à retourner le tueur… mais comme il encourra toujours une condamnation à perpétuité, ce n'est pas chose facile. Tu as du vin ? Parce que ton café instantané ne s'est pas amélioré depuis ma dernière visite.

— Il y a une bouteille de Lagavulin dans le placard, près de la télé. Apporte deux verres.

Callanach apporta la bouteille, inspirant l'odeur de terre brûlée. Il versa deux rations généreuses. Ava accepta la boisson, ferma les yeux en s'appuyant à son dossier.

— Je sais que personne ne témoignera jamais contre les hommes qui ont ordonné la mort de Jones. Je prévoyais de gérer les choses autrement. Ce qui explique, crois-le ou non, que je sois habillée comme si je sortais d'un mauvais film de vampires et pourquoi je traînais autour d'un lieu consacré à l'amour des seins.

— Tu veux bien me révéler ton plan ?

— Nan. Tu veux bien me dire ce qui s'est passé avec ta mère ? Parce que tu fais la gueule depuis, rétorqua Ava.

Callanach vida son verre et le remplit aussitôt. Ava l'imita.

— Tu vois ? On a tous les deux des secrets, reprit-elle. Le moment est maintenant venu que tu descendes de ces ridiculement grands chevaux sur lesquels tu es juché depuis une heure.

— Un secret est différent d'une pulsion suicidaire. Déteste-moi si ça te chante, mais si c'est nécessaire, je n'hésiterai pas à te faire suivre tous les jours jusqu'à ce que cette histoire soit terminée. Ceux qui ont commandité la mort de Louis Jones n'auront aucun scrupule à ordonner la tienne. Si tu as déjà été blessée par l'un de leurs hommes de main, alors tu es fichée. Voyons, Ava, tu es plus maligne que ça. Le jeu n'en vaut pas la chandelle.

— Suppose que Louis Jones n'ait pas été le seul contrat passé. Suppose que quelqu'un d'autre ait été impliqué. Quelqu'un avec qui Jones aurait eu des relations dans le passé.

Callanach la dévisagea.

— Le chef ? Tu ne penses pas vraiment que la mort de Begbie est liée à tout ça ? Ailsa a conclu à un suicide. Personne ne l'a contesté.

— Et je ne peux toujours pas le faire. Glynis Begbie sera dévastée si je dévoile mes informations, et ce qu'elle a traversé pèse déjà lourd. Officiellement, le chef s'est assis dans une voiture et a attendu qu'elle s'emplisse de monoxyde de carbone. Mais je ne crois pas qu'il ait agi de sa propre initiative. Je ne t'en raconterai pas plus. J'étais sérieuse quand je t'ai dit qu'il y avait une limite entre te fournir des informations et nous lancer toi et moi dans une association de malfaiteurs. Nous avons maintenant atteint cette limite, et je ne t'entraînerai pas de l'autre côté, donc ne me le demande pas.

Elle reposa son verre et posa la tête sur ses genoux relevés.

— Ava…

— Non, ma décision est prise. Tu voulais que je te fasse confiance ? C'est fait. Je ne suis pas prête à aller plus loin. Si tu persistes, travailler ensemble deviendra compliqué.

— Alors transmets-moi les informations en lien avec Louis Jones. Si je sais qui je cherche, ça me facilitera peut-être les choses.

— OK. Mais demain. Là, je n'ai pas les idées claires. Rendez-vous dans mon bureau à 8 heures.

— Très bien. Mais promets-moi de ne jamais remettre un pied dans ce club. Ce n'est pas négociable.

— Avec plaisir. La musique était horrible de toute manière, répondit Ava en se levant pour raccompagner Callanach.

Il s'appuya contre le chambranle de la porte en boutonnant son manteau.

— Tu es sûre que ce n'était pas simplement une ruse pour obtenir que je t'embrasse dans cette boîte ? demanda-t-il.

— Nous ne nous sommes pas embrassés. Il aurait fallu pour cela que nos bouches entrent en contact. Et si jamais je perdais assez la tête pour décider de passer à l'acte, je ne suis pas du genre à inventer une excuse.

— Quoi qu'il en soit, ce non-baiser… (Callanach sourit en s'éloignant de la porte)… il a duré un moment.

— Il y avait beaucoup de gens à éviter. Tu ferais mieux de rentrer chez toi et de laisser ton ego se reposer un peu. Demain, une nouvelle dure journée t'attend, pour entretenir le fantasme qu'on t'admire.

Chapitre trente-huit

Malgré la quantité de single malt qu'elle avait consommée la nuit précédente, Ava était à son bureau à 7 heures. Elle survola rapidement les dernières informations sur l'affaire Louis Jones qu'on lui avait déposées, même s'il y avait si peu d'éléments matériels que c'en était inutile. Pas d'enregistrement téléphonique pertinent. Pas de voiture à inspecter. Pas de témoins sur les lieux. Ava se pencha sur une note laissée par Tripp qui s'était mis en quête de l'officier en charge des accidents de la route. Il y avait un nom et une adresse mail, mais toujours pas de rapport dans le dossier. Il faudrait donc se mettre immédiatement en chasse de ce dernier. En dessous, un Post-it mentionnait une certaine Janet Monroe et un numéro de téléphone portable. Ava fronça les sourcils. Ça lui évoquait quelque chose, mais quoi ? Elle était en train d'envoyer un mail à l'enquêteur chargé des accidents pour lui demander une actualisation du dossier quand Callanach se pointa.

— Toi non plus tu n'arrivais pas à dormir ? lui demanda-t-il.

Ava secoua la tête.

— Me voilà de retour à la case départ avec la scientifique dans l'affaire Louis Jones. On dirait bien qu'on n'est pas les seuls à être matinaux, commenta-t-elle quand un bruit de vaisselle brisée se répercuta le long du couloir. Tu as organisé un briefing ?

— Tripp et Lively sont ici, pour assembler les indices récoltés au bureau et au domicile de Cordelia Muir. Ils sont venus de leur propre initiative, donc si l'idée d'heures supplémentaires t'inquiète, détends-toi.

— Je laisse les soucis d'argent à Overbeck, répondit-elle. Veux-tu bien fermer la porte, s'il te plaît ? Tout ça doit rester entre nous.

Callanach obtempéra puis s'assit, bloc-notes à la main.

— Deux hommes. Je soupçonne que tous deux vivent dans le périmètre de Glasgow. Le plus petit est connu sous le sobriquet de Knuckles. Le plus grand s'appelle Perry, mais s'agit-il d'un prénom ou d'un nom de famille ? Mystère. J'ai noté leur description pour toi, dit-elle en lui tendant un bout de papier. Récris-la à la main, puis détruis ma note. La voiture que je les ai vus conduire était une Audi noire. Je n'ai pas réussi à lire la plaque d'immatriculation. Nous devons découvrir s'il existe le moindre élément matériel montrant que cette voiture a été impliquée dans l'accident de Louis Jones. Je viens juste d'envoyer un mail à l'inspecteur en charge du dossier auprès de la police de la route, même si, évidemment, lui poser une question précise n'est pas à l'ordre du jour.

— Y avait-il le moindre dégât sur l'Audi ?

— Je ne me suis pas approchée assez, et les circonstances étaient plutôt stressantes. Je me cachais dans une haie à ce moment-là.

— De toute manière, si ce n'était pas très grave, il est possible qu'ils l'aient réparée depuis, commenta Luc. Mais on pourra peut-être la placer près du lieu de l'assassinat de Jones. Je demanderai à Tripp de vérifier les images des caméras de vidéosurveillance dans la zone du club de golf au moment du meurtre, à la recherche de véhicules semblables.

On frappa à la porte, et Tripp fit son apparition.

— Seigneur Jésus Marie Joseph, Tripp, vous êtes doté de dons exceptionnels ? demanda le commandant.

— Je suis capable de toucher le bout de mon nez avec ma langue, répondit-il, l'air perdu.

— Ça n'est pas vraiment ce que j'avais en tête, rétorqua son supérieur. Vous me cherchiez pour une raison particulière ?

— Je voulais seulement vous informer que j'ai établi une liste de tous les membres de l'équipe chez Crystal. Je pars leur rendre visite ce matin pour prendre leur déclaration en ce qui concerne l'accès aux tiroirs du bureau de Cordelia, à la nourriture et aux boissons.

— Bien. Il y a des films de vidéosurveillance que j'aimerais visionner quand vous serez de retour. Je laisserai une note sur votre bureau à ce sujet.

— Bien joué, Tripp, intervint Ava. Essayez de vous faire une idée des rancunes que le personnel aurait pu nourrir. Des querelles entre employés, des notes disciplinaires, les conditions de travail – la routine. Mais brigadier, par courtoisie, et pour que je n'aie pas à m'aplatir de nouveau devant la commissaire principale cette semaine, ne commencez pas à sonner aux portes avant 9 heures.

Tripp rougit en jetant un coup d'œil à sa montre.

— J'avais l'intention de vous parler de vos constatations sur l'affaire Louis Jones, reprit Ava. Vous m'avez laissé les coordonnées d'une certaine Janet Monroe. Vous vous êtes entretenu avec elle ?

— Oui, madame. Elle appartient à l'équipe du commissaire Dimitri, bien qu'elle soit en congé maternité maintenant, plus tôt que prévu.

— Oui, c'était elle. Le chaton dans la bagarre de chiens. Elle me déteste sûrement.

— Monsieur, un homme demande à vous voir. Il dit qu'il a essayé votre portable, mais que vous ne répondez pas, marmonna Biddlecombe au téléphone, la bouche pleine.

Callanach éloigna le récepteur de son oreille pour atténuer le bruit de mastication.

— Je n'imagine pas que vous vous soyez débrouillée pour avoir son nom ?

— Une p'te seconde, postillonna-t-elle. Il demande votre nom, dit-elle à l'inconnu qui cherchait à contacter le commandant.

— Je pensais bien que ça l'intéresserait. Lance Proudfoot. Je suis journaliste. Dites-lui que j'ai un cadeau pour lui, dit Lance.

— D'accord. Monsieur, c'est…

— *Dieu, aide-moi*, murmura Callanach.

L'agent Biddlecombe était gentille, mais intellectuellement à peu près aussi affûtée qu'une courge.

— J'ai entendu, reprit-il à voix plus audible. Vous teniez le téléphone pendant qu'il parlait, vous vous rappelez ?

— Super. Je le fais émarger, alors ?

— Très bien. Qu'il monte à mon bureau. Pas besoin de l'accompagner, il connaît le chemin.

Callanach raccrocha, conscient que le journaliste devait rire sous cape. En l'attendant, il prit quelques notes pour avancer sur les enquêtes préliminaires concernant les suspects de Glasgow.

— Joyeux Noël ! lança Lance.

Et il déposa un sac en papier marron sur le bureau de Luc.

— Ce n'est pas Noël. Je suis presque sûr de me souvenir à quelle date ça tombe, commenta Callanach en jetant un coup d'œil vers la boîte blanche dans le sac.

— Voilà un cadeau, quoi qu'il en soit. Il n'y a pas de reçu pour le changer, donc tu es obligé de te fier à mon jugement.

Callanach sortit de l'emballage une bouteille de châteauneuf-du-pape, remarqua l'année et siffla pour montrer son appréciation.

— C'est très gentil, pour ne pas dire généreux. Il y a une histoire derrière ça ?

— Sur mon blog d'informations, tu trouveras un article, sérieusement documenté et extrêmement bien écrit, si je puis me permettre. Il explore la tendance croissante à des dons anonymes auprès des associations caritatives. Pourquoi les donateurs veulent rester dans l'ombre, les bienfaits engendrés par ces sommes, et l'effet psychologique qu'il y a à faire un don sans la reconnaissance du public. Il a suscité une réaction plutôt positive à sa publication, et quelques journaux nationaux m'ont commandé des suivis. Avec à la clé une bonne rémunération. J'ai pensé te rendre la monnaie de ta pièce pour ce coup de fouet créatif.

— Ce n'était pas nécessaire. Cela dit, je ne me lancerai certainement pas dans quoi que ce soit d'aussi fou que de te rendre le vin.

Lance sourit.

— Un brunch, ça te tente ? On est dimanche, après tout. Même les inspecteurs de police sont autorisés à manger durant le week-end.

— Une autre fois ? proposa Callanach. J'ai beaucoup de travail…

– … et pas assez de temps pour le finir, acheva Lance à sa place.

— C'est plutôt que j'essaie de trouver comment m'y prendre, soupira Callanach.

Lance s'assit.

— Et demander de l'aide ? Tu y es parvenu à quelques reprises, bien que j'aie l'impression qu'il ne s'agisse peut-être pas là de ton aptitude la plus affirmée.

— Non, Lance. Tu en as déjà assez fait. La dernière fois que je t'ai entraîné dans une enquête, tu t'es retrouvé avec une cheville disloquée, comme tu aimes à me le rappeler. Et l'écriture t'attend.

— Bizarrement, mes expériences avec toi ont rendu le plaisir de l'écriture assez terne comparé à celui de relever le défi que représentent des enquêtes criminelles. Tu ne jetteras pas un os à un vieux chien ? À l'évidence, il s'agit de quelque chose d'impossible à régler à travers les canaux normaux, sinon tu ne serais pas soumis à si rude épreuve. Seigneur, m'obligeras-tu à supplier, mec ? Je peux écrire article après article, mais les jours me filent entre les doigts. J'ai envie de te donner un coup de main, Luc. Pas pour toi, mais pour moi-même.

— Ces gens sont nuisibles.

— Si je pensais participer à une opération visant à piéger de bons citoyens, je m'inquiéterais, répondit Lance, amusé.

— Nuisibles, du genre dangereux. Tu ne t'approches pas d'eux. Il me faut seulement des informations complémentaires. As-tu des contacts à Glasgow qui ne l'ouvriront pas si tu le leur demandes ?

— Quand j'étais jeune homme, je jouais dans une équipe de rugby locale. Quand tu partages des douches avec un homme, tu découvres vite s'il est capable de garder des secrets ou pas.

— Maintenant, il est définitivement exclu que nous sortions bruncher, commenta Luc.

Il jeta quelques mots sur un bout de papier et le tendit à Lance par-dessus son bureau.

— Deux noms. Des voyous du coin, je pense, mais crois-moi, tu n'as pas intérêt à apparaître sur leur radar. Tout ce que tu réussis à obtenir : adresses, véhicules, complices connus.

— Tu peux me dire ce qu'ils ont fait ?

— Il est plus sûr d'affirmer que la liste des choses qu'ils ne sont pas prêts à faire est sans doute très courte, en vérité. Appelle-moi à la seconde où tu dégotes quoi que ce soit, puis arrête tout. Pas de vérifications complémentaires, pas de déplacement à Glasgow pour la journée. Si tu tiens à garder tous tes membres attachés à ton corps, ne mentionne pas le nom de Louis Jones. Promets-le-moi.

— Je croyais que les Français étaient supposés être charmants, rétorqua Lance.

Callanach le dévisagea.

— OK. Promis.

Le journaliste se dirigea vers la porte.

— Lance ? le rappela Callanach. Ne prends aucun risque.

Il suivit des yeux son ami jusqu'à ce qu'il disparaisse de sa vue. Lance lui rappelait le père qu'il avait passé sa vie à imaginer. Était-ce une bonne idée de lui permettre de s'impliquer ? Luc repoussa son inquiétude. Son ami était un journaliste de la vieille école. Dans le passé, il avait suivi des affaires plus dangereuses que celle-ci, et à travers le monde entier. Il saurait s'il avançait en terrain miné, se dit Callanach. Tout irait bien pour Lance.

Chapitre trente-neuf

Tripp frappait chez le deuxième employé de Crystal à 9 h 15. Son premier échange avait été écourté par une quinte de toux du fils de trois ans de la femme avec qui il s'entretenait. Il n'avait pas eu d'autre option que de partir précipitamment, espérant ne rien avoir attrapé qui se conclurait par un jour de congé maladie. On était en décembre, et il n'avait pas manqué une seule heure de travail de toute l'année.

Enfin, une fenêtre à côté de la porte d'entrée s'ouvrit. Un visage masculin s'y encadra.

— Qu'est-ce que c'est ? demanda l'homme.

— Désolé de vous déranger, monsieur, répondit Tripp en présentant sa carte de police. Je suis le brigadier Max Tripp, de la brigade criminelle. Seriez-vous Liam Hood ?

— Il n'est même pas 10 heures. Vous n'auriez pas pu téléphoner avant de venir ?

— Il s'agit d'une enquête en cours. Il y a parfois des imprévus. Je m'excuse pour le dérangement. Accepteriez-vous de m'accorder quelques minutes ? C'est la routine.

La fenêtre se referma dans un claquement et la porte d'entrée s'ouvrit quelques secondes plus tard.

— Entrez, dans ce cas. Vous laissez passer un air foutrement glacial.

Liam Hood avait la cinquantaine et grisonnait. Ses vaisseaux sanguins dessinaient une carte sur son nez, retraçant un voyage à travers de nombreuses bouteilles d'alcool. La moquette était élimée, et une ampoule nue pendait à son fil.

— Ma femme m'a quitté. Je n'ai pas touché à la décoration depuis. Tant qu'on y voit, déclara Hood. J'imagine que vous voudrez vous asseoir.

Il indiqua une chaise en bois que Tripp prit sans laisser son regard s'égarer dans la pièce. Liam Hood était aussi perspicace que bourru, et ne donnait pas l'impression d'être le candidat idéal pour travailler au sein d'une association caritative.

— Bon, je n'ai pas toute la journée, lança-t-il à Tripp qui sortait ses notes.

— Vous avez travaillé pour l'association de Cordelia Muir durant plus de trois ans, commença Tripp.

— On va les passer en revue semaine après semaine ? Parce que j'ai des trucs prévus demain, coupa Hood.

Tripp fit de son mieux pour prendre l'air amusé.

— Décrivez-moi votre relation avec Mme Muir.

— Cordelia était ma patronne. Elle me disait quoi faire, payait mon salaire et m'octroyait le total grandiose de vingt-quatre jours de congé par an. À quel point vous entendez-vous bien avec votre boss ? grogna Liam.

— Eh bien, mon boss est un type super. Parfois, les gens ne le comprennent pas vraiment, mais pour moi, il est…

— La question était purement rhétorique. Ça vous dérangerait de m'expliquer la raison de votre présence ici ? Il ne s'agit pas d'un interrogatoire de routine. On nous a dit que Cordelia Muir était décédée à la suite de complications dues à une prise de médicament. Pourquoi toutes ces questions tout à coup ?

— Nous suivons toutes les pistes possibles pour le moment. Comment était-ce, de travailler pour Mme Muir ?

— Elle était trop tolérante. Un petit côté bonne pâte, si vous voulez mon avis. Le gosse de l'un d'entre nous avait une journée sport à l'école ? Aucun problème, les parents se précipitaient pour assister à la course d'œufs dans une cuiller. Une légère température ? Quelques jours au lit, des cartes de bons vœux de rétablissement. Je n'arrêtais pas de lui dire qu'il fallait qu'elle s'endurcisse, mais elle palabrait toujours en lançant une citation ou une autre, sur les cercles vertueux, ou je ne sais quoi.

— À votre avis, est-ce que quelqu'un profitait d'elle ? demanda Tripp, rivé sur son bloc-notes.

Hood prit son temps avant de répondre.

— Vous avez pour mission de fouiller les poubelles.

— Ça serait plus facile si vous répondiez seulement aux questions, répondit Tripp. Nous cherchons à être exhaustifs et nous n'avons aucune cible particulière à l'esprit.

— Tout le monde dans ce bureau a été ravagé quand elle est morte, voilà la vérité. Ils sont peut-être un peu paresseux parfois, charrient avec les congés maladie de temps à autre, mais personne ne souhaitait la voir disparaître. Je lui ai conseillé d'aller chez le médecin, mais attendre un rendez-vous lui convenait, plutôt que d'insister pour être reçue plus rapidement. C'était tout à fait elle. Quand on pense à ces hypocondriaques qui encombrent le système avec leurs ongles incarnés ! Si elle avait consulté plus tôt… Fait chier. On ne peut pas remonter le temps, n'est-ce pas ?

Tripp écrivait à toute vitesse.

— Pardon, comment êtes-vous au courant qu'elle avait un rendez-vous médical ?

— On en a parlé au bureau. Cordelia souffrait vraiment, on aurait dit une mauvaise grippe. Elle était en nage, pâle. On savait tous qu'elle avait été malade à quelques reprises, mais ça ne lui ressemblait pas de rentrer chez elle pour ça. Elle a fini par accepter de prendre rendez-vous. Et du jour au lendemain, elle est morte.

— Et qui avait accès à son bureau ?

— Tout le monde. Pas de chichis à ce sujet. Vous aviez besoin d'emprunter un bloc-notes ou une calculatrice ?

Vous vous serviez sur le bureau de quelqu'un d'autre. Même celui de Cordelia, son stylo à encre mis à part. Son mari le lui avait offert. C'était la seule chose que nous n'étions pas autorisés à toucher.

Tripp referma son calepin et se leva.

— Merci, monsieur Hood, pour votre temps. Je vous laisse à votre week-end.

Depuis sa voiture, Tripp appela le commissariat pour obtenir confirmation du rendez-vous de Cordelia chez le médecin. La tragédie était d'autant plus poignante qu'elle aurait pu être évitée. Plus encore, cela confirmait ce qu'ils avaient supposé jusque-là : Mme Muir n'avait aucune idée de ce dont elle souffrait. Vingt minutes plus tard, Tripp se tenait sur le seuil de l'employé suivant quand il reçut un appel du poste.

— Brigadier Tripp, nous avons reçu la confirmation que Mme Muir avait bien un rendez-vous avec le docteur Marylewski. La réceptionniste se le rappelle très bien.

— Merci, ça confirme ce qu'on m'a dit ce matin. Je n'arrive pas à croire que la secrétaire s'en souvienne. Chaque fois que je téléphone au cabinet médical, elle oublie mon nom entre une minute et la suivante, commenta Tripp en frappant à la porte.

— Pour être franc, ça l'a frappée parce qu'elle avait proposé un rendez-vous plus tôt, qui a été refusé. Elle m'a dit que lorsqu'elle avait appris le décès de Mme Muir, elle avait été dévastée de penser que l'issue aurait pu être différente si cette dernière avait été disponible à une date antérieure.

La porte s'ouvrit sur une femme en survêtement qui mâchonnait un sandwich au bacon.

— Veuillez m'excuser, une minute, lui dit Tripp.

Il lui montra son badge et s'éloigna du pas de la porte afin de poursuivre sa conversation téléphonique.

— Est-ce que la réceptionniste a expliqué pourquoi Mme Muir avait refusé la première option ?

— Ce n'est pas avec elle qu'elle s'est entretenue. Apparemment, il s'agissait d'un jeune homme, bien qu'elle n'ait pas saisi son nom. Il a dit qu'il travaillait avec Mme Muir et que cette dernière lui avait demandé de passer l'appel.

Tripp regardait le trottoir, sourcils froncés. Cordelia Muir était malade depuis un moment. Selon Liam Hood, elle avait enfin accepté de consulter un médecin. La raison qui avait primé dans son emploi du temps sur ce rendez-vous devait avoir été capitale.

— Je reviendrai plus tard, marmonna-t-il en direction de la silhouette sur le seuil. Désolé de vous avoir dérangée.

La porte fut refermée avant qu'il ait descendu les marches du perron.

Quinze minutes plus tard, il était de retour au commissariat et accédait à l'agenda en ligne de Cordelia Muir. Il en vérifia les entrées à l'aide du planning hebdomadaire qu'elle conservait dans son sac à main. Le rendez-vous chez le médecin y figurait bien. Rien d'autre paraissant d'une importance majeure n'était noté pour les jours précédents. Aucun motif pertinent pour refuser de se rendre plus tôt au cabinet médical. Tripp téléphona à la fille de Cordelia, qui confirma l'intention de sa mère de voir un médecin, puis il appela l'assistant de la disparue.

— Monsieur Hood, brigadier Tripp à l'appareil. On s'est parlé ce matin.

— Est-ce que je vous ai donné l'impression de souffrir d'une forme de démence ? Sauf que moi je me rappelle très bien votre présence chez moi. Qu'est-ce que vous voulez, cette fois ? grogna-t-il.

— Le rendez-vous chez le médecin. J'en ai bien trouvé trace, mais la réceptionniste dit qu'il a été passé par un jeune homme de votre bureau. Je ne parviens pas à l'identifier, d'après les formulaires de renseignements sur les employés dont je dispose ici.

— Sûrement ce petit con de Jeremy.

— Je n'ai personne répondant à ce nom sur les relevés du personnel, fit remarquer Tripp. Il ne figure pas sur le fichier de paie, ni dans vos dossiers de ressources humaines.

— C'est parce qu'il s'agit d'un bénévole. Il venait deux ou trois jours par semaine, et n'était pas payé. J'imagine que ça a un rapport avec cette histoire de cercles vertueux dont Cordelia me rebattait les oreilles. N'étant pas salarié, il n'a pas eu le genre de dossier que nous créons pour un nouvel employé. Il a rempli une demande de candidature, quoi qu'il en soit. Mais je ne suis pas sûr de savoir où elle est rangée.

— Je suppose que vous ne seriez pas prêt à me retrouver dans les locaux pour m'aider à localiser ce document ? demanda calmement Tripp.

— Oh, bon Dieu. Je ne sais même pas si j'ai encore un boulot, on est le week-end, et vous voulez que je conduise jusqu'au bureau pour vous aider à dénicher un bout de papier ?

— J'apprécierais, oui. C'est beaucoup de…

— Dans une demi-heure, marmonna Hood avant de raccrocher.

Tripp émit un doux merci dans l'air avant de renfiler son manteau. Il passa la tête dans le bureau de Callanach.

— Monsieur, dit-il. Il y a du nouveau. Je pense que ça pourrait vous intéresser.

Chapitre quarante

Pour Ava, établir de manière ferme et définitive le rôle de Ramon Trescoe dans la mort de Louis Jones était essentiel. S'il avait tué Jones, il était aussi responsable du suicide du chef. Comme Callanach, en la tirant hors du Maz, avait anéanti toute chance d'approcher Ramon, il lui fallait un plan B. Dieu merci, un coup de fil au commissariat de Glasgow ouvrit une brèche. Sandy Peterson, mieux connue par les officiers de ronde de la ville sous le nom de Sugar, et qu'Ava avait rencontrée dans la boîte, avait été condamnée à de nombreuses reprises pour racolage sur la voie publique. Elle avait passé du temps derrière les barreaux de la prison de Cornton Vale pour une série de vols et une histoire de vente de drogue qui avait mal tourné. La photo qu'Ava afficha sur son écran d'ordinateur correspondait au souvenir qu'elle gardait de la jeune femme après sa soirée au club, même si les yeux de cette dernière étaient maintenant plus marqués par les rides. Sugar disposait aussi d'une page Facebook actualisée. Pas futé, se dit Ava, compte tenu du genre d'hommes qu'elle attirait durant ses heures de travail. La page sur le réseau social, dont le dispositif de sécurité, quasi inexistant, aurait poussé à la dépression les parents d'un adolescent, menait à un numéro de portable. Ava n'en demandait pas plus.

Envoyer un message anonyme n'était pas envisageable, ça serait trop gros. Mais le point fort de Sugar ne semblait pas être l'organisation, ça, au moins, c'était évident, à lire ce qu'elle postait. Les gens qui ne sont pas organisés perdent tout le temps leurs amis de vue, et plus généralement les numéros de téléphone et les coordonnées des autres. Ava enfila son manteau et alla faire des courses. Une heure plus tard, elle était de retour et sortait de sa poche un téléphone à carte prépayée. Pas de contrat. Impossible à tracer. Exactement ce dont elle avait besoin.

Elle tapa le numéro de Sugar, tout en élaborant un message.

« Salut Sugar. Ça fait un bail, ma belle. J'étais à la colo de vacances de Glenochil hier, pour voir Jimmy. Ils parlent tous du Maz. C'est pas là où tu bosses ? Plein de bisous comme on s'est pas vues depuis des siècles. xxx. »

Ava ajouta des émojis de circonstance et posa le portable, son téléphone fixe se mettant à sonner.

— Je suis dans les bureaux de l'association de Cordelia Muir, lui apprit Callanach. Je pense que tu devrais m'y rejoindre. Il y a quelque chose qu'il faut que tu voies.

Le nouveau portable d'Ava sonna tandis qu'elle se dirigeait vers sa voiture. Elle ouvrit le SMS tout en farfouillant dans son sac à la recherche de ses clés.

« OMG déso. C'est qui ? Lol. J'oublie tjrs d'enregistrer les noms. Qui parlait du Maz ? »

Ava répondit, tout en bouclant sa ceinture de sécurité.

« Lol. C'est Debs. Le temps a passé depuis Cornton, hein ? Les gars à Glenochil racontent que Dylan McGill a une nouvelle jolie petite cellule rien que pour lui. Ils sont super jaloux. Quand ils ont parlé du Maz, me suis dit que je t'enverrais un message. Je cherche du taf, mieux que le trottoir, si t'entends parler de quelque chose ? Tiens-moi au jus. Faut que je file ma poule. Tu demanderas pour le boulot ? »

Sugar ne souhaiterait évidemment pas que quelqu'un qu'elle avait connu en prison se pointe pour travailler au Maz, donc le mensonge était aussi inoffensif que possible. Compte tenu des fréquents voyages de Sugar dans et hors de Cornton Vale, il y avait sûrement au moins une Debs derrière les barreaux en même temps qu'elle. Il était probable que Sugar touchait à la drogue qu'elle vendait, on pouvait donc supposer qu'elle avait oublié un bon nombre des gens qu'elle avait connus à cette époque, pensa Ava.

Quand elle se gara devant les bureaux de Cordelia Muir, Callanach se tenait sur le seuil et observait la rue.

— Tu m'attendais ? lui demanda-t-elle.

— Je vérifie si des caméras de sécurité sont installées à proximité.

— Que se passe-t-il ? On en parle à l'intérieur ? Il fait moins deux ici.

Ava passa devant lui pour aller se percher sur un radiateur du bureau. Elle abandonna rapidement cette position quand elle s'aperçut qu'il n'était pas allumé.

— Tripp a interrogé le personnel de Crystal, expliqua Luc à voix basse.

Il était conscient de la présence de Liam Hood, penché au-dessus d'une bouilloire au fond de la pièce. Tripp était au téléphone, prenant des notes.

— Cordelia Muir avait un rendez-vous médical, pris par un membre de son équipe, et nous n'avons aucune trace de lui. Il s'agit en fait d'un bénévole, arrivé récemment et qui n'apparaît pas sur les fiches de paie, ni dans aucun dossier officiel des ressources humaines qui aurait été établi à son nom.

— Et ?

— Cordelia n'est tombée malade qu'après l'arrivée de ce bénévole. Elle lui a demandé de prendre un rendez-vous auprès de son généraliste pour elle, sauf qu'on vient d'apprendre qu'il en a refusé un, et accepté celui qui lui était proposé plusieurs jours plus tard.

— Tu penses qu'il s'agit d'un retard délibéré pour empêcher le médecin de diagnostiquer le problème ?

— Je ne vois pas d'autre explication.

— C'est faire beaucoup de conjectures, fit remarquer Ava. Et si Cordelia avait décroché son téléphone pour passer ce coup de fil elle-même ?

— Tripp s'est entretenu avec la fille de Cordelia à ce sujet. Mme Muir était stoïque au point d'en devenir butée. Elle ne s'est presque jamais rendue chez un médecin et venait travailler quel que fût son état. Elle détestait faire toute une histoire de quelque chose. Tout le monde ici le savait. Il était peu probable qu'elle dérange le généraliste avant d'avoir atteint son seuil de tolérance. S'il y avait un risque, il était calculé. M. Hood, le monsieur là-bas, a fouillé le meuble de classement et a trouvé le formulaire de candidature du bénévole qui a pris le rendez-vous médical.

Il donna le document à Ava.

— Jeremy Dolour. Qu'est-ce qu'on a sur lui ?

— Le numéro d'identification nationale qu'il a fourni est soit erroné, soit faux. Personne de ce nom et avec cette date de naissance ne dispose du moindre dossier nulle part. Pas de permis de conduire. Pas de numéro de Sécurité sociale. Tripp est au téléphone avec un agent qui vérifie l'adresse pour nous.

— Est-ce que Jeremy avait accès au bureau de Cordelia ? demanda Ava à voix basse.

— À son bureau et au frigo où elle conservait ses repas dans des boîtes en plastique. Il lui préparait aussi régulièrement ses boissons, répondit Callanach.

— Et c'était un horrible petit fayot, vous le lui avez déjà dit ? intervint bruyamment Liam Hood depuis l'autre bout de la pièce.

— Laisse-moi te présenter monsieur Hood, dit Callanach, avec un haussement de sourcils éloquent à l'intention d'Ava. Il a travaillé ici avec Cordelia durant trois ans. Apparemment, Jeremy est arrivé à l'improviste un beau matin et a proposé de devenir bénévole. Cordelia a eu pitié de lui et lui a offert de venir un jour par semaine, sans être payé, pour s'occuper de l'administration générale et l'assister dans les tâches administratives. Peu de temps après, il était présent deux jours par semaine.

— Il était trop assidu. Toujours là, à offrir son aide, à suivre Cordelia partout comme un petit chien-chien à sa mémère. Personne ne se donnait même la peine d'approcher Mme Muir quand il était dans le coin. Je lui ai dit qu'il se tramait quelque chose avec ce type, et je n'étais pas le seul à le sentir. Mais Cordelia ne fonctionnait pas comme ça. Plus vous essayiez de la persuader que quelqu'un était néfaste, plus elle prenait sa défense, raconta Hood.

— Seriez-vous d'accord pour travailler avec l'un de nos dessinateurs, monsieur Hood ? Si nous n'avons pas de photo de Jeremy, vous nous permettriez d'établir un portrait-robot, proposa Ava.

— Ça prendra quelques heures de plus encore, j'imagine ? Il est vrai que rien d'autre ne requiert mon attention, hein ? Chaque jour est un dimanche, jusqu'à ce qu'on nous informe de l'avenir de ce lieu, marmonna Liam.

— On vous conduira au commissariat et nous nous assurerons de vous procurer un repas chaud si ça peut vous consoler.

Tripp intervint.

— Madame, excusez-moi de vous interrompre…

— Voilà le signal m'indiquant d'aller voir ailleurs si j'y suis, dit Hood en s'éloignant tranquillement en direction de la bouilloire.

Tripp reprit :

— L'adresse donnée par Jeremy Dolour existe bien, mais lorsque les agents ont frappé à la porte, c'est une jeune femme et son mari qui ont ouvert. Ils sont en lune de miel à Édimbourg et ont loué les lieux *via* Airbnb. Nous poursuivons nos recherches, même s'il semble que toutes les informations fournies par Jeremy soient fausses, expliqua Tripp.

— À l'évidence, Cordelia Muir n'en avait pas connaissance ou ne le soupçonnait pas. Quel est le mobile ?

Seul le silence lui répondit.

— Bien. Envoyez des agents interroger les autres employés au sujet de Jeremy. Peut-être a-t-il laissé échapper quelque chose qui nous conduira à lui. Une petite amie, des passe-temps, un véhicule. On a ses empreintes digitales ?

— Difficile de répondre à cette question. Éliminer les salariés actuels ne présente pas de difficultés, mais d'autres personnes qui ont travaillé ici précédemment en ont laissé. Le personnel de ménage était envoyé par une agence, donc ce n'était jamais les mêmes employés d'une semaine à l'autre. Des vendeurs, des visiteurs se présentaient ici. Il sera pratiquement impossible de déterminer lesquelles sont les siennes sans point de comparaison, répondit Tripp. M. Hood le décrit comme ayant un bégaiement prononcé sur les mots comportant un s ou un v. Jeremy a autour de vingt-cinq ans, porte des lunettes et ne parlait pas vraiment à qui que ce soit d'autre qu'à Cordelia.

— Je vais devoir m'entretenir avec la famille Muir, commenta Ava. S'ils apprennent par la bande qu'on s'intéresse à un suspect en particulier, ils seront dévastés. Gardez ça sous le coude pour le moment, d'accord ?

— Ils risquent d'être bien occupés pour le moment, madame, fit remarquer Tripp. Le fils de Cordelia, Randall, a été surpris alors qu'il tentait de se suicider. On l'a trouvé à temps pour que ses blessures ne soient pas graves, mais, conséquence de son geste, il a été interné. De plus, et peut-être n'est-ce rien, le stylo-plume de Cordelia a disparu de la boîte où elle le conservait. Apparemment, tous les employés étaient au courant qu'il était interdit d'y toucher, car c'était un cadeau de son défunt mari. J'ai vérifié : il n'a été localisé nulle part ailleurs, d'après ce que j'ai pu lire sur les relevés d'éléments matériels.

— Procédés d'enquêtes habituels : voyez les caméras susceptibles d'avoir enregistré son image lorsque Jeremy arrivait ou quittait les locaux ; voyez avec la fille de Cordelia si elle reconnaît le portrait-robot dès qu'il sera terminé. Luc, assure-toi de rassembler un dossier contenant toutes les informations détaillées et convoque la brigade au grand complet à la première heure demain matin. Je retourne au bureau appeler la commissaire générale. On s'y verra.

Dans sa voiture, Ava se laissa aller contre le dossier de son siège et ferma les yeux. Cordelia Muir avait passé outre les sentiments que Liam Hood éprouvait viscéralement envers Jeremy. C'était si souvent le cas ! Certaines personnes, promptes à juger, agissent instinctivement, et se protègent efficacement. Les Cordelia Muir de ce monde luttent contre le désir de porter un jugement. Pour ceux qu'il est facile de ne pas apprécier, elles se rendent encore plus aimables. Elles ouvrent les bras aux rejetés de la société, puis en deviennent les victimes. Il n'existe pas de bonne réaction, pas de papier réactif au danger, mais Jeremy Dolour avait approché l'organisation caritative en offrant son aide, et Cordelia n'avait pas eu le cœur de le repousser. S'il était responsable de sa mort, c'était un acte doublement cruel, car il avait été facilité par la bonté de Cordelia. Son téléphone sonna.

« T'es à l'origine d'un sacré bordel ici, Debs ! Mon boss a téléphoné à un maton de Glenochil qui a dit qu'une femme flic était venue voir McGill. Ton Jimmy a des infos là-dessus ? » lut-elle.

« Plus beaucoup de crédit. Je t'appelle quand j'en achète », écrivit Ava.

Puis elle éteignit le portable et ouvrit sa portière. Elle sortit la carte SIM, l'écrasa sous son talon et la laissa tomber avec l'appareil au fond d'une poubelle gorgée de pluie, avant de les recouvrir d'autres déchets. Sa conscience la titilla durant quelques secondes. Le directeur de la prison de Glenochil avait été assez bon pour se soumettre à sa requête de déplacer Dylan McGill dans une cellule individuelle, tout en lui restaurant tous ses privilèges. Ramon Trescoe avait des contacts parmi les gardiens. Après le long moment qu'il y avait passé, il était inconcevable qu'il en fût autrement. Ava avait donc désormais franchi une ligne. Elle avait risqué la vie de McGill. Si Ramon Trescoe pensait que son partenaire avait parlé à la police, sa tête était déjà mise à prix. Ava avait émargé en utilisant ses propres papiers, sachant que les gardiens avaient accès au registre des visiteurs. Une fois qu'ils auraient son nom et une photo d'elle sur Internet, Knuckles et Perry feraient immédiatement le rapprochement avec la femme qu'ils avaient trouvée chez Glynis Begbie. Bien sûr, si Ramon Trescoe n'était pas impliqué dans la mort du chef, il n'établirait pas le lien entre les deux événements, mais s'il s'en prenait à McGill, c'était aussi clair qu'une confession signée. Ava pariait sur cette deuxième option.

De retour à son bureau, frissonnant malgré le chauffage poussé au maximum, Ava avait téléphoné au directeur de Glenochil et demandé que Dylan McGill soit placé sous surveillance. Le directeur avait assez de jugeote pour ne pas poser trop de questions et, en tout état de cause, Ava s'était bien rendu compte que son ton était un peu trop éloquent. Malgré tout, elle jouait avec la vie d'un homme et elle avait beau mettre toute son énergie à l'ignorer, elle avait le sentiment de s'être abaissée à un niveau diamétralement opposé à toutes les raisons pour lesquelles elle était devenue officier de police. Pendant quelques instants, elle enragea et maudit George Begbie de l'avoir propulsée au milieu d'un tel bazar. Il avait profité de ce qu'il avait fait, et maintenant, d'autres en souffraient. Mais, même dans ces conditions, par loyauté envers son ancien patron, elle ne laisserait pas tomber. Si elle ne clôturait pas l'affaire, ça la rongerait à jamais.

Elle ouvrit le dossier de Louis Jones, s'obligeant à rester occupée. La note avec le numéro de téléphone de la pauvre femme de l'équipe de Dimitri qui avait servi de bouc émissaire pour n'avoir pas transmis le rapport de la scientifique était sur le dessus de la pile de papiers. Ava le composait avant d'avoir vraiment pesé sa décision. Tout pour lui sortir de l'esprit le danger que courait Dylan McGill à cause d'elle.

— Janet Monroe, répondit une voix fatiguée.

— Agent Monroe, ici la commissaire divisionnaire Turner, de la criminelle. Je ne vous dérange pas ?

— Je suis chez moi à ne rien faire, madame. On m'a laissée partir plus tôt en congé maternité, soi-disant pour mon propre bien. En quoi puis-je vous être utile ?

Sa voix reflétait les propres sentiments d'Ava.

— Je vous appelais au sujet du rapport de la scientifique sur l'accident de voiture de Louis Jones. Le commissaire Dimitri a dit que vous…

— Pardon, madame. Le commissaire m'avait demandé de le dégoter pour vous. J'ai dû passer à côté. C'est la raison pour laquelle il m'a mise en congé plus tôt, à taux plein cela dit, donc j'imagine que je n'ai pas à me plaindre.

— Janet, je ne vous appelle pas pour que vous me présentiez des excuses. Mais parce que je m'inquiète d'avoir peut-être exacerbé le problème avec le commissaire Dimitri. J'aimerais vous aider.

Il y eut une longue pause.

— Le commissaire Dimitri a été clair : durant mon arrêt, il ne m'est pas permis de discuter des enquêtes en cours de l'équipe. Je ne devrais probablement pas parler avec vous.

Ava se mordit la lèvre inférieure. Elle avait suffisamment bataillé contre le sexisme à ses débuts dans la police pour éprouver de l'empathie à l'égard des officiers de sexe féminin plus jeunes qui avaient encore à le supporter.

— Combien de temps avant que vous ne soyez officiellement en congé maternité ? demanda-t-elle.

— Encore huit semaines, répondit Janet.

— Êtes-vous apte à travailler ? Pas d'inquiétudes soulevées par votre médecin ou votre sage-femme ? vérifia Ava.

— Non. Mon généraliste m'a suggéré de me détendre et d'en profiter. Je crois qu'il a en fait marmonné « Petite chanceuse » quand je lui ai raconté qu'on m'avait déchargée de mon service plus tôt. Il n'a probablement aucune idée de ce que j'ai pensé à ce moment-là, ou il serait immédiatement sorti de la pièce à reculons.

Ava rit.

— J'ai un petit souci ici. Nous avons le meurtre de Louis Jones, une situation en suspens avec l'affaire Lily Eustis, et ce qui semblait être une mort sans intention de la donner, provoquée par des médicaments non homologués, vient peut-être d'être surclassé en meurtre. Résultat, je manque de personnel. Juste pour que les choses soient bien claires, je vous offre un poste en bureau, pour aider aux enquêtes. Pas de travail sur le terrain.

— Pardon, madame, mais je ne comprends pas.

— Je vous demande de venir en soutien à la Crim, jusqu'à votre vrai départ en congé maternité. Je clarifierai la situation avec la commissaire principale. Vous pourriez commencer demain.

Ava aurait à se mettre à plat ventre devant Overbeck, mais le sentiment qu'elle avait d'entreprendre quelque chose de positif compensait largement l'humiliation à venir.

— Bon sang, je ne pensais pas… Oui. Bien sûr. J'adorerais avoir un poste à la criminelle, même temporaire. Mais le commissaire Dimitri ?

— Techniquement, il vous a détachée de sa brigade, et je suis sûre qu'il se montrera compréhensif. Écoutez, j'ai bien conscience que je vous prends de court, mais nous avons un briefing demain matin à 8 h 30 sur la mort de Cordelia Muir. Pas d'uniforme. On s'y retrouve. Apportez votre propre mug.

Ava se sentait mieux quand elle raccrocha. Elle avait adopté comme politique d'aider les autres femmes à gravir les échelons, exactement comme Begbie l'avait aidée, elle. Tendre une main amie ne coûtait pas grand-chose. Entre Lily Eustis, Cordelia Muir et Louis Jones, la criminelle avait besoin de tous ceux qui pouvaient se mettre à sa disposition. Ava ne parvenait pas à échapper au sentiment que sa brigade ne progressait pas assez rapidement.

Chapitre quarante et un

Mina Eustis était assise, son portable sur les genoux. Elle avait perdu le compte du nombre de SMS qu'elle avait envoyés. Christian avait répondu à quelques-uns d'entre eux, mais il était encore occupé. Était-il en ville ou pas ? Ce n'était pas clair. En tout cas, une crise quelconque le retenait. Résultat, bien qu'il ait pris de ses nouvelles, il lui était impossible d'être à ses côtés.

D'une multitude de manières, la vie était plus dure maintenant que lors du décès de Lily. Mina ne pouvait plus trouver refuge dans l'engourdissement provoqué par le choc et l'incrédulité. Terminé, les visites de la police, ou les fleurs offertes par ceux qui vous voulaient du bien. Même la presse les avait abandonnés. La zone devant la porte de leur maison lui apparaissait comme un sas hostile vers un monde qui ne serait jamais plus comme avant. La douleur de ses parents s'était transformée en une dépression glacée. S'il était possible aux êtres humains de devenir une saison, ils étaient l'hiver. Mina s'était sentie en colère contre eux durant une période amère, puis toute émotion l'avait désertée. Elle parvenait à rationaliser. Son père et sa mère n'auraient jamais dû avoir à endurer la perte d'un enfant. Aucun parent ne devrait connaître ce destin. Avec le deuil, ils n'étaient plus pour ainsi dire que des cadavres ambulants. Ils avaient besoin de temps. Le monde avait continué de tourner. Mina avait manqué tant de cours et rendu si peu de devoirs que l'université lui avait écrit, à regret, mais officiellement, pour lui signifier qu'elle y avait perdu sa place. Ils l'avaient au moins pressée de recommencer l'année suivante. Elle avait jeté le courrier dans la poubelle sans même que ses parents le lisent. S'éclipser en douceur de sa vie passée était la bonne option, elle n'avait aucun doute là-dessus. Ses amis, eux, devaient poursuivre le cours de leur existence : rire, étudier, regarder des films et s'enivrer. Ils s'étaient montrés presque trop compatissants, mais attendre d'eux qu'ils comprennent ce qu'elle vivait était impensable. Tout comme continuer à leur imposer ce fardeau. L'univers ne se replierait pas sur lui-même à cause de la douleur d'une famille. Mina comprenait parfaitement cela : elle était seule.

Que Christian en ait assez d'elle n'aurait pas dû la surprendre. Que s'imaginait-elle ? Lily avait été celle qui était belle, extravertie. Elle aurait pu avoir n'importe quel homme, mais s'était contentée de sourire gentiment aux idiots qui se jetaient si régulièrement à ses pieds. Elle l'avait toujours affirmé : elle se réservait pour quelqu'un de spécial. Mina n'était pas destinée à être entourée par des hommes comme Christian, et lorsque c'était le cas, on lui laissait clairement entendre que leur relation ne pourrait être que purement amicale.

Lily était en compagnie d'un homme la nuit de sa mort. Sûrement un rendez-vous amoureux, pour qu'elle le leur ait caché à tous. Si elle était sortie avec un simple ami, elle n'en aurait pas fait un secret. Mina comprenait cette idée selon laquelle annoncer certaines choses peut porter la poisse. Et puis, en garder pour soi est toujours chouette. Elle aurait juste aimé que Lily partage cette information-là avec elle. Elles avaient toujours été proches. Bien sûr, elles avaient connu les chamailleries enfantines habituelles, mais en vérité, elles avaient grandi sans rivalité au sein de leur fratrie. Si Lily ne lui avait pas été enlevée, Mina aurait été allongée sur le lit de sa sœur et lui parlerait de Christian ; elle lui raconterait comment il était apparu un jour à la bibliothèque, lui demandant si elle avait de la monnaie pour le distributeur de boissons, avouant combien il aimait le groupe dont elle portait le tee-shirt vintage. C'était assez amusant qu'elle n'arrive même plus maintenant à se souvenir de quel tee-shirt il s'agissait. Après ça, ils avaient pris l'habitude de s'asseoir côte à côte à la bibliothèque pour étudier, et il était toujours là. Jusqu'à aujourd'hui.

Elle aurait voulu que Lily entre dans la pièce, la prenne dans ses bras et lui dise qu'elle se comportait comme une idiote – qu'elle la rassure sur le fait que Christian ne l'abandonnerait pas. Lui seul parmi ses amis avait su quoi dire et comment le dire, ne tournant pas autour du pot, contrairement à tous les autres. Christian n'avait pas peur de parler de la mort, peut-être parce qu'il était un peu plus âgé. Il ne la laisserait sûrement pas tomber parce qu'il était occupé avec d'autres personnes. Il voyait bien à quel point elle s'appuyait sur lui. Il était le seul auprès de qui elle n'avait pas dissimulé l'étendue de sa peine. Mina appuya sur le bouton d'appel qu'elle s'était promis de ne pas toucher. Elle avait cessé de lui laisser des messages vocaux, essentiellement parce qu'elle ne supportait plus le manque qu'elle entendait dans sa propre voix quand elle parlait. Mais il n'y avait pas de message préenregistré pour l'accueillir. Christian avait coupé sa boîte vocale. Voilà. Difficile d'être plus clair.

Mina alla jusqu'au placard de la cuisine où sa mère rangeait l'alcool. Ces temps-ci, il était mieux fourni que lors des années passées. Elle prit une bouteille de vodka sur une étagère, envisagea de chercher du jus d'orange dans le frigo pour l'y mélanger, et conclut que ça ne méritait pas l'effort demandé. Elle remonta donc les escaliers d'un pas lourd, laissant son portable lui glisser des doigts quand elle ouvrit la porte de la chambre de Lily. Elle referma les rideaux avec douceur – Lily les avait choisis –, dévissa le bouchon de la bouteille et éteignit la lumière. Le lit était confortable. L'oreiller portait encore l'odeur du parfum préféré de Lily. Les draps restaient légèrement froissés là où les pieds de Lily s'étaient appuyés chaque nuit. S'il existait un sanctuaire où Mina trouverait l'oubli, alors c'était sûrement là.

Christian éteignit son portable. Mina avait cherché à le joindre sans discontinuer, et maintenant, Randall lui demandait de passer le voir. Lors de leur dernier contact, l'adolescent avait utilisé un numéro que le téléphone de Christian n'avait pas reconnu. À la teneur du message, la raison en était devenue évidente. Il semblait que le portable de Randall lui avait été confisqué quand il avait été admis comme patient dans un établissement fermé où lui étaient administrées, à ce qui s'entendait, de fortes doses de médicaments. Il avait vraisemblablement trouvé une ligne fixe d'où appeler. Christian secoua la tête tant tout cela était inévitable. Dès le début, Randall avait suinté la faiblesse. Son incapacité de surmonter la mort de sa mère avait été si prévisible que c'en était presque chiant. Une lame s'était trouvée mêlée à l'histoire, malgré tout, ce qui l'avait surpris. Christian avait anticipé quelque chose de plus facile – une sortie plus douce –, des somnifères, peut-être. La peine que Randall avait éprouvée avait dû être absolument insurmontable pour qu'il ait tenté d'y échapper de manière si directe et si déplaisante. Christian s'offrit le luxe d'imaginer la scène pendant quelques instants.

À la minute présente, toutefois, Bradley était celui qui avait le plus besoin de lui. Le mignon Bradley avec ses douces mains et ses yeux implorants, qui en venait lentement à comprendre que Sean n'était pas vraiment le bon pour lui.

Christian avait cherché quelqu'un comme Brad. Quelqu'un qui désirait l'écouter autant qu'il souhaitait lui-même qu'on l'écoutât. Car il avait sa propre histoire à raconter. Lui aussi portait un fardeau sur les épaules et traversait des épreuves. Avec Bradley, les partager un peu était possible. Entre eux, il y avait Sean, bien sûr, comme un rappel invisible du fait que toutes les nouvelles amitiés sont coupables de soustraire du temps aux précédentes, mais les choses changeraient.

D'ailleurs, Sean semblait voler de succès en succès. La compagnie théâtrale qu'il avait récemment rejointe avait commandé une comédie noire à un auteur dramatique local, et les répétitions attiraient beaucoup l'attention de la presse, lui racontait Bradley.

— Ça a l'air génial, murmura Christian par-dessus son café. J'adorerais y assister.

— Seigneur, oui, répondit Bradley, terminant sa phrase abruptement et perdant son sourire. Moi aussi, évidemment, mais je… je n'ai pas encore vraiment parlé de toi à Sean. Du coup, je me sens genre bizarre à l'idée de lui expliquer qu'on se connaît si bien, toi et moi. En fait, pas si bien, à l'évidence. Je pense que j'aurais dû mentionner ton nom plus tôt, c'est tout.

— Ne stresse pas. Je comprends tout à fait, répondit Christian en posant la main sur le genou de Bradley. On essaie de protéger les gens qu'on aime, et avant même qu'on s'en rende compte, nos tentatives pour simplifier les choses sont devenues une nouvelle forme de menace.

— Comment fais-tu pour avoir toujours le mot juste ? demanda Bradley, retrouvant son sourire. C'est précisément ce qui s'est passé, mais je ne parvenais pas à le formuler. Bon, et toi ? Ta semaine ?

— Le garçon dont je t'ai parlé qui a perdu sa mère – il a tenté de se suicider.

— Oh non ! Pourquoi tu ne m'as pas téléphoné ? Comment te sens-tu ? Le choc a dû être terrible. Que lui est-il arrivé ?

Bradley se pencha pour prendre la main de Christian sur son genou et la serrer entre les deux siennes.

— On s'occupe de lui à l'hôpital. Je me sens un peu responsable. C'est stupide, bien sûr, mais peut-être n'ai-je pas été là quand il avait besoin de moi, ou lui ai-je donné un mauvais conseil. Je ne sais pas.

— Je n'y crois pas une seule seconde. Tout ce que tu as fait, c'est lui offrir ton épaule. Je parie qu'il dirait que tu t'es comporté comme un véritable ami. (Bradley soupira.) Tu as traversé des moments difficiles récemment, ça et ta rupture, en plus. Je suis au bout du fil si tu as envie de papoter, d'accord ? Ne t'inquiète pas de Sean. J'ai décidé qu'il était temps de lui parler de toi, de toute manière. Je ne veux plus continuer à me comporter comme si tu n'existais pas.

— Pas déjà, tempéra Christian. Ça va te sembler dingue, mais ce moment que nous partageons, et dont personne d'autre que nous au monde n'a connaissance, c'est tout ce qui m'a permis de tenir. Tant de gens se sont appuyés sur moi que te rejoindre dans ce lieu parfait m'offre une bulle que je ne suis pas encore prêt à voir éclater.

— Je suis tout à toi, dit Bradley.

Il rougit légèrement en prononçant ces mots. Christian se pencha, glissa une main sur la nuque de Bradley et appuya sa tête contre l'épaule de ce dernier. Il resta ainsi une minute, les yeux fermés, à écouter le cœur battant de Brad. Enfin, comblé, il se redressa.

— Je rencontrerai bientôt Sean. On rectifiera tout ça. Il n'y aura aucune gêne ni compétition. Aie confiance en moi, murmura-t-il. Je ne te ferai jamais de mal.

Chapitre quarante-deux

La salle des opérations ne comptait pas une place vide. Chaque nouvelle photographie, chaque nouvel indice avait été épinglé sur le tableau à côté des informations concernant la mort de Cordelia Muir. Au centre de tout ça pendait le portrait-robot de Jeremy Dolour.

— Selon les employés, la couleur de ses cheveux oscille entre châtain clair et blond foncé, déclara le lieutenant Lively à la salle. Jeremy, d'après leur estimation, a entre vingt-cinq et trente ans, ce que reflète la date de naissance fournie sur sa fiche de bénévole. Pour le moment, rien ne le relie preuves à l'appui au décès de Cordelia Muir, donc la ligne officielle est de l'interroger en tant que témoin. Néanmoins, pas une des informations qu'il a fournies à Mme Muir n'était correcte, et nous ne trouvons aucune trace de quelqu'un portant ce nom et de cet âge approximatif. Partez du principe qu'il a pris des mesures pour dissimuler sa véritable identité. Ses motivations pour agir ainsi nous sont inconnues.

— Où sommes-nous supposés le chercher alors, monsieur ? On dirait qu'on n'a pas grand-chose pour démarrer, lança un policier depuis le fond de la salle.

— Au cas où vous ne l'auriez pas remarqué, les forces de l'ordre, c'est nous. Notre boulot consiste à trouver les gens. Parfois, ils ne souhaitent pas qu'on leur mette la main dessus, ce qui rend les choses plus difficiles, mais si vous vous attendiez à ce que les méchants restent plantés là à agiter des drapeaux, autant envisager un changement de carrière, répliqua Lively.

Ava s'interposa.

— Nous peinons à nous procurer des images de vidéo-surveillance pour identifier formellement Jeremy. Les capuches ou les parapluies sont légion à cette époque de l'année, et la faible luminosité n'aide pas. Nous attendons de la plupart d'entre vous que vous vous mettiez en quête d'anciens employés, de donateurs, d'agendas pour établir la liste de ceux qui se sont rendus chez Crystal durant ces six derniers mois, et ce, afin d'obtenir leurs empreintes digitales afin qu'on les exclue de l'enquête. L'ADN de Jeremy sera présent quelque part dans ce bureau, tout comme ses empreintes. D'autres idées ?

— L'intérieur du frigo, madame, lança une voix dans un coin.

Toutes les têtes se tournèrent dans cette direction. Les pieds d'une chaise finirent par racler le sol quand une jeune femme se leva. Elle était d'origine hispanique, délicate et très fine, mis à part son ventre, qu'elle soutenait d'un geste protecteur tout en parlant.

— J'ai regardé tout à l'heure les photos des locaux de l'association. L'un des témoins, M. Hood, je crois, a déclaré que Jeremy se servait régulièrement du réfrigérateur. Si c'est vrai, les visiteurs, eux, ne l'ont pas touché. À l'occasion, ses surfaces extérieures auront été essuyées par le personnel chargé du ménage, mais l'intérieur, zone distincte, aura été nettoyé moins souvent. Cela réduira les investigations à mener pour éliminer des gens.

— Agent Monroe ? supposa Ava.

La femme confirma d'un hochement de tête.

— Laissez-moi vous présenter, reprit Ava. Voici Janet Monroe, qui vient compléter nos rangs pour les quelques semaines à venir et nous fournira une assistance depuis la salle des opérations. Merci, agent Monroe. C'est un bon début.

Callanach sentit son esprit dériver pendant que les tâches étaient réparties et qu'on s'accordait sur un planning. Ava et lui avaient passé en revue ces détails avant la réunion. C'était Tripp qui l'intéressait. Le brigadier regardait dans la direction opposée du reste de l'équipe. Depuis que Callanach avait intégré la criminelle à Édimbourg, il n'avait jamais vu Max Tripp autrement que cent pour cent concentré lors d'un briefing, généralement à prendre des notes, la main constamment levée pour poser des questions. Là, il avait la tête ailleurs. Il fixait le tableau où les documents contenant les informations relatives à la mort de Lily Eustis commençaient à se recourber légèrement. Les progrès avaient été minces, de manière frustrante. Il ne faudrait pas longtemps avant que la commissaire générale Overbeck ordonne de réduire les effectifs alloués à cette enquête.

La réunion prit fin. Tous s'éparpillèrent, récupérant leur matériel, réquisitionnant à leur intention ordinateurs et bureaux, formant de plus petits groupes pour revenir sur ce qui les attendait ce jour-là. Tripp resta où il se trouvait, concentré sur le visage de Lily Eustis.

— Tripp, l'appela Callanach.

Rien.

Il s'avança et posa la main sur l'épaule du brigadier.

— Max, vous allez bien ?

Tripp leva les yeux sur lui.

— Les coïncidences sont trop nombreuses, monsieur : c'est le même tueur.

— Tripp, dans mon bureau. Mais d'abord, du café.

Ils se rendirent dans la petite cuisine où l'on n'accordait pas assez de valeur à l'hygiène. Ils optèrent pour des gobelets jetables plutôt que des mugs chargés de bactéries, véritable loterie. Tripp avançait à un demi-pas derrière

Callanach tandis qu'ils se dirigeaient vers le bureau de ce dernier.

— Asseyez-vous. Dites-moi tout.

— Cet homme mystérieux entre dans la vie de ces femmes. Personne ne sait qui était avec Lily Eustis cette nuit-là. Pas d'images de vidéosurveillance, pas d'ADN. Plus important encore, Lily n'avait pas conscience qu'un danger la guettait, sinon elle ne se serait pas trouvée dehors en décembre. On lui a administré une drogue facile à obtenir. Il a établi une relation de confiance, puis s'est installé confortablement et l'a regardée mourir. Même chose avec Cordelia Muir. Cette fois-ci, il a publiquement montré son visage, mais a fourni de fausses informations. Jeremy appartient au groupe d'âge qui aurait attiré Lily. Les descriptions fournies par les employés de Muir mentionnent qu'il était physiquement attirant. Ne sortant pas du lot, ni canon, mais un homme ayant belle allure. Mince, un mètre quatre-vingts, blond.

— Et le bégaiement ? demanda Callanach. Pourquoi un meurtrier doté d'une caractéristique aussi spécifique et reconnaissable se placerait-il sous les projecteurs avant de tuer, en particulier quand il s'est donné tout ce mal pour se dissimuler dans le cas de Lily ?

— Parce que nous partons du principe que le bégaiement est réel, répondit Tripp. J'ai eu un petit ami qui bégayait. Lorsqu'il essayait de s'entretenir avec des gens pendant des soirées, ils se détournaient, cherchant quelqu'un d'autre avec qui discuter. Ils ne rencontraient littéralement pas son regard, ne supportaient pas la gêne qu'une tentative de communication représentait. Quand elle est portée avec prudence, la tenue la plus scandaleuse devient un déguisement. Je me demande combien des collègues de Jeremy ont en réalité passé du temps à parler avec lui. Mon hypothèse est qu'il était plus facile de s'abstenir.

— Vous voulez dire que le bégaiement était une mise en scène ?

— Je veux dire que ça l'a peut-être aidé à éviter les gens, ce qui était son but. Peut-être Cordelia a-t-elle aussi été plus encline à le prendre sous son aile à cause de ça. Réfléchissez, il entre dans le bureau, bataille pour s'exprimer de manière fluide avec la première personne qu'il rencontre. Du coup, Cordelia intervient. Inutile pour lui d'ouvrir son cœur ou de raconter une histoire à faire pleurer dans les chaumières. Mme Muir se sent déjà protectrice, pleine d'empathie. Elle était ce genre de femme. Ce dont il avait connaissance, bien sûr, si elle était pour lui une cible pré-identifiée.

— Tripp, vous ne décrivez pas seulement un tueur organisé, mais un homme doté d'un QI élevé, qui contrôle ses impulsions de manière étonnante, et qui s'organise à la perfection. Sans parler de sa capacité d'interpréter un rôle. Il est difficile d'imaginer qu'il n'ait pas éveillé la suspicion, contra Callanach.

— Liam Hood. Sans comprendre pourquoi, instinctivement, il n'aimait pas Jeremy et n'avait pas confiance en lui. D'autres membres de l'association rapportent le même manque de sérénité quand Jeremy était présent dans les locaux.

— Dans ce cas, pourquoi n'ont-ils pas soulevé le sujet avec Cordelia ? demanda Callanach.

— Aimeriez-vous être celui qui pointe du doigt un homme qui donne de son temps pour une œuvre caritative ? Un homme qui a un défaut d'élocution et à qui Cordelia a déjà décidé qu'on devait accorder une chance ? Pensez-vous qu'elle aurait écouté ? Il aurait fallu quelqu'un de courageux pour se plaindre, seulement parce que, de manière viscérale et sans pouvoir dire pourquoi, il n'aimait pas Jeremy. Hood a eu ce courage, mais cela n'a rien changé.

Callanach s'adossa à sa chaise.

— Tuer les deux femmes nécessitait d'assez bonnes connaissances pharmaceutiques. Lily et Cordelia avaient sans aucun doute confiance en celui qui était devenu suffisamment proche d'elles pour les assassiner. Pour ce qui est des compétences sociales requises, un sociopathe hautement fonctionnel coche bien les cases. La description physique générale, toute vague qu'elle est en ce qui concerne l'affaire Lily Eustis, correspond approximativement. Quoi qu'il en soit, le mobile des deux meurtres nous échappe encore. Nous ne disposons d'aucun lien discernable entre Cordelia et Lily. Donc, de quoi s'agit-il ? De joie à l'idée de mettre un terme à une existence ? Dans ce cas, ne les aurait-il pas enlevées pour les regarder mourir, sachant qu'il détenait l'ultime pouvoir sur elles ? Nous ne sommes pas sûrs qu'il soit resté dans le coin suffisamment longtemps pour être témoin du dernier souffle de Lily, mais il avait sûrement compris qu'il ne serait pas là pour assister à la mort de Cordelia. Ça ne colle à aucun profil connu, à aucun modèle établi. Et ça ne ressemble pas au genre de gratifications que les psychopathes recherchent lors de leur passage à l'acte.

Tripp posa ses mains croisées sur ses genoux.

— La bague de Lily a disparu, et cet objet avait une profonde signification pour sa famille. Nous n'avons pas correctement enquêté sur le stylo manquant de Cordelia, mais, là encore, la charge émotionnelle est forte. La liste des coïncidences ne cesse de s'allonger. Je ne sais pas pourquoi ce tueur prend ces vies, avoua Tripp, mais, si j'ai raison, le deuxième passage à l'acte était bien plus audacieux que le premier. Jusque-là, il s'en est tiré, ce qui signifie qu'il tuera de nouveau. Il aura déjà planifié la chose.

— Je parlerai à la commissaire divisionnaire Turner. Pour le moment, votre théorie reste entre nous.

— Compris.

Tripp quitta la pièce en silence.

Quelque chose dans son départ clochait. Il fallut plusieurs minutes à Callanach pour comprendre quoi. Pour la première fois, Tripp était parti sans que son dernier mot soit « monsieur ».

Callanach pénétra dans le bureau d'Ava sans frapper, ce qui lui valut un regard sévère de la part de cette dernière, et un autre, interrogatif, de l'agent Janet Monroe.

— J'imagine que vous ne pouvez pas attendre pour me voir, commandant Callanach, lança Ava.

— Je m'en vais, murmura Monroe.

— Agent Monroe, je vous présente le commandant Callanach. Luc, Janet nous a rejoints depuis la brigade du commissaire Dimitri, lança Ava.

— Ah oui. Votre équipe s'est chargée de l'accident de voiture de Louis Jones. Ça vous ennuierait de vérifier le dossier pour moi ? Sauf erreur, je n'ai pas encore reçu tous les rapports de la scientifique. Ces résultats me sont indispensables pour les comparer aux éléments matériels récoltés sur la scène de crime. Parlez-en avec le lieutenant Lively, vous voulez bien ? Vous ne pouvez pas le rater. Il sera en train de manger des biscuits et de parler plus fort que n'importe qui d'autre, décrivit Luc avec un sourire.

Monroe prit congé pour se mettre au travail tandis que Callanach s'asseyait.

— Tu as emprunté un agent à une autre brigade ? En quel honneur ?

— Lorsque je me suis mise en quête du rapport sur l'accident de Jones, Dimitri a puni Monroe pour ne pas me l'avoir remis et l'a envoyée en congé maternité anticipé, comme blâme à peine dissimulé. Je me suis sentie mal, et elle peut nous être utile. Bon, aucun progrès en ce qui concerne Jones ?

— J'ai envoyé quelqu'un fouiller un peu, répondit-il, avant d'ajouter : et c'est mieux si tu n'es au courant de rien à ce sujet. Tu auras ainsi la faculté de « déni plausible », comme ça se pratique aux États-Unis.

— Je pense que nous avons tous deux dépassé le stade de nier quoi que ce soit, rétorqua Ava. Tu as du nouveau sur l'homme actuellement connu sous le nom de Jeremy ?

— Non, mais en revanche j'en ai sur Tripp. Il est convaincu que le tueur de Lily Eustis et celui de Cordelia Muir sont une seule et même personne. Pour ce que ça vaut, je commence à penser comme lui.

Un « Oh merde » échappa à Ava.

— Résume-moi ça, exigea-t-elle.

— Deux morts inexpliquées, inattendues. Toutes deux facilitées par des médicaments. Sur une période courte. Des témoins clés qui ne se manifestent pas. Dans les deux affaires, les hommes auxquels nous nous intéressons sont du même âge, de la même origine ethnique, et la description qui en est donnée est globalement la même. Les lieux géographiques sont proches. On a évité de manière planifiée et bien menée de laisser des traces. Chez les deux victimes, il manque un effet personnel qui pourrait bien avoir été emporté comme trophée. Qu'il s'agisse de deux tueurs distincts n'est pas à exclure, mais vraiment, quelle en est la probabilité ?

— Ce que tu ne dis pas, c'est que tu es ici parce qu'il va falloir que j'en informe la commissaire générale. Merveilleux ! Pourquoi ne pas lâcher cette bombe pendant le coup de fil où je lui expliquerai qu'il n'y a pas d'avancées dans l'enquête sur la mort de Louis Jones ?

— *Qui court deux lièvres à la fois n'en prend aucun*, répondit Callanach.

Ava inclina la tête sur le côté, n'ayant pas l'air impressionnée.

— C'est un vieux proverbe français, expliqua Callanach, en le lui traduisant. Laisse-moi me charger de Louis Jones et des problèmes à Glasgow. Occupe-toi des meurtres Muir et Eustis. Si les deux femmes ont été tuées par le même homme…

— … alors il tuera de nouveau bientôt, acheva Ava. C'est exactement ce que je pensais.

Chapitre quarante-trois

La conversation entre Ava et Overbeck avait été brève et brutale. Plus d'une menace avait été lancée et quelques jurons qu'Ava n'avait jamais entendus auparavant. Elle n'avait pas cru la chose possible après avoir souvent offert un lit dans une cellule et un petit déjeuner à quelques-uns des ivrognes et tapageurs d'Écosse les plus talentueux qui soient, mais Overbeck était la reine de l'hyperbole profane.

Sa supérieure l'avait coupée au milieu de son explication.

« C'est tout ce que vous avez ?

— Il y a trop de similarités apparemment fortuites entre les affaires Muir et Eustis pour ignorer la possibilité qu'il s'agisse peut-être de meurtres en série, madame », avait répondu Ava.

Overbeck avait ri, et le son de ce rire rappelait à Ava celui des ongles griffant un tableau noir.

« Vous demandez à la police écossaise de financer une affaire en arguant qu'en l'absence de preuves incontestables, vous remarquez de nombreuses coïncidences. Seigneur, on doit être en manque de travail ! Tiens, pourquoi ne chercheriez-vous pas quelques autres dossiers où il y aurait des cadavres, et on regrouperait tout ça dans la même enquête ?

— Il y a un peu plus que ça, si vous me permettez, madame, avait calmement répondu Ava.

— Justement, je ne vous le permets pas, bordel ! Les victimes sont d'origine ethnique et d'âge différents, ont été endormies avec des drogues différentes, et viennent de différentes zones de la ville. Vous avez perdu votre minuscule cerveau sous-utilisé, ou quoi ?! avait brutalement rétorqué Overbeck.

— S'il s'agit du même tueur et qu'il fait une victime supplémentaire, compte tenu des similitudes, la police écossaise sera poursuivie. Dans ces circonstances, je me sentirai obligée d'expliquer que j'avais avancé que nous étions face à un meurtrier en série, avait dit Ava.

C'est en grinçant des dents qu'elle avait lancé cette menace à peine voilée. La relation qu'elle entretenait avec Overbeck était au plus bas, elle en avait bien conscience, et plongeait maintenant dans des profondeurs qu'elle avait crues déjà sondées.

— Petite comique…

Overbeck avait fulminé pendant un moment. Ava avait décollé son téléphone de son oreille jusqu'à ce que ce soit fini.

— Limitez les dégâts, Turner. Gardez ça hors de portée de ces salauds de la presse jusqu'à ce que vous ayez des éléments concrets. Si vous peinez à comprendre ce dont il s'agit, achetez-vous un foutu dictionnaire. Et quand cette tempête de merde-là commencera à s'élever dans les airs, mon pied, commissaire divisionnaire, sera fermement en chemin vers votre postérieur. Compris ?

— Compris, madame. Un grand merci pour votre aide.

Ava avait mis un terme à l'appel avant qu'Overbeck puisse répliquer.

Maintenant, elle se trouvait devant le domicile des Eustis, se préparant à révéler des informations encore plus atroces aux parents de Lily. La journée avait mal commencé, était sur le point d'empirer, et elle s'achèverait sur un sermon d'Ailsa Lambert subtilement déguisé en dîner.

Ava sortit un dossier de son sac et s'engagea dans l'allée menant au domicile de la famille. M. Eustis lui ouvrit avant qu'elle frappe à la porte. Il la mena au salon où Mme Eustis l'attendait déjà. Ils s'installèrent.

— Merci de me recevoir et pardon de vous déranger une nouvelle fois. Je suis ici pour vous demander si vous reconnaissez cet homme.

Ava présenta le portrait-robot de Jeremy réalisé par le dessinateur de la police. M. Eustis le prit en premier, puis le passa à sa femme. Les mains de cette dernière tremblaient tant qu'il stabilisa le papier pour elle.

— Qui est-ce ? demanda le père de Lily.

— Un bénévole qui travaillait pour Crystal, une association humanitaire basée à Édimbourg. La fondatrice, Cordelia Muir, est aussi décédée récemment.

— Je ne comprends pas l'intérêt de la chose, j'en ai peur. Je n'ai jamais vu ce jeune homme auparavant, et il semble avoir quelques années de plus que Lily. Et toi, ma chérie ?

Mme Eustis secoua la tête et détourna le visage.

— Nous avons vérifié les pages des réseaux sociaux de Lily et son téléphone, mais il n'y a ni photo ni vidéo pouvant indiquer qu'elle connaissait cet homme. Est-ce qu'elle avait le moindre lien avec Crystal ? Ou peut-être s'était-elle investie dans du bénévolat ? demanda Ava.

— Ses études l'occupaient trop pour ça, répondit M. Eustis. Pourquoi ne pas poser la question à ses amis ? L'un d'eux lui a peut-être présenté cet homme. Est-ce qu'il… pensez-vous qu'il ait quelque chose à voir avec sa mort ?

— Pour le moment, nous cherchons à l'identifier de manière incontestable dans une autre enquête. Il est assez difficile à localiser. Autant que vous soyez au courant, comme vous risquez de l'apprendre dans les jours qui viennent : la mort de Cordelia Muir n'est plus considérée comme accidentelle.

— L'huile de cannabis était-elle aussi en cause dans le décès de Mme Muir ? J'ai du mal à établir un lien entre cette femme et notre fille.

— La drogue était d'un type différent, répondit Ava. Il va de soi qu'il serait malvenu d'en discuter avec la presse. N'oubliez pas qu'une autre famille est touchée. Je compte sur votre discrétion jusqu'à ce que nous soyons en position de rendre cela public. Il est possible que ce jeune homme n'ait rien à voir avec Lily. Nous nous efforçons juste de ne négliger aucune piste.

Une porte claqua au-dessus de leurs têtes, des pieds trottinèrent le long d'un couloir et des haut-le-cœur assourdis se firent entendre. Ava regarda M. et Mme Eustis. Aucun des deux ne broncha. La situation n'était donc pas nouvelle.

— La sœur de Lily est à l'étage ? demanda Ava.

Monsieur Eustis confirma d'un hochement de tête.

— Ça ne vous ennuie pas si j'explore une fois encore la chambre de Lily ? J'aimerais vérifier que rien ne la lie à cet homme. Une photo, un prénom sur un papier, ce genre de choses.

— Je vais allumer la bouilloire, fut la réponse de M. Eustis.

Ava prit cela pour un assentiment.

Elle grimpa l'escalier et garda la porte de la chambre de Lily grande ouverte, observant celle de la salle de bains depuis le bout du lit où elle s'assit, feuilletant l'un des livres de la jeune fille. Elle avait le nez sur une page quand la salle de bains s'ouvrit enfin et qu'une jeune femme passa devant la pièce sur la pointe des pieds.

— Vous allez bien ? lui demanda Ava à voix basse.

Un instant, tout resta figé, silencieux. La fille soupesait ses options. Prétendre n'avoir rien entendu et continuer à avancer, ou revenir sur ses pas ? Au bout du compte, les bonnes manières ou la curiosité l'emportèrent.

— Ça va, merci.

Elle avait la voix rauque et était plus mince qu'une personne d'une vingtaine d'années n'aurait dû l'être. Ses cheveux ternes étaient emmêlés sur son front, sa peau était cireuse.

— Je suis la commissaire divisionnaire Turner. On s'est brièvement rencontrées quand tout cela a commencé, mais je ne m'attends pas à ce que vous vous souveniez de moi.

Ava resta sur le lit, le livre de Lily sur les genoux. Elle tendit la main pour serrer celle de la fille. Elle avait posé le portrait-robot de Jeremy à côté d'elle. La sœur de Lily avança.

— Mina, se présenta-t-elle, tendant le bras à son tour.

Il y eut une pause si brève qu'elle évoquait plutôt un micro-hoquet dans le rythme des pas de Mina, puis elle serra la main d'Ava. Sa poigne était faible, hésitante. Ava ne le lui reprochait pas. Qui souhaite établir un contact physique avec quelqu'un qui enquête sur la mort de sa sœur ? Cette réalité-là repousse.

— Qui est-ce ? demanda Mina en agitant ses doigts libres en direction du portrait.

Ava souleva le dessin.

— Quelqu'un que nous recherchons dans le cadre d'une autre enquête. Vous le reconnaissez ?

Mina secoua rapidement la tête.

— Pourquoi lui ?

— Il a disparu plutôt brusquement, et a probablement fourni de fausses coordonnées. Il correspond à la vague description de l'homme qui a été vu avec Lily au pub. Il bégaie, aussi. Lily a-t-elle un jour évoqué quelqu'un qui répondrait à cette description ? Ou vous a-t-elle montré une photo d'un homme qui aurait pu être celui-là ?

— Non. Je ne me sens pas bien de nouveau. Désolée, faut que j'y aille.

Elle recula d'un pas. Ava se leva.

— Mina, et si j'appelais un médecin, ou un psychologue ? Vos parents sont enfermés dans leur propre douleur, ce qui est plutôt compréhensible, mais vous avez besoin d'être soutenue pour traverser cette épreuve. Je vois bien que ça ne va pas.

— J'ai bu, avoua Mina, en souriant trop largement.

— Personne ne vous le reprocherait. Pensez-y, voulez-vous ? Je connais des gens, les contacter pour qu'ils vous aident ne me poserait pas de problème. Quand vous serez prête.

Ava sortit une carte de sa poche et la posa sur le lit de Lily.

— Je laisse aussi ça pour vous, au cas où des amis de Lily passeraient. Ça nous serait utile si vous leur montriez le dessin et leur demandiez s'ils le reconnaissent.

Ava retourna au salon tout en reboutonnant son manteau. M. Eustis tendait un verre d'eau à sa femme et ouvrait un flacon d'antidouleur.

— Je m'en vais, les informa Ava. Merci de m'avoir accordé de votre temps. Je vous appellerai si j'ai d'autres informations à vous transmettre.

Elle se dirigea vers la porte.

— Vous ne nous avez pas dit son nom, lança Mme Eustis dans son dos.

C'était la première fois qu'elle parlait, se rendit compte Ava. Sa voix était éraillée, ce qui poussa Ava à se demander depuis combien de jours cette pauvre femme n'avait pas ouvert la bouche.

— Jeremy Dolour, répondit-elle en revenant sur ses pas vers le salon.

Mme Eustis se mit à rire. Le verre d'eau qu'elle tenait déborda, son ventre se contractant. Son mari recula en vacillant, horrifié.

— Arrête ! Arrête ça, lui intima-t-il. Arrête de rire. Il n'y a rien de drôle dans tout ça. Je suis désolé, dit-il à

Ava. Elle n'est pas elle-même. Le médecin a dit qu'elle avait besoin de temps pour accepter la situation.

Il s'agenouilla et retira le verre des mains de sa femme.

— Dolour, dit Mme Eustis. Vous ne voyez pas ? Qu'est-ce qu'ils vous apprennent à la fac ?

Ava se pencha et enferma les mains tremblantes de la mère de Lily entre les siennes.

— Madame, qu'est-ce que je ne vois pas ?

— Cela signifie douleur. Il se moque de vous, j'en ai peur. Peut-être de nous aussi, à voir votre expression.

Elle s'arrêta brusquement de rire et dévisagea son mari. Ses yeux s'écarquillèrent, comme si elle s'éveillait d'un cauchemar.

— Je crois que j'aimerais aller m'allonger, dit-elle.

Chapitre quarante-quatre

Lance Proudfoot, le journaliste ami de Callanach, se dirigea vers Bridgeton, à l'est de Glasgow, pilotant sa moto entre les voitures pour prendre James Street. Le quartier n'était pas sinistre, mais les petits commerces en donnaient une piètre image : pompes funèbres, boutiques d'œuvres caritatives, conseillers juridiques, officines de paris. Des magasins dont les portes restaient ouvertes quand d'autres faisaient faillite. Le Jupiter était un bar convenable pour les gens d'une génération appréciant que la musique ne joue pas trop fort et pensant qu'une vie sans Wifi peut malgré tout avoir du sens. L'établissement était du reste une petite institution locale, accueillant ses clients de James Street depuis trente ans. L'enseigne extérieure n'avait pas changé, et Lance soupçonna que le menu proposait peut-être les mêmes prix qu'à l'époque. En revanche, l'homme appuyé de l'autre côté du comptoir en merisier donnait l'impression d'avoir traversé une longue vie d'épreuves.

— Qu'est-ce que vous prendrez ? lança-t-il à Lance quand celui-ci entra.

— Que me servirez-vous si je vous demande un café ? répondit le journaliste.

L'homme lui tourna le dos, entrechoquant sous-tasse et tasse, marmonnant pour lui-même.

— C'est la manière d'accueillir un vieux pote, Grogs ? insista Lance.

L'intéressé pivota, sortit de sa poche une paire de lunettes tordue et l'enfonça sur son nez.

— Eh bien, que je sois pendu haut et court ! Sir Lancelot, je ne rêve pas ? On pensait tous que tu avais été tué par cette bande de snobs, là-bas, à Édimbourg, parce que tu ne prononçais pas tes voyelles correctement.

Il serra la main de Lance, la secouant violemment.

— Ça remonte à quand ? Le prends pas mal, mec, mais j'espère que je n'ai pas l'air aussi vieux que toi.

— T'as raison, Grogsy, t'as de la route à parcourir avant d'avoir mes rides. Bon, je l'ai ce café ou ce n'est pas autorisé ici ?

— Ha, tarlouze, je te l'apporte. Ne t'attends pas à ce que je t'accompagne, en revanche. Certains d'entre nous se chargent de maintenir les traditions, commenta l'homme en se servant un double whisky.

Il posa brutalement son verre sur le comptoir.

Lance observa les mains de son copain. Elles tremblaient. Ce n'était pas au nom de la tradition qu'il buvait à 11 heures du matin.

Ils levèrent leurs boissons respectives, échangèrent des nouvelles de vieux amis, déroulant la liste consacrée qui s'était taillé une place dans la vie de Lance depuis son cinquantième anniversaire – les décès en premier, puis les divorces et les maladies, et enfin les bonnes nouvelles, lesquelles paraissent toujours aussi peu nombreuses.

— Allez, ce n'est pas à un vieux singe qu'on apprend à faire la grimace. Tu n'es pas entré ici par hasard. Qu'est-ce qu'il te faut ? finit par demander Grogs.

— La bonne vieille devise d'un propriétaire de bar. J'ai besoin d'informations. Un pote à moi s'est endetté. Je n'entrerai pas dans les détails, mais, selon la rumeur, sa dette pourrait bien avoir été rachetée par des gens qu'il vaut mieux éviter. Je me suis dit que je ferais le voyage, pour voir ce que je dénicherais.

— Un homme averti en vaut deux, c'est ça ? demanda Grogs.

Lance acquiesça.

— À qui doit-il du fric ?

— Je ne sais pas qui donne le *la*, mais les canailles se font appeler Knuckles et Perry. Du quartier de Govanhill, je crois.

Grogs cessa de tripoter les bouteilles et se pencha par-dessus le bar.

— Ce pote, ça ne serait pas toi, dis ? Parce que ces types n'ont pas pour réputation d'être des gentils.

— Non, non. Les plus gros problèmes que je m'attire ces temps-ci, c'est quand j'orthographie mal un nom. Ça concerne un ami d'ami, rien de personnel, mais ça m'a donné une excuse pour une journée à bécane.

Lance sourit.

— Bon, dans ce cas. Mais ce n'est pas une bonne nouvelle. Je n'ai jamais rencontré Knuckles, c'est un homme de main. D'après les bruits qui courent, il a effectué plusieurs séjours en prison, en particulier pour conduite dangereuse ayant entraîné la mort sans intention de la donner. Ça a commencé par une mise en accusation pour meurtre, rien que ça, mais arrivé au procès, les témoins manquaient à l'appel pour évoquer les mots échangés entre Knuckles et sa victime. L'histoire dit qu'il s'agissait d'une affaire de chantage où les fonds s'étaient taris. Le prénom de Knuckles est Ed. J'connais pas son nom de famille. Brian Perry, lui, je l'ai rencontré à quelques reprises, il vit à l'ouest, à Pollok. Je le voyais aux courses de lévriers, à Rutherglen. C'était pas un mauvais bougre, jusqu'à ce qu'il se mêle à une certaine bande. Ces gars, Lance, ce ne sont pas des poids plume. Quels que soient les problèmes de ton pote, la dette devra être honorée. Je vis dans cette ville depuis cinquante-six ans, y'a pas grand-chose dont je n'entende pas parler à un moment ou à un autre. C'est quoi, le nom de ton ami ? Peut-être que je découvrirai à quel point il est dedans.

— Ne t'embête pas avec ça, je ne tiens pas à te déranger. Et ces gars, où est-ce qu'ils traînent ? Ça serait pas mal de connaître les lieux que mon pote ferait mieux d'éviter.

— Il y a cette boîte, Le Maz. Les filles ne paient pas l'entrée, les mecs oui, ce genre d'endroits, tu vois. Mais Lance, ne pense même pas à parler à ces deux-là. Ton charme légendaire ne suffirait pas pour tirer ton pote de là. Ne t'en mêle pas, voilà mon conseil.

— Pas de problème. T'es un ami. Autant rentrer chez moi, alors. Prends soin de toi, Grogsy. J'aime bien ce que tu as fait de cet endroit, commenta Lance tout en calant son casque sous son bras pour sortir un billet de vingt livres de sa poche.

— Ah, pas de ça. Tu essaies sérieusement de me payer pour un foutu café ?

Lance posa l'argent sur le comptoir.

— Je te paie, comme ça, la prochaine fois que je viendrai, tu auras acheté du café meilleur que ça.

— Petit con, va, rétorqua Grogsy.

Il glissa le billet jusqu'à sa poche, et salua Lance de la main.

Il fallut dix minutes au journaliste pour atteindre Le Maz, puis dix de plus pour dénicher un endroit sûr où garer sa moto. Elle ne valait pas vraiment une fortune, mais il lui était attaché, en particulier parce que, sans elle, il aurait du mal à rentrer chez lui. Satisfait de l'avoir laissée en sécurité, il se balada dans les petites rues de Govanhill pour tâter le terrain. Gardant son appareil photo dans son sac à dos, il traîna à une distance raisonnable de l'entrée arrière du Maz. Le club représentait tout ce qu'il détestait. Il avait trouvé suffisamment d'informations en une minute sur Internet pour avoir appris que des jeunes femmes y paradaient devant des hommes ayant les moyens de payer pour les regarder, des hommes qui ne seraient pas du genre bien élevés et romantiques. Il pouvait comprendre que les temps changeaient, mais quel type éprouvant le moindre respect pour lui-même avait envie de rester rivé avec des yeux de merlan frit sur les seins d'une fille, de concert avec quelque deux cents autres ? Son mariage s'était peut-être achevé sur un divorce, mais pas parce qu'il avait fait preuve du moindre irrespect. Son ex-femme approchait de la quarantaine quand elle avait commencé à déclarer qu'elle se sentait piégée, n'avait pas assez vu le monde. Sans surprise, elle avait fini par déménager de l'autre côté de la ville et par se rendre une fois par an sur la Costa del Sol avec ses copines, dotées d'une remarquable capacité de rester bronzées toute l'année. Le dernier jour qu'ils avaient passé sous le même toit, Lance lui avait demandé pourquoi elle éprouvait le besoin de le quitter. Pour voyager plus ? Pourquoi pas, mais qu'est-ce qui les empêchait de bourlinguer ensemble ? Sa réponse avait comporté les mots « ennuyeux » et « terne ». Après ça, il avait cessé d'écouter. Il valait mieux ne pas se souvenir de manière trop précise de certaines conversations. Bien qu'il ne voulût pas admettre que sa seule motivation pour aider Callanach était de rejeter le spectre des mots d'adieux de sa femme, il avait conscience que depuis le départ de cette dernière, il s'était mis à prendre des risques qui n'étaient pas auparavant dans sa nature. La mise en garde de Grogsy n'avait pas exactement coulé sur lui comme l'eau sur les plumes d'un canard, mais on était en plein milieu de la journée. La probabilité que Knuckles et Perry soient en train de traîner, armés, dans le coin était mince.

Il repéra assez facilement la voiture qu'il cherchait derrière Le Maz. Son propriétaire ne l'avait pas dissimulée, garée comme elle l'était dans l'alignement des places à l'arrière de la boîte. La réparation sur la portière passager était du bon travail, mais que cette zone fût à ce point immaculée en disait beaucoup. Le phare était neuf, contrastant avec son jumeau du côté conducteur, constellé de rouille, et il avait été ajusté très récemment. La peinture était parfaitement assortie, bien qu'elle ne comportât pas les bonnes vieilles rayures habituelles qu'une voiture plus ancienne aurait accumulées. Ce fut cependant un léger vestige de scotch, là où la peinture avait été vaporisée, qui trahit le travail accompli. Le diable se cache toujours dans les détails. Lance vérifia que personne ne l'observait depuis une fenêtre proche, ni ne traînait à un coin de rue d'où on le remarquerait, puis il sortit son appareil photo et prit une série de clichés, s'assurant d'avoir dans le cadre le numéro d'immatriculation et les deux phares du véhicule pour comparaison. À moins de frapper à la porte de la boîte et de demander à parler au propriétaire, sa tâche était accomplie. Il glissa son appareil dans son sac, vérifia une nouvelle fois que personne ne le regardait, et repartit vers sa moto. Depuis l'angle le plus élevé du bâtiment, un objectif noir sur fond noir, caché dans l'ombre de la gouttière, se déplaça sur le côté en même temps que Lance quittait le parking. Moins d'une minute plus tard, une grande silhouette élégante sortait discrètement par la porte arrière du club.

Lance posait à peine son sac à dos dans une sacoche qu'un homme l'arrêtait, lui tendant une feuille de papier.

— Monsieur, pardon, je crois que vous avez fait tomber ça, lui dit-il.

Il prit Lance par l'épaule alors que ce dernier enfilait son casque. Le journaliste sursauta, s'éloignant instinctivement hors d'atteinte de l'homme.

— Vous allez bien ? lui demanda ce dernier.

— Oui, pardon, répondit Lance. Je ne m'étais pas aperçu que j'avais perdu quelque chose.

Il se rassit sur sa selle ; l'homme lui souriait gentiment en lui laissant le bout de papier dans les mains. Il avait belle allure et était sensiblement du même âge que

Lance. Sa peau et ses cheveux dénotaient une origine est-européenne malgré son accent de Glasgow.

— Une erreur de ma part, sûrement. Passez une bonne journée.

L'homme s'éloigna. Lance, le prospectus à la main, avait encore le souffle court. Lorsque la main s'était posée sur son épaule, il s'était attendu à découvrir Knuckles ou son acolyte, Perry. Jusque-là, tout cela lui avait donné l'impression d'être une aventure anodine. Maintenant, il n'en était plus si sûr.

Il déplia la feuille pour vérifier qu'elle ne s'était pas échappée de son sac à dos. Il lut :

« Happy Hour – du lundi au jeudi, de 19 à 22 heures. Tarifs membres disponibles. Le Mazophilia vous attend. »

Chapitre quarante-cinq

Ava grimpa deux à deux les marches du commissariat.

— Tripp ! cria-t-elle. Bon sang, où est Tripp ? hurla-t-elle dans la salle des opérations.

— Il est avec la fille de Cordelia Muir, au domicile de la famille, madame, répondit quelqu'un.

— Merdum de chez merdum, commenta Ava.

Elle se précipita dans son bureau et alluma son ordinateur. Elle se mordait la lèvre en attendant que la page du moteur de recherche s'ouvre. Elle y tapa « dolour, signification » et attendit pendant qu'un cercle tournait sur lui-même de manière irritante. « État de grande tristesse ou détresse, lut-elle quand le résultat s'afficha. Origine : moyen anglais, issu du vieux français et du latin : souffrance, douleur. »

— Petit salaud prétentieux.

— Vous parlez du commandant Callanach, madame ? lança une voix depuis le seuil de sa porte.

— Le moment est mal choisi pour les plaisanteries douteuses, lieutenant Lively, rétorqua-t-elle. L'homme que nous appelons Jeremy Dolour a rendu ses intentions très claires lorsqu'il a rempli son dossier de candidature auprès de l'association de Cordelia Muir. Tripp est convaincu qu'il s'agit du même homme qui a laissé mourir Lily Eustis. De but en blanc, vous en pensez quoi ?

— Tripp est un casse-couilles, madame. Le gamin de la classe qui connaît la réponse à chaque question. Il se portera volontaire pour nettoyer le bac de peinture, et il ne salira même pas son pull dans l'opération. Il se démarque, et, pour être honnête, il aura du mal à être un meneur parce que le reste de l'équipe le perçoit comme faible. La vérité est que si Tripp est persuadé qu'il s'agit du même tueur, alors c'est probablement le cas. Ce garçon a une bonne intuition. Impossible de lui faire prendre des vessies pour des lanternes. Avec lui, ce sont les pires goûts musicaux auxquels j'aie jamais été soumis lors d'un trajet en voiture, mais à part ça, il est aussi bon que n'importe quel autre officier avec qui j'ai travaillé.

— Je partage votre opinion. Ce qui signifie qu'en un clin d'œil, le tueur est passé de Lily, où il portait des gants, n'a laissé aucune trace ADN, a gardé secrets ses liens avec elle, à Cordelia Muir, où il s'est inséré dans une relation professionnelle. Ce n'est pas un schéma d'intensification normal, même pour un psychopathe.

— Il a enregistré une victoire. Du point de vue médico-légal, la mort de Lily Eustis était un meurtre pratiquement impossible à prouver. S'il n'y avait pas eu la marque de la fermeture Éclair sur la peau de la jeune fille, nous n'aurions jamais rien soupçonné. Il est bon, et une fois qu'il a compris ça, il a été capable de se lancer dans quelque chose de bien plus risqué.

— Peut-être. Ou alors, avança Ava, il recherchait une sensation forte, plus intense. Un contact plus étroit avec le monde, plus de battage. Ce qui signifie que quoi qu'il entreprenne ensuite, ça sera…

– … pire, conclut Lively à sa place. Malgré tout, aucun lien n'a encore été établi entre les deux meurtres. Ce à quoi nous allons devoir travailler si nous voulons mettre la main sur lui.

— Mon attention a été distraite quand je quittais le domicile des Eustis, avoua Ava. C'est Mme Eustis qui m'a appris ce que signifiait le mot « dolour », mais Mina, la sœur de Lily, était là. Je suis montée voir comment elle se portait. Elle a regardé le portrait-robot de Jeremy et son commentaire avait quelque chose d'étrange. Je n'arrive pas à me rappeler ses termes exacts.

— Que lui avez-vous demandé ?

— Si elle le reconnaissait. Voilà, c'est ça. Elle m'a répondu : « Pourquoi lui ? » Je n'y ai pas réfléchi sur le moment. Je suis partie du principe qu'elle voulait dire : pourquoi suspecter cette personne en particulier, mais ce n'était pas ça. Elle se posait plutôt la question à elle-même. Lorsque j'ai tenté de la pousser à parler de lui, elle a éludé en me disant qu'elle se sentait mal. D'elle-même, elle a précisé qu'elle avait bu.

— Souhaitez-vous que j'y retourne ? On peut la ramener ici, si ça lui permet de se concentrer, proposa Lively. Peut-être ne souhaitait-elle pas parler avec ses parents dans les parages.

— Non, ne faites pas ça. Elle est très affectée. Vraiment, profondément peinée, encore sous le choc, je pense. Il faudrait quelqu'un auprès de qui elle s'ouvrirait.

— Et pourquoi pas la petite agent que vous avez empruntée à l'équipe de Dimitri ? Elle a la carrure d'une souris malnutrie, et ce truc de grossesse peut jouer en notre faveur, allez savoir, proposa Lively.

— Ce n'est pas une mauvaise idée. L'agent Monroe travaille avec le commandant Callanach pour le moment, mais je lui expliquerai que nous avons ponctuellement besoin d'elle. Pouvez-vous la briefer et l'emmener là-bas ? Entretenez la conversation avec les parents pendant que Monroe se charge de Mina.

Lively se leva.

— Et, lieutenant, il est généralement considéré comme sexiste de taxer un membre féminin des forces de l'ordre de « petite agent ». Il vaudrait mieux ne pas répéter cette formule.

— Oui, madame.

— De plus, ne traitez plus Tripp de casse-couilles devant moi, ou je le promouvrai par-dessus votre tête, compris ?

— Ai-je votre permission pour au moins continuer à manquer de respect envers le commandant Callanach, madame ? Autrement, sans ça, quel intérêt y a-t-il à s'obstiner à bosser à la Crim ?

— Lively, sortez.

Ava reporta son attention sur son ordinateur. Son téléphone se mit à sonner alors que son subordonné refermait la porte derrière lui. Elle décrocha.

— Turner.

— Commissaire divisionnaire, le directeur de la prison de Glenochil à l'appareil. J'ai pensé que vous aimeriez être informée. Dylan McGill a été victime d'une tentative de meurtre aujourd'hui.

Ava posa la tasse de café qu'elle s'apprêtait à porter à ses lèvres. Le lait qui s'y trouvait dégageait soudain une odeur aigre.

— Dans quel état se trouve-t-il ?

— En vie, et on se charge actuellement de lui dans l'aile médicale de la prison, bien que j'aie demandé un transfert pour un autre établissement pénitentiaire. C'est en cours. Depuis que cela s'est produit, on note un nombre conséquent de troubles, ici.

— Merci de m'avoir prévenue. Les blessures sont graves ? s'enquit Ava.

— On lui a posé quarante-quatre agrafes sur le visage. C'est une méchante plaie. Selon le médecin, il est probable que des nerfs aient été sectionnés. À l'avenir, McGill ne sera plus capable de bouger certains muscles. Il lui faudra aussi suivre des séances d'orthophonie.

— Je vois, déclara calmement Ava. Vous avez mis la main sur son assaillant ?

— L'homme que nous soupçonnons d'être le coupable a été découvert mort sur le sol des douches, moins de dix minutes plus tard. Il semble que quelqu'un ait passé un contrat sur la tête de McGill puis décidé de réduire au silence son agresseur. Comme vous êtes la dernière visite reçue par McGill, et que vous avez donné l'impression de sentir que sa vie serait potentiellement menacée, je me demandais si vous pourriez éclairer ma lanterne. Pourquoi McGill est-il brusquement devenu une cible ? demanda le directeur.

— En ce qui concerne les menaces pesant sur lui, il ne s'agissait que d'une intuition. J'ai bien peur d'être incapable de vous fournir le moindre nom. Et, croyez-moi, je le regrette bien. Je l'interrogeais au sujet du récent décès d'un homme appelé Louis Jones. C'était un complice connu de McGill avant que ce dernier soit condamné. Il existe des archives judiciaires à ce sujet, si vous souhaitez y jeter un œil.

— Je vois. Eh bien, peut-être McGill nous en apprendra-t-il plus si jamais il retrouve l'usage de la parole.

— Espérons-le, murmura Ava.

Elle raccrocha, se plia en deux, et força son estomac à ignorer son désir de se vider dans la poubelle, se demandant comment elle allait vivre dorénavant avec sur la conscience ce qu'elle venait d'apprendre.

Chapitre quarante-six

L'agent Monroe était vive d'esprit. Callanach s'en était rendu compte en moins de cinq minutes de discussion avec elle au sujet du meurtre de Louis Jones. Quoi qu'il en soit, la dernière fois qu'un officier enceinte avait été sous ses ordres, elle avait perdu son bébé, et il s'en était fallu d'un cheveu qu'elle y passe elle aussi. Il ne s'était pas encore pardonné de ne pas avoir été plus attentif à son égard.

— Donc, il n'y a aucun doute à ce sujet, la voiture de Louis Jones a bien été emboutie, dit Monroe. On a constaté que l'arrière avait été récemment endommagé, et la police scientifique a relevé des mouchetures de peinture quand j'étais sur place. Elles ont été envoyées au labo pour analyses.

— Je n'ai toujours pas vu les résultats de ces dernières, commenta Callanach. Ça nous donnerait au moins une couleur, peut-être même la marque du véhicule impliqué.

— S'il s'agit de la peinture d'origine, souligna Monroe. Certains constructeurs utilisent des compositions chimiques très spécifiques qui nous fourniront une piste. J'attends que le labo me rappelle pour savoir où ils en sont.

Callanach regarda son téléphone. Lance lui avait envoyé un SMS avec des informations concernant Knuckles, Perry ainsi que la plaque d'immatriculation d'une Audi portant des traces de réparations récentes autour du phare avant, côté passager. L'immatriculation avait révélé qu'elle était enregistrée au nom d'un certain Joseph Trescoe, et l'adresse était celle du Maz. Tout ce dont il avait besoin maintenant était de lier la peinture de la voiture de Jones à l'Audi, et il aurait un motif crédible pour lancer des recherches sur tous les véhicules concernés dans le périmètre. C'était mince, mais suffisant pour ouvrir une enquête.

Ava frappa à sa porte alors qu'il répondait au SMS de Lance. Monroe étant au téléphone, il sortit dans le couloir pour s'entretenir avec la commissaire divisionnaire.

— McGill a été victime d'une tentative de meurtre à la prison de Glenochil, lui apprit-elle. Compte tenu du timing, Trescoe a sûrement ordonné l'attaque. Ça s'est produit peu de temps après ma visite à McGill.

— Tu crois que Trescoe a additionné deux et deux et que le total était supérieur à quatre ?

— Je me suis assurée que ça soit le cas, reconnut Ava. Knuckles et Perry ont compris lors de notre premier accrochage que je n'étais pas Mme Tout-le-Monde, puis une femme officier de police a rendu visite à McGill derrière les barreaux. Ils sont sûrement partis du principe que McGill m'avait fourni des informations en échange de bons traitements et, à l'heure qu'il est, ils auront appris mon nom, inscrit sur le registre des visiteurs. Je mettrais ma main à couper que Ramon Trescoe est responsable des morts de Begbie et de Jones. Il va falloir que tu déniches quelque chose, et vite.

— Si je parviens à établir un lien entre la voiture de Joe Trescoe et l'accident de Louis Jones, mettre en place une filature du véhicule jusqu'à ce que Knuckles ou Perry soit au volant sera de l'ordre du possible. Puis on les interrogera au poste. Avec de la chance, on les montera l'un contre l'autre.

— Jamais ils ne cracheront le nom de celui qui a ordonné le meurtre.

— Ils ont utilisé la voiture de Joe Trescoe, donc au minimum, une accusation d'association de malfaiteurs serait une base de travail.

Janet ouvrit la porte du bureau.

— Monsieur, je viens juste d'avoir le retour du labo. Il y a eu un cafouillage avec les échantillons de peinture envoyés par l'agent de la brigade de la sécurité routière. Le registre des preuves montre que les particules de peinture ont été identifiées et placées dans des sachets, mais entre la scène de crime et le labo, elles ont été égarées ou mal rangées. On ne réussit pas à les localiser.

— Ce n'est pas possible ! Vous avez vérifié auprès de l'enquêteur de la sécurité routière ? demanda Ava.

— Oui. J'ai déjà collaboré avec lui sur plusieurs affaires, et il est généralement très minutieux. Il se rappelle avoir prélevé les particules de peinture. Les procédures idoines ont été suivies pour s'assurer de la non-contamination avec d'autres indices. Tout est dans ses conclusions.

— Donc, maintenant, nous ne disposons littéralement d'aucun moyen de prouver quel type de véhicule était impliqué dans l'accident. Bon sang ! quand enregistrerons-nous une percée ?

Lively remontait le couloir dans leur direction.

— Luc, désolée, murmura Ava. Je t'emprunte Monroe pour une heure ou deux, le temps qu'elle se rende avec le lieutenant Lively chez les Eustis afin de s'entretenir avec la sœur de Lily. Je sais que ça tombe mal.

— Aucun problème, répondit il. On dirait bien que je repars de zéro dans l'affaire Louis Jones. Si tu me cherches, je serai chez Jones.

Le bureau-concession-automobile-domicile de Louis Jones attendait encore d'être vidé ou qu'un membre de la famille fasse valoir ses droits dessus, à supposer qu'il soit susceptible de s'y atteler comme à une entreprise viable. Callanach força le passage jusqu'au bureau, laissant la porte ouverte. L'électricité était coupée, conséquence probable d'une facture non réglée. Le lieu était en désordre. Le commandant se représenta le scénario. Jones savait son temps compté. Il avait pris quelques vêtements et son portefeuille. Knuckles et Perry avaient dû se pointer peu de temps après son départ, fouillant dans l'espoir de mettre la main sur l'argent disparu de leur boss, détruisant tout sur leur passage. Ava était ensuite arrivée, pas pour longtemps, mais elle aussi avait foulé les débris éparpillés. Puis ça avait été le tour de la brigade de Dimitri, à la recherche de traces de la présence de Jones après l'accident. Enfin, Callanach avait envoyé l'équipe de la scientifique quand le cadavre de Jones avait été découvert. À la minute présente, le lieu ressemblait plus à une zone de guerre qu'à un local commercial, et personne n'avait encore trouvé quoi que ce fût susceptible de permettre de résoudre le meurtre de son propriétaire. La différence était que Callanach connaissait le nom du responsable. Il lui fallait juste tracer une ligne allant de A à B, et qui tienne devant la cour.

Il souleva la chaise renversée sur son flanc pour la replacer derrière le bureau. Il s'y assit, en face de la porte. Une fenêtre pourvue de barreaux ouvrait sur la concession, une autre, plus petite, donnait sur la rue. Callanach repensa à sa première rencontre avec Jones. Ce dernier était sans aucun doute un homme habitué à traiter avec les membres les plus coriaces de la société. Dans sa jeunesse, il avait appartenu à l'un des clans les plus connus du crime organisé écossais. Qu'il ne se soit pas préparé à opposer une résistance défiait l'entendement. Callanach fouilla les tiroirs du bureau, mais ils avaient déjà été passés au peigne fin, et de toute manière cette cachette était trop évidente. Il glissa ses mains sous le meuble, à la recherche d'une attache ou de ce qu'il en resterait. Toujours rien. Le sol était en ciment, et le plafond dépourvu de ce genre de panneaux qui auraient permis à Jones d'y dissimuler quelque chose.

Callanach se leva, tournant lentement sur lui-même. Les plinthes étaient éraflées, la peinture fortement défraîchie juste derrière la chaise. Callanach s'accroupit. Puis il se releva, s'adossa au mur et fit courir violemment son talon le long de la plinthe. Une longue section de cette dernière se détacha, révélant une cavité sombre. Callanach y plongea la main. Ses doigts entrèrent en contact avec un emballage en tissu qu'il tira à lui. Il enfila des gants et défit le paquet sur le bureau de Jones, tout comme ce dernier devait avoir procédé en plus d'une occasion. À l'intérieur se trouvait un Glock, récent mais déjà utilisé et encore chargé, ainsi que des munitions supplémentaires. Il y avait aussi une liasse de billets, un mélange de dix et vingt livres, le total approchant les mille livres.

Quelque chose avait poussé Jones à partir précipitamment. Si rapidement, en fait, qu'il n'avait même pas pris une seconde pour récupérer une arme ou sa réserve d'argent liquide pour les urgences. Pourquoi perdre du temps à empaqueter des vêtements quand l'arme aurait été bien plus utile dans sa situation délicate ? Et il avait pris la peine de nourrir ses oiseaux, même s'il n'y avait pas apporté beaucoup de soin. Callanach plaça le Glock, les munitions et l'argent dans des sachets pour preuves, puis photographia la plinthe avant de retourner à sa voiture. Rien de ce qu'avait entrepris Jones n'avait la moindre logique. C'était un homme habitué à se défendre par lui-même. Il n'aurait pas eu peur d'appuyer sur la gâchette s'il avait été acculé, en particulier compte tenu de ce qu'il savait des hommes lancés à sa recherche. Il n'y avait pas d'explication innocente, Callanach le sentait. L'affaire prenait une sale tournure, et Ava Turner s'était placée en plein milieu du champ de tir.

Chapitre quarante-sept

Mina était seule chez elle. M. Eustis avait conduit sa femme à une pharmacie ouverte vingt-quatre heures sur vingt-quatre chercher le renouvellement d'une ordonnance. À en juger par le nombre de bouteilles vides dans la cuisine, Lively pensa qu'ils pourraient bien s'arrêter aussi pour se réapprovisionner dans un autre genre de tranquillisants. Il ne le leur reprochait pas. Lui-même avait enterré suffisamment de collègues et d'amis au fil des ans pour que la perte d'un enfant soit une horreur insupportable à imaginer. Il avait laissé Janet Monroe monter s'entretenir avec Mina dans la chambre de cette dernière, où elle avait dit qu'elle serait plus à l'aise, mais seulement après avoir vérifié les lieux. Dans la cuisine, Mina avait mené à bien la préparation du thé, pendant que Lively glissait ses mains sous son oreiller et sa couette, vérifiait qu'il n'y avait pas d'arme dans ses tiroirs ou sous le lit. En temps de désespoir, les gens deviennent dingues, il le savait bien. Six mois plus tôt, l'agent Salter gisait en sang dans ses bras, et le bébé qu'elle portait était déjà mort. Il ne laisserait pas un autre officier connaître le même sort. Janet Monroe était du genre intéressante. Elle ne s'était pas embêtée à entretenir la conversation durant le trajet, n'acceptant que les informations nécessaires pour mener l'interrogatoire. Lively appréciait cette attitude. Il laissa Mina et Monroe s'apprivoiser mutuellement pendant quelques minutes, puis remonta l'escalier sans un bruit pour s'asseoir là où il entendrait la conversation.

— Écoutez, Mina, nous avons vraiment besoin de nous entretenir avec cet homme. C'est au sujet d'une dame qui s'appelle Cordelia Muir. Elle est décédée peu de temps après Lily. Vous n'en aurez pas entendu parler aux informations, parce que la mort semblait accidentelle : une consommation de pilules de régime dont un composant était toxique. Mais maintenant, ce décès paraît plus suspect, et il est possible que cet homme soit impliqué.

Monroe leva le portrait-robot de Jeremy, s'assurant que Mina le regarde.

— L'autre femme policier m'a déjà interrogée tout à l'heure. Je lui ai dit que je ne le connaissais pas, répondit Mina.

— Je crois que la commissaire divisionnaire Turner vous a laissé un double du portrait-robot. Vous l'avez ?

— Oui.

— Je pourrais le voir ?

— Pourquoi ? Vous en avez un exemplaire entre les mains. Ne sont-ils pas exactement identiques ?

Mina ne bougea pas. Janet balaya la chambre des yeux.

— Nous en avons établi quelques versions différentes, mentit-elle en réponse. Je tiens juste à m'assurer que celui qu'on vous a laissé est le plus récent, vous voyez, au cas où vous interrogeriez un des amis de Lily à ce sujet.

— Je ne me rappelle plus trop ce que j'en ai fait, dit Mina, nerveuse.

Sa voix était descendue d'une octave, son regard était fuyant.

— Laissez-moi vous donner un coup de main. Ma propre chambre est toujours mal rangée. Je me demande bien comment je vais m'en sortir avec un bébé !

Monroe se leva et passa en revue une pile de documents et de livres sur le bureau de Mina, le dos tourné, mais observant la jeune fille dans le miroir. Mina fit tout un cinéma pour laisser penser qu'elle fouillait sa table de chevet, mais un mouvement révélateur de ses hanches la trahit : elle venait de donner un coup de pied, aucun doute là-dessus. Monroe souleva les couvertures du lit pour vérifier par terre.

— Là, je l'ai trouvé. Je me disais bien qu'il n'avait pas pu aller bien loin.

Elle tira de sous le lit la feuille A4.

— Si on se rasseyait ?

— En fait, je ne me sens pas si bien que ça, lâcha faiblement Mina.

— Vous l'avez dit à la commissaire divisionnaire, effectivement. Vous devriez vraiment penser à essayer de manger régulièrement, même si c'est la dernière chose qui vous tente en ce moment. Votre corps a besoin d'être alimenté. Ne vous laissez pas détruire par le chagrin.

— Ça vous ennuierait de partir maintenant, s'il vous plaît ? demanda Mina.

— Très bientôt, répondit Monroe. Le temps de vérifier que ce portrait est le bon.

Elle le leva, étudiant les bords du document. Ici et là, le papier était abîmé, et par endroits, l'encre floue. Ces marques crasseuses témoignaient d'une histoire que Mina ne souhaitait sans doute pas raconter de son plein gré.

— On l'a manipulé, et pas qu'un peu, constata Janet. Tout ça depuis que la commissaire vous l'a laissé il y a deux ou trois heures ? Compte tenu que cet homme vous est étranger, c'est montrer beaucoup d'intérêt pour un dessin.

— Je ne le connais pas, insista Mina.

— Et si votre sœur l'avait fréquenté ?

— Non. Impossible, répondit Mina en essuyant ses larmes du dos de sa main.

— Pourquoi, Mina, n'aurait-elle pas pu le rencontrer ? Comment en êtes-vous si certaine, à moins que ce soit quelqu'un avec qui vous avez été en contact ?

Monroe donna le temps à ses mots de produire leur effet. Les larmes de Mina devinrent des sanglots, et les sanglots un hurlement.

— Quand Mme Turner vous a interrogée à son sujet, reprit Monroe, vous avez dit : « Pourquoi lui ? » Est-il important pour vous, Mina ? Quelqu'un dont vous pensez qu'il est spécial ?

— Il ne porte pas de lunettes, donc ce n'est pas lui. L'autre femme policier a déclaré qu'il bégayait ou zozotait ou que sais-je. Je vous dis que ce n'est pas lui. Pourquoi vous me pressez comme ça ? Je ne veux pas faire ça. Ni de vous dans la maison. Mes parents seront de retour dans une minute, et quand ils me verront dans cet état, ils porteront plainte, donc je vous conseille de partir tout de suite !

Mina finit sa phrase dans un cri aigu. Lively vint se positionner sur le seuil de la chambre.

— Tout va bien, le rassura Monroe. Mina a seulement besoin d'un peu de temps, n'est-ce pas Mina ?

La jeune fille observa Lively appuyé contre le chambranle, et opina de la tête.

— Oui, finit-elle par déclarer.

Lively retourna à son poste sur les marches.

— Donc, il ne s'agit pas de votre ami, c'est ça ? Il existe des différences évidentes entre l'homme que nous recherchons et la personne dont vous vous inquiétez. Je comprends ça. La bonne nouvelle, c'est que nous avons les empreintes de l'homme qui nous intéresse. On les a trouvées sur le frigo des locaux de Cordelia Muir, là où il a travaillé comme bénévole. Ce qui signifie qu'il est impossible d'accuser votre ami à tort. Nous pourrons l'éliminer de notre enquête rapidement et facilement. Il ne rencontrera aucun problème, et je suis sûre qu'il sera content de nous donner un coup de main. Mina, nous n'avons aucun intérêt à arrêter la mauvaise personne. Plus vite nous parlerons à votre ami, plus vite nous rayerons son nom de la liste et continuerons à chercher le vrai meurtrier de Cordelia Muir.

— Mon ami n'est pas un meurtrier, murmura la jeune femme.

— Exactement, affirma Monroe. En fait, en ne nous communiquant pas ses coordonnées, vous faites plus de mal que de bien. Vous disiez qu'il ne portait pas de lunettes ?

— Non, confirma Mina.

— Où l'avez-vous rencontré pour la première fois ?

— À l'université. Il étudie dans le cadre d'un master en littérature américaine, donc en aucune façon il ne pouvait être bénévole pour une association. Je le voyais tout le temps à la bibliothèque.

— C'est super, Mina. Vraiment très utile. Vous me donneriez son nom ?

Mina hésita.

— Le faut-il vraiment ?

— Je crois que vous connaissez déjà la réponse à cette question, dit Monroe.

Le lieutenant Lively était en bas en train de communiquer les informations par radio à la salle des opérations, tandis que Janet Monroe continuait à s'entretenir avec douceur avec la fille qui sanglotait sur son lit.

— L'homme s'appelle Christian Cadogan, disait Lively. Il correspond à notre portrait-robot de Jeremy, sauf que Mina affirme qu'il ne porte pas de lunettes et ne bégaie pas. Apparemment, il est étudiant à l'université d'Édimbourg. Elle pense qu'il a vingt-sept ans, et elle nous a donné une adresse temporaire en ville où le trouver. Envoyez des agents vérifier immédiatement. Et demandez à Tripp de me contacter, voulez-vous ?

Une demi-heure plus tard, après une conversation avec M. et Mme Eustis, Monroe et Lively remontaient en voiture.

— Irons-nous directement à l'adresse de Cadogan ? demanda Monroe. Je sais que vous en avez envie.

— Vous être assignée à un travail de bureau, répondit l'inspecteur. Je ne vous emmène nulle part où il y a un risque de troubles.

— Je viens juste d'interroger un témoin sur le terrain, souligna Monroe. Je pense qu'on peut envisager que les règles varient en fonction des besoins du moment.

— Argumentez autant que ça vous chante. Je suis votre supérieur hiérarchique et ma décision est irrévocable.

— Je resterai dans la voiture. Nous ne sommes pas loin. C'est du gâchis de ne pas vous y rendre vous-même. Cette affaire vous mobilise déjà. Les agents qui seront présents n'auront pas votre compréhension de ce qui se passe, insista Monroe.

— Vous êtes toujours comme ça ?

— Vous voulez dire, logique et honnête ?

Quand ils arrivèrent à Annandale Street, les agents avaient frappé à la porte sans obtenir la moindre réponse.

— Le quartier n'est pas donné, commenta Lively.

— Peu probable comme chambre d'étudiant, renchérit Monroe. Mina a dit que Christian gardait actuellement l'appartement d'un ami. Elle y est venue avec lui, il y a un moment déjà. Donc, il a les clés.

— On a quoi sur cet endroit ? demanda Lively au sergent en charge de sa requête.

— On vient tout juste d'interroger un voisin, répondit ce dernier. Tous les appartements ne sont pas encore occupés, ils sont très récents. Le voisin a l'impression que celui qui nous intéresse est loué pour des périodes courtes. Vacanciers, businessmen à Édimbourg pour la semaine.

Lively posa les mains sur ses hanches.

— Il y a un site Web, non, sur lequel réserver ce genre d'endroits ? Je n'arrive jamais à me souvenir des noms de ces trucs.

— Airbnb, proposa Monroe.

— Est-ce de cela que parlait le voisin ? demanda Lively.

Le sergent vérifia sur son calepin et acquiesça.

— Petit futé, commenta le lieutenant. Il a donné une adresse différente sur le dossier de candidature de Cordelia Muir, mais les lieux étaient réservés par le biais du même site Internet.

— Ils détiendront des informations concernant sa carte de crédit, fit remarquer Monroe. S'il a eu les clés de cet endroit, alors d'une manière ou d'une autre il a payé la location. Mettons la main sur ce type.

Chapitre quarante-huit

La salle des opérations était pleine à craquer. Callanach observait Ava qui s'entretenait avec Monroe et Lively. Elle serrait ses bras autour d'elle, les épaules voûtées, le cou rentré, comme si elle se trouvait dehors sans manteau. De l'autre côté de la pièce, Tripp faisait abstraction du bruit des conversations, les doigts sur le clavier de son ordinateur, les yeux plissés pendant qu'il tapait et cliquait. Le téléphone portable de Callanach sonna, lui rappelant que Lance lui avait laissé un message vocal et qu'il ne l'avait pas encore écouté. Il sortit dans le couloir pour être un peu plus au calme.

« Luc, c'est Lance. Je t'ai envoyé les photos des dégâts subis par la voiture qui est entrée en collision avec celle de Louis Jones. On y voit sa plaque d'immatriculation. Ma source a confirmé le lien entre les voyous sur lesquels tu m'as interrogé – Knuckles et Brian Perry – et la boîte Le Maz. Ces deux gars sont bien connus dans certains quartiers de Glasgow et pas le genre avec qui tu as envie de t'embrouiller. Je te raconterai tout en détail quand je serai de retour à Édimbourg. Il y a aussi autre chose, bien que ça n'ait probablement aucun lien. Quand j'étais… »

Ava rappela la salle à l'ordre. Callanach appuya sur le bouton « Pause » du message et rentra s'asseoir. Lively commença par résumer les informations fournies par Mina sur son ami Christian Cadogan, et termina sur une description du logement Airbnb. Tripp se leva.

— Nous avons cherché dans tous les registres des organismes gouvernementaux et identifié neuf hommes répondant au nom de Christian Cadogan, âgés de plus de dix-huit ans en Écosse. Aucun d'entre eux n'a été condamné pour autre chose que des infractions au code de la route, vols, fraudes aux aides sociales ou tapage nocturne, donc nous devons réduire notre champ d'investigation en nous fondant sur d'autres critères. Plus important, aucun indice ne nous permet de relier Cadogan à la mort de Lily Eustis. La seule chose dont nous disposions, pour le moment, est l'identification positive du portrait-robot de l'homme qui travaillait dans les bureaux de Cordelia Muir par Mina Eustis. Il est devenu son ami peu de temps avant la mort de sa sœur. C'est une connexion, et d'importance. L'homme est notre principal suspect, mais nous n'avons pas encore de quoi présenter un dossier au procureur. Même si nous trouvons le Christian Cadogan que nous recherchons, à l'heure actuelle, il demandera conseil à un avocat et déclarera immédiatement qu'il ne s'agit que de coïncidences. La fille de Cordelia Muir ne reconnaît pas l'homme dont nous pensons dorénavant qu'il s'agit de Cadogan. Elle est partie chercher son frère de dix-sept ans, Randall, à l'hôpital où il a été admis à la suite d'une tentative de suicide. La commissaire divisionnaire Turner et moi-même irons nous entretenir avec Randall dès la fin de cette réunion pour déterminer s'il a eu le moindre contact avec Cadogan. Nous essayons toujours de comprendre cette affaire et la place des pièces du puzzle. S'il est localisé, rappelez-vous que Cadogan est potentiellement dangereux.

Ava se leva à son tour.

— Alarmer le public en annonçant que nous suspectons un meurtrier en série de se balader dans la nature n'est pas la voie sur laquelle nous souhaitons nous engager avant d'être sûrs des faits. Quoi qu'il en soit, nous devrons tous nous concentrer sur ce que Cadogan est peut-être en train de planifier. Le meurtre de Cordelia Muir était bien plus audacieux que la mort de Lily Eustis, donc soit Cadogan prenait ses marques, soit le tapage autour de son acte n'était pas suffisant la première fois. Ce qui signifie qu'il risque d'entreprendre quelque chose d'encore plus téméraire cette fois-ci, sans doute plus violent ou extrême. La priorité est de le localiser avant qu'il ait le temps d'opérer. Je dégage tout le monde de l'enquête sur Louis Jones, sauf l'agent Monroe et le commandant Callanach, jusqu'à ce que nous ayons arrêté Cadogan. Il faut passer en revue les images de vidéosurveillance de la bibliothèque pour voir si l'on parvient à identifier Cadogan lorsqu'il y a rencontré Mina Eustis. Que savons-nous au sujet des mesures de sécurité prises sur place ?

— Les étudiants et les personnels sont munis de badges électroniques, répondit un agent en uniforme en lisant sur un calepin. Il est aussi tout à fait possible d'accéder au lieu en tant que visiteur. On vous alloue alors un pass pour la journée, mais il faut fournir une pièce d'identité.

— Nous savons déjà que Christian Cadogan n'est pas un étudiant en master, comme il l'a déclaré à Mina Eustis. Il ne suit pas les cours de littérature américaine ni aucun autre, certainement pas sous le nom de Christian Cadogan, intervint Monroe. Il y a des caméras de surveillance sur le campus, certaines à l'intérieur de la bibliothèque, mais cela exigera de longues vérifications. Des agents sont actuellement en route pour la fac afin de se mettre en liaison avec le service de sécurité.

Callanach attrapa le café le plus fort qu'il fût capable d'ingurgiter et retourna dans son bureau. Janet Monroe l'y attendait déjà.

— Vous vous en êtes bien sortie avec Mina Eustis, la félicita-t-il. Je crains qu'il n'y ait pas grand-chose sur quoi travailler en ce qui concerne le meurtre de Louis Jones. J'ai découvert une arme de poing et une liasse de billets usagés planquées dans son bureau. Je me demande, du coup, s'il s'enfuyait vraiment. Peut-être nous sommes-nous complètement fourvoyés.

— Jones avait le temps de prendre l'arme mais s'est abstenu ? Peut-être a-t-il sous-estimé le danger, suggéra Monroe. Bien qu'il ait laissé ses précieux volatiles avec un mois de réserve de nourriture jetée dans leur cage.

— Comment savait-il qu'il allait devoir partir ? se demanda Callanach. Quelqu'un l'a prévenu ou effrayé, en personne ou par téléphone.

— Je passerai en revue les registres des appels, dit Monroe. Je suppose qu'on a déjà vérifié quel était le dernier reçu ?

— Ça ne nous avancera pas. Il provenait du commissariat de St Leonard, à la recherche du propriétaire du véhicule après que l'accident a été rapporté.

— Le précédent, alors.

Monroe ouvrit le dossier et fit courir son doigt le long de la colonne des appels reçus.

— Le téléphone de Jones n'a pas sonné durant l'heure qui a précédé le coup de fil de St Leonard. Jones aurait disposé d'assez de temps pour s'en aller et il se serait trouvé bien au-delà de la banlieue d'Édimbourg avant que l'accident ait lieu. Ça n'a aucun sens. Quelqu'un a dû le rencarder en personne.

Monroe attrapa un stylo et commença à griffonner des notes.

— Quelque chose ne colle pas dans le timing.

Elle pencha la tête sur le côté.

— À quoi le voyez-vous ? demanda Callanach.

— Les heures ne sont pas les bonnes entre l'accident de Jones et le registre téléphonique. Peut-être un bug du programme informatique.

— Impossible. Tout est consigné de manière centralisée par l'opérateur téléphonique. L'heure n'est jamais contrôlée manuellement. Quel est le problème ?

Monroe ne répondit pas.

— Monroe ? insista-t-il.

— L'appel de St Leonard a été passé vingt-sept minutes avant qu'on ne rapporte l'accident, répondit-elle. Ce qui n'est pas possible. Je sais que l'heure de l'accident a été correctement consignée parce que j'étais l'une des premières sur place. Donc le registre est forcément erroné.

Callanach regarda par-dessus son épaule.

— Comment Ava a-t-elle pu passer à côté de ça ?

— La commissaire divisionnaire n'avait pas accès au dossier sur l'accident de la route à ce moment-là. Elle ne pouvait pas comparer la chronologie avec précision, expliqua Monroe. Je contacterai l'opérateur téléphonique et l'informerai qu'il y a un défaut dans son système avant qu'une autre enquête ne soit compromise.

— Monroe, la coupa Callanach doucement, et s'il ne s'agissait pas d'un bug et que le registre soit correct ?

— Je m'en serais aperçue. Je suis toujours attentive à ce que la chronologie dans les dossiers soit précise. Préparer celui-là pour le procureur relevait de ma responsabilité.

— Vous n'auriez prêté attention qu'au déroulé de l'accident, sans le croiser avec un possible cambriolage.

— Mais on aurait fini par se rendre à l'adresse de Jones, ne serait-ce que pour vérifier s'il s'y trouvait. Un jour ou l'autre, il aurait été porté disparu. Et le cambriolage m'aurait été signalé.

Monroe fronça les sourcils, feuilletant les dossiers d'avant en arrière.

— Donnez-moi un moment, monsieur, voulez-vous ? marmonna-t-elle.

Elle décrocha son téléphone. Plusieurs minutes s'écoulèrent durant lesquelles son appel fut redirigé, puis elle reprit de nouveau la parole.

— Jock, c'est Monroe. Écoute, j'ai vérifié un numéro sur un registre d'enquête, et il est ressorti comme étant celui de ton poste. Tu te rappelles le soir où nous nous sommes rendus sur les lieux de l'accident de voiture de Louis Jones ? Tu étais à ton bureau quand on nous a demandé de partir ?

Une autre pause.

— Donc, si tu n'as passé aucun appel durant ce laps de temps, as-tu une idée de la personne qui a pu le faire ?

L'expression du visage de la jeune femme se figea brièvement, puis ses traits ne se détendirent tandis que son collègue répondait. Sa main vint couvrir ses yeux.

— Hourra, Jock ! Non, non, ce n'est pas un problème. Je resserre juste les boulons pour mon rapport. Je tiens à finir tout ce qui est encore en suspens avant l'arrivée du bébé, tu sais ce que c'est. Embrasse ta femme pour moi.

Elle raccrocha, ouvrit les registres téléphoniques une dernière fois avant de rencontrer le regard de Callanach.

— Quoi ? demanda-t-il.

— C'est encore moins logique maintenant, répondit-elle. Un peu avant qu'on soit envoyés sur le carambolage, mon collègue n'était pas à son bureau. À son retour, il a trouvé le commissaire Dimitri qui raccrochait tout juste le téléphone. Dimitri lui a expliqué que sa propre ligne fixe faisait des siennes.

Callanach plongea ses mains dans ses poches et regarda par la fenêtre.

— Monsieur, si vous pensez que le commissaire a quoi que ce soit à voir avec ça, j'aurais fini par me rendre compte que quelque chose n'allait pas, tôt ou tard. Impossible qu'il en ait été autrement.

— Pas si vous étiez partie en congé maternité anticipé, rétorqua Callanach. Ça le laissait libre de finaliser lui-même le dossier pour le procureur.

Monroe referma son carnet et baissa les yeux sur le plancher. Elle resta ainsi durant plus d'une minute.

— Les particules de peinture disparues, finit-elle par dire. Vous supposez que quelqu'un s'est assuré qu'elles se volatilisent.

— Il n'y a pas que ça, il y a aussi la rapidité avec laquelle la voiture de Louis Jones a été détruite. L'envoyer immédiatement à la casse pour défaut de vignette et d'assurance semble un peu hâtif, en particulier alors qu'elle était impliquée dans un accident non résolu, ajouta Callanach.

— C'est absurde. Si nous faisons part de ces suspicions, on me collera l'étiquette de l'employée amère qui n'a pas apprécié qu'on lui dise de prendre du repos. Dimitri n'a pas de motif pour interférer dans votre enquête. Rien de cela n'est logique.

— Louis Jones n'a pas emmené son Glock avec lui. S'il s'est effectivement entretenu avec Dimitri avant de fuir son bureau, peut-être pensait-il qu'il serait plus en sécurité sans. Un homme armé est susceptible de voir la police utiliser contre lui une force de frappe importante, potentiellement mortelle, et sans que personne trouve rien à y redire. Jones en avait parfaitement conscience.

— Qu'allons-nous faire ?

— Rien, jusqu'à ce que je puisse établir un mobile, répondit Callanach. Appelez Turner et dites-lui que j'ai besoin d'accéder immédiatement au dossier de l'affaire impliquant Ramon Trescoe, Dylan McGill et Louis Jones. Tout ce qui se passe en ce moment semble être lié à ça. S'il y a des preuves à trouver, ça sera dans ces documents. Je serai aux archives et j'attendrai qu'elle autorise leur consultation. Assurez-vous qu'elle comprenne qu'il n'y a pas une minute à perdre.

Chapitre quarante-neuf

Ava autorisa Callanach à avoir accès au dossier Trescoe, même si elle se demandait bien en quoi ce serait utile. Elle patientait avec Tripp dans le salon de Cordelia Muir quand Randall arriva chez lui. Sa sœur était devenue sa responsable légale, et contact avait été pris avec le psychiatre du jeune homme pour s'assurer qu'il était en état d'être interrogé au sujet du portrait-robot de l'homme qu'ils appelaient maintenant Christian Cadogan. Même dans ces conditions, elle avait l'impression d'être une intruse. Le pauvre garçon venait juste de perdre son seul parent encore de ce monde. La vie était cruelle, et rarement à doses homéopathiques. Une partie de Randall, Ava le savait, aurait à jamais dix-sept ans, pour toujours bloquée à l'instant où on lui avait arraché sa mère. Les événements qui se déroulent pendant ces années si formatrices sont un piège qui attend de se refermer à chaque mauvaise passe de l'existence. Ava espérait que la sœur de Randall était assez solide pour prendre soin de son frère sans négliger sa propre peine.

Randall entra dans la pièce, paraissant plus assuré que ce à quoi Ava s'était attendue. Lorsqu'il avait tenté de mettre un terme à son existence, il était en état de choc. En revanche, le jeune homme qui pénétrait tête haute dans le salon donnait l'impression d'être plutôt posé.

— Je suis la commissaire divisionnaire Turner, se présenta-t-elle en lui tendant la main.

Il la serra d'une poigne ferme.

— Je suis désolée de vous rencontrer dans de telles circonstances, reprit-elle ; je suis certaine que vous ne souhaitez qu'une seule chose : qu'on vous laisse tranquille le temps de retrouver vos marques.

— Pas de souci, lui répondit-il. On m'a dit que vous aviez des questions pour moi.

— Effectivement, confirma-t-elle en ouvrant son dossier. Cela vous ennuierait-il de vous asseoir un moment ? Ça ne sera pas long.

Randall obtempéra, s'appuyant d'une main tremblante à l'accoudoir du fauteuil avant de s'y installer. Sa maîtrise de soi était donc au moins en partie simulée, en conclut Ava, consciente qu'elle devrait le retenir le moins longtemps possible.

— Je vais chercher le thé, annonça la sœur de Randall, comme pour maintenir les apparences.

Elle les laissa.

Les yeux de Randall reflétèrent la lumière du lustre miniature qui pendait au centre de la pièce, et Ava constata qu'ils étaient vitreux. Il avait les pupilles dilatées, un voile huileux recouvrait sa peau. Des éléments à mettre sur le compte des médicaments plutôt que sur des embûches de la vie adolescente, supposa Ava. Elle disposait d'une fenêtre de cinq minutes, pas plus.

— Randall, dit-elle, un homme travaillait pour votre mère, bénévolement. Il répondait au nom de Jeremy. Est-ce qu'elle vous en a parlé ?

— Non, répondit le garçon. Je ne l'interrogeais pas vraiment sur les gens à son boulot. J'avais tort ?

— Absolument pas, je n'imagine pas qu'un adolescent puisse s'intéresser à la journée de bureau de ses parents. Ce n'est pas pour cela que je vous posais la question. Je me demandais juste si vous aviez la moindre information le concernant. D'où il venait, pourquoi il était devenu bénévole, même si cela ne semblait pas important.

— Elle ne l'a pas mentionné une seule fois. Je crois… je crois qu'on parlait essentiellement de moi et de ma journée, dit Randall d'un ton plat. Je ne me rappelle pas l'avoir jamais interrogée sur la sienne.

— On a demandé à un dessinateur de réaliser un portrait de ce Jeremy, que nous faisons circuler. Vous seriez d'accord pour y jeter un coup d'œil ? Il est possible que cet homme utilise un autre nom.

Elle retourna le portrait-robot qu'elle avait gardé sur les genoux, observant le visage de Randall pendant qu'il fixait l'image. La commissure de ses lèvres se releva légèrement. Du bout des doigts, il effleura la feuille.

— Ce n'est pas la bonne image, dit-il.

— Que voulez-vous dire ? demanda Tripp.

— Ce n'est pas Jeremy. Vous vous êtes trompés, insista l'adolescent.

— Pardon pour cette erreur, peut-être y a-t-il eu confusion au poste. Parfois, les gens rangent les choses dans le mauvais dossier, concéda Tripp.

— Ouais, ça doit être ça, murmura Randall.

— De qui s'agit-il alors ? s'enquit Tripp.

— De mon ami, répondit Randall avec un sourire. Je l'ai rencontré au Fret, un club où je joue.

— Vous jouez d'un instrument ?

— De la guitare. C'est ce que je veux faire. Je vais devenir guitariste professionnel. Tout le monde pense que ce n'est que pour rire, mais j'en suis capable.

— Comment s'appelle votre ami ? poursuivit Tripp.

Randall releva le nez brusquement.

— Pourquoi ?

— Nous aurons de toute manière besoin de lui parler. On dirait bien qu'il y a eu un cafouillage, expliqua Ava.

— Qu'est-ce que vous essayez de faire ?

La voix de Randall était montée dans les aigus.

Ava s'adressa à lui avec douceur.

— Randall, l'homme sur le portrait-robot était aussi ami avec une jeune femme, Mina Eustis. Sa sœur, Lily, est morte dans des circonstances tragiques à Arthur's Seat. Peut-être en avez-vous entendu parler. On lui a administré une forte dose d'huile de cannabis, elle a perdu conscience et on l'a laissée mourir seule dans le froid. Votre ami est le lien entre les deux affaires.

— Tout cela est une erreur, marmonna Randall.

— Peut-être. Mais il n'est que juste de donner à votre ami une chance de rétablir la vérité, vous ne croyez pas ? offrit Tripp.

— Ce n'est pas lui, répéta Randall, dans un long gémissement qui serra le cœur d'Ava.

C'était comme si le garçon s'implorait lui-même, et cette attitude était similaire à l'incrédulité de Mina quand elle avait remarqué pour la première fois la ressemblance avec l'homme avec qui elle s'était liée d'amitié. Cadogan était un as de la manipulation, capable d'endosser différentes personnalités, de devenir ce que ses victimes recherchaient le plus.

— Le nom de l'ami de Mina est Christian Cadogan. C'est l'homme sur ce dessin. Les gens avec qui votre mère travaillait nous ont fourni cette description. Randall, nous devons le localiser. D'autres personnes sont peut-être en danger. Vous tenez à le protéger et c'est tout à votre honneur, mais le mieux est de nous raconter ce que vous savez, dit Ava.

— Vous pensez qu'il a tué ma mère, n'est-ce pas ?

— Je pense qu'il doit répondre à quelques questions sur la raison pour laquelle il était bénévole auprès de l'association de votre mère, et pourquoi il a fourni un faux nom et une fausse adresse. Il est important que nous établissions quelle était sa relation avec Lily Eustis. Randall, vous nous aiderez ? Vous êtes probablement le seul à pouvoir le faire.

— Oui. Évidemment. Vous m'accordez un moment ? Je dois aller aux toilettes. Puis je vous raconterai tout.

Ava se pencha pour prendre les mains du jeune homme entre les siennes.

— Merci. Je comprends combien c'est difficile. Perdre un parent est dévastateur. Je ne peux même pas ne serait-ce que commencer à imaginer ce que vous ressentez, mais je tiens à ce que vous sachiez que vous n'êtes en rien responsable de quoi que ce soit. Quelle que soit la personne coupable de la mort de votre mère, vous n'auriez pas pu le prévoir, ni empêcher que cela arrive.

— Merci pour ces mots si bienveillants, commissaire Turner, répondit Randall en adoptant le langage qu'il avait entendu sa mère utiliser si souvent.

Ava tressaillit. L'adolescent s'était exprimé avec amabilité et d'une voix douce, mais elle avait perçu dans son ton un tranchant auquel elle ne s'était pas attendue.

La sœur de Randall entra avec un plateau et commença à tendre tasses et soucoupes pendant que Randall, fredonnant une berceuse, se dirigeait vers l'escalier.

Lance Proudfoot remarqua la voiture garée près de son garage seulement quand il eut relevé la porte de ce dernier pour y pousser son antique moto bien-aimée. Il avait passé l'après-midi à son bureau afin de mettre à jour son site d'informations en ligne. Non pas qu'avoir accès à l'un des officiers supérieurs de la police d'Édimbourg lui procurât des sujets exclusifs : il en était réduit à nourrir le site de ce que la police écossaise décidait de raconter à la presse, selon son bon vouloir. Le voyage à Glasgow avait été sympa et, du moins, cela l'avait sorti de sa torpeur. L'idée lui était venue de renouer avec quelques potes de l'époque où ses genoux n'étaient pas trop rouillés pour jouer au rugby et son compte en banque trop vide pour boire un verre chaque week-end. Il n'avait pas encore eu de nouvelles après le message vocal qu'il avait laissé à Callanach, ce qui n'avait rien de surprenant. Amener Luc à lui retourner ses appels était un combat sans fin qu'il menait depuis le jour de leur rencontre.

Il referma la porte du garage, notant que deux hommes étaient assis dans le véhicule. Une vitre était ouverte d'où s'échappait de la fumée, et une radio émettait des sons qu'il valait mieux réserver à des écouteurs personnels. Lance notait mentalement la plaque d'immatriculation – on n'est jamais trop prudent, il y avait eu de nombreux cambriolages dans le quartier – quand la portière côté conducteur s'ouvrit brusquement.

— Vous êtes monsieur Proudfoot ? lui demanda le chauffeur.

— Pourquoi le cherchez-vous ? répliqua Lance.

L'homme qui l'avait interrogé n'était pas particulièrement imposant physiquement, mais son visage suggérait une capacité troublante à provoquer les ennuis et à maximiser ce qui en résultait.

La deuxième portière s'ouvrit à son tour. Celui qui sortit de là était un géant. Ce fut en tout cas la première pensée de Lance. La seconde : ils avaient son adresse. Ils ne s'étaient pas garés devant la bonne rangée de garages par hasard. Et s'ils avaient son adresse, une courte distance seulement les séparait de sa porte et de son fils, lequel était installé à la maison, n'ayant nullement conscience de ce qui se passait, et probablement en train de jouer à un jeu sur ordinateur.

— C'est une jolie moto, remarqua l'homme montagne. (Son accent était de Glasgow, aucun doute là-dessus.) Des balades sympas dernièrement ?

— Je ne veux pas de problème, répondit Lance.

— À quel genre de problèmes pensez-vous ? demanda le chauffeur.

Lance serra plus fort les doigts autour de ses clés, en en laissant une pointer de son poing fermé, prêt à porter un coup qui lui offrirait assez de temps pour fuir en appelant à l'aide. Il était coriace et il ne fallait pas le prendre pour un pigeon, mais la ruelle où ils se trouvaient était calme. La ligne des garages bloquait la perspective d'un côté, des murs à l'arrière des immeubles d'habitation sur la gauche et la droite empêchaient de voir depuis les fenêtres. À moins que quelqu'un d'autre ne s'engage dans l'impasse, personne n'apprendrait jamais ce qui lui était arrivé. Il était prêt à se défendre, mais pas de taille contre deux hommes à la fois. Peut-être cela avait-il été le cas quand il avait une vingtaine d'années, voire un peu plus. À son âge, ces gars se contenteraient de rire de lui.

— Le problème quand vous tenez vos clés comme ça, c'est que ça me rend nerveux, dit le plus imposant des deux, tout en avançant pour venir se tenir derrière lui.

Son compagnon se positionna devant Lance.

— Et quand je suis nerveux, je deviens un peu agité.

— Si vous me demandiez juste ce que vous voulez, je suis sûr qu'on trouverait une solution simple à cette situation, dit Lance.

Il essayait en même temps de se rappeler dans quelle poche de sa veste de motard il avait enfermé son téléphone portable.

— OK, OK, très bien. Ce que nous aimerions savoir, c'est pourquoi vous fouiniez derrière Le Maz pour prendre des photos. Ce que notre boss aimerait savoir, lui, c'est quel genre de nourriture vous aimez.

« Knuckles et Perry, se dit Lance. Je suis plus que royalement foutu. »

— Quel genre de nourriture j'aime ? Pourquoi votre boss en aurait quelque chose à fiche ? demanda Lance.

Il s'interrogeait : quelle vitesse atteindrait-il, boosté par l'adrénaline, et est-ce que son cœur lâcherait avant qu'ils ne le rattrapent ?

La matraque entra en contact avec l'arrière du crâne du journaliste avant qu'il ait le temps de terminer son évaluation.

— Parce que vous dînez chez nous, répondit Knuckles en riant.

Il glissa le gourdin sous son bras. Perry et lui attrapèrent chacun une jambe de Lance et le tirèrent sur les quelques mètres qui les séparaient de la banquette arrière de leur voiture et du rouleau de ruban adhésif qui les y attendait.

Chapitre cinquante

Randall se plaqua un sourire sur le visage et commença l'ascension de ce qu'il percevait comme une montagne. Il se souvint qu'il valait mieux agripper la rampe, et détendre les muscles de ses jambes puis les contracter pour monter chaque marche. Il salua d'un mouvement de tête la photo de son père et de sa mère qui observaient sa progression depuis le mur opposé.

— Bonne nuit, maman. Bonne nuit, papa, murmura-t-il en passant.

Depuis le salon lui parvenaient le cliquètement des tasses et des soucoupes, le tintement des cuillers touillant dans les tasses. C'était étrange. Jamais auparavant il n'avait eu une telle conscience des sons. Ni des ombres nettement marquées que les lumières projetaient juste sous le rebord de chaque marche. Le parfum du produit pour cirer les meubles émanait de la rampe quand sa main courait dessus – sa sœur avait adopté le ménage comme moyen de récurer la douleur qui lui collait à la peau. Il se délecta de tout ça, qui avait le goût de la perte.

Durant le temps qu'il lui fallut pour arriver en haut des marches, il avait été capable d'invoquer le visage de Christian dans son esprit, son vrai visage, pas la monstruosité plate, dépourvue de sentiment, que la police avait recréée. Pourquoi lui avaient-ils mis des lunettes sur le dessin ? Étrange, à moins que Christian en ait besoin pour lire. Ce qui expliquerait que lui ne l'ait jamais vu en porter. Et la police était passée à côté de la fine cicatrice de cinq centimètres à gauche de sa bouche, si ténue qu'elle était presque imperceptible. La cicatrice l'avait rendu plus humain, il était ainsi moins dur pour Randall de l'aimer. Grâce à elle, les cheveux blonds et la mâchoire forte étaient plus faciles à accepter. Les yeux de Christian étaient plus profondément enfoncés que ne le rendait le portrait. Comment les employés de sa mère avaient-ils réussi, après avoir passé autant de temps en sa compagnie, à remarquer si peu de choses, quand Randall, qui avait eu un aperçu plus bref du monde de Christian, avait pourtant noté tant de détails ?

La salle de bains de sa mère était immaculée. Les tiroirs dans lesquels il avait fouillé avaient été soigneusement remis en ordre. De nouvelles fleurs ornaient un vase. Les robinets brillaient comme si aucune empreinte n'avait jamais marqué leur surface. Sa sœur aurait besoin de consulter, se dit Randall, quand elle n'aurait plus rien à nettoyer et plus qu'à s'asseoir et n'abandonner son deuil.

Le miroir l'appelait. Au bout d'un certain temps dans la pièce, il était impossible de lui échapper. Randall avait perdu du poids. Ses pommettes saillaient cruellement. Ses cheveux avaient poussé ces dernières semaines, et ça lui allait bien. Peut-être que Nikki, du Fret, l'aurait trouvé attirant. C'était la version d'un Randall plus sauvage, plus audacieux. Assez bizarrement, pensa-t-il, c'était une version qui ressemblait plus à Christian. Depuis combien de temps le connaissait-il ? Quelques mois, *a priori*. Plus longtemps que son ami avait soi-disant – c'était idiot, pourquoi se mentir à lui-même, maintenant ? – plus longtemps, donc, que son ami avait passé comme bénévole auprès de l'association de sa mère.

Là se trouvait le problème. Randall pouvait chevaucher le tapis magique qu'offraient les médicaments et flotter au-dessus de la quasi-certitude que Christian avait été impliqué dans la mort de sa mère. Il pouvait balayer les larmes qu'il avait dissimulées quand son ami avait cessé de lui retourner ses appels après son admission à l'hôpital. Mais ignorer les faits, non. Il ouvrit un tiroir et laissa ses doigts dériver parmi ce qui était éparpillé là. Christian l'avait trouvé, était devenu son ami. Christian l'avait même écouté se plaindre de sa vie de famille, de sa vie tout court, des restrictions que sa mère lui imposait.

Randall mit la main sur ce qu'il cherchait. Il défit son pantalon, le laissa tomber à ses chevilles et s'assit sur les toilettes, s'installant bien confortablement.

Christian l'avait amicalement séduit. « Bromance », voilà le terme que les réseaux sociaux auraient utilisé. Il s'était débrouillé pour que Randall ait le sentiment d'être compris, d'avoir un pote, cool. Il avait été exactement ce dont Randall avait eu besoin, exactement quand il en avait eu le plus besoin. Il rit. Il y avait de quoi tirer une chanson de tout ça, quelque part, un truc datant de la génération précédente.

La souffrance que les médicaments n'avaient pas émoussée – qu'aucune quantité de pilules ne parviendrait à diminuer – était que Randall avait senti la vérité à la seconde où il avait vu le visage de Christian sur les genoux de la policière. Randall avait pratiquement envoyé Christian à sa mère. Sa propre faiblesse et sa dépendance, ces choses pour lesquelles il avait ridiculement pensé que Christian lui avait été d'une manière ou d'une autre envoyé afin de les dissiper, étaient en réalité ce que ce dernier recherchait. En vidant son cœur, Randall avait agi aussi sûrement que s'il avait lui-même empoisonné sa mère.

Il existe différents types de douleur. Il n'y avait pas été sensible auparavant, mais maintenant, il aurait été capable d'écrire une dissertation sur le sujet. Il y a la douleur liée à la perte. Il y a la souffrance liée au choc, où chaque mot est un coup physique. Il y a la lente et sourde douleur de la réalité, qui s'infiltre en chacun de nous chaque fois que l'on commet l'erreur de se réveiller, suivie de l'apitoiement sur soi-même, ce bébé pleurnichard. Puis il y avait un gouffre. Randall pensait y être tombé une fois, mais même cela lui avait procuré un sentiment de sécurité trompeur. Il était enfin au fond et l'obscurité n'y était pas aussi profonde qu'il l'avait espéré. Malheureusement, il parvenait encore à deviner les visages de sa mère et de son père, le regardant depuis le bord, souriant à demi, et il sentait leur déception. Il avait peut-être été stupide auparavant, mais maintenant il était doué de la plus exceptionnelle lucidité. Ce sentiment, cette haine de soi ne le quitteraient jamais. Pas une seule seconde. Et ils ne jouaient malgré tout que les seconds violons, auprès de sa culpabilité.

Randall prit la lame de rasoir dans sa main. Sa sœur les avait bien cachées, mais pas assez.

Le pire dans tout ça, la véritable blessure par balles à son âme, était que Christian lui manquait encore. Là où il aurait dû y avoir haine, vitriol, fureur, il n'y avait que la triste prise de conscience que son ami ne s'assoirait plus jamais avec lui, ne lui enverrait plus une tape dans le dos. La créature vile, basse qu'il était avait encore un grand besoin de Christian. Elle ne méritait pas de respirer une seconde de plus.

Randall baissa le regard, s'assurant que l'intérieur de sa cuisse soit bien positionné au-dessus de la cuvette des toilettes. Ça ne semblait pas vraiment juste de laisser du bazar à sa sœur obsessionnelle, là où elle avait fait régner l'ordre. La lame entre les doigts, il trancha violemment et profondément l'intérieur de sa cuisse, prenant soin de pénétrer à la fois la peau et le muscle pour exposer l'artère. Étonnamment, ce n'était pas douloureux du tout. La vie s'écoula de lui sans drame. Personne ne pourrait dire qu'il s'agissait d'un appel à l'aide. Personne ne s'inquiéterait de lui prodiguer des soins. Christian pleurerait son décès, ou non : ça n'avait plus aucune importance. On avait dit à Randall que ça ne durerait qu'une minute à peu près, s'il s'y prenait correctement. C'était là le bénéfice ridicule qu'il y avait à être interné avec d'autres adolescents aux pensées similaires. Les bons conseils étaient nombreux et dispensés gratuitement pour ceux qui étaient dotés d'une constitution suffisamment coriace.

Randall espérait que sa sœur serait capable de lui pardonner. Il avait échoué à vivre comme sa famille l'avait attendu de lui. Il avait échoué à protéger la mère dont il n'avait pas su qu'elle était le centre de son univers avant de se retrouver sans elle. Il avait même échoué à se faire un ami.

Le sanglot qui avait menacé de lui échapper devint un coassement. Randall ferma les yeux et se rappela la dernière fois que sa mère l'avait pris dans ses bras. Elle l'avait embrassé sur le front et lui avait exprimé son amour en mots purs, clairs et magnifiques.

L'eau sous lui se teinta de rouge. Il s'écroula.

Chapitre cinquante et un

Ava fut la première debout, comme si elle s'y était attendue, sauf que c'était là une manière de récrire l'histoire après coup. Elle se précipita dans les escaliers, enfonça de son épaule la porte de la salle de bains verrouillée. En bas, dans le salon, une femme poussa un cri perçant. Ils avaient tous compris, à la seconde où le bruit sourd du corps de Randall s'écroulant sur le sol leur était parvenu. Certains sons sont impossibles à confondre avec d'autres, même si on ne les a jamais entendus auparavant.

Elle envoya un coup de pied dans la serrure, fendant le bois. La douleur lui traversa le corps, irradiant jusqu'au genou. La sensation s'évapora quand elle découvrit Randall. Il y avait peu de personnes à peine décédées qu'elle n'aurait tenté de ramener à la vie, mais Randall s'était vidé de la sienne en optant pour une méthode absolument sans appel. Ava aurait aimé ne jamais servir assez longtemps dans les forces de l'ordre pour être témoin de l'histoire que racontait la cuvette des toilettes. Randall avait fait preuve de force et de courage, se maintenant assis jusqu'à avoir presque perdu tout son sang. Une flaque s'était malgré tout formée sur le carrelage, mais un jour, de nouveaux joints en feraient disparaître toute trace. Dans l'ensemble, cette scène, empreinte d'une telle horreur, donnait étonnamment peu à voir.

Elle leva la main pour arrêter Tripp qui se précipitait vers elle.

— Restez tous les deux au rez-de-chaussée. Contactez Ailsa, l'informa-t-elle.

— Pas d'ambulance ? tenta Tripp, la voix étranglée.

— Trop tard, répondit Ava.

Elle s'agenouilla, cherchant vainement un pouls, quelque chose à entreprendre.

— Christian Cadogan, putain de salopard, marmonna-t-elle pour elle-même.

Tripp ne prononça pas un mot durant le trajet du retour au commissariat. Ava s'efforçait d'écouter la radio, mais le raffut dans sa tête recouvrait tout. Ils avaient provoqué la mort de Randall Muir. Le psychiatre avait bien déclaré le jeune homme apte à être interrogé, mais Ava avait su qu'il en était autrement quand elle avait remarqué le regard vide de l'adolescent. Sa volonté d'atteindre un résultat avait causé un nouveau décès. Un garçon de dix-sept ans avait été poussé à bout. C'est ce que conclurait l'enquête inévitable qui allait suivre. Et à juste titre, bordel.

— Ça n'avait rien à voir avec vous, Tripp, dit-elle en se garant.

— Madame, vous ne pouvez en assumer la responsabilité.

— C'est exactement ce qui m'incombe, brigadier, répondit-elle. J'attends de vous que vous rédigiez les notes de notre entretien avec Randall, puis que vous fassiez une déposition parce qu'il y aura une enquête sur la manière dont j'ai mené les choses. Ne minimisez rien et ne détournez pas l'attention de quoi que ce soit. Vous m'avez comprise ?

— Madame, je… tenta de nouveau Tripp.

— Je prendrai ça pour un oui, le coupa Ava.

Elle descendit de voiture et s'éloigna.

Ava parvint à atteindre son bureau avant que la fureur ne l'emporte. Le mug qu'une copine de fac lui avait offert des années plus tôt et qui proclamait qu'elle était la meilleure amie au monde vola dans un coin de la pièce. Les éclats de poterie se mirent à pleuvoir sur le sol, le café qui stagnait au fond de la tasse projetant de petites gouttes sur le bureau d'Ava. Le fauteuil sur lequel s'asseyaient ses visiteurs bascula sur le yucca déjà agonisant, fracturant son pot pour ne laisser qu'un tas de débris à sa suite. La photo d'Ava prise le jour où elle avait été promue commissaire divisionnaire se révéla la cible idéale pour que son poing évacue sa rage. Callanach approcha d'elle dans son dos. Il referma la porte d'un coup de pied avant d'avancer à grands pas pour l'enlacer. Elle se débattit tandis qu'il la soulevait de terre.

— Ava, dit-il avec douceur. Ava, Tripp m'a raconté. Laisse-moi t'aider.

Il la reposa au sol, s'assit avec elle, la serrant fort contre lui jusqu'à ce que les tremblements de la jeune femme diminuent.

— Tout ce que tu diras n'y changera rien, dit-elle. Ce garçon s'est vidé de son sang au-dessus de ma tête pendant que je buvais du thé et papotais au sujet de biscuits. Si je m'étais montrée vigilante, j'aurais compris qu'il n'était pas en état. Randall Muir serait toujours en vie à la minute présente.

— Tu essaies de résoudre deux meurtres, souligna Callanach, et d'en empêcher un autre, peut-être même plusieurs. Tu en connais assez sur les tueurs ayant ce profil pour savoir que Christian ne s'arrêtera pas avant d'être interpellé. Qu'étais-tu supposée faire ? Attendre une semaine, ou même seulement un jour, pour interroger Randall ? Tu aurais troqué un cadavre pour un autre.

Ava se détacha de lui.

— Je ne suis pas à la hauteur de la tâche, Luc. Je n'en peux plus. C'est trop dur. Je comprends maintenant pourquoi Begbie avait toujours l'air si épuisé, pourquoi il mangeait toutes ces cochonneries et planquait une bouteille de whisky dans son bureau. Quand la pression est là, ça ressemble à des sables mouvants. Je pensais être capable de faire la différence, mais tout ce que j'ai accompli depuis ma promotion, ça a été de perdre les gens que je suis censée protéger.

Callanach s'étira, étendu de tout son long sur le sol, les yeux fixés sur le plafond.

— Il ne s'agit pas que de toi, Ava. Tu n'as pas à endosser la responsabilité de tout. Chaque femme et chaque homme de la criminelle, les agents en uniforme en renfort, les équipes de la scientifique, les civils qui travaillent à l'administration ne forment qu'une seule équipe, attelée à une cause unique. Tu penses que tu es responsable parce que tu es investie émotionnellement dans ces enquêtes ? Si ce n'était pas le cas, quelque chose clocherait vraiment chez toi.

Ava essuya ses larmes de sa manche et repoussa les cheveux qui lui étaient tombés sur le visage.

— Comme chez Overbeck ? demanda-t-elle.

— Exactement comme chez notre commissaire générale bien-aimée, confirma Luc. Mais tu n'es pas elle. Alors n'abandonne pas maintenant. Les enjeux sont trop importants.

Ava s'autorisa à rouler sur le dos. Allongée à côté de Callanach, elle plaça une main sous sa tête.

— Je me sens comme une vraie merde. Un conseil ?

— Respirer juste une minute, répondit-il en se mettant sur le flanc pour la regarder. Contente-toi de respirer pendant une minute. Tous ces problèmes seront encore là dans soixante secondes, et tu seras prête à les affronter.

Ava ferma les yeux, obligea son corps à se détendre, et se vida l'esprit. Elle avait titubé d'une scène de crime à l'autre, de crise en crise, sans s'arrêter pour prendre le contrôle de l'ensemble. Le travail des forces de l'ordre consiste dans une large mesure à se montrer réactif. Maintenant, elle devait être proactive, plus maligne que Christian Cadogan, plus habile que lui. Quand elle ouvrit les yeux, Callanach s'asseyait et s'appuyait contre le bureau. Elle se leva.

— Je me sens mieux, avoua-t-elle. Merci.

— Je vois ça. Mais tu es autorisée à t'effondrer de temps à autre, Ava. Éprouver des émotions est ce qui nous sépare des sociopathes, conclut-il en se dirigeant vers la porte.

— Hé, tu as demandé la permission de consulter le dossier original de l'affaire Louis Jones. Tu as déniché quelque chose ?

Il secoua la tête.

— Je me montrais seulement méticuleux. Rien dont tu doives t'inquiéter.

Ça avait été bien enfoui, aucun doute là-dessus. Un observateur désinvolte n'aurait jamais rien trouvé. Mais Callanach savait ce qu'il espérait découvrir dans le dossier et, sans surprise, englouti dans les calepins des officiers de police, parmi la liste des éléments estimés comme non nécessaires pour une inculpation, il tomba sur ce qu'il cherchait. Lors des enquêtes précédentes concernant Ramon Trescoe, un brigadier était arrivé le premier sur place : Dimitri. Alors juste âgé de vingt et un ans, il n'avait rien trouvé de pertinent lors de sa fouille des locaux de Ramon. Lorsqu'il avait interrogé Dylan McGill, Dimitri avait – dans sa naïveté, ou ça en donnait l'air – négligé de lire correctement ses droits au suspect, et ces éléments avaient été rejetés lors du procès. Ce n'est que lorsque Begbie avait commencé à travailler avec Louis Jones qu'un dossier solide avait été assemblé. Dimitri émargeait auprès du gang depuis des décennies, aucun doute là-dessus. Pendant l'incarcération des deux complices, il avait gravi les échelons, et maintenant, il était devenu tout ce que Trescoe et McGill avaient pu rêver le voir être.

Ava n'avait nul besoin d'en être informée. Elle courait un danger suffisant. S'en prendre aux gars de Trescoe, essayer d'enquêter sur la mort de Begbie en restant sous les radars, protéger la veuve de ce dernier contre une vengeance et la ruine financière. Une ligne rouge avait déjà été franchie. Il revenait à Callanach de régler ça sans impliquer sa supérieure. Il passa la tête dans la salle des opérations.

— Lively, je remets Monroe sur les meurtres d'Eustis et Muir. Un coup de main ne serait malgré tout pas de refus en ce qui concerne l'affaire Louis Jones. Je vous prends avec moi.

— Est-ce que Monroe ne prépare pas votre café exactement comme vous l'aimez, monsieur ? s'enquit le lieutenant, provoquant un éclat de rire général.

— Quelqu'un doté d'un QI aussi élevé ne m'est pas nécessaire dans ce dossier, renvoya Callanach. J'ai pensé que vous seriez donc parfait. À mon bureau, dans deux minutes.

Lively apparut dix minutes plus tard.

— Je suis plus utile là-bas, argumenta-t-il. Ce salaud s'apprête à frapper de nouveau. Monroe est collée à son bureau de toute manière, et le dossier Louis Jones est une impasse…

— Asseyez-vous et baissez d'un ton, le coupa Callanach.

Pour une fois, Lively obtempéra sans question ni commentaire.

— Un officier de police corrompu aide à étouffer l'affaire Jones. Si on le démasque, jusqu'à quel point cela éclaboussera-t-il la criminelle ?

— Eh bien, ça déclenchera une tempête de merde d'une magnitude telle qu'aucun parapluie ne suffira à nous en protéger. Qui est au courant ?

— Monroe, vous et moi.

— Vous êtes sûr de vous ?

— Je ne dispose pas d'un enregistrement de lui en train de se livrer à une confession avinée auprès d'une prostituée, si c'est ce que vous avez à l'esprit. Est-ce que je doute de mes conclusions ? Non, aucunement. Je crois que tout ça remonte à des années en arrière.

— Donc, qu'est-ce qui vous empêche de tout révéler ?

— Ma priorité est d'abord d'inculper les meurtriers de Jones. S'ils comprennent que nous savons qui leur facilite la vie, ils disparaîtront. De plus, l'officier en question a un grade supérieur au mien. Il va nous falloir d'autres atouts qu'une série de bourdes liées aux éléments matériels et un coup de fil passé plus tôt qu'il ne l'aurait dû.

Lively se pencha sur sa chaise.

— Ne me dites pas que vous êtes sur le point de faire tomber un putain de commissaire. Ça serait un suicide professionnel pour tous les gus impliqués. Si mes souvenirs sont bons, vous avez quelque expérience sur le sujet à Interpol, alors réfléchissez-y à deux fois avant de repartir dans la danse, non ?

— Il s'agit du crime organisé. Les principaux joueurs sont restés éloignés des rues pendant un long moment, mais leur retraite a pris fin, et ils ont appuyé sur l'accélérateur pour revenir dans le jeu. D'autres personnes mourront, lieutenant. Il faut les stopper, Dimitri inclus. Que savez-vous de lui ?

Lively eut un bref sourire ironique. Callanach eut l'impression que le vieux briscard n'était pas si surpris d'entendre le nom du commissaire.

— Il a son petit succès auprès d'un groupe de la vieille école et de certains jeunes prêts à tout pour s'assurer des condamnations. Les gradés l'apprécient parce qu'il obtient des résultats. Personnellement, je ne lui accorderais pas la moindre confiance, mais bon. Vous aurez à le compromettre au cœur même de quelque chose d'important. Pas de demi-mesures, ou on se demandera tous ce qu'il adviendra de nos pensions de retraite.

— Je vous offre l'opportunité de vous tenir éloigné de tout ça. Si vous ne souhaitez pas courir de risques pour votre carrière, alors pas de problème. La balle est dans votre camp.

— C'est pas comme si je pouvais laisser un ancien mannequin pour après-rasage gérer ça tout seul, non ? Et si vous vous cassiez un ongle ? En plus de ça, il est presque impossible de comprendre ce que vous dites avec cet accent. Vous accuseriez Dimitri d'avoir assassiné JFK que personne n'aurait la moindre idée de ce dont vous parlez. Mes sentiments personnels à votre égard mis à part, monsieur, une équipe est une équipe. Vous êtes en Écosse maintenant. C'est comme ça qu'on opère ici.

Chapitre cinquante-deux

Tripp, Monroe et trois autres policiers arrivèrent en file indienne dans le bureau d'Ava, se partageant entre eux neuf dossiers. Ils s'installèrent.

— Que savons-nous ? demanda Ava.

— De tous les Christian Cadogan sur lesquels nous avons mis la main, deux ont un passé militaire, répondit Tripp. L'un a été en service actif en zone de combat, l'autre instructeur de vol. Aucun des deux n'a de dossier disciplinaire, et les vérifications sur leur passé sont revenues positives.

— Aucune probabilité que celui qui a été en service actif souffre d'un syndrome de stress post-traumatique, susceptible de le rendre délirant et dangereux ? demanda Ava.

— Si c'est le cas, ça n'apparaît pas dans ses dossiers médicaux. Il a quitté l'armée décoré. Il travaille actuellement dans la sécurité privée, précisa Tripp. Sur les neuf hommes ayant le même patronyme, on peut en exclure trois en se fondant sur l'âge, et deux qui ne sont pas de type européen. Ce qui nous en laisse quatre.

— On a passé en revue les registres de cartes grises et de permis de conduire et recoupé avec le service de délivrance des passeports. Il existe des photos de tous les candidats possibles. Aucune ne correspond, ajouta Monroe.

— Les gens changent de couleur de cheveux, portent des lentilles de contact et utilisent des prothèses. Les photos pourraient mentir, ou son allure actuelle être un déguisement. Le nom aussi, d'ailleurs, mais c'est tout ce dont nous disposons pour le moment. Je veux que les quatre restants soient interrogés dès aujourd'hui. Contactez les autorités policières compétentes. Je m'entretiendrai avec la hiérarchie pour que l'investigation soit étendue. On a quoi d'autre ?

— Randall jouait de la guitare. Il a évoqué une boîte où il se rendait. Sa famille était au courant, apparemment, même si sa mère n'en montrait rien, car elle voulait que Randall ait l'impression de repousser les limites de manière contrôlée, intervint Tripp. L'endroit s'appelle Le Fret. Je viens juste de recevoir un appel des agents qui ont fait circuler sur place un portrait-robot de Christian Cadogan pour vérification. Le personnel a confirmé la ressemblance et a affirmé l'avoir vu en compagnie de Randall à plus d'une occasion. Le manager nous a aussi appris que des rumeurs circulaient selon lesquelles une serveuse aurait passé une nuit avec Cadogan. J'attends l'adresse, puis on se rendra directement chez elle. Ce qui est intéressant, c'est le timing. Randall et Cadogan ont fréquenté le club pendant des mois. Ce qui signifie que Cadogan a rencontré l'adolescent avant de devenir bénévole auprès de l'association de Cordelia Muir.

— Vous pensez qu'il a ciblé Cordelia à cause de Randall ? En quoi ça colle avec Lily et Mina ?

— Je n'en suis pas sûr. Selon les dires de tous, les sœurs étaient proches. Leurs parents, Mina elle-même, leurs amis, et même leurs posts sur les réseaux sociaux ne témoignaient de rien d'autre que de l'amour qu'elles se portaient.

— Jeremy, *alias* Christian, a donné comme nom de famille Dolour, intervint Monroe. La souffrance. C'est ce qu'il a accompli. Presque comme si les meurtres étaient secondaires. Il est devenu ami avec deux jeunes gens, a identifié leur source d'amour primaire, et les en a privés.

— Ce qui expliquerait pourquoi il ne se souciait pas d'être présent pour la mort même de ses victimes, renchérit Ava. Les assassinats ne constituaient pas l'enjeu principal. Il voulait expérimenter la douleur de Mina et de Randall en personne, de près.

— Petite merde malade, marmonna l'un des agents.

— Malade et dangereux, souligna Ava. Tripp, allez-y, diffusez le portrait-robot. Ne donnez pas de nom pour le moment. Quiconque pense l'avoir rencontré est invité à prendre contact avec nous. Si on le fait fuir sans l'arrêter, il se contentera de passer une frontière et de tuer ailleurs sous un autre nom. Mettez la main sur cette serveuse, voyez ce qu'elle sait. Adressez-moi vos rapports directement dès que vous avez vérifié par vous-mêmes tous les Christian Cadogan. Le sable est presque écoulé du sablier. Personne ne rentre chez lui avant que nous ayons enregistré des progrès.

— Hé, comment ça va ? Je suis désolé, vous ne vous souvenez sans doute pas de moi. On s'est rencontrés aux auditions pour cette troupe de théâtre. Je m'appelle Jackson. Et vous êtes Sean, c'est ça ? dit l'homme, main tendue.

Sean la secoua.

— Waouh, quelle mémoire ! C'était une journée dingue, et tout ça est un peu flou pour moi maintenant. Vous déjeunez ici ? Ce bar est super, bien que presque trop proche du théâtre. La plupart du temps, je dois m'obliger à passer devant sans m'arrêter et me contenter d'un sandwich. Visiblement, ma volonté n'est pas assez forte pour ça aujourd'hui !

— Ouais, j'étais supposé rencontrer une amie ici pour boire un verre, mais elle est coincée dans les embouteillages. On est vraiment à deux pas du théâtre, je n'y avais pas prêté attention. Vous répétez quoi en ce moment ?

Jackson se percha sur le bord d'une chaise tandis que Sean avalait une bouchée avant de répondre.

— Le Arts Council a commandé cette nouvelle pièce géniale sur la mort d'une génération donnant naissance à la suivante, et ce, en adoptant la perspective des fantômes des ancêtres. Les thèmes en sont la perte, le regret, l'espoir et le changement. Une très belle plume. Vous devriez venir à une représentation, proposa Sean. Et vous ? Vous travaillez en ce moment ?

— Je passe le temps, un truc par-ci par-là. La vie d'acteur, vous savez ce que c'est.

Sean rit.

— À qui le dites-vous ! Ça vous dit de vous joindre à moi ? Je grignote juste en vitesse avant d'y retourner, mais je n'attends personne.

— Une minute seulement alors, accepta Jackson. Je suis sorti faire du shopping – non pas que ça soit dans mes moyens en ce moment, mais j'ai un pass gratuit pour une boîte de nuit demain soir. Le Lost Boys, vous connaissez ?

— Oui, j'y atterris moi-même assez souvent. Vous y allez avec qui ?

— C'est une soirée Seul Comme un Rat. Je suis plutôt récent dans le tableau ici. J'ai pensé que je rencontrerais de nouvelles têtes. Je ne sais jamais que porter la première fois dans une boîte. D'une manière ou d'une autre, je finis toujours par me faire remarquer comme une verrue sur une voûte plantaire.

— Au Lost Boys, le port du jean prime, répondit Sean. Définitivement. Choisissez la simplicité plutôt que de chercher à impressionner. Dites-moi, ça vous branche qu'on s'y retrouve ? Je connais des tas de gens. Je peux vous en présenter, vous filer un coup de pouce. Je sais ce que c'est de démarrer dans une nouvelle ville. Si je n'avais pas rencontré mon compagnon, Brad, j'aurais probablement laissé tomber et je serais reparti à Belfast.

— Ça me gêne.

— Ne dites pas de bêtises. Ça nous arrive de toute manière de finir là après quelques verres de vin. Vingt-deux heures, OK ? On se retrouve devant.

Jackson se leva.

— C'est pas de refus. Mais les boissons sont pour moi. Il semble que je doive aller m'acheter un nouveau jean. À demain.

Christian attendit d'avoir tourné au coin de la rue pour envoyer un SMS à Bradley.

« Impossible d'attendre plus. Rompre avec ma fiancée était la bonne décision. Je ne cesse de penser à toi. On se parle demain soir ? Je suis pris en début de soirée, mais si on se retrouvait quelque part vers 22 h 30 ? »

Il appuya sur le bouton d'envoi.

Cinq minutes s'écoulèrent avant que Bradley réponde.

« Sean sort en boîte demain. Je passe mon tour. Si ça te dit de venir chez moi, on aura l'appartement pour nous. »

« Seulement si tu en es sûr. Ça sera sympa d'avoir un peu d'intimité. Envoie-moi l'adresse. Super impatient. »

Une fois sa réponse partie, Christian rangea son téléphone. Des courses l'attendaient vraiment, même si ce n'était pas le genre auquel on se livre dans le commerce classique. Rendez-vous avait été pris avec le type d'hommes qui ne portent qu'un prénom, généralement considéré comme un substantif. Il n'arrivait pas vraiment à se rappeler lequel. Loup ? Coyote ? Quelque chose de canin, ridicule, et un signal clair pour les autorités que la personne en question ne paierait pas ses impôts, ni ne se garerait légalement. Puis Christian se reposerait. Il était encore en état de fonctionner quand il était fatigué, mais sa mémoire ne serait pas aussi affûtée, ni le plaisir aussi profond. Bradley le désirait, mais était toujours amoureux de ce cher, de cet insignifiant Sean. Cela ne pouvait que produire une drôle de combinaison de sentiments de perte et de culpabilité, assez proche de ce que Randall avait expérimenté. Apparemment, ce dernier s'était suicidé. Inévitable : Christian l'avait su à la seconde où il l'avait rencontré. Tant de choses chez Randall avaient été pathétiques ! Il était convaincu qu'il détestait sa mère, alors que tout ce qu'il avait jamais vraiment exprimé était sa dépendance à son égard, et l'amour tenace qu'il lui portait. La seule autre femme que Christian l'ait jamais entendu évoquer avec désir était cette salope de serveuse – Nikki –, et il s'était assuré qu'elle ne se soucierait jamais de jeter le moindre coup d'œil en direction de Randall. Quelques bières, une oreille compatissante et une nuit dans son lit avaient fait l'affaire. Il ne pouvait se permettre que le garçon se tourne vers quelqu'un d'autre que lui quand il souffrirait. Ça aurait été contraire à l'objectif. Tout comme avec Bradley. Christian serait là quand sa présence serait nécessaire.

Chapitre cinquante-trois

Nikki Breakwater, la serveuse tant admirée du Fret, ouvrit la porte de son studio de Craighouse Terrace vêtue d'un tee-shirt à l'envers et d'un bas de pyjama.

— Quoi ? dit-elle en évaluant Tripp de la tête aux pieds. Vous êtes flic. J'ai payé cette amende.

— Mademoiselle, vous ne risquez rien. Me permettez-vous d'entrer, afin que nous discutions ? demanda Tripp.

— De quoi ?

— De cet homme, répondit-il en levant le portrait-robot de Christian Cadogan. Votre manager au Fret a laissé entendre que vous pourriez nous en apprendre un peu plus à son sujet.

La jeune fille soupira.

— Cinq minutes.

Elle recula dans la pièce spartiate, laissant Tripp la suivre. Elle se jeta sur le lit et alluma une cigarette.

— Ça vous ennuie si j'ouvre la fenêtre ? demanda le policier.

— Ça vous ennuie de d'abord transformer l'hiver en été, et d'accepter de payer ma facture de chauffage ? répliqua Nikki.

Tripp se tint éloigné de la fumée autant que possible.

— Que voulez-vous savoir ? s'enquit la serveuse.

— Quel nom utilisait-il au Fret ?

— Je ne l'ai jamais appelé autrement que Chris, mais je pense que c'était quelque chose de plus snob que ça. Qu'a-t-il fait ?

— Nous cherchons à l'éliminer de nos investigations dans une affaire sérieuse, donc n'importe quelle information qui nous permettrait de le localiser sera bienvenue. Nous pouvons considérer tout ce que vous nous révélerez comme confidentiel, si ça vous met plus à l'aise.

— Oh, mon Dieu, c'est un vrai baratin policier, ça. Que savez-vous exactement ?

— Il a été porté à notre connaissance que Chris et vous êtes peut-être devenus des intimes. Désolé de vous interroger sur des questions d'ordre aussi privé, mais le sujet est important.

— On a baisé une fois, y'a trois semaines, à peu près, si c'est ce qui vous intéresse.

Tripp grimaça.

— Ce connard n'a jamais rappelé, ne s'est plus pointé au Fret après ça et m'a laissée avec des draps sales sur les bras. Quoi qu'il ait fait, je ne veux plus jamais le revoir.

Tripp regarda le lit sur lequel elle était avachie. Les draps pendaient sous une couverture crasseuse, grisâtres sur les bords, et la taie d'oreiller luisait d'un jaune graisseux.

— Hum, Nikki, c'est peut-être un peu personnel, ne soyez pas offensée, je vous en prie, mais je me demandais si vous aviez lavé vos draps depuis votre soirée avec Chris ?

— Hé, me jugez pas, hein ? Y'a pas de foutue machine à laver ici, vieux. Je ne suis même pas au salaire minimum. Je bosse jusqu'à 3 heures du mat'. Vous pensez que j'ai envie de passer ma journée au Lavomatic ? À quelle fréquence lavez-vous vos draps, vous ?

— Je ne vous juge absolument pas. Je peux imaginer combien les choses sont dures pour vous. Vous devriez être fière de travailler. Beaucoup de gens ne s'en soucieraient pas. Mais si vous n'avez pas lavé vos draps, alors l'ADN de Christian y sera encore. Si on parvient à le localiser rapidement, vous nous aideriez à sauver des vies. Il va falloir que je mette ce drap et cette taie d'oreiller dans un sac et que je les emporte. Comme il s'agira d'éléments matériels, ils ne vous seront pas restitués. En revanche, je peux vous donner vingt livres pour les remplacer. Vous aurez juste à faire une déposition au sujet de Chris et nous indiquer si l'ADN d'autres personnes est susceptible de se trouver là, afin que nous puissions les exclure.

— Juste le mien, insolent trou du cul ! Vous vous imaginez que, parce que je suis barmaid, je me tape tout le monde ?

— Pas du tout, mais je me devais de vous poser la question. Ça vous ennuierait de vous lever, que je récupère les draps, s'il vous plaît ?

Tripp sortit un billet de vingt livres de son portefeuille qu'il tendit à la fille tout en extirpant un sac de son autre poche pour récolter les preuves. Dix minutes plus tard, il se précipitait au labo de la scientifique, sirène hurlante, le gyrophare lançant des éclairs, tout en communiquant la nouvelle par radio à la salle des opérations.

— Contentez-vous déjà de donner cette foutue conférence de presse, lança Overbeck à Ava. Je n'irai pas à votre place. Mon visage ne sera pas associé à cette merde bizarre d'affaire de tueur en série hypothétique. Et ne confiez pas la chose à l'un de vos sous-fifres. Prenez vos responsabilités, Turner. Vous touchez le salaire qui va avec.

— Je comprends bien, madame, mais l'agent en charge des relations presse est largement capable de lire une déclaration préparée à l'avance et accompagnée du portrait-robot. Il n'est pas nécessaire que je m'implique personnellement.

— À moins que vous ne preniez en compte le fait que je vous le demande. Au cas où cela vous intéresserait, je suis sur le point d'expliquer la mort d'un garçon de dix-sept ans au comité directeur, un garçon qui n'est autre que le fils d'une victime de meurtre, et un décès qui s'est produit alors que le brigadier Tripp et vous-même étiez sur place, venant tout juste de l'interroger. Donc je vous recommande de suivre mes ordres et de ne pas ajouter un cas à ma liste affligeante des merdoiements de la Crim. Qu'en dites-vous ?

— C'est parfaitement clair. Vous aurez mon rapport sur la mort de Randall Muir demain matin sur votre bureau.

— Vous me l'enverrez par mail avant minuit ce soir. Je serai demain devant le comité, essayant de sauver vos fesses et de présenter une réponse vaguement crédible à la question de savoir pourquoi je pensais que vous étiez qualifiée pour votre poste. Peut-être aurez-vous la possibilité de conserver votre emploi si vous empêchez les braves gens d'Édimbourg de claquer des dents de terreur dans leurs lits à la pensée qu'un empoisonneur en série traîne dans les rues en toute impunité et se lie d'amitié avec leur précieuse progéniture.

Overbeck raccrocha.

Ava regarda fixement le récepteur. Aussi brutal que cela pouvait paraître, Overbeck balançait seulement ce qu'Ava avait conscience de mériter. Sa tentative pour éviter la conférence de presse avait peu de chance d'aboutir, mais n'avait eu qu'un seul but. Si Knuckles et Perry ne l'avaient pas encore identifiée, aucun doute que ça serait le cas une fois son visage étalé partout dans la presse. Trop tard, maintenant. Et Overbeck avait raison. Ava devait se racheter pour la mort de Randall Muir.

Elle téléphona à la personne chargée des relations presse.

— Conférence de presse, une heure. Obtenez autant de couverture que possible. Faites clairement comprendre qu'il s'agit d'une grosse histoire. Nous voulons un maximum de temps d'antenne et de colonnes dans la presse. Les sites Web aussi.

Les agents du bureau des relations presse passèrent à l'action. Le délai ne présentait pas de problème. Des histoires comme celles-là étaient la garantie d'un grand nombre de téléspectateurs et de ventes pour les journaux papier. Les médias les suivraient. D'ici une heure, les téléphones se mettraient à sonner et n'arrêteraient plus de la nuit. Ils commencèrent par contacter les télévisions, puis les quotidiens les plus importants. Ensuite ils s'occupèrent de la presse en ligne, utilisant des numéros de téléphone portable pour s'assurer de la présence de leurs représentants, plutôt que de leur envoyer un mail.

Presque en bas de leur liste se trouvaient les coordonnées de Lance Proudfoot. Un agent du service composa son numéro pour atterrir directement sur la boîte vocale. L'homme raccrocha, et tenta de rappeler. Cette fois, l'appel fut interrompu au milieu d'une sonnerie sans passer par la messagerie. L'agent abandonna et passa au nom suivant, exactement au moment même où le téléphone de Lance était mis à jamais hors service.

Chapitre cinquante-quatre

Pollock n'est pas le coin le plus agréable de Glasgow – c'était ainsi que Lively l'avait décrit à Callanach –, et tandis qu'ils le traversaient en voiture à la recherche de Brian Perry, le malabar engagé par Le Maz, ce constat semblait approprié. Les habitations avaient un air terne, ce qu'on aurait pu imputer au mois de décembre, mais les gens marchaient avec leur capuche relevée, évitant tout contact visuel, et on ne percevait pas le moindre esprit de quartier. Lively avait laissé échapper à quelques-unes des fréquentations connues de Dimitri au sein des forces de l'ordre que la criminelle avait une piste sérieuse concernant les assassins de Louis Jones, et qu'un raid était prévu à 3 heures du matin afin de faciliter une arrestation. À cette heure-là, avec un peu de chance, le suspect serait endormi et pris par surprise. C'était la raison pour laquelle ils approchaient de l'appartement de Perry à 15 heures. Une rapide vérification auprès de la municipalité avait confirmé que Perry vivait seul, aussi avaient-ils tranché en faveur de son adresse plutôt que de celle de Knuckles, père de trois enfants. La journée s'annonçait longue, mais l'instinct de Callanach lui soufflait que, au bout du compte, ces heures pénibles qu'il devait passer à supporter les vannes de Lively vaudraient le coup.

Il laissa le lieutenant frapper à la porte pendant qu'il patientait dans une encoignure. L'idée venait de Lively. Selon ses propres termes, en aucune façon Perry n'ouvrirait à un homme ayant l'air d'un représentant en lingerie féminine. Callanach reconnaissait que Lively n'avait pas tout à fait tort, mais il estimait que son collègue aurait pu se montrer moins insultant.

Lively tambourina sur le médaillon de verre à plusieurs reprises. Quelques minutes plus tard, une silhouette massive s'y dessina.

— Ouais, quoi ? beugla Perry.

— J'ai des infos pour ton boss de la part du mien. C'est trop chaud pour se pointer directement au Maz en ce moment. On pense que la boîte est peut-être sous surveillance, lança Lively.

— Comment tu m'as trouvé ? Généralement, c'est Knuckles qui gère ces trucs.

— On est flics, crétin. Trouver les gens est notre boulot. Dimitri a dit que tu filerais un coup de main. Maintenant, laisse-moi entrer avant que tout Pollock sache que tu as un flic sur ton paillasson avec qui tu papotes tranquillement.

— C'est qu'un tas de conneries, tout ça, marmonna Perry en ouvrant. Je ne travaille pas en ce moment. Suis supposé faire la grasse matinée. Je suis resté au club jusqu'à 2 heures du mat'. Vous ne vous reposez jamais, vous les minables ? Allez, entre.

Lively pénétra dans la cuisine, sortit son taser et le pointa directement sur le torse nu de Perry.

— Suis mon conseil, ne tente pas de fuir. C'est aussi douloureux qu'une sodomie à sec.

Callanach entra à sa suite et verrouilla la porte.

Les yeux exorbités, Perry ne cachait pas sa frousse.

— Ah, mec, pas question. J'ai pris suffisamment de tirs de taser pour une vie entière, bordel ! Dimitri peut pas faire ça. Il n'a aucun intérêt à se fâcher avec Ramon. Vous avez perdu la tête ?

— Monsieur Perry, calmez-vous, intervint Callanach. Ne vous inquiétez pas. Tant que vous obéissez, il ne vous sera fait aucun mal. Vous avez du café ?

— Qui êtes-vous ? hurla Perry. C'est qui, bordel ? demanda-t-il à Lively en pointant du doigt Callanach. J'ai rencontré les gars de Dimitri. Et lui, je suis sûr que non. Je m'en rappellerais de celui-là.

— On ne sort les flics mignons que pour nos clients très spéciaux, répondit Lively. Maintenant, tu serais plus à l'aise assis ici dans la cuisine ou au salon ? Si tu demandes gentiment, on te laissera peut-être enfiler un pull, tes aisselles m'arrivent au niveau des narines, et elles ne me donnent pas tout à fait l'impression d'être le bienvenu.

— Vous ne travaillez pas pour Dimitri, marmonna Perry en lançant un regard derrière son épaule tout en traînant les pieds en direction du salon.

Lively sourit.

— J'appartiens à la police depuis trente ans, mec. Tu t'imagines que je ne devine pas quand quelqu'un est sur le point de tenter de m'échapper ? J'aurais espéré que ça se passe de manière plus civilisée, mais bon, comme tu voudras. Au sol, fils.

— Je coopère, affirma Perry.

— J'en suis ravi. Maintenant, allonge-toi par terre sur le ventre, mains sur le crâne.

Lively tendit le taser jusqu'à ce qu'il ne soit plus qu'à quelques centimètres du cou de Perry.

— Tu devrais voir les brûlures que laissent ces trucs. Si tu tiens pas la forme, ça risque de provoquer une crise cardiaque. J'espère que tu ne m'en voudras pas de te dire qu'un peu plus de vitamine D et oublier les chips un moment serait peut-être une idée.

Perry envoya valser le taser et s'élança vers le couloir. Callanach le suivit, lui décochant un violent coup de pied dans l'arrière du genou qui fit tomber à terre le mastodonte. Le bruit des rotules de Perry frappant le carrelage arracha une grimace à Lively.

— Oh, je t'avais dit de ne pas te comporter comme ça. Je serais étonné que l'un de tes genoux ne soit pas cassé, commenta Lively.

Il donna un coup de pied dans les côtes de Perry. Ce dernier se roula en boule, serrant ses genoux contre sa poitrine.

— Maintenant, je n'ai pas d'autre choix que de t'attacher et il me sera impossible de t'offrir une bonne tasse de thé.

Callanach attrapa une chaise, saisit Perry sous les bras et l'installa dessus, le menottant.

— Ne touche pas mes jambes ! hurla Perry. Mon genou droit est en vrac, j'te jure ! Il faut que j'aille à l'hôpital. Salauds ! D'abord, cette putain de femme flic me met un coup de taser dans les couilles, et maintenant vous m'avez pété la jambe. Ah, bon Dieu, ça fait mal !

— De quelle femme flic parle-t-il donc ? demanda Lively à Callanach.

— Il vaut probablement mieux ne pas poser trop de questions, répondit ce dernier. Il est bien attaché ?

— Il n'ira nulle part, confirma Lively. Si vous préparez du café, je vous conseille vivement de rincer ces tasses à l'eau bouillante. Mon intuition me souffle que ce M. Perry n'est pas familier des traditions dans le domaine des arts ménagers.

Callanach sourit.

— Sucre ?

— Deux, merci. C'est très gentil à vous, monsieur.

Lively avait pour politique de savourer chaque tasse qu'il buvait. Il était de ceux qui, quand ils éprouvent un plaisir, pensent toujours que ce pourrait être le dernier.

Chapitre cinquante-cinq

Ava passait en revue les rapports concernant les divers hommes au Royaume-Uni connus sous le nom de Christian Cadogan. Inutilement. Tous étaient à exclure. Les réactions à la conférence de presse commençaient à affluer, mais le problème était le suivi des déclarations. Quelques identifications positives supplémentaires des habitués du Fret avaient été notées, une autre venant d'un marchand de journaux près des bureaux de Cordelia Muir, sans que l'enquête avance pour autant.

Tripp était encore au labo et attendait que l'ADN sur les draps soit analysé. Certaines choses requièrent un temps incompressible, mais Ava lui avait ordonné de rester sur place jusqu'à ce que tombent les résultats.

— Donc, si on travaille à partir de l'hypothèse que Christian Cadogan n'est pas son vrai nom, alors soit il l'a choisi au hasard, auquel cas il nous a collé des œillères pour qu'on perde notre temps, soit ce patronyme a une signification particulière pour lui, avança Monroe.

— Telle que ? demanda Ava en refermant les dossiers sur son bureau.

— Je ne sais pas. Quelque chose tiré de la littérature, une figure culte, peut-être quelqu'un du monde de la musique quand il a ciblé le Fret. N'importe quoi, en fait.

— Très bien. Il ne reste pas grand-chose d'autre à vérifier, voyez ce que vous dégoterez. Des nouvelles de Lively ? Il ne répond pas au téléphone.

— Il est parti avec le commandant Callanach dès qu'ils m'ont remise sur l'affaire Cadogan. Je n'ai pas posé le pied dans la salle des opérations depuis. Désirez-vous que je vérifie avec la salle de contrôle, pour voir s'ils se sont signalés ?

— Non, non. J'appellerai Callanach moi-même.

Monroe quitta le bureau de sa supérieure.

Callanach ne décrocha pas, et personne n'avait la moindre trace de lui, pas plus que de Lively. Il semblait bien qu'ils avaient emprunté l'une de leurs voitures plutôt qu'un véhicule de service, où qu'ils soient allés. Ava réprima un sentiment de malaise et se rappela à elle-même que Callanach était capable de prendre soin de lui. Ils étaient tombés d'accord pour séparer les enquêtes. Se concentrer sur la sienne était sa priorité.

Son téléphone sonna. Elle décrocha vivement.

— Turner, se présenta-t-elle.

— Tripp à l'appareil, madame. L'analyse ADN est tombée. On passe actuellement le résultat dans la base de données pour vérifier s'il y a des concordances. Des progrès de votre côté ?

Monroe entra sans frapper.

— Tripp, ne quittez pas. Qu'y a-t-il ? demanda Ava à la jeune femme.

— On a mis la main sur un potentiel Christian Cadogan intéressant.

— Tripp, je vous mets sur haut-parleur. On a une adresse ?

— Pas vraiment, non, répondit Monroe. À moins de considérer comme telle le cimetière de Seafield.

— Ce Christian Cadogan est mort ? demanda Tripp. Dans ce cas, je ne vois pas ce que ça nous apporte.

— Attendez. Il y a un dossier judiciaire. On a aussi des photos. Je ne suis pas une chochotte, mais là, j'ai passé mon tour. Christian Cadogan est mort en garde à vue. Il avait été arrêté à la suite d'une enquête, quand une école primaire a indiqué aux services sociaux qu'un enfant ne s'était pas montré depuis plusieurs semaines et que la mère était injoignable. Le garçon en question n'avait que cinq ans à l'époque et commençait tout juste sa scolarité. Du coup, les enseignants ne le connaissaient pas bien. Un rapport est disponible auprès des services sociaux. Les déclarations des policiers présents sur place sont sinistres. Laissez-moi vous lire directement celles du premier qui est entré dans l'appartement : « Je suis arrivé à 12 h 30 après un appel des services sociaux requérant une action complémentaire des forces de l'ordre. J'entendais l'enfant pleurer à l'intérieur, donc j'ai sonné et frappé de manière répétée à la porte. Il n'y a pas eu de réponse. J'ai soulevé le clapet de la boîte aux lettres et regardé par l'ouverture. L'odeur venant des lieux était saisissante. À l'évidence, quelque chose n'allait pas. Arrivé là, je ne discernais aucun mouvement dans l'appartement, ni preuve qu'il était habité. Le logement étant situé au rez-de-chaussée, je me suis rendu sur le côté du bâtiment à la recherche de fenêtres ouvertes. Là, les pleurs de l'enfant me parvenaient plus distinctement et j'ai commencé à frapper aux carreaux pour établir un contact avec l'intérieur. J'ai aussi appelé des renforts et ai été informé que d'autres officiers étaient en route pour me prêter main-forte. » Il y a un plan qui explique la disposition des lieux, précisa Monroe en le tendant à Ava. Ces photos montrent l'état extérieur du logement.

Ava les feuilleta. Les vitres étaient sales à un point extrême, empêchant de distinguer l'intérieur de l'appartement. Les lieux racontaient leur propre histoire de déclin et d'isolement. On avait obturé un carreau brisé par une planche plutôt que de le remplacer, la peinture sur les montants des fenêtres s'écaillait, et ces derniers n'étaient pas en mesure d'empêcher l'air glacé de s'infiltrer. De la crasse coulait sur les façades depuis des gouttières qui n'avaient probablement pas été nettoyées depuis des années.

Monroe poursuivit.

— L'officier continue ainsi son rapport, une fois les renforts sur place : « Après consultation, nous avons pris la décision, en nous appuyant sur les informations fournies par l'école et les services sociaux, d'entrer de force et de placer immédiatement le mineur en sécurité pour son bien-être. À l'aide d'une matraque, nous avons brisé la vitre de la porte arrière de l'appartement ; la clé n'était pas insérée dans la serrure, ce qui nous aurait permis d'entrer. Nous avons donc donné un coup de pied dans la porte pour briser la serrure. Il nous a alors été possible de pénétrer dans l'appartement. Au début, nous n'avons pas eu d'autre choix que de rester sur le seuil et de nous couvrir le visage. L'odeur de pourriture venant de l'intérieur était telle que mes yeux se sont mis à pleurer. J'ai appelé pour annoncer la présence de la police et demander à quiconque présent dans le logement de se montrer de lui-même. Nous n'entendions alors plus l'enfant.

« Je suis passé en premier, suivi par les agents Hutchins et Delaware. Nous avons traversé la cuisine où les tables et les chaises avaient été renversées. De nombreuses serviettes étaient empilées dans l'évier, couvertes de ce que nous pensions être des défécations humaines. Nous avons perçu du mouvement dans le salon, annoncé de nouveau notre présence et notre intention de pénétrer plus loin dans les lieux. J'ai dressé ma matraque et me suis positionné de manière à être prêt à me défendre ou à désarmer des assaillants. Il n'y a pas eu de réponse verbale à notre mise en garde. » Madame, il y a des photos de la cuisine, précisa Monroe.

Elle tendit à sa supérieure toute une pile d'images ternies. Ava les étudia et les laissa presque immédiatement tomber sur son bureau.

— Continuez, dit-elle à voix basse.

— L'officier poursuit…

Monroe toussa, fronça les sourcils et reprit :

— L'officier poursuit : « Dans le salon, nous avons trouvé un homme qui tenait un enfant dont nous avons estimé qu'il avait entre quatre et cinq ans. L'homme était blotti à l'extrémité d'un sofa, l'enfant serré contre sa poitrine. Le garçonnet pleurait sans bruit, mais s'agrippait à l'homme et tremblait visiblement. Il était nu et extrêmement sale. À ce moment, la cause de l'odeur est aussi devenue visible. Le corps en voie de décomposition d'une femme se trouvait sur un fauteuil de la pièce. Elle était nue elle aussi. Mes collègues sont entrés derrière moi. La puanteur était si forte que l'agent Hutchins a été obligé de sortir afin de ne pas vomir sur la scène de crime. » Vous voulez que je continue ? s'enquit Monroe.

— Oh Seigneur ! commenta Tripp.

— Finissons-en, souffla Ava.

— Bien. « J'ai demandé à l'homme de me donner l'enfant, mais il n'a pas immédiatement obtempéré. J'ai essayé d'entamer une conversation avec lui, mais il s'exprimait de manière incohérente, et j'ai eu l'impression qu'il était sous l'influence soit de l'alcool, soit de la drogue, soit des deux. J'ai posé ma matraque et avancé les mains levées. Là, l'homme a glissé les siennes entre deux coussins du canapé et en a retiré un revolver. Il a d'abord pointé l'arme sur moi, puis sur sa propre tête, et enfin sur celle du garçonnet. J'ai alors rapidement fait marche arrière. Le petit garçon s'est remis à pleurer tandis que l'homme râlait. Il était animé de tics et son comportement devenait de plus en plus erratique. Nous avions alors légèrement reculé vers la cuisine pour calmer les choses et éviter l'escalade. Les hurlements de l'enfant devenaient plus bruyants et désespérés. L'homme a commencé à crier à plusieurs reprises à ce dernier de la fermer. J'ai tenté de lui parler. Cette approche n'a pas marché. Il a appuyé durement l'arme sur le front de l'enfant et a appuyé sur la gâchette. Là, l'arme n'a pas tiré. L'agent Delaware et moi-même avons immédiatement plaqué l'homme. Il a laissé tomber l'enfant et a résisté à l'arrestation, mais nous avons réussi à le maîtriser et à l'immobiliser. Nous lui avons passé les menottes et l'avons emmené hors du logement. » Je vais maintenant vous lire les sections les plus pertinentes de la déposition de la scientifique.

Le rapport du médecin légiste établit que « la victime était de sexe féminin, âgée de vingt-deux à vingt-sept ans. Le décès remontait approximativement à deux semaines. La décomposition était bien entamée. Le tissu du fauteuil sous et autour du corps était détrempé de fluides échappés de ce dernier, bien qu'il soit aussi possible que le contenu de la vessie et des intestins se soit déversé quand la victime était encore en vie. Cause de la mort : détresse respiratoire à la suite de la prise d'opiacés. D'extrêmement hauts niveaux d'opiacés ont été trouvés dans le sang et les prélèvements de peau. Des traces de piqûres sur les bras suggèrent une consommation de drogue sur le long terme, antérieure à la dose massive qui lui a fait perdre conscience et a stoppé sa respiration. Les fonctions cérébrales auront cessé ensuite. Une trace de piqûre particulièrement marquée, mal administrée sur l'extérieur de sa cuisse gauche, laisse des questions en suspens. Il est peu probable qu'il s'agisse d'une auto-administration. Les indices suggèrent que la victime était droitière et par conséquent, qu'elle se soit injectée elle-même de la drogue dans l'extérieur de la cuisse gauche est peu plausible. La plaie perforante présentait une large surface, suggérant une force et un mouvement d'ampleur lors de l'administration, contrairement aux marques de piqûre normales chez les consommateurs réguliers. Une égratignure de quatre centimètres sous la plaie perforante suggère un manque de soin ou de la brutalité lors de la sortie de l'extrémité de l'aiguille. Des bleus autour de cette marque concordent avec la force extrême utilisée lors de l'insertion de l'aiguille. La plaie perforante pénètre directement dans la cuisse à un angle de 90° par rapport à la surface extérieure de la jambe, contrairement aux entrées habituelles lors d'injection de drogue. C'est la seule plaie perforante d'aiguille sur ses jambes, et il n'y a pas de cicatrices sur cette zone de son corps. De plus, la victime a des lacérations et des commotions au visage qui suggèrent une bagarre quelque temps avant le décès. Elle présente des fractures d'un âge indéterminé, et une plus récente à la pommette qui n'avait pas commencé à guérir ». C'est l'idée principale du rapport, conclut Monroe.

— Mais Cadogan est mort en garde à vue, remarqua Ava. Quelle était la cause du décès ?

— Apparemment, il s'est pendu avec un drap. C'est arrivé il y a vingt ans. Pas de caméra de surveillance dans les cellules. Personne n'a rien vu, personne n'a jamais été poursuivi, répondit Monroe.

— On a quoi sur Cadogan ? intervint Tripp.

— Une longue liste d'antécédents, en commençant par des infractions mineures quand il était adolescent, essentiellement à la législation sur les stupéfiants dans sa vingtaine, possession d'armes, et les violences et arrestations habituelles dont s'accompagne le trafic de drogue. N'a jamais été reconnu coupable de rien d'important, mais était connu de la police comme dealer. Il avait trente-huit ans à sa mort. L'État a payé pour la crémation et la dispersion des cendres au cimetière. Aucune famille n'a pu être identifiée. L'autopsie a montré que lui aussi se droguait depuis longtemps. Sans domicile fixe à l'époque des faits.

— Et le lien avec notre Cadogan ? demanda Tripp. C'est un proche cherchant une justice tardive pour sa mort sous les verrous ?

— Je ne pense pas, répondit Monroe. C'est le petit garçon qui est intéressant. Les dossiers montrent qu'il n'a pas parlé pendant des semaines, pas un seul mot. Dans leurs tentatives pour le rassurer, les travailleurs sociaux lui ont appris que Cadogan était décédé. Apparemment, il s'est écroulé. Les éducateurs ne s'attendaient pas à ça. Ils étaient partis du principe que l'enfant serait soulagé, mais il est devenu violent et éperdu de douleur. Après deux jours passés à se balancer et à se mordre, il a décrit une partie de ce qui s'était passé. Voilà la transcription. Il a dit : « L'homme est venu donner à maman quelque chose pour l'aider à dormir. Elle m'a dit de rester dans la cuisine. Je ne voulais pas. Je voulais voir l'homme avant d'aller à l'école. Maman s'est mise à crier sur moi pour que je retourne dans la cuisine, mais l'homme a ri et dit qu'il avait envie de me faire un câlin. Maman a dit non et l'a frappé. Elle lui hurlait dessus. Il a ri encore plus. Maman l'a touché en le tapant et ça a mis l'homme en rogne. Il ne voulait pas partir, alors maman lui a crié dessus. Il y a eu une bagarre et il a frappé maman qui s'est endormie. J'ai essayé de la réveiller. Mais elle ne voulait pas et l'homme ne partait pas. Il a dit que je n'avais pas à aller à l'école. Et qu'il n'avait pas de maison donc qu'il vivrait avec moi maintenant. J'ai essayé tous les jours de réveiller maman. Il a dit que je pourrais l'avoir comme papa comme je n'avais plus de maman. » C'est tout ce qu'ils ont tiré de lui. Il a été envoyé dans des familles d'accueil et a fait l'objet des suivis médicaux et psychiatriques habituels, mais on n'a pas grand-chose de plus sur lui.

— L'enfant a été témoin de l'assassinat de sa mère, puis a passé les deux semaines suivantes avec l'homme qui l'avait tuée et qui s'occupait de lui, se faisant appeler papa. Comment un truc pareil peut-il glisser à travers les mailles du filet, bon sang ? lança Tripp.

— Plus facilement que vous ne le pensez, répondit Ava.

— Où est le garçon, maintenant ? demanda Tripp.

— Personne n'en a la moindre idée. Il s'agit de Jason Elms. Les voisins ont déclaré que sa mère l'appelait toujours J. Il avait cinq ans à l'époque, mais a semblé plus jeune aux officiers sur place parce que son poids était largement en dessous de la moyenne et qu'il était petit pour son âge, sans doute en raison d'un mauvais régime alimentaire. Il a eu quelques démêlés avec la police durant son adolescence, essentiellement des bagarres de rue, puis a disparu des radars. Il n'a réclamé aucune aide sociale, n'a pas d'adresse connue, rien, conclut Monroe.

– J., reprit Ava en ouvrant le dossier de Lily Eustis sur son bureau et en feuilletant le registre des appels du portable de la jeune femme. Lily avait un contact appelé Joe, mais le numéro n'était plus attribué. Pas d'autres informations. S'ils se sont envoyé des SMS, ils ont été effacés.

— Ça pourrait être n'importe qui, fit remarquer Monroe.

— Certes, mais nous avons aussi Jeremy, un autre pseudonyme. Nous savons que celui-là est faux, contra Ava. Disposons-nous d'ADN prélevé lors du délit commis par Jason Elms ?

— Oui, et d'une photo, bien qu'elle date d'il y a dix ans, et j'imagine qu'il a considérablement changé d'apparence. L'ADN est dans un dossier d'accusation de voie de faits, bien qu'il n'ait été condamné qu'à une peine d'intérêt général, compte tenu de son âge.

— Tripp, comparez l'ADN que vous avez avec celui du dossier de Jason Elms. Monroe, travaillez avec le dessinateur pour vieillir la photo prise de Jason lors de son arrestation et voir si cela correspond au portrait-robot actuel de Christian Cadogan.

— Rien d'autre, madame ? s'enquit Monroe.

— Si, passez le message à la presse. Je veux qu'une déclaration sorte annonçant que l'homme dont nous avons diffusé le portrait utilise peut-être un prénom commençant par la lettre J. Nous devons mettre la main sur Jason Elms, parce que quel que soit le monde bizarre qu'il habite dans sa tête, je vous le garantis, il n'en a pas encore fini.

Chapitre cinquante-six

Il fut vite évident que Brian Perry n'était pas le chouchou du lieutenant Lively. Il avait tenté l'excuse du passage aux toilettes – où il s'était trouvé tiré en arrière quand il avait cherché à profiter d'une petite fenêtre à travers laquelle il n'avait jamais été destiné à se faufiler. Il avait fait semblant de perdre connaissance, poussant Lively à lui pincer l'intérieur de la cuisse puis à lui tourner violemment le bout de peau qu'il tenait entre ses deux doigts. L'homme avait alors recouru aux appels à l'aide à pleins poumons. Au bout de deux heures, Lively l'avait attaché, bâillonné et menacé de mort. Ce n'était pas exactement les méthodes que Callanach avait utilisées pour maîtriser un individu lorsqu'il était à Interpol, mais bon, Lively n'était pas non plus son type habituel de partenaire. Pendant tout ce temps, le portable de Perry avait sonné presque sans interruption. Ils n'avaient pas décroché, les appels et SMS atterrissant dans le vide. Si quelqu'un tenait à contacter Perry ce jour-là, il aurait à lui rendre visite en personne.

Il était presque 17 heures quand on sonna. Callanach avait disposé le salon exactement à sa convenance, dirigeant Perry et lui signifiant qu'à la moindre incertitude il était un péril de mort. Leur prisonnier grognon avait été détaché et assis dans un siège plus confortable. Débarrassé de son bâillon, il s'était plaint et avait juré sans discontinuer jusqu'à ce que Lively lui colle dans la bouche l'extrémité de son taser. À partir de ce moment, le bavard M. Perry s'était montré remarquablement calme et docile. Lively avait fait preuve d'une étonnante inventivité en trouant le dos d'un fauteuil à travers lequel il pouvait enfoncer son taser de manière que l'arme fût en contact avec le dos de Perry, tout en restant lui-même dissimulé. Callanach était presque disposé à lui pardonner tous ces mois d'insultes et de persiflages qu'il avait endurés. Il observa la rue depuis la fenêtre de la chambre et vint se poster derrière la porte ouverte qui séparait le salon du couloir.

— Parle, siffla Lively à Perry.

Callanach vit l'homme grimacer quand le taser entra durement en contact avec ses reins.

— C'est ouvert ! cria Perry, sans prendre le moins du monde la peine de masquer son manque d'enthousiasme.

La porte de la cuisine grinça sur ses gonds, puis claqua. Des bruits de pas se rapprochèrent, étouffés par le lino.

— Tu n'as pas décroché ton téléphone de toute la journée et la police est en route pour mener un raid à cette adresse, en lien avec… c'est quoi ce truc avec tes yeux, bordel ? demanda Dimitri.

Perry toussa.

— Debout. Enfile tes chaussures et disparais. Ne te montre pas au club. La descente n'aura pas lieu avant dix heures encore, mais ils se posteront en surveillance bien en amont de l'intervention. Ramon t'interdit de traîner dans les rues avant qu'on ait trouvé un moyen de régler le problème.

— Je ne peux pas, marmonna Perry.

— Tu ne peux pas quoi, idiot ?

— Je ne peux pas me lever.

— Ben voyons. Je t'ai dit de mettre des chaussures.

Dimitri avança vivement vers Perry, l'agrippa par l'épaule et le mit debout sans aucune douceur. Lively se dressa, le taser pointé dans la direction du commissaire.

— Qu'est-ce que vous foutez, bordel ? demanda ce dernier. Avez-vous la moindre idée de qui je suis ? Baissez ce taser, crétin.

— Vous voyez, c'est pour ça que je déteste les gradés. Aucune humilité. Ils ne savent pas comment s'adresser à des officiers de rang inférieur, répondit Lively.

Perry essayait de se faire tout petit contre le mur. Callanach se montra à son tour et le repoussa dans le fauteuil.

— Assis, ordonna-t-il. Tous les deux.

Dimitri pivota.

— Je vous connais, dit-il.

— Je ne perdrai donc pas mon temps à me présenter, rétorqua Luc. Je veux les particules de peinture qui ont été prélevées sur le véhicule de Louis Jones. Celles qui ont mystérieusement disparu en chemin pour le labo. Où sont-elles ?

— Détruites depuis longtemps, imbécile, répondit Dimitri. Et avant que vous émettiez la moindre requête supplémentaire, montrons-nous un peu plus réalistes. Je suis d'un grade supérieur au vôtre et, compte tenu de mes années de service au sein de la police écossaise, tout ce que vous pourrez dire contre moi donnera l'impression d'être totalement dénué de pertinence. Donc, pas la peine d'aller plus loin. Je m'en vais maintenant. Il est évident qu'aucune opération n'était prévue, ce qui signifie que vous n'avez aucune preuve et aucune raison de procéder à la moindre arrestation. Je suggère que vous cessiez de harceler cet innocent membre de la société que, semble-t-il, vous avez retenu prisonnier à tort, et ce, avant qu'il ne dépose officiellement plainte ou n'engage même des poursuites pour dommages et intérêts. Considérez que votre carrière en Écosse a atteint son point final, commandant Callanach. Et vous, ajouta Dimitri en se tournant vers Lively, à première vue, vous avez déjà atteint un âge raisonnable pour la retraite. Prenez-la et disparaissez tant que c'est encore possible, ou je m'assurerai personnellement qu'aucun de vous deux ne touche plus jamais un salaire.

— Aïe, ça vous ennuierait de le lui dire, monsieur ? Il se conduit en vrai connard. C'est pénible à voir, intervint Lively.

— Je veux l'arme qui a servi à tuer Louis Jones, reprit Callanach. Et ne vous fatiguez pas à prétendre que les particules de peinture ont été détruites. Dans votre situation, je garderais la moindre preuve contre les hommes qui me contrôlent. Où les avez-vous mises ? Dans un coffre-fort, j'imagine. Pas à votre bureau. S'il vous arrivait quoi que ce soit, d'autres officiers finiraient par mettre la main dessus.

— Je n'ai plus rien à faire ici, contra Dimitri. Mais j'ai besoin de discuter avec M. Perry avant de partir, donc, messieurs, je ne vous retiens pas.

— Oh, c'est trop ! Vous êtes filmé, commissaire. Le portable appuyé contre le pot de fleurs, là, ce truc marron qui n'a pas été arrosé depuis des siècles, a enregistré la conversation, dit Lively.

Il se dirigea vers le téléphone qu'il donna à Callanach.

— Ça ne vous sera pas très utile, se moqua Dimitri. Vous avez commis tant d'infractions rien qu'en étant ici et en maltraitant un homme inculpé de rien du tout, que vous aurez tous deux autant d'ennuis que moi. De quoi allez-vous m'accuser ? Mauvaise gestion d'indices ?

— On commencera par entrave à la justice, et si je parviens à relier votre nom à l'affaire Louis Jones, vous êtes bon pour complicité d'assassinat. Je pensais que cela suffirait à vous persuader d'obtempérer, fit remarquer Callanach.

Dimitri sortit un revolver de sa poche.

— Vous savez, pour un homme qui, avant sa disgrâce, était censément un des agents les plus dignes d'éloges d'Interpol, vous faites preuve d'un vrai amateurisme. Pensiez-vous que je viendrais ici sans être armé ?

Retirez immédiatement la carte SIM de ce téléphone. Vous découvrirez que faire bouillir à la fois l'appareil et la carte pendant quelques minutes les rend assez inutilisables. Perry, allume la bouilloire, tu veux bien ?

— Pour ne rien vous cacher, s'il y a un domaine où Interpol m'a vraiment aidé, c'était dans l'actualisation constante de mes connaissances techniques et de leur utilisation. La caméra a envoyé le film en direct à un réseau social auquel je me suis abonné. Pour le moment, l'accès en est complètement privé et protégé par un mot de passe. Je n'ai qu'à en changer les paramètres, et tout le monde assistera à la conversation que nous venons de tenir.

— Vous me racontez ça parce que vous avez envie que je vous tue. C'est ça ?

— Ça n'y changera rien, j'en ai peur. J'ai laissé un message sur mon bureau à l'intention de la commissaire divisionnaire Turner. Si je ne reviens pas détruire cette enveloppe, elle y trouvera une explication complète, avec les mots de passe nécessaires pour visionner l'enregistrement. Baissez votre arme maintenant, ça vaut mieux.

— Oh mec, ces types t'ont totalement baisé la gueule, murmura Perry.

— Sors d'ici, lui lança Dimitri.

— Mais où suis-je censé…

— File dans ta chambre. Fissa. Mets de la musique, et fort. Menottez-le, ordonna Dimitri à Lively.

Callanach attendit que Perry soit bien attaché et sans la moindre chance d'entendre leur conversation, puis s'assit.

— Si je n'obtiens pas les preuves permettant de m'assurer d'une inculpation dans le meurtre de Louis Jones, nous fournirons à la place ce que nous avons contre vous. Je les veux aujourd'hui. Sans retard, dit-il.

— Vous n'avez aucune idée du merdier où vous mettez les pieds, rétorqua Dimitri. Ce n'est pas le genre de vos enquêtes habituelles. Croyez-moi, vous ne souhaitez pas vous mettre à dos ceux qui sont impliqués dans cette histoire, n'est-ce pas.

— Le numéro d'un poste téléphonique du commissariat de St Leonard apparaît sur le registre des appels entrants chez Jones, une ligne fixe que vous avez utilisée peu de temps avant l'intervention sur les lieux de l'accident. L'avez-vous menacé ? Prévenu qu'il allait être arrêté ? Ou était-ce une exigence de paiement de la part de Trescoe ? demanda Lively.

— C'est moi qui lui ai conseillé de fuir, bande d'imbéciles. Vous croyez que je tiens à avoir du sang sur mon écusson ? Quand ces types ont été condamnés, j'ai pensé que je laisserais tout ça derrière moi. Sauf qu'à sa libération, Ramon ne voyait pas les choses de cet œil.

— Alors pourquoi vous êtes-vous débarrassé des indices ? Votre meilleure option est de permettre que ces types se retrouvent de nouveau derrière les barreaux, contra Lively.

— Vous croyez que c'est aussi simple ? Nos bêtises de jeunesse laissent des traces. Certaines ne s'effacent jamais. J'ai agi à l'époque d'une manière dont je ne suis pas fier, et revenir en arrière est impossible. J'ai une famille, voyez-vous. C'est comme cela que Trescoe fonctionne. Laissez tomber, vous n'avez pas le choix.

— Pas question, intervint Callanach.

— Bon sang, Louis Jones était l'un des leurs. Il était plongé là-dedans jusqu'au cou. Pourquoi vous souciez-vous autant de lui ? Il a fourni la voiture dans laquelle votre commissaire divisionnaire a été enlevée, et vous êtes prêt à tout entreprendre pour le venger ? Qu'est-ce qui ne tourne pas rond chez vous ? cria Dimitri.

— Il ne s'agit pas de Jones, répondit calmement Callanach.

— Quoi ?

— Lively, laissez-nous un moment, le commissaire et moi, voulez-vous ? demanda Callanach à son lieutenant.

— Sauf votre respect, monsieur, pas tant qu'il a encore un revolver dans sa poche.

— Donnez-le-lui, ordonna le commandant à Dimitri.

Ce dernier obtempéra sans même jeter un coup d'œil à Lively qui, en réponse, se fendit d'un large sourire et prit l'arme avant de quitter la pièce.

— Vous allez m'écouter car je ne me répéterai pas. Vous avez raison : le sort de Jones ne pourrait m'indifférer davantage, en revanche, il n'en va pas de même de celui de Begbie. Une autre embrouille où vous étiez le premier sur place. Donnez-moi ce que je vous réclame, et aujourd'hui, parce que vous êtes impliqué dans la mort d'un collègue. Ce que vous avez trafiqué auparavant aura l'allure de peccadilles lorsque cela arrivera devant la justice. D'expérience, je peux vous assurer qu'être officier de police rend la peine de prison aussi dure qu'une condamnation puisse l'être.

Chapitre cinquante-sept

— On a une touche avec l'ADN, déclara Tripp en entrant dans le bureau d'Ava. Le rapport affirme qu'il y a une chance sur douze millions que ce soit celui de quelqu'un d'autre que Jason Elms.

— Bien, informez les médias, demanda Ava en regardant sa montre. Il est 19 heures, nous avons raté l'impression des journaux et les premiers journaux télévisés. Ça nous laisse la tranche horaire des JT du soir et les médias en ligne. Je demanderai au bureau des relations presse de pondre un communiqué disant qu'Elms se fait peut-être appeler Christian ou de n'importe quel prénom commençant par un J. Ça a peu de chance de réussir, mais nous n'avons rien d'autre. De plus, nous allons passer l'alerte de « recherché en lien avec un incident » à « potentiellement dangereux, ne pas approcher ». D'accord ?

— Bien noté. Des bras supplémentaires ne seraient pas du luxe. Je suppose qu'on n'a pas de nouvelles du commandant Callanach ni du lieutenant Lively, madame ?

— Aucune, confirma Ava. Mais nous devons nous concentrer sur l'urgence du moment. Je laisserai un autre message sur le portable de Callanach pour qu'ils reviennent le plus vite possible. À part ça, je veux des hommes dans les rues. Il faut absolument établir une présence policière visible. Chaque unité en ville doit recevoir des directives en ce sens.

— On est déjà dessus. Où serez-vous, madame, si j'ai besoin de vous contacter ?

— Dehors avec vous, à patrouiller. Monroe restera en salle des opérations. Je tiens à être mobile de façon à réagir vite si on nous appelle. La vue de ce bureau me rend malade.

— Très bien. J'ai réservé un véhicule du parc automobile. Je vous informerai quand il sera temps de partir.

Ava prit son portable et tenta à nouveau de joindre Callanach. Il avait disparu des radars depuis trop longtemps et elle ne savait pas par où commencer pour le rechercher.

— Luc, dit-elle à voix basse en s'adressant à sa messagerie. Tu n'as pas donné signe de vie depuis des heures. Les gens se demandent où vous êtes avec Lively. Si tu ne parviens pas à me joindre, mettez-vous en rapport avec la salle des opérations pour me tenir au courant. Confirme-moi simplement que tu as eu ce message. Nous avons identifié le tueur de Lily et Cordelia. Je te fournirai des détails plus tard. Pour le reste de la soirée, je serai en patrouille avec Tripp. On balance tout aux médias. J'espère que tu vas bien. Je t'en prie, appelle, envoie-moi un SMS ou fais-moi signe d'une manière ou d'une autre.

Sean O'Cahill, tout juste sorti d'une répétition franchement fantastique, laçait ses bottes et vérifiait qu'il avait assez d'argent dans son portefeuille.

— Tu es sûr de ne pas vouloir te joindre à nous ? Je prends un verre avec Mattie et Rex, puis on ira au Lost Boys pour retrouver cet acteur, Jackson, avec qui j'ai fait connaissance lors de ma dernière audition, lança-t-il à Bradley.

— Jackson qui ? répondit ce dernier en criant depuis la salle de bains.

— Jackson tout court. Il était là quand j'ai décroché le rôle avec la compagnie de théâtre, donc c'est un autre acteur. Je sais que tu lèves les yeux au ciel, dit-il. Tous ne sont pas des raseurs égocentriques.

Bradley apparut sur le seuil, enveloppé d'une serviette.

— Vrai, seulement la plupart d'entre eux. Et non, sincèrement, je ne suis pas d'attaque pour ce soir. Vas-y, sors avec tes potes chéris. Si je venais, je passerais la soirée à regarder l'heure et à gâcher votre plaisir.

— Très bien, mais ne dis pas que je ne te l'ai pas proposé quand il sera 1 heure du matin et que tu seras seul et triste. Au fait, je rentrerai tard, et demain j'aurai la gueule de bois. Tu ferais mieux d'avoir des œufs et du bacon dans la poêle quand je me réveillerai, ou je serai insupportable toute la journée.

— Allez, file. Pourquoi ne laisserais-tu pas tes clés ? Sonne, et je me lèverai pour t'ouvrir.

— Ça ne t'ennuie pas ? Ça m'évitera de me les trimbaler toute la nuit.

— Et de les perdre encore, commenta Bradley. Pense juste à me téléphoner quand tu seras sur le chemin du retour, que j'aie le temps de me réveiller.

Sean l'embrassa.

— Tu es le meilleur. Débrouille-toi pour que je ne te manque pas trop. Je t'aime.

Bradley sourit en rougissant légèrement, et agita la main pour dire au revoir à Sean.

Christian se doucha, se sécha les cheveux et s'habilla. C'était là les gestes quotidiens d'un homme ordinaire, et pourtant il se sentait tellement plus que ça ! Il se demanda s'il était un monstre, décida qu'il y réfléchissait trop – non pas que ça n'eût pas d'importance, mais simplement il s'en fichait un peu. Les étiquettes, c'était bon pour les rayons des supermarchés. Il aurait aimé allumer la radio, mais ça le distrairait. Un peu plus tôt, lors des informations, ils avaient prononcé son nom. Son vrai nom. Une autre étiquette, et qu'il n'avait pas utilisée depuis des années. Donc ils se rapprochaient. Ce qui pour autant n'allait pas gâcher sa soirée. Certes, fuir, prendre assez d'avance pour grimper à bord d'un ferry et recommencer ailleurs était une option. Mais dans ce cas, tout son dur labeur pour se lier d'amitié avec Sean et Brad n'aurait servi à rien. L'idée lui en était insupportable. Une nuit, voilà tout ce qu'il lui fallait. Demain, il préparerait ses bagages et partirait. Il laisserait l'Écosse s'apaiser pendant son absence. D'ici un an, peut-être plus, il pourrait revenir discrètement sans être remarqué. Si la police avait déniché son adresse, à cette heure ils étaient déjà sur place. Il y avait aussi un portrait-robot de lui. Avec la curiosité morbide d'un enfant qui écrase une araignée puis se penche pour lui donner des petits coups, il était passé de la radio à Internet, s'observant à travers les yeux de ses poursuivants.

Ce qui n'avait pas été flatteur. Son regard avait l'air vide. Ses cheveux blonds donnaient l'impression d'être en bataille et mal entretenus, plutôt que ceux d'un Californien vivant sur la plage, comme les avait décrits un coiffeur, une fois. Peu de chance qu'il découvre la Californie *de visu* maintenant. Bien sûr, cela avait toujours été le cas, pensa-t-il en souriant largement : sans argent et avec des boulots au salaire minimum, après le départ qu'il avait pris dans la vie, ça n'était pas surprenant. La seule personne qu'il avait jamais aimée lui avait été ravie. Baladé de foyer pour enfants en famille d'accueil temporaire puis en unité pour mineurs avant de recommencer le même cycle, il avait été ficelé à un wagonnet de montagnes russes qui ne s'arrêtait jamais. Il se souvenait des mots d'un garçon qui partageait sa chambre dans un centre pour mineurs, peu de temps avant que ce dernier ne poignarde un gardien et ne soit déplacé dans un endroit encore moins attirant : « Il y a des choses à savoir, quand tu es ici, avait-il dit. La première, c'est que pour tous les autres, tu n'es qu'un problème. La deuxième, c'est qu'ils pensent toujours que tu devrais être plus reconnaissant que tu ne l'es. Et enfin, tu n'auras jamais le moindre calme. »

Christian se rappelait que son compagnon avait levé les yeux au plafond, et dessiné du doigt une croix sur ses lèvres tandis qu'ils tendaient l'oreille aux bruits qui définissent les institutions : des pleurs, des cris, des punitions, la musique des autres, leur souffrance, le tintement des casseroles et des poêles dans les cuisines, des filles se disputant pour la salle de bains, des garçons râlant, incapables de trouver un antidote pour la testostérone qui les rendait grognons et les poussait à se battre entre eux. Jamais. Aucune. Paix.

C'était la raison pour laquelle il avait appris à se créer son propre espace à l'abri des turbulences. D'abord dans son imagination puis, dans une moindre mesure, avec de petites gens. Sa première tentative s'était déroulée en famille d'accueil. Un endroit perdu sur les bords d'un loch dont le nom lui échappait définitivement. Il avait présenté à l'enfant de la famille, âgée de sept ans, son cochon d'Inde mort. Il l'avait trouvé comme ça dans sa cage, lui avait-il dit en caressant le dos soyeux de l'animal, tout en observant les yeux de la fillette qui s'emplissaient de larmes. L'animal était retombé dans ses mains tandis qu'il le tenait, la rupture de sa colonne vertébrale rendant inutile cette dernière et causant la mort de l'animal, mais la petite ne l'avait pas remarqué. Elle avait sangloté sur son épaule, marmonnant le nom de la créature morte encore et encore, emplissant Christian de sa tristesse et de son deuil, jusqu'à ce qu'il éprouve un sentiment proche de celui d'être en vie. Pas tout à fait complètement, mais mieux, à moitié comblé. Les parents de la fillette étaient arrivés pour lui retirer l'animal, arrachant l'enfant à son étreinte, échangeant des regards suspicieux, évitant soigneusement d'exprimer à voix haute ce qui passait entre eux. Le lendemain, on le déménageait de nouveau. On ne l'avait jamais directement accusé de quelque méfait que ce fût, mais bon, quand les enjeux étaient devenus plus élevés, il s'était montré plus astucieux.

Il y en avait eu d'autres avant Lily, mais la disparition de la jeune fille était la première à avoir causé une peine déchirante, aux racines si profondes. Voilà ce qui le nourrissait. Il en avait un immense besoin, autant qu'un homme à la mer a besoin d'eau potable. Le problème était que rien n'étanchait sa soif. Il pourrait bien exterminer un village entier et se repaître du deuil que le massacre aurait engendré, le lendemain, il n'en voudrait que davantage.

Il ressentit une pointe de culpabilité à avoir rejeté Mina si abruptement, mais elle n'avait plus rien à lui offrir une fois son atroce deuil initial surmonté. Ce qu'il lui fallait, c'était une souffrance pure, immédiate. Comme ce soir. Sean et Bradley. Une petite mort. Ce n'était pas trop demander.

Chapitre cinquante-huit

Dans le salon de Brian Perry, Callanach commençait à élaborer une stratégie. La fenêtre dont ils disposaient pour profiter de la présence du commissaire Dimitri était étroite. Lively ramena Perry dans la pièce pour l'interroger.

— Quelle arme a été utilisée pour tuer Jones ? demanda Callanach.

— Le flingue appartenait à Knuckles, répondit Perry. Je n'étais même pas au courant qu'il l'avait sur lui, et je ne l'ai jamais touché, pas une seule fois. Je n'avais aucune idée que le plan était de tuer Louis. On m'a juste embarqué pour gonfler les effectifs. Une présence musclée, c'est tout.

Lively, qui tenait le revolver contre la rotule de Perry, l'abaissa.

— Où est maintenant le flingue qui a servi à tuer Jones ?

— Dans le coffre-fort du Maz. Knuckles ne voulait pas le garder chez lui, des fois que les gosses mettraient la main dessus, marmonna Perry.

— Et le pistolet à clous ? demanda Callanach. Il est aussi au Maz ?

Perry resta silencieux, mais son regard le trahit. Il jeta un coup d'œil nerveux vers un placard avant de reporter son attention sur l'arme de Dimitri.

— Pas sûr, répondit-il.

— Mes couilles que t'en es pas sûr, fils, commenta Lively.

Il ouvrit les portes du meuble. Il était rempli jusqu'à la gueule. Une variété d'outils, de bleus de travail, de câbles et de vieilles pièces électriques en tombèrent.

— Écoute, je peux sortir chaque objet un à un, mais je gagnerai du temps si tu me dis où il est. De plus, tu seras encore capable de marcher demain.

— Merde, d'accord, ne me faites plus mal ! Il est enveloppé dans un chiffon, étagère supérieure sur la gauche, pleurnicha Perry. Mais je ne l'ai pas utilisé. Ils m'ont demandé de prendre quelque chose pour l'effrayer. Ils voulaient savoir où se trouvait l'argent. C'est Knuckles qui s'en est servi.

Lively sortit le pistolet à clous de son emballage, le photographia et le déposa dans un sac pour preuves qu'il étiqueta.

— Donc maintenant vous suivez la procédure ? s'enquit Dimitri. Comment expliquerez-vous ce qui vous a mené à Perry pour commencer ?

— Parce qu'il est sur le point d'appeler le commissariat et de demander à me parler. Comme je n'y suis pas, il laissera un message avec son nom et son numéro de téléphone afin que je le recontacte, expliqua Callanach.

Perry se mit à rire.

— T'es un putain de cinglé, mec. T'as la moindre idée de ce qui m'arrivera si j'agis ainsi ?

Lively soupira et pointa de nouveau le revolver en direction du genou de l'homme de main.

— Décroche le téléphone, dit-il.

— Vous vous foutez de ma gueule ! Si ça s'apprend, je suis un homme mort.

— Dans ce cas, tu sembles pris entre le marteau et l'enclume, parce qu'on se sent pas trop l'âme charitable non plus, répondit Lively. Maintenant, décroche.

Perry obtempéra.

Callanach retira la Gauloise non allumée qu'il avait à la bouche et l'écrasa sous sa botte. Son téléphone s'était mis à sonner quand ils étaient arrivés devant le Maz. Il répondit pendant que Lively sortait Perry de la voiture et lui passait de nouveau les menottes, ajustant sa veste pour les garder hors de vue. Luc prit connaissance du message d'Ava, puis la voix de Lance se fit entendre et il se rappela qu'il n'avait pas fini d'écouter celui que le journaliste lui avait laissé la veille :

« … en train de partir, un homme est passé et m'a tendu un prospectus du Maz. Je ne l'ai pas reconnu, mais qu'il ait pu m'y remarquer m'a préoccupé. Je me suis dit que ça serait mieux que tu sois au courant. »

Callanach soupira en éteignant son portable. Il avait établi un lien inattaquable entre Perry et le pistolet à clous. La dernière chose dont il avait besoin était de complications avec Lance.

— Finissons-en, dit-il. Vous êtes sûr que Trescoe n'est pas là ?

— On m'a dit qu'ils étaient tous sortis, répondit Dimitri. Généralement, ils n'apparaissent pas au club avant que la soirée soit plus avancée. Aucune raison pour qu'ils soient sur place maintenant. On y va.

Il sortit son arme qu'il pointa sur le dos de Perry pendant que Lively appuyait sur la sonnette qui jouxtait la porte principale du club.

— À partir de maintenant, pas un mot. Comportez-vous normalement. Souviens-toi de notre accord, Perry, insista Dimitri.

— Ouais, comme si un putain de programme de protection de témoins allait m'aider quand ces gars sont dans la danse, répondit ce dernier. Autant me buter tout de suite.

— Rabat-joie, marmonna Lively.

Le judas de la porte bougea.

— Ce n'est que moi, dit Perry.

On ouvrit.

« Jusque-là, tout va bien », se dit Callanach. Perry prenait sur lui – à vrai dire, il n'avait pas beaucoup d'autres options, avec l'extrémité du canon d'une arme à feu pointée sur lui. L'attitude de Dimitri avait changé de manière notable depuis que Callanach avait mentionné le nom de Begbie. Peut-être était-ce un réveil soudain de sa conscience, mais il était plus probable que Dimitri se soit rendu compte que la seule manière pour lui de rester un homme libre était d'apporter son soutien à l'arrestation de Trescoe. Ce n'était pas le plan le plus élaboré qui fût, mais ils n'avaient que ça. Sortir le revolver du coffre-fort de Trescoe rattacherait ce dernier à la mort de Jones : avec ça et le témoignage de Perry, ils auraient de quoi monter un dossier. Dimitri leur était nécessaire, ce qui restait en travers de la gorge de Callanach, mais tant que le commissaire croirait en la comédie de l'enregistrement vidéo téléchargé et accessible au poste, il jouerait le jeu.

Dimitri avança, arme plantée sur le côté du cou de Perry tandis qu'ils se pressaient dans le club. Callanach suivait avec son taser bien visible et Lively fermait la marche. Il referma la porte derrière lui.

L'homme qui leur avait ouvert recula, mains en l'air.

— Commissaire Dimitri, on ne vous voit pas ici très souvent. Et avec vos amis, cette fois, dit-il.

Callanach le reconnut. Il s'agissait du manager du club qui avait montré un vif intérêt envers Ava. Il refoula son désir de lui balancer immédiatement son poing dans la figure.

— Mène-nous directement au coffre, Domo, dit Dimitri. Ne crie pas. Il suffira que nous nous sentions menacés pour réagir en usant d'une force raisonnable, et aujourd'hui, ça inclut des balles.

— Je ne vous arrêterai pas. Allez-y. Tu connais le chemin, répondit Domo.

— Je pense qu'on va te suivre, si ça ne te dérange pas. Qui d'autre est là ? demanda Dimitri.

— Knuckles, à la cave, en train de s'occuper des barils. Quelques filles sont dans les vestiaires, elles se préparent pour l'ouverture, tout à l'heure.

— Cinq minutes pour entrer et sortir, précisa Dimitri. C'est tout ce que vous avez. J'attendrai ici au cas où Knuckles se montrerait. Laissez Domo avec moi.

Lively et Callanach traversèrent avec Perry la zone VIP jusqu'au fond de la salle du rez-de-chaussée, et pénétrèrent dans un bureau.

— Ouvre-le, ordonna Lively à Perry.

Ce denier tourna le cadran du coffre-fort de gauche à droite plusieurs fois. Sans succès.

— Ne te plante pas, mec, lui intima Lively. Joue avec moi, et on t'abandonnera là, et tu devras te dépatouiller à la fois avec ton boss et le tribunal. Choisis ton camp, c'est mon conseil. Maintenant, magne-toi.

— Ça ne marche pas, gémit Perry.

— Quand l'avez-vous ouvert pour la dernière fois ? demanda Callanach.

— Y'a quelques jours, pour y ranger du liquide qu'on avait collecté. M. Trescoe transfère l'ensemble dans son coffre-fort de l'étage à la fin de la nuit.

Des bruits de pas se firent entendre, depuis la zone centrale du club. Ils se rapprochaient. Callanach attrapa Perry par le cou, taser contre sa tempe.

Dimitri apparut le premier sur le seuil, arme nulle part en vue, Knuckles et Domo à sa suite. Tous se placèrent sur le côté pour permettre à une autre personne de faire son entrée. L'homme était mince, la peau basanée et les yeux noirs. À son sourire, il était évident qu'il n'était pas le moins du monde surpris ni perturbé de trouver Callanach et les autres en train d'envahir son espace.

— J'aurais dû deviner qu'on ne pouvait pas avoir confiance en un flic ripou, commenta Lively. C'était quoi ? L'appât du gain, ou la peur ?

— La ferme, répondit Dimitri.

— Même pas en rêve. C'est pas comme si on allait sortir d'ici autrement qu'enroulés dans du plastique. Autant savourer le fait de te balancer ce que je pense.

— Lively, arrêtez, intervint Callanach.

Il attira Perry plus près de lui et regarda Ramon Trescoe dans les yeux.

— Il existe déjà des preuves contre vos hommes, et j'y inclus le commissaire Dimitri. Des preuves qui vous impliquent. Même si Lively et moi mourons, ces preuves sont recevables par le tribunal. Vous ne gagnerez pas.

— Je ne crois pas que vous ayez envie de me menacer, commandant Callanach. Il y a d'autres gens à qui vous tenez et qui sont impliqués dans cette débâcle, et vous ne souhaitez pas avoir leur sang sur vos mains, répondit Trescoe.

— La commissaire divisionnaire Turner a déjà rencontré vos hommes et s'en est plutôt mieux sortie qu'eux, à ce que j'ai compris. Je ne pense pas qu'elle aimerait que je renonce à cause d'elle, renvoya Callanach.

— Oh, je ne faisais pas référence à l'adorable commissaire Turner, bien qu'il soit juste de dire que j'ai son adresse personnelle. Une porte d'un vert gazon britannique, n'est-ce pas ?

Callanach ne pipa mot.

— En fait, je parlais de votre ami que j'ai invité à rester ici la nuit dernière. Il a été de bonne compagnie pendant un moment, puis il a trouvé tout ça un peu trop pour lui j'en ai peur. Pardon s'il n'est pas en très bon état. Il a fallu le persuader d'expliquer qui l'avait envoyé prendre des photos de ma voiture. Nous avons un système de vidéosurveillance discret. Très basique, vraiment. Relever sa plaque d'immatriculation était si simple que c'en était embarrassant. Aucune difficulté à mettre la main sur une adresse personnelle quand on a de si bons amis dans la police. Knuckles, remonte Lance Proudfoot de la cave, s'il te plaît.

Chapitre cinquante-neuf

Sean vit son nouvel ami Jackson de loin, appuyé contre le mur du Lost Boys, se passant une main dans les cheveux, n'ayant absolument aucune conscience des regards que lui jetaient les passants. Il le désigna du doigt à ses compagnons.

— Tu plaisantes ? Bradley te laisse sortir avec lui pour la soirée ? Il est superbe, commenta Rex.

— Ce n'est pas parce que tu es incapable de la garder dans ton pantalon quand il y a un grand blond dans le coin qu'on est tous pareils, rétorqua Mattie. Sean et Brad sont amoureux. Tu devrais essayer.

— Si être amoureux signifie que des hommes pareils cessent de me plaire, je préférerais passer mon tour, merci.

— Arrêtez tous les deux, il va nous entendre. Quoi qu'il en soit, il a simplement envie de rencontrer quelques nouvelles têtes. J'essaie de me montrer amical. Jouez le jeu.

Ils s'approchèrent de Jackson et Sean fit les présentations.

— On entre ? suggéra-t-il.

— Il faut juste que je passe à un distributeur. Je n'étais pas sûr d'en trouver un à proximité, du coup j'ai préféré vous attendre d'abord, dit Jackson.

— Il y en a un à quelques rues d'ici, on n'a qu'à y aller ensemble, proposa Rex. Ça ne prendra pas longtemps.

— C'est sympa, mais ça caille. Indique-le-moi seulement, répondit Jackson.

Sean intervint.

— Vous deux, entrez et on vous retrouve dans quelques minutes. Ça me donnera un peu de temps pour expliquer à Jackson qui sont les gens à éviter au bar, suggéra-t-il.

— Barnaby le gluant, lancèrent en cœur Mattie et Rex.

— Vous êtes démoniaques, commenta Sean. Allez-y. On vous rejoint vite.

Jackson et lui descendirent la butte en direction de l'intersection.

— C'est vraiment gentil de ta part, dit Jackson. Désolé d'être un tel boulet.

— Aucun problème. C'est juste à l'angle de la prochaine rue. Il fait un froid de canard. Ce manteau ne doit pas te tenir chaud.

— J'ai quelque chose de mieux, avoua Jackson.

Il sortit une bouteille de sa poche. Sean la prit en émettant un sifflement.

— Oh mon Dieu, du Flaming Pig Spiced Irish. Honnêtement, je n'arrive pas à me souvenir quand pour la dernière fois j'en ai bu. Peut-être lors du premier long métrage d'un de mes amis. Il n'apparaissait que quatre secondes à l'écran et n'avait pas de réplique, mais il était le premier d'entre nous à avoir son nom inscrit à un générique de film et, bon sang, quelle fête ça a été !

Il dévissa le bouchon et renifla.

— Tu sens ces clous de girofle ? dit-il en souriant à Jackson. Ça t'ennuie si j'en prends une goulée ?

— Je t'en prie, bois-en autant que tu veux, j'en ai une autre, répondit-il en introduisant sa carte dans le distributeur.

— Et la cannelle qu'il y a là-dedans ? C'est génial. Ça me rappelle les sorties avec mes potes quand on était ados. Quelqu'un piquait toujours une bouteille de ça dans le placard de ses parents. Généralement, on était bourrés en arrivant au pub. La soirée ne nous coûtait pas cher.

Il but une gorgée de plus et en offrit à Jackson qui repoussa son offre d'un geste de la main.

— Attends une minute. Il y a un problème avec ma carte. Il faut que je vérifie le solde de mon compte. Mais ne te prive pas. J'ai déjà plus bu que je n'aurais dû.

— Amen. C'est tellement sucré que j'ai probablement consommé ma ration de calories de la semaine. Ça réchauffe en tout cas, non ? commenta Sean en portant de nouveau la bouteille à ses lèvres. Rien ne surpasse vraiment le whisky épicé pour réchauffer !

Il s'étouffa violemment.

— Ça va ? s'enquit Jackson.

— Oui, t'inquiète. Après le vin rouge du début de soirée, ça n'était peut-être pas une bonne idée.

Le jeune acteur s'appuya contre le mur.

— Sûrement l'air froid qui te monte à la tête. J'en ai presque fini. Bois encore un coup. Ça favorisera ta circulation sanguine, suggéra Jackson.

— Promets-moi de ne pas m'abandonner sur la piste de danse après ça, dit Sean en riant. Je me suis déjà suffisamment ridiculisé au Lost Boys.

Il avala une dernière gorgée et tendit la bouteille à Jackson.

— Éloigne-la de moi, démon !

Jackson l'attrapa tandis que Sean commençait à glisser vers le sol, heurtant durement le trottoir dans sa chute.

— Tu n'aurais vraiment pas dû faire de mélanges, en effet, observa Jackson. Viens, laisse-moi t'aider à te remettre debout.

Il enlaça Sean et le souleva.

— Je suis désolé, je ne suis jamais aussi ivre si vite. Je ne comprends pas ce qui se passe, bredouilla l'acteur.

Il écarquilla les yeux avant que ses paupières s'abaissent de nouveau.

— Faut que je m'assoie.

— Tiens bon, ma voiture est juste là.

Jackson sortit ses clés et déverrouilla la portière.

— Quelle chance, marmonna Sean. Je crois que c'est une bonne idée. Me poser juste une minute.

Jackson plaça une main sur la tête de Sean et l'installa sur le siège passager.

— Je ferais mieux de te ramener chez toi.

— Tu es garé juste devant le distributeur, c'est marrant. Tu l'as pas vu. Faut que je te donne mon adresse, bredouilla-t-il, sa tête tombant sur sa poitrine.

Jackson lui attacha sa ceinture de sécurité.

— Ne t'inquiète pas, dit-il à voix basse. Je la connais déjà.

Chapitre soixante

La salle des opérations transféra l'appel sur le portable d'Ava.

— Heu, bonjour, c'est au sujet du portrait de cet homme, Christian Cadogan. Je suis tombé dessus sur Internet, et il y avait un numéro de téléphone, dit une voix masculine.

— Oui, merci, répondit Ava.

Elle donna un coup de coude à Tripp qui conduisait et mit la main sur un calepin et un stylo.

— Quel est votre nom ? demanda-t-elle à son interlocuteur.

— Ben Miller. Je travaille dans un café de Broughton Street appelé le Nom de Plume. Du lundi au jeudi, de 8 à 16 heures.

— Et Christian Cadogan ? le recentra-t-elle.

— Je l'y ai vu. Enfin, je pense qu'il s'agit de lui. Sur le portrait, il a des lunettes, et ici, jamais. Parfois, il avait une capuche, du coup, il était plus difficile de distinguer son visage. Il y a quelques semaines de ça, en revanche, il était aux toilettes quand je m'y suis rendu. J'étais juste à côté de lui. Je jurerais qu'il s'agit du même homme.

— L'avez-vous entendu utiliser un nom en particulier ?

— Non, il y a toujours trop de monde pour entendre les conversations individuelles et nous respectons l'intimité de nos clients. C'est important dans un lieu comme le nôtre.

— Et pourquoi donc ? s'enquit Ava.

— Excusez-moi, je pars toujours du principe que tout le monde est au courant. Disons que nous nous focalisons sur la communauté gay et lesbienne d'Édimbourg, donc nous ne demandons jamais l'identité de nos clients. Instaurer une relation de confiance prend du temps. Certaines personnes sont très timides.

— Et avez-vous eu l'impression que Cadogan appartenait à cette communauté pour une raison quelconque ?

— Aucune idée. Il retrouvait toujours le même type quand il venait. Ils déjeunaient ensemble assez souvent. L'ami de Cadogan, lui, en est bien, parce qu'il est déjà venu avec d'autres personnes auparavant.

— Connaissez-vous son nom ? Afin que nous le contactions.

— Non, j'en ai peur. Je peux poser la question à mon patron, mais le sujet est sensible, comme je vous l'ai expliqué.

— J'ai bien compris, affirma Ava. Mais vous avez vu la publicité donnée à cette affaire. Cet homme est peut-être dangereux. Il est recherché en lien avec des délits sérieux. D'autres personnes sont susceptibles d'être en danger, donc plus tôt nous le trouverons, mieux ça vaudra. Renseignez-vous immédiatement et recontactez-moi avec les informations que vous aurez obtenues, quelles qu'elles soient. D'accord, Ben ?

— Il n'y a pas d'autre issue ?

— Vous êtes notre seule piste. Ce qui signifie que, si ça se trouve, vous êtes la seule personne capable de prévenir d'autres crimes. Vous comprenez ?

— Complètement. Je passe quelques appels, dit Ben avant de raccrocher.

— J'espère ne pas l'avoir effrayé, avança Ava.

— J'espère que si, rétorqua Tripp.

Monroe téléphona dix minutes plus tard.

— Madame, Ben Miller, du café, a rappelé. Le propriétaire du Nom de Plume pense que l'homme vu en train de déjeuner régulièrement avec Cadogan a ou avait un petit copain appelé Sean, accent irlandais, pas de nom de famille disponible. Aucune information sur celui qui mangeait avec Cadogan, comme apparemment il est plus discret. L'un des membres du staff a un selfie où Sean apparaît en arrière-plan, je vous le transfère sur votre portable.

— Merci Monroe, dit Ava. C'est un début.

— C'est plus qu'un début, souligna Tripp. Le Lost Boys est toujours plein à craquer. Si Sean est gay, il y a des chances pour que quelqu'un de la boîte l'ait rencontré, le connaisse ou au moins ait entendu parler de lui.

— Ça vous ennuie d'y entrer ? Établir des ponts entre le professionnel et la vie sociale quand on est officier de police est parfois compliqué, j'en ai bien conscience.

— Pas du tout. Depuis que j'ai rompu avec mon dernier petit ami, je ne suis pas beaucoup sorti, et seulement à cause des exigences du boulot. Peut-être rencontrerai-je quelqu'un ce soir, on ne sait jamais.

Tripp sourit. Il effectua un demi-tour sur les chapeaux de roues et revint vers le centre-ville, direction la boîte de nuit, sirènes et gyrophare lui ouvrant la route. Ava demanda par radio que des hommes les y rejoignent, et que la salle des opérations commence à faire circuler la photo de Sean auprès de toutes les équipes de ronde. Dix minutes plus tard, à l'intérieur du Lost Boys, Tripp et elle se répartissaient les lieux pour couvrir les deux niveaux de manière plus efficace.

Ava resta au rez-de-chaussée, Tripp monta. Elle batailla au milieu des danseurs, tandis que plus d'un renversait son verre sur son pantalon et qu'on l'éclaboussait. La photo de Sean tenue devant elle, elle commença à la jeter à chaque visage qu'elle dépassait. Les gens secouaient la tête, essayaient de l'entraîner sur la piste, le tout dans un esprit bon enfant, mais elle perdait son temps. Le soulagement la submergea quand elle repéra Tripp qui agitait frénétiquement les bras dans sa direction depuis le balcon supérieur. Elle grimpa les escaliers à toute vitesse, criant aux gens sur son passage de s'écarter. Tripp se trouvait aux côtés de deux hommes à la mine perplexe.

Il désigna le plus grand des deux avant de le présenter à Ava.

— Madame, voici Rex, cria-t-il pour couvrir les pulsations de la musique, et Mattie. Ils ont identifié Sean sur la photo. C'est un client régulier ici, apparemment. Le barman m'a indiqué Rex et Mattie pour les avoir vus souvent en sa compagnie. L'identification semble fiable.

— Sean est supposé être ici, donc je ne pense pas que vous découvrirez qu'il court un danger immédiat, dit Rex en souriant. Mattie et moi sommes venus avec lui. Il a juste fait un saut au distributeur avec son pote.

— Et le nom de famille de Sean est… ? demanda Ava.

— O'Cahill. Il est irlandais, répondit Mattie. Pourquoi le recherchez-vous ? Je vous garantis qu'il n'a rien entrepris d'illégal. Sean ne ferait pas de mal à une mouche.

— Nous voulons savoir si son compagnon serait susceptible de nous apprendre quoi que ce soit au sujet de cet homme, dit Tripp en levant le portrait-robot de Cadogan. Vous connaissez le petit ami de Sean ?

— Bradley ? Pas plus que ça, répondit Mattie.

Il étudia le portrait-robot en plissant des yeux avant de se tourner vers Rex.

— Mais, ça ne serait pas… ?

— Ça se pourrait, oui. Mêmes cheveux. Pas de lunettes en tout cas. Mais oui, ça lui ressemble bien.

— Pardon, mais de qui parlez-vous ? demanda Ava.

— L'homme sur ce portrait-robot, dit Rex en pointant du doigt ce dernier. On l'a rencontré ce soir. C'est avec lui que Sean est allé au distributeur. Ils auraient dû en revenir il y a un moment déjà.

Il vérifia l'heure à sa montre.

— Un bon moment, en fait.

— Où l'avez-vous vu pour la dernière fois ? demanda Tripp.

— Devant la boîte, il y a environ quarante minutes. Est-ce que Sean va bien ? Ça a l'air sérieux, s'inquiéta Rex.

— Nous devons leur mettre la main dessus dans les plus brefs délais, répondit Ava. À quel distributeur se sont-ils rendus ?

— Celui qui se trouve en bas de la butte, à l'extérieur de la banque sur la droite, répondit Rex.

Ava et Tripp se précipitèrent vers la sortie.

Chapitre soixante et un

Christian se gara devant l'appartement de Bradley et Sean. Il se pencha par-dessus ce dernier, endormi sur le siège passager, et sortit une seringue hypodermique d'un sac posé aux pieds de l'acteur. Il releva la manche de Sean, inséra en douceur l'aiguille sous sa peau et envoya une nouvelle dose d'héroïne dans son organisme. La solution orale qu'il avait mélangée au Flaming Pig était suffisante pour que le jeune homme perde conscience un moment, mais pas pour que s'accomplisse ce qu'il avait prévu.

Il contourna la voiture jusqu'à la portière passager tant qu'il était encore possible de réveiller assez Sean pour qu'il mette un pied devant l'autre, et le tira hors de la voiture.

— Viens, dit-il. Bradley est chez vous. Il te soignera.

Il manœuvra le jeune homme le long des quelques marches menant à la porte de l'immeuble et appuya sur l'Interphone de l'appartement.

— Oui ? dit Bradley.

— C'est Chris.

— Super. Première porte sur la gauche.

Celle de l'immeuble s'ouvrit.

Christian fit franchir le seuil à Sean en le portant à moitié et ils pénétrèrent dans le couloir. Bradley apparut, agitant deux verres de vin dans une main et une bouteille dans l'autre.

— Sean ! Oh mon Dieu, que s'est-il passé ? Comment as-tu…

— Où est le canapé ? le coupa Christian.

— Par là. Je vais chercher une couverture. Tu crois qu'on devrait appeler un médecin ?

— Une couverture, c'est une bonne idée. Pourquoi pas un oreiller, aussi. Je le surveille, répondit Christian.

Il repéra la ligne de téléphone fixe pendant que Bradley était occupé hors de la pièce, et en coupa l'alimentation au niveau de la prise. Le portable de Sean était encore dans sa voiture, ce qui éviterait les distractions. Il ne restait plus qu'à mettre hors service celui de Brad.

— Voilà. Sérieusement, dans quel état il est !

Bradley réapparut, les bras chargés. Il s'assura que Sean était bien installé et lui caressa le front.

— Je suis tellement désolé ! Il était supposé se trouver en boîte avec des amis. Je ne l'attendais pas si tôt. Jamais au grand jamais je ne l'ai vu aussi ivre ! Où l'as-tu trouvé ?

— Il remontait la rue en titubant. Je me suis arrêté pour lui demander s'il allait bien. Quand j'ai entendu son accent irlandais, j'ai compris qui il était.

— Dieu merci tu étais là ! Dans cet état, il aurait passé la nuit dans un caniveau. Sa respiration est vraiment superficielle. Je me demande s'il ne vaudrait pas mieux faire un saut à l'hôpital.

— On le veillera ensemble, proposa Christian. Ferme les stores et verrouille la porte. La nuit risque d'être longue. Autant nous mettre à l'aise. Tu permets que j'utilise ton téléphone portable ? J'ai un SMS à envoyer et le mien n'a plus de batterie.

Bradley lui tendit l'appareil.

— Bien sûr. Je vais allumer la bouilloire. Les choses n'étaient pas vraiment censées se dérouler ainsi ce soir, mais je suis heureux que tu sois ici.

Christian attendit que Bradley entre dans la cuisine, puis il retira la carte SIM de l'appareil avant de le poser sur l'étagère d'une bibliothèque. Il ne serait plus utile. Il regarda Sean. Sa respiration était encore plus légère maintenant. Il lui souleva une paupière, lui asséna une légère claque et l'appela. La réaction fut brève : un brusque mouvement de tête suivi d'une tentative pour prendre la parole, puis la paupière retomba sur la pupille et Sean dériva de nouveau dans le rêve qui l'avait emporté. Ça ne serait pas long.

Bradley apporta du café et ils s'assirent tous deux dans le canapé en face de celui où reposait Sean, sirotant leur boisson.

— Tu avais envie de parler. J'imagine que c'est bizarre, avec Sean ici, mais il faut que je me sorte de la tête combien il s'est mis minable. Depuis qu'il a rejoint cette nouvelle compagnie théâtrale, c'est comme si on s'éloignait l'un de l'autre. Il fréquente tant de nouveaux amis ! Quand il est arrivé à Édimbourg, il n'avait que moi. On se construisait une vie à deux, rien que nous. Je suis parti du principe que ça durerait, et aujourd'hui, je ne sais plus. Je l'aime, je ne dis pas le contraire, c'est seulement que l'avenir ne m'apparaît plus aussi clairement.

— J'espère que ce n'est pas à cause de moi, murmura Christian.

— Non. Enfin, si, peut-être un peu. Mais ce n'est pas ta faute, je ne tiens pas à ce que tu t'imagines ça. Tu m'as seulement ouvert les yeux sur d'autres possibilités, c'est tout.

Sa main glissa sur celle de Christian et la serra.

— L'amour est fugace sous toutes ses formes. Ne te sens pas coupable parce que tes sentiments pour Sean ont changé. De temps à autre, on a tous besoin d'être sauvés.

— Je ne crois pas avoir exactement besoin d'être sauvé, répondit Brad en souriant. C'est seulement dur parfois de tenir le rythme avec Sean. Il est tellement extraverti et drôle, les gens sont attirés par lui. Il projette une grande ombre, tu vois ?

— Les gens ne nous donnent pas toujours ce qu'il nous faut, c'est important d'en prendre conscience, dit Christian. Et d'apprendre à les laisser partir. Pleurer et passer à autre chose. C'est là un cycle naturel.

Bradley relâcha la main de Christian et alla s'asseoir à côté de Sean.

— Tu sais quoi, je n'ai vraiment pas l'impression qu'il respire normalement. Sa peau est devenue toute cireuse. Quel est le numéro des urgences médicales ? Je me sentirais mieux si je recevais quelques conseils.

— Tu dramatises. J'ai déjà vu des tas de gens dans cet état auparavant. Donne-lui quelques heures pour que son organisme se débarrasse de ça, puis on le réveillera et on le gavera de café.

— Histoire de ne courir aucun risque, je crois que je vais passer cet appel, insista Bradley.

— Je te le répète, ce n'est pas une bonne idée, rétorqua Christian pendant que Bradley prenait le téléphone fixe.

— Pas de tonalité, dit-il, perplexe, en regardant l'appareil. Désolé, tu as mon portable ?

— Il ne te servira à rien.

— Écoute, ce n'est pas ce que nous avions prévu, certes, mais il faut que je m'occupe de Sean. Si tu préfères partir, je comprendrai. Cela vaudrait peut-être mieux, d'ailleurs. Il sera perdu en se réveillant.

— Bradley, Sean ne se réveillera pas.

Bradley secoua la tête, sourcils froncés.

— Ne dis pas de bêtises, lança-t-il d'une voix plus forte et plus aiguë. Bien sûr qu'il va se réveiller. Il respire faiblement, c'est vrai, mais il est seulement vraiment ivre. L'hôpital lui prescrira peut-être un lavage d'estomac, ou un truc quelconque, mais il se remettra.

Il se mordilla un ongle, posant son autre main sur le front de Sean.

— Tout bien pesé, je serais plus à l'aise si tu t'en allais. Pour prendre soin de lui à ma manière. Ah, voilà mon téléphone.

Bradley se saisit de l'appareil sur l'étagère et composa un numéro. Le portable ne réagit pas.

— Qu'est-ce qui ne marche pas maintenant avec celui-là ? Bien, je descends chez le voisin utiliser le sien. S'il te plaît, rends-moi service et surveille-le une minute…

Il leva les yeux sur Christian avant de les abaisser jusqu'au revolver en argent matifié dans sa main. Il marmonna quelque chose avant de se faire silencieux.

— Il n'est pas question de partir, annonça Christian calmement. Je voulais vraiment que cette soirée soit parfaite. Je ne peux pas te laisser la gâcher.

Chapitre soixante-deux

— Libérez Lance, demanda Callanach à Ramon Trescoe.

— Je ne crois pas, non, répondit ce dernier. La police écossaise doit apprendre l'art du compromis. J'avais espéré que le commissaire Dimitri ici présent s'en serait chargé, mais visiblement, après toutes ces années, il est toujours incompétent.

Callanach regarda Dimitri qui détourna le regard.

— Lance n'est au courant de rien. Relâchez-le. Dimitri vous fournira un alibi quelconque ; de toute façon, Lance n'est pas stupide au point de vous accuser de kidnapping.

Le journaliste gisait dans un coin, agrippant le côté gauche de sa cage thoracique. Un œil au beurre noir impressionnant s'était étendu au point de colorer toute la partie droite de son visage.

— Que voulez-vous ? demanda Callanach à Trescoe.

— Que vous téléphoniez à votre bureau. Selon Dimitri, une fille de son équipe y travaille et elle devrait se montrer assez obéissante. Qu'elle brûle l'enveloppe que vous avez laissée à l'intention de la commissaire divisionnaire Turner, sans l'ouvrir. Et j'attends d'elle qu'elle se filme en direct en le faisant. Les ordinateurs de la police utilisent bien des systèmes vidéo, non ?

— Ça n'arrivera pas. Tout d'abord parce que Monroe comprendra immédiatement que quelque chose ne tourne pas rond. Et ensuite parce qu'on parle en fait de ma police d'assurance, répondit Callanach.

À un mouvement de poignet de Trescoe, Knuckles se déplaça pour se poster devant Lively. Il sortit un pied-de-biche niché entre sa ceinture et son jean, souriant à Callanach de toutes ses dents.

— Vous aviez trois chances, lui dit-il en soulevant son arme au-dessus de sa tête. Vous avez gâché la première.

Il balança le pied-de-biche dans l'épaule gauche de Lively. Un bruit d'os brisé et les jurons lancés par Lively, tels que Callanach n'en avait jamais entendu, emplirent l'air. Il est à porter au crédit du lieutenant qu'aucun cri ne lui échappa, mais il heurta le mur et y glissa de tout son long, battant des cils, haletant à la recherche de l'oxygène qui l'empêcherait de perdre connaissance.

— Est-ce que vos amis ici présents savent pour qui vous les sacrifiez ? Vous leur avez sûrement raconté qu'il y avait là un but supérieur quelconque. Que vous vouliez mettre un terme à l'ascension d'un gang criminel, protéger la population, toujours cette bonne vieille fable. La vérité est un peu plus crasseuse, non ? demanda Trescoe.

— La vérité, c'est que vous avez ordonné la mort de Louis Jones de manière à envoyer un message clair à tous ceux qui s'aviseraient de ne pas payer pour votre protection, refuseraient de se soumettre à votre chantage ou à n'importe quelle autre combine qui vous occupe en ce moment, répondit Callanach tout en évaluant la capacité qu'avait encore Lively de se battre ou de fuir.

— Pardon, serait-il déplacé d'évoquer le commissaire divisionnaire Begbie ?

Lively redressa la tête.

— Je vois que je ne m'étais pas trompé, poursuivit Trescoe. Vous n'avez pas fourni tous les détails à ce brave policier. Ce que je trouve hypocrite, c'est que vous accusiez Dimitri d'être un flic corrompu quand vous défendez l'honneur d'un policier qui m'a volé mon argent, puis a vécu des recettes de la prostitution et de la vente de drogue pendant des années. Y a-t-il une règle pour vos amis et une autre pour les miens ?

— Vous avez forcé Begbie à se suicider.

— Vous n'êtes pas curieux d'apprendre ce qu'il a trafiqué ? Il m'est difficile de croire que vous soyez prêt à donner votre vie sans comprendre pourquoi. Vous voyez, George Begbie avait accès à tout un tas d'informations utiles grâce à Louis Jones. Jones était malin. C'était un bon chauffeur, et un homme qui avait développé le don de l'écoute plus que celui de la parole. Un homme si silencieux qu'on oubliait même souvent sa présence. Pas étonnant qu'il ait prétendu être réticent à fournir des preuves contre nous. Mais en vérité, il avait seulement attendu qu'une telle opportunité se présente. Mettre M. McGill et moi-même en prison signifiait qu'il pouvait faire le ménage pendant qu'on était hors jeu. Jones s'occupait de récolter pour nous l'argent lié à la protection que nous offrions – il ramassait les sommes de la semaine dans les commerces locaux. Il a continué à opérer ainsi pendant pas moins de six mois durant notre détention préventive alors que nous attendions notre procès. Begbie était au courant et n'a rien tenté pour l'arrêter. Ils partageaient l'argent cinquante/cinquante. Tout s'est terminé quand nous avons été reconnus coupables et condamnés. Les gens ont compris qu'ils n'avaient pas à payer une fois qu'il est devenu évident que nous ne serions pas de retour avant des années. Jones et Begbie ont encaissé plus d'argent qu'ils n'en avaient rêvé ; seulement, c'était trop pour le déposer sur un compte en banque. Je ne sais pas pourquoi Begbie a agi ainsi, mais je crois le deviner. Vous êtes sûrement au courant que la police ne mute les siens à la brigade des mœurs que pour une durée limitée, avant qu'ils ne soient pervertis par les saletés et la dépravation dont ils sont témoins. L'argent et le sexe fonctionnent exactement de la même manière. Au début, vous êtes horrifié par ce que vous voyez, puis intrigué. Assez vite, vous admettez souhaiter la même chose pour vous. Begbie a passé trop de temps à regarder les autres devenir riches. Ça l'a rendu jaloux et cupide. Ça l'a aussi tué, et vous avez hérité de sa malchance. Sincèrement, je pense que votre ancien commissaire divisionnaire a reçu ce qu'il méritait, acheva Trescoe.

— Quelles que soient ses erreurs, il n'en a pas moins passé sa carrière à mettre derrière les barreaux des hommes comme vous. Comment vos gars s'y sont-ils pris ? Ils ont tenu leur arme contre la vitre pendant que la voiture s'emplissait de monoxyde de carbone ?

Knuckles ricana.

— Un tel sens du drame, commandant Callanach ! Qui vit par l'épée périra par l'épée. Et George Begbie s'en est tiré facilement. Il est mort en regardant la mer, ayant galamment prétendu que tout l'argent avait disparu afin de protéger sa chère épouse. Puis Ava Turner a fourré son nez plutôt mignon dans tout ça, et c'est devenu très compliqué. J'espère que mourir pour satisfaire le besoin qu'a Turner d'avoir toujours raison ne vous ennuie pas, répondit Trescoe.

— Même si vous nous tuez tous les trois, l'enveloppe sur mon bureau contient suffisamment de preuves pour inculper de meurtre M. Perry ici présent, et démontrer aussi la complicité de Dimitri. Cette enquête mènera directement à vous.

Trescoe leva son revolver en direction de Perry, l'arma et tira directement dans la poitrine de son homme de main qui tomba la tête la première. Ses jambes pédalèrent un moment contre le ciment avant d'abandonner, les dégâts occasionnés à son cœur et ses poumons l'emportant.

— Je ne pense pas qu'il passera un accord afin de témoigner contre moi maintenant, et vous disposez d'une forme de justice. Œil pour œil. Ça aide à se sentir mieux ?

Knuckles fit rouler sur le dos, son ami rendu à l'état de cadavre vérifia son pouls puis risqua un coup d'œil en direction de son patron, sans piper mot.

— Passez cet appel, Callanach, dit Trescoe. Je veux que cette enveloppe soit détruite.

Il lui tendit un téléphone portable.

— Mec, non, lança Lance. On connaît la fin de l'histoire. L'appel n'y changera rien.

Trescoe hocha la tête. Knuckles se mit debout et redressa son pied-de-biche. Lively leva la tête et sourit.

— Va te faire foutre, marmonna-t-il.

Le pied-de-biche siffla dans l'air et entra en contact avec le coude de Lively, achevant son action dévastatrice sur le bras qu'il avait déjà frappé. Callanach garda les yeux ouverts, observant le visage de Lively quand son cerveau enregistra la douleur, puis les blessures occasionnées.

— Dernière chance, dit Knuckles.

Callanach étudia le portable dans sa main. La vérité – et Lively et lui n'étaient que trop conscients de cette vérité – était que l'enveloppe contenant les mots de passe n'était qu'un bluff pour que Dimitri s'exécute. Monroe ne trouverait rien sur son bureau. Il n'y aurait aucune image de quoi que ce soit en train de brûler pour satisfaire Trescoe. Ils ne disposaient d'aucun moyen de pression.

— Vous voulez voir à quoi ressemblera son crâne avec le pied-de-biche qui en dépassera ? s'enquit Knuckles.

— J'ai transmis notre position, bluffa Lively entre ses dents serrées. Vous me l'aviez interdit, monsieur, mais je suis passé outre. Je n'aimais pas l'idée de venir ici sans renforts.

Il regarda Knuckles.

— Si cette enveloppe part en fumée, Dimitri, votre marionnette, ne craint plus rien, mais la piste mène la police directement à votre porte.

Knuckles leva le pied-de-biche pour la dernière fois.

Chapitre soixante-trois

— Madame, je vous envoie les coordonnées, dit Janet Monroe. Nous avons identifié un numéro de ligne fixe au nom de Sean O'Cahill qui correspond aux registres du service des immatriculations et cartes grises. J'ai essayé d'appeler sans obtenir de réponse.

— Nous ne sommes qu'à cinq minutes de là, constata Tripp en jetant un coup d'œil à l'adresse sur son écran.

Il enclencha sa sirène tout en donnant un violent coup de volant sur la gauche.

— Un des amis de Sean du Lost Boys a essayé de le joindre sur son portable mais est aussi tombé directement sur la boîte vocale, précisa Ava. Je pars du principe qu'il existe un risque potentiel, et ce, jusqu'à ce qu'on entre directement en contact avec lui. Si vous y parvenez avant nous, Monroe, demandez-lui de se mettre en lieu sûr et d'attendre qu'on lui parle en personne. On va vérifier chez lui.

La rue était déserte. Ava se tenait devant la porte de l'immeuble et regardait autour d'elle.

— Les lumières sont allumées, constata Tripp. Mais je n'entends rien.

Il avait l'oreille collée à la fenêtre de l'appartement à la gauche de l'entrée.

— Nous devons pénétrer dans l'immeuble sans faire courir un risque supplémentaire à Sean et Bradley. J'essaie d'abord les voisins, histoire de voir s'ils nous donneront accès au lieu.

Ava appuya sur l'interphone de l'appartement du deuxième.

— Bonsoir, police. Je suis la commissaire divisionnaire Ava Turner, je me demandais si vous…

On raccrocha.

Elle leva les yeux au ciel et grimaça avant d'appuyer sur le bouton de l'appartement du dernier étage.

— Bonsoir, c'est…

On ouvrit.

— Seigneur, de mieux en mieux ! marmonna-t-elle.

Elle poussa la porte en grand et attendit Tripp.

Il avançait le long de la rangée de voitures garées là, passant ses mains sur leur capot. Il marqua une pause, tenant sa paume plus haut au-dessus d'un véhicule, puis sortit une lampe torche et s'intéressa aux vitres. Il prit son mobile et appela un numéro. Ava n'entendit rien, mais une lueur diffuse brilla du côté passager.

— Le portable de Sean est sur le siège avant passager de cette voiture, dit Tripp. Et ce n'est pas celle qui est enregistrée à son nom auprès du service des immatriculations.

Ava cala le paillasson sous le battant afin de le maintenir ouvert.

— Signalez-la. Puis faites venir des renforts ainsi qu'une équipe médicale. Approche silencieuse. Je monte consulter les voisins.

Elle grimpa les marches deux à deux, et frappa en douceur à la première porte qu'elle rencontra, levant son badge d'identification quand on ouvrit.

— Police. Parlez à voix basse, s'il vous plaît. Avez-vous vu quelqu'un entrer ou sortir de l'appartement en dessous du vôtre ce soir ?

— J'ai maté la télé toute la soirée. Mais je les ai entendus, ils ont claqué la porte tout à l'heure. Qu'est-ce qu'ils ont fait ? demanda une femme.

— Pour le moment, nous effectuons seulement quelques vérifications. Restez enfermée chez vous jusqu'à ce qu'on vous confirme que tout va bien.

— Leur demander de parler moins fort, c'est dans vos cordes ? À cette heure de la soirée, je les entends comme s'ils étaient chez moi. Dès que j'éteins la télé, leur papotage m'empêche de dormir pendant des heures.

— C'est le cas en ce moment ? demanda Ava.

— Vérifiez par vous-même.

La femme recula et laissa entrer Ava.

Les voix n'étaient pas claires mais audibles, toutes deux masculines. L'une d'elles dominait la conversation.

— Ça vous ennuierait de me donner un verre ? demanda Ava.

Quand la femme le lui apporta, Ava le posa à l'envers sur les lattes du plancher et s'agenouilla pour y coller l'oreille.

— Pourquoi agis-tu ainsi ? demanda Brad.

— Parce que tu en as besoin, répondit Christian. Je suis ici pour te réconforter. Sean n'était pas bien pour toi, de toute façon, tu me l'as répété toi-même de cent manières différentes.

— Je ne comprends pas pourquoi tu es armé. Il lui faut un médecin. Laisse-moi passer.

— Assieds-toi.

Christian sortit la seringue de sa poche et la tendit en direction de Sean.

— Si tu ne t'assois pas avec moi, le menaça-t-il, je lui injecterai ça et il mourra en quelques secondes. J'avais planifié les choses de manière bien plus humaine. Il s'endormait pour toujours en entendant nos voix comme s'il se laissait juste happer par le sommeil. Tu ne préférerais pas ça ?

Bradley essaya d'obtempérer, mais ses jambes tremblantes le trahirent à la dernière seconde. Il s'affala sur le canapé.

— Qu'as-tu fait ? demanda-t-il.

— Ne me parle sur ce ton accusateur, répondit Christian en se perchant sur le bras du sofa près des pieds de Sean. Tu avais envie que je vienne ici. Si tu avais accepté d'aller avec Sean au Lost Boys, rien de ceci ne serait jamais arrivé. J'aurais su que son destin n'était pas de t'être enlevé. Sean ne s'occupait pas correctement de toi, quoi qu'il en soit, il sortait avec ses amis, te laissait seul. Bradley, je suis ici pour toi, je sais ce qu'on ressent quand on perd quelqu'un. Je ne te laisserai pas souffrir seul.

— Je ne veux pas souffrir du tout, rétorqua Bradley. Ça ne te ressemble pas, tu es quelqu'un de gentil et attentionné. Quoi que tu aies traversé, on pourra en parler après que j'aurai appelé une ambulance.

— Ça ne marchera pas comme ça, contra Christian. Ça doit fonctionner comme avant. Sean ne souffrira pas. Ma mère n'a pas souffert. Je l'ai observée. C'est un peu comme si elle s'était effacée. Ça a pris des heures. Enfin, je le pense, mais j'étais très jeune. Peut-être ai-je perdu la notion du temps.

— Que lui est-il arrivé ? souffla Bradley.

— Overdose d'héroïne. Puis je ne suis plus allé à l'école.

— Sûrement un accident. Tu ne tiens pas à ce que la même chose arrive à Sean, n'est-ce pas ? Je compatis, mais on peut encore le sauver.

— J'ai bien peur que Sean ait déjà reçu une dose plus importante que celle à laquelle survivent la plupart des gens. Je suis là pour te consoler si tu veux.

Il posa la seringue sur le canapé.

— Me consoler ? Tu es complètement dingue ! Je ne veux pas que tu me consoles, que tu me touches ni que tu te trouves où que ce soit près de moi. Comment tu es arrivé jusqu'à Sean, je n'en ai pas la moindre idée, mais tu es malade et dangereux. Ce n'est pas un jeu de rôles où tu utilises l'homme que j'aime pour rejouer ton fantasme tordu.

Bradley se leva.

— Il va falloir que tu t'écartes de mon chemin, parce que je vais franchir cette porte et chercher de l'aide.

— Il faut que tu regardes ! cria Christian. C'est comme ça que ça se passe !

— Je ne resterai pas assis ici les bras croisés.

Bradley se déplaça sur la gauche de Christian, se baissant pour passer. Le pistolet s'abattit durement sur le sommet de son crâne, dont la peau se fendit. Il se mit à saigner abondamment. Bradley fixait le sang du regard tandis qu'il gouttait au sol. Christian le repoussa sur le canapé.

— Police ! hurla Ava face à la porte. Ouvrez immédiatement !

— À l'aide ! lança Bradley sur le même ton.

Christian leva son arme, visant le visage du jeune homme.

— Restez éloignés de la porte et des fenêtres, prévint Christian. Personne n'entre ni ne sort. Je suis armé.

— Laissez-moi voir Sean et Bradley, répondit Ava. Une fois que je saurai qu'ils sont tous les deux en vie, on reculera.

— Si vous essayez d'entrer, je les abats tous les deux.

— Entrebâillez seulement les rideaux, qu'on constate qu'ils vont bien. Je vous laisserai alors une certaine latitude et on discutera de tout ça.

— Si j'obéis, vous tirerez. Vous pensez que je suis bête à ce point-là ? Je n'ai pas envie de discuter de ça avec vous, cria Christian. Cette soirée était pour moi. Vous n'étiez pas supposés vous trouver là.

— Écoutez, il est inutile de vous en prendre à qui que ce soit. J'entre seule. Vous verrouillerez derrière moi. Pas de coup foireux, promis. Si vous acceptez, j'obtiendrai que la soirée suive son cours.

Elle regarda derrière elle. Un groupe de vingt policiers en gilet pare-balles, hommes et femmes, occupaient diverses positions à proximité. Elle leur fit signe de reculer de quelques pas.

— Enlevez votre veste, cria Christian. Rien d'autre qu'un tee-shirt. Pas de chaussures non plus. J'ouvrirai la porte, mais je ne veux voir que vous. Si vous tentez quoi que ce soit, vous prendrez une balle dans le crâne. Une fois à l'intérieur, vous vous tournerez face à la porte et vous vous mettrez à genoux, les mains derrière la tête.

— Madame, vous lui offrez sur un plateau un otage supplémentaire. C'est contraire au protocole, souligna Tripp.

— Nous avons besoin d'yeux dans l'appartement pour constater dans quel état sont les hommes qu'il retient, et il m'est impossible de négocier avec lui en criant à travers le battant fermé. On n'a pas le choix. Je vous place à la tête des opérations ici. Gardez tous les hommes éloignés des fenêtres, au cas où des balles les traverseraient. Fermez la rue à la circulation. Pas de médias. Personne n'entre ni ne sort. Et pas de gestes héroïques, OK ?

— Si vous me permettez, cela ressemble au discours que je devrais vous tenir. Aurez-vous une arme dissimulée sur vous ?

— Non, s'il tombe dessus, il perdra la boule. J'y vais.

La porte de l'appartement s'ouvrit. Ava découvrit un homme au visage pâle, les mains en l'air, son regard faisant la navette entre elle et une silhouette invisible qui s'était sûrement cachée derrière la porte.

— Avancez, ordonna une voix.

Elle obtempéra.

— Maintenant, à genoux.

Elle s'accroupit. La porte claqua derrière elle et fut verrouillée. Elle tenta d'offrir un sourire rassurant à l'homme qui se tenait toujours les mains en l'air, et remarqua qu'il avait les larmes aux yeux.

— Déshabillez-vous.

— Jason, je suis la commissaire divisionnaire Ava Turner. Avec tout le respect…

Il la coupa.

— Vous ne me respectez pas. Qu'une chose soit claire : je ne suis pas Jason. J'ai mué et quitté cette peau il y a très longtemps. Les gens passent à autre chose, commissaire Turner. Ils évoluent. Ne vous attendez pas à pénétrer ici, brandissant des informations sur mon passé, et à ce que je m'effondre soudain et vous ouvre mon cœur. Il ne s'agit pas d'un film de série B, mais de la vraie vie. Les choses dont j'ai besoin sont réelles. Et là, à la minute présente, mon besoin est de vérifier ce que vous avez sous vos vêtements, donc mettez-vous en petite tenue. Vous serez autorisée à tout renfiler dès que je serai assuré que vous ne cachez rien.

— OK, c'est de bonne guerre. Dans votre situation, je formulerais la même requête. Puis-je jeter d'abord un œil à Sean, pour vérifier qu'il respire ?

— Les vêtements en premier.

Ava se débarrassa de sa chemise et de son pantalon, et se tourna lentement, ayant un aperçu de l'homme qui tenait une arme pointée sur sa tête d'un geste assuré. Il semblait remarquablement calme. Ses mains ne tremblaient pas et il ne détourna pas le regard quand elle planta ses yeux dans les siens. Son front n'était pas humide de sueur. Ava choisit son approche tout en se rhabillant.

— C'est Sean sur le canapé ? demanda-t-elle. Vous m'autorisez à voir comment il va maintenant ?

— Allez-y, confirma Christian. Vous remarquerez que son pouls est faible. Je crois que le terme exact est bradycardie. N'attendez pas une réaction de sa part à ce stade. Il est trop profondément inconscient.

— Vous avez tout d'un expert, commenta Ava en posant les doigts sur la face interne du poignet de Sean. Son pouls est à peine perceptible. À votre avis, il lui reste combien de temps ?

— Moins d'une heure, répondit Christian. Bien sûr, j'avais prévu de la passer dans l'intimité avec Bradley, mais nous allons maintenant devoir procéder différemment.

— Faites comme si je n'étais pas là, répondit Ava. Qu'avez-vous donné à Sean ?

— De l'héroïne. Je vous demanderai de vous asseoir par terre, face au mur, les mains nouées derrière le crâne.

— Jason, c'est vous qui tenez le revolver. Vous n'avez rien à gagner à ce que j'adopte cette position. Je pense que Brad restera plus calme si je maintiens un contact visuel avec lui. Je m'installerai par terre, malgré tout, si c'est ce que vous souhaitez.

Elle s'assit près de la tête de Sean, dans la position exigée par Jason.

Brad renifla.

— Mais il ne s'appelle pas Jason. De quoi parlez-vous ?

— Pas d'inquiétude à avoir, Brad. Je suis encore Christian pour toi, murmura le jeune homme. Celui sur qui tu peux t'appuyer.

— Vous n'avez pas à être Christian ce soir, intervint Ava. Vous avez la possibilité de permettre à Brad de partir et à Sean de vivre. Je comprends ce que vous éprouvez. Nous sommes tous piégés dans des moments de notre passé qui ont bouleversé nos existences à tout jamais. Vous avez souffert d'un traumatisme qu'aucun enfant ne devrait jamais avoir à expérimenter. Jason, vous étiez si jeune, lorsque vous avez perdu votre mère ! Vous n'avez pas à continuer de revivre les choses horribles qui sont arrivées.

— Je n'ai pas perdu ma mère, gronda Christian. J'ai été débarrassé d'elle. C'est pour cela que vous étiez si motivée à l'idée de venir ici ? Vous souhaitiez m'aider à exprimer ma douleur, vous vouliez m'assurer de votre compassion pour la mort tragique de ma mère ? Quelle image avez-vous d'elle ? Celle d'une maman qui me câlinait le soir, me cuisinait des gâteaux et pansait mes genoux ensanglantés ? Vous et moi n'avons pas grandi dans le même quartier, commissaire divisionnaire Turner. Je doute même que cela ait été sur la même planète.

— Aucun parent n'est parfait, mais la voir mourir a sûrement été terrible. J'ai cru comprendre qu'il n'y avait personne sur place pour vous protéger de Christian Cadogan. J'ai lu les dépositions sur l'état de l'appartement. Tous les enfants sont en droit d'attendre mieux. L'école, les travailleurs sociaux, les services de santé, quelqu'un aurait dû se rendre compte que quelque chose n'allait pas, plutôt que…

— Vous savez quoi, connasse ignorante, la coupa Christian, vous parlez beaucoup, mais ne semblez pas être capable d'écouter.

Il la surplomba.

— Ma mère ne me nourrissait pas pendant des jours d'affilée parce que chaque penny dans la maison était dépensé en alcool ou en drogues. Elle se prostituait devant moi quand elle manquait de liquide. Vous pensez que j'étais trop jeune pour m'en souvenir ? Le jour où Cadogan l'a tuée a été le plus beau jour de ma vie. Il m'a tenu contre lui pendant qu'elle mourait. Il m'a parlé. Ce soir-là, il est sorti et m'a acheté un *fish and chips.* Il ne me frappait pas quand je demandais à aller aux toilettes.

Il agrippa Ava par les cheveux et la souleva pour la mettre debout, pressant son arme contre sa nuque.

— Et vous, salauds, vous l'avez pendu. Il est entré dans une cellule du poste de police et n'en est jamais ressorti. Vous m'avez enlevé la seule personne qui ait jamais été bonne envers moi.

Derrière eux, Bradley se mit à sangloter.

— Son souffle ralentit. Je n'arrive pas à vraiment l'entendre. Je vous en prie, je vous en supplie, faites quelque chose. Sean a besoin d'une ambulance. Il est en train de mourir.

— Il est supposé mourir ! hurla Christian. Il n'était pas bien pour toi. Il ne t'accordait aucune valeur, ne te chérissait pas. Même maintenant, tu restes aveugle ? J'étais là quand tu souhaitais avoir quelqu'un à qui parler. J'étais en chemin pour te retrouver alors que lui était sorti avec ses amis. Qu'est-ce qui ne tourne pas rond chez toi, bordel ?

Il tira Ava vers le corps couché de Sean. Tout en gardant son arme appuyée contre elle, il ramassa la seringue posée sur le coussin.

— Christian, je vous en prie, non, dit Ava calmement.

Il fit pivoter son arme de manière à la pointer sur Bradley et repoussa durement Ava.

— Commissaire, un geste dans ma direction, et les deux hommes meurent. Si vous restez où vous êtes, alors il est possible que l'un d'eux survive peut-être.

Ava recula d'un pas supplémentaire, les mains en l'air. Elle prit une expression plus douce.

— Personne n'a à mourir. Écoutez-moi. Vous avez l'occasion de retourner la situation. Il est trop tard pour Lily et Cordelia, mais pas pour Sean. Prenez la bonne décision pour lui.

— Il devient bleu ! glapit Bradley.

— Je les aidais ! cria Christian. Vous n'imaginez pas à quel point Randall Muir était malheureux quand je l'ai rencontré. Sa famille ne le soutenait pas. Ils ne l'encourageaient pas, ne reconnaissaient pas son potentiel. Et Lily ? La parfaite Lily, contente de laisser sa sœur dépérir dans son ombre ! J'ai aidé Mina et Randall à s'échapper, et leur peine était magnifique. Ils ont pleuré dans mes bras et se sont accrochés à moi. Je leur étais nécessaire. Vous ne comprendrez jamais le sentiment que ça procure, d'être simplement là dans ce moment de deuil.

— Christian, les familles sont dysfonctionnelles. La mort de Lily et celle de Cordelia n'étaient pas utiles.

La souffrance dont vous avez été témoin n'a jamais été nécessaire. N'infligez pas ça à Bradley. Il ne devrait pas y avoir d'autres victimes.

Bradley se mit à hurler.

— Est-ce que l'un d'entre vous va m'écouter ? Sean est en train de mourir, là, tout de suite.

— Christian, laissez entrer les secours. Gardez-moi ici si c'est ce qu'il vous faut pour le moment.

— Ce n'est pas ce que je souhaite, répondit le jeune homme. De toute manière, c'est fini pour moi, non ?

Bradley poussa un cri strident et se propulsa vers Sean. Christian leva les deux bras, faisant un pas de côté pour contrer la manœuvre de Bradley. En réaction, Ava se jeta dans la mêlée, épaules baissées, espérant dans son élan atteindre Christian dans le ventre. Un faux pas, et sa cheville se prit contre la table basse. Elle bascula sur le flanc, son corps tombant sur ceux qui se tordaient en tous sens. Bradley était couché sur Christian, et tous deux écrasaient Sean. Des mains voltigeaient dans les airs, agrippant, brandissant le revolver et la seringue d'héroïne.

La tête d'Ava fut rejetée en arrière quand l'arme détona dans un bruit assourdissant. Il y eut une demi-seconde de silence, suivi par un son étouffé et un souffle d'air. Bradley s'écroula à côté de Christian, attrapant la seringue dans sa chute. Une rivière de sang coulait sur leurs visages et leurs doigts. Ava se mit sur un genou, envoyant son poing dans l'aine de Christian, avant de lui balancer un coup de coude dans les côtes. Bradley frappa à son tour Christian dans le cou en poussant un étrange cri de victoire, puis sa main s'ouvrit quand il tomba par terre sur le côté.

La porte de l'appartement vola en éclats et de toutes parts des ordres fusèrent, lancés à pleins poumons. La police armée entra en premier, sécurisant l'arme, évaluant la situation. Les secours médicaux n'étaient pas loin derrière, se répartissant les corps par équipes. Tripp se fraya rapidement un chemin pour rejoindre Ava.

— Blessure par balles ici ! hurla un toubib.

— Overdose d'héroïne, précisa Ava en pointant Sean du doigt, le souffle court.

— Madame, ne bougez pas, lui conseilla Tripp.

Il sortit d'une trousse médicale un paquet de tissus-éponges et essuya son visage ensanglanté. La brûlure fit comprendre à Ava qu'il s'agissait de son sang.

— Sean s'en sortira, n'est-ce pas ? demanda-t-elle à Tripp. Dites-moi que nous l'avons sauvé.

Puis elle cilla une fois, deux fois, son champ de vision rétrécissant des deux côtés comme par une sorte d'effet cinématographique à la Hitchcock alors qu'elle perdait connaissance.

Chapitre soixante-quatre

Callanach fut emmené en premier dans la cave, Lance à sa suite. Knuckles donna un coup de main à Lively, handicapé par ses blessures au bras et aux épaules. Domo en finissait à l'étage, emballant le corps de Perry et nettoyant les taches de sang sur le carrelage. Compte tenu de la vitesse à laquelle il rassemblait serviettes de toilette, produits nettoyants et emballages en plastique, il semblait bien rompu à cet exercice.

La cave était vaste, humide, et empestait la bière répandue et le fruit pourri. Deux petites grilles en hauteur laissaient passer la lumière du jour, filtrée par des toiles d'araignées. Quelques ampoules pendaient au plafond, dispensant une faible luminosité. Le sol était légèrement incliné vers un point central où une grille en fer reposait, attendant sa raison d'être.

Callanach rencontra le regard de Lively qui hocha la tête.

— Je suis désolé, souffla le commandant.

— Pas de ça, répondit le lieutenant.

— Dernière chance, offrit Ramon Trescoe. Vous téléphonez à votre bureau, demandez que cette enveloppe soit détruite, ou je mets un terme à une vie. En être responsable vous satisfait-il, commandant Callanach ? La piste conduira peut-être la police ici, mais vous aurez alors disparu, comme toute trace de votre existence.

— Chacun de nous est déjà plus mort que vif, marmonna Lance. Le moins que nous puissions faire est de nous assurer que ça vous vaudra une inculpation.

— En fait, ce n'est pas tout à fait exact. Je peux tuer n'importe lequel d'entre vous en une seconde. Ce que vous ne savez pas, c'est que le commissaire Dimitri n'est pas le seul au sein de la police écossaise à émarger auprès de notre organisation. Il y en a d'autres. Si Monroe ne reçoit pas l'ordre de déchirer cette enveloppe, quelqu'un l'attendra chez elle ce soir. Son adresse sera facile à dénicher pour qui a accès aux dossiers de la police. Elle survivra peut-être, c'est possible, mais je m'assurerai que ça ne soit pas le cas de son bébé.

— Espèce de salopard, cracha Lively. Monroe n'y est pour rien.

Knuckles se déplaça plus vite que Callanach ne l'avait anticipé et qu'il ne l'en avait cru capable. Tout en pivotant sur lui-même, l'homme de main leva son coude qui vint s'écraser sous la mâchoire de Lively. Un cliquètement se répercuta entre les murs de pierre quand les dents de Lively entrèrent en collision les unes avec les autres. Sa tête partit en arrière, frappa le mur, et le policier glissa sur le revêtement sale où il atterrit tassé sur lui-même. Lively pouvait s'estimer heureux, pensa Callanach. Dans cet état, il ne verrait pas la balle qui se dirigerait vers lui. Lance ne pipait mot, ne lâchant pas le sol du regard. Knuckles se frottait le coude en souriant avec satisfaction. Domo apparut en haut des marches, s'essuyant les mains sur un vieux chiffon qu'il enfouit dans sa poche.

— Une autre femme officier n'a-t-elle pas perdu son bébé alors qu'elle était sous vos ordres, Callanach ? Il me semble me rappeler que Dimitri m'en avait parlé. Un sacré carnage, voilà quelle serait la manière juste de décrire les choses. Vous vous êtes sûrement senti très mal. Dans le cas présent, vous maintenir en vie assez longtemps pour que vous voyiez les photos et appreniez tout sur le sujet est une option, sachant que sauver cet innocent bébé était à votre portée, mais que vous avez préféré une autre solution. Et dans quel but ? Vous assurer que je sois inculpé ? Je me demande ce que Monroe en penserait, si elle avait conscience du choix auquel vous êtes confronté. Passez ce coup de fil.

Callanach se retrouvait face à l'inéluctable. À la seconde où il téléphonerait, même s'il donnait de fausses instructions à Monroe pour qu'elle détruise l'enveloppe, il signerait l'arrêt de mort de Lively et de Lance.

— Impossible, dit-il.

Trescoe sortit un autre portable de sa poche. Il composa un numéro abrégé tout en levant son arme à hauteur de la tête de Lance. Il écouta un moment quand une voix prit son appel, à peine audible dans la distance électronique.

— Ramon à l'appareil, s'annonça-t-il. J'ai un problème qui exige d'être résolu. Tu connais un agent du nom de Monroe ? Elle appartenait à l'équipe de Dimitri et a été temporairement affectée à la Crim.

Il décocha à Callanach un large sourire arrogant, la tête inclinée sur le côté, savourant l'instant. Luc retint son souffle, espérant contre toute probabilité que Monroe ne risquait rien. Être responsable de la mort d'un autre bébé innocent était une perspective dont il ne se remettrait jamais.

— Tu vois qui c'est ? Bien. Tu me dégotes son adresse personnelle ? poursuivit Trescoe.

Dimitri sortit vivement une main de sa poche, tout en déplaçant son pied gauche pour se stabiliser, l'arme prête à tirer. Callanach se jeta sur le dos de Lance, la cave étant trop petite pour leur garantir la moindre protection contre le ricochet des balles. Il pressa le journaliste à terre tandis que le revolver de Dimitri lâchait sa charge.

Trescoe se débrouilla pour faire quelques pas en arrière avant que la balle ouvre un trou dans sa poitrine, évoquant l'explosion d'un barrage. Ses doigts cherchaient à s'assurer une prise sur son arme tandis que sa main libre venait examiner l'endroit où sa clavicule aurait dû se trouver. Il eut juste le temps d'articuler silencieusement un dernier juron à l'encontre de Dimitri avant de chanceler, puis de s'effondrer sur le sol. Ses jambes battirent l'air dans un dernier adieu. Knuckles ne perdit pas de temps et agrippa une chaîne à un mur. D'un coup puissant, il la fit voler sur un côté.

Lance tenta de relever la tête.

— Reste couché, souffla Callanach en entendant le sifflement de la chaîne qui décrivait des cercles dans l'air.

Quand elle s'abattit sur la main armée de Dimitri, envoyant le revolver valser dans un coin inaccessible, Callanach se jeta sur un Domo ébahi. Il écrasa son front contre celui de l'homme du Maz aussi violemment que possible, et tous deux partirent à reculons dans des directions opposées. La bière éclaboussait la pièce depuis un baril percé. Le visage de Callanach s'était transformé en une rivière pourpre avant même qu'il enregistre la douleur le long de la ligne d'implantation de ses cheveux. À travers ce rideau liquide couleur rubis, il vit voler de nouveau la chaîne de Knuckles. Elle lacéra directement le visage de Dimitri, emportant dans son sillage une large bande de chair. Le commissaire porta la main à sa joue et la ramena couverte d'une masse gélatineuse et blanche indistincte qui se dégonfla pour ne plus être qu'une sauce d'hémoglobine.

Callanach tendit les bras pour rattraper Dimitri, qui tomba sur lui de tout son poids, le propulsant en arrière. Au même moment, Lively lança une bouteille à travers les airs. Elle dessina un arc dangereux avant de se planter dans le crâne de Knuckles. Sous l'impact, le verre explosa, produisant dans son sillage une fine pluie rouge. Knuckles tomba à terre. Quand ses genoux s'écrasèrent contre le ciment, il sortit un couteau de sa chemise, tranchant sans distinction tout ce qui se trouvait à sa portée.

— Pardon, marmonna Dimitri.

Il glissa des bras de Callanach et roula sur le sol. Son unique œil offrait une image larmoyante du regret. Lance poussa un grognement. Callanach vacilla jusqu'à lui. Sa vision n'était qu'un kaléidoscope flou d'étoiles. Il se tenait le front, qui semblait grossir sous sa main. Il sentit la chaleur humide du sang frais sur la tête de son ami, lui cria de se réveiller. La cause de la blessure n'était pas évidente, Luc cherchait à l'identifier, ses doigts courant sur le cuir chevelu de Lance – tant de balles, de verre et d'armes avaient valsé dans cet espace confiné ! –, mais ce dernier respirait encore, pour le moment. Lively apparut dans un coin, agrippant un pistolet. Il en frappa la nuque de Knuckles, mettant un terme à toute protestation qui lui viendrait encore, avant de tituber en direction de Domo.

— À genoux ! lui cria-t-il.

Domo, déjà recroquevillé dans un angle, obéit aussitôt : la capitulation était inscrite sans fard sur son visage paniqué.

— Montez, appelez des ambulances, marmonna Callanach. Je ne sais pas qui est encore en vie.

Il retira sa veste et l'étala sur le corps tremblant de Lance. Il agrippa le poignet de Dimitri, bien qu'il sût que son propre pouls battait si fort qu'il lui serait impossible de percevoir celui d'un autre. Le temps s'étira. Lance perdait et reprenait conscience. La cave avait tout d'une scène tirée d'un jeu vidéo pour adolescents où l'équipe n'aurait pas lésiné sur les effets spéciaux. Callanach gardait un œil sur Domo et l'autre sur Knuckles. Il remarqua qu'un éclat de verre se dressait comme un point de repère sur le crâne de l'homme de main. Il abaissa les paupières un instant, luttant contre une violente migraine. Quelques minutes interminables passèrent.

Enfin, des mains attentionnées sur ses épaules l'aidèrent à se mettre debout et une voix lui donna des instructions qu'il peinait à comprendre. Des bottes se déchaînaient au-dessus de sa tête, on hurlait des ordres. La police et les équipes de secours d'urgence envahirent les lieux. Le cops inerte de Lance fut soulevé sur un brancard pendant qu'on soutenait Callanach le long des marches de la cave. Le commandant montait vers un monde qu'il avait bien cru ne jamais revoir.

Chapitre soixante-cinq

Ava s'assit sur le marchepied à l'arrière de l'ambulance. Tripp donnait des ordres aux équipes de la scientifique. Ailsa Lambert était arrivée avec sa brusquerie habituelle, vérifiant la forme physique d'Ava en quelques secondes avant de la réprimander pour s'être mise d'elle-même en position d'otage. Un corps sortit. Les premiers secours étaient encore dans l'appartement de Sean et Bradley, opérant leur magie médicale.

Janet Monroe descendit d'un véhicule de police, son bras droit posé de manière protectrice sur son ventre. Elle se fraya un chemin entre les voitures, les ambulances et les véhicules de la scientifique.

— Madame, dit-elle quand elle fut plus proche d'Ava, vous allez bien ?

— Juste une égratignure. Sean O'Cahill est pris en charge par les secours qui cherchent à voir s'ils peuvent revenir sur les effets de l'héroïne.

— Qui est dans la housse mortuaire ?

— Jason Elms, aussi connu sous le nom de Christian Cadogan. Bradley et lui se sont retrouvés à se battre sur le corps de Sean. Bradley s'est emparé de la seringue et l'a plantée dans le cou d'Elms qui est mort presque instantanément.

— Peut-être est-ce mieux ainsi, commenta Monroe. Je me demande toujours si les familles des victimes préfèrent qu'on leur annonce la mort d'un assassin ou qu'il devra affronter un procès et une peine de prison. Ça semble plus sain comme ça.

— Pas cette fois-ci, fit remarquer Ava. Bradley, le compagnon de Sean, a voulu arrêter Cadogan avant qu'il n'injecte la dose mortelle d'héroïne à Sean. Il s'est jeté entre eux, et le coup est parti. Les secours n'ont rien pu faire. Si Sean survit, il s'éveillera dans un monde où son partenaire a été brutalement assassiné par un homme dont il essayait de devenir l'ami.

— Il me faut un boulot qui compte plus de fins heureuses, commenta Monroe en se tapotant de nouveau le ventre. Désolée, j'ai oublié, je suis venue vous dire que nous avons reçu des rapports au sujet d'une importante présence policière dans un club appelé Le Maz, à Glasgow. Un de mes anciens collègues m'a informée parce qu'il semble que le commissaire Dimitri soit impliqué. Le commandant Callanach et moi-même avons découvert quelque chose qui le relierait à la mort de Louis Jones…

Elle s'interrompit.

— Où est Callanach ? lui demanda Ava.

— Toujours aucun contact de sa part. Il ne répond pas au téléphone. Même chose en ce qui concerne le lieutenant Lively.

Ava se prit la tête entre les mains pendant quelques secondes, puis se redressa.

— Tout ça est ma faute. Monroe, ça vous ennuierait de contacter votre collègue ? Tout de suite ?

— Donnez-moi quelques minutes.

Ava se rendit vers l'ambulance où les médecins qui avaient pris en charge Sean se préparaient à partir.

— Comment s'en sort-il ?

— On a réussi à le stabiliser, répondit le médecin. Reste à voir quelles seront les conséquences à long terme, mais si je devais avancer un pronostic, je dirais qu'il survivra.

— Sa famille vit en Irlande. Il serait bon que quelqu'un soit à ses côtés quand il se réveillera. Ça l'aidera d'apprendre que son compagnon l'a défendu courageusement. Demandez aux médecins de m'informer quand il reprendra conscience, voulez-vous ?

Le secouriste acquiesça et referma la porte de l'ambulance dont le gyrophare s'alluma quand le véhicule démarra.

— Je n'ai jamais pu déterminer si cela génère plus de travail administratif quand un suspect meurt lors d'un raid de la police ou quand on doit l'envoyer au procès, marmonna Ailsa dans le dos d'Ava.

— À peu près la même quantité, lui répondit cette dernière. Au moins, là, on n'a pas à s'inquiéter qu'il risque d'être reconnu non coupable et qu'il se retrouve à vagabonder dans les rues à la recherche de nouvelles victimes.

— As-tu découvert les raisons de ses actes ?

La médecin retira ses gants et les enfouit soigneusement dans un emballage stérile.

Ava poussa un soupir.

— Il a agi ainsi parce que la société a été incapable de le protéger durant ses années d'apprentissage. Puis, juste quand nous pensions accomplir quelque chose de bien, on l'a abîmé un peu plus encore. Combien d'autres monstres créons-nous, Ailsa ? Des enfants innocents qui passent à travers les mailles du système, qui souffrent sans être entendus et vus, jusqu'à ce qu'il soit trop tard.

— Si toi et moi connaissions la réponse à cette question, je soupçonne que nous n'aurions probablement plus une seule nuit de sommeil. On fait juste de notre mieux, chaque heure, chaque jour, et on aide ceux dont on connaît la situation. Il faut que j'accompagne ces âmes perdues jusqu'à ma table. Viens dîner à la maison la semaine prochaine, ma chérie. À te voir, il est clair un bon repas ne serait pas du luxe pour toi !

Ailsa s'éloigna, trimballant un sac qui semblait trop lourd pour sa petite silhouette ; ses épaules voûtées rappelèrent à Ava que son amie vieillissait, malgré son fort tempérament.

— Madame, le sergent Collins, sur place à Glasgow, l'informa Monroe en lui mettant un portable sous le nez.

— Collins, deux de mes officiers manquent à l'appel. Avez-vous des informations concernant le commandant Callanach et le lieutenant Lively ?

— Désolé, madame, je ne vous entends pas très bien, les ambulances s'en vont.

— Callanach et Lively ! cria Ava.

— Je peux vérifier auprès du légiste de la scientifique pour savoir de qui il s'est occupé jusqu'ici. Ils ont sorti trois housses mortuaires du club.

Ava chancela. Elle s'appuya sur le capot d'une voiture.

— Trois morts ? Mais que s'est-il passé là-bas, bon sang ?

— Attendez, on emmène un homme jusqu'à une ambulance. Est-ce que l'un de vos officiers a la cinquantaine, est trapu, et du genre à argumenter, à ce que je vois ?

— Lively, murmura Ava. Confirmez son identité et passez-le-moi, sergent.

— Madame, Lively en ligne, cria ce dernier un moment plus tard.

— Dieu merci vous n'êtes pas dans une housse mortuaire. Êtes-vous grièvement blessé ?

— Aux épaules et au coude, un coup à la tête, rien de comparable à la perspective de devoir ingurgiter la nourriture de l'hôpital durant les quelques jours à venir. Madame, un membre de la police a trouvé la mort. Les gradés de Glasgow sont déjà tous sur le coup, et la presse rôde. On risque de patauger un peu dans la boue.

— Lively, contentez-vous de me dire ce qui est arrivé à Callanach, cria Ava.

— De là où je me tiens, je dirais qu'il apprécie l'attention dont il est l'objet. Il y a au moins quatre secouristes qui se disputent autour de lui, dont trois sont des femmes. Il est actuellement en train de retirer sa chemise pour révéler ce que je ne peux décrire que comme une égratignure, même s'il criera haut et fort, je n'en doute pas, qu'elle a été causée par une balle. En clair, il ne souffre pas de blessures graves et tout le monde le traite comme s'il appartenait à la famille royale. Malheureusement, madame, son visage est indemne.

— Très bien, Lively, ça suffit, coupa Ava en souriant. Qui sont les victimes ?

Quand Lively reprit la parole, ce fut cette fois à voix basse. Ava voyait presque sa main en coupe autour de sa bouche.

— Le commissaire Dimitri, madame. Il sera difficile de répondre à certaines questions. Le commandant Callanach a découvert que Dimitri travaillait pour Trescoe depuis toujours. Il nous a roulés quand on est arrivé au Maz, mais lorsque Trescoe a menacé d'attaquer Janet Monroe, il a changé de bord. C'était un crétin, mais pas pourri jusqu'au trognon.

— Lively, j'ai quelque chose à vous demander. Est-ce que Callanach vous a raconté pour…

— … le chef ? acheva l'inspecteur à sa place. C'est venu dans la conversation. Madame, on fait tous des choses dont on n'est pas fiers, et le commissaire divisionnaire Begbie n'était pas différent de nous autres. Il a été un sacré imbécile, et il en a payé le prix. Pas nécessaire que qui que ce soit entende jamais un mot à ce sujet. Ramon Trescoe est dans une housse mortuaire. La balle tirée par Dimitri l'a tué. Knuckles, l'homme de Trescoe, a sorti un couteau et l'a planté dans le cou de Dimitri. Je me suis débrouillé pour convaincre Knuckles de se calmer, grâce à un entraînement de police adapté et à l'utilisation d'une bouteille.

— Et le troisième cadavre ?

— Brian Perry, le petit pote de Knuckles. J'ai cru comprendre que vous le connaissez.

— Effectivement, oui. D'autres blessés ?

— Un des sbires de Trescoe, Domo, a une migraine, cadeau du commandant Callanach qui a réalisé une remarquable version locale du *french kiss*. Je n'aurais jamais imaginé que ce garçon se soucierait aussi peu de son visage, mais il faut rendre à César ce qui appartient à César. Le copain journaliste du commandant n'est pas en grande forme, ayant séjourné dans la chambre d'amis de Trescoe à attendre notre arrivée pendant plusieurs heures, mais…

— Quoi ? le coupa Ava.

— Dimitri a remonté son numéro de plaque d'immatriculation, à ce qu'on dit. Ça a mené ses gars directement à l'adresse de Lance.

— Un journaliste ? Vous aviez un journaliste sur place pendant tout le déroulé des événements ? siffla Ava.

— Hé, j'ai pensé que vous seriez contente avec celui-là. Et il y a une fille qui traîne dans le coin, du nom de Sugar ; elle veut savoir si elle a toujours un boulot au Maz. Désirez-vous vous entretenir avec le commandant Callanach, madame ? Parce que son ambulance semble s'apprêter à quitter les lieux.

— Non, lieutenant, ne vous inquiétez pas de ça. L'essentiel est que vous soyez tous hors de danger. Le commandant Callanach et moi-même aurons largement le temps de passer tout ça en revue quand, durant les quelques semaines à venir, nous serons suspendus lui et moi.

— Madame, vous avez bien conscience que je n'ai jamais vraiment partagé le même point de vue que le commandant Callanach, et que j'aurais préféré avoir presque n'importe qui d'autre que lui comme supérieur à la Crim, hein ?

— Ça ne m'avait pas échappé, oui.

— Alors, je me dois de préciser que, en fait, il n'est pas un branleur total. Officiellement. Et au cas où il y aurait des problèmes avec la commissaire générale Suzeraine Démoniaque dans cette histoire.

— Merci, lieutenant. Votre déposition reflétera votre position, sans aucun doute. De préférence dans des termes plus appropriés.

— Où serait l'amusement dans ce cas ? demanda Lively.

Ava raccrocha.

Trois morts, pensa Ava. Si elle ne s'était mêlée de rien, ces trois hommes seraient toujours en vie, et ce, sans même prendre en compte le problème à la prison. Une nouvelle visite à Glynis Begbie s'imposait, et cette idée glaçait le sang d'Ava. Elle aurait beau travestir les faits d'un millier de manières différentes, on en revenait toujours à ça : le chef, pendant un temps, s'était tellement égaré qu'il n'avait été en rien meilleur que les gens qu'il mettait derrière les barreaux. L'argent que Begbie avait volé provenait d'un nombre infini de victimes : argent de la drogue, gains de la prostitution, rackets de protections – et Dieu seul savait de quoi d'autre encore. C'était de l'argent sale, et Glynis aurait le sentiment d'en être souillée à jamais. Ava compatissait. Elle avait elle-même outrepassé toutes les règles pour un homme qui avait trahi tout ce qu'elle pensait être au cœur de son action. Que les rues de Glasgow soient plus sûres sans la présence malfaisante de Ramon Trescoe était une victoire dérisoire. Dimitri disparu, lui aussi. Une justice brutale, Begbie et Dimitri mourant à cause des mêmes mauvaises actions qu'ils avaient commises, et tant d'années après. Lively avait raison : Begbie avait été un sacré crétin, mais c'était comme ça. « Moins on en dit, mieux on se porte », affirme le dicton. Ça n'avait jamais été plus vrai qu'à la minute présente.

Ava se leva, s'étira et fléchit les épaules. Le monde autour d'elle paraissait légèrement plus gris. La plupart du temps, le travail de police était sinistre. Mais la plupart du temps, il est possible de dormir en croyant que les gentils appartiennent à son équipe. Begbie avait ébranlé à ses yeux cette fondation solide. Ça guérirait, mais pas du jour au lendemain.

Elle soupira. On ne connaît jamais vraiment les gens, pensa-t-elle.

Chapitre soixante-six

Quelques jours plus tard, Ava flânait dans Albany Street, serrant fort des tickets et un sac de pop-corns taille familiale. Il faisait déjà sombre ; bientôt pourtant les jours commenceraient à allonger. La rue était calme, malgré le bourdonnement qui s'élevait de York Place, à quelques centaines de mètres de là. En dépassant les boutiques-hôtels et les maisons individuelles, Ava se demanda si Callanach ne serait pas plus heureux s'il retournait dans sa France bien-aimée et essayait d'y reconstruire sa vie. Au moins cesserait-il de se plaindre de la pluie. Le problème maintenant était qu'il lui manquerait. Dans la vie, il y a peu de gens qui vous épaulent vraiment. Ava comptait ses alliés les plus proches sur les doigts d'une main, sans tous les utiliser.

Elle enfouit les billets dans sa poche et cacha les pop-corns dans son manteau tout en grimpant les marches menant à l'appartement de Luc. Elle frappa doucement à la porte.

— *J'arrive !* cria-t-il.

Il écarquilla les yeux en la découvrant sur son seuil.

— J'aurais dû téléphoner avant de venir, dit-elle. Et je suis une épave, je sais. Mais il n'a été impossible de me prendre la tête à enfiler une tenue correcte. Je peux entrer ?

Elle pénétra dans le salon et s'affala sur son canapé.

— J'allais te passer un coup de fil. Il a fallu quelques jours pour que ma vision et mon audition reviennent à la normale après ma commotion cérébrale. Je n'utiliserai plus mon front comme arme. Désolé si ça a été chaotique au boulot sans moi, dit Callanach. On m'a rapporté ce qui s'était passé avec Cadogan. Courageux de ta part d'entrer dans l'appartement.

— Il est possible qu'Ailsa ne m'adresse plus jamais la parole. Elle prétend que j'ai une pulsion de mort. Lively est rentré chez lui. L'hôpital a expliqué qu'il était sorti contre avis médical après une querelle portant sur le nombre de parts de pudding qui lui étaient autorisées. En revanche, j'ai cru comprendre que tu avais la cote avec les infirmières durant ton séjour sur place.

— Ne commence pas ! Écoute, en ce qui concerne Lance : je suis désolé d'avoir impliqué un civil.

Elle rit.

— Un civil ? Tu as impliqué un journaliste, qui s'est retrouvé pris en otage, menacé d'une arme à bout portant et de mort, rien de moins que ça. Il va bien ?

— Oui. Enfin, non. Il a des bleus, des lacérations, quelques côtes cassées et une commotion cérébrale. Mais il est encore de ce monde.

Callanach jeta un coup œil à sa montre.

— De manière étrange, je crois qu'il y a pris du plaisir. Pas au fait d'être attaché et agressé, évidemment. Il m'a dit que ça lui avait donné l'impression d'être de nouveau vivant quand tout a été terminé. Je ne suis pas sûr d'être d'accord avec lui, mais Lance est un grand garçon.

— Il devra se montrer prudent, commenta Ava. Le frère de Trescoe a encore le bras long parmi la crème de Glasgow.

— Généralement, les gens s'inquiètent plus de leur propre vie que de régler les comptes des autres. Avec la mort de Ramon Trescoe, l'ancien gang perdra son influence. Comment va Mme Begbie ?

Ava inspira profondément.

— Soulagée que la question soit réglée, mais terriblement inquiète des blessures que Lively, Lance et toi avez reçues. Elle a le sentiment que d'une manière ou d'une autre, elle aurait dû comprendre ce qui se passait et mettre un terme à tout ça. Je me sens tout aussi coupable.

— Comment as-tu su que le chef était impliqué ? J'ai connaissance de ce qui se trouvait dans le dossier de Louis Jones, mais il y a sûrement eu plus que ça, s'enquit Callanach.

— Entre nous, par une quantité obscène de billets de banque usagés aux numéros qui ne se suivaient pas cachés derrière les panneaux du grenier du chef. Plus que ce que nous avions imaginé quand Glynis est tombée dessus la première fois. Puis, quand Louis Jones a disparu à son tour, j'ai fait mes devoirs et tout pointait en direction de Ramon Trescoe, récemment libéré.

— Est-ce que ça va aller pour Glynis ? Ça fait beaucoup.

— Étonnamment, elle s'en sort mieux que je ne l'imaginais. Au début, la compagnie d'assurance a refusé de payer à cause du suicide, donc Glynis a sollicité ses avocats pour qu'ils contestent cette décision. Ailsa Lambert a apporté des preuves sur les suicides soudains de policiers après des syndromes de stress post-traumatique non diagnostiqués sur le long terme. La compagnie d'assurance n'a pas souhaité être perçue comme se comportant de manière injuste envers un représentant du service public, et a payé. Selon les avocats, une affaire récemment jugée dans ce domaine s'est révélée utile.

— Donc, elle évitera les problèmes d'argent ?

— Elle s'en sortira suffisamment bien pour ne pas s'appuyer sur celui qui sommeillait dans son grenier. Elle l'a donné à Ailsa, qui s'assurera de son transfert vers une bonne œuvre. Comme c'est ce que j'ai affirmé à Knuckles et Perry, c'est finalement un mensonge de moins dans tout ce que j'ai raconté ces dernières semaines.

— Et toi, comment vas-tu ?

— J'en veux au chef, même s'il me manque encore, et je ne peux m'empêcher de me demander combien de nuits de sommeil il a perdues à s'interroger sur ses actes.

Le pire est que, d'une certaine manière, je suis heureuse qu'il soit mort plutôt que déshonoré et passant le reste de ses jours en prison. Est-ce horrible ?

— Pas le moins du monde. À mon avis, Begbie aurait opté pour cette solution, s'il avait eu le choix. Quoi qu'il en soit, il est en paix maintenant. Lance ne dira rien non plus à ce sujet. Il est de la vieille école, même s'il est journaliste. Ava, n'oublie pas tout le bien que le chef a accompli. Il a sauvé des vies, s'est mis en danger, a rééquilibré la balance. Si tu dois porter un jugement, prends les choses dans leur globalité, pas uniquement une partie de l'histoire.

Elle eut un petit sourire.

— Tu as raison. J'imagine que ça s'applique aussi à ta mère. Je n'aurais pas dû m'en mêler, pardon. Est-ce qu'elle et toi... ?

La question resta suspendue dans l'air entre eux.

— Depuis son départ, nous avons discuté plus d'une fois. Ce n'est pas exactement facile, mais ça s'améliore. J'ignorais beaucoup de choses. Si tu n'avais pas décidé de me forcer la main, la situation aurait pu ne jamais connaître d'avancée. Je ne crois pas t'avoir correctement remerciée.

— Tu n'as même pas commencé, dit-elle avec un grand sourire. Bref, assez avec tout ça. Je suis là pour te sauver de ta morne soirée. On joue un film en haut de la rue, dans le cadre de projections de classiques en deuxième partie de soirée. Je suis tombée dessus et j'ai pensé à toi.

— Ava, je ne peux vraiment pas... marmonna Callanach.

— Oh, arrête ! Il s'agit du *Liquidateur*. D'après le roman de John Gardner, avec Rod Taylor dans le rôle de Boysie Oakes, autre Bond. Il détient le prix de la meilleure affiche publicitaire : « Ses lèvres sont de feu, son arme n'est pas à louer, il éveille le désir chez les femmes ! »

Sincèrement, si ce n'est pas le film le plus approprié pour toi, je vais avoir du mal à trouver, commenta Ava en riant.

— Ce n'est pas que la pensée ne me touche pas, mais seulement, ça tombe mal.

— Écoute, on croule tous les deux sous les dossiers administratifs. Je n'ai pas encore affronté Overbeck *de visu*. Je ne suis même pas sûre de tenir ne serait-ce que le début d'une phrase à poser sur le papier pour l'affaire Trescoe, et je sais que Lively et toi vous êtes mis en danger aussi bien professionnellement que personnellement. Mais ces problèmes attendront jusqu'à demain. J'avais juste envie d'une soirée à deux, comme avant que tout ça commence. Toi, refusant de manger du pop-corn au cinéma. Moi, refusant de te laisser parler avant le générique de fin. La salle vide parce que, apparemment, aucun autre être humain dans cette ville ne m'accompagnera à une projection tardive de films vieux de plusieurs décennies. Sauf toi. Et je suis peut-être d'un grade supérieur au tien, mais j'aimerais seulement passer une soirée avec mon ami. On ne parlera pas boutique. Pas de formalisme. Bref, tu es obligé de venir parce que j'ai déjà…

Le coup à la porte fut bref, confiant. Callanach était sur ses pieds en une seconde.

— Salut, tu es prêt ? demanda une voix féminine, sa propriétaire entrant dans l'appartement en même temps. Oh, pardon, je ne savais pas que tu avais de la compagnie.

— Aucun problème, affirma Luc. Selina Vega, Ava Turner, les présenta-t-il.

Ava se leva, lâcha les tickets qu'elle avait dans la main et serra celle de Selina.

— Selina était le médecin de garde lors de l'hospitalisation de Cordelia Muir, précisa Callanach.

— Et vous êtes la patronne de Luc, si je comprends bien, dit cette dernière. Pardon si j'ai interrompu un briefing.

— Pas le moins du monde, la rassura Ava. Il me semblait normal de vérifier que mon commandant était en un seul morceau après les événements de la semaine passée. Je vous laisse profiter de la soirée. Selina, ravie de vous avoir rencontrée. Et toi, assure-toi d'être pleinement en forme avant de revenir travailler, OK ? dit-elle à Luc en lui souriant. Pas la peine de te presser. Les dépositions attendront, et sache que tu as droit à des congés à la place de tes heures supplémentaires.

— Ça ne sera pas nécessaire, répondit Luc. Je serai de retour lundi matin.

Ava acquiesça et se dirigea vers la porte. Luc lui emboîta le pas.

— Ava, si j'avais su que tu venais…

— Passe une belle soirée, le coupa-t-elle. On a une réunion d'équipe lundi. Tout le monde est soulagé que tu sois sain et sauf.

Sur ces mots, elle s'en alla.

— On boit un verre ici ou on va directement au restaurant ? demanda Selina, une bouteille de vin à la main.

— Allons-y maintenant, répondit Callanach. C'est sympa de découvrir un nouveau lieu.

Il avait conscience des empreintes qu'Ava avait laissées sur les coussins de son canapé dont le revêtement était encore chaud de la présence de son corps.

— Parfait.

Selina s'avança pour venir s'appuyer contre lui.

— Sauf qu'on peut en finir avec ça d'abord ?

Elle se dressa légèrement sur la pointe des pieds pour l'embrasser.

Callanach ferma les yeux : il était de retour au Maz, enlacé à Ava quand leurs lèvres s'étaient presque rencontrées dans le hall de la boîte de nuit. Il s'obligea à rouvrir ses paupières, revenant à l'instant présent, à Selina.

En enfilant son manteau, il repensa de nouveau au Maz. Ce n'était pas la première fois qu'il affrontait la mort. Seulement, les précédentes, il en avait eu peur. Ces temps-ci, il était plus effrayé de vivre. Il enroula une écharpe autour de son cou, se passa la main dans les cheveux. C'en était trop, décida-t-il. Il ne pouvait pas être gouverné par le passé. Il était temps – enfin – de voir ce que l'Écosse avait réellement à lui offrir.

Remerciements

Mes sincères remerciements, en désordre, à tous ceux qui ont mené *Une mort parfaite* du stade d'idée à celui de livre sur une étagère, et qui m'ont apporté leur soutien durant ce processus, souvent sous la forme d'encouragements jamais démentis. Si j'oublie quelqu'un, que ce quelqu'un me pardonne – ce vieux dicton comme quoi j'oublierais ma tête si elle n'était pas vissée à mon cou ? Oui, c'est tout moi.

Helen Huthwaite, mon éditrice, a accompli un tel travail sur ce roman que c'est probablement son nom qui devrait se trouver sur la couverture à la place du mien. Ton aide, ta patience, tes conseils (et de savoir ce que je voulais quand moi-même n'en avais aucune idée) font de toi une star. Sabah Khan, publicitaire chez Avon, merci de ne t'être jamais lassée de moi (ou du moins de l'avoir vraiment bien caché). Et j'ai une dette envers toute l'équipe chez Avon et HarperCollins – graphistes, marketing, ventes (vous assurez, les gars !), ainsi que ceux qui huilent les rouages de la machine.

Merci à mon agent Caroline Hardman et aux adorables Hardman & Swainson, pour votre soutien et vos bons conseils. L'équipe Wainling Banshee conçoit les GIF, sites Web, films de promotion et se charge pour les romans de tout ce qui relève de la technologie. Vous avez droit à ma reconnaissance éternelle, et pardon pour toutes mes questions idiotes.

Mention spéciale à mon ami Simon Gardner, fils de l'extraordinaire auteur John Gardner. Un grand merci de m'avoir donné la permission de citer *Le Liquidateur* et Boysie Oakes. Le talent de ton père était tellement immense !

À Andrea Gibson et Amanda Patchett, mes premières lectrices pour *Une mort parfaite*. Sans vous, je n'aurais pas réussi à me sortir des quelques versions préliminaires. Merci aussi pour les tasses de thé, cocktails, repas, rires, Kleenex, papotages et amour inconditionnel.

Merci aux libraires partout dans le monde, en particulier à ceux qui ont défendu cette série et l'ont mise entre les mains de lecteurs de chair et d'os.

À Christine, Margaret, Ruth, Gabriel, Solomon et Evangeline pour m'avoir écoutée et câlinée. Puis il y a David (il y a toujours David), qui m'a donné du courage et permis de prendre un risque cette année. Tu avais raison. On ne regrette que les choses qu'on ne tente pas. David fait aussi la cuisine, le ménage, conduit, dirige mon équipe de soutien technique personnelle, change les ampoules, occupe les enfants et me laisse écrire. Mon meilleur ami.

Helen x.

MARABOUT
s'engage pour l'environnement
en réduisant l'empreinte carbone
de ses livres.
Celle de cet exemplaire est de :
900 g éq. CO_2
Rendez-vous sur
www.marabout-durable.fr

PAPIER À BASE DE
FIBRES CERTIFIÉES

Composition : Nord Compo

Imprimé en Italie chez grafica veneta, en avril 2021

Pour le compte des Éditions Marabout
(58, rue Jean-Bleuzen, 92178 Vanves)

Dépôt légal : avril 2021.
ISBN : 978-2-501-138598
5573213